Jakob der Reiche

Thomas R. P. Mielke, 1940 als Sohn eines Brasilienpastors in Detmold geboren, lebt in Berlin. Nach einer Ausbildung zum Fluglotsen und dem Besuch der Werbeakademie Hamburg arbeitete er drei Jahrzehnte als Kreativdirektor in internationalen Werbeagenturen. Neben historischen Bestsellern wie »Gilgamesch«, »Inanna« und »Karl der Große« schrieb er weitere historische Romane und Romanbiographien. Hierzu gehören »Attila«, »Die Avignon-Trilogie« oder »Die Varus-Legende«. Seine Bücher erreichten sechsstellige Auflagen und wurden in mehrere Sprachen übersetzt. Im Emons Verlag erschienen »Colonia – Roman einer Stadt« und »Karl Martell – Roman eines ›Königs‹«.

Dieses Buch ist ein Roman. Die Handlung ist frei erfunden, wenngleich in das historische Umfeld eingebettet. Einige Personen, Orte, Ereignisse und Zeitangaben sind historisch belegt, einige sind es nicht. Letzteres gilt besonders für die noch nicht abschließend geklärten Fragen über Jakob Fuggers erste Jahre in Herrieden und Venedig.

THOMAS R. P. MIELKE

Jakob der Reiche

Roman eines Bankiers

Überarbeitete Neuausgabe

emons:

Bibliografische Information der Deutschen Nationalbibliothek
Die Deutsche Nationalbibliothek verzeichnet diese Publikation in der Deutschen Nationalbibliografie; detaillierte bibliografische Daten sind im Internet über http://dnb.d-nb.de abrufbar.

FSC
www.fsc.org
MIX
Papier aus verantwortungsvollen Quellen
FSC® C083411

Umschlagfoto: akg-images/Erich Lessing
Umschlaggestaltung: Tobias Doetsch
Druck und Weiterverarbeitung: CPI – Clausen & Bosse, Leck
Printed in Germany 2012
ISBN 978-3-95451-005-4
Historischer Kriminalroman
Originalausgabe

Inhalt

Des Kaisers neue Kleider

»Geh zu den Jungfern am Fenster«, sagte die Mutter gutmütig und energisch zugleich. »Dort kannst du den Kaiser und seinen Sohn Maximilian am besten sehen.«

Der vierzehnjährige Jakob riss die sanften braunen Augen auf und schüttelte heftig den Kopf. Die resolute und geschäftstüchtige Witwe Fugger lächelte verständnisvoll, dann strich sie dem jüngsten ihrer elf Kinder liebevoll über die Tonsur. Obwohl Jakob seit dem Tod des Vaters bereits vier Jahre im Stift Sankt Veit in Herrieden an der Altmühl lebte, nutzte er jeden Anlass, um zu seiner Mutter nach Augsburg zurückzukommen.

Dieser Tag war eine derartige Gelegenheit. Die Familie hatte sich im großen Haus von Vetter Lukas Fugger am Weinmarkt versammelt. Von hier aus konnten sie den Einzug Kaiser Friedrichs III. und seines Gefolges besser beobachten als von ihrem eigenen Haus am Rohr.

Trotzdem wollte Jakob nicht bei den Schwestern im Obergeschoss des Hauses am Weinmarkt stehen. Sie waren ihm viel zu albern und zu schamlos und, wie die eitlen Angehörigen des anderen Familienzweiges, deren Fuggersches Wappen ein goldenes Reh auf blauem Grund zierte, zu herausgeputzt.

Jakob, seine Geschwister und seine Mutter führten kein eigenes Wappen. Ihr Zeichen war die Weberhaspel auf dem Barchenttuch, das viele hundert Familien in und um Augsburg für sie herstellten. Das Tuch genoss in ganz Europa, von Florenz und Venedig bis zu den Städten der Hanse, von Riga bis Amsterdam, einen vorzüglichen Ruf. Es galt als ganz besonders dicht und knotenlos gewebt.

Eine der Katzen, die auf dem zu dieser Jahreszeit nicht mehr geheizten Kachelofen lagen, maunzte und reckte sich zu einem der höherliegenden, geschlossenen Fenster. Der Junge mit der Tonsur schob schmollend die Lippen vor, dann zog er kurz entschlossen einen Schemel vom Ofen bis unter das hohe Fenster und stieg hinauf. Der Rahmen mit farbigen Butzenscheiben klemmte etwas. Gleich darauf fiel das Sonnenlicht durch das geöffnete Fenster in die große obere Stube der Fugger vom Reh. Seine Mutter lächelte. Noch nie zuvor war eines der Kinder auf die Idee gekommen, durch dieses Fenster in die Welt hinauszusehen.

Jakob war als Letzter gekommen. Er hatte noch gebetet, nachdem die anderen bereits laut schnatternd losgezogen waren. Er dankte dem Allmächtigen dafür, dass die stürmischen Maitage kurz vor dem Pfingstfest des Jahres 1473 doch noch zu Ende gegangen waren und ein freundlicher Morgen über der ehrwürdigen Reichsstadt Augsburg aufstieg. Als er das Elternhaus verließ und durch die längst menschenleeren Gassen am Judenberg ging, leuchteten die kleinen Giebelhäuser so klösterlich still wie in Herrieden. Großvater Hans Fugger hatte das Haus gekauft, als der Stadtteil noch keinen guten Namen hatte. Zu jener Zeit, da man in Frankfurt die Juden in Brunnen ersäuft hatte, um ihren Wohlstand unter den Christen zu verteilen, waren sie in Augsburg »nur« aus der Stadt vertrieben worden.

Inzwischen war das Haus am Rohr seit zwei Generationen eine gute, sehr solide Anschrift für die Nachkommen Jakob Fuggers des Älteren. Im Haus der anderen Fuggerfamilie am Weinmarkt ging es viel lärmender zu. Hier herrschte der Vetter Lukas als vornehmer und weithin angesehener Kaufmann. Lukas war Mitglied im Großen Rat und Gastgeber des Kaisers. Jakob hatte schon mehrmals mit anhören müssen, wie sich die Brüder und die Mutter über seine Maßlosigkeit erregten. Nicht nur, dass er inzwischen Hochzeitsmeister und Heringsbeschauer in Augsburg war – er hatte auch die Kontrolle über den Wollhandel in der Stadt an sich gezogen und erhob zudem die Abgaben für den Barchent und einige Steuern. Es hieß, dass er zusammen mit einigen anderen Kaufleuten ein deutsches Handelshaus bei Herzog Galeazzo Sforza in Mailand eingerichtet habe. Auch die Habsburger in Österreich sollten ihm einiges Geld schulden.

»Das kann und wird nicht gut gehen«, hatte die Mutter erst vor wenigen Tagen geseufzt. »Er ist kein solider Mann wie euer Vater, sondern ein raffgieriger Mensch, der nie genug bekommt und über seine Maßlosigkeit noch tief stürzen wird.«

Jakob hatte sehr lange darüber nachgedacht, warum die Mutter, die doch elf eigene Kinder aufgezogen hatte, sich derartig um einen anderen grämte. Vielleicht war es der Kummer mit ihrem eigenen Vater, den die Augsburger eines Tages in den Schuldturm geworfen und erst nach vielen Jahren wieder freigelassen hatten – nach Jahren, in denen Jakob Fugger getreulich Gulden um Gulden die Schuld des Schwiegervaters abgetragen hatte. Noch am Tag seiner Freilassung aus dem Turm war Franz Bäsinger nach Tirol ausgewandert und dort erneut Münzmeister geworden.

Die meisten Augsburger hatten sich inzwischen an der großen Straße vom Roten Tor in der südlichen Stadtmauer bis zum Rathaus und zum Dom versammelt. Hier standen sie an diesem Morgen dicht an dicht zu beiden Seiten vor den Häusern, wobei sie nur eine mit Blumen bestreute Gasse in der Mitte der alten römischen Via Claudia frei ließen.

Ein ungeduldiges Gemurmel lief wieder und wieder durch die Reihen. Es wurde zum kurzen Gelächter, wenn einer der alten Stadtwächter eine hübsche Dirne, die sich zu vorlaut nach vorn gedrängt hatte, etwas unsanft mit dem Ende seiner langen Hellebarde zurückdrängte oder wenn ein Schalk sich den Spaß machte und voreilig »Sie kommen! Ja, sie kommen!« rief. Dann machten alle lange Hälse und schauten vergebens die Straße hinab. Noch dichter war das Gedränge nach Norden hin. Hier erweiterte sich die Straße zum großen Platz. Direkt vor dem Rathaus hatten sich die Zünfte aufgestellt. Die Gilde der Fischer von Wertach und Lech mit ihren Ältesten an der Spitze, die stolzen Weber, denen die Stadt ihren Aufstieg verdankte, die Zimmerer mit ihren Fahnen, die Brauer mit den wertvollen Gewerbezeichen – sie alle hatten sich im Sonntagswams versammelt. Nur wenigen fiel auf, dass einige der Handwerker, Händler und Wirte fehlten.

Bot schon die Menge am Straßenrand einen feierlichen Anblick, so traf dies noch mehr auf die hohen Häuser selbst zu. Bis an die Giebeldächer zeigten sich an allen Fenstern herausgeputzte Frauen und Mädchen. Grüne Tannen- und Taxuszweige an den Seiten und herabhängende bunte Tücher umrahmten sie wie heitere Gemälde.

Das anmutigste Bild bot freilich ein Erkerfenster am Haus des Kaufmanns Lukas Fugger vom Reh. Jedermann in Augsburg kannte die vier fröhlichen Mädchen, die ihr schönes Haar noch in Netzen trugen, um damit zu zeigen, dass sie noch zu haben waren. Sie waren noch keine achtzehn Jahre alt.

Anna, die Älteste, war kräftig gebaut. Dichtes, braunes Haar zog sich um ihre freie Stirn und die gewölbten Bogen ihrer dunklen Brauen. Berta, die Jungfrau zur Linken, war kleiner und etwas fülliger als ihre Schwestern. Sie strahlte die Fröhlichkeit eines heiteren Wesens aus, das sehr wohl wusste, wie sehr es gefiel. Ihr hellblondes Haar war nach Sitte der Augsburger Damen in viele Löckchen und Zöpfchen geschlungen und zum Teil unter eine weiße Tuchhaube gesteckt. Die Dritte ähnelte der Mutter, nach der sie den Namen Bärbel trug. Sie war resolut, wenn auch nicht ganz so anmutig wie ihre Schwestern. Die Vierte von ihnen hieß Marie. Sie wirkte eher zart und verträumt, doch spielte ein herrischer, schon fast abweisender Zug um ihre Lippen – ganz so, als missbillige sie das fröhliche Kichern ihrer älteren Schwestern.

Es waren viele, die den Habsburger auf seinem Weg aus der Wiener Neustadt nach Trier begleiteten, Grafen und Herzöge, Priester und Bischöfe, Ratgeber und Beobachter benachbarter Reiche im Osten und Norden. Jeder wollte dabei sein, wenn Kaiser Friedrich III. seinen Sohn mit der Erbtochter Herzog Karls des Kühnen verlobte. Burgund und Österreich durch die Erben vereint – das musste die gerade erst frei gewordenen Schweizer ärgern, die Franzosen in kalte Wut versetzen und die mit sich selbst beschäftigten Signorien der Italiener grämen, deren Fürsten eigentlich auch Lehnsleute des deutschen Kaisers und römischen Königs Friedrich III. waren.

Doch noch war es nicht so weit: Während Maria von Burgund als reiche Partie galt, wussten die Habsburger nicht einmal, wie sie auf dem langen Weg das Futter für ihre Pferde bezahlen sollten …

Es ging bereits gegen Mittag, als Ulrich, der Erstgeborene, ebenfalls im Haus des Onkels auftauchte. Er war ein stattlicher und ernster Mann Anfang dreißig. Wie üblich um diese Jahreszeit trug er einen dunklen Kittel mit leichtem Pelzbesatz auf dem breiten Kragen und den weiten Ärmeln. Er hatte sich nicht einmal die Zeit genommen, sich für den Einzug des Kaisers umzukleiden.

Von den anderen, ebenfalls erwachsenen Brüdern Jakobs befand sich keiner mehr in Augsburg. Andreas war seinem verstorbenen Bruder Hanns nach Venedig gefolgt, Markus hielt in Rom die Verbindungen zum Vatikan, Peter leitete die Niederlassung in Nürnberg, und Georg, der Zwanzigjährige, war früh am Morgen einigen Abgesandten aus Köln entgegengeschickt worden.

Obwohl Köln gerade erst aus der Hanse entlassen worden war, blieben die Kaufleute vom Rhein wichtige Geschäftspartner des Hauses Fugger. Es hieß, dass der Burgunder sie nicht nur bedrohte, sondern bereits das rheinabwärts gelegene Neuss belagere. Da konnte es sehr sinnvoll sein, vor allen anderen zu erfahren, wie sich die fernen Märkte entwickelten. Ulrichs Blick streifte nur kurz die kichernden Schwestern. Er sah zu Jakob auf seinem Schemel hinauf und blickte dann fragend auf die Mutter. Diese lächelte, machte eine beschwichtigende Handbewegung und setzte sich auf die Ofenbank. Von draußen drang immer mehr Lärm in die große Stube.

»Man sollte dem Jakob nicht so viel durchgehen lassen«, raunte Ulrich der Mutter zu. »Er ist kein Bub mehr. Und seine Erziehung bei den Klerikern kostet uns Jahr für Jahr gutes Geld.«

»Und bringt uns vier Silberne als Pfründe ein«, wehrte die Mutter ab.

»So viel, wie ein einziger Hut für den Kaiser kostet.«

»Versündige dich nicht an Jakob«, entgegnete die Mutter, »schreib lieber rechtzeitig auf, was wir ausgeben können, falls wir nach tausend Kopfbedeckungen oder auch mehr gefragt werden.«

Ulrich legte die Stirn in Falten. »Wie meinst du das?«

»Sieh aus dem Fenster«, antwortete die Mutter. »Und betrachte die Kaiserlichen einmal mit den Augen deiner Schwestern oder wie die Gläubiger überall in der Stadt.«

Ulrich blickte sich kurz um. Am Fenster der Schwestern war kein Platz mehr. »Komm hierher!«, rief Jakob und trat etwas auf seinem Schemel zur Seite. Im selben Augenblick tauchte ihr Vetter Lukas auf. Er war nur wenig älter als Jakob. Als er sah, wie voll die gute Stube seines Vaters war, streckte er allen die Zunge heraus und verschwand wieder. Nur Jakob und die Mutter hatten es gesehen. Ulrich zögerte noch einmal, dann stieg er neben Jakob auf den Schemel. Er wollte sich festhalten und legte seinen Arm um Jakob, doch der wehrte ihn augenblicklich ab.

»Nicht! Lass das!«

Ulrich war viel zu verdutzt, um gegen den Ton des achtzehn Jahre Jüngeren zu protestieren. Sie mussten beide aufpassen, dass sie nicht den Halt unter dem hohen Fenster verloren. Ulrich schnaubte kurz, dann wandten sie sich beide dem Treiben auf der Straße zu.

Die Menge am Straßenrand wogte immer ungeduldiger mal zur einen, mal zur anderen Seite. Einige der Männer hatten sich bereits auf den Boden gekauert, als plötzlich Schüsse von den Türmen der Stadtmauer ertönten. Sie waren noch nicht verklungen, als auch schon die Glocken des Doms damit begannen, tiefe Akkorde über die Stadt zu rollen. Augenblicklich füllten sich die an einigen Stellen bereits gelichteten Reihen am Straßenrand.

»Sie kommen, Marie, sie kommen!«, rief die Blonde im Erkerfenster, schlang die Arme um ihre Schwestern und beugte sich weit aus dem Fenster hinaus.

Jetzt näherte sich der dumpfe Klang von Pauken, vermischt mit den hohen Klängen der Zinken und Trompeten. Durch das Rote Tor in der Stadtmauer hinter Sankt Ulrich und Afra strömte ein langer Zug von Reitern. Zunächst kamen die Stadtpauker und Trompeter. Die Schar lärmender Augsburger Patriziersöhne war eine bekannte Erscheinung. Sie wurden fröhlich begrüßt. Als aber nicht mehr das Banner der Stadt und die eigenen Fahnen und Standarten zum Tor hereinschwenkten, ließ der Jubel sofort nach. Die Schönen im Erkerfenster und ihre Brüder am Fensterchen schräg über ihnen schärften ihre Blicke, als sie erkannten, dass die Menge am unteren Teil der Straße ehrerbietig die Mützen abnahm. Jakob sah den Kaiser als Erster.

»Da ist er!«, rief er, obwohl er sich vorgenommen hatte, nicht so aufgeregt zu sein wie die Schwestern. Der römische König und deutsche Kaiser Friedrich III. ritt auf einem schweren, nicht sonderlich wertvollen Ross. Der Mittfünfziger hatte mürrisch die Unterlippe vorgeschoben und atmete mit offenem Mund. Nichts an ihm ließ erkennen, dass er froh darüber war – wenn alles nach seinen Plänen verlief –, das reiche Herzogtum Burgund als Mitgift für seinen vierzehnjährigen Sohn Maximilian zu erhalten. Der bartlose Kaiser trug einen zugespitzten Hut mit weißen Reiherfedern, dazu einen stumpf glänzenden Brustharnisch über einem roten Wams, lederne Beinkleider, die neu wohl recht hübsch gewesen sein mochten, aber durch Regen und die Strapazen der Reise feuchtfleckig geworden waren. Weite, zu schwere Reiterstiefel schlossen unter den Knien an. Ein kurzes Schwert mit langem Griff vollendete das Bild eines früh ergrauten Kriegers. Den einzigen Schmuck des Kaisers bildete eine lange, dreimal um den Hals gelegte goldene Kette.

»Sagt, Ulrich und Jakob«, rief Berta Fugger und beugte den Kopf ein wenig zurück, »ist dieser schmucke Bursche neben dem Kaiser etwa der Erzherzog Maximilian?«

»Ja, er ist groß geworden«, sagte Ulrich. »Und ein stattlicher Bräutigam für die Erbtocher des Burgunders.«

»Eigentlich sehen sie alle schäbig aus«, warf Jakob ein.

»Das musst ausgerechnet du sagen«, gab Berta schnippisch zurück. »Ihr Mönche lauft doch am liebsten in einer Farbe oder in Sack und Asche.«

»Unser Jüngster ist kein Mönch«, brummte Ulrich, ohne auf den Scherz einzugehen. »Er wird vielleicht noch Chorherr in Herrieden, doch zum Priester, Doktor oder auch nur Magister fehlen ihm bisher noch die Reife und der Fleiß!«

Jakob wollte widersprechen, aber ein Hüsteln der Mutter ließ ihn schweigen.

»Vertragt euch!«, befahl sie wie schon so oft. Seit das Familienoberhaupt vier Jahre zuvor von ihnen gegangen war, hielt sie nicht nur die Geschwister, sondern auch das Geschäft im Haus am Rohr zusammen.

Ulrich Fugger ließ sich nicht beirren. »Jener dort auf dem Schimmel hinter dem Kaiser und seinem Sohn ist der Reichskanzler Hans Rebwein. Mit dem kann man reden, aber die Nächsten im Gefolge sind eher räudige Hunde als Adler, die zum Reichstag nach Beute gehen.«

Es wurde sehr laut, als die Reiter mit ihren Pauken und Trompeten vorüberzogen. Und dann kam Maximilian. Genau unter dem Fenster mit den Fuggermädchen ließ er sein Pferd wie zum ritterlichen Gruß ein wenig auf der Hinterhand steigen. Die Gewandtheit und Kraft, mit der Maximilian das Ross wieder hinunterzwang, beeindruckten nicht nur die Zuschauer im Fuggerhaus. Das lange hellbraune Haar fiel ihm über das Gesicht. Als er es mit einer stolzen Handbewegung zurückschlug, fiel sein Blick auf die Fenster oben im Haus.

»Heilige Mutter Gottes, er sieht mich an!«, stöhnte Anna.

»Oder auch mich!«, kicherte Berta.

Marie sagte nichts. Sie wurde nur über und über rot. Im selben Augenblick glaubte Jakob, dass der Sohn des Kaisers nicht seinen albernen Schwestern, sondern eher ihm zuwinkerte. Wie zur Bestätigung lachte Maximilian, ehe er die Zügel klatschen ließ und seinem Vater nachritt. Sobald der Kaiser mit dem engeren Hofstaat vorbeigezogen war, schlugen in den Straßen Augsburgs die hölzernen Fensterläden zu, schleppten Bäcker und Gemüsehändler, die Schmiede und Gastwirte, ja, selbst die Weber und Fischer bis hinunter zu den Lechkanälen ihre ausgelegten Waren zurück in die Häuser und versperrten alle Türen.

»Was machen die da?«, fragte Jakob entsetzt.

Ulrich Fugger lachte trocken und stieg vom Schemel.

»Ohne Geld keine neuen Waren«, antwortete er. »Und solange der Kaiser seine alten Schulden – immerhin zweitausend Gulden – nicht bezahlt hat, bekommen die Männer nicht einmal einen Laib Brot, geschweige denn Bier oder Wein, und die Pferde nicht einen einzigen Sack Hafer!«

»Und die Patrizier?«, fragte Jakob. »Der Rat der Stadt … die reichen Kaufleute, die Welser, Gossembrot und Rehlinger? Oder gar wir selbst? Man kann den Kaiser doch nicht halb verhungert und so beschämend ausgestattet zu einem Reichstag ziehen lassen!«

»A E I O U«, riefen die Mädchen im Chor. »Austriae est imperare orbi universo – alles Erdenreich ist Österreich untertan, nur Gläubiger des Kaisers im goldenen Augsburg nicht!«

Die Kölner kommen

Als die Zünfte ihre Abordnungen auflösten und das Volk sich wieder verlief, schlossen auch die Fugger ihre Fenster. Die Mutter und die Schwestern kehrten ins Haus am Rohr zurück. Für sie war der Besuch des Kaisers zunächst einmal vorbei. Friedrich III., der junge Erzherzog Maximilian und ihre wichtigsten Berater würden bei Lukas Fugger wohnen. Zunächst aber musste der Kaiser mit seinem engeren Hofstaat die offiziellen Begrüßungen, eine Messe im Dom und einen Imbiss im Rathaus überstehen. Nicht so Ulrich Fugger. Er verließ das Haus seines Onkels am Weinberg kurz nach den anderen.

»Du kannst mitkommen«, sagte er zu seinem jüngsten Bruder. Jakob wusste nicht, wie er zu dieser Ehre kam. Aber schon kurz darauf merkte er, dass Ulrich ihn nur deshalb mitnahm, weil er etwas verbergen wollte.

Sie gingen nicht zum Haus am Rohr, sondern folgten dem kaiserlichen Tross am Rathaus vorbei bis zum Münster. Doch dann betraten sie nicht den Dom, sondern gingen an ihm vorbei in die nördlichen Stadtviertel.

Der Hügel vor dem Zusammenfluss von Wertach und Lech war bereits den Römern als derart günstiger Platz erschienen, dass sie auf ihm schon vor der Geburt des Herrn ein Militärlager errichtet hatten, aus dem später Augusta Vindelicum, die kaiserliche Hauptstadt der Nordalpenregion Rätien, wurde.

Jakob interessierte sich nicht erst seit seinem Aufenthalt im Stift Herrieden für alles, was die Römer und die Menschen südlich der Alpen betraf. Schon zuvor, als der Vater noch lebte, hatten er und seine Brüder bei einem fetten Mönch lateinische Vokabeln pauken müssen. Während die Älteren heimlich geflucht hatten, war Jakob die Strenge und das genau festgelegte Maß dieser Sprache wie gesprochene Musik vorgekommen. Auch jetzt noch waren ihm die lateinischen Lesungen und die Gesänge in den Messen von Herrieden oft angenehmer als Schwäbisch oder Starckdeutsch, Mundarten, in denen selbst Alltägliches gemein und ordinär klang. Ohne dass Ulrich etwas davon wusste, lernte er bei Abt Wolfgang in Herrieden auch noch die italienische Sprache, wie sie in der Toskana gesprochen wurde.

Kurz darauf kam ihnen eine Gruppe von erhitzten Reisenden mit Packpferden durch das Wertachbrucker Tor entgegen.

»Die Kölner«, erklärte Ulrich knapp.

Jakob wusste inzwischen, dass sie großen Streit wegen ihres neuen, von Friedrich III. ernannten Erzbischofs hatten. Die Patrizier Kölns und selbst das Kölner Domkapitel wollten ihn nicht. Sogar Papst Sixtus und Karl der Kühne von Burgund hatten sich inzwischen eingemischt.

Die beiden Abgesandten des Rates und des Domkapitels wurden von Georg Fugger mit ihren Packpferden und dem Gefolge in die Stadt geleitet. Sie hatten Mühe, den letzten Anstieg durch die schmalen Gassen bis zur Hauptstraße auf dem Kamm des Augsburghügels zu bewältigen.

»Ihr kommt spät!«, tadelte Ulrich. »Schon fast zu spät! Der Kaiser ist bereits im Rathaus.«

»Was zu besprechen war, haben wir inzwischen vereinbart«, antwortete Georg erhitzt. »Wir werden nicht einmal Verträge brauchen. Es reicht das Wort, das wir uns geben …«

»Also, das Kölner Silber – das gute Pfund der Osterlinge oder auch Pfund Sterling, wie man in London sagt, als Einlage in unserer Handelsgesellschaft, damit wir alle kaiserlichen Schulden hier in Augsburg begleichen«, sagte Ulrich. »Und nur der Kaiser selbst und sein Kanzler Rebwein sollen davon hören.«

»Nein, so viel Gottvertrauen haben die Rheinischen nun doch nicht«, entgegnete Georg und lachte. Er ließ ein paar schwer bepackte Bauern von den Feldern vorbeiziehen. »Die ganze Angelegenheit ist kreuz und quer verfilzt wie Schafwolle, ehe sie gekämmt wird und auf die Spindel kommt …«

»Dann mach es einfach für mich«, sagte Ulrich, »damit ich sehe, wie ein starker Faden daraus wird.«

»Nun gut«, sagte Georg. »Noch weiß es niemand – aber der Rat der Stadt Köln stellt sich ab sofort auf die Seite des Domkapitels und damit gegen den Kölner Erzbischof. Der wiederum sucht und bekommt Unterstützung durch Karl den Kühnen. Den Herzog von Burgund dürstet schon länger nach den Reichtümern des Rheinlandes. Deswegen wollten die Kölner Abgesandten den Kaiser unterstützen. Als einzige Gegenleistung verlangen sie das Recht, eigenes Geld schlagen zu dürfen. Aber es darf zu diesem Zeitpunkt keine Verbindung zwischen Köln und Wien und keine kaiserliche Urkunde bekannt werden, weil all das den Burgunder unnötig verärgern würde. Nach einer Hochzeit zwischen Maximilian und Maria sähe alles anders aus.«

»Der Burgunder soll also getäuscht werden«, sagte Ulrich missbilligend. »Und wir beteiligen uns am Doppelspiel des Kaisers und der Kölner?«

»Die Kölner wehren sich mit aller Macht gegen Karl den Kühnen – hingegen würde der Kaiser ihn sogar küssen, wenn er ihm dafür seine reiche Tochter für Maximilian gibt.«

»Und so dient unsere heimliche Vermittlung allen«, sagte Ulrich halbwegs besänftigt. »Jetzt habe ich den Handel um drei Ecken verstanden.« Sie näherten sich wieder dem Dom und dem Rathausplatz. »Zieht allein weiter – ich muss mich jetzt im Rathaus sehen lassen ...«

Jakob hatte das Gespräch mit offenem Mund verfolgt. Er hatte oft genug gelauscht, wenn in den Beichtstühlen des Stiftes von Herrieden Verbotenes besprochen wurde. Er hatte keinen Zweifel daran, dass auch hier ein Süppchen ausgekocht wurde, an dem sich einige verbrennen und andere lustvoll laben würden.

Noch in derselben Nacht hörte Jakob mit großen Ohren, wie seine Brüder beschlossen, dem Kaiser alles zu schenken, was er für einen noblen Auftritt in Trier benötigte und was sie ihm vor der Ankunft der Gesandten des Kölner Rates heimlich beschafft hatten. Sie wussten, dass sie von Friedrich III. keinen Gulden und kein Pfund Pfennig zurückbekommen würden. Dennoch legten sie und die Kölner Selbsterspartes, Kölner Steuergelder und sogar Münzen aus dem Opferstock des Domkapitels zusammen. Nachdem sie sich einig waren, buchten Ulrich und Georg noch vor Morgengrauen alles als Verlust.

Jakob schlief in seinem Versteck zeitweilig ein. Es wurde bereits hell, als er hörte, wie Ulrich sagte: »Je mehr wir an die Mächtigen verlieren, umso reicher bekommen wir es eines Tages wieder. Wir unterstützen sie, weil das der beste Weg ist, sie zu kaufen.«

Jakob verstand noch nicht, was damit gemeint war. War nicht

Franz Bäsinger, der Großvater mütterlicherseits, als Münzmeister wegen falscher Münze und Bankrott mit vierundzwanzigtausend Gulden Schulden in den Schuldturm geraten? Und hatte nicht der Vater mit einer Bürgschaft über viele Jahre hinweg alles auf Heller und Pfennig abbezahlen müssen?

Als der neue Tag in den Gassen zu lärmen begann, kam Jakob nur sehr schwer aus dem Bett. Aber das Dormitorium im Stift Herrieden war auch kein Ort für Langschläfer. Manchmal, wenn es einem der älteren Chorherren gefiel, mussten die Jungen, wenn sie die ersten der niederen Weihen erhalten hatten, mehrmals in einer Nacht zum Gebet in die Kapelle. Es gab zwar einige Möglichkeiten, sich von der ungeliebten Quälerei freizukaufen, aber für derartige Erleichterungen auf dem Weg zu einem ordentlichen Stiftsherrn zahlten Jakobs Brüder nicht. Und Mutter Barbara wollte er nicht darum bitten. Es reichte ihm, dass sie aus ihrem eigenen Geschäftsanteil dafür bezahlte, dass ihr Jüngster so oft wie möglich freigestellt wurde und irgendein Fuhrmann mit Waren aus dem Lagerhaus vom Bruder Peter in Nürnberg den Umweg über Ansbach machte und ihn im Stift Herrieden aufsitzen ließ.

Im Haus am Rohr war trotz der Verhandlungen der vergangenen Nacht bereits wieder die übliche Geschäftigkeit eingekehrt. Jakob streifte durch die Räume, in denen sich die Schreiber aufhielten, begrüßte auch die Mutter mit einer heftigen Umarmung und lief dann in die Küche zum Gesinde. Hier wurde gerade der Morgenbrei samt Fleisch und Würsten, noch warmem Brot und geräuchertem Wertachfisch für die Kölner Abgesandten vorbereitet.

Jakob nahm sich ein Stück Brot, tunkte es in eine Milchschale, streifte mit der knusprigen Kruste am Rand vom Butterfass entlang und war schon wieder draußen, ehe die Köchin oder der Majordomus mit ihm schimpfen konnte. Nur die Küchenmädchen kicherten wie seine Schwestern noch eine Weile hinter ihm her.

Er lief die Gasse vom Judenberg hinauf und wandte sich zum Weinmarkt. Obwohl es schon längst Tag war, hatten einige der Krämer und der Händler an der breiten Via Claudia ihre Läden noch immer fest verschlossen. Einige junge Mädchen scherten sich nicht um die Ermahnungen der Eltern und scherzten mit den Landsknechten und Reisigen aus dem kaiserlichen Gefolge. Nur die Adligen und wichtigen Berater waren in Patrizierhäusern untergekommen. Jakob hatte keine Ahnung, wo all die anderen übernachtet hatten, die längst wieder die Straßen der Stadt füllten.

Kaum jemand achtete auf ihn, als er sich durch die gaffende, teilweise schimpfende und sogar drohende Menschenmenge drängelte, die sich vor dem großen Haus seines Onkels Lukas versammelt hatte. Hier war der Kaiser Gast, mit ihm sein Sohn und seine edelsten Berater. Dennoch kam es Jakob so vor, als würden schon sehr bald faules Obst oder gar Steine gegen die Fassaden und die Fenster des Hauses am Weinberg fliegen.

Die bewaffneten Wächter am Eingang erkannten ihn und ließen ihn schnell hineinschlüpfen. Gleich darauf sah er auch seine Schwestern. Sie saßen mit den Basen auf einer Steinbank im Innenhof des Palazzos und schauten dem Prinzen zu. Maximilian langweilte sich ganz offensichtlich. Er warf einen bunten Ball aus Ziegenleder gegen die Säulen des Innenhofes und fing ihn ohne große Lust wieder auf. Vielleicht wagte er als junger Bräutigam keine andere Beschäftigung vor den Augen der Mädchen, vielleicht wollte er ihnen aber auch zeigen, wie geschickt und erwachsen er schon war. Als der Ball am Fries einer Säule abprallte, fing Jakob ihn mit einem schnellen Sprung ab.

Für einen Augenblick standen sich die beiden Jungen abschätzend gegenüber. Diesmal kicherten die Mädchen nicht. Sie verfolgten gespannt die Begegnung zwischen dem Sohn des Kaisers und dem Jüngsten der Fugger.

»Zieht das nicht auf deinem Kopf?«, fragte Maximilian spöttisch und deutete auf die Tonsur. Jakob zögerte nicht einen Augenblick mit seiner Antwort. Hätte der junge Erzherzog ihn nach seinem Ball gefragt, irgendeinen herablassenden Gruß gemurmelt oder ihn einfach nur schweigend und hochnäsig angesehen, hätte der jüngste Fugger den Kopf geneigt, wie es sich geziemte. So aber empfand er die Frage des jungen Habsburgers als eine der üblichen Neckereien, wie sie auch unter den Ministranten und Schülern im Stift Herrieden üblich waren.

»Nein, Euer Ehren, es zieht nicht, sondern schiebt ganz gewaltig«, antwortete er grinsend. Maximilian war so verdutzt, dass er Jakob nur anstarren konnte. Ein oder zwei Jahre später hätte er hart reagieren müssen. So aber platzte er einfach los und lachte.

»Nicht schlecht, nicht schlecht«, schnaubte er vergnügt. »Das merke ich mir für unsere Kleriker in Wien und Innsbruck. Die Herrschaften glauben ohnehin, dass nur sie als Geweihte Zugang zu höherer Erkenntnis haben.«

Jakob nahm den Ball hoch und warf ihn Maximilian zu. Sie standen sich im Innenhof zwischen den Säulen gegenüber. Maximilian musste zur Seite springen, um den Ball zu erreichen. Er warf ihn sofort wieder zurück. Diesmal sprang Jakob hoch.

»Den nächsten fängst du nicht!«

»Versuch es!«

Jakob warf scharf in die Ecke zwischen den Beinen des Prinzen und der linken Säule. Zu seiner Überraschung ließ Maximilian sich fallen, erreichte den Ball mit seinen Fingerspitzen und fing ihn beim Nachgreifen ein.

Jetzt wussten beide, worum es ging. Sie prüften einander gegenseitig mit immer geschickteren und schärferen Würfen. Und dann klatschten auch die Mädchen Beifall und jubelten. Als die Jungen bemerkten, dass sie sich nicht mehr miteinander maßen, sondern bereits ein Schauspiel für die Zuschauerinnen abgaben, hörte Jakob auf.

»Willst du noch?«, rief er schnell atmend Maximilian zu.

Der Prinz schüttelte den Kopf. »Nicht hier vor Publikum. Wenn wir uns wirklich in aller Ritterlichkeit wie bei einem Turnier messen würden, bräuchten wir dafür die Wiesen, wie ich sie gestern unten an der Wertach gesehen habe. Aber ich darf die Stadt ohne meine Trabanten leider nicht verlassen.«

»Wir könnten zu unserem Haus gehen«, schlug Jakob vor. »Dort gibt es auch einen Hof. Wenn du willst, zeige ich dir auch meine Bücher. Ich habe Handschriften von Mönchen, sogar bunt gedruckte.«

»Ja, die kenne ich auch. Wir haben Bibeln von Johann Gensfleisch vom Frankfurter Judenberg.«

»Und ich habe einen Kalender, der nicht nur koloriert, sondern gleich farbig gedruckt ist.«

»Das will ich sehen!«, rief Maximilian begeistert. Er drehte sich um, ging schnell zu den Herren, die schon die ganze Zeit am Rand des Hofes zugesehen hatten, und sagte ihnen, was er beabsichtigte. Sie wollten protestieren, aber Maximilian beschwichtigte sie mit einer kurzen Handbewegung. Dann kehrte er zu Jakob Fugger zurück. Gemeinsam verließen sie das Haus am Weinberg. Bewaffnete Trabanten und Diener schlossen sich den beiden Jungen an.

Jakob nahm Maximilian direkt in die Stube mit, in der er seine Schätze aufbewahrte. Die anderen mussten draußen bleiben. Er nahm den Augsburger Kalender aus einem lederbeschlagenen Holzkasten und legte ihn auf einen großen Tisch zwischen den beiden Fenstern des kleinen Raumes im oberen Stockwerk.

»Für jede Seite und jede Farbe werden einzelne Holzstöcke geschnitzt«, erklärte er dem Sohn des Kaisers. »Dadurch können vollkommen gleiche Kopien gedruckt werden – ganz anders als bei den Büchern, bei denen es davon abhängt, wie geschickt sich irgendein Mönch anstellt, wenn er Bilder oder Initialen malen muss.«

Maximilian nickte nachdenklich. »Dann bräuchte man eigentlich keine Skriptorien mehr und könnte auch die bunten Bücher genauso prägen wie Münzen, die mit dem Stempel eine wie die andere aus Metall geschlagen werden.«

»Ja, wenn der Drucker und der Münzmeister ehrliche Leute sind«, sagte Jakob und grinste.

»Niemand merkt, wenn das Münzmetall gut gefälscht oder zu knapp gehackt wird«, sagte Maximilian. »Aber wenn ein paar Buchstaben, Bilder oder gar ganze Seiten in einem Buch fehlen, würde das sicherlich auffallen.«

»Du meinst, man könnte mit gedruckten Büchern nicht so viel verdienen wie mit Geld?«

»Bekommst du mehr Seiten zurück, wenn du ein Buch verleihst?«, fragte der junge Herzog. »Aber beim Geld, da lassen sich Geschäfte machen, von denen ihr noch keine Ahnung habt.«

»Wir sind auch keine Juden«, gab Jakob ein wenig ärgerlich zurück.

»Pah!«, antwortete der Sohn des Kaisers. »Jeder leiht und verleiht doch Geld. Du vielleicht nicht, weil du nichts hast, aber deine Brüder sind bestimmt nicht besser als die anderen. Nicht nur die Juden und die Kaufleute – sogar die Fürsten und die Bischöfe leihen und verleihen alles hin und her. Glaub mir, ich weiß das nur zu gut.«

»Verleiht der Kaiser etwa Geld?«

Maximilian lachte laut auf. »Wo denkst du hin? Wir brauchen ständig Geld, aber es kommt nicht mehr genügend herein von all den Fürsten, Grafen und so weiter. Sogar die Knechte für den Krieg werden nicht mehr mit ihrer Ausrüstung gestellt, sondern müssen bezahlt werden. Söldner, verstehst du, Landsknechte. Und ohne Geld bekommt mein Vater nicht einmal Pferde, Waffen und die notwendigste Ausrüstung.«

In diesem Augenblick wurde Jakob bewusst, wie friedlich und geordnet es in seiner eigenen Familie zuging. Sicher, er wusste nicht sehr viel von den Geldsorgen der Brüder, aber auch im Stift Herrieden hatte alles seine festen Regeln. Saat und Ernte, Einnahmen und Pfründen, kleine Benefizien, Spenden, Opfergelder und gelegentlich ein Erbe hielten den Haushalt eines Stiftes, eines Klosters oder einer Diözese in der Waage. Und alles, was nach Rom abzuführen war, geschah wie bei den Handelsleuten mit dem erforderlichen Abschlag für die Risiken des Lebens und des Reisens Schwund ...

»Deswegen will ich unbedingt reich heiraten«, verkündete Maximilian bestimmt. »Vielleicht kann ich mir dann auch einmal einen bunten Augsburger Kalender leisten.«

Für einen Augenblick wollte Jakob dem Prinzen bereits seinen eigenen Kalender schenken. Aber etwas warnte ihn. Auch in Herrieden hatten die Mönche und Chorherren nichts unversucht gelassen, um sich selbst Kleinigkeiten, Andenken und Erinnerungsstücke von ihren Schutzbefohlenen schenken zu lassen. Wenn Ermahnungen zur Nächstenliebe und Hinweise auf die Bergpredigt nicht langten, wurden, ohne zu zögern, auch härtere Druckmittel eingesetzt. Die nächtlichen Rufe zum Gebet gehörten ebenso dazu wie Einreden ins Gewissen wie »Ich hab's gehört, du hast gefurzt im Beichtstuhl, das sag ich deinem Bruder!« oder – viel schlimmer – jene ernsthaften Worte von Mann zu Mann, bei denen es um böse Lust und sündige Gedanken ging. »Fass ihn nur an bei mir, dann wirst du fühlen, wie stark ich mich mit aller Kraft dagegen wehre ...«

Jakob presste die Lippen zusammen und schüttelte den Kopf. Dann sagte er mit einer Stimme, die wie bei einer Predigt von der Kanzel klang: »Wissen ist Macht, sagten schon die Lateiner, aber die Schwarze Kunst der Buchdrucker ist viel gefährlicher als jede Hexerei.«

»Du bist ein aufgeweckter Bursche«, meinte der junge Erzherzog gönnerhaft. Gleichzeitig trat er einen Schritt von Jakob und dem farbigen Kalender auf dem Tisch zurück. »Eigentlich schade, dass du nur als Sohn von Webern und Kaufleuten geboren bist ...«

Das Lilienwappen

Während sich die beiden Knaben unterhielten, verhandelte einige Zimmer weiter in der guten Stube der Reichskanzler Hans Rebwein mit Ulrich und Georg Fugger. Sämtliche Bediensteten waren an diesem Tag aus dem Haus geschickt worden.

»Ich muss euch nicht sagen, wie ein kaiserlicher Hofstaat eigentlich aussehen sollte«, meinte Rebwein keineswegs hochnäsig. »Jeder von euch Kaufleuten weiß, was den Fürsten und ihren Gefolgsleuten gebührt. Aber in diesen schrecklichen Zeiten ist der Kaiser ein Bettler, und die Pfeffersäcke hocken wie Geier auf ihren Geldkisten.«

»Wir handeln nicht mit Pfeffer!«, entgegnete Ulrich korrekt. »Noch nicht jedenfalls«

»Dennoch ist eure Familie besser gekleidet als manch adliger Berater des Kaisers. Der alte Lukas Fugger vom Reh und sein Sohn haben uns in ihrem Palazzo am Weinmarkt ordentlich aufgenommen und beköstigt, aber zu mehr sind weder sie noch irgendein anderer der Kaufleute und Geschlechter in Augsburg bereit. Im Gegenteil – ich hörte, dass wir nicht einmal ungeschoren zu unserer nächsten Etappe nach Günzburg aufbrechen können …«

»Wer sollte euch daran hindern?«, fragte Georg.

»Ihr Augsburger, wer sonst? Und wenn es die Hufschmiede sind, die den Beschlag unserer Rösser bezahlt haben wollen.«

»Wir können euch dabei nicht helfen«, sagte Ulrich.

»Nicht bei zweitausend Gulden?«, fragte der Kanzler ungläubig. »Hat nicht euer verstorbener Vater sogar das Zwölffache als Bürgschaft für euren Großvater mütterlicherseits gezahlt?«

»Nicht über Nacht und auch nicht in einem Jahr«, gab Ulrich zurück. »Außerdem würde uns die ganze Stadt schneiden, wenn wir uns ohne Gegenleistung auf die Begleichung der Schulden verständigen. Eine Vereinbarung mit so vielen einzelnen Schuldnern könnte allein der Große Rat abschließen.«

»Seltsam«, sagte der Reichskanzler geduldig, »sehr seltsam, ihr Kaufleute. Wenn ich mich recht besinne, nehmen die Fugger vom Reh den dreiundzwanzigsten Rang in der Liste der Augsburger Steuerzahler ein. Ihr aber habt euch, obwohl ihr kein Wappen und kein großes Haus an der Hauptstraße zwischen Sankt Ulrich und Afra und dem Dom vorweisen könnt, schon den zwölften Platz erarbeitet.« Er hob die Brauen, sah mit flinken Augen abwechselnd auf Ulrich und Georg und schob dann die Unterlippe vor. »Was uns in Wien keineswegs verborgen blieb, denn ihr seid wie die Lilien auf dem Felde.«

»Sie kleideten sich nicht und hatten doch –«

Die drei Männer fuhren zusammen. Vollkommen unbemerkt waren Erzherzog Maximilian und Jakob Fugger bis ins Kontor gelangt. Weder der Reichskanzler noch Jakobs ältere Brüder wagten es, in Anwesenheit des Kronprinzen Jakob zurechtzuweisen. Ein solcher Vorwurf hätte schließlich beide getroffen.

»Ihr könnt ruhig weiterreden«, meinte Maximilian. »Geht es um neue Kleider für mich als Bräutigam? Oder soll ich tatsächlich so vor Maria treten?«

Schmollend zupfte er mit beiden Händen an den schon ausgebleichten Beinkleidern. Der Kanzler warf den beiden älteren Fuggern einen fragenden Blick zu.

»Genau darum geht es, Hoheit!«, stieß Georg unbedacht und viel zu schnell hervor. »Es sollte natürlich eine Überraschung sein – eine sehr schöne und würdige Ausstattung, wie es sich für den Sohn eines römischen Kaisers gehört. Als unser Augsburger Hochzeitsgeschenk sozusagen …«

Ulrich und Jakob bemerkten zugleich, wie gefährlich die Worte Georgs werden konnten. Aber noch ehe der eine oder der andere zu einem Widerspruch fähig waren, ergriff der Reichskanzler die einmalige Gelegenheit am Schopf. Mit Erzherzog Maximilian als Zeugen bestätigte er eine nie zuvor auch nur angedeutete Vereinbarung:

»Wir danken euch Fuggern vom Haus am Rohr von ganzem Herzen für die edlen Stoffe aus Brabant und Augsburg und all die Goldfäden und Silberstreifen, die glänzende Seide und flauschige Wolle für unseren Kaiser und sein gesamtes Gefolge.«

Es war ein Versuch, eine List, wie sie nur Taschenspieler und Diplomaten beherrschten. Ulrich und Georg wechselten einen schnellen Blick. Sie sahen zu Jakob hinüber und dann wieder auf den Reichskanzler. Und dann geschah etwas, das Hans Rebwein nach vielen schwierigen und oft demütigenden Verhandlungen mit

Reichsgrafen, Gutsherren oder auch schwäbischen Kaufleuten noch nie erlebt hatte.

»Wir sind einverstanden«, sagte Ulrich feierlich, wenn auch mit leise bebender Stimme. Es war, als ahnte er, wie riskant das Spiel war, das er in diesem Augenblick begann.

»Was meint Ihr damit?«, fragte der Kanzler vorsichtig.

»Wir, die Söhne des verstorbenen Jakob Fugger und seiner Gemahlin Barbara, der Tochter des Münzmeisters Bäsinger in Augsburg und später in Hall in Tirol«, sagte Ulrich feierlich, »wir wollen dem Kaiser zur Verlobung seines Sohnes Maximilian alles an Stoffen und Bekleidung geben, was für den Reichstag in Trier benötigt wird. Und wir verlangen keinerlei Pfand oder Sicherheiten wie bei den anderen Geschäften üblich. Alles, was gelten soll, ist ein Stück Pergament mit Eurer Unterschrift, Kanzler des Reiches.«

»Ich habe weder Siegel noch Petschaft bei mir.«

»Das braucht es auch nicht«, sagte Georg schnell. »Wir richten für des Kaisers Hof eine Schatulle ein, in die kommen die Abrechnungen für alles, was wir direkt an den Kaiser, an Boten, offene Hände oder auf irgendeine andere Weise für dieses Konto ausgeben.«

Schon kurz darauf, am Pfingstsonntag, füllten sich wie durch ein Wunder die Straßen und Plätze Augsburgs mit dem bunt gekleideten und würdig ausstaffierten kaiserlichen Gefolge. So konnten sie tatsächlich Eindruck machen, wenn sie zum Reichstag weiterzogen, den Kaiser Friedrich III. bewusst in Trier, also nahe den burgundischen Ländern, abhalten wollte. Und angesichts der fürstlichen Ausstattung durfte man auf eine rasche Einigung über ein neues Lehen für Karl den Kühnen von Burgund und die Verlobung seiner Erbtochter mit dem Habsburger Thronfolger hoffen.

Jakob misstraute leichtfertigen Versprechen, schnell erteilter Absolution, wie er sie im Beichtstuhl schon allzu oft gehört hatte, und Titeln ohne Wert, und er blieb auch misstrauisch, als die Brüder wenige Tage später, am 9. Juni 1473, das Pergament entrollten, das sie gemeinsam als Dank für ihre Hilfe von Kaiser Friedrich III. erhielten.

Nach Habsburger Art hatte der Kaiser nicht mit barem Geld, sondern mit einem verschnörkelten Wappenbrief bezahlt: Im geteilten gotischen Feld standen eine blaue und eine goldene Lilie, gekrönt von einem Helm mit mächtigen Büffelhörnern.

»… damit Unsere und des Reiches Getreue Ulrich, Markus, Peter, Jörg und Jakob Gebrüder Fugger vor Unserer Kaiserlichen Majestät gerühmt sind …«

Noch war nicht alles ausgestanden. Es war bereits Juli, als Friedrich III. in Richtung Günzburg weiterziehen wollte. Am Tag, als der Kaiser mit seinem kostbar ausstaffierten Gefolge und Dutzenden weiterer Kleidertruhen auf Pferdewagen weiterziehen wollte, kam es am Wertachbrucker Tor zu einem bösen Zwischenfall. Einer der Hufschmiede wollte den Tross nicht ziehen lassen.

»Seht euch das an, Leute!«, rief der riesenhafte, muskelbepackte Mann. »Erinnert euch, wie sie hier eingezogen sind und wie fein gekleidet sie wieder verschwinden wollen, ohne mir Eisen und Nägel, Hufschnitt und Arbeit an zwanzig ihrer Rösser zu bezahlen.«

Andere am Straßenrand stimmten johlend zu. Jetzt schrie auch ein Bäcker, dann ein Weinhändler. Im Handumdrehen verwandelte sich der Auszug des Kaisers aus der Stadt in einen lauten Protest.

Der erzürnte Hufschmied fiel bereits den ersten Vorreitern ins Zaumzeug und hielt sich daran fest. Nur die Tatsache, dass Hunderte von Augsburgerinnen und Augsburgern am Straßenrand standen, hinderte die Trabanten daran, den Auszug mit Waffengewalt zu erzwingen. Doch ließ einer der kaiserlichen Kutscher aus Wien empört die Peitsche knallen.

Mitten im allgemeinen Durcheinander erkannten einige der Patrizier aus dem Großen Rat, was sich anbahnte.

Sie hatten in den vergangenen Tagen schon mehrfach darüber gesprochen, wie dem Kaiser geholfen und das Stadtsäckel dennoch geschont werden konnte. Ihr salomonischer Beschluss bestand darin, dass Stadtboten unter der Hand Beutel mit Münzen an diejenigen verteilen sollten, die zu lautstark auf ihrem Recht bestanden. Dummerweise ließen sich die heimlichen Wohltaten nicht lange verbergen. Schneller als gedacht gab sich ein Gläubiger nach dem anderen zufrieden. Doch niemand zählte oder prüfte nach. Noch ehe der Kaiser und sein Sohn durch das nördliche Stadttor ritten, waren seine Schulden bei den Augsburgern aus ihren eigenen Steuern beglichen …

Es waren recht eigenartige Ereignisse, die Jakob Fugger in diesen Tagen miterlebte. Mehr als die Einkleidung des Kaisers und seines Gefolges und mehr als die Verhandlungen, die seine Brüder mit den Kölnern geführt hatten, beschäftigte ihn die Eile, mit der die Stadt Augsburg zum Schluss die Schulden des Kaisers bei ihren eigenen Bürgern bezahlt hatte – und das nicht nur bei den Patriziern, sondern zuallererst bei den Handwerkern und Schankwirken, den kleinen Krämern und Händlern.

Irgendetwas musste sich seit seinem letzten Besuch bei der Mutter geändert haben. Jakob erinnerte sich daran, wie Georg gesagt hatte, dass der Große Rat nachgiebig geworden sei und die kleinen Händler und Handwerker immer lauter auf ihre Rechte pochten. Bürgermeister Schwarz stand auf ihrer Seite. Fast schien es, als zögen sich die alteingesessenen Geschlechter immer mehr von der Macht zurück. Aber dass selbst kleinste Forderungen von Handwerkern, wenn sie nur respektlos und laut genug vorgetragen wurden, mehr bewirkten als untertäniges Verhalten, wie er es kannte, das wollte ihm einfach nicht in den Kopf.

Am liebsten wäre er in Augsburg geblieben, um mehr von der Macht des Geldes zu verstehen, um sie besser beherrschen zu lernen als sein Vater und seine Brüder und um vielleicht sogar in Italien die Geheimnisse des Handels zu lernen. Aber er musste zurück zu den Kanonikern in das Stift.

So viel er auch über seine Erfahrungen aus dem Stift und die Erlebnisse der vergangenen Wochen nachdachte – er sah nur zwei Lebensalternativen: Die erste bedeutete die bedingungslose Hinwendung zu einem gottesfürchtigen irdischen Dasein und die Hoffnung auf die Vergebung der Sünden und die Erlösung im Jenseits. Die andere bestand aus rücksichtsloser Selbstbehauptung in einer Gesellschaft, die sich zunehmend von Ordnung und Gesetz lossagte.

Es gab inzwischen überall Ritter, Grafen und Burgherren, die diesen Weg eingeschlagen hatten. Die Grundherrschaften der kleinen Adligen warfen nicht mehr genug an Gewinnen ab, um es den Rittern zu ermöglichen, ihrer Lehenspflicht zu genügen und dem Landesherrn im Sommer mit Berittenen und Fußvolk samt Ausrüstung und Verpflegung für ein Vierteljahr Heeresfolge zu leisten. Die weltliche Macht beruhte nicht mehr auf dem Aufgebot aus den eigenen Ländereien, sondern auf der Münze, die für Söldner gezahlt wurde, sodass zunehmend schlecht ausgebildete Totschläger ohne Moral und Ehre in den Krieg zogen.

Jakob wusste, wie teuer alles geworden war und wie karg seit langer Zeit die Einnahmen aus den verpachteten Ländereien flossen. Reichtum war nur noch durch Fernhandel, auf Märkten und in den Städten zu erwerben. Und so biss sich für die traditionsbewusste Ritterschaft die Katze immer schmerzhafter in den eigenen Schwanz: Wer nicht über die Mittel verfügte, sich mit eigenen Soldknechten an einem Heereszug zu beteiligen, dem stand im Falle des Sieges auch keine Beute zu. Das wiederum führte zu immer größerer Unzufriedenheit unter den Rittern, die in kalten Wintern auf ihren schlecht geheizten Burgen saßen und ohnmächtig zusehen mussten, wie Reichtum und Ehre ihres Standes dahinschwanden. Um selbst zu überleben, saßen manche Ritter wie Spinnen auf ihren Burgen und raubten aus, was des Weges kam. Da sie Raub und Mord auf vornehme Art betrieben, genossen die Raubritter dennoch mehr Ansehen als die anderen, die dem gleichen Geschäft nachgingen, aber kein Wappen im Schild führten und keinen gemalten Adelsstammbaum vorzuweisen hatten. Den Opfern jedoch konnte es egal sein, ob sie in den Wäldern und Hohlwegen von berühmten Raubrittern oder von namenlosen Räuberbanden erschlagen wurden.

Nur drei Monate nach dem Abzug des kaiserlichen Hofstaats trafen die Fuggerbrüder in Nürnberg wieder zusammen. Peter, der fünfte der Brüder, war überraschend gestorben. Obwohl erst dreiundzwanzig Jahre alt, hatte er das Fuggerkontor in Nürnberg so selbstständig geführt, wie dies vom Leiter einer Fuggerschen Faktorei erwartet wurde. Jakob wusste nicht viel von Peter, der ebenso wie Hans und Andreas zumeist auf Reisen gewesen war. Es hieß, dass er sogleich nach dem Tod des Vaters rebelliert hatte, um nicht unter Ulrichs Aufsicht arbeiten zu müssen.

Noch am offenen Grab des Bruders auf dem Kirchhof von Sankt Sebald unterhalb der Burg beschlich Jakob das Gefühl, dass sich etwas Unheilvolles anbahnte. Denn während die Trauergäste ihre Handvoll Erde auf den Sarg warfen, murmelten einige von ihnen Ulrich und Georg etwas zu. Nur bei einem verstand Jakob, was er sagte: »Es ist gut, dass ihr den Grabstein bereits aus Augsburg mitgebracht habt. Möge der Mantel der himmlischen Maria euch Fuggerkinder so beschützen, wie es hier dargestellt wird.«

Jakob durfte noch einige Tage in der Nürnberger Faktorei bleiben. Nach Peters Tod sollte Georg, der Zweitjüngste, dort die Geschäfte übernehmen. Wie sonst nur um die Jahreswende trafen in der Trauerwoche keine Waren mehr ein. Erwartete Lieferungen wurden gleich nach Frankfurt oder Augsburg umgeleitet. Nichts ging hinaus und nichts kam neu hinzu, um Bilanz zu ziehen bei dem, was Peter von seinem Erdenleben hinterlassen hatte.

Das übliche Tagewerk von Sonnenauf- bis Sonnenuntergang musste ruhen. Dafür wurde alles, was in den Lagerräumen gestapelt war, einzeln hervorgenommen und überprüft. Erst wenn die Waren zweimal gewogen, erneut verpackt und am inzwischen gereinigten Platz wieder aufgestellt worden waren, durften die Ergebnisse in die Listen des Bestandes eingetragen werden.

Jakob kam aus dem Staunen nicht mehr heraus. In diesen Tagen in der Faktorei entdeckte er Schätze, die er nicht einmal vom Hörensagen kannte. Dennoch schleppten die Schreiber und die Knechte die vielfältigen Waren ohne Respekt und allzu große Sorgfalt hin und her.

»Irgendwann wird uns der neue junge Herr noch alle Pfefferkörner einzeln zählen lassen«, fluchte einer der Männer, die sonst nur im Fuggerschen Kontor saßen. Sie merkten nicht, dass Jakob sie hinter aufgestapelten Gewürzsäcken belauschte.

»Wahrscheinlich regt er sich auch noch darüber auf, dass geschälte weiße Pfefferkörner nun einmal mehr wiegen als schwarze«, gab ein anderer spöttisch zurück.

Jakob wunderte sich über die eigenartige Behauptung. Dann überlegte er, dass die schwarze Schale des Pfefferkorns wahrscheinlich leichter war als dessen Inhalt. Er nahm sich vor, so viel wie möglich über diese Dinge zu erfahren.

»Wenn der junge Herr Georg nur niemals in Italien gewesen wäre«, seufzte einer der Schreiber. »Sobald er bei mir einen Fehlbetrag entdeckt, schreit er sofort ›manco‹ wie diese lauten welschen Händler.«

»Vor dem Wort fürchtet sich doch jeder, der für die Fugger arbeitet, noch mehr als vor dem Fegefeuer«, bestätigte ein anderer seufzend.

Gott und die Welt

Weitere fünf Jahre blieb Jakob ein Suchender auf seinem vorgegebenen Weg zum Geistlichen, zum Magister- oder gar Doktortitel. Ja, er war fromm, demütig und gehorsam. Er strebte auch danach, sein Wissen zu mehren, und fügte sich in die Gemeinschaft ein wie alle anderen. Freudig trug er die Soutane zur Unterscheidung der Geistlichen von den Weltlichen nach den Worten der Heiligen Schrift: »Nolite conformari huic saeculo – ihr sollt euch nicht dieser Welt angleichen.« Und er trug das weiße Chorhemd als Symbol der himmlischen Liturgie und der Reinheit des Lebens.

Jahr für Jahr war er immer weiter aufgestiegen auf den Stufen des Altars zu Gott. Aber Gebete kann man nicht anfassen, und er bezweifelte, dass Gott mit sich handeln ließ und dass Weihrauch mehr war als einer von vielen wunderbaren Düften des Orients. Er hatte die niederen Weihen erhalten und konnte sich Wächter des Tores zu den Geheimnissen der Kirche nennen. Er durfte als Exorzist Besessene im Auftrag der Kirche von Teufeln, Dämonen und Verirrungen befreien, als Lektor aus der Heiligen Schrift vorlesen und bei den Messen als Erster unter den anderen ministrieren.

Der Frühling ging bereits in den Sommer über, als Jakob wieder einmal sinnend über den großen Folianten saß, in die er eintragen sollte, was vor ihm auf dem Tisch lag. Er hasste das Durcheinander aus Pergamentzetteln, eingerollter und hart gewordener Birkenrinde und kleinen Leinenfetzen mit irgendwelchen kaum leserlichen, halb verwaschenen Schriftzeichen, von denen einige sogar mit Blut geschrieben waren. Noch schlimmer waren die mit Teer, Wachs oder Harz verklebten Warenproben, von denen er in den ersten Jahren nicht einmal die korrekten Bezeichnungen gekannt hatte. Seltsame Gewürzkörner waren darunter, Muster von Dachschindeln, Reste von Reiherfedern, Schweinsborsten und Fellen. Am schlimmsten aber waren die Stöckchen aus dem Norden, in die einige Kauffahrer der Hanse mit Runenzeichen eingekerbt hatten, wie viele Heringsfässer oder Pfund Bernstein sie geliefert hatten.

Das Stift durfte eigentlich nicht handeln. Es durfte auch keine Waren annehmen oder weitergeben. Deswegen musste Jakob alles in drei unterschiedliche Bücher eintragen. Das wichtigste mit den üblichen Handelswaren hieß »Nicht zum Verbrauch«, ein etwas kleineres für die Vorräte der Chorherren nannte sich »Zum Verbrauch«. Doch wenn eine besonders wertvolle Lieferung von Hermelin, Zobel oder schwarzem Pfeffer eintraf, brachte der Abt ein besonderes Buch mit vergoldeten Schließen an der Seite. »Für Sankt Veit«, sagte er dann, »trag die schönen Dinge hier ein – und kein Wort darüber zu irgendeinem anderen!«

Noch während Jakob die letzten Runenstäbe sortierte, hörte er Hundegebell von draußen. Gleich darauf klapperten Pferdehufe über das Pflaster des Innenhofs. Stimmen wurden laut, und dann hörte Jakob seinen Bruder Ulrich.

Unwillkürlich schloss er den Folianten »Sankt Veit« zu, drehte den kleinen Schlüssel um und legte ein Tuch aus braunem Samt über die Buchschatulle. Die beiden anderen Bücher ließ er offen. Er stand bedächtig auf und stellte sich so ans Fenster, dass er von unten nicht gesehen werden konnte.

»Gott sei seiner armen Seele gnädig«, sagte der Abt und bekreuzigte sich.

Wessen Seele?, dachte Jakob sofort. Ist irgendetwas mit Georg? Er presste seine schön geschwungenen Lippen zusammen und atmete tief durch. In seine sanften braunen Augen trat ein harter Glanz. Er schob das Kinn vor und richtete sich zu seiner vollen Größe auf. Es dunkelte bereits, als er endlich zum Abt gerufen wurde. Er mühte sich, ein fröhliches Gesicht zu machen, weil er nicht zeigen wollte, was er bereits gehört hatte.

Abt Wolfgang und Ulrich Fugger saßen allein im Refektorium. Die langen Bohlentische waren bereits mit Holztellern, Steingutkrügen für das Bier und Brotlaiben eingedeckt. Nur Obst und Suppe fehlten noch, und die anderen, die warten mussten, bis der Abt dem Bruder Küchenmeister sein Zeichen gab.

Jakob grüßte den Abt, dann seinen Bruder. Sie erlaubten ihm, Platz zu nehmen, dann sprachen sie eine Weile über Herrieden, die Gesundheit der Mutter, die Schwestern und über die gute Arbeit, die in Nürnberg und den anderen Faktoreien der Familie geleistet wurde.

»Nun«, sagte Abt Wolfgang schließlich. »Wir sind zwar nicht wie Eichstätt oder Metten an der Donau von Karl dem Großen selbst gegründet, aber wir dürfen doch in aller Demut ein wenig stolz auf uns und unsere Arbeit sein.«

Jakob wusste längst, dass diese Worte nur eine Ablenkung sein sollten. Er nickte und vermied, Ulrich direkt anzusehen. Sie hätten sich mit ihren Blicken einfach nicht belügen können.

»Und manchmal treten eben Unwägbarkeiten ein, durch die auch Jahre guter Vorbereitung auf das Amt des Priesters oder Bischofs nichts sind gegen den Ratschluss des Allmächtigen …«

Jakob hielt es nicht länger aus. »Geht es um Georg?«

Abt Wolfgang und sein Bruder stutzten, dann schüttelten sie beide heftig den Kopf.

»Nein, Georg ist wohlauf, aber Markus in Rom –«

»Es geht um dich, mein Sohn«, unterbrach der Abt. »Für dich kommt unerwartet die Entscheidung, ob du nach neun Jahren bei uns weiterhin zu den Geweihten mit einem Zugang zu den Geheimnissen des Jenseitigen und Allerhöchsten gehören willst oder ob du es vorziehst, mit deinen leiblichen Brüdern –«

»Dann ist Markus gestorben!«

Der Abt bekreuzigte sich wortlos, und Ulrich deutete ein Kopfnicken an.

Zum ersten Mal seit seiner Ankunft sah Ulrich ihm direkt in die Augen. Es war, als würde der Älteste in ihm immer noch den kleinen Jungen sehen, bei dem bereits ein wenig Strenge für den nötigen Respekt sorgte. Jakob erkannte die Trauer in den Augen Ulrichs und auch Sorge um den Bestand ihrer Familie.

»Ja«, sagte Ulrich schließlich, »unser Bruder Markus ist in Rom gestorben. Am neunzehnten April – wenige Tage bevor einer der Medicis im Dom von Florenz ermordet wurde.«

Jakob hob die Brauen. Er hatte inzwischen ein sehr feines Gespür für falsche Töne ausgeprägt. Dennoch verstand er nicht, was der eine Tod mit dem anderen zu tun hatte.

»Ein tragischer Verlust für euch und eure Familie«, sagte Abt Wolfgang. »Für viele von uns war euer Bruder Markus Fürsprecher und die erste Anlaufstelle für die deutschen Rompilger – selbst für die Bischöfe, wenn sie, wie vorgeschrieben, alle fünf Jahre zur Ad-limina-Reise nach Rom kamen, um dort bei ihren Vorgesetzten Rechenschaft über den Zustand der Gläubigen in ihrem Bistum abzulegen.«

»Und über ihre Schulden und Einnahmen«, ergänzte Ulrich leise.

»Manch einem ist er dabei Helfer in höchster Not gewesen.«

»Ja, das war er«, bestätigte Ulrich. Er seufzte noch einmal tief auf, dann wandte er sich wieder an Jakob. »Jetzt gibt es nur noch dich, Georg und mich als Söhne unsres Vaters Jakob. Wir müssen uns sogleich um die Angelegenheiten kümmern, die Markus als der Gebildetste und Frömmste von uns allen hinterlassen hat.«

»Dann schick Georg nach Rom«, sagte Jakob. Er hatte die Anspielung sehr wohl verstanden und den Vorwurf darüber, dass er bisher ohne besonderen Lerneifer geblieben war. Schließlich hatte sich Markus bereits mit vierzehn Jahren an der Universität Leipzig immatrikuliert und dort seinen stolzen Titel »Baccalaureatus Magister« erworben. Er war Probst im Stift Sankt Johann in Freising und in der Alten Kapelle in Regensburg gewesen, ehe er im Vatikan zum Sekretär für sämtliche aus Deutschland eintreffenden Bittschriften und Gesuche aufgestiegen war.

»Ich möchte, dass du mit mir nach Rom gehst«, sagte Ulrich in die Stille hinein, »aber nicht in der Soutane …«

Jakob blickte den Älteren verständnislos an. »Ich bin kein Priester wie Markus«, sagte er. »Dazu fehlen mir noch einige Jahre.«

»Ich würde dir ein Schreiben an bestimmte Freunde im Vatikan und in der Gemeinde der deutschen Kirche in Rom mitgeben«, sagte Abt Wolfgang. »Ehe ihr abreist, wird zudem ein Schreiben des Bischofs unserer Diözese aus Eichstätt an den Kardinal della Rovere bei euch in Augsburg eintreffen – ein Schreiben, das euch bei diesem Neffen von Papst Sixtus sehr nützen kann.«

Jakob hätte am liebsten aufgeschrien. Er war zu jung gewesen, um Widerstand zu leisten, als ihn die älteren Brüder in das Stift gesteckt hatten. Erst jetzt, als ihn der Abt, der all die Jahre sein Herr und Richter, Freund und Vater gewesen war, nach ein paar kurzen Worten mit Ulrich einfach freigab und ihm sogar Empfehlungsschreiben bis nach Rom beschaffen wollte, wehrte sich alles in Jakob gegen diesen Handel, dessen Einzelheiten er nur ahnen konnte.

»Was zahlt Meister Ulrich Fugger dem Stift Sankt Veit für meinen Freikauf?«, fragte er respektlos.

»Leider nicht eine Münze«, seufzte Abt Wolfgang. »Im Gegenteil, wir sind es, die auch noch unsere kargen Einnahmen für dich verlieren. Da zählt auch nicht, dass wir dir keine Pfründe mehr zu zahlen haben.«

»Und wenn ich Nein sage?«, fragte Jakob. »Wenn ich vor allen Brüdern und allen Chorherren des Stiftes laut bekenne, dass ich mein Leben nur dem Allerhöchsten um nichts als Gotteslohn weihen und nicht im Handel und im Streben nach schnödem Mammon und irdischem Gewinn verkommen will?«

»Versündige dich nicht, Jakob!«, mahnte der Abt erschrocken. »Du bist noch nicht aufgenommen, noch nicht im Amt und hast noch keine einzige der Ordines maiores.«

»Will sagen, dass du heute noch mit mir kommen könntest und dass kein Eid und keine Weihe dich daran hindern könnten«, stellte Ulrich fest. »Dennoch geben Abt Wolfgang und ich dir Zeit bis morgen früh.«

»Und wenn der Hahn zum dritten Mal gekräht hat, soll ich den Herrn verraten«, stieß Jakob widerspenstig hervor. »Ist es das? Soll ich in einer Nacht aufgeben, was neun Jahre lang mein täglich Brot und mein Gebet war?«

»Geh, wenn du beten willst«, sagte der Abt milde. »Und schließe deinen Vater und deine verblichenen Brüder Andreas, Peter und Markus in die Fürbitte mit ein.«

»Wir brauchen dich, Jakob«, sagte nun auch Ulrich ohne jede Härte in seiner schweren Stimme. »Denk an den Vater und seinen Vater und daran, was wir jetzt bereits in der vierten Generation aufgebaut haben.«

»Und Mutter?«

»Komm mit nach Augsburg und sprich selbst mit ihr.«

Der Ritt nach Augsburg dauerte nur zwei Tage. Bereits am übernächsten Abend trafen Ulrich und Jakob im Haus am Rohr ein.

Während der Reise hatten beide nicht viel miteinander geredet. Erst vor den Toren Augsburgs hatte der Ältere ihn angesprochen. »Du musst dich aufrichten im Sattel, wenn wir jetzt durch das Tor reiten«, sagte er. »Es wird noch eine Weile dauern, bis du Soutane und Tonsur vergessen hast, aber ich möchte, dass du als stolzer Fugger und nicht als demütiger Diener in Augsburg einziehst.«

»So wie der Kaiser mit seinem Sohn Maximilian vor fünf Jahren?«, entgegnete Jakob spöttisch.

Ulrich warf ihm einen erstaunten Blick zu. Auch er musste sich erst daran gewöhnen, dass Jakob kein Halbwüchsiger mehr war, sondern ein freier und durch kein Gelöbnis an irgendeinen anderen gebundener Mann.

»Wir haben ihnen damals genau zur rechten Zeit geholfen«, sagte Ulrich. »Auch wenn es auf dem Trierer Reichstag und danach noch nicht zu einem Ehebündnis zwischen den Häusern Habsburg und Burgund gekommen ist.«

»Ich weiß«, antwortete Jakob. »Wir in Herrieden waren auch nicht blind und taub. Wir hatten Augenzeugen dort, von denen wir vielleicht noch schneller als ihr in Augsburg und den anderen Städten erfuhren, wie sehnsüchtig die Burgunder darauf warteten, dass ihr Herzog zum König gekrönt wurde. Die Abgesandten unseres Bischofs in Eichstätt haben sogar die neue, kostbare Krone für ihn im reich geschmückten Dom gesehen.«

»Davon habe ich nichts gehört«, sagte Ulrich abwesend.

In flottem Trab ritten sie in die Stadt ein. Während der Ältere nach allen Seiten grüßte, richtete sich Jakob tatsächlich im Sattel auf. Sein Rücken schmerzte zwar von der ungewohnten langen Anstrengung, aber er wollte sich nichts anmerken lassen. Stattdessen genoss er, dass er zumindest in der Sache mit Burgund mehr zu wissen schien als das männliche Oberhaupt der Fugger von der Lilie.

»Karl der Kühne ist im Kampf gegen die vereinte Heeresmacht der Schweiz, des Elsass und Lothringens gefallen«, verkündete Ulrich, als wolle er die Scharte wieder auswetzen.

Sie ritten am Dom und am Rathaus vorbei auf der alten Via Claudia weiter und sahen bereits das hohe Kirchenschiff von Sankt Ulrich und Afra. Die Kirche des Stadtheiligen und der römischen Tempeldirne aus dem dritten Jahrhundert, die wegen ihres Christenglaubens zur Märtyrerin geworden war, warf im Abendrot lange Schatten.

»Ob er sich wohl noch an mich erinnert?«, fragte Jakob. »Der kleine Max muss inzwischen ebenfalls groß geworden sein. Er hat ja durch die Heirat im vergangenen Jahr nicht nur Burgund, sondern auch noch die Niederlande gewonnen und gegen die neidischen Franzosen tapfer verteidigt. Das weiß ich alles, aber was mich viel mehr interessiert: Hat er oder der Kaiser irgendwann etwas für die vielen teuren Stoffe, Kleider und Ausrüstungsstücke gezahlt?«

Ulrich sah ihn verwundert von der Seite her an. »Hast du die Lilien schon vergessen?«

Jakob schüttelte den Kopf. Dennoch kam ihm der damalige Handel immer noch sehr unvorteilhaft vor. Beim Haus am Rohr kamen ihnen bereits die Mutter, Georg und einige der Schwestern entgegen, so verzagt und düster wie bei Peters Beerdigung in Nürnberg.

Jakob glitt viel steifer aus dem Sattel, als er es vorgehabt hatte, doch niemand lachte, als er verkrümmt und steif zur Mutter schritt, um sie in die Arme zu schließen. Gleichzeitig war er über den Empfang enttäuscht. Jetzt, als er tatsächlich ins Haus am Rohr zurückkehrte, schien sich kein Mensch wirklich darüber zu freuen. Niemand brachte ihm Wein und Gebäck wie dem verlorenen Sohn bei seiner Heimkehr …

In den folgenden Tagen zeigte ihm Georg die neu entstandenen Lagerhallen und Gewölbe. Sie waren zum Bersten angefüllt mit den Erzeugnissen der Augsburger Weber und mit bester Importware aus aller Herren Länder.

»Sieh hier«, sagte Georg stolz. »Die Ballen dort vorn enthalten venedisch Marinado und rotes Schlepptuch, die anderen zur Linken Sammet und Seide aus Lyon, englisches Grau und schwarz luxemburgisch Tuch. Wir handeln inzwischen mit Nördlinger Loden und Frankfurter Arras, mit kostbarem Damast ebenso wie mit Bleichtuch und einfachen Rohwaren wie Baumwolle.«

Obwohl Jakob in Herrieden Hunderte unterschiedlicher Warenproben gesehen und studiert hatte, kam er sich nach dem ersten Tag in Augsburg wie ein Lehrjunge vor, dem erst der Unterschied zwischen Kett- und Schussfaden beigebracht werden musste. Während die Brüder und die Mutter wie Jongleure bei fahrendem Volk die Begriffe und Besonderheiten der Stoffe und Farben, von Käufern und Verkäufern, Märkten und Handelswegen hin und her warfen, schämte sich Jakob für seine schreckliche Unwissenheit. Was hatte er wirklich gelernt in seinen neun Jahren Herrieden? Und welche Neuigkeiten waren bis in das Stift gelangt, wenn kaum eine davon etwas mit dem zu tun hatte, was auf den Messen und den Märkten geschah?

Auch Mutter Barbara hatte sich verändert. Anders als früher umarmte sie ihn nicht mehr so oft, strich ihm nicht mehr über die langsam zuwachsende Tonsur und wischte sich manchmal Tränen aus den Augen, wenn sie unverdrossen rechnend und prüfend über den schweren Kontobüchern saß.

Sie musste ihm nicht sagen, was sie bekümmerte. Von ihren sieben Söhnen lebten nur noch drei. »Jetzt musst du doch noch in die Welt hinaus, mein lieber Junge«, seufzte sie eine Woche nach seiner Ankunft im Haus am Rohr. Sie waren allein. Ulrich und Georg waren ins Rathaus gegangen. Hier war es erst im Jahr zuvor zu einem sehr seltsamen Zwischenfall gekommen: Augsburgs Altbürgermeister Hans Vittel hatte sich beim Kaiserhof darüber beschwert, dass der neue Bürgermeister Ulrich Schwarz die großen Kaufleute und ehrenwerten Geschlechter behindere und es mehr mit den Handwerkerzünften halte. Schwarz hatte nicht lange gezögert und Vittel bei der Rückkehr in die Stadt in den Turm werfen lassen. Kurz darauf war er verurteilt und hingerichtet worden.

Im April war dann der Reichslandvogt Heinrich von Pappenheim mit bewaffneten Knechten in eine Ratsversammlung eingedrungen, hatte den Bürgermeister gefangen genommen und abgesetzt. Jetzt hieß es, dass auch Schwarz hingerichtet werden solle, um die alte Ordnung wiederherzustellen.

Es wurde bereits dunkel, als Ulrich und Georg zurückkehrten.

»Und es ist gut so!«, sagte Ulrich mit Nachdruck, nachdem er sein Samtbarett abgelegt und ins Kontor heraufgekommen war.

»Ich weiß nicht«, antwortete Georg und ließ sich in einen der schweren Eichenstühle an der Wand fallen. »Schwarz war doch eigentlich nicht schlecht für Augsburg. Immerhin hat er beim Kaiser durchgesetzt, dass unsere Stadt nur noch vierhundert Goldgulden im Jahr an ihn zu zahlen hat. Und er ist gut mit unseren Nachbarn, den Herzögen von Bayern, ausgekommen.«

»Was redest du da?«, schnaubte Ulrich und nahm sich einen Kelch mit rotem Wein. »Einer, der sich nicht an die gottgewollte Ordnung hält, ist wie ein Ketzer oder teuflischer Verführer. Der Schwarz hat schließlich alle gegen sich aufgebracht – die Zünfte und die kleinen Leute, weil er nicht schnell genug gegen die Reichen vorging, und die Geschlechter, weil er den Großen Rat durch dreizehn Zunftmeister ersetzt hat, wie er doch selbst nur einer war.«

»Es war nicht recht, dass er die Niederen gleichberechtigt mit den Oberen zusammensetzen wollte«, sagte die Mutter leise. »Und darüber, dass er dann auch den alten Bürgermeister Vittel hinrichten ließ, wird er wohl selbst am Galgen nachdenken müssen!«

Genauso kam es. Dennoch herrschte zwischen Georg und der Mutter über diese Vorgänge jahrelang Uneinigkeit. Ulrich und Jakob freilich kümmerten sich nicht mehr um die Ereignisse in Augsburg. Ulrich sorgte dafür, dass Jakobs Pfründe von Herrieden wieder freigegeben wurde. Wenige Tage später brachen sie zur großen Reise in die Ewige Stadt auf.

Sie verließen Augsburg durch das Rote Tor auf der alten Via Claudia und ritten am Lech entlang über Füssen, Reutte und Schongau auf die Alpen zu. Bis auf Nürnberg und die Orte zwischen Herrieden und Augsburg hatte Jakob noch nicht viel von der Welt gesehen. Jetzt, auf dem Rücken eines braven Pferdes, von fünf Bewaffneten und fünf Knechten begleitet sowie einem Tross von Packpferden mit einigem nützlichen Gepäck, wollten sie über den Tauernpass, Bozen und Trient direkt nach Venedig.

Die Strecke war in vier bis fünf Tagen zu schaffen, aber es hieß, dass der junge Italiener Francisco de Tassis bereits Stafetten von schnellen Reitern organisieren konnte, die es ohne großes Gepäck in derselben Zeit von Augsburg nach Genua oder Ravenna oder in andere Richtungen bis nach Antwerpen oder zum Burgberg des Königs von Ungarn an der Donau bei Ofen und Pest schafften.

Während sie in der Poebene durch die Terraferma, den Festlandsbesitz der Republik von San Marco, zogen, erzählte Ulrich dem jüngeren Bruder, was er über die großen Städte und Märkte wissen musste.

Das Bild der Königin

Die beiden ungleichen Männer ritten nebeneinander auf der schmalen Dammstraße zwischen den Lagunen und dem Meer durch den heißen, dunstigen Nachmittag. Der Ältere trug nach Art der Augsburger Kaufleute einen hohen blauen Filzhut. Seine viel zu warme Schaube mit Pelzkragen hatte er vor sich auf den Sattel gelegt. Der Jüngere trug die aus Italien stammenden, »mi parti« genannten eng anliegenden zweifarbigen Beinlinge. Er hatte für die letzte Wegstrecke bis Venedig einen ärmellosen Halbumhang übergeworfen, und die Bewegung der trabenden Pferde ließ die Feder auf seiner pelzbesäumten Kappe wippen. Während der Ältere sich ernst und abweisend gab, konnte der Jüngere seine Erwartungen kaum noch verbergen. Sein von der Julisonne Italiens gerötetes Gesicht glühte.

Drei der Fuggerbrüder hatten schon vor ihm im Fondaco dei Tedeschi, Handelshaus der Deutschen an der Rialto-Brücke, gelernt. Zwei davon hatte das Fieber dahingerafft, das diesen riesigen Marktplatz wieder und wieder überfiel. Sie waren in Venedig begraben worden. Georg, der dritte, war erst im vergangenen Jahr im Fondaco dei Tedeschi gewesen. Er hatte das Fieber überlebt und war sogar vom berühmten Bellini gemalt worden.

Sie erreichten die Anlegestelle mit den eigenartig gebogenen Booten, deren hochgezogene Steven eine kammartige Bug- und Heckzier schmückte, die für die einzelnen Stadtteile der Lagunenstadt stand. Die Gondeln schwankten kaum, als die Augsburger einstiegen. Dennoch empfand Jakob eine eigenartige Beklemmung. Er hatte sich Venedig viel lärmender und bunter vorgestellt. Sie legten ab, während ein leiser Windhauch zwischen den Fassaden der klosterartig aufragenden großen Häuserblocks über das Wasser strich. Und dann, unmittelbar vor der hölzernen Brücke, verhinderte eine Ansammlung Hunderter Frachtkähne und eigenartig geformter bunter Gondeln mit kleinen Hütten in der Mitte jede Weiterfahrt.

Im ersten Augenblick glaubte Jakob Fugger an ein Wunder. Er nahm seine Kopfbedeckung ab. Noch immer waren die Spuren der Tonsur auf seinem Hinterkopf deutlich zu sehen. Wie ein Schwarm von Wasservögeln drängten sich die Boote vor einer Erscheinung, die auf ihn wie ein Himmelsschiff aus der Offenbarung Johannes wirkte. Aber die goldene Galeere hatte nichts mit dem Evangelisten Johannes zu tun. Sie war vielmehr das offizielle Staatsschiff der Republik, das sich nach dem Evangelisten Markus nannte und von ihm den geflügelten Löwen als Wappentier übernommen hatte.

Das Prunkschiff hatte an diesem Sommerabend keine Segel gesetzt. Nur ein riesiges rotes Seidenbanner am Großmast blähte sich mit weiten, wolkigen Bewegungen auf und wehte bis zu den Balkonen der Palazzi am Rande des Kanals. Wie riesige Flügel hoben und senkten sich die Riemen im präzisen Gleichtakt.

»Assassini … un attentato contro la regina della tristezza«, sagte der Gondoliere mit einem leise klagenden Singsang. »Mörder … ein Attentat auf die Königin der Traurigkeit …«

»Was ist geschehen?«, fragte Ulrich Fugger.

»Zuerst haben die hohen Signori dort vorn auf dem Bucintoro ihren Mann und ihren Sohn ermordet, dann wollten sie die Insel Zypern ganz für Venedig haben … ohne die Königin. Das Attentat geschah bereits am Gründonnerstag, aber die Bevölkerung hat es erst heute von einem einlaufenden Schiff erfahren …«

»Und deshalb fährt der Bucintoro durch den Canal Grande?«, fragte Ulrich verwundert.

»Es ist eine scheinheilige Geste der Verehrung für die unglückliche Tochter Venedigs«, antwortete der Gondoliere verschwörerisch. Überall wurde es plötzlich still. Selbst auf den kleinen Frachtkähnen in den Seitenkanälen nahmen die Männer nach und nach die Mützen ab, und die Frauen bekreuzigten sich.

»Der Doge und der Rat der Zehn müssten eigentlich am Abend ein Feuerwerk abbrennen, denn durch Caterina Cornaros Tod erben sie auf der Insel im Mittelmeer ein Gebiet, das fast so groß ist wie die Besitzungen der Republik zwischen Padua und Triest bis zu den Alpen.«

Es blieb ihnen also nichts anderes übrig, als zu warten. Erst als die riesige goldene Galeere zwischen all den anderen Schiffen die geöffnete Rialto-Brücke passiert hatte, konnten sie am Wassereingang jenes Palazzos anlegen, in dem sie übernachten wollten. Es war das Haus des wichtigsten Handelspartners beider Fuggerfamilien in der Lagunenstadt.

Jakob und Ulrich wurden von einem Verwandten empfangen. Es

war ihr Vetter Lukas aus der Familie der Fugger vom Reh. Sofort erinnerte sich Jakob wieder daran, wie er ihm und Ulrich die Zunge herausgestreckt hatte – damals, als der Kaiser mit seinem Sohn und zerlumptem Gefolge in Augsburg eingezogen war. Und wie Jakob trug er den Namen seines Vaters.

»Ich konnte euch leider nicht entgegenkommen«, entschuldigte sich der junge, für sein Alter viel zu prächtig gekleidete Mann. »Ihr seht ja, welches Durcheinander auf den Kanälen herrscht.«

»Sollen wir wirklich im Trauerhaus wohnen?«, fragte Ulrich. »Ich habe eben erst gehört, warum der Bucintoro durch den Canal Grande fährt.«

Gleich darauf erreichten sie ein großes Haus mit vielen Fenstern, bei dem aber im unteren Teil bereits der Putz abblätterte. Sofort kamen Diener gelaufen und griffen alle gleichzeitig nach dem Gepäck.

»So wie dieses sind hier fast alle Häuser und Palazzi der Kaufleute gebaut«, erklärte Lukas ganz so, als habe er Ulrichs besorgte Frage überhaupt nicht gehört. »Zum Wasser eines Kanals hin breiter als zur Gasse an der Rückseite, alles stabil auf Baumstämmen im Schlick der Lagune, aber es gibt keine Warenkeller wie bei uns.«

Sie gingen über eine schräge Toreinfahrt, und Lukas erklärte zu Jakob gewandt: »Hier am Wasser, das ist der Haupteingang. Dort rechts und links kannst du die ersten Warenlager und den Innenhof dahinter sehen. Ich denke, dass die Augsburger große Augen machen würden, wenn sich einer von uns einen derartigen Palast mitten in der Stadt bauen würde …«

Er lachte, dann stiegen sie auf Marmorstufen bis in die erste Etage. »Hier ist das noble Stockwerk der Herrschaften … der Portego oder Salotto«, sagte er und deutete mit einer weiten Handbewegung über den riesigen Raum, der mit wertvollen Tischen und Stühlen, kostbaren Teppichen und farbenfrohen Gemälden an den Wänden bis zu den großen Bogenfenstern zum Kanal hin verschwenderisch ausgestattet war. »Dahinter folgen die Kontorräume und zur anderen Seite die Wohnzimmer der Besitzer und ihrer Familien. Hier aber schlägt das Herz jedes Handelshauses in Venedig.«

»Du wohnst auch hier?«, fragte Jakob verwundert.

Lukas hustete leise, dann sagte er: »Eine Etage höher.«

Jakob kam sich plötzlich wie in einem kostbar ausgestatteten Kirchenraum vor. Nie zuvor hatte er eine derartige Pracht gesehen. Vorsichtig ging er ein, zwei Schritte in den Raum hinein. Voller Bewunderung sah er sich um. Und dann blieb sein Blick am Bildnis einer jungen Frau hängen. Sie stand vor mit riesigen Zypressen bestandenen Hügeln und trug einen ungewöhnlich großen Saphirring in einer eigenwillig verschlungenen Fassung. Im ersten Augenblick erinnerte sie ihn an die Maria im Rosenhag, wie sie einige Jahrzehnte zuvor von Stefan Lochner gemalt worden war. Er hatte eine Kopie des Bildes vom Altar des Kölner Doms bei Abt Wolfgang in Herrieden gesehen. Jakob spürte, wie sein Herz bis in die Ohren pochte.

Ihm schien, als blicke ihn hier kein Bild, sondern ein lebendiges Wesen an. Hinter ihm plapperte Lukas, und Ulrich antwortete, doch Jakob starrte nur noch auf das Bild auf der anderen Seite des Raumes.

»Wer … wer ist sie?«, fragte er schließlich.

»Meine Tochter«, antwortete ein alter Herr, der, unbemerkt von den drei Fuggern, in den Salon getreten war. »Meine Tochter Caterina, die Königin von Zypern, deren vermeintlicher Tod soeben in der ganzen Stadt betrauert wird.«

Er ging auf Ulrich zu, dann sah er Jakob in die Augen.

»Aber sie lebt«, sagte er leise. »Ich erfuhr durch Geschäftsfreunde in Ägypten von den Plänen der Republik Venedig und konnte das Attentat auf meine Königin rechtzeitig vereiteln.«

Jakob spürte augenblicklich, dass sich erneut etwas in seinem Leben veränderte. Es war noch keinen Monat her, dass er die klare Ordnung seiner kleinen Welt im Kloster von Herrieden verlassen hatte.

Doch nun brach vor dem ersten Schritt aus der Welt des Glaubens in die Welt des Handels eine Woge völlig unerwarteter Empfindungen über ihn herein. Sei es der lange Ritt, sei es die Hitze und der wilde Duft der Früchte und Kanäle, sei es der Blick der Augen von Caterina Cornaro – Jakob spürte nur noch, wie er den Halt verlor.

Alles um ihn verschwamm in einem Nebel. Wie im Wachtraum ließ er sich von Lukas mit Hilfe von zwei Dienern eine Treppe höher führen. Sie trugen sein Gepäck nach, packten aus und verstauten seine bescheidene persönliche Habe und sein zerlesenes Brevier in Wandschränken mit geschnitzten Türen aus hellem Walnussholz.

Das Bett, das den größten Teil des kleinen Raumes einnahm, sah für einen Mann wie ihn zu wertvoll und verspielt aus. Er war seit Jahren nur an einfachste Lager oder Strohsäcke gewöhnt.

Die Diener nahmen ihm seinen Überrock ab, dann öffneten sie sein Hemd und führten ihn in die Nebenkammer. Das Wasser aus einer Keramikkanne war bereits in eine gewölbte, ringsum mit nackten Nymphen bemalte Schüssel gegossen.

»Wir lassen dich jetzt allein«, sagte Lukas Fugger vom Reh. »Vielleicht ist es am besten, du nimmst nachher nicht am großen Abendessen teil, sondern ruhst dich hier bis morgen aus.«

Jakob nickte. Ulrich wollte ohnehin so schnell wie möglich weiter nach Rom. Er hatte deshalb nur eine Übernachtung und einen halben Tag im Handelshaus der Deutschen am Canal Grande vorgesehen.

Jakob holte tief Luft, drückte ein Leinentuch ins Wasser und wusch sich Staub und Hitze von Gesicht und Hals. Noch immer wusste er nicht, was unten im großen Empfangsraum der Cornaros mit ihm geschehen war. Er schämte sich für seine Schwäche und sein unhöfliches Verhalten.

Nachdem er sich gewaschen und erfrischt hatte, ging er zu einem der Fenster und öffnete es. Sofort kam ihm ein feuchter Luftschwall mit intensiven Gerüchen entgegen, weit schwerer und betäubender als selbst der Föhnwind, der häufig aus den Alpen durch Augsburg pfiff.

Der große Platz unter ihm musste der Rialto-Markt sein. Jakob beobachtete, wie schräg unter ihm Früchte, Gemüse, Wild und Geflügel aus den Lastkähnen geladen und zu den Verkaufsständen transportiert wurden. Er holte tief Luft, dann entdeckte er zur linken Seite die beeindruckende Konstruktion der Rialto-Brücke und das mächtige Bauwerk des Fondaco dei Tedeschi.

Er beobachtete, wie sich mindestens zehn melonenbeladene Boote auf dem Wasser zu einer Insel zusammendrängten. Die laute Menge kam bis ans Kanalufer gelaufen, um die Preise zu erfahren, an den schönsten Melonen zu riechen und sie in der Hand zu wiegen.

Dann sah er, wie eine junge Braut stolz und schön in einer Gondel vorbeifuhr, um sich in ihrem Seidenkleid und mit ihrem Gold- und Juwelenschmuck bewundern zu lassen. Auch der Gondoliere hatte sich mit roten Strümpfen geschmückt. Die Zuschauer am Ufer klatschten bei allem, was ihnen gefiel, Beifall – ganz so, als würde ihnen eine Theateraufführung mit ineinander schwimmenden Bildern gezeigt.

In dieser Nacht konnte Jakob lange nicht einschlafen. Die Fenster zum Canal Grande standen weit offen. Hauchdünne, bis zum Boden reichende Seidentücher hielten zwar die meisten Mücken fern, aber trotzdem schwirrten einige ins Zimmer. Sie waren klein und selbst im Kerzenlicht kaum sichtbar, aber sie stachen schmerzhafter als die schwäbischen Schnaken.

Am nächsten Morgen wachte er schon früh durch die Schreie der Männer auf, die draußen auf den Kanälen mit flachen Booten Abfalltonnen aus den Häusern und Palazzi holten. Es stank entsetzlich und viel schlimmer als an den durch Augsburg strömenden Lechkanälen, obwohl auch diese bei warmem Wetter nach allerlei Unrat dufteten.

Nach einem kurzen Morgenimbiss wurde er von Lukas Fugger vom Reh abgeholt.

»Ulrich hat es schon bei Sonnenaufgang nicht mehr im Bett gehalten«, spottete er. »Er sitzt bereits über den Büchern in einer kleinen Kammer des Fondaco. Er ist eben unbelehrbar in seiner alten Händlerart und Liebe zur althergebrachten Ordnung, aber vielleicht lernst du ja, dass die Zeiten sich ändern …«

»Was meinst du damit?«, fragte Jakob. Es ging ihm nach einem langen Schlaf mit vielen schönen Träumen wieder besser. Auch mit dem Bild der Caterina Cornaro konnte er inzwischen besser umgehen. Er ordnete sie in seinem Herzen den Bildern jener Äbtissinnen und Heiligen zu, die zu verehren man ihn gelehrt hatte. Aber er ahnte bereits, dass er sie dort nicht auf ewig würde einsperren und verstecken können …

»Wusstest du das?«, fragte er verstohlen, als sie das Haus über den Wassereingang verließen. »Ich meine, dass Caterina Cornaro lebt …«

Der Vetter legte beschwörend einen Finger an die Lippen.

»Frag nicht zu viel hier«, flüsterte er. »Nirgendwo sonst gibt es so große Ohren und so scharfe Augen wie in Venedig. Außer in Rom vielleicht …«

Sie nahmen eine der bunten Gondeln, die an hölzernen Pali im Wasser mit dem Wappen der Cornaros angelegt hatte. Ungewollt gab

Lukas Fugger vom Reh seinem Vetter bereits damit eine erste Lektion über die Spielregeln in der Lagunenstadt. Sie waren einfach dem Gondoliere gefolgt, der sie am schnellsten und geschicktesten vor dem Palazzo abgefangen hatte.

Die Morgennebel lichteten sich, und die Sonne brach golden durch die letzten Schleier über dem Canal Grande. Jakob genoss die Bootsfahrt zur Rialto-Brücke. Doch dann, als sich Menschen den Ufersteigen und der Brücke näherten, hörte er überall Buhrufe und Gelächter. Es dauerte eine ganze Weile, bis er begriff, dass mit ihnen selbst, mit ihrer eigenen Gondel irgendetwas nicht zu stimmen schien.

Während er das Boot mit schleifenartigen Bewegungen des langen Ruders vorantrieb, versuchte ihr Gondoliere mit kuriosen Verrenkungen gleichzeitig, seine langen roten Strümpfe auszuziehen.

»Wenn es nicht peinlich wäre, könnte ich darüber lachen«, gluckste Lukas Fugger. Jakob blickte ihn fragend an.

»Die roten Strümpfe«, flüsterte Lukas. »Er hat noch immer die roten Strümpfe von einer Hochzeit an, die wohl gestern Abend stattgefunden hat.«

»Und was ist so vergnüglich an dieser seltsamen Bekleidung?«, wollte Jakob wissen.

»Normalerweise werden nachlässige Bootsleute und ihre Gäste mit Pfiffen, Geschrei und Hohngelächter bedacht, wenn sie die Etikette verletzen, also zum Beispiel vergessen haben, zu einer Hochzeit die üblichen roten Strümpfe anzuziehen. Aber ohne Braut machen wir uns mit seinen roten Strümpfen ebenso lächerlich …«

Sie legten an, Lukas entlohnte den betrübt dreinschauenden Gondoliere, dann stiegen sie schnell aus und gingen durch den Toreingang des gewaltigen Fondaco dei Tedeschi.

Das Innere des Handelshauses war eine Stadt für sich – eine mehrstöckige Burg aus Dutzenden von Lagerräumen und Wohnkammern mit einem großen rechteckigen Hof in der Mitte. Überall lagen Ballen und Stapel von Fässern und Kisten. Zweirädrige Karren lehnten an Stützpfeilern von Arkaden, und über Seile auf Holzrollen wurden bereits in dieser frühen Stunde Körbe und Kästen hochgezogen oder herabgelassen. Dutzende von Knechten und Handelsgehilfen liefen überall durcheinander, Kaufleute und Faktoren überprüften in Büchern und Pergamentrollen die einzelnen Partien. An vielen Stellen wurde gewogen und umgepackt, geprüft und gemessen.

»Siehst du jetzt, warum dies der beste Ort ist, um das Brevier des Kaufmanns zu lernen? Heute kannst du nur einen Blick auf alles werfen, aber wenn ihr aus Rom zurückkommt, wirst du entdecken, dass dieser Platz hier zu den interessantesten der ganzen Welt gehört.«

»Ich weiß nicht«, antwortete Jakob verhalten. »Wer sind denn die anderen, die hier überall herumstehen?« Er deutete auf nachlässig wirkende, gähnend auf ihre Fingernägel blickende Beobachter, die offensichtlich nicht das Geringste zu tun hatten.

»Unsere Blutsauger«, flüsterte Lukas Fugger. »Hier geht nichts, was sie nicht erfahren. Streng genommen dürfen sich alle Kaufleute, die in Venedig Geschäfte machen wollen, nur in den Handelshäusern ihrer Länder bewegen. Dort müssen sie wohnen, und nur dort werden die Waren getauscht. Du und ich – wir sind noch nicht so weit, weil wir selbst noch nichts kaufen oder verkaufen. Nur deshalb dürfen wir draußen wohnen.«

»Du meinst, alle anderen müssen in diesen Kammern ringsum schlafen?«

»Schlafen und wohnen, essen und ihre Ware an den Mann bringen«, bestätigte Lukas. »Sie sind Gefangene, bewacht von den Visdomini der Republik.«

»Das ist ja strenger als in einem Kloster!«, sagte Jakob entsetzt. Sie gingen an den verschiedenen Plätzen mit Warenstapeln vorbei. Es war laut im großen Handelshof.

»Es ist noch schlimmer«, rief Lukas ihm etwas lauter zu. Sie hatten eine Stelle erreicht, an der vier Männer große Mengen von eisernem Zaumzeug in Leinensäcke warfen. Dabei zählten sie laut jede einzelne der in ihren Ringen klirrenden Trensen und jede Beißstange für die Pferde.

»Keiner der deutschen Kaufleute darf hier … in unserem eigenen Handelshaus … irgendetwas kaufen oder verkaufen«, erklärte Lukas. »Jedes Geschäft auf eigene Faust ist strengstens verboten.«

»Willst du mich auf den Arm nehmen?«, fragte Jakob verärgert.

»Nein, keineswegs! Jeder Umsatz muss durch einen venezianischen Mittelsmann, einen sogenannten Sensale, geschehen. Und der zieht natürlich seinen Gewinn aus dieser schönen Pfründe.«

»Fast wie bei uns in der Kirche«, entfuhr es Jakob. Lukas Fugger stutzte, hob die Brauen, dann lachte er.

»Hier stört es nicht einmal, dass kein ausländischer Kaufmann seinen Gewinn in Form von Geld und Münze aus dem Fondaco mitnehmen darf.«

Jakob schüttelte nur den Kopf. »Sondern?«, fragte er dann.

»Sie müssen für den gesamten Überschuss neue Waren aus Venedig kaufen«, erklärte Lukas. Er deutete auf eine Gruppe ernster Männer auf dem umlaufenden Balkon. »Dort steht übrigens dein Bruder Ulrich. Es sieht so aus, als würde er sich bereits wieder von seinen Geschäftsfreunden verabschieden.«

Ein Fest im Vatikan

Während sie nach Süden ritten und den wilden, trotz der hochsommerlichen Hitze grünen Apennin überquerten, erzählte Ulrich, wie sehr sich die Städte Italiens gegenseitig befehdeten. Zum ersten Mal wurde Jakob klar, dass Venedig nicht nur sehr reich war, sondern auch viele mächtige Feinde hatte.

»Der alte Cornaro ist ein überragender Kaufmann«, sagte Ulrich respektvoll. »Sein Gesicht sieht inzwischen etwas verdorrt aus, aber er war einmal der mächtigste Mann der Serenissima, also Venedigs, mächtiger noch als der Doge und der Rat der Zehn, der heutzutage alles überwacht. Aber dann hat er seinen klaren Verstand durch falschen Ehrgeiz trüben lassen und Caterina mit vierzehn Jahren aus dem Franziskanerkloster in Padua geholt, um sie mit dem König von Zypern zu vermählen. Natürlich nicht aus Familiensinn, sondern wegen des Zuckerrohrs.«

»Des Zuckerrohrs?«, fragte Jakob verwundert. »Warum kann irgendeine Pflanze derartig wichtig werden?«

»Zypern hat das Monopol für Rohrzucker«, erklärte Ulrich. »Araber und Kreuzfahrer brachten die Pflanzen von Indien mit. Es ging Andrea Cornaro stets nur um den Zucker. Denn wer das Monopol auf eine Ware hat, muss nicht mehr handeln, sondern kann auf allen Märkten wie ein König regieren.«

Der Tag war erträglich unter den Föhren an der alten Römerstraße kurz vor dem Gipfel des Pellegrinopasses. Dahinter fiel der Weg zum Flachland der Toskana hin ab. Ulrich wollte so schnell wie möglich die Westküste Italiens erreichen und direkt nach Rom weiterreisen.

»Hoffentlich bist du nicht enttäuscht, wenn wir in der Ewigen Stadt einreiten«, meinte Ulrich einige Zeit später. »Unser Bruder hat sich oft genug über den Verfall Roms beklagt. Mit den rivalisierenden Adelsfamilien der Colonna und Orsini können wir keinen Handel treiben. Wichtiger ist für uns Papst Sixtus IV. Man hat eigentlich von ihm erwartet, dass er als Ordensgeneral der Franziskaner auch ein strenger Papst sein würde. Aber wie dieser Heilige Vater die eigenen Verwandten fördert, mit Ämtern handelt, Gnadenerlasse verkauft und jetzt sogar einen Krieg gegen die Medici in Florenz vorbereitet – das hat es in dieser Form noch nie gegeben.«

»Wir in Herrieden haben immer Gutes von Papst Sixtus gehört«, protestierte Jakob. »Er fördert Kunst und Wissenschaft, will die Bibliothek im Vatikan für alle öffnen und baut seit Jahren an einer wunderbaren Kapelle.«

»Und das soll mehr zählen als seine Machenschaften?«, stieß Ulrich hervor. »Nein, Jakob, du musst umdenken! Auch Päpste sind nicht das, was du in deinem Klosterfrieden von ihnen gehört hast.«

Sie ritten durch die Toskana auf die Küste zu. Zur Übung unterhielten sie sich dabei in Latein.

»Viele Italiener verstehen eher die toskanische Mundart als das Latein der Kirche«, erklärte Ulrich schließlich. »Man sagt daher, dass dieser Dialekt schon bald für ganz Italien zur offiziellen Sprache werden wird. Aber noch ist es nicht so weit.«

Rom wirkte tatsächlich trist und grau in der gleißenden Mittagshitze. Selbst die Platanen schienen lustlos ihr Haupt zu neigen.

»Sieh dort, die Pinienzapfen«, rief Jakob, als sie über die Via Salaria in die Ewige Stadt einritten. »Deshalb also hat unser Augsburg sein Stadtwappen von den Legionären Roms übernommen.«

»Darüber habe ich noch nie nachgedacht«, gab Ulrich zu und wischte sich mit einem Seidentuch den Schweiß von der Stirn. Sie zogen durch die Porta Colina und die lauten, verwahrlosten Stadtviertel mit den Resten der Thermen Diokletians. Bettelnde, teilweise verkrüppelte Kinder und kleinwüchsige Jugendliche mit ausgemergelten Gesichtern begleiteten sie mit lautem Geschrei. Ulrich musste mit derartigen Belästigungen gerechnet haben. Er öffnete einen Lederbeutel, den er an einem dreifach geflochtenen Band um die Schultern trug, griff hinein und warf in hohem Bogen etwas in die Luft, das wie kleine, glitzernde Linsen aussah. Gleichzeitig trieb er sein Pferd zu einer schnelleren Gangart an.

»Was machst du da?«, rief ihm Jakob zu.

»Ich verscheuche sie, indem ich sie mit Reichtum zuschütte. Hacksilber, Jakob – klein, kostbar in der Sonne glänzend und doch fast gar nichts wert.«

Sie sahen, wie die jungen Römer schweigend hinter ihnen durch den Staub der Straße krochen. Jeder versuchte, etwas vom Silberglanz zu finden, das der wohlhabende Deutsche über sie verstreut hatte. Die Trabanten ihrer Eskorte und die Knechte hatten alle Mühe, sie weiter in Richtung Vatikan auf der anderen Seite des Tibers zu begleiten. Noch bevor sie den Fluss und die Basilika von Sankt Peter sahen, erreichten sie einen großen, lang gestreckten Platz.

»Von diesem Ort in Rom habe ich schon gehört«, rief Jakob müde, aber erfreut. »Hier muss die Pferderennbahn von Kaiser Domitian gewesen sein.«

Ulrich war über diese Erkenntnis längst nicht so begeistert wie sein Bruder.

»Dann frage ich mich, warum hier immer noch überall frische Pferdeäpfel liegen«, entgegnete er spöttisch und blickte zu dem Jüngeren hinüber.

Die Männer in ihrer Begleitung lachten. Einige wussten, dass hier mitten in der Altstadt Roms noch heute Pferderennen und Spiele durchgeführt wurden.

Vom Nordwesten des Platzes waren es nur noch wenige Schritte bis zur Kirche der Deutschen in der Ewigen Stadt. Ulrich und Jakob stiegen direkt vor dem Portal von Santa Maria dell'Anima von ihren Pferden. Junge Ministranten brachten Schalen mit Weihwasser. Ulrich und Jakob benetzten Finger und Stirn, dann ließen sie sich durch den Haupteingang der kleinen fünfschiffigen Kirche bis zu den Gräbern führen. Es gab nur wenig Platz in der Enge zwischen den Häusern der Altstadt.

»Markus wird uns noch mehr fehlen als die beiden anderen«, sagte Ulrich mit schmalen Lippen. Sie beteten für ihn, dann gingen sie zur Straße zurück. Er legte kurz seinen Arm um Jakob, dann seufzte er: »Und du kannst weder sie noch ihn ersetzen!«

Jakob zuckte unwillkürlich zusammen. Warum sagte er das? Ringsum klapperten Pfannen und Schüsseln in Häusern und Höfen. Es roch nach Gebratenem, würzigen Kräutern und sehr viel Knoblauch. In all der Hitze empfand Jakob wenigstens die Gerüche als vertraut …

Zu Fuß gingen sie mit ihren Begleitern durch die heißen und engen Gassen bis zum »Goldenen Kopf«. Das Gasthaus wurde von einem verwitweten Augsburger mit zwei hübschen, halbwüchsigen Töchtern geführt, die sie bereits erwarteten und freudig begrüßten.

»Geschafft«, sagte Ulrich erleichtert. Er warf seine Kopfbedeckung auf die Seitenbank unter einem Gartenvorbau und nahm schwer atmend Platz. Auch Jakob ließ sich auf eine Sitzbank fallen und nahm dankbar einen Krug mit kühlem Wein von einem der Mädchen an. Der Wein war leicht und weniger süß, als man ihn in Augsburg liebte, aber er stillte den Durst.

Nach einer schwülen, immer wieder von kleinen Mücken gestörten Nacht, dem Lärmen der Zikaden und den bis weit nach Mitternacht anhaltenden trunkenen Gesängen erwachten sie am nächsten Morgen so zerschlagen, als wären sie Postreiter derer von Tassis und seit Augsburg nicht mehr vom Pferd gestiegen.

Der Vormittag verging mit Vorstellungsbesuchen bei Klerikern und Händlern rund um die deutsche Kirche. Ulrich gab verschiedene Empfehlungsschreiben ab und nahm andere Briefe in Empfang, die er vertraulich zu Bischöfen, Äbten oder Geschäftsfreunden des einen oder anderen nördlich der Alpen weiterleiten sollte. Für einige der Briefe, die direkt aus dem Vatikan zu kommen schienen, nahm er sogar hohe Gebühren.

»Nicht mehr als auch Markus für seine Hilfe verlangt hätte«, erklärte er Jakob. »Aber das lernst du noch. Auch die Nürnberger sagen: ›Frage viel und vertraue nicht einem jeden, dann hast du weniger zu verantworten.‹«

Während der beiden nächsten Tage ordneten sie den Nachlass ihres Bruders Markus in dessen bescheidenem Wohnraum im Vatikan. Erst am vierten Tag nach ihrer Ankunft kam abends ein Bote aus dem Vatikan in den »Goldenen Kopf«, der sie zum Nachtmahl bei Kardinal Giuliano della Rovere bat.

»Das ist einer der beiden Neffen, die Papst Sixtus gleich nach seiner Krönung mit Purpur und mit goldenen Pfründen bedacht hat«, flüsterte der Wirt den Brüdern zu. »Prunksüchtig, eitel, aber ausgesprochen klug und mit einem offenen Ohr für jeden guten Handel.«

»Was kann er von uns wollen?«, fragte Jakob.

»Wahrscheinlich alle Pfründe in Augsburg, Regensburg und Freising, die unser Bruder durch päpstliches Vertrauen nach und nach erworben hat.«

»Davon wusste ich nichts«, wunderte sich Jakob. So schnell es ging, legten sie ihre Festgewänder an und folgten dem Boten des Kardinals.

»In den sieben Jahren in Rom«, erklärte Ulrich unterwegs, »konnte Markus eine ganze Reihe nützlicher Verbindungen knüpfen. Deshalb haben wir zwar kein Kontor in Rom, aber in den vergangenen zwei Jahren wurden beispielsweise alle Einnahmen des päpstlichen Kollektors in Schweden über unsere Nürnberger Faktorei nach Rom weitergeleitet.«

»Dann ist das jetzt also vorbei?«

»Nicht unbedingt«, antwortete Ulrich. »Trotzdem müssen wir die Angelegenheit so schnell wie möglich erledigen. Ich komme nur mit, um dich in Rom bei einigen wichtigen Leuten einzuführen. Danach musst du zeigen, was du in Herrieden gelernt hast. Es muss alles verzeichnet werden, was Markus hinterlassen hat.«

Gerade noch rechtzeitig trafen sie in den Gemächern des Kardinals Giuliano della Rovere im Vatikan ein. Fast zwei Dutzend Männer gingen plaudernd auf und ab. Einige scherzten, andere machten den Eindruck, als wären sie zu ihrer eigenen Henkersmahlzeit geladen.

»Siehst du die tuschelnden Bischöfe dort drüben?«, fragte Ulrich leise, und Jakob nickte. »Sie versuchen noch bis zum letzten Moment, heimliche Schulden vor den Prüfern im Vatikan zu verbergen und zugleich neue Kredite aufzunehmen.«

»Hat Markus auch in solchen Angelegenheiten ausgeholfen?«

»Pst«, sagte Ulrich. »An kurzfristigen Überbrückungskrediten kann eine Bank am meisten verdienen.«

»Und woher hatte Markus dieses Geld?«, flüsterte Jakob. Er merkte nicht, dass sich vor Aufregung rote Flecken auf seiner hohen Stirn bildeten.

»Von anderen, von denen nicht bekannt werden soll, wie reich sie sind, und die auch nicht selbst Geld verleihen und Zinsen einstreichen dürfen …«

An diesem Abend schmeckte Jakob das süße, betäubende Gift der Geheimnisse, von denen er bisher nur eine vage Ahnung gehabt hatte. Ulrich kam ihm auf einmal wie ein Hohepriester vor, wie ein Eingeweihter, der hinter Fassaden sehen und die Angst hinter flackernden Blicken erkennen konnte.

Im selben Augenblick öffneten sich die großen Doppeltüren auf beiden Seiten des Saales. Aus der einen Richtung sprangen als Narren verkleidete Musikanten mit Schellen und Flöten, Zupfinstrumenten und kleinen Trommeln herein. Von der anderen Seite tanzte ein Dutzend auffällig gekleideter junger Mädchen mit weiß geschminkten Gesichtern um den langen Tisch in der Mitte. Ihnen folgten Damen in kostbaren Gewändern, wie sie in vergleichbarer Schönheit nur auf den Gemälden an der Decke des Saales zu sehen waren.

»Sind das die Cortigiani?«, rief Jakob dem Bruder viel zu laut zu. Der hüstelte nur hinter vorgehaltener Hand.

»Sie heißen überall anders«, antwortete er leise. »Aber hier nennen sie sich Hofdamen, weil sie am Hof des Heiligen Vaters wie bei einem König verkehren.«

Die Anwesenden wurden von Kardinal della Rovere freundlich begrüßt, und das Mahl begann. Nach einer guten Stunde gab der Kardinal einigen Bediensteten ein Zeichen. Sofort wurde die Tafel aufgehoben und mitsamt den halb leeren Schüsseln und Speiseresten aus dem großen Saal getragen. Junge Priester brachten brennende Kerzen und stellten sie auf den Boden. Dann verschwanden einige der jüngeren Damen.

Jakob vermutete, dass jetzt die Zeit der vergnügten Unterhaltungen beendet war und Kardinal della Rovere über den Bau der Kapelle von Papst Sixtus, über die Pläne zum Neubau von Sankt Peter und über denkbare Geschäfte mit den eingeladenen Kaufleuten sprechen werde. Doch nichts dergleichen geschah. Stattdessen klopfte der Kardinal mit seinem spitzen Messer gegen ein Glas und legte dann die Hände vor der Brust übereinander.

»In diesen unruhigen Zeiten, in denen gotteslästerliche Seefahrer aus Portugal bereits behaupten, sie hätten neue Welten weit im Westen entdeckt und nur geheim gehalten, um die angebliche Habgier unserer heiligen Kirche nicht anzuheizen, in diesen Wirren müssen verschiedene Nachrichten mit großer Vorsicht überdacht werden. Man hört sehr viel, und noch mehr wird gesprochen.«

Jakob warf Ulrich einen verstohlenen Blick zu, doch der hob ebenfalls nichts ahnend die Brauen. Der Kardinal räusperte sich leise, dann sagte er: »Es liegt in der Natur der Menschen, dass sie Unfälle gern als Absicht des Allmächtigen oder als Intrigen jener deuten wollen, die über ihnen stehen, geweiht sind und Verbindungen zu den Mächten haben, von denen sie nun einmal nichts verstehen.«

Erst jetzt blickte der Sohn des Papstes die beiden Fugger direkt an. »Ich freue mich, dass wir zwei Brüder unseres unverhofft verstorbenen Magisters Fugger bei uns begrüßen können. Manche Lästerzungen behaupten, dass Markus Fugger aus Rache für den Mordanschlag auf die beiden Medici im Dom von Florenz sein Leben verlor. Ich aber will gern beeiden, dass es nicht so war …«

Jakob spürte, wie heiße Schauer über seine Haut rasten. Was redete der Kardinal da? Was hatte ihr Bruder mit dem Mord im Dom von Florenz zu tun? Er wagte nicht, Ulrich anzusehen, denn auch der Ältere saß wie erstarrt in seinem schweren Stuhl.

»Markus Fugger aus Augsburg starb am neunzehnten April«, fuhr Kardinal della Rovere fort und lächelte vergebend in ihre Richtung. »Der Mordanschlag, mit dem teuflische Verleumder unseren geliebten Bruder und sogar den Heiligen Vater in Verbindung bringen, hat erst zehn Tage später durch die gottlosen Pazzi stattgefunden.«

Kardinal della Rovere hob beide Hände und öffnete sie. Jakob war, als hätte ihn ein Glockenschwengel aus dem Dom von Augsburg getroffen. Zum zweiten Mal innerhalb weniger Tage erfuhr er, dass es Intrigen gab, in die die Mächtigen der Welt verwickelt waren. Noch ehe Jakob sein Entsetzen überwunden hatte, sah der Kardinal zur bemalten Decke des Raumes, schloss für einen Augenblick die Augen und schnippte dann mit den Fingern.

Sofort öffneten sich die hohen Türen, und von beiden Seiten tanzten französische Demoisellen fröhlich aufkreischend in den Saal. Die eben noch angespannten, vom vielen Essen und Trinken geröteten Gesichter der Gäste glühten noch mehr auf. Die Diener schütteten Walnüsse auf den Boden. Augenblicklich schickten sich die tanzenden Mädchen an, die Nüsse aufzusammeln. Sie rafften ihre Kleider und bückten sich. Sofort sprangen einige der Gäste des Kardinals auf und drängelten sich um die unter den Röcken weiß aufleuchtenden Mädchenhintern. Andere Gäste sanken ebenfalls auf die Knie, öffneten ihre Beinkleider und versuchten, es den Rüden und den Hengsten gleichzutun.

Flammende Röte überzog Jakobs Gesicht und Scham, so groß, dass er sie sein Leben lang nicht vergaß.

Am nächsten Tag wollte Jakob lange Zeit nicht aufwachen. Bis zum Mittag fühlte er sich krank. Erst dann schaffte er es, sich anzukleiden und in den Raum zu gehen, in dem Ulrich bereits schweigend arbeitete. Sie begrüßten sich nur kurz. Am Platz, der für Jakob vorgesehen war, standen eine gläserne Karaffe mit klarem Wasser, ein geschliffenes Glas und eine glasierte Tonschale mit einem bunten Deckel.

»Nimm das Pulver dazu«, sagte Ulrich. »Es soll auch gegen das Fieber der Sümpfe helfen.«

Stunde um Stunde verging, während die beiden Männer sorgsam ein Pergament nach dem anderen so auf den Tischen verteilten, dass sich allmählich eine auch ihnen verständliche Ordnung ergab. Für Jakob reichte jeweils ein kurzer Blick auf das Geschriebene. Anders als Ulrich hatte er jahrelang gelernt, wie Lateiner und Römer Schriftstücke und Dokumente verfassten. Er kannte die Regeln des alten römischen Rechts und wusste, wie in kirchlichen Skriptorien gearbeitet wurde.

»Ich hatte keine Vorstellung, was Markus hier gemacht hat«, sagte Jakob. »Ich wusste auch nicht, in wie hohem Ansehen er hier stand.«

»Mir geht es ähnlich«, sagte Ulrich und reckte sich. »Hier, sieh dir das an: Er hatte es neben all seinen anderen Ämtern bis zum Provisor des Anima-Hospitals gebracht. Das wäre bei uns in Augsburg für einen Bürgersohn nahezu unmöglich.«

Am Abend im »Goldenen Kopf« erfuhren sie freilich, dass Papst Sixtus IV. schon ganz andere Beförderungen und Ämter verkauft hatte.

»Dieser Papst verkauft doch alles in seiner Geldgier, Posten und Titel ebenso wie Ablassversprechen.«

Mochte es die schwierige Arbeit in den vertrackten und mit vielen Kürzeln versehenen Papieren von Markus sein, der Frascati aus den Bergen südöstlich von Rom oder die drückende Sommerhitze, mit der kaum einer der Augsburger Kaufleute zurechtkam – auf jeden Fall sprach Ulrich so erregt, wie ihn Jakob noch nie zuvor erlebt hatte. Jetzt zerbrach er auch noch sein Weinglas. Jakob sah sich verstohlen in der großen Stube um.

In einer anderen Ecke des Gastraumes saßen zwei Beauftragte der Gossembrots, ein kaum vierzehnjähriger Junge in Begleitung eines Mannes, den sie Herwarth nannten, und einem römischen Bankier zusammen. Einige von ihnen kannte Jakob inzwischen. Als er hinausging, um sich draußen vom vielen Wein zu erleichtern, folgte ihm der Junge vom Tisch der Bankiers.

»Verzeiht mir, Herr«, sprach er Jakob von hinten an. »Seid Ihr wirklich der jüngste Fugger?«

»Ihr sagt es«, antwortete Jakob mit einem erleichterten Seufzer. Er spülte die Hände in einer Terrakottaschale mit duftendem Kalkwasser und drehte sich um. Der Junge blickte ihn mit hellen Augen an. Obwohl er noch nicht das entsprechende Alter erreicht haben konnte, trug er einen der schwarzen Talare, mit denen überall in den Universitätsstädten die jungen Scholaren ihre Professoren nachahmten.

»Und wer seid Ihr?«, fragte er dann.

»Ich heiße Peutinger«, stellte sich der andere höflich vor. »Conrad Peutinger aus Augsburg. Ich bin mit meinem zukünftigen Stiefvater Herwarth dort drüben gekommen und soll mir Italien ansehen, ehe ich in Basel mit meinem Studium beginne.«

»In einem Kloster oder einem Stift?«

»Nein, nein, nicht wie Ihr damals, als Euer Vater starb«, sagte der junge Peutinger ohne Arg. »Ich will lieber den Weg wie Euer Bruder Markus gehen, der sich ja schon mit vierzehn Jahren in Leipzig eingeschrieben hat.«

»Wann fangt Ihr an?«, fragte Jakob, vom Wein und der abendlichen Wärme ein wenig wirr im Kopf.

»Im nächsten Herbst, im Oktober«, antwortete Conrad Peutinger sehnsüchtig.

Jakob legte seinen Arm um die Schultern des Jungen und wankte langsam mit ihm in die Schankstube zurück.

In den folgenden Tagen sorgten Ulrich und Jakob Fugger dafür, dass der Nachlass des toten Bruders aufgeteilt wurde. Was eindeutig der Kirche gehörte, musste im Vatikan bleiben. Eine weitere Partie sollte Jakob mit einem der wenigen vertrauenswürdigen römischen Bankiers für weitere Geschäfte auswerten. Alles andere verpackten sie in Rollen und Körbe mit Wachstuch.

Schließlich hielt es Ulrich nicht länger am Tiber. Er wollte zurück nach Augsburg, denn dort wartete Veronika Lauginger auf ihn, die er liebte und alsbald zu heiraten gedachte. Jakob wohnte weiter im »Goldenen Kopf«. In dieser Zeit vertiefte er die Freundschaft mit dem bereits sehr belesenen Conrad Peutinger. Aus schierer Freude am Wohlklang der Sprache unterhielten sich die beiden, sobald sie allein waren, auf Latein. Sie sprachen auch über die Begegnung, die Jakob fünf Jahre zuvor gehabt und bei der er mit Erzherzog Maximilian von Österreich Latein gesprochen hatte.

»Kann er es denn?«, fragte Conrad.

»Besser als mancher Chorherr«, bestätigte Jakob. »Dabei braucht er es als Herzog und Thronfolger wahrscheinlich gar nicht bei all den vielen gelehrten Herren in seinem Hofstaat.«

»Das wäre etwas«, seufzte der junge Peutinger. »Berater des römischen Königs und vielleicht sogar deutschen Kaisers Maximilian.«

»Ist das wirklich dein Traum?«

Conrad Peutinger seufzte. »Ein unbezahlbarer!«, sagte er.

»Na gut, dann kaufe ich dir eben deinen Kaiser!«

Jakob lachte so übermütig, dass auch der junge Peutinger einstimmen musste. Von da an fanden sie noch mehr Gefallen aneinander. Sie sprachen viel über den Vatikan, den bis Ravenna und zum Herzogtum Ferrara am Po gewachsenen Kirchenstaat, aber auch über die Missionierung Germaniens und die im Norden Deutschlands herumziehenden Irrlehrer, denen inzwischen überall hungernde Bauern, verarmte Ritter und sogar Grafen folgten.

Drei Wochen später war Jakobs Aufgabe in Rom erledigt, und er wollte nach Florenz zurück. Er schloss sich einem Zug von Kaufleuten an, die aus Antwerpen, Frankfurt und Innsbruck kamen. Einige wollten nur nach Florenz, andere zogen weiter bis nach Mailand oder Venedig.

Die Reise war nicht besonders anstrengend, weil keiner der Kaufleute größere Warenbestände mit sich führte. Sie kamen schnell voran und erhielten unterwegs, wie schon zur Zeit der alten Römer, gegen kleine Münze schlichte Übernachtungen in den Herbergen am Straßenrand. Zum Ausgleich leisteten sich die Männer ausgiebige Abendgelage und Vergnügungen mit Musik und Weibsvolk.

In Florenz betrachtete Jakob die goldene Lilie der Medici und verglich sie mit den beiden Lilien, mit denen die Satteldecke seines Pferdes geschmückt war. Überall flüsterte es in der sonst so lauten Stadt am Arno. Jakob spürte es. Er hatte bereits in Rom gehört, dass Papst Sixtus IV. an der Verschwörung der Pazzi gegen die Medici beteiligt gewesen sein sollte. Aber erst jetzt, als er überall in den Straßen Wachsporträts des erdolchten Giuliano de Medici sah, erfuhr er mehr. Es hieß, dass dieser im Dom von Florenz ermordet worden war, während sein Bruder Lorenzo gerade noch hatte entkommen können. Jacopo de Pazzi und mehrere seiner Mitverschwörer waren von wütenden Florentinern ergriffen und an den Fenstern des Palazzo Vecchio aufgehängt worden. Der Rest der Familie war inzwischen verhaftet oder verbannt worden.

Jakob wollte nicht mehr wissen. Obwohl der Name seines Bruders Markus nicht genannt wurde, glaubte er, ihn aus Andeutungen und Halbsätzen mehr als einmal herauszuhören. Ihm wurde bange in den Straßen von Florenz. Er fühlte sich bei jedem Schritt wie von hundert Blicken verfolgt. Schon in der ersten Nacht in einer Herberge am Domplatz schreckte er mehrmals auf und starrte bangend durch die halb zugezogenen Vorhänge an den Fenstern.

Am Morgen hatte er das Gefühl, dass es für ihn nicht sehr gesund war, wenn er sich länger als nötig in dieser Stadt aufhielt. Er kam sich mehr und mehr wie ein Spießgeselle der Verschwörer vor. Gewiss, die Fugger waren in gewisser Weise Konkurrenten und damit Gegner aller Medici, aber konnte ihn deshalb eine ganze Stadt wie einen Ketzer oder Aussätzigen ansehen?

Er fühlte sich plötzlich wie im Fieber. Waren die Schuldgefühle und seine Furcht begründet oder nur ein Hirngespinst? Oder empfand er Reue über seinen Abschied von Herrieden, der ihm seit den Wochen in Rom doch überstürzt und vielleicht sogar falsch vorkam. Er brauchte zwei Tage und zwei nahezu schlaflose Nächte, bis er die Kraft und den Glauben fand, über sein eigenes Leben zu entscheiden. Bei Sonnenaufgang des dritten Tages setzte er sich ans Fenster seiner Kammer und schrieb einen Brief an das Stift Sankt Veit in Herrieden, mit dem er endgültig auf seine Pfründe verzichtete. Damit war auch die letzte Verbindung zu seinem früheren Leben zerschnitten. Von jetzt an wollte er nur noch Kaufmann werden. Nicht irgendeiner, sondern der beste.

Lehrjahre am Rialto

Jakob freute sich, wieder in Venedig zu sein. Er erhielt dieselbe kleine Kammer in der zweiten Etage des Palazzos der Cornaro wie bei seinem ersten Besuch.

Obwohl er gehofft hatte, gleich nach seiner Ankunft das Gemälde von Caterina zu sehen, wurde er zunächst von einem der Bediensteten nach oben geführt. Er merkte sofort, dass er diesmal nicht als Begleiter des erfolgreichen Ulrich Fugger von der Lilie, sondern als unbedarfter junger Mann angesehen wurde, der erst noch beweisen musste, was er konnte.

Jakob schluckte seine Enttäuschung herunter, lief ans Fenster und sah auf den Canal Grande hinab. Der wunderbare Anblick entschädigte ihn ein wenig. Er stützte die Arme auf das Fensterbrett, lehnte sich weit hinaus und gab sich ganz der Betrachtung des bunten Lebens hin, das die zahllosen Barken mit Fremden und Einheimischen boten.

Nach all den Jahren im stillen Kloster kam Jakob Fugger die Lagunenstadt wie ein schwimmender Markt vor – ein feierlicher, farbenfroher Messeplatz, in dem Tausch und Handel zum immerwährenden duftenden und klingenden Gottesdienst erhoben worden waren.

Zum Nachtmahl wurde er von einem Diener abgeholt. Außer ihm kamen nur noch zwei Ehepaare und zwei weitere Mitbewohner des Hauses hinzu. Nachdem er vom alten Cornaro den anderen vorgestellt worden war, erfuhr auch er, woher sie kamen. Sie alle hatten etwas mit dem Einkauf und Verkauf bestimmter Handelswaren zu tun. Das eine Ehepaar stammte aus Brügge, das andere aus Wien. Der ältere der beiden Einzelreisenden kam aus Polen, der jüngere aus Ungarn, lebte aber schon einige Zeit in Wien.

Obwohl Jakob viel lieber mehr über die Königin von Zypern erfahren hätte, lenkte der Ungar das Gespräch auf den römisch-deutschen Kaiser und seinen Sohn Maximilian, die er erst kürzlich in der Wiener Neustadt gesehen hätte.

»Der junge Herzog ist ein stattlicher Mann geworden. Allerdings neigt er wohl mehr zu Pferdespielen mit der Lanze als zu beschwerlichen Verhandlungen mit Fürsten und den Abgesandten der Reichsstädte. Viele nennen ihn bereits den ›letzten Ritter‹, denn für seine höfischen Turniere gibt er mehr Geld aus als für alles andere.«

»Besser als für Kriegsgerät«, sagte die Gastgeberin. »Es heißt, dass in den Bergen von Tirol inzwischen nicht nur nach Silber, sondern auch nach Kupfer für Kanonen gegraben wird.«

»Wer tut das?«, fragte Jakob. »Herzog Maximilian?«

»Nein, nein«, antwortete der Österreicher. »Tirol gehört Herzog Sigismund, dem Vetter Maximilians. Sie nennen ihn nicht umsonst den Münzreichen. Im Gegensatz zum Kaiser und zu Maximilian hat er genügend Silber in den Bergen und erfahrene Bergleute, die es ihm herausschlagen.«

»Erfahrene Bergleute?«, fragte der Pole spöttisch. Er hatte bisher nur zugehört, gegessen und geschwiegen. »Wie jedes Kind bei uns in Krakau weiß, hatten schon die alten Römer ihre Goldbergwerke von Dakien in den Karpaten wesentlich besser organisiert als gegenwärtig die Österreicher und Ungarn. Bei uns in Polen weiß man noch, wie das Wasser aus den Gruben abgepumpt wird. Das haben in Tirol wohl einige vergessen, die sich Ingenieure nennen.«

»Das ist noch nicht einmal das größte Problem«, sagte der Ungar zustimmend. »Von allem Silber, das in den Gruben gefördert wird, kommt beim Münzmeister in Hall oft nur noch ein Zehntel an. Der Rest verschwindet unterwegs durch Bestechung, erpressten Wegezoll und durch Diebstahl oder Schlamperei.«

Jakob Fugger richtete sich auf. Drei, vier ähnliche Beispiele aus seiner Kindheit fielen ihm ein. In seiner Erinnerung glaubte, er den Vater noch zu hören, der grob und sogar ungerecht mit Gesellen und fremden Webern umgesprungen war, wenn sie wieder einmal mit zu kurzer Elle gemessen hatten.

»Es gibt nur zwei Wege durch dieses Leben«, hatte er immer wieder mit lauter Polterstimme gesagt, wenn seine Knollennase vor Ärger glühte. »Der eine ist der gerade und sehr schwere mit Schweiß und Qualität, der andere ist der leichte mit Betrug und Leichtsinn direkt ins Höllenfeuer.«

»Kümmert sich denn niemand um die Bergwerke?«, fragte Jakob vorsichtig. Die anderen lachten. Sogar die Niederländer sahen ihn belustigt an.

»Das muss ausgerechnet einer aus Augsburg fragen«, schmunzelte der Österreicher. »Natürlich kümmern sich sehr viele von euren Kaufleuten um das Tiroler Silber und Herzog Sigismund. Genau das ist einer der Gründe für den Jammer. Zu viele Händler und eigennützige Berater für den maßlosen Sigismund.«

»Zu viele Diebe überall«, sagte Signora Cornaro unvermittelt. »Sie stehlen neuerdings sogar ganze Inseln!«

»Reden wir heute Abend nicht darüber«, mischte sich der alte Cornaro sofort in das Gespräch ein und lenkte vom Thema ab. »Ein guter Kaufmann ist wie ein Bauer, der nicht zu viel und nicht zu wenig erntet. Sackt er zu früh ein, verschenkt er den Gewinn. Lässt er aber ins Kraut schießen oder zu lange reifen, weil er zu gierig ist, riskiert er Unwetter oder faule Früchte.«

»Eigentlich fehlt in den Alpen ein Monopol für Kupfer und für Silber«, meinte der Kaufmann aus Brügge. Er sah zu Andrea Cornaro. »Wie beim Zucker von Zypern. Nur wenn es einer in die Hand nimmt, wird ordentlich gearbeitet, wenig verschwendet und ein Preis erhandelt, mit dem erneut zum Nutzen aller in die Produktion investiert werden kann.«

»So wird es auch bei uns gemacht«, mischte sich Jakob selbstgefällig in das Gespräch. »Bei den Fuggern von der Lilie gibt es weder Wucher noch Geschäfte, die nicht gottgefällig sind.«

Die anderen sahen ihn verständnislos an. Er merkte, dass er irgendetwas falsch gemacht hatte, und errötete.

»Ist es … ist es denn nicht so?«, fragte er unsicher.

»Nur wer etwas riskiert, ist auch ein Kaufmann, Jacopo!«, sagte der alte Cornaro.

Die Tage im Fondaco vergingen für Jakob Fugger wie in einem Rausch. Morgens war er einer der ersten im deutschen Handelshaus. An schönen Sonntagen flanierte er nach der Morgenmesse über den Marcusplatz bis zu den Säulen am Kai, die angeblich aus Konstantinopel stammten. Er hatte keine Augen für die ebenfalls herumspazierenden Schönen der Stadt, auch wenn sie ihn, wie auch die anderen jungen, eleganten Ausländer und die exotisch-wilden Seeleute vom Hafen, immer wieder neckten, um seine Aufmerksamkeit auf sie zu lenken.

Seit er das Bild gesehen hatte, war in seinem Herzen nur für Caterina Cornaro Platz. Aber sie war und blieb für ihn so fern und überirdisch unerreichbar. Manchmal sah er sich sogar mit ihr zusammen als Herrscher über den gesamten Handel im märchenhaften Dogenpalast. Dann bewunderte er den mächtigen goldenen Bucintoro und die vielen anderen Schiffe zwischen der Mole und der Insel San Giorgo so wohlgefällig, als ob die Hanse-Koggen, die großen spanischen Karacken und die arabischen Dhaus nur für ihn und seine Königin von Zypern fahren würden.

Offiziell galt er noch nicht als Kaufherr. Er drängte sich nirgends auf, war nicht laut und stellte seine Fragen so, dass sie den Gefragten wie Anerkennung und Lob erschienen. Auf diese Weise bekam er überall ausführlichere Antworten als andere junge Kaufleute, die wie er in die Lagunenstadt geschickt worden waren, um hier die Geheimnisse kaufmännischer Erfolge zu ergründen.

An manchen der kühlen und feuchten Herbstabende, wenn roter Wein in geschliffenen Karaffen verlockend auf der Damasttischdecke im Palazzo seiner vornehmen und zurückhaltenden Gastgeber stand, wenn die anderen Gäste beim Nachtmahl die schlechten Zeiten, die alles vernichtenden Stürme oder die zu teure Ware beklagten, luden die beiden alten Cornaros den jungen Fugger ein, den Abend mit ihnen zusammen am Kamin zu verbringen.

Am Vormittag des Weihnachtstages waren sie alle schon früh zur Messe in die überfüllte Kirche San Apostoli gegangen. Ein paar Schneeflocken hatten Jakob und die anderen Gäste der Lagunenstadt an ihre Heimat erinnert. Als dann trotz der Kälte die Sonne wieder durchbrach, strömten die Honoratioren und Nobili der Lagunenstadt zu einem großen Festmahl im Palast des Dogen. Dabei sollte die Rückkehr des Gesandten Leonardo Loredan gefeiert werden, der vor Jahresfrist in wichtiger und zunächst streng geheimer Mission nach Nikosia geschickt worden war.

Nach der offiziellen Lesart hatte er am Gründonnerstag in der Kirche von Sankt Sophien das Attentat auf die Königin von Zypern vereitelt. Im Fondaco hatte Jakob aber auch gehört, dass Loredan zum gefürchteten Geheimdienst der Serenissima gehören sollte. Und er hatte sich vor sechs Jahren ebenfalls in Zypern aufgehalten – damals, als Caterinas Ehemann und ihr kleiner Sohn kurz nacheinander vergiftet worden waren.

Jakob begleitete den alten Cornaro nur bis zu den Arkaden des

Dogenpalastes. Er selbst war nicht eingeladen worden. Viele hatten sich wie sie auf den Weg durch die Kälte gemacht. Und dann sah Jakob, wie ein Boot mit Deutschen, die nicht aus einer Kirche, sondern ganz offensichtlich aus einer Taverne gekommen waren, im Verkehrsgewühl auf dem teilweise siebzig Schritt breiten Kanal so stark ins Schlingern kam, dass die angetrunkenen Fahrgäste laut aufschreiend ins kalte Wasser fielen.

An diesem Tag schämte sich Jakob Fugger, dass er durch seine schwarz und gelb gestreiften Kleidungsstücke als Deutscher zu erkennen war. Er beschloss, sich so oft wie möglich wie ein Italiener anzuziehen. Die Betrunkenen wurden allesamt gerettet. Einer von ihnen namens Conrad Rehlinger, der bereits mehrfach wegen ähnlichen unerwünschten Benehmens ermahnt worden war, sollte sogar ein Aufenthaltsverbot in der Republik von San Marco erhalten.

»So schlecht und ungebildet sich einige von euch benehmen, so miserabel seid ihr auch bei den Dingen, die den eigentlichen Kaufmann ausmachen«, sagte die fröhliche, aber streitlustig wirkende Signora Cornaro an diesem Abend. Seit sie über den Gesandten Loredan und ihren Mann erfahren hatte, dass ihre Tochter Caterina in Zypern lebte und sich wohl befand, schien sie sich verjüngt zu haben.

Jakob spürte, wie ihm das Blut ins Gesicht stieg. Der Hausherr legte die Hand auf den Arm seiner Gattin.

»Du hast doch selbst gesagt, er sei nicht so wie die anderen.«

»Das will ich meinen«, bestätigte sie heftig nickend. »Unser Jacopo hat ja auch eine klösterliche Erziehung erhalten und treibt sich nicht in Tavernen und Bordellen rum.«

»Das will noch nicht viel heißen«, beschwichtigte der Alte. »Erinnerst du dich noch an seinen Bruder Georg, der vor zwei Jahren unser Gast war?«

»Und ob ich mich an diesen schönen Deutschen erinnere«, sagte sie und riss die Augen auf. »Den hat doch sogar unser Meister Bellini gemalt.«

»Ja, aber erst nachdem sie zusammen eine Reise durch alle Tavernen links und rechts der Rialto-Brücke gemacht hatten«, sagte der Alte. »Die beiden konnten mehr vertragen als dieser vorlaute und eitle Pfau Rehlinger.«

Jakob bemühte sich, so still wie irgend möglich auf seinem Polsterstuhl zu bleiben. Er wusste nicht, worauf die beiden hinauswollten, aber er wollte nicht ihr Opfer werden.

»Also kurzum, wir haben im vergangenen Jahr einen schlechten Handel gemacht«, sagte die Gastgeberin resolut. »Und nur, weil einige der Welser und dieser Rehlinger zu dumm sind, um zu begreifen, was hier längst ein ungeschriebenes Gesetz ist.«

Der alte Cornaro nickte zustimmend. »Sie haben eingetragen, ehe sie einnahmen, und ausgegeben, bevor sie es notierten«, sagte er. »Und genau das ist der Fehler der meisten Deutschen.«

Irgendwie kam Jakob der Satz bekannt vor. Er strengte sich an und versuchte sich zu erinnern, dann fiel es ihm wieder ein. Es war sein Bruder Peter gewesen, der ständig mit sogenannten Nürnberger Kaufmannssprüchen um sich geworfen hatte. Jakob hatte sich bisher nie für derartiges Gerede interessiert. Aber in der Hauptstadt des Handels im Mittelmeer bekamen Peters Weisheiten einen ganz neuen Klang für ihn.

»Ihr rechnet mit Büchern, in die ihr vollkommen durcheinander alles hineinschreibt, wie es euch gerade einfällt«, erklärte der alte Cornaro. »Dabei wäre kein Handelsherr Venedigs reich geworden, wenn er nicht zwei Bücher gehabt hätte …«

»Zwei Bücher?«, fragte Jakob verwundert.

»Eigentlich sind sogar vier nötig, wenn man die gegenüberliegenden Seiten einzeln rechnet«, sagte der Alte. »In das erste Buch kommen auf eine Seite die Einkäufe und auf die andere die Verkäufe.«

»Das ist auch bei uns selbstverständlich.«

»Gewiss, das wissen selbst die Levantiner, Ägypter und Araber«, sagte Cornaro. »Aber ihr mischt alle Einnahmen und Ausgaben mit Einkäufen und Verkäufen und ordnet sie nicht zu. Deshalb weiß zum Schluss niemand, wie teuer eine Ware mit allen Nebenkosten war und was sie wirklich einbringt.«

»Und wenn man die Posten auf diese Weise trennt?«

»Dann sind Wareneingänge zu Warenausgängen geordnet und Ausgaben zu Erträgen. Und erst zusammen mit Einkauf und Verkauf ergibt sich der Überblick, den wir ›quadri libri‹ – also vier Bücher – nennen. Das ist das ganze Geheimnis, Jacopo, die doppelte Buchführung, jeweils nach Soll und Haben.«

Jakob sah seine vergnügt schmunzelnden Gastgeber ungläubig an.

Das alles war so einleuchtend, dass er nicht wusste, warum Ulrich und Georg, Peter und er selbst je anders gehandelt hatten.

»Warum weiß das denn niemand?«, stöhnte er.

»O nein, das darfst du nicht sagen«, warf der Alte ein. »Wir wissen es, und viele von euch wissen es. Aber sie sind eben Deutsche und glauben, dass sie alles besser können als wir Welschen.«

Der Tag des Abschieds von Venedig kam schneller, als Jakob Fugger angenommen hatte. Ulrich und Georg brauchten ihn bereits in diesem Frühling in Augsburg. Er war ein letztes Mal zum Fondaco dei Tedeschi gegangen, doch nun war auch das vorüber. Das große, lang gestreckte Viereck des Innenhofs kam ihm beim Abschied ebenso eindrucksvoll vor wie bei seinem ersten Besuch. Was er hier im Hof und in den Galerien der oberen Etagen sah, war ein schier endloses Schaufenster, mit dem sich kein anderer Markt vergleichen ließ.

Zwei Dutzend lärmender Gehilfen der verschiedenen deutschen Handelshäuser dirigierten Gondeln und Lastenträger, die mit ihren Fässern, Ballen, Säcken und zusammengerollten Teppichen gefährlich nah an der Steinkante des schmalen Anlegers hin und her liefen. Jakob musste mehrmals schnell zur Seite springen, um nicht umgerannt zu werden. Der Platz zwischen der Fassade des Fondaco und dem Wasser des Kanals war viel zu schmal, um herumzustehen oder dort zu flanieren. Obwohl Jakob sich das lebhafte Treiben gern noch länger angesehen hätte, verließ er mit schwerem Herzen das Innere der deutschen Niederlassung.

Er öffnete das Reisewams bis zur Hälfte und sog den eigenartigen, halb fauligen und halb nach fremdartigen Gewürzen riechenden Nebel über dem Canal Grande tief ein. Kein Kaufmann und kein Händler mit fremden Spezereien wäre fähig gewesen, aus dem Bukett der Düfte jeden einzelnen herauszuriechen. Dennoch erkannte Jakob inzwischen verschiedene Sorten Weihrauch, dazu Anis, Zimt, Nelken und Kubebenpfeffer.

Er bestieg eine Gondel, setzte sich und gab dem Gondoliere das Zeichen zur Abfahrt. Er wusste, dass er etwas von seiner Seele im Fondaco und im Palazzo der Cornaros zurückließ. Aber er schwor sich, zurückzukehren zu Caterina – auch wenn es nur zu ihrem Gemälde war, das er in seinem Herzen trug.

Geld, Kuxe und Geschäfte

Die Kutsche rumpelte seit Stunden am Eisack entlang in Richtung Bozen. Rechts und links kamen die Alpen so dicht an den Fluss und die Straße heran, dass die wenigen Ausweichstellen kaum ausreichten, um die aufwärts ächzende Kutsche an anderen Wagen mit Stück um Stück abwärtsrutschenden Rädern, scheuenden Pferden und wackligen Karren vorbeizulassen.

Vollkommen überraschend hatte sich in Trient der junge Conrad Peutinger Jakob Fugger angeschlossen. Sie waren sich bei der Frühmesse in der Kathedrale über den Weg gelaufen. Peutinger hatte inzwischen einen Aufenthalt an der Universität von Padua abgebrochen, um nach seinem fünfzehnten Geburtstag in Basel weiter zu studieren. Und wieder trug der junge Mann den schwarzen Talar.

»Du hast wohl Pfeffer im Hintern«, scherzte Jakob, als er erfuhr, dass Peutinger auch schon in Siena gewesen war.

»Ich bin eben ein unruhiger Geist«, hatte der unbefangene junge Mann geantwortet. Inzwischen näherten sie sich dem letzten großen Markt, an dem Italiener und Kaufleute aus dem Norden einander begegneten. Viele Fuhrleute kehrten in Bozen noch einmal ein, ehe sie sich in Richtung Brixen, Sterzing und Brenner zur steilsten Strecke des Alpenübergangs aufmachten.

Auch Jakob Fugger befahl den beiden Kutschern, zu dem Gasthaus abzubiegen, in dem die Augsburger zu übernachten pflegten. Kräftige Burschen von den Berghöfen warteten mit einem Dutzend Pferden des Postenverwalters auf den Tausch mit anderen Zug- und Reittieren.

»Nirgendwo wird deutlicher als hier, wie genial die Idee des schlitzohrigen Francesco Tassis war«, stellte Jakob fest. Sofort schüttelte der junge Peutinger den Kopf.

»Eigentlich war das gar nicht seine Idee«, sagte er. »Schon bei den Römern gab es vor tausend Jahren schnelle Reiterstafetten. Während der Heereszüge von Hunnenkönig Attila sollen sie die tausend römischen Meilen von Wien nach Konstantinopel in weniger als fünf Tagen und Nächten geschafft haben.«

»Das ist durchaus möglich«, sagte Jakob und nickte. Die Kutsche hielt mit einem letzten, gefährlich scheinenden Schwanken. Sie brauchten ein paar Augenblicke, ehe sie es wagten, mit schmerzendem Rücken und weichen Knien auszusteigen. Sie überließen den Hausknechten ihre Reisetaschen und wankten wie Seeleute nach langer Fahrt auf die belebte Herberge zu.

Conrad Peutinger ließ noch nicht nach. »Wenn der Tassis das Prinzip des ständigen Pferde- und Reiterwechsels nach kurzen Strecken bei Tag und bei Nacht so durchhält wie diese römischen Legionsreiter, könnte man Schlachten gewinnen, noch ehe sie begonnen haben.«

Jakob lachte, ging noch zwei Schritte weiter, blieb plötzlich stehen und drehte sich auf dem Stiefelabsatz um. Mit leuchtenden Augen starrte er den Vierzehnjährigen an.

»Weißt du vorlauter Scholar eigentlich, was du gerade gesagt hast?«

»Natürlich weiß ich das«, behauptete Conrad Peutinger selbstbewusst. Er zupfte an den ersten spärlichen Haaren auf seiner Oberlippe.

»Und wozu willst du dann noch in Basel studieren?«

»Weil es nicht reicht, wenn man weiß, wie man eine Nachricht schneller als alle Konkurrenten von einem Ort zum anderen bringen kann. Man muss auch schneller wissen, was man berichten will. Ich sage dir, die Nachricht ist meist wichtiger als der Reiter oder irgendeine Ware.«

»Wie wahr, wie wahr«, sagte Jakob nachdenklich. Dann gab er Conrad einen freundschaftlichen Schlag auf die Schulter und drückte ihn auf einen freien Platz an den Bohlentischen. Eine lachende Tirolerin stellte gewaltige Holzbretter mit festem, gewürztem Speck und hartem getrocknetem Krümelbrot vor ihnen auf den Tisch und goss weißen Wein in die bereitstehenden Steinkrüge.

Am nächsten Tag rumpelten sie über den noch immer eisig kalten Brennerpass. Nachdem sie den südwärts fließenden Eisack mit dem nach Norden rauschenden Inn getauscht hatten, erreichten sie noch vor Sonnenuntergang Innsbruck. Die Residenzstadt von Erzherzog Sigismund machte einen etwas verschlafenen Eindruck und wirkte auf die beiden jungen Männer wenig einladend. Nach den Monaten in Venedig kam sich Jakob wie auf einem steinernen Friedhof vor.

»Komm«, sagte er deshalb zu Conrad, »wir fahren noch die paar Meilen weiter nach Hall. Ich möchte gern sehen, wo mein Großvater Franz Bäsinger nach seinen Jahren im Augsburger Schuldturm Asyl gefunden hat.«

Gut gelaunt verließen sie die kleine, stille Stadt am Inn. Schließlich stiegen sie in einem Gasthof im Südosten von Hall in der Nähe der Burg Hasegg ab.

»Hall ist durch Salz reich geworden«, sagte Jakob bei einem einfachen Mahl, das wiederum aus hartem Brot, Rauchfleisch und saurem Wein bestand. In Trient hatte es ihm noch gut geschmeckt, aber seit Bozen musste er sich erst wieder an die Nahrung der Tiroler mit ihrem steinharten Brot gewöhnen. »Aber dank der Tatkraft meines Großvaters erhielt der Erzherzog Jahr für Jahr so viele Münzen, wie er brauchte. Das Rohsilber kommt aus den Schwazer Gruben ein paar Meilen weiter nördlich. Seit der Erzherzog vor drei Jahren seine landesfürstliche Münze von Meran hierher verlegt hat, ist Hall für Sigismund wichtiger geworden als Innsbruck oder Salzburg.«

Nach dem Mahl bezogen sie ihre Schlafkammer. Jakob bat den Hausknecht um Papier und Tinte, und an einem winzigen Holztisch vor dem Fenster schrieb er an den Münzmeister mit der Bitte, Conrad zu empfangen. Nachdem die Tinte der wunderschön gezeichneten Buchstaben trocken war, gingen sie zusammen wieder nach unten in die Schankstube. Dort wechselte Jakob beim Wirt einen Florint in eine Handvoll Tirolini und schickte einen jungen Schankknecht mit dem Papier und zwei der winzigen Münzen als Botenlohn zum Haller Münzmeister.

Am Morgen überreichte ihnen der Wirt ein gerolltes und gesiegeltes Schreiben des Haller Münzmeisters, mit dem er sie einlud, am Nachmittag mit ihm gemeinsam zu speisen. Zwei weitere hohe Herren habe er ebenfalls als Gäste gebeten.

Den ganzen Vormittag besprach sich Jakob mit Conrad Peutinger. Er fragte den Wirt nach dem Münzmeister aus und dazu nach allen hohen Herren, die jemals in Hall gesehen worden waren.

Der Tiroler schmunzelte. »Sperrt nur die Augen auf! Vielleicht trefft ihr sogar unseren Erzherzog Sigismund, den Neffen von Kaiser Friedrich.«

Schon gegen Mittag zog Jakob seine besten italienischen Beinlinge an, knöpfte sein Wams eng zu, schlüpfte in spitze Schuhe und setzte sein dunkelrotes Barett so verwegen auf, wie es die erfolgreichen jungen Kaufleute in Venedig zu tragen pflegten. Dann schmückte er sich mit einem Zierdolch am Gürtel. Kein schwäbischer Kaufmann wäre je so aufgetreten. Die meisten hätten sich aus Vorsicht an jedem Ort, durch den sie reisten, der landesüblichen Tracht angepasst. Zu leicht konnte das in Süddeutschland beliebte Schwarz-Gelb zusammen mit den absichtlich bauchweit genähten Hemden Spott und sogar Prügel bedeuten.

Jakob missachtete bewusst die ungeschriebenen Kaufmannsgesetze der Älteren. Er wollte damit demonstrieren, wie sehr er den weltoffenen Stil der Kaufleute von San Marco in Venedig bewunderte.

»Ich habe noch bei Eurem Großvater Bäsinger in Meran gelernt«, sagte der Haller Münzmeister freundlich zum Empfang. Der stämmige Tiroler trug einen weiten, grauen Wollkittel mit schwarzem Dachsfell am Kragen und ein weit ausladendes, mehrfach in Falten gelegtes Barett. »Er starb leider, nachdem wir hierher gezogen sind.«

»Zu der Zeit war ich noch im Stift Herrieden. Man hat mich nicht einmal zu seiner Beerdigung eingeladen.« Jakob stockte ein wenig, und seine Stimme klang vorwurfsvoll, als er fortfuhr: »Ich erfuhr erst später, dass er gestorben ist.«

»Ja, Eure Mutter und Eure Brüder in Augsburg waren sehr streng zu ihm. Sie haben nicht mehr mit ihm gesprochen, seit er in Augsburg im Schuldturm gesessen hat. Auch nicht, nachdem Euer Vater den letzten Pfennig für ihn abbezahlt hatte und Franz Bäsinger bei uns in Tirol Münzmeister geworden war.«

»Ich habe ohnehin nie verstanden, wie ihm das gelungen ist«, sagte Jakob.

Der Münzmeister von Hall lächelte verschmitzt. »Er war eben ein begnadeter Mann, der sich auf vielerlei Silberlegierungen und gute Prägungen verstand. In Schwaben oder in Bayern konnte er nichts mehr werden, nachdem man ihm hatte nachweisen können, dass er Gewicht und Form seiner Münzen allzu knapp hielt. Aber für uns hier war er ein Geschenk des Himmels, Gott hab ihn selig. Er hat aus dem Silber stets sein eigenes Gehalt herausgeschlagen und noch einen ansehnlichen Gewinn für den Erzherzog …«

Kurz darauf erschienen zwei fröhliche Männer. Der erste gehörte zum Hofstaat des Tiroler Landesfürsten, der andere sah wie ein Geistlicher aus dem Norden aus.

»Der Obristhauptmann Anton vom Ross«, erklärte der Münzmeister schnell. »Sei höflich und aufrichtig zu ihm. Er ist selbst ziemlich vermögend und gerade der neue Herr über die Finanzen unseres Herzogtums geworden.«

»Muss man denn reich dafür sein?«, fragte Jakob.

»So reich, dass der Fürst dich als lebende Geldtruhe benutzen kann«, antwortete der Münzmeister und lachte schadenfroh.

Jakob wollte gerade fragen, wer der andere war, als dieser seine Kapuze zurückschlug und Jakob ihn erkannte. Es war Melchior von Meckau, den er bereits in der deutschen Kirche in Rom und bei jenem denkwürdigen Abendmahl des Kardinals della Rovere im Vatikan kennengelernt hatte. Der knapp Vierzigjährige, der aus einer Ministerialenfamilie im sächsischen Meißen stammte, hatte sich damals als Stellvertreter des Bischofs von Brixen in Rom aufgehalten.

Nach einem Schluck Wein zum Empfang und der gegenseitigen Vorstellung führte der Münzmeister sie durch die Räume, in denen Silber geschmolzen, die Schrötlinge gestanzt, rings um den Rand auf das richtige Gewicht beschnitten und anschließend mit gut gewogenen Schlägen aus dem Fallhammer zu kleinen Kreuzermünzen geprägt wurden. Zum ersten Mal in seinem Leben sah Jakob, wie das entstand, wonach die ganze Welt jagte, wofür sie Kriege führte, handelte, betrog und wovon es anscheinend niemals genug geben würde.

»Hier, Ihr Herren, entsteht aus schierem, edlem Metall das Geld«, erklärte der Münzmeister gewichtig. »Und wir bestimmen den Wert, den wir in jede Münze schlagen …«

Später, nachdem sie sich bei Fisch, Fleisch und Brot gesättigt hatten, wurde das Gespräch lockerer.

»Wir müssen endlich eine neue, wesentlich größere Münze einführen«, sagte der Obristhauptmann. »Das Bezahlen mit Kleingeld wird für Kaufleute und bei Staatsgeschäften immer mühsamer. Ebenso gut könnte man Bohnen oder rote Linsen in Säcken herumkarren.«

»Ja, das ist richtig«, sagte Jakob zustimmend. »Für einige der Pfefferarten muss man in Venedig schon mehr als ihr Gewicht in Silbermünzen zahlen.«

Meckau, der eher Fürst als Bischof war, lächelte und blinzelte Jakob fröhlich zu. »Wenn Ihr ein kluger Kaufherr werden wollt, dann vergesst niemals, dass Kleinvieh sehr viel mehr Mist macht als eine Kuh, die immer große Haufen scheißt. Wir jedenfalls haben bei uns in Sachsen gern all die kleinen Münzen der Bauerntölpel und der Gläubigen der reichen Städte eingesammelt. So manche Handelshäuser wechseln die Säcke mit dem Kleingeld gegen Gold, das sie in Rom dann an den Papst auszahlen.«

»Gold?«, wiederholte der Münzmeister und lachte abfällig. »Seit die Rheinischen und die deutschen Kurfürsten immer weniger Goldmünzen schlagen, gibt es hier kaum noch ihre Gulden. Die Berge Tirols enthalten jede Menge Silber und Kupfer, aber so gut wie keine Goldadern. Deswegen brauchen wir endlich eine goldwerte Silbermünze … einen Guldiner sozusagen, mindestens fünfzig Kreuzer wert.«

»In Italien werden die unpraktischen Geldsäcke zunehmend durch geschriebene Vereinbarungen ersetzt«, meinte Jakob ohne jede Scheu vor den anderen. »Dort stellen die Medici und andere Bankiers sogenannte Wechsel aus.«

Jakob hatte die Anspielung des Kirchenmannes auf seinen toten Bruder Markus sehr wohl verstanden – und auch das Angebot an ihn selbst. Aber noch wollte er sich nicht auf derartige Geschäfte einlassen.

»Die Wechsel kann ein Reiter unauffällig im Ärmel bei sich führen«, fuhr er fort. »Jeder, der eingeweiht ist, löst das Schriftstück wieder in Silber, Gold oder gleich in Handelswaren ein. Es ist so gut wie Bargeld, aber nicht so schwer …«

»Arbeiten wir in Innsbruck oder sogar beim Kaiser in Wien etwa anders?«, seufzte der Obristhauptmann. »Ich bin ja auch nicht unvermögend. Aber bei Licht besehen, bin ich nur des Fürsten Strohmann, der für ihn leihen muss.«

»Gehört dem Erzherzog als Landesherrn nicht das gesamte Erz in den Tiroler Bergen?«, fragte Jakob verwundert.

»Das mag ja sein«, gab der Obristhauptmann zurück. »Aber der Herzog vergibt die Bergrechte an Grubenpächter für ihre Gewerke. Und die zahlen ihm einen Anteil ihrer Erträge – so sie denn können und auch wollen …«

»Allein im letzten Jahr hat er dafür achtzigtausend Gulden eingenommen«, warf der Münzmeister ein. »Aber das reicht ihm nicht für seine Schlösser, seine Feste und seine Abenteuer. Deshalb muss ich immer mehr Kupfer und billige Metalle in unsere Münzen mischen.«

»Aber das ist doch … Falschmünzerei!« Jakob biss sich auf die Unterlippe. Diesmal war er eindeutig zu vorlaut gewesen. Trotzdem lachten die anderen.

»Ihr habt ganz recht«, sagte Meckau mit einem fast verschwörerischen Lächeln. »Aber ihr Kaufleute seid auch nicht besser. Es gibt sehr viele, die sich auf verbotene Geschäfte einlassen und ihr Geld gegen sündhaft hohe Zinsen verleihen!«

»Was denkt Ihr denn, wo viele unserer Bergwerksbesitzer wären, wenn ihnen bestimmte Kaufleute nicht immer wieder Geld für neue Wasserpumpen, Hunte und die ganze Technik geben würden? Das ist es doch, wofür die Kaufleute sich Schuldverschreibungen erkaufen.«

»Wir nicht!«, behauptete Jakob. Die drei anderen Männer sahen ihn fast schon verwundert an.

»Nein, Jakob Fugger«, sagte der Münzmeister in die Stille hinein. »Da habt Ihr sogar recht. Euer Vater hat niemals herkömmlichen Schuldscheinen getraut, weil er gesehen hat, welche Mühe es die Fugger vom Reh selbst am kaiserlichen Hof gekostet hat, Schuldscheine wieder in bare Münze umzuwandeln. Deshalb hat sich der alte Jakob, Gott hab ihn selig, in aller Stille Anteile an den Silberbergwerken von Schwaz ausstellen lassen. Kuxe, verstehst du – Eigentumsrechte im Wert von immerhin sechstausend Gulden …«

»Mein Vater?«, fragte Jakob ungläubig. »Das ist unmöglich! Er war ein Weber, ein Kaufmann, der nie im Leben mit Gewürzen gehandelt oder gar heimliche Münzgeschäfte gemacht hätte!«

Der Münzmeister stellte seinen Weinkrug hart auf den Tisch zurück. »Ich war dabei«, sagte er. »Ich habe auch den Teilhabervertrag vor dem Notarius in Innsbruck als Zeuge unterschrieben.«

Jakob presste die Lippen zusammen. »Davon wusste ich nichts«, gestand er dann. Ihm war, als würde sich ein Vorhang nach dem anderen vor den Geheimnissen des Handels und des Erfolgs seiner eigenen Familie öffnen. »Ich habe nie davon gehört, dass unsere Familie auch in verbotene Geldgeschäfte verwickelt war.«

»Und immer noch verwickelt ist«, sagte Anton vom Ross. »Fragt Euren Bruder Ulrich nach seinen Plänen. Er versucht schon seit geraumer Zeit, andere Augsburger und ganz besonders Hans Baumgartner aus Kufstein beim Erzherzog in Innsbruck auszustechen.«

»Auch davon wusste ich nichts.«

»Seht Ihr, Meister Jacopo, der Ihr in Venedig so viel gelernt habt«, schmunzelte der Münzmeister. »Beim Geld hört nicht nur Freundschaft, sondern oft sogar die Verwandtschaft auf.«

Und plötzlich ahnte Jakob, welche Art der Intrige sich hinter dieser fröhlichen Gastfreundschaft verbarg: Sie wollten ihn abfangen und gegen seine eigenen Brüder einsetzen! Oder gehörte all das vielleicht zu den höheren Weihen, die er im Kloster nicht erhalten hatte und die sie ihm stattdessen jetzt als Kaufmann anboten?

»Viele Grubenbesitzer kommen nicht mit dem Geld aus, das ich ihnen für ihr Silber zahlen darf«, berichtete der Münzmeister wenig später, nachdem neuer Wein gebracht worden war. »Aber mir sind ebenfalls die Hände gebunden, weil Innsbruck nicht sehr großzügig beim Ankauf neuer Münzen ist. Also verkaufen manche ihr Silber lieber in Venedig, auch wenn sie es mühsam dorthin karren müssen.«

»Aber sie verstehen nichts vom Handel und von den Risiken des Transportes«, fügte vom Ross hinzu.

Von Meckau nickte. »Was hier helfen würde, wäre jemand, der schon Erfahrungen mit den Venezianern gesammelt hat und der bereit ist, neue Wege zu gehen. Ein völlig unvorbelasteter Zwischenhändler sozusagen …«

Das also war es! Für einen Augenblick war alles still.

»Ihr könntet dabei zugleich auch die Bank sein«, erklärte der Münzmeister dann. »Ganz so, wie sie Euer Bruder Markus bereits im Vatikan war. Wir geben Euch das Kleingeld aus den Opferstöcken, von den Zöllnern und den Steuereintreibern. Dann teilt Ihr alles durch vier, zahlt einen Teil dem Vatikan, den zweiten dem Erzherzog, den dritten uns hier und den vierten an Euch selbst. Dabei könnt Ihr mit allen vier Teilen so spekulieren, dass es den größten Gewinn für uns alle abwirft.«

»Ihr müsst nur für die Organisation aufkommen, und wir beschaffen Euch immer wieder ansehnliche Einlagen in Eure Gesellschaft, von denen niemand etwas erfährt«, ergänzte Melchior von Meckau. »In Rom dürftet Ihr ja gesehen haben, was alles möglich ist, wenn man das Geschäft geschickt genug aufzieht …«

»Ich fürchte, ich verstehe von Bankgeschäften ebenso wenig wie von kapitalschwachen Silberbergwerken.«

»Ich schlage vor, mein Sohn, Ihr fahrt zunächst zurück nach Augsburg«, sagte Meckau. »Ihr müsst Euch erst in die Firma Eurer Familie einarbeiten. Wahrscheinlich schicken Euch Eure Brüder in den nächsten Monaten auch in andere Faktoreien.«

»Wenn sie Euch dann fragen, welche Niederlassung Ihr als erste übernehmen wollt, wäre Innsbruck für uns alle eine gute Wahl. Sobald es Winter wird und weniger Waren über die Straßen gehen, könnt Ihr Euch die ersten Gruben in Schwaz und Rauris ansehen. Anschließend dann in Rottenmann, Schladming, Rattenberg und andere, die sich für eine heimliche Beteiligung durch die Fugger von der Lilie eignen.«

»Mich friert schon jetzt nach der Sonne Italiens«, sagte Jakob, obwohl ihn urplötzlich ein ihm selbst unerklärliches Verlangen dazu trieb, sich auf das große Spiel einzulassen. »Aber ich danke Euch Herren für Euer ungewöhnliches Vertrauen.«

Das Geheimnis der Null

Sie verließen Hall am nächsten Tag später als beabsichtigt. Nach seiner Rückkehr am Vorabend war Jakob zusammen mit Conrad noch einmal aufgebrochen und zur Burg gefahren, in der sich der Kaiser und sein Sohn Maximilian aufhalten sollten. Er wusste nicht genau, was er sich von einem Blick auf die kaiserlichen Hoheiten versprach, aber seit er vor sieben Jahren im Haus am Rohr mit Maximilian Ball gespielt und über bunt gedruckte Augsburger Kalender gesprochen hatte, interessierte er sich für ihn. Schon damals hatte die erste große Finanzhilfe für die kaiserliche Hofhaltung Ulrich und seinen Brüdern statt der Rückzahlung nur den Wappenbrief mit zwei goldenen Lilien auf blauem Untergrund eingebracht …

Jakob und Conrad sahen weder Kaiser Friedrich III. noch Maximilian oder Erzherzog Sigismund. Zusammen mit anderen Gästen saßen sie noch bis spät in die Nacht beim Wein. Er war von einer leicht säuerlichen, unreif schmeckenden Art, die Jakob noch nicht kannte. Was das bedeutete, spürte er erst am nächsten Morgen in seinem dröhnenden Schädel. Bis nach Innsbruck sprachen sie kaum ein Wort. Jeder der beiden hatte auf der holprigen Straße genug mit seinem Kopf und seinem Magen zu tun. Sie beschlossen, nur eine Nacht in der Residenzstadt zu bleiben und am nächsten Tag nach Augsburg weiterzufahren.

Die Reise war nicht sonderlich beschwerlich für die jungen Männer. Nach der ersten fröhlichen Begrüßung fand am darauffolgenden Sonntag die Feier zur Rückkehr des jüngsten Sohnes in den Schoß der Familie im Haus am Rohr statt. Dazu waren auch die Schwestern mit ihren Ehemännern, Neffen und Nichten erschienen. Nach der Messe in Sankt Ulrich und Afra versammelte sich die ganze Familie wieder im Haus. Ganz besonders die jungen Frauen bewunderten den Heimkehrer in der eleganten Kleidung eines venezianischen Nobile. Sie hingen förmlich an seinen Lippen, als er von südlichen Gondelnächten berichtete, vom Goldglanz Venedigs und von den prunkvollen Palästen.

Unter all den Damen war Jakob besonders von Ulrichs junger

Gemahlin Veronika Lauginger angetan. Sie stammte aus einer der angesehensten und reichsten Familien Augsburgs und war nicht viel älter als er. Als sich ihre Blicke trafen, senkte sie sofort errötend den Kopf. Jakob errötete ebenfalls ein wenig, denn auf geheimnisvolle, schon fast unheimliche Weise erinnerte sie ihn an das Gemälde der Caterina Cornaro. Während der folgenden Stunden wagte er nicht mehr, in ihre Richtung zu sehen.

Mutter Barbara hatte sehr wohl registriert, was da zwischen ihm und der Patriziertochter geschah. Prüfend ruhte ihr Blick auf ihrer zweiten Schwiegertochter, mit der sich Georg inzwischen vermählt hatte. Aber Regina Imhof, die Tochter eines Ritters, schien sich nicht für den jüngsten der Brüder zu interessieren, mochte dieser auch wie ein italienischer Nobile auftreten.

Mutter Barbara hatte es sich nicht nehmen lassen, die Familienfeier bis in die kleinste Kleinigkeit persönlich vorzubereiten. Von den Fuggern vom Reh war niemand eingeladen worden, aber auf Jakobs Wunsch sollten der junge Peutinger und dessen verwitwete Mutter als Gäste gebeten werden.

Es dauerte eine Weile, bis endlich alle an der großen Tafel Platz genommen hatten, die im größten Raum des Hauses von einer Seite bis zur anderen reichte. Die zusammengestellten Tische waren mit feinsten Tischtüchern aus Brokat bedeckt. Mutter Barbara hatte silberne Schüsseln, Teller und Platten für Fleisch und Brot, Geflügel, Soßen und Salate aus den Truhen nehmen und von den Bediensteten polieren lassen. Nachdem sich alle Gäste die Hände gewaschen hatten und die Diener mit den Becken und Tüchern verschwunden waren, sprach zuerst Ulrich als Oberhaupt der Familie. Mit seinem ernsten, bereits von tiefen Falten zerfurchten Gesicht sah der Vierzigjährige tatsächlich wie der Patriarch aus.

»Ich will euch alle an diesem schönen Sonntag nicht mit Einzelheiten unserer Firma langweilen«, begann Ulrich. »Aber nachdem wir bereits Gott für die gesunde Heimkehr unseres Bruders Jakob gedankt haben, sollt ihr alle wissen, dass er, wie ich mit unserer Mutter und Bruder Georg beschlossen habe, ab sofort wieder zum Hauptgeschäft hier in Augsburg gehören wird.«

Die anderen klatschten in die Hände und blickten freundlich auf den jüngsten Nachkommen des alten Jakob Fugger.

»Allerdings brauchen wir ihn zunächst nicht sosehr bei den Warenlisten und Rechnungsbüchern, obwohl er auch von diesen Dingen schon mehr als manch anderer versteht, sondern in einigen Faktoreien, in denen wir dringend nach dem Rechten sehen müssten, dies aber bisher nicht konnten, weil Georg und ich hier viel zu sehr gebunden –«

»Komm zum Ende, Junge«, unterbrach die Mutter. »Der schöne Donauwaller zerfällt sonst auf den Platten und wird kalt.«

Georg spitzte die Lippen und grinste Jakob zu. Er hatte sich zur Feier des Rückkehrers ebenfalls nach welscher Art gekleidet, doch bei ihm sah die südliche Mode eher unangemessen aus.

Gehorsam beendete Ulrich nach wenigen weiteren Sätzen seine Rede, sodass nun alle ihre Messer hervorholen und sich über die aufgetischten Köstlichkeiten hermachen konnten. Nach dem ausgedehnten Mahl, bei dem zum Abschluss Süßspeisen, Küchlein und welscher Wein gereicht wurden, verteilte Jakob seine Geschenke. Zuerst bekam die Mutter ein Kästchen mit den besten Düften aus Arabien und dem Orient. Für die Kinder hatte er kleine braune Zuckerstückchen aus Zypern in Form von Kegelspitzen mit bunten Schleifen mitgebracht. Die bereits verheirateten Damen der Familie erhielten hübsche Puppen, die Figuren der Commedia dell'arte darstellten, dazu winzige Näpfe und Phiolen aus buntem Glas mit duftenden Salben, die die Schönheit erhalten sollten.

Die Männer bekamen kleine Säckchen mit ungeschältem schwarzem und geschältem weißem Pfeffer, dazu Muskatnüsse und einige Spezereien von den fernen Molukken, die in Augsburg noch niemand kannte.

Später, als alle fort waren, nahm die Mutter ihren Jüngsten beiseite. Sie klopfte auf die Polster der breiten Sitzbank in ihrer Wohnstube.

»Komm, setz dich, Jacopo!«, sagte sie und lächelte zufrieden. »Es ist sehr schön, dass du wieder hier bist.« Er lächelte ebenfalls, weil sie seinen Namen italienisch ausgesprochen hatte. Dann seufzte er, weil er schon ahnte, worauf sie hinauswollte.

»Sie hat dir wohl gefallen, die Veronika«, meinte sie dann.

»Es freut mich sehr für Ulrich, dass er eine so schöne Frau bekommen hat«, sagte Jakob. »Es ist immerhin schon fast zwei Jahre her, seit ich sie zum letzten Mal gesehen habe.«

»Ja, die Veronika und die Regina sind die beste Wahl, die deine

Brüder hier in Augsburg treffen konnten. Durch sie nimmt unser Lilienwappen an Glanz und Schönheit zu.«

»Und sicherlich auch an Respekt und Wert«, stimmte Jakob zu.

Sie lächelte und sah ihn freundlich an. »Und du? Hast du auch schon einmal daran gedacht, wann du heiraten und Kinder haben willst?«

Für einen kurzen, erregenden Augenblick dachte Jakob daran, ihr die ganze Wahrheit zu sagen. Doch wie sollte er erklären, dass er sein Herz an eine Witwe verloren hatte, die Tochter eines venezianischen Großkaufmanns und einige Jahre älter war als er selbst, die außerdem eine Krone trug und die er noch niemals gesprochen hatte?

»Ja«, antwortete Jakob ausweichend. »Aber ich denke, noch ist es nicht die Zeit dafür. Ulrich hat ja auch lange genug gewartet.«

»Zu lange vielleicht«, sagte die Mutter.

Jakob wollte nicht weiter über dieses Thema reden. »Ich habe in Hall in Tirol den Münzmeister getroffen«, lenkte er ab. »Er kannte Großvater Bäsinger noch und hat bei ihm gelernt.«

»Ich kenne ihn«, sagte sie energisch. »Hat er dir etwa Flausen in den Kopf gesetzt und dir Kuxe von irgendwelchen abgesoffenen Gewerken für Silber, Kupfer oder Quecksilber einreden wollen?«

Jakob wich unwillkürlich zurück. Sie stieß mit ihrem Stock hart auf den Holzboden. »Schlag dir das aus dem Kopf!«, befahl sie streng. »Geschäfte mit den Habsburgern in Wien oder mit diesem verschwenderischen Erzherzog Sigismund von Tirol sind nichts für uns. Daran mögen sich die Fugger vom Reh und einige besonders gierige Konkurrenten hier in Augsburg und in Bayern ihre Finger verbrennen. Nur Überschlaue glauben, dass die schnellen Geschäfte auch gute Geschäfte sind.«

»Auf Messen und Märkten gilt kein langes Besinnen«, sagte Jakob schmunzelnd. »Denn was einmal vertan, wird nicht wieder gebracht. Das war eine der Nürnberger Kaufmannsregeln, die ich noch von Peter gehört habe.«

Die Mundwinkel der Mutter zuckten ein wenig. Für eine Weile schwiegen beide, dann seufzte sie und sagte: »Es kommen schwere Zeiten auf uns zu. Und niemand weiß, wie Kaiser Friedrich und sein Sohn Maximilian mit den widerspenstigen Niederländern und Ungarn, den Reichsständen und den selbstsüchtigen Fürsten überall im Land fertig werden wollen.«

Am nächsten Tag saßen die Brüder und die Mutter erneut im Haus am Rohr zusammen. Sie besprachen, wie die Räume des Kontors verteilt werden konnten.

»Und die Firma soll nach dem Ältesten heißen«, bestimmte die Mutter, »also ›Ulrich Fugger und seine Gesellschaft‹.«

Die beiden anderen Söhne widersprachen nicht.

Zum Weihnachtsfest überreichte Ulrich den Schwestern die Urkunden, mit denen ihre großzügig bemessenen Anteile festgelegt wurden. Diese wurden darin allerdings nicht als Abfindung, sondern als Schenkung bezeichnet. Alle drei Töchter nahmen die anschließende Verzichtvereinbarung an. Nur die Jüngste kicherte, als ihr die Urkunde vorgelegt wurde:

»Jakob hat wie ein ganz Nobler aus Italien unterschrieben«, sagte sie lachend. »Wie schön das klingt – Jacopo il Fuccero …«

»Venedig ist unser wichtigster Handelspartner«, sagte Jakob ungerührt. »Da macht es sich gut, wenn ein Name vertraut klingt.«

»Mich nannten Kaufleute aus Spanien auch schon Rigo«, sagte Ulrich. »Und Markus wurde am Tiber häufig Marx genannt.«

Schon in der folgenden Woche wurden die Schwestern ausbezahlt. Damit hatten sie keinerlei Anteile mehr an der Handelsgesellschaft der Fugger von der Lilie. Das Markenzeichen aller Webwaren blieb weiterhin die dreifache Haspel. Als die Stadt mit ihren inzwischen neunzehntausend Einwohnern im ungewöhnlich heftigen Februarschnee versank, war alles besprochen und so weit geordnet, dass die Beteiligten zufrieden sein konnten.

Ulrich blieb der Prinzipal des Stammhauses, und Georg wurde mit der Führung der Nürnberger Niederlassung betraut. Er ritt schon wenige Tage später los, um dieses Amt zu übernehmen. Jakob sollte nach der Schneeschmelze zu den verschiedenen anderen Faktoreien aufbrechen, um sie nach und nach so zu ordnen, wie es erforderlich war. In der Zwischenzeit sollte er den Buchhaltern in Augsburg das beibringen, was er in Italien über die doppelte Buchführung gelernt hatte.

Gerade diese Aufgabe erwies sich in den folgenden Wochen als besonders schwierig. Kaum einer der Männer in den Räumen mit den Rechnungsbüchern und den Warenlisten fühlte sich im Gebrauch der arabischen Ziffern sicher genug, um fehlerfrei zu rechnen.

»Du musst Geduld haben«, mahnte Ulrich immer wieder, wenn er sah, wie Jakob mit schmalen Lippen aus der Schreibstube im Haus am Rohr in ihr gemeinsames Kontor zurückkam.

»Es ist die Null«, schimpfte Jakob dann. »Sie wollen einfach nicht begreifen, dass die Null an sich keinen Wert hat und dass man dennoch mir ihr rechnen kann.«

»Wem willst du das verübeln?«, fragte Ulrich zurück. »Die römischen Zahlen kann jeder mit den Fingern nachrechnen. Und wo du eine Null oder auch mehrere davon setzen willst, kennt unsere römische Zählweise seit zweitausend Jahren die drei Buchstaben X für zehn, C für hundert und M für tausend. Und du wunderst dich, wenn nicht in die schwäbischen Dickschädel will, warum X, C und M jetzt mit einer Eins und dann mit einer, zwei oder drei Nullen geschrieben werden soll?«

»Ulrich!«, stöhnte Jakob nur.

»Nein, nein, nicht schon wieder!«, wehrte der sofort ab. »Ich weiß, du hast recht, und wir brauchen die Nullen ebenso wie die doppelte oder vierfache Buchführung. Aber bei aller Strenge solltest du darauf achten, dass sich auch unsere Gehilfen und Schreiber bei uns wohlfühlen. Auch wenn sie ihre Arbeiten gehorsam verrichten müssen, sind sie in gewisser Weise ebenfalls unsere Kunden. Wenn du etwas von ihnen haben willst, musst du es nicht nur befehlen, sondern stets auch ein wenig an sie verkaufen. Sie sollen gern wollen, was sie ohnehin tun müssen, denn dann können sie auch mehr, verstehst du?«

Jakob dachte lange über die Ermahnungen seines Bruders nach. »Zuhören«, hatte Abt Wolfgang in Herrieden immer wieder gesagt. »Ein guter Priester muss ebenso wie ein guter Kaufmann vor allem zuhören und dann hinter die Dinge sehen, um zu erkennen, wonach die arme Seele wirklich fleht.«

Auch während der Fastenzeit lud die Mutter ihre Söhne und Töchter samt Familien ins Haus am Rohr ein. Während draußen noch immer die eisigen Schneewinde wehten, ließ sie innen so wohlig einheizen, dass sogar die Eisblumen an den Gaubenfenstern im Dach schmolzen.

Es waren schöne und glückliche Monate, auch wenn sie alle sehr viel arbeiteten. Da der Handel in dieser Jahreszeit schwächer war, konnten sich Ulrich und Jakob mehr um ihre Zulieferer kümmern.

Noch immer arbeiteten hunderte von Familien in Augsburg und in den Dörfern der näheren Umgebung als Weber für die Fugger von der Lilie. Und wie bereits zu Zeiten ihres Urgroßvaters im kleinen Ort Graben am Lech achteten sie darauf, dass nur die beste Barchentarbeit ihr Haspelsiegel erhielt.

Einige Male versuchte Jakob, seinen Bruder für die Neuerungen und Geheimnisse zu begeistern, die er in Venedig und im Fondaco gelernt und gesehen hatte. Doch Ulrich wollte keine neuen Besen.

»Ich muss erhalten, was wir geerbt haben«, sagte er. »Soweit es dir gelingt, magst du die arabischen Ziffern und die doppelte Buchführung verbreiten. Aber gib nie auf, was sich bewährt hat.«

»Aber es muss doch weitergehen!«, entgegnete Jakob. »Was nicht mit der Zeit geht, fällt zurück.«

»Und wer den Vorreiter spielen will, der sollte zuerst lernen, wie man bei Sturm und Regen auf schlechten Wegen sicher im Sattel bleibt«, konterte Ulrich. »Du kannst meinetwegen all deine Ideen ausprobieren. Ich werde dir auch nicht gram sein, wenn der eine oder andere Versuch in einer unserer Faktoreien scheitert. Aber zwei eiserne Bedingungen musst du dabei einhalten …«

»Du wirst sie mir nennen.«

»Sooft es nötig ist!«, bestätigte Ulrich ernst. »Verlass dich niemals darauf, dass schon alles gut gehen wird. Und riskiere nie mehr als das, was wir an Waren oder Geld verschmerzen können, wenn es verloren ist.«

»Mit derartigen Vorschriften wäre Venedig tot, und halb Augsburg säße im Schuldturm.«

Ulrich blickte ihn lange und ernsthaft an. »Großvater Bäsinger musste erleben, wie grauenhaft der Turm von innen aussieht. Und Lukas vom Reh wird auch nicht mehr lange brauchen, bis er sich übernommen hat. Wir aber sollten zusehen, dass uns weder das eine noch das andere passiert.«

»Und wie soll uns mit diesen selbst angelegten Fesseln der Sprung ganz nach oben gelingen?« Jakob richtete sich auf und blickte seinen älteren Bruder schon fast verächtlich an. »Nein, Ulrich!«, sagte er dann. »Ich war fast zwanzig Jahre lang das letzte Rad am Wagen und habe fast die Hälfte davon nur zwei Soutanen für das ganze Jahr gehabt. Niemals ein Mädchen, nie einen Tanz und sofort beichten bei der kleinsten Rauferei. Ich war nichts, hatte nichts und durfte nicht einmal so denken, wie ich wollte. Dann habt ihr mich aus dieser Welt ebenso grob herausgerissen, wie ihr mich nach des Vaters Tod bei den Franziskanern abgestellt habt. Und jetzt verlangst du, dass ich hier zum Krämer werde. Nicht etwa, weil ihr mich für fähig haltet, nein, ich soll euer Faktotum sein und weiterhin gehorchen …«

Er brach mitten im Satz ab, und sein Blick wurde hart. »Ich bin es, der über Jacopo il Fuccero entscheidet! Ich und sonst niemand, Ulrich! Und ich habe beschlossen, dass ich der beste und erfolgreichste von allen Kaufleuten Augsburgs werde. Und wenn es sein muss, kaufe ich mir Bischöfe, Kardinäle und sogar den Kaiser.«

Handelsreisen

Als die ersten Schneeglöckchen aufblühten, verließ Jakob die Stadt. Während Ulrich weiterhin im Fuggerhaus herrschte, schloss sich der Junior einem Kaufmannszug nach Westen an. Der Tag war klar und die Straße nach Ulm glücklicherweise wenig befahren.

Der Kaufmannszug bestand aus acht Wagen mit unterschiedlichen Handelswaren. Knechte, Bewaffnete und sogar einige Weibsleute in dicken Wollröcken und mit bunten Kopftüchern waren aufgesessen oder liefen ein Stück des Weges neben den knarrenden, ächzenden Wagenrädern her. Von Zeit zu Zeit musste der Zug anhalten, um die heiß gewordenen Holzachsen mit Teer zu schmieren. Die Kaufleute und ihre Beauftragten kümmerten sich kaum um die Angelegenheiten der Knechte. Sie ritten zu zweit und manchmal zu dritt zusammen vor ihren Wagen her.

Beim ersten Morgengrauen brachen sie gemeinsam auf und blieben bis zur Mittagsstunde zusammen. Während die Herren zur Mittagszeit einkehrten, zogen die Wagen mit den Pferdeknechten weiter. Für sie gab es keine Rast. Am Nachmittag wurden sie üblicherweise wieder eingeholt. Dann entschied sich je nach Wetterlage und Zustand der Wege, wie weit man am Abend noch fahren würde. Sobald das entschieden war, wurde einer der mitreitenden Jungknechte auf einem wertlosen Klepper vorausgeschickt. Wenn er und das Pferd verloren gingen, war es kein großer Schaden, doch war eine solche Maßnahme nützlich für die Vorbereitung des Futters für die Tiere und der Räume in den Herbergen.

Jeder, der bei einem solchen Zug mitging, wusste aber, welche Gefahren in jedem Hohlweg und in jedem Waldstück lauern konnten. Besondere Vorsicht war in der Nähe von Burgen geboten. Deshalb sorgten die Kaufleute seit einiger Zeit dafür, dass ihre Wagen und Knechte absichtlich ärmlich aussahen. Doch nicht einmal das bot ihnen Sicherheit vor plötzlichen Überfällen durch Strauchdiebe oder irgendeinen der verarmten Ritter, der mit seinem halb verhungerten Gefolge von seiner Burg aus auf Raubzug ging.

Auch Jakob Fugger beachtete diese Vorsichtsmaßnahmen auf seiner ersten offiziellen Reise als Teilhaber des Handelshauses. Er hatte keinen eigenen Wagen, sondern führte nur einige in Wachstuch gewickelte Stoffmuster, braune Zuckerstückchen aus Zypern und Gewürzproben mit, die auf einem der anderen Wagen lagen. Das Wetter blieb kalt, während sie über Stuttgart und Frankfurt bis nach Köln zogen.

Ulrich hatte ihm aufgetragen, in Köln Bekannte aufzusuchen, die vor einigen Jahren heimlich prall gefüllte Geldkatzen ins Haus am Rohr gebracht hatten. Im selben Jahr hatte der Kaiser der Stadt Köln als Dank für ihren Einsatz im Neusser Krieg das Privileg einer freien Reichsstadt offiziell bestätigt. Dennoch galt Köln bei den Kaufleuten inzwischen wieder als gefährliches und unsicheres Pflaster.

Wie zur Bestätigung kam ihnen kurz nach Bonn ein Tassis-Reiter entgegen.

»Zieht nicht nach Köln!«, rief er ihnen entgegen. »Nicht einmal die niederländischen Heringsschiffe legen dort noch am Rheinufer unter der Dombaustelle an.«

»Was ist geschehen?«, fragte Jakob den schnellen Reiter. Der war nach englischer Art rot und schwarz gekleidet und sprach so schwerfällig, als wüsste er nicht, wohin mit seiner Zunge.

»Die Gaffeln, ja, so heißen hier die Zünfte … die Gaffeln planen einen Aufstand. Gegen den Rat der Stadt, die Patrizier und natürlich die Kaufleute …«

Sie fragten ihn nach weiteren Einzelheiten, aber der Tassis-Bote musste weiterreiten. Die anderen beschlossen, in Brühl zu übernachten. Nur Jakob rang innerlich noch eine Weile mit sich. Eigentlich hätte er gern Ulrichs Auftrag erfüllt und danach die Altarbilder von Stefan Lochner im turmlosen Dom zu Köln betrachtet – besonders jenes von Maria in einem Rosenhag, an das ihn das Gemälde von Caterina Cornaro so sehr erinnert hatte …

»Solange der Erzbischof von Köln hier in Brühl seinen Palast hat, seid ihr sicher«, hatte der Bote noch gesagt. »Aber die frisch gebackene Freie Reichsstadt Köln muss man in diesen Wochen meiden wie die Pest.«

Zwei der mitreisenden Welser boten an, allein in die Stadt zu reiten und sich umzuhören. Noch einmal fühlte Jakob den Wunsch, mit ihnen zu ziehen. Doch dann dachte er an Ulrich. Kein Fugger zog allein mit einem Welser los! Nicht einmal, um wunderschöne Altarbilder zu sehen!

Die Welser kamen noch am selben Tag zurück. Sie bestätigten die Einschätzung des Boten. »Es riecht nach Blut und Aufstand«, sagten sie. »Und das ist Gift für jeden guten Handel!«

Noch während des Abendessens beschlossen sie, am nächsten Tag über Aachen nach Lüttich weiterzuziehen, um von dort aus Antwerpen zu erreichen.

Weder das enge Aachen mit seinen steilen Straßen, der Pfalz und dem eher klein wirkenden Dom Karls des Großen noch der Markt von Lüttich konnten Jakob in irgendeiner Weise beeindrucken. Schon Frankfurt war ihm viel kleiner und beileibe nicht so interessant vorgekommen, wie er zuvor gedacht hatte. Er freute sich auf Antwerpen, doch dann musste er feststellen, dass auch die Stadt an der Schelde außer einem mehrere Hundert Schritt langen Hafenkai mit Speichern und Lagerhäusern kaum etwas zu bieten hatte, das sich mit dem pulsierenden Leben, der Tradition und den Vergnügungen Venedigs messen konnte.

Er blieb nur wenige Tage in der Fuggerschen Faktorei, ließ sich die Bücher zeigen, ordnete an, wie in Zukunft Rechnungen und Quittungen sortiert werden sollten, und verzichtete zunächst darauf, den niederländischen Gehilfen die doppelte Buchführung beizubringen.

»Nur die Zahlen, die müsst ihr lernen«, ordnete er an. »Seit in Venedig mit diesen arabischen Zahlen gerechnet wird, lassen sich kaum noch Quittungen durch Wegschaben oder Hinzufügen einzelner Striche in den römischen Ziffern X und V verfälschen.«

Er hatte sämtliche Gehilfen in der Faktorei an der Schelde versammelt. Die meisten der pausbäckigen Niederländer blickten staunend auf ihren jungen, eher asketisch wirkenden Prinzipal aus Augsburg. Hätte er eine Soutane oder eine ähnliche Bekleidung getragen, wäre er von ihnen ohne Widerspruch auch als Kurier des Papstes anerkannt worden. Nur seine klaren und knappen Anweisungen passten nicht zur Art der Prediger, die sie aus ihren Kirchen gewohnt waren.

Am dritten Tag wollte er nach Brügge weiterreisen, um sich selbst anzusehen, wie die stolzen Bürger dort mit Anteilsscheinen und Waren handelten, die sie noch nicht begutachtet hatten. Noch während er packen ließ, erschien ein Bote mit einer Einladung zu einem Herrenessen im Rathaus. Es war nur eine kleine Gesellschaft, bestehend aus dem Bürgermeister von Antwerpen, dem Stadtschreiber, einigen Ratsherren und Kaufleuten aus Bremen, Lemgo und verschiedenen Hansestädten an der Ostsee. Nach dem ersten Schluck Bier wurden die Anwesenden vom Bürgermeister einander vorgestellt.

»Und ganz besonders begrüße ich den jüngsten meiner heutigen Gäste«, sagte er freundlich zu Jakob, »den hoffnungsvollen Jakob, mit dessen Bruder Ulrich oder sogar schon seinem Vater Jakob manch eines der hier vertretenen Handelshäuser in den vergangenen Jahrzehnten gute Geschäfte gemacht hat.«

Nach der Begrüßung nahmen sie an der nicht allzu üppig gedeckten Tafel Platz. Sie saßen auf gepolsterten Stühlen mit hohen, kostbar geschnitzten Lehnen in einem kleinen Saal mit schwarzen, an den Kanten vergoldeten Deckenbalken. Überall an den gekalkten Wänden zwischen den bleiverglasten Fenstern hingen bunte Wimpel und Wappen der verschiedenen Handelshäuser. In diesem Raum traf man sich nicht, um Politik zu machen und förmliche Verträge abzuschließen, sondern um die leisen Vereinbarungen zu treffen, bei denen ein langsames Kopfsenken Zustimmung und über dem Humpen geschürzte Lippen Ablehnung bedeuten konnten. In gewisser Weise erinnerte Jakob diese Versammlung von Männern, die sich tagsüber bei den Speichern am Hafen als erbitterte Konkurrenten zeigten, an die nützlichen Zusammenkünfte der Kaufleute, wie er sie in den Palazzi Venedigs miterlebt hatte.

»Dies ist natürlich keine förmliche Zusammenkunft«, sagte der Bürgermeister, nachdem sie alle Platz genommen hatten. »Ich sehe es vielmehr als eine Ehre an, wenn ich von Zeit zu Zeit mit Kaufleuten aus aller Welt sprechen kann, denen auch meine Stadt zu einem wesentlichen Teil ihr Ansehen verdankt.«

Während Bedienstete Platten mit Krammetsvögeln, Brotkörbe und Obst auf die Tische stellten, sprach der Bürgermeister von Antwerpen weiter: »Ihr alle wisst, dass viele unserer Städte zur Hanse gehören. Allerdings haben wir große Schwierigkeiten mit England und neuerdings auch mit Köln. Ich möchte die Herren daher bitten, in erster Linie das Wohl von uns allen und den freien Handel im Auge zu behalten. Das ist im Augenblick nicht sehr einfach, weil sich zu allem Unglück auch Frankreich und Teile unseres Adels in den burgundischen Landen gegen Kaiser Friedrich III. und seinen Sohn Maximilian stellen. Die Habsburger sind einfach zu herrschsüchtig geworden. Besonders in Brügge sind viele der Bürger erbost und würden lieber zu Frankreich gehören. Nur Maria von Burgund zuliebe halten noch alle still.«

»Und wenn ihr etwas zustoßen sollte?«, fragte Jakob dazwischen. Im selben Augenblick ärgerte er sich über seine Unbeherrschtheit. Für einen Augenblick wandten sich ihm alle Köpfe zu. Der Bürgermeister von Antwerpen rettete ihn aus der peinlichen Situation.

»Auf ebendiesen Punkt wollte ich gerade zu sprechen kommen«, sagte er schnell. Jakob hielt für einen Moment die Luft an, dann atmete er leise und erleichtert aus.

Während der Bürgermeister über Handelsschranken und Behinderungen durch das englische Königshaus klagte, beobachtete Jakob jeden einzelnen der anwesenden Männer. Einige ignorierten ihn, aber andere lächelten ihm zu. In der folgenden Stunde fiel ihm auf, dass nicht alle mit den Ansichten des Bürgermeisters einverstanden waren. Er wartete, wann einer ein Zucken der Mundwinkel zeigte, wann sich eine Augenbraue bewegte und wann Nasenflügel schmaler wurden. Gleichzeitig bewunderte er die Selbstbeherrschung, mit der sich diese Kaufherren zurückhielten. Wenn er jemals ebenso gut wie sie werden wollte, musste er üben, auch sein Gesicht bis zum letzten Muskel zu beherrschen.

»Deshalb sage ich, dass Köln aus der Hanse ausgeschlossen werden muss, wenn diese Stadt weiterhin gemeinsame Sache mit den Engländern macht«, forderte jetzt der Bürgermeister. »Und dann gilt, dass kein anständiger Kaufmann weiter mit Köln handeln darf. Wir werden von hier aus dafür sorgen, dass die Kölner keine Heringsfässer mehr bekommen. Außerdem sollte das Kölner Privileg gebrochen werden, durch das sämtliche Waren auf dem Rhein in Köln umgeladen werden müssen.«

»Und das auch nur, weil Schiffe mit großem Tiefgang von dort an nicht weiter stromauf fahren können!«, warf einer der Handelsherren ein. »Drei Tage lang muss alles in Köln zum Verkauf angeboten werden, ehe unsereins weiter flussauf fahren darf!«

Jakob wurde plötzlich wieder wach. Zum ersten Mal hörte er davon, dass die Kölner mit der gleichen Methode arbeiteten wie die Herren von San Marco im deutschen Haus von Venedig. Auch im

Fondaco wurden die besten Gewinne nicht durch geschicktes Handeln, sondern durch den Zwang zum Warenumladen erwirtschaftet …

Der Abend im Rathaus von Antwerpen wurde noch lang und die Bierkrüge immer schwerer. Trotzdem achtete Jakob weiter auf die Worte, die am häufigsten fielen. Neben der Hanse und Köln, den Franzosen und den Habsburgern blitzten immer wieder unterschiedliche Bezeichnungen für die Metalle Silber und Kupfer in den Gesprächen auf.

Es war schon spät, als Jakob seinem Nachbarn zur Linken, einem trinkfesten westfälischen Dickschädel, sechzig Ballen gelbe Seide aus Venedig per Handschlag und zum Doppelten des Einkaufspreises im Fondaco plus Transportkosten bis nach Lemgo verkaufte, anschließend auch noch dem Bürgermeister von Antwerpen zwanzig Zentner braunen Rohrzucker aus Zypern, zu liefern in den kegelförmigen Leinensäckchen, in denen sich der Zucker beim Filtern abgesetzt hatte.

»Silber und Kupfer«, murmelte er dennoch, als er nach Mitternacht in eine der bereitstehenden Sänften vor dem Rathaus wankte und sich zur Faktorei am Hafen zurückbringen ließ, immer nur »Silber und Kupfer«.

Jakob verschob seinen Besuch in Brügge auf eine spätere Reise. Zurück in Augsburg, berichtete er seinem Bruder von allem, was er unterwegs gehört hatte.

»Silber und Kupfer«, sagte er. »Sie haben in Antwerpen ständig nur von Silber und Kupfer geredet – und natürlich von den Habsburgern.«

»Das alles ist nichts für uns«, wehrte Ulrich ab. »Vergiss nicht, wodurch wir groß geworden sind. Wir wissen, wie gutes Tuch gewebt werden muss. Aber wir verstehen kaum etwas von den Gefahren des Bergbaus. All diese Überschwemmungen und Einbrüche, die Unsicherheiten, ob ein Flöz wirklich genügend von dem gesuchten Metall enthält, und dann die nachträglichen Verfälschungen der Legierungen, die bei einem gewebten Tuch nun einmal nicht möglich sind. Mich interessiert viel mehr, ob wir nicht vielleicht mit den Kölnern einige vertrauliche Vereinbarungen treffen können.«

»Dort haben längst Herwarth und die Welser ihre Hände im Spiel«, sagte Jakob. Er hatte sich ebenfalls darum gekümmert und ein wenig herumgehorcht. »Aber vielleicht hast du recht, und das Metallgeschäft lohnt sich erst dann, wenn man es ganz in der Hand hat. Ich denke, ich werde hier und da ein paar Gulden aus meinem Anteil über unser Kontor in Innsbruck an ausgewählte Bergwerksbesitzer weiterleiten, die mir der Münzmeister von Hall empfohlen hat.«

»Ich kann dich nicht daran hindern«, sagte Ulrich. »Aber du musst vorsichtig bei diesen Plänen bleiben. Niemand darf erkennen, woher das Geld kommt, mit dem du dich an den Gruben der Not leidenden Bergwerksbesitzer beteiligen willst. Es würde schnell die Preise verderben, wenn sich herumspricht, dass wir uns für Metall interessieren …«

Sie saßen im Kontor im Haus am Rohr. Jetzt hob Ulrich den Kopf und strich sich nachdenklich über das Kinn.

»Du solltest dir nach Antwerpen auch unsere Faktoreien in Innsbruck und in Ungarn ansehen«, fuhr er fort. »Aber das muss noch warten, bis ich dich für längere Zeit entbehren kann.«

Der Rest des Jahres war ausgefüllt mit dem ständigen Einkauf und Verkauf von Waren aus aller Herren Länder. Tag um Tag mussten die Eingangslisten überprüft, neue Rechnungen geschrieben und oft auch Mahnbriefe versandt werden. Wenn es sich ergab, ritt Jakob mit einigen Gehilfen zu den Märkten in der Umgebung. Er war gern unterwegs und sah es als eine gute Übung an, wenn er an manchen Tagen in einfacher Kleidung und ohne große Begleitung bis zur Donau, ins idyllische Altmühltal oder in die Gegend von Ulm und Kirchberg ritt. Dann kam es vor, dass er in einem der Gasthöfe mit Pferdewechsel an der Straße oder in einem Kloster übernachtete und abends den einen oder anderen Krug Bier für andere bezahlte, um zu hören, was landauf, landab erzählt wurde.

Die Buchhalter in den Kontorräumen sahen kaum etwas von den Waren, die sie mit Buchstaben und Zahlen säuberlich in die Bücher der Firma eintrugen. Anders dagegen Jakob. Ihn trieb es immer wieder in die Speicher und Lagerräume. Er wollte riechen und schmecken, fühlen und nachprüfen, was wirklich von der Firma gehandelt wurde. Schon bald galt er als derjenige, der darüber entschied, ob der Preis beim Einkauf angemessen und der Verdienst beim Verkauf ausreichend waren.

Die Brüder waren sich einig, dass nicht der wucherische Handel der rechte Weg war, sondern der nach allen Seiten wachsende Umsatz mit einem milden, gottgefälligen Gewinn, der nicht höher sein sollte als ein Drittel des Einkaufspreises. Bis zur Hälfte oder auch ein wenig mehr wollten sie nur nehmen, wenn ein Warenzug durch das Wetter oder kriegerische Umstände besonders gefährdet war.

»Viele der Menschen verstehen nicht, wie ehrlich selbst ein hoher Preis zustande kommt«, sagte Ulrich eines Tages. »Es trifft ja zu, dass selbst der gute Handel auf den ersten Blick wie Wucher aussieht. Aber die Käufer vergessen grundsätzlich, wie hoch der Aufwand, die Verluste und sämtliche Gefahren sind, ehe nur ein Korn Pfeffer oder ein Ballen Seide den Besitzer wechseln kann.«

Jakob wurde schon bald mit mehr Respekt behandelt, als das für einen jungen Mann seines Alters üblich war. Er hielt nichts von den Vergnügungen, denen sich die anderen jungen Männer bevorzugt widmeten, und tauchte weder bei Tanzveranstaltungen noch bei den Turnieren auf, die einige der Patriziersöhne am Ufer des Lech nach dem Vorbild der Ritterschaft veranstalteten. Er blieb höflich, grüßte nach allen Seiten und ging sowohl im Dom als auch im Münster von Sankt Ulrich und Afra zur Messe.

Er trug noch immer keinen Bart und keinen Hut aus Biberhaar, wie ihn die Bürger Augsburgs liebten, sondern Barette, wie sie in Venedig üblich waren. Auch sein Wams unter der Schaube war zumeist farbenfroher als üblich in der Stadt. Dennoch benahm er sich, als wäre es ihm gleichgültig, wenn ihn die jungen Herren und die Mädchen von Augsburg mit großen Augen ansahen, sobald er langsam am alten Augsburger Rathaus mit seinen drei wuchtigen Gebäuden und ihren schmalen Glockentürmchen vorüberging. Diese Spaziergänge waren der einzige Luxus, den sich Jakob zwei- oder dreimal pro Woche leistete.

An den Sonntagen kamen regelmäßig die Schwestern mit ihren Ehemännern zu Besuch. Nach dem Mittagsmahl, wenn von den Straßen und aus den Höfen nur noch vereinzelte Kinderstimmen laut wurden, verließen sie bei gutem Wetter das Haus am Rohr, um zwischen den Getreidefeldern und den Blumenwiesen spazieren zu gehen. Da die Mutter bei derartigen Ausflügen nicht mehr mitgehen konnte, blieb Jakob bei ihr.

Anfänglich machte es ihm noch Vergnügen, von seinen Gondelfahrten in Venedig, von den Festen und von den Kunstgegenständen zu erzählen, die er überall gesehen hatte. Dann leuchteten seine Augen heller als sonst, und er bekam Sehnsucht nach der Lagunenstadt, nach Caterina Cornaro oder zumindest nach deren Bildnis. Doch nach und nach verschloss er seine Erinnerungen und Träume in sich. Sie wurden ihm zu wertvoll, um sie mit anderen zu teilen.

Bei aller Geschäftigkeit interessierte sich Jakob für alles, was sich entlang der Fuggerschen Handelsrouten und in der Umgebung der Faktoreien zutrug. Die Zeiten waren unruhig, und die zunehmenden Auseinandersetzungen zwischen Kaiser und Reichsständen, Schwäbischem Bund und den Rittern waren Anlass zu ständiger Besorgnis. Manchmal, wenn er viele Stunden lang über Zahlen und Warenlisten gesessen hatte, hielt er plötzlich inne, ließ das Geschriebene vor seinen Augen verschwimmen und dachte an Herrieden zurück, an Abt Wolfgang und die vielen Jahre, die er im Kreis der Kleriker zugebracht hatte.

Die Erinnerung an diese neun Jahre kam ihm wie ein Traum vor, wie die Erinnerung an eine andere Welt, zu der er keinen Zugang mehr hatte. Er war noch nicht ganz in ihr gewesen, aber er hatte sie bereits durch die Tür gesehen, die für ihn mit der Tonsur und den niederen Weihen geöffnet worden war. Eigentlich wollte er nicht mehr daran zurückdenken. Trotzdem erfasste ihn hin und wieder eine eigenartige, traurige Bitterkeit bei dem Gedanken an jenes verlorene Refugium, von dem er nicht sagen konnte, ob es für ihn der Weg ins Paradies oder geradezu in die Hölle gewesen wäre.

Auch in der Welt, die ganz allmählich die seine wurde, kam ihm vieles verworren, bedrohlich und unvorhersehbar vor. Überall flackerten Bauernaufstände auf, und von einigen Kanzeln predigten Abtrünnige sogar gegen die Kirche und den Heiligen Vater in Rom.

»Ich weiß nicht, ob du es auch so empfindest«, sagte er eines Sommertags zu seinem Bruder. »Mir kommt es manchmal vor, als würde ich auf irgendetwas warten.«

»Und was wäre das?«, fragte Ulrich und blickte auf.

»Genau das weiß ich nicht«, antwortete Jakob mit einem leisen Seufzer. »Ich weiß noch nicht einmal, wie ich meine Empfindungen bezeichnen soll. Es ist wie bei einem Kind, das im Dunkeln Schritt für Schritt vorangeht und dabei hofft und zugleich fürchtet, dass es im Unsichtbaren etwas Schönes oder auch Schreckliches berührt.«

Sie hatten gerade wieder ein gutes Geschäft mit Seide aus Venedig gemacht und erwarteten nun eine Wagenladung mit kostbaren Pelzen aus Breslau. Zwei Frankfurter Geschäftspartner hatten für Gewürze bezahlt, die erst vor zwei Monaten geliefert worden waren, und Georg hatte aus Nürnberg berichtet, dass die nordischen Gelder für den Vatikan wieder zunahmen.

»Wenn du mich fragst, können wir rundum zufrieden sein«, sagte Ulrich und legte die Schreibfeder für diesen Tag ab. »Ich will mein Tagewerk für heute beenden. Ich habe der Veronika versprochen, dass wir bei schönem Wetter ein wenig mit einem Kahn auf dem Lech herumfahren.«

»Was? Du willst Kahn fahren? So früh am Tag und mitten in der Woche?«

»Du kommst ja gelegentlich auf den Märkten herum. Aber mein Weib wirft mir vor, dass ich allmählich kränklich aussehe und selbst im Sommer kaum Farbe im Gesicht habe.«

Nur drei Tage später kam Ulrich spätabends von einer Versammlung im Rathaus zurück.

»Hast du das nun gewusst – oder nur geahnt?«, fragte er aufgekratzt und mit etwas zu schwerer Stimme. Er roch stärker nach Bier, als es für einen der angesehensten Kaufleute Augsburgs gut war. Trotzdem machte ihm Jakob keinerlei Vorwürfe.

»Was hast du gehört?«, fragte er nur.

Ulrich warf seinen leichten Überrock über die Stuhllehne an seinem Schreibtisch, setzte sich auf einen der schmalen Beistühle und wischte sich mit einem groben Tuch den Schweiß von der Stirn.

»Was ist das nur für eine Welt?«, stöhnte er dann. »Da schlagen sich in England die Angehörigen einer Familie im Streit um die Krone. Ich habe gerade gehört, dass in England Richard seinen Neffen Eduard V. ermordet hat und an seiner Stelle als Richard III. König von England geworden ist.«

»Wundert dich das?«, fragte Jakob nachdenklich. »Oder hast du bereits vergessen, wer wen im Dom zu Florenz erstechen ließ und wie mörderisch sich die Patrizier Augsburgs von unserem allzu gildenfreundlichen Bürgermeister Schwarz getrennt haben?«

»Wir waren an diesen beiden gotteslästerlichen Verbrechen nicht beteiligt!«, protestierte Ulrich sofort.

»Nein, denn wir sind keine Medici und gehören auch nicht zu den edelsten Geschlechtern dieser Stadt«, sagte Jakob abfällig. »Obwohl wir inzwischen mehr Steuern zahlen als die meisten anderen Familien mit den alten Namen.«

Die beiden Brüder sahen sich sehr lange an.

»Manchmal fürchte ich mich vor dir, Jacopo«, sagte Ulrich schließlich. »Da bist du einfach zu streng zu dir selbst und allen anderen.«

Der junge Kaufmann

Das Unglück kam durch einen Unfall, mit dem niemand rechnen konnte.

Es war die Mutter, die ihren Ältesten und ihren Jüngsten gemeinsam davon unterrichtete. Keiner der beiden wusste, woher sie, wie schon einige Male zuvor, ihr Wissen hatte. Sie vermuteten, dass sie regelmäßig Neuigkeiten mit einem der Küchenmädchen austauschte, von dem sie wussten, dass es seit Längerem die Geliebte eines der Postreiter des Unternehmens von Tassis war.

»Eigentlich geht es uns nichts an«, sagte die alte Fuggerin. »Aber ihr Buben solltet alles andere stehen und liegen lassen und beraten, was nun zwischen den Bergen und dem Meer geschehen wird. Ich fürchte, dass mit dem Hinscheiden der armen Herzogin Maria ganz schlimme Unwetter über uns alle hereinbrechen werden.«

Jakob und Ulrich blickten ihre Mutter verständnislos an. Sie war alt und gebrechlich geworden in den letzten Jahren und ging mühsam am Stock. Obwohl sie sich nicht mehr in die Handelsgeschäfte ihrer Söhne einmischte, achtete sie immer noch darauf, dass die Gehilfen in den Schreibstuben und die Knechte in den Speichern und Warenlagern anständig gekleidet waren und alle Kammern des Hauses, in denen Geschäftspartner und Kunden auftauchen konnten, sauber aussahen.

»Wenn es stimmt, was ich gerade gehört habe, dann wird es schwer für die Habsburger«, seufzte die Fuggerin. »Jetzt, da das Band der Heirat zwischen Burgund und Österreich zerrissen ist, werden sich viele Handelsstädte und Adelshäuser lieber mit Frankreich verbünden wollen.«

»Du sprichst in Rätseln«, unterbrach sie ihr Ältester. »Willst du nicht erst einmal sagen, was geschehen ist?«

»Die schöne, stolze Gemahlin Maximilians ist so unglücklich vom Pferd gestürzt, dass sie nicht überlebt hat. Gott sei ihrer armen Seele gnädig und beschütze ihre beiden Kindlein, die nun zu Halbwaisen geworden sind.«

Jakob starrte sie mit unbewegtem Gesicht an. Es war, als würde er durch sie hindurchsehen, um zu erkunden, welche Folgen dieses Unglück haben konnte. Eigentlich tat ihm Maximilian mehr leid als der dreijährige Philipp und die ein Jahr jüngere Margarete.

»Schlecht steht er da, der Maximilian«, schnaubte Ulrich. »Sehr schlecht sogar ohne Marias Bindung an Burgund. Jetzt werden Frankreich und die Niederlande gegen Habsburg auftrumpfen. Und man muss sehen, nach welcher Himmelsrichtung wir unseren Handel ausweiten sollen.«

»Habt ihr nichts anderes mehr im Kopf?«, tadelte die alte Fuggerin. »Hier verlieren zwei unmündige Fürstenkinder die Mutter – und ihr denkt sofort wieder an eure Geschäfte. Wenigstens ein Vaterunser lang hättet ihr Mitleid zeigen können.«

»Die Fürsten sind für sich verantwortlich und wir für uns«, sagte Jakob leise. »Und wie nach jeder schrecklichen Katastrophe hilft kein Jammern, sondern allein der Blick ins Morgen.«

»Ach geh!«, sagte die alte Fuggerin und stemmte sich an ihrem Stock vom Stuhl hoch. Jakob und Ulrich wussten, dass sie jetzt wie üblich zur Schwiegertochter Veronika schlurfen würde, um sich bei ihr über die Söhne zu beschweren.

Erst als die letzten Geräusche ihres Stocks verklungen waren, sahen sich die beiden Brüder an.

»Und?«, fragte Ulrich. »Was müssen wir ändern und neu bedenken, wenn es so stimmt, wie es die Mutter gesagt hat?«

»Das wird noch böse Folgen haben für die Habsburger«, sagte Jakob ahnungsvoll. »Jetzt ist ein Aufstand in Antwerpen, Brügge oder Leuven gegen den Kaiser und den Erzherzog so gut wie sicher!«

Woche für Woche kamen neue Meldungen bei Jakob Fugger an. Er sammelte sie wie eine Honigbiene und legte jede von ihnen in eines seiner vielen Wandfächer. Es kam genauso, wie er es vorausgesehen hatte. Unterstützt von einigen Handelsstädten und dem Adel, der nie mit einer Verbindung zwischen Burgund und Österreich einverstanden gewesen war, entriss Frankreich dem Österreicher die Vormundschaft über seinen dreijährigen Sohn Philipp und seine Schwester Margarete. Es kam zum Kampf.

Als sich die Familie der Fugger am ersten Weihnachtstag im Haus am Rohr zusammenfand, kursierten überall die wildesten Gerüchte. Es hieß, dass Maximilian in Arras Frieden schließen und dabei große Zugeständnisse machen würde.

Georgs Gemahlin Regina vertrat die Ansicht, dass die Kinder zu Maximilian gehörten. Als Nachfahrin des Rittergeschlechts der Imhof hielt sie nicht viel vom französischen Adel. Dagegen war Ulrichs Gemahlin Veronika Lauginger der Meinung, dass es die Kinder eigentlich ganz gut getroffen hätten.

»Es wäre klug von Maximilian, wenn er Burgund für seinen kleinen Sohn Philipp sicherte, selbst wenn er dafür hinnimmt, dass seine Tochter mit dem Dauphin verlobt und in Frankreich erzogen wird.«

»Ausgeliefert!«, protestierte die alte Fuggerin. »Das Kind wird ausgeliefert wie ein Ballen Baumwolle! Als Preis für einen Handel, bei dem es nur um Eitelkeit und Macht dieser verdammten Herren geht! Nur weil die Franzosen ihr Herzogtum und die Freigrafschaft Burgund als Mitgift haben wollen.«

»Ich denke, der Österreicher wird weiterkämpfen«, sagte Jakob in die nachdenkliche Stille hinein. »Erzherzog Maximilian wird nicht umsonst der letzte Ritter genannt. Er kann eine derartige Schmach nicht auf sich sitzen lassen.«

Für einen kurzen Augenblick begegneten sich die Blicke der drei Fuggerbrüder. Georg aus Nürnberg schüttelte kaum merklich den Kopf. Damit tat er den beiden anderen kund, dass von seiner Seite keine Unterstützung für Maximilian zu erwarten war. Ulrich schürzte die Lippen. Dann hob er ein wenig die Schultern.

»Man wird sehen«, sagte jetzt auch Jakob. »Aber ich denke, wir sollten sicherheitshalber etwas von unseren Jahresüberschüssen auf das Konto per Dio umbuchen.«

»Damit wäre auch ich sehr einverstanden«, sagte die Fuggerin. Sie ahnte nicht, dass ihre Söhne die Gelder auf diesem Konto nur vorläufig dem Allmächtigen überschreiben wollten. Seit Ulrich und Jakob in Rom gesehen hatten, was ihr verstorbener Bruder mit einem derartigen Konto erreicht hatte, wurde es auch bei ihnen in Augsburg fast unmerklich zu einer sehr nützlichen schwarzen Kasse.

Das Weihnachtsfest verlief für die Fugger so friedlich, wie sie es sich nur wünschen konnten. In den folgenden Monaten sollten sie hören, dass Maximilian tatsächlich in schwere Kämpfe verwickelt war.

Gleich nach Neujahr trafen wichtige Nachrichten bei den Brüdern in Augsburg ein, die sie wieder auf andere Gedanken brachten.

»Man sollte sich mehr um Judenburg kümmern«, lautete die harmlos klingende Mitteilung am Ende eines Briefes, der offiziell und von außen gesehen aus dem Fondaco dei Tedeschi in Venedig zu stammen schien. In Wirklichkeit aber kam er aus Innsbruck. Ulrich stand auf und legte den Brief auf Jakobs Schreibtisch.

»Er ist für dich«, sagte er, »aber falsch adressiert. Wir sollten in Zukunft darauf achten, wer angesprochen wird, damit wir nicht alle Arbeit doppelt erledigen müssen.«

»Die Gesellschaft ist nun einmal auf deinen Namen eingetragen«, entgegnete Jakob. Dann las er den langen Brief, den ein gewisser Johannes Zink geschrieben hatte. Der Mann stand nicht direkt im Sold des Hauses Fugger, sondern wurde von Fall zu Fall dafür bezahlt, dass er Nachrichten sammelte, die für die Firma möglicherweise von Interesse waren. Ulrich war stets gegen den Einsatz derartiger Informanten gewesen, aber Jakob hatte sich durchgesetzt.

Er bemerkte, wie aufmerksam Ulrich ihn beobachtete, stand auf und ging zum Fenster. Gespannt, aber ohne seinen Gesichtsausdruck auch nur um eine Spur zu verändern, las Jakob, was der junge, aber bereits etwas zwielichtige Magister des kirchlichen und weltlichen Rechts über andere schwäbische und bayerische Handelshäuser, über die Ausbeute verschiedener kleiner Bergwerke in Tirol, über den Handel in Venedig, die Preise auf oberitalienischen Märkten und über die Transportkosten auf Schiffen in den Orient und zur Levante berichtete. Er schrieb auch, in welchen Handelshäusern Verbindungen durch Hochzeiten oder durch heimliche Beteiligungen stattgefunden hatten. Es war der längste Brief, der jemals im Haus am Rohr eingetroffen war.

»Ziemlich geschwätzig, dein Magister Zink«, tadelte Ulrich, als Jakob das Schreiben wieder zusammenfaltete und auf sein Schreibpult legte.

»Das sehe ich eigentlich nicht so«, antwortete der Jüngere. »Ich meine vielmehr, dass ihm eine hübsche Summe als besondere Auszeichnung und Dank für diesen Brief angewiesen werden sollte.«

»Warum das?«, fragte Ulrich verwundert.

»Weil das Geschwätz, wie du sagst, eine Fülle von geheimen Mitteilungen zwischen den Zeilen enthält. Nimm nur diesen kurzen Satz zu Judenburg. Entschlüsselt bedeutet er für mich, dass ich sofort dorthin reisen sollte.«

»Du willst schon wieder reisen? Und deine Arbeit hier?«

»Keine Sorge, Rigo. Ich werde meinen Schreibtisch aufgeräumt hinterlassen. Aber es brennt überall in den Bergwerken Tirols. Es ist ein Feuer, das wir mit unseren Gulden löschen können. Und dann sind wir diejenigen, die die Handelskammer der Judenburger im Fondaco dei Tedeschi übernehmen könnten.«

»Nein«, sagte Ulrich und schüttelte entschieden den Kopf. »Das schlag dir aus dem Kopf. Kein Augsburger ist stark genug, um es mit den Judenburgern aufzunehmen. Die halten seit Jahrhunderten in ihrem Glauben und beim Handel wie Pech und Schwefel zusammen. Außerdem haben sie den gesamten Fuhrverkehr für die Metalle nach Süden in der Hand.«

»Dann muss man eben dafür sorgen, dass sie nichts mehr zu fahren haben«, sagte Jakob.

»Und wie soll das gelingen?«

»So wie beim Monopol für …«

Jakob brach ab. Warum sollte er Ulrich verraten, was ihm bereits seit einer ganzen Weile durch den Kopf ging. Andrea Cornaro war durch das Zuckermonopol zu einem der reichsten Handelsherren der Serenissima geworden. Er hatte sogar seine Tochter Caterina zur Königin jener Insel gemacht, von der Europa den sündhaft teuren Rohrzucker bezog. Jakob holte tief Luft, als er an das Gemälde von Caterina Cornaro dachte. Er hatte keine Tochter, und Judenburg war keine Insel. Doch das Geheimnis konnte hier wie da in der Herrschaft über die Transportwege und einem guten Handelssaal in Venedig liegen …

»Man muss schnell genug erfahren, was an verschiedenen Orten vorgeht«, sagte er mehr zu sich selbst als zu Ulrich. »Und man muss beten und dabei warten können, bis die Zeit für ein Amen herangekommen ist.«

Ulrich und viele andere in Augsburg entsetzten sich noch lange über die Vorgänge in London und den Niederlanden. In Frankreich war Karl VIII. zum König gekrönt worden. Aber auch in unmittelbarer Nähe gab es manches, das den reichen Handelsherren missfiel. So hatte sich bei den Zünften in Augsburg die prahlerische Mode eingebürgert, Bier aus gravierten Zunftkannen zu trinken und bei den Zusammenkünften Tafelgeschirr aus Zinn zu benutzen.

»Auch diese Narreteien vergehen wieder«, meinte Ulrich, und Jakob hob nur die Schultern. Viel schlimmer war die Unsicherheit, die aus Österreich gemeldet wurde. Nun stritten sich gar der Kaiser in Wien und Matthias Corvinus darüber, wer der wirkliche König von Ungarn war.

»Sie führen beide die gleichen Titel«, meinte Ulrich nachdenklich, als er davon hörte. »Und bei aller Unvernunft dieser Fürsten werden sie sich bewaffnen, um dann zu beweisen, wer recht hat.«

»Nicht, wer recht hat, Ulrich«, sagte Jakob von seinem Schreibpult her. »Wer die meisten Kriegsknechte kaufen kann und das meiste Kupfer für seine Kanonen.«

»Ich weiß, ich weiß«, winkte Ulrich ab und ließ sich schwer in den Lehnstuhl hinter seinem Schreibtisch fallen. Sie arbeiteten noch immer gemeinsam in einem Raum. Manchmal vergingen viele Stunden, in denen nur das Rascheln ihrer Papiere und das Kratzen ihrer Schreibfedern zu hören waren. In den letzten Monaten hatte Ulrich sich angewöhnt, hin und wieder, wenn er zu lange gesessen hatte, wie ein Hund in der Kaminecke zu schniefen.

»Wenn du nach Judenburg reist, kannst du auch in Österreich und in Ungarn nach dem Rechten sehen, Jaköble«, sagte er diesmal. »Wir müssen aufpassen, dass unsere Faktoren in Wien und Ofen keine verlockenden Waffengeschäfte abschließen und mit unserem Geld die Donau rot gefärbt wird.«

»Und zu welcher Seite halten wir?«, fragte Jakob. Er mochte es nicht, wenn ihn sein Bruder mit seinem Kindernamen ansprach.

»Wir handeln mit Ungarn und mit jedem anderen in der Welt, der seriös ist«, gab Ulrich zurück. »Doch letzten Endes gehören wir Schwaben, ebenso wie unsere Nachbarn, die Bayern und die Österreicher, zum gekrönten und vom Papst gesalbten Kaiser.«

»Das heißt, wir unterstützen die Habsburger?«

»Nein!«, sagte Ulrich streng. Er presste die Lippen zusammen. Dann murmelte er: »Jedenfalls nicht offiziell.«

Zu ihrer Sicherheit trafen sie erst nach Einbruch der Dunkelheit aus verschiedenen Richtungen im Haus des Münzmeisters zusammen. Zink war ein aufwendig gekleideter und bereits ziemlich feist gewordener Mann mittlerer Größe. Er hatte eine breite Stirn, lockige, goldblonde Haare, fleischige Lippen und dazu kleine, helle Schweinsaugen, die kaum zur Ruhe kamen.

Was Jakob am meisten an ihm störte, waren die Ringe mit Edelsteinen, die er wie ein Bischof an seiner vorgestreckten Linken zur Schau stellte. Es war, als würde Zink die Hand als einen tragbaren Altar für die Hostien seines frühen Erfolges benutzen. Selbst Jakob in seiner italienischen Kleidung wirkte gegen ihn eher sparsam und bescheiden. Nachdem sie sich begrüßt und gemeinsam eine kleine Mahlzeit mit Fleisch und Brot zu sich genommen hatten, stand der Münzmeister auf und verließ den Raum.

»Ihr könnt auch in den Turm meines Ansitzes hinaufsteigen«, bot er von der Tür her an. »Dort seid Ihr sicher vor jedem Lauscher.«

Die beiden gleichaltrigen, aber vollkommen unterschiedlichen jungen Männer lehnten dankend ab.

»Wer wirklich lauschen will, kann das auch im Turm oder in einem Bergwerksschacht«, sagte Zink. »Wichtig ist nur, dass niemand in Judenburg von unserer Zusammenkunft erfährt. Sie sind sehr misstrauisch und überaus wachsam, diese steirischen Juden. Sie sind stolz auf ihr Monopol für den Handel mit Roheisen und dass sie selbst den goldenen Judenburger Gulden prägen dürfen. Außerdem liegt ihre Stadt dicht vor den Seealpen derartig günstig, dass sogar der Erzbischof von Salzburg ganz in der Nähe seine Speicher für den Kornzehnt gebaut hat.«

»Ich kenne den Handelssaal der Judenburger in Venedig«, sagte Jakob. »Er gehört zu den besten Räumen im Fondaco dei Tedeschi.«

»Ich denke, dass die Räumlichkeit viel eher für ein einziges großes Handelshaus geeignet wäre«, sagte Zink. Er hob seine linke Hand ein wenig und betrachtete die Steine auf den Ringen an seinen Fingern. »Sie sind ein bisschen zu hochnäsig geworden für ihre Geschäftsfreunde von San Marco. Auch der Erzbischof in Salzburg hat nichts gegen Geschäfte mit den Judenburgern, aber er würde wegsehen, wenn man sie ein wenig straft …«

»Für ihre Geschäftstüchtigkeit?«, fragte Jakob verwundert.

»Nein, dafür nicht«, antwortete Zink und grinste. »Aber diese christlichen Aufrührer, die jetzt sogar dort predigen, die passen ihm ganz und gar nicht.«

Jakob Fugger hob erstaunt die Brauen. »Weltverbesserer und Ketzer ausgerechnet in Judenburg?«, fragte er kopfschüttelnd. »Wie passt das zusammen?«

»Vielleicht hat das alles sehr alte Gründe«, meinte Johannes Zink.

»Immerhin ist die Stadt an der Stelle entstanden, an der bereits vor Jahrhunderten das Kloster Sankt Lambrecht die Maut erhoben hat. Und aus der späteren Freiheit für jüdische Händler ist inzwischen auch eine Duldung von Predigern gegen den Papst und die heilige römische Kirche geworden.«

»Bei Gott, eine merkwürdige Allianz!«, meinte Jakob.

»Und in genau diese Wunde könnte man, wenn man will, Salz und Pfeffer streuen«, sagte Johannes Zink vorsichtig.

»Seid Ihr von Sinnen?«, protestierte Jakob sofort. »Wir sind Kaufleute und keine Protestanten! Ich denke nicht einmal im Traum daran, mich mit den Juden, der heiligen römischen Kirche und den Habsburgern als Landesherren zugleich anzulegen.«

»Aber die Kammer im Fondaco wäre doch ein Traum, für den Ihr Eure Schatullen ein wenig weiter öffnen würdet, oder irre ich mich da?«

Jakob erinnerte sich plötzlich wieder daran, wie er im Rathaus von Antwerpen die anderen Kaufleute beobachtet hatte. Kein Muskel in seinem Gesicht bewegte sich. Er zuckte nicht einmal mit den Wimpern. Der eitle Magister des kirchlichen und des weltlichen Rechts redete und redete, während Jakob nur hin und wieder ein neues Stichwort zum Umlenken oder Befördern des sprudelnden Redeflusses einwarf. Mit jedem Wort, jedem Satz zeigte der in seinem Schweiß glänzende Zink, dass er Genie und Skrupellosigkeit zu gleichen Teilen besaß.

Johannes Zink war eine andere Kategorie als die Rehlingers, Herwarths und Gossembrots. Er war intelligent und belesen, konnte wie Markus Fugger seinerzeit in Rom vorausschauend und um die Ecke denken. Jakob wollte ihn nicht bei sich haben, nicht in Augsburg und nicht als Faktor in Nürnberg oder Frankfurt. Johannes Zink würde niemals ein zuverlässiger Geschäftsführer werden. Selbst mit der allerstrengsten doppelten Buchführung würde er bei Einnahmen und Ausgaben Tag für Tag zu viele Gulden für sich selbst abrechnen …

Aber der Mann war unbezahlbar, solange er Rad schlagen und sich zur Schau stellen durfte. Genau das wollte Jakob ihm erlauben. Aber er wusste, dass er bei einem derartigen Geschäftspartner stets auf der Hut bleiben musste.

Das erste Netzwerk

In den nächsten Tagen, nachdem Johannes Zink zuerst nach Innsbruck und dann über die Alpen in die Steiermark nach Judenburg gereist war, besuchte Jakob zusammen mit dem Münzmeister einige der Gewerke von Hall und Schwaz. Sie hatten vereinbart, dass Jakob nicht als Teilhaber eines der reichsten Handelshäuser von Augsburg, sondern als neuer Geselle des Münzmeisters auftreten sollte.

»Die Leute kennen mich nicht«, sagte Jakob. »Außerdem bin ich neun Jahre lang zum Dienen und Gehorchen erzogen worden. Es fällt mir nicht schwer, in eine Kutte oder einen Kittel zu schlüpfen und dann entsprechend einfältig auszusehen.«

Der Münzmeister schlug sich den Bauch vor Vergnügen, als Jakob sich in seinen teuren venezianischen Kleidern plötzlich mit hängenden Schultern, leicht vorgebeugt wie zum Gebet und mit einem Blick präsentierte, der um Vergebung und ein Stück trockenes Brot zu bitten schien.

»Jesus Maria! Hört auf damit!«, prustete der Münzmeister. »Ihr bringt es noch fertig, dass Euch die Bergleute ihren letzten schmutzigen Kreuzer als Opfer in den Hut werfen.«

Der Münzmeister sorgte dafür, dass der junge Fugger sauber gewaschene Beinkleider, Stiefel und einen Kittel erhielt, der ihn ein wenig kräftiger aussehen ließ.

In aller Herrgottsfrühe des nächsten Tages ritten sie gemeinsam nach Schwaz. Unterwegs erzählte der Münzmeister über die Herren von Freundsberg und ihre vor zweieinhalb Jahrhunderten errichtete Burg, von der aus sie ein halbes Dutzend weiterer Marktplätze und Burgen eingerichtet hatten.

»Irgendwann sind ihnen die Bergwerke und all das andere über den Kopf gewachsen«, erklärte der Münzmeister. »Sie haben den Übergang nicht geschafft und wollten über die Bergleute genauso herrschen wie seit eh und je über ihre Bauern. Aber mit Fron und Zins allein gibt der Berg nicht das her, was man aus ihm herausholen könnte, wenn es klug und bedächtig angefangen wird.«

»Sie haben alles verkauft«, sagte Jakob. »Ich weiß das von Ulrich.«

»Verkauft ist nicht ganz richtig«, korrigierte der Münzmeister.

»Die Freundsberger haben vor fünfzehn Jahren das ganze Gericht und die Gruben gegen die schwäbische Herrschaft Mündelheim ausgetauscht. Seitdem haben wir keinen von ihnen mehr hier gesehen.«

»Ich verstehe«, sagte Jakob. »Deshalb also ist Erzherzog Sigismund jetzt der Herr des Silbers hier.«

»Der Herr des Silbers, des Kupfers und des Landesgerichts«, bestätigte der Münzmeister.

Sie ritten in die Gegend ein, von der die Sage erzählte, dass eine Kuhmagd am Kogelmoos viele Jahrhunderte zuvor nach den Hufschlägen eines wütenden Stiers die ersten glänzenden Steine im aufgerissenen Boden entdeckt hatte.

»Vor fünfzig Jahren kam viel Bergvolk aus Böhmen, Sachsen und anderen deutschen Landen hierher«, berichtete der Münzmeister. Er deutete auf einen Hang westlich der Stadt. »Dort könnt Ihr noch die alte Zeche sehen. Sie war jahrzehntelang äußerst ergiebig. Es mag unglaublich für einen Handelsherrn aus der Stadt klingen, aber wir haben hier mehr als zweihundertfünfzig Stollen, die insgesamt länger sind als die Straße bis nach Rom.«

Im selben Augenblick setzte ein kalter Regen ein, der alle Wege binnen weniger Minuten in Morast verwandelte. Völlig durchnässt erreichten die beiden Männer die Häuser mit dem Becherwerk, den Pumpen und dem blasenden Wetterrad. Überall drängten sich verdreckte Männer unter den vorspringenden Schindeldächern zusammen. Einige von ihnen reinigten in den Sturzbächen noch Körbe und Hunte auf wackeligen Rädern, dazu ihr eigenartiges Werkzeug, das der Münzmeister als Fäustel, Ritsel und Kratsel bezeichnete.

Sie drängten sich an Wäschern und Klaubern vorbei, bis sie eine Gruppe von Steigern und Hauern erreichten. Der Münzmeister blieb stehen und legte seine Hand auf Jakobs Arm.

»Hört Ihr? Sie schimpfen wieder über die schlechte Ausbeute und die zu hohe Abgabe an den Landesherrn. Sigismund bekommt jeden zehnten Kübel Roherz als Entgelt dafür, dass die Grubenbesitzer in seinen Bergen schürfen dürfen.«

»Und die anderen neun Kübel?«

»Die gehen ebenso wie der Anteil des Landesfürsten zum Schmelzen in die Hütten. Wisst Ihr, wie das gemacht wird?«

Jakob schüttelte den Kopf.

»Ihr solltet es einmal im Leben gesehen haben, wenn aus dem geschmolzenen Metall wie bei aufreißenden Wolken das Licht des Silberglanzes aufblitzt. Nur einmal, Meister Fugger, und Ihr werdet die Magie des edlen Metalls nie wieder vergessen.«

»Wenn ich Euch richtig verstanden habe, dann gehört das rohe Erz ebenso wie das in den Hütten geschmolzene Silber immer noch den Unternehmern hier?«

»Ganz recht. Wir zahlen einen festen Preis zwischen fünf und sechs Gulden pro Gewichtsmark.«

»Also zweihunderteinundachtzig Gran, wenn man es auf eine Apothekerwaage legen würde.«

»Genauso ist es«, bestätigte der Münzmeister. »Aber das Silber hat eigentlich einen Handelswert, der doppelt so hoch ist wie das, was wir zahlen.«

Diesmal lächelte Jakob Fugger.

»Nicht schlecht«, sagte er. »Mein Bruder Ulrich bekommt schon glänzende Augen, wenn er nach Abzug sämtlicher Kosten ein Drittel Gewinn behält. Aber zum halben Preis Silber einkaufen hört sich viel besser an.«

»Es reicht aber leider nicht«, seufzte der Münzmeister, während sie ins Innere des größten Hauses gingen. »Allein in diesem Bereich fördern sie das Gewicht von fast tausend Ochsen an reinem Silber im Jahr. Aber der Fürst in Innsbruck kommt damit kaum über die ersten Monate. Und die Grubenbesitzer können nicht mehr fördern, weil sie nicht genug Gewinn machen, um ihre Stollen so auszubauen, wie es sein müsste.«

Er ging zur Seite, begrüßte einige der Steiger und den Berghauptmann. Jakob in seiner Rolle als neuer Gehilfe des Münzmeisters war nicht wichtig genug, um ihn bei allen vorzustellen. Erst nach einer Weile kam der Münzmeister zurück.

»Du kommst jetzt mit hinein«, sagte er gut gelaunt, wenngleich Jakob wohl bemerkte, dass ihm das seinem vorgeblichen Rang angemessene herablassende »Du« noch nicht ganz glatt über die Lippen ging. »Ich werde dir jetzt zeigen, wie es tief unten im Bauch des Berges aussieht.« Und flüsternd setzte er hinzu: »Auch das müsst Ihr gesehen haben, wenn Ihr richtig beurteilen wollt, worum es hier geht.«

Genau eine Woche später befand sich Jakob Fugger nicht mehr in einer Grube, sondern in der Höhle des Löwen, den er so zu zähmen hoffte, dass er ihm aus der Hand fraß. Er merkte sofort, dass einiges von dem, was ihm Zink und der Münzmeister erzählt hatten, nicht stimmen konnte. Mehrmals liefen ihm in den Gängen und Räumen des Innsbrucker Schlosses Männer über den Weg, die er bereits in Augsburg, Venedig oder Antwerpen gesehen hatte.

Nichts innerhalb des Schlosses sah nach Geldmangel aus. Im Gegenteil – bei allen Gesprächen, an den Speisetischen und bei den Geselligkeiten hörte er, wie sehr alle mit ihren Reichtümern und ihren Erfolgen prahlten. Mit wem er auch sprach, einen Humpen Bier trank oder einen Becher Wein leerte – sie alle redeten nur vom Geschick und Erfolg der Grubenbesitzer und vom schier unerschöpflichen Strom neuen Silbers, der so reichlich floss, dass alle Beteiligten ihre Freude daran hatten.

Jakob wusste, dass er ständig beobachtet wurde. Es störte ihn nicht, denn das war er aus seiner Zeit in Herrieden gewöhnt. Außerdem gehörte der stete Blick auf die Konkurrenten zu den wichtigsten Vorbereitungen für jeden guten Handel. Dennoch schien es, als entlohnten die Herren der Handelshäuser von Augsburg, mit denen die Fugger konkurrierten, ihre Spione nur sehr spärlich, denn Jakob konnte sehr schnell einen der alles sehenden, alles hörenden Habichtsvögel auffliegen lassen. Und genau das tat er, als ihm eines Tages erneut ein Schatten in der Residenz Sigismunds folgte …

Der andere war so dicht hinter ihm, dass sie zusammenstießen, als Jakob unvermittelt hinter einem geschwungenen Treppenaufgang des Palastes stehen blieb. Mehr als ein Dutzend Mal waren sie in diesen wenigen Tagen schon aneinander vorbeigelaufen.

Und plötzlich erkannte er seinen Schatten. Er erinnerte sich, dass er ihn vor einigen Jahren kurz in Augsburg gesehen hatte – damals, als Kaiser Friedrich III. und sein Gefolge ärmlich gekleidet nach Augsburg gekommen und fürstlich ausgestattet wieder weggeritten waren …

»Ihr?«, fragte er erstaunt und zugleich spöttisch. »Hans Suiter, der ehemalige Bürgermeister von Innsbruck höchstselbst? Habt Ihr denn keine Leute, die Ihr mir nachschicken könntet, um mich zu beobachten?«

»Mehr als genug und alle käuflich wie ich«, gab der stattliche, dunkelhaarige Mann mit dichten Brauen und harten Lippen zurück. »Aber was Ihr vorhabt, möchte ich selbst herausfinden, Meister Fugger. Ihr seid mir einfach zu schweigsam und vorsichtig im Vergleich zu den anderen Kaufleuten, die hier in Innsbruck herumstreichen.«

»Könnt Ihr mit offenen Karten spielen?«

»Warum nicht?«, antwortete Suiter und lachte wohlwollend. »Ich habe noch eine alte Rechnung mit dem Erzherzog offen und stehe im Sold der Baumgartner und zugleich der Wittelsbacher in Bayern.«

Jakob Fugger pfiff unwillkürlich durch die Zähne. Er hatte mit vielem gerechnet, aber damit nicht.

»Wollen wir hier stehen bleiben?«, fragte Suiter. Er deutete auf eines der hohen Fenster, durch das in Steinwurfentfernung ein gelb gestrichenes Gebäude zu sehen war. »Oder ist es Euch recht, wenn wir uns in das Haus da drüben zurückziehen?«

»Ihr könnt dort hinein?«

»Es gehört den Baumgartnern. Sie nutzen es nur, wenn einer von ihnen in Innsbruck ist.«

Jakob hob die Brauen und überlegte kurz. »Sind Bedienstete dort?«, frage er sachlich.

»Zu dieser Stunde nicht.«

Sie gingen ohne ein weiteres Wort die Treppe hinunter, dann über die Straße und verschwanden im Eingang des Patrizierhauses. Innen war alles ein wenig zu dunkel und roch nach abgestandener Luft.

»Nehmt Platz«, sagte Hans Suiter, als sie im Kaminzimmer angekommen waren. Er ließ sich ächzend in einen Stuhl mit geschnitzten und gepolsterten Lehnen fallen. Jakob nahm ebenfalls Platz.

»Wenn Ihr wüsstet, Jakob Fugger«, begann Suiter das Gespräch, »wenn Ihr wüsstet, wie schlecht es gerade hier vielen geht. Das Silber ist wie ein warmer Dauerregen für Erzherzog Sigismund. Aber es fließt nicht weiter, kommt nicht bei denen an, die für ihn arbeiten, seine Verträge abfassen und seinen aufwendigen Hofstaat verwalten. Es läuft auseinander wie Quecksilber, und keiner der Herren kann es sich leisten, beim Erzherzog auf die Begleichung von Schulden und Außenständen zu bestehen.«

»Drängen nicht alle nach der Gunst des Erzherzogs?«, fragte Jakob scheinbar beiläufig. Er wusste, dass es so war, aber er wollte es auch von seinem Gegenüber hören.

»Vollkommen richtig«, antwortete Suiter. »Kaufleute und ihre Abgesandten aus Schwaben und Bayern, ja selbst aus Sachsen und Franken stehen mit Bargeld Schlange, um es dem Erzherzog als günstigen Kredit aufzuschwatzen.«

»Aber er nimmt es doch«, sagte Jakob. »Und er hat genügend Silber, um die Kredite zurückzuzahlen.«

»Falsch«, antwortete Suiter. »Genau das ist falsch! Sigismund zahlt nur sehr selten seine Kredite zurück. Und auf die vereinbarten Zinsen warten die meisten vergeblich.«

Für eine Weile war nur das Summen der Fliegen in der niedrigen Stube zu hören.

»Ich habe, als ich noch Bürgermeister von Innsbruck war, dem Erzherzog Anton vom Ross als Finanzverwalter vorgeschlagen. Er war damals reich genug, um sich für dieses manchmal teure Amt zu eignen. Sigismund will nur Männer an diesem Platz, die selbst so vermögend sind, dass sie nicht stehlen …«

»… und ihm bei Bedarf auch noch mit Anleihen aushelfen.«

»Ihr wisst Bescheid«, bestätigte Suiter. »Jetzt aber hat Anton vom Ross mir gesagt, dass ihr Fugger von der Lilie euch etwas mehr um Innsbrucker Geschäfte kümmern wollt.«

Jakob blickte den anderen mit unbewegtem Gesicht an. Niemand, nicht einmal der Münzmeister von Hall, der Obristenhauptmann oder Suiter durften auch nur ahnen, was er beabsichtigte. Schon deshalb musste er jeden Kredit an Sigismund ablehnen und stattdessen so tun, als würde er lieber Not leidenden kleinen Grubenbesitzern helfen.

»Drei Prozent«, sagte der ehemalige Bürgermeister von Innsbruck, »drei Prozent Provision für jede Erzgrube, von der ich Euch Kuxe, also Anteilsscheine, vermittle. Und das mit einer Garantie von mir, dass Ihr meinen Anteil in weniger als drei Jahren zusätzlich erwirtschaftet.«

»Und kein Geld, keine Anleihe für den Erzherzog von uns?«

»Nicht einen Gulden«, sagte Suiter. »Nur das Versprechen, dass ich, wenn alles zu unser beider Zufriedenheit läuft, in zwei oder drei Jahren der Faktor der Fugger von der Lilie in dieser Stadt werde. Mit einem Gehalt, das sich nicht nach den Umsätzen, sondern nach dem Gewinn bemisst, den Ihr durch mich erzielt.«

»Und die Baumgartner? Die Wittelsbacher? Alle anderen, für die Ihr bereits arbeitet?«

Suiter lachte trocken. »Das muss mir bleiben. So lange zumindest, bis wir beide uns einig werden.«

Sie sahen sich in die Augen, dann stand Jakob Fugger auf, ging auf den Älteren zu und streckte seine Hand aus.

Ohne besondere Hast ritt er nach Hall zurück. Er überlegte, ob er beim Münzmeister Station machen sollte, doch dann entschloss er sich, den nächsten Schritt seines Plans sofort in die Tat umzusetzen. Er folgte der Straße zwischen den steilen Felsen und dem brausenden Inn nach Nordosten. An diesem Abend übernachtete er in Kufstein.

Am folgenden Morgen wechselte er das Pferd und die Kleidung. Schon bald bog er nach Osten ab und ritt weiter bis in das Berchtesgadener Land. Er ließ sich Zeit, achtete darauf, wer nach ihm die Straße entlangkam. Als auch der Tag glücklich und ohne Harm zuende ging, übernachtete er bei einem Bauern, dem er einmal einen Frohngulden für seinen Pacht-Acker am Flussufer erlassen hatte. Er schlief sehr gut in dieser Nacht.

Gleich nach der gebutterten Morgensuppe aus Flocken vom Hafer und Honig bekam er ein neues Pferd. Für eine halbe Stunde schloss er sich einem der schnellen Tassis-Postreiter an, aber dann fand er, dass diese Begleitung zu auffällig für seinen Einzug in Salzburg war. Spätestens dort würden sie ihn ohnehin als Augsburger und als den jungen Fugger erkennen.

Während der Tage auf dem Rücken der Pferde hatte er viel Zeit gehabt, um über alles nachzudenken. Dabei waren seine Gedanken immer wieder um die Möglichkeiten gekreist, die sich eröffnen mochten, wenn man sich der Abtrünnigen und Verstoßenen der Kirche bediente. Wenn es irgendwo auf der Welt Männer gab, die so ähnlich empfanden wie er selbst, dann jene, die nicht über die niederen Weihen hinausgekommen waren.

Zusammen mit einigen anderen Reisenden, Karren mit verschiedenen Waren und lärmenden Pilgern erreichte er vor Salzburg die große Brücke über die Salzach. Er ritt direkt zum ehemaligen Domherrenspital, aus dem inzwischen eine Herberge unter dem Zeichen einer weißen Taube geworden war. Die meterdicken Mauern rochen ein wenig nach Schimmel. Aber das störte diejenigen nicht, die direkt unterhalb des Burgberges ein Bett und eine Gefährtin für die Nacht oder Gespräche unter vier Augen suchten.

Jakob hatte keinen Sinn für Zweisamkeit. Er bekam eines der geräumigen Zimmer im zweiten Obergeschoss. Wenn er den Kopf in den Nacken legte, konnte er aus seinem Fenster bis zu den Fenstern der erzbischöflichen Gemächer hoch auf dem Berg hinaufsehen. Ihm lag nichts an einer Begegnung mit dem Erzbischof. Magister Zink kümmerte sich um Judenburg und um die umliegenden Bergwerke sowie um den Markt von Primör. Hans Suiter hielt in Innsbruck Augen und Ohren auf. Jetzt brauchte er in Salzburg noch einen Mann, auf den er sich verlassen konnte. Er wollte sich ein wenig umsehen und warten, wer von den Männern ihn von sich aus ansprach.

Am Abend der Ankunft geschah noch nichts, doch bereits am nächsten Morgen trat ein, was er erhofft und erwartet hatte.

»Grüß Gott, Bruder Jakob«, sagte eine kräftige Stimme hinter ihm, als er – später als alle anderen Gäste der Herberge – allein im Speiseraum hinter einer dicken, weiß gekalkten Säule saß und auf seinen Morgenbrei wartete.

Ein freundlich lächelnder junger Mann in einem einfachen braunen Kittel mit einer kurzen ledernen Schürze um die Hüften stellte die hölzerne Schale mit Haferbrei vor ihm auf den Tisch. Jakob sah auf.

»Warum bedient der Wirt der ›Weißen Taube‹ nicht selbst?«

»Weil ich meinen zukünftigen Schwiegervater gebeten habe, mir diesen Dienst zu überlassen. Den jüngsten Fugger von der Lilie aus Augsburg und Chorherrn in Herrieden kann ich mir doch nicht entgehen lassen!« Er neigte seinen Kopf. Der junge Mann war kräftig gewachsen und hatte helles lockiges Haar wie ein Engel. »Ich war in Eichstätt, aber man sieht von meiner Tonsur ebenso wenig wie von deiner …«

»Und was, bei allen Heiligen, machst du hier?«

»Heiraten«, antwortete der andere. »Ich will zuerst die bei der Schönheit etwas zu kurz gekommene Tochter des Hauses und dann die ›Weiße Taube‹ übernehmen. Ihr Bettlinnen ist mir allemal angenehmer als die Strohsäcke, auf denen wir Priesterschüler schlafen mussten.«

»Und wie heißt du?«

»Hans Kohler. Ich stamme hier aus Salzburg, bin aber bei meinem Onkel in Ulm aufgewachsen, nachdem meine Eltern an der Pest verstarben …«

Jakob musste den ehemaligen Klosterbruder nicht lange überreden. Die Gaststube blieb leer, und schon nach kurzer Zeit wurden sie sich einig.

»Und noch etwas«, sagte Jakob zum Schluss. »Ich will auch von allen Gesprächen eurer Gäste wissen, bei denen es um die Bergwerke hier im Salzburgischen geht. Du bekommst ein Prozent von allen Kuxen, die ich durch deine Mithilfe erwerbe. Lass deine Herkunft hier in der Stadt für dich arbeiten. Freunde dich mit Männern und Frauen an, die oben in der Bischofsburg ihren Dienst versehen. Es ist mir gleich, ob du Priester, Diakone, in den Laienstand zurückversetzte Mönche, exkommunizierte oder irrgläubige Protestanten für uns anwirbst. Nur eines muss klar sein: Du kennst mich nicht, und wir haben uns niemals gesehen.«

Silberne Gulden

Der Aufbau eines Netzwerks von Zuträgern und Strohmännern erwies sich sehr schnell als die beste Idee, die Jakob Fugger bisher gehabt hatte. Es war, als hätte er aus nutzlos gewordenen Drohnen emsige Immen gemacht. Er staunte selbst über den unerwarteten Erfolg, der in Salzburg begann und sich schnell bis zu den Silberbergwerken in Gastein und Rauris, Schladming und Rottenmann ausweitete. Nach Augsburg zurückgekehrt, stand Jakob Fugger schließlich vor der Entscheidung, entweder seinen ältesten Bruder oder seine Mutter einzuweihen. Er brauchte Geld für die Verwirklichung seiner Pläne – viel Geld sogar und mehr, als er selbst kurzfristig flüssigmachen konnte. Doch dann sprach die Fuggerin selbst ihren Jüngsten an.

»Was bewegt dich?«, fragte sie, als Ulrich gerade das Haus verlassen hatte, um sich mit einigen anderen Händlern zu einem Protest gegen die steigenden Steuern in der Kirche von Sankt Anna zu treffen. »Ich beobachte dich schon, seit du zurück bist.«

Jakob antwortete ihr ohne Umschweife: »Ich möchte nach und nach sämtliche Silberbergwerke von Tirol in unsere Hand bringen.«

Ein paar Fliegen zogen surrend um ihre Köpfe, ehe sie an den bunten Scheiben der geöffneten Fenster vorbei ins Freie flogen. Das Licht der Sonne malte im ganzen Raum farbige Flecken auf Wände und Möbel. Für einen Augenblick sahen die Balken in den Zimmerecken wie lichtumflutete Strebepfeiler einer Kathedrale aus. Aus einer Nebenstraße drangen die Flötentöne eines fahrenden Musikanten bis zu ihnen herauf. Sie klangen sanft und zart wie der tönende Hauch der allerkleinsten Orgelpfeifen.

»Sämtliche Silberbergwerke Tirols! Und du willst sie kaufen?« Sie hielt inne, schloss den Mund aber nicht wieder, sondern wartete nur einen Augenblick, um dann fortzufahren: »Mit meinem Geld!«

»Ja«, antwortete Jakob. »Oder besser, nein. Nur mit einem Teil davon. Danach wird neues Geld für neue Anteile nötig sein. Aber ich weiß bereits, woher es kommt. Wenn wir nur erst einmal angefangen haben …«

»Und wie viel brauchst du?«

»Fünftausend Gulden, von denen Ulrich und Georg nicht unbedingt erfahren müssen …«

Barbara Fugger ließ sich auf das Geschäft ein. In den folgenden Monaten kaufte Jakob, ohne Augsburg zu verlassen, über seine Mittelsmänner einen Anteil an Silberbergwerken nach dem anderen. Für Außenstehende hätte das höchst geheime Unterfangen wie ein gewaltiges Verlustgeschäft ausgesehen. Jakob warf sein gesamtes verfügbares Geld und große Teile vom Vermögen seiner Mutter nicht nur in ein einzelnes schwarzes Loch im Berg, sondern in viele verschiedene, von denen einige im Salzburger Land bereits abzusaufen drohten.

Immer mehr Salzburger, Tiroler und Süddeutsche wunderten sich, wie zählebig auf einmal gerade die kleineren Gruben waren, mit deren Bankrott man längst gerechnet hatte. Aber das Merkwürdigste war die Dreistigkeit, mit der die eben noch ächzenden Bergwerksbesitzer ihre Liefer- und Transportverträge mit den Händlern von Judenburg aufkündigten. Stattdessen wurden Erz und reines Silber von freien Fuhrleuten und wild zusammengewürfelten, aber gut bewaffneten und bezahlten Wachen beinahe kostenlos bis zur Republik von San Marco gebracht. Trotz der Umwege und der Provisionen für venezianische Makler erzielten alle erheblich bessere Preise als zuvor.

Die eigentlichen Verlierer waren die Händler von Judenburg. Beinahe über Nacht waren sie bei den lukrativen Fuhraufträgen und Lieferungen aus den Nordalpen aus dem Geschäft. Sofort versuchten sie, die Verluste aus Tirol durch besondere Angebote an die Bergwerksbesitzer in den ungarischen Karpaten auszugleichen. Umsonst! Fast überall, wo sie anklopften, wurden ihnen die günstigeren Verträge für den Transport von Silbererz und Kupfer gezeigt. Gleichzeitig übernahmen Männer, von denen nie zuvor irgendjemand etwas gehört hatte, auch in der Steiermark Anteile von Bergwerken.

Der geheimnisvolle Handelskrieg dauerte fast zwei Jahre. In dieser Zeit verlor kein einziger der kleineren Bergwerksbesitzer im Salzburger Land oder in der Steiermark sein Gewerk. Sie waren nach wie vor Besitzer ihrer Gruben, auch wenn viele von ihnen sich inzwischen mit zwei Dritteln oder weniger bescheiden mussten.

»Ich muss dich beglückwünschen«, sagte die Fuggerin schließlich mit einem stolzen Lächeln. »Du hast sie tatsächlich alle auf eine falsche Fährte gelockt.«

Jakob zuckte mit den Schultern. »Nun ja«, antwortete er schmunzelnd. »Es ist zwar noch kein richtiges Monopol, aber dadurch, dass ich uns Anteile an vielen kleinen Bergwerken gekauft habe, konnte ich die Besitzer überreden, nicht mehr die Judenburger fahren zu lassen, sondern Fuhrleute, die ich eingesetzt habe.«

»Das deutsche Haus«, sagte sie ebenfalls lächelnd. »Du wolltest von Anfang an nur die Kammer der Judenburger im Fondaco.«

»Der Raum ist einer der schönsten dort«, bestätigte Jakob. »Seit ich in Venedig war, träume ich davon, ihn für uns zu gewinnen und ihn so kostbar und prächtig zu gestalten, dass niemand, der in Venedig handeln will, an dieser Niederlassung der Fugger von der Lilie vorbeikommt.«

Jakobs nächster Feldzug begann weit entfernt von allen quirligen Städten und Märkten rund hundert Meilen nördlich von Augsburg. In der alten Bischofsstadt Eichstätt im Altmühltal gab es keine Konkurrenz zwischen schwäbischen und bayrischen Kaufleuten. Der kleine Ort mit seinen italienisch anmutenden Kirchen und dem erzbischöflichen Palais war Jakob von seinen zahlreichen Ritten über Land in den vergangenen Jahren bekannt.

Er traf die vier Männer, die er für seine Pläne brauchte, im Palast des baulustigen Fürstbischofs Wilhelm von Reichenau, der zwei Wochen zuvor zu einer Reise nach Rom aufgebrochen war. Anders als der Augsburger Bischof, der nicht in der Stadt, sondern in seinem herrschaftlichen Hof in Dillingen und im Sommer im hohen Schloss Füssen residierte, schien der Eichstätter den ganzen Ort sich selbst und seiner Kirche angepasst zu haben. Selbst die Bewegungen der Einheimischen und der Bediensteten im Palais schienen von wohliger Frömmigkeit und Faulheit bestimmt zu werden.

Jakob erreichte als Letzter das fast ausgestorben wirkende Palais des Erzbischofs. Sein Salzburger Verbindungsmann hatte alles vorzüglich vorbereitet. Speisen, Getränke und eine angenehme Unterkunft für die Teilnehmer der Beratung waren ebenso gesichert wie die Beschäftigung der zehn, zwanzig Begleiter.

Die Gespräche begannen in den bischöflichen Gärten. Die kunstvollen Anlagen, die durch Wege und Stufen aus großen Solnhofer Schieferplatten unterbrochen wurden, erinnerten ihn bei jedem Schritt an die Hanggärten, wie er sie in Italien und auf Gemälden von Caterinas Königreich Zypern gesehen hatte. Für einen langen Augenblick wünschte er, sie würde hinter einem der Lorbeerbüsche hervortreten. Nur wenige Schritte weiter ertappte er den Magister Johannes Zink dabei, wie er sich Kirschen von einem Baum holte.

»Verschluck die Steine nicht«, sagte er spöttisch. »Bei deiner Unersättlichkeit könnten sie sich leicht zu einer Geschwulst in deinem Leib auswachsen …«

Unter den anderen Bäumen traten jetzt auch der ehemalige Bürgermeister von Innsbruck und der Obristhauptmann Anton vom Ross hervor.

Suiter und vom Ross waren wesentlich älter als Zink, Kohler und Jakob. Die fünf Männer gingen mit langsamen Schritten unter den Bäumen des Obstgartens entlang. Ohne viel Zeit zu verlieren, erklärte Jakob ihnen seine nächsten Pläne. Er wusste sehr genau, wie gefährlich zu viel Offenheit für ihn sein konnte. Gleichzeitig machte er durch sein Vertrauen seine Mittelsmänner zu Mitverschwörern.

»Ihr wisst, wie ich meinen Einfluss auf das Silbergeschäft im Salzburger Land erworben habe«, sagte er. »Leider eignet sich das gleiche Verfahren ganz und gar nicht für Tirol. Im Vergleich zu den dortigen Bergwerksbesitzern waren die Salzburger eher Bettler. Selbst wenn sich sämtliche Handelshäuser von Augsburg und Kufstein zusammenschließen würden, könnten wir nicht genügend Kuxe kaufen, um für den Abbau und den Transport des Tiroler Silbers unsere Bedingungen zu stellen.«

Hans Suiter schüttelte den Kopf. »Wozu, zum Teufel, haben unser Freund Anton und ich ihm dann für geliehenes Geld immer wieder Schürfrechte als Sicherheiten abgehandelt?«

»Du hast mir nicht zugehört«, antwortete Jakob Fugger nachsichtig. »Keiner von euch scheint mir zuzuhören, wenn ich etwas sage. Natürlich brauche ich die Sicherheiten für unsere Kredite. Aber ich denke nicht daran, die Schuldscheine wieder einzulösen. Ich will sie viel lieber in Kuxe umwandeln, versteht ihr, in Anteile – aber nicht an bestehenden oder auch neuen Bergwerken, sondern am

Erzherzog selbst. Nach meiner Rechnung müssten wir Fugger inzwischen bereits die größten Gläubiger des Fürsten nach den bayrischen Baumgartnern aus Kufstein sein.«

Er trat aus dem Schatten der Bäume ins Sonnenlicht hinaus und blinzelte zu den Hügeln des Altmühltals hinauf. Sein Blick blieb für einen Augenblick an den Mauern einer alten Feste hängen, dann drehte er sich wieder zu den anderen um und sagte:

»Man kann die Spatzen nehmen und sie einsammeln, wie ich es mit den Salzburgern getan habe. Aber man kann sich auch den Tauben auf dem Dach zuwenden. Das eine ist nicht schwerer als das andere. Man muss nur dafür sorgen, dass die Beute nicht fortfliegen kann, sobald die Zeit für den Zugriff gekommen ist …«

Wenige Wochen später gewährte Jakob dem Erzherzog über Suiter und vom Ross einen Kredit über dreitausend Gulden. Als Sicherheit bekam er auf demselben Weg die Rechte an einer weiteren Silbermine in Tirol. Auch diesmal hatten die anderen Kaufleute nichts bemerkt.

Noch während Jakob und Ulrich Fugger die silbernen Barren von zweihundertdreißig Gran Gewicht eigenhändig in Transportkisten packten, ließ Ulrich erkennen, wie unwillig er über das Geschäft war, von dem er zuvor nichts gewusst hatte.

»Du irrst, wenn du denkst, dass du bereits ohne meine Verbindungen auskommst«, sagte er beiläufig. Sofort richtete Jakob sich auf.

»Wie meinst du das?«

»Du hättest mir früher sagen sollen, wofür du die Kuxe an diesem Silberberg bekommen hast.«

»Ich hätte es zur rechten Zeit getan.«

»Dafür ist es vielleicht schon zu spät«, sagte Ulrich verstimmt. »Denn ich weiß längst, dass Erzherzog Sigismund nicht mehr mit der Standardwährung der Kölner Mark zufrieden ist. Er will seine eigenen Münzen schlagen lassen. Und dafür braucht er zunächst Gulden für einen Münzmeister und Gerätschaften. Gute Gulden, verstehst du, und keine selbst geschlagenen!«

»Wie kommst du darauf?«, fragte Jakob. »Was haben die Kölner Mark und unser eigenes, sauber geschmolzenes Silber damit zu tun? Du weißt so gut wie ich, dass wir nicht fälschen.«

»Großvater Bäsinger hat es getan, und jedermann weiß das. Und Erzherzog Sigismund wird es ebenfalls tun, wenn er sich seine riesigen silbernen Gulden schlagen lässt, die, wie ich hörte, den hohen Wert von sechzig Kreuzern aus Meran haben sollen.«

»Genauso viel wie ein Goldgulden«, bestätigte Jakob.

Ulrich ging zu seinem Schreibtisch, setzte sich in den hölzernen Lehnstuhl und legte beide Hände flach vor sich auf den Tisch. Sein Haar war im Lauf der Zeit grau geworden. Jetzt schimmerte es schon fast weiß im Licht der offenen Fenster. Für eine Weile blieb alles still. Dann sagte er:

»Meine Hände waren bisher immer sauber. Ich habe auch nichts gegen Männer, die uns für einen Beutel Kreuzer oder ein paar rheinische Gulden berichten, wie die Preise auf den Märkten sind und wo Geschäfte unserer Konkurrenten platzen, auf die wir dann ein Auge werfen. Doch ich will offen zu dir sein, Jakob. Hier bei uns in Augsburg kann ich nicht gutheißen, was meinetwegen in Rom oder auch Venedig üblich sein mag!«

Jakob schüttelte ärgerlich den Kopf. »Was willst du eigentlich? Soll ich mich hinstellen wie ein Kesselflicker oder Marktschreier, Lärm schlagen und tanzen, singen und den Weibern schöne Augen machen, bis mir irgendjemand etwas abkauft?«

»Wir sind durch ausgesuchte, gleichbleibend gute Qualität bei unseren Waren, pünktliche Termine und das Vertrauen unserer Zulieferer und Kunden groß und reich geworden«, stellte Ulrich mit lauter Stimme fest, als spräche er vor dem Großen Rat von Augsburg. »Wir haben nichts zu verschenken. Aber wir spenden großzügig für die Armen und die Kirche und fördern auch die Künste. Wir geben Papst und Kaiser, was ihnen nach Gesetz und Recht zusteht.«

Er brach mitten in seiner Rede ab und ergriff mit beiden Händen die Knäufe an den Armlehnen seines Stuhls im Kontorraum.

»Ich gebe zu, dass wir gelegentlich auch an dieser oder jener Auseinandersetzung mitverdienen, die andere auskämpfen«, fuhr er dann wesentlich leiser fort. »Aber wir mischen uns nicht ein, Jakob. Nicht in den Streit zwischen den bayrischen Wittelsbachern und den Habsburgern, nicht in die Bauernaufstände überall im Land und nicht einmal in den Krieg, den Ungarns König Matthias Corvinus bis vor die Tore Wiens trägt.«

»Bist du jetzt fertig mit deinen brüderlichen Belehrungen?«, fragte Jakob knapp. Ulrich sah den jüngeren Bruder wie einen Fremden an.

»Es gibt Gerüchte, dass der Erzherzog alle aus seinem Land verjagen will, die zur Republik Venedig gute Beziehungen unterhalten. Das betrifft besonders einige Bergwerke in Kärnten und die Märkte im Süden von Tirol.«

»Primör«, sagte Jakob und nickte. Jetzt war ihm klar, worin Ulrichs Bedenken bestanden. »Du meinst die Bleibergwerke von Primör in den Dolomiten. Und du hast recht. Sie gehören schon seit drei Jahren einigen Signori von San Marco. Und auf dem Markt von Bozen bekommt inzwischen kaum noch einer aus dem Norden einen Platz.«

»Dann stimmt es also«, seufzte Ulrich. »Ich wollte es nicht glauben, dass du hinter der Kampagne gegen unsere Handelspartner am Rialto steckst.«

»Und jetzt bist du dir sicher?«, fragte Jakob spöttisch.

Ulrich bewegte den Kopf langsam hin und her. »Ich schäme mich für dich, Jakob«, sagte er, und seine Mundwinkel zuckten vor Empörung.

Jakob schlug mit beiden Händen auf die Armlehnen seines Stuhls. Er sprang auf, trat zu Ulrich, legte kurz einen Arm um seine Schultern und ging mit leichten Schritten zu den Fenstern. »Ja«, sagte er dann. »Es stimmt fast alles, was dir von den Gerüchten zugetragen wurde.« Er drehte sich mit einem harten Ruck wieder zu Ulrich um. »Aber ich schwöre dir, dass Venedig keinen Schaden haben wird bei dem, was in den nächsten Monaten geschieht. Wir werden alle profitieren. Der Doge von San Marco wird uns noch wohlgesinnter sein als bereits heute. Sogar Erzherzog Sigismund wird uns auf Knien danken.«

»Du sprichst von allen anderen, nur von uns sprichst du nicht.«

Jakob lachte leise und vergnügt. »Alles, mein Bruderherz, wir werden alles haben. Und das ist mehr, als du zu träumen in der Lage bist …«

Heimliche Zahlungen

»Es ist nicht zu glauben!«, schimpfte Conrad Peutinger, als er Jakob vor seiner Rückkehr an die Universität noch einmal in der Faktorei in Innsbruck besuchte. Er war in den vergangenen Jahren fast noch weiter in der Welt herumgekommen als der junge Kaufmann aus Augsburg. Soeben kam er aus Rom und Florenz, wo er Jurisprudenz studiert und sich der Erforschung von Inschriften aus dem Altertum gewidmet hatte.

»Was treibst du dich eigentlich überall herum?«, begrüßte ihn Jakob Fugger. »Du bist inzwischen zweiundzwanzig Jahre alt und hast noch immer keinen Doktor. Wenn du so weitermachst, kannst du bestenfalls noch Stadtschreiber in Augsburg werden.«

»Nichts wäre mir lieber als eine derartige Ernennung«, entgegnete der junge Mann schmunzelnd, und Jakob fiel auf, dass sich die dünnen Fransen an seinem Kinn inzwischen zu einem stattlichen braunen Vollbart ausgewachsen hatten.

»Trotzdem höre ich immer wieder gern, wie sich die Geschäfte im Welschland und im Vatikan entwickeln. Gibt es irgendetwas Neues, das mich interessieren könnte?«

»Ich weiß nur wenig über Händler und Märkte«, gab Conrad Peutinger zu. »Aber was der Heilige Vater und seine Berater sich diesmal ausgedacht haben, um einige der Fürsten auf unserer Seite der Alpen wegen der Abgaben für seinen neuen Petersdom zu besänftigen, ist schon eine arge Teufelei. Ich meine, dass jetzt sogar bestraft werden soll, wer nicht kirchliche Bücher liest.«

»Galt das zuvor etwa nicht?«, fragte Jakob.

»Doch, doch«, antwortete Peutinger. »Aber wer hat sich bisher darum gekümmert? Wir an den Universitäten jedenfalls nicht. Jetzt hat der Papst einigen Fürsten angeboten, dass sie die Hälfte aller eingetriebenen Strafgelder für derartige Leseverbrechen für sich behalten können.«

»Bezieht sich das etwa auch auf unsere Firmenbücher?«, fragte Jakob lächelnd.

»Der Herr vergebe dir deine lästerlichen Reden«, antwortete Conrad Peutinger sofort. »Wenn sich die Kirche nur noch durch derartigen Wahnwitz erhalten kann, dann kracht es über kurz oder lang im Gebälk, das sie zusammenhält. Aber ich denke, es ist gesünder, wenn wir zunächst einmal die Lagenbücher in den Weinkellern von Innsbruck visitieren …«

Conrad Peutinger stöhnte laut auf: »Die Winzer hier müssen in der Tat noch sehr viel lernen! Das ist kein Vergleich mit den Tropfen, an die ich mich in Parma und Bologna gewöhnt habe.«

Es war fast Mittagszeit. Sie waren bis tief in die Nacht durch die Weinkeller Innsbrucks gezogen. Auch Jakob spürte seine trockene Zunge und pochende Schmerzen im Kopf. Er pflegte nur wenig zu trinken, aber Conrad hatte ihn mit seiner unbekümmerten Art zu immer weiteren Bechern verführt.

»Sollen wir sie nun verheiraten oder nicht?«, fragte Jakob, während er mit einem feuchten Tuch Stirn und Hals betupfte. »Ich meine den Wittelsbacher Bayern und die Habsburger Kunigunde?«

Conrad lehnte sich zurück, schloss die Augen und strich sich durch seinen dichten Bart. Auch Jakob dachte angestrengt über die verzwickte Frage nach, über die sie in der vergangenen Nacht immer hitziger debattiert hatten.

Schon seit Längerem bemühte sich Herzog Albrecht von Bayern-München um Kunigunde. Die Tochter Kaiser Friedrichs III. und Schwester Maximilians war einer Ehe mit dem Wittelsbacher nicht abgeneigt.

Dummerweise biss der Bayer mit seiner Werbung bei den Habsburgern in Wien immer wieder auf Granit. Mit dem streitsüchtigen ungarischen König Matthias Corvinus vor den Toren Wiens und dem leichtsinnigen Neffen Sigismund in Tirol konnten sich weder Friedrich III. noch Maximilian eine dritte Kraft an ihren Grenzen leisten, die sie nicht beherrschen konnten. Und natürlich würde eine Heirat mit der Kaisertochter das seit Ludwig dem Bayern wenig bedeutende Bayern politisch aufwerten.

»Sie neiden sich die Butter auf dem Brot!«, sagte Peutinger schließlich. »Eher geht die Sonne im Westen auf, als dass ein reicher, aber politisch unbedeutender Wittelsbacher Bayernherzog eine Braut der armen, aber kaiserlichen Habsburger aus Österreich bekommt!«

»Der Bayer will eine hohe Morgengabe für sie zahlen, obwohl sie schon ebenso alt ist wie ich«, sagte Jakob.

Conrad Peutinger schüttelte den Kopf. »Die Herzogin steht einfach über allen. Nach dem Tod der Mutter hat der Vater die Erziehung übernommen. Kunigunde reitet heute ebenso gut wie ihr Bruder Maximilian, beherrscht die Jagd mit dem Falken, kann Schach und Karten spielen, weiß Instrumente zu schönstem Klang zu bringen und kann sich über jedes Thema unterhalten …«

Vollkommen unerwartet fühlte Jakob einen Schmerz in seiner Brust. Das hatte nichts mit dem Wein der vergangenen Nacht zu tun. Es war, als würde der fröhliche und unbeschwerte Scholar wie mit einem glühenden Eisenspieß in Jakobs Herz herumwühlen. Alles, was er über die junge Herzogin gesagt hatte, passte auch auf seine eigene Herzenskönigin. Auch Caterina Cornaro ritt und jagte mit dem Falken, spielte verschiedene Instrumente und verehrte Männer der Dichtkunst.

»Dennoch darf Kunigunde bis heute nicht einmal selbst entscheiden, wie sie sich kleidet«, fuhr Conrad fort. »Sogar zur Nacht muss eine Hofmeisterin zur Sicherheit in ihrer Kammer schlafen. Wen wundert's da, wenn sie nichts auf der Welt mehr wünscht, als ihren Fesseln zu entfliehen und am Altar Ja zu sagen. Sie ist sozusagen eine gefangene Tochter des deutschen Kaiserreichs …«

»Wie die Tochter Venedigs«, murmelte Jakob.

»Lass mich einmal weiterdenken«, sagte Conrad, ohne auf Jakobs leisen Seufzer einzugehen. »Die beiden sind sich einig – aus welchem Grund auch immer. Ich bin ganz sicher, dass es ihr dabei nicht um die neunzigtausend Gulden und den Titel einer Herzogin von Bayern geht. Ich denke sogar, dass sie aus ihrer eigenen Schatulle sehr viel für ein kleines Stückchen Pergament bezahlen würde …«

»Für ihre Hochzeitsurkunde?«

»Ich glaube, schon für einen kleinen Brief … eine Zustimmung von Maximilian oder Friedrich … nur für ein Stück Papier.«

Er öffnete die Augen, blinzelte und grinste Jakob an. Der aber seufzte nur.

»Was nützt denn eine derartige Fälschung? Kunigunde darf nicht nach Bayern reisen. Irgendjemand müsste also in Österreich eine Hochzeitsfeier ausrichten, mit einem Bischof, der sie traut, mit noblen Geladenen und einem angemessenen Fest.«

»Genau das ist es«, sagte Conrad. »Sie müssten sozusagen wie zufällig zusammenkommen und dann so schnell und unvermutet heiraten, dass selbst ein weit hallendes Nein mit Tassis-Reitern vom kaiserlichen Hof in Wien zu spät käme. Erst einmal geschlossen, ließe sich die Ehe nicht mehr auflösen, und Albrecht könnte Kunigunde als sein Weib ungehindert nach Bayern heimführen.«

»Und wer sollte der Fürst sein, in dessen Land etwas derart Ungeheuerliches geschieht und der nicht aus Respekt und Untertänigkeit vor Kaiser Friedrich und König Maximilian zurückschreckt?«

»Ist das so schwierig?«, fragte Conrad und feixte über das ganze Gesicht. »Es gibt nicht allzu viele Landesherren, die skrupellos und selbstständig genug für ein derartiges Unternehmen sind ...«

Jakob hob die Brauen, dann lachten beide laut und schallend.

»Erzherzog Sigismund!«, stöhnte Jakob, als sie sich endlich beruhigten. »Darauf hätte ich selbst kommen können!«

Eher beiläufig erwähnte Jakob einige Tage später gegenüber dem Finanzverwalter des Tiroler Landesherrn, dass er sich gern einmal die andere Innsbrucker Residenz der Habsburger ansehen würde.

»Mich interessieren die Gemächer, in denen Maximilians Schwester Kunigunde schon einmal gewohnt hat, als es für sie und ihre Hofdamen in Wien zu gefährlich wurde«, sagte er.

»Willst du das Haus etwa für eure Faktorei erwerben?«, fragte der Obristhauptmann und lachte.

»Dafür ist es wahrscheinlich zu verkommen«, gab Jakob anzüglich zurück. »Aber vielleicht zwingt mich ja meine Großmut, einige Räume als Geschenk zu renovieren ...«

»Was hast du vor?«, fragte vom Ross misstrauisch.

»Ich meine nur, dass die leer stehenden Gemächer vielleicht neue Teppiche aus Flandern und ein paar Wandverkleidungen aus Seide oder anderen edlen Stoffen aus Venedig vertragen könnten.«

»Wären solche Ausgaben nicht für den Palast von Sigismund besser angelegt?«

»Der ist nur Erzherzog von Tirol, Maximilian aber wird irgendwann Kaiser des Heiligen Römischen Reiches Deutscher Nation.«

»Ist das der wahre Grund für dein Interesse?«, fragte vom Ross skeptisch.

»Er gehört dazu«, antwortete Jakob ausweichend. Die beiden Männer gingen allein vom Stadtschloss Sigismunds zum großen Haus des Kaisers. Dort angekommen, begegneten sie nur ein paar alten Dienern, die wortlos Türen für sie öffneten und hinter ihnen wieder zusperrten.

»Das sieht, beim Allmächtigen, nicht gerade königlich aus«, meinte Jakob, während sie einen Raum nach dem anderen durchschritten, jeder mit düsterer Ausstattung, knarrenden Dielen und verstaubten Vorhängen. Schließlich blieb er an einem Erkerfenster stehen.

»Wie viele Räume wären das Mindeste für einen Besuch der Erzherzogin in Innsbruck, wenn sie nicht länger als eine Woche bliebe?«

»Ich wüsste nicht, dass sie Derartiges vorhat«, antwortete vom Ross. »Natürlich ist es in Wien gegenwärtig nicht angenehm angesichts der Bedrohung durch den ungarischen König. Aber – um auf deine Frage einzugehen – als sie das letzte Mal in Innsbruck war, wurde sie von achtundzwanzig Hofdamen begleitet. Allein für sie waren achtzehn große Wagen für ihren Haushalt und ihr Gepäck erforderlich.«

»Um Gottes willen, nur das nicht!«, wehrte Jakob sofort ab. »Ich meine keinen großen Umzug wie damals bis nach Graz. Nein, meine Frage zielte darauf ab, wie viele Räume nötig wären, wenn sie … ohne großen Hofstaat hier übernachten würde.«

»Willst du sie etwa entführen?«, fragte der Obristhauptmann lachend. »Wozu und welcher deiner Pläne steckt wieder einmal dahinter?«

»Nehmen wir an, dass sie sich heimlich mit einem Anbeter zu treffen wünscht und dass von diesem Treffen weder ihr Bruder noch ihr Vater etwas erfahren dürften. Wie viele Räume wären für eine derartige heimliche Begegnung nötig?«

»Nicht mehr als diese obere Etage«, antwortete vom Ross nach kurzer Überlegung. »Ein Dutzend Räume, Kammern für die Bediensteten und ihre engsten Hofdamen. Dazu natürlich eine ordentlich ausgestattete eigene Küche und die Baderäume.«

Jakob strich sich mit dem Zeigefinger der Rechten über die Lippen. Dann nickte er. »Gut, lass alles so herrichten, dass es in spätestens drei Wochen fertig ist. Aber bitte keine Renovierung für das ganze Haus, keine neuen Fußböden und keine Künstler aus Italien. Nimm eher an, dass diese Räume die Kulisse für ein vergnügliches Theater werden sollen. Zusätzlich brauche ich noch einen Saal, der an die hundert Leute fasst.«

»Was, in drei Teufels Namen, hast du vor, Jakob Fugger?«

»Ich denke nur ein wenig mit und fördere die Dinge, damit sie ihren Lauf so nehmen, wie es für alle nützlich ist.«

»Und du meinst, ich würde dich nicht kennen«, sagte Anton vom Ross und lachte wohlwollend. »Hunderttausend Gulden Schadensersatzforderungen aus Venedig hat es uns eingebracht, als du Soldaten für den Erzherzog bezahlt hast.«

»Und? Habt ihr sie selbst beglichen, diese Forderungen? Nein, aber diesmal kann der Erzherzog fünftausend Gulden oder mehr dafür bekommen, dass er eine Ehe stiftet …«

Der Obristhauptmann starrte ihn mit großen Augen an.

»Eine Ehe stiftet?«, wiederholte er voller Unverständnis. Dann aber, als er begriff, riss er die Augen noch viel weiter auf. »Du musst von Sinnen sein, Jacopo! Der Erzherzog mag ja ein Säufer, Hurenbock, ein Geldverschwender und manchmal auch ein Kindskopf sein. Aber vergiss nicht, dass er trotz seiner vielen Alimentenzahlungen keine legitimen Kinder hat. Ein Fehler dieser Art – und die Habsburger in Wien reißen ihm sein Tirol endgültig aus den Fingern!«

»Ich weiß nicht, warum du dich an dieser Sache so erregst«, sagte Jakob und lächelte. »Jedermann weiß, dass es genau so ist. Und ich bin ebenfalls völlig deiner Meinung. Es wird natürlich ein Schriftstück aus der Wiener Hofburg geben, das der Heirat zustimmt.«

Der Obristhauptmann blickte Jakob Fugger lange in die Augen. Dann drehte er sich abrupt um und starrte durch die lange nicht geputzten Erkerfenster auf die Straße vor König Maximilians Palais in Innsbruck.

»Ich hätte es mir denken können«, sagte er leise. »Ein Jakob Fugger besichtigt keine unbewohnten Zimmer ohne Grund! Drei Wochen, sagst du?«

»Ja«, antwortete Jakob. »Fünftausend Gulden für den Erzherzog, wenn ihr alle bis zum Ringwechsel den Mund haltet, zusätzlich zweitausend ganz allein für dich. Es ist nicht mein Geld, und die Summen werden nirgendwo verbucht. Ich selbst habe nichts mit der Heiratsgenehmigung für Kunigunde zu tun. Sie wird so gut gefälscht sein, dass man dem Tiroler Landesherrn keinen Vorwurf machen kann.«

»Wenn man bedenkt«, sagte vom Ross nachdenklich, »wenn man

bedenkt, dass man die Herzogin Kunigunde auf diese Weise auch vor dem Anspruch des ungarischen Königs schützen könnte, dann ist der Bayer vielleicht sogar das geringere Übel für eine Österreicherin …«

»Ich sehe, wir verstehen uns allmählich«, sagte Jakob und lächelte zufrieden.

Jakob Fugger nahm an der verschwörerischen Hochzeit zwischen Herzog Albrecht von Bayern-München und Erzherzogin Kunigunde von Habsburg nicht teil. Aufseiten der Kirche hatte Melchior von Meckau die Hände im Spiel. Und was das Schreiben betraf, das Erzherzog Sigismund von Tirol als allerhöchste Genehmigung für die Verbindung vorgelegt wurde, bestätigten nicht nur die Notare des Tiroler Hofes, sondern auch noch Schriftkundige wie Magister Johannes Zink und der eher zufällig angereiste Sachverständige Conrad Peutinger die Richtigkeit sämtlicher Details.

Jakob befand sich in Augsburg, als die unglaubliche Heirat gegen die Interessen Wiens und des Hauses Habsburg stattfand. Er konnte sich den ganzen Tag über nicht richtig auf seine Arbeit konzentrieren. Seine Gedanken schweiften ständig ab – nach Innsbruck, über die Alpen und bis nach Venedig.

Was Herzog Albrecht gelang, war für Jakob unmöglich. Niemals konnte ein Webersohn ohne jeden Adelstitel beim Dogen von Venedig oder beim Rat der Zehn um die Hand jener unglücklichen Witwe anhalten, die noch immer Königin von Zypern war. Nicht einmal der König von Neapel war mit derartigen Bemühungen erfolgreich gewesen.

Dennoch überlegte Jakob, wie hoch der Preis sein müsste, wenn die Lagunenrepublik schon für den Markt von Bozen hunderttausend Gulden Schadensersatz forderte? Er würde unbezahlbar sein – erst recht, wenn Caterina, die ihn nicht einmal persönlich kannte, eine derartige Verbindung ebenso wünschen sollte wie er selbst.

Er seufzte lang und tief. Es war unmöglich. Ebenso wenig zu erreichen wie die Priesterweihe!

Wie zufällig fragte ihn seine alt gewordene Mutter ausgerechnet an diesem Tag, wann für ihn selbst die Glocken klingen sollten.

»Ich bin noch nicht so weit«, antwortete er ausweichend. »Zu viele Aufgaben müssen erst noch bewältigt werden. Vergiss nicht, dass ich schon einmal neun Jahre lang anderen versprochen war. In diesem Sommer sind es wiederum neun Jahre, die ich kein Kleriker mehr bin. Manchmal ist mir, als würde ich über all den teuren, bunten Seidenstoffen aus Venedig und dem kostbaren Pelzbesatz immer noch das weiße Chorhemd tragen, das mich daran erinnern soll, dass ich eigentlich rein wie ein Engel werden wollte.«

»Bedrückt es dich so sehr?«, fragte die Mutter.

»Vielleicht bedrückt es mich«, sagte Jakob nachdenklich. »Mir ist, als müsste ich immer größere Erfolge haben, um mich von jener anderen Zeit in Herrieden endlich frei zu machen.«

Sie kam mit schwerfälligen, müden Bewegungen auf ihn zu, setzte sich neben ihn auf die Bank am Fenster und legte mühsam einen Arm um ihn.

»Vielleicht solltest du weniger mit den Lippen beichten«, sagte sie sanft, »sondern mit deinem Herzen. Sonst könnte es dir eines Tages über allem Geld und Reichtum hart und kalt wie Stein werden …«

Ganz so unbesorgt, wie er es seinem Bruder noch vor wenigen Monaten vorgespielt hatte, war Jakob nicht. Immer mehr Kaufleute, aber auch einige reiche Landadlige und kirchliche Würdenträger verliehen ihr Geld an Erzherzog Sigismund. Wer sich in diesen Wochen und Monaten noch auf Schuldscheine ohne Sicherheiten einließ, war zu dumm oder zu anständig für die phantastischen Geschäfte, von denen in Innsbruck schon die Spatzen von den Dächern pfiffen.

Jakob entschloss sich, erneut in die Tiroler Hauptstadt zu reisen. Bevor er selbst dort eintraf, schickte er einen Boten voraus. Er sollte ihm den Meister Zink noch am selben Abend in den »Ochsen« bestellen. Jakob stieg direkt dort ab und ließ sein Pferd von den Knechten, die ihn begleitet hatten, zum Stall der Innsbrucker Faktorei bringen. Zink erwartete ihn bereits. Er schwitzte und wischte sich ständig mit einem Sacktuch über sein feistes, gerötetes Gesicht. Offensichtlich hatte er bereits mehr als einen Krug Veltliner zu sich genommen.

Jakob sah auf den ersten Blick, was mit Zink los war. Der Mann zitterte vor Erregung und konnte sich kaum noch beherrschen. Jakob begrüßte ihn so kalt und streng wie irgend möglich. Mit langsamen Bewegungen nahm er in der Nische der Gaststube Platz, die

Zink für sie reserviert hatte. An den anderen Tischen im großen Saal ging es laut und geschwätzig zu. Patrizier und Bürger von Innsbruck tafelten mit einem Lärm, als hätten sie gerade ein Turnier gegen den letzten Ritter Maximilian gewonnen.

Eine blutjunge Innsbrucker Magd brachte unaufgefordert zwei Krüge mit Wein.

»Gott zum Gruß, der Herr Fugger aus Augsburg«, sagte sie fröhlich. »Dieser Wein geht aufs Haus. Und für den leeren Magen hätten wir Brot und Geselchtes und danach gebratene Ochsenfetzen.«

Jakob zog die Brauen zusammen, blickte das junge Mädchen an und sah dann zu Zink hinüber.

»Ist schon gut«, sagte er und wartete, bis sich die Magd mit einem kessen Schwung ihrer Hüften umgedreht hatte und zur Küche eilte.

»Hast du das veranlasst?«, fragte er scharf. »Tönt der Magister Johannes Zink schon in der ganzen Stadt herum, dass er am Abend mit einem Fugger aus Augsburg zusammensitzt?«

»Das tut mir leid«, antwortete Zink. »Aber ich war es nicht. Dass du heute nach Innsbruck kommst, wussten wir alle hier schon gegen Mittag. Es war einer der Postreiter von Francesco Tassis, der es verkündet hat.«

Wie schon so oft überlegte Jakob erneut, ob er sich nicht auch diese Verbindungen zunutze machen konnte. Und wie stets kam er auch diesmal wieder zu dem Schluss, dass Männer, die nur für ihn arbeiteten, vielleicht etwas langsamer, aber sicherer waren als die schnellen Reiter. Männer, die bereits die niederen Weihen erhalten hatten, konnten Geheimnisse und vertrauliche Informationen für sich behalten. Junge Burschen, die mit ihrem Wissen in Gasthäusern prahlten, dagegen nicht.

»Wie steht es um Sigismund?«, fragte er Johannes Zink. »Wie viel hast du ihm bis dato geliehen?«

Zink leckte sich über die Lippen. »Insgesamt elftausendsechshundertneunundreißig Gulden und achtundvierzig Heller«, antwortete er etwas zu laut. »Nach und nach, wie du weißt.«

»Das ist eine sehr große Summe. Hat er denn nie gefragt, woher du als junger Magister der Rechte so viel Geld hast?«

»Nicht ein einziges Mal«, antwortete Johannes Zink. »Aber das Schlimmste kommt ja noch: Gerade jetzt lässt er überall und unter dem Siegel strengster Geheimhaltung herumfragen, wer von seinen

Geldgebern Wert darauf legt, in seiner Gunst ganz besonders hoch zu steigen.«

Jakob Fugger kniff seine Augen ein wenig zusammen. »Spielt er schon wieder die einen gegen die anderen aus?«

»Er braucht noch mehr Geld«, antwortete Johannes Zink. »Gleich um fünftausend hat er mich selbst gebeten.«

»Fünftausend«, wiederholte Jakob. »Einen Bauernhof bekommst du in diesen unsicheren Zeiten mitsamt dem Vieh schon für fünfhundert. Also, was hat er vor? Will er vielleicht Maximilian in Wien gegen den Ungarnkönig beistehen?«

»Nein, nein!«, wehrte Zink sofort ab. »Daran ist überhaupt nicht zu denken.« Er beugte sich ein wenig vor. »Aber um Kriegsvolk handelt es sich doch. Sigismund will eine große Schar von Reisigen anwerben, mit ihnen den Markt in Bozen erobern und die Venezianer von dort vertreiben.«

»Ist er denn närrisch?«, entgegnete Jakob verständnislos. Zink merkte nicht, wie zufrieden der junge Fugger tatsächlich über die Entwicklung in Innsbruck war. Sein lange und sorgfältig erdachter Plan schien zu greifen. In diesem Augenblick schleppte die Schankmagd eine riesige Zinnplatte mit einem Berg Ochsenfetzen in gepfefferter Kümmelsoße heran. Sie wuchtete das Mahl, das für zehn Pferdeknechte gereicht hätte, direkt vor Zink und Jakob Fugger auf den Bohlentisch.

»Solls Euch gelingen, Ihr Herren«, lachte sie dann und zauberte auch noch einen geflochtenen Weidenkorb mit Tiroler Hartbrot auf den Tisch.

»Noch zwei Wein«, schnaubte Zink. Dann griff er ohne Umstände mit den Fingern in die duftenden gebratenen Fleischlappen.

Der Kampf um Märkte

Erzherzog Sigismund bekam die fünftausend Gulden, die er für seinen leichtfertigen Handstreich haben wollte. Noch ehe sich die Dinge in Innsbruck so weit entwickelten, dass sie öffentlich wurden, ritt Jakob nach Hall weiter. Dort wollte er sich die neuen Guldiner ansehen, von denen Ulrich gesprochen hatte. Der Münzmeister weigerte sich, Jakob die Entwürfe seiner ersten Prägestempel zu zeigen.

»Es sind nur Versuche«, sagte er. »Ihr könnt mir glauben, jeder Münzmeister arbeitet ständig an neuen und schöneren Prägungen. Das heißt noch lange nicht, dass sie auch in den Verkehr gebracht werden.«

»Aber Ihr habt ihn, den Guldiner für Sigismund.«

»Nun gut«, gab der Münzmeister schließlich zu. »Ich habe nicht nur den einen, der dem Erzherzog wegen seiner Größe und der Darstellung von ihm selbst auf der Vorderseite besonders gut gefällt, sondern auch noch ein paar andere, die etwas kleiner und eigentlich weniger als sechzig Kreuzer wert sind.«

»Dann gebe ich Euch jetzt einen guten Rat«, sagte Jakob. »Nehmt sämtliche Stempel und Prägungen und verwahrt sie an einem sicheren Ort. Wenn Ihr vom Erzherzog gefragt werdet, wo sie sind, dann könnt Ihr meinetwegen behaupten, sie seien gestohlen worden. Ich möchte nicht, dass dieses neue Geld auf den Markt kommt, ehe ich Euch das Zeichen dafür gebe.«

»Und wann wird das sein?«, fragte der Münzmeister sichtlich verwirrt.

Jakob beobachtete ihn aus halb geschlossenen Augen. Er konnte erkennen, dass der Blick des Münzmeisters zu flackern begann und das Blut immer mehr aus seinen Wangen wich. Bereits diese Anzeichen von Angst reichten Jakob.

»Du bist ruiniert, wenn du tatsächlich Guldiner mit dem richtigen Silberanteil schlagen musst«, sagte er ihm auf den Kopf zu. »Aber ich will nicht, dass in der nächsten Zeit verfälschtes Geld aus Tirol in alle Welt geht.«

Bewusst bediente sich Jakob in diesem Gespräch des demütigenden »Du«. Dem Münzmeister sollte unmissverständlich klargemacht werden, wer in diesem Spiel der Herr war und wer der Knecht.

»Aber ich brauche …«

»Wie viel?«

Der Münzmeister senkte seinen Blick. Jakob Fugger strich über seine bunten Beinkleider, die er noch immer nach Art der Kaufherren von Venedig trug.

»Ich werde all deine Schulden bezahlen«, sagte er dann. »Nicht auf einmal, sondern immer dann, wenn etwas fällig ist. In der Zwischenzeit garantierst du mir, dass kein einziger Guldiner der neuen Prägung die Münze von Hall verlässt.«

»Aber ich kann doch nicht ewig …«

»Nicht ewig«, unterbrach Jakob, »sondern nur bis zu dem Tag, an dem man mit gutem Geld noch mehr Geld verdienen kann.«

Von Hall aus ritt Jakob Fugger direkt nach Salzburg weiter. Hier wollte er über seinen Verbindungsmann Kohler Postreiter anwerben, denen er vertrauen konnte.

Er kam spät am Abend an. Hans Kohler erwartete ihn an der Stelle, an der die Salzach nach ihrem Austritt aus den Bergen die Wiesen überschwemmte. Sie ritten bis zu einer kleinen, ein wenig abseits stehenden Kapelle, stiegen ab und banden ihre Pferde an. Erst als sie die Tür der Kapelle hinter sich geschlossen hatten, schlug Kohler mit Stahl, Stein und Schwamm die Flamme an eine Kerze. Es roch nach Weihrauch und Bienenwachs. Die Kapelle war so klein, dass sich nicht einmal Gestühl oder Bänke in ihr befanden. Die beiden Männer und ihre Schatten bewegten sich langsam vor der Kerze auf dem Altar auf und ab. Ohne Umschweife kam Jakob zur Sache:

»Kennst du ehemalige Mitbrüder von uns, die beim Tassis in Lohn und Brot stehen?«

»Ja«, nickte Kohler. »Zwei sind in Sachsen, wenn ich nicht irre, zwei in Ungarn, fünf auf den Straßen zwischen Ulm und den Niederlanden und nach Thüringen.«

»Ruf sie zusammen«, sagte Jakob, und es klang nicht wie eine Bitte, sondern wie ein Befehl. »Ich brauche so viele verlässliche Männer, dass wir von Innsbruck über den Brenner und Bozen eine schnelle Post bis Venedig einrichten können. Nur ein einziges Mal, verstehst du? Für einen einzigen, wahnsinnig schnellen Ritt. Sie müssen verschwiegen sein wie ein Grab und reiten können wie der Teufel.«

»Und das Ganze in weniger als zwei Tagen und zwei Nächten, wie ich vermute.«

»Würde ich sonst zu dir kommen?«, fragte Jakob und lächelte.

Kohler schürzte die Lippen und nickte nachdenklich. Jakob beobachtete, wie es in seinem Kopf arbeitete. »Es könnte gelingen«, sagte er schließlich. »In drei Tagen. Aber ich müsste genau wissen, an welchem Tag und zu welcher Stunde der Erste aus Innsbruck losreitet, damit auch die anderen sich bereithalten.«

»Ich weiß es nicht«, antwortete Jakob. »Aber spätestens an dem Tag, an dem Sigismunds Heer aufbricht, muss auch der erste unserer Postreiter losreiten.«

»Über den Brenner? Durch Bozen? Bis nach Venedig?« Kohler schüttelte bedenklich den Kopf.

»So ist es«, sagte Jakob zustimmend.

»Und dann wieder zurück, mit welschen Gewappneten, die vor den Scharen des Erzherzogs in Bozen eintreffen müssen?«

»Ich denke, dass wir uns verstehen«, sagte Jakob und lächelte.

»Aber das wird nicht gelingen!«, stöhnte Kohler. »Kann man die Gewappneten aus Venedig nicht etwas dichter nach Bozen bringen, nach Trient vielleicht, damit sie dort bereits warten können? Das würde doch den langen Weg verkürzen.«

»Nein«, sagte Jakob. »Niemand darf vorher irgendetwas sehen oder hören. Ein einziger Tiroler Kaufmann oder Pilger, der unterwegs einen Heerhaufen nach Norden in die Alpen ziehen sieht, könnte den ganzen Plan zerstören.«

»Was hast du wirklich vor?«, fragte Kohler. »Warum, bei Maria und Josef, gibst du das Geld für Söldner aus, wenn sie von vornherein verlieren oder gar nicht kämpfen sollen? Und warum verrätst du dem Dogen, wann und wo eben dieser Heerhaufen, den du heimlich bezahlst, in Bozen eintreffen wird?«

»Weil mir das alles hier in Tirol viel zu langsam geht. Hier mal ein paar Gulden für die Bediensteten des Herzoghofs, dort ein paar Schulden im Schloss begleichen, hier ein paar Anteile von Silberminen und dort immer neue Schuldscheine, die dieser Herzog nie einlösen wird. Ich bin ein ruhiger und eher bedächtiger Mensch,

Hans Kohler. Aber ich will das alles nicht mehr. Dieses stets gleiche Spiel macht mich ärgerlich. Ich will der Erste von allen werden, und dazu darf ich nun mal nicht mit ein paar Kreuzern klimpern, sondern muss den ganz großen Einsatz wagen.«

Tage und Wochen vergingen, doch dann begann Erzherzog Sigismunds Raubzug über die Alpen genau so, wie es Jakob erwartet hatte. Sobald die Stunde des Aufbruchs verkündet war, kam der Obristhauptmann kurz nach Einbruch der Dunkelheit in die Faktorei der Fugger.

»Morgen Vormittag … vier Stunden nach Sonnenaufgang!«, flüsterte er Jakob zu und verließ das Haus sofort wieder durch das Tor an den Pferdeställen. Jakob wartete eine halbe Stunde, dann verließ er ebenfalls das Gebäude und ging mit einem Laternenträger zum »Ochsen«. Jetzt brauchte er nur noch die Bestätigung durch Zink. So jedenfalls war es vereinbart. Aber Zink kam nicht.

Jakob verließ den »Ochsen« lange vor Mitternacht. Er ging mit einem anderen Fackelträger an der Poststation vorbei. Wie zufällig hielt sich Hans Kohler im Gebäude der Tassis-Reiter auf.

»Ein schöner Abend für gute Reiter«, sagte Jakob. Sie sahen sich an, und Kohler nickte.

Wenige Stunden später kehrte Jakob für eine Schale Gerstenbrei als erste Morgenmahlzeit in den »Ochsen« zurück. Die große Gaststube war trotz der frühen Stunde bis auf den letzten Tisch besetzt. Einige Handelsherren saßen mit Männern in prächtigen Harnischen zusammen – Angehörige der Erzherzoglichen Reiterei, die etwas später als die Fußknechte aufbrechen wollten. Der Lärm an den mit Brot und Fleisch, Weinhumpen und Bierkrügen überladenen Bohlentischen hörte sich vollkommen anders an als am Mittag oder am Abend, wenn Patrizier oder die besseren Kaufleute hier einkehrten.

Plötzlich tauchte aus dem Gedränge in der Gaststube Johannes Zink auf. Jakob sah ihm entgegen und erwartete eine Erklärung für die ungewöhnliche Anwesenheit des Magisters zu einer derart frühen Stunde.

»Der Landtag«, schnaufte Zink schwer atmend und stieß eine Wolke von Weindunst aus. »Der Tiroler Landtag missbilligt nahezu einstimmig jede Feindseligkeit gegen die Tiroler Handelspartner im

Süden. Kein Kaufmann will sich die Geschäfte mit Venedig zerstören lassen. Auch die Grubenbesitzer von Schwaz finden es besser, wenn Venedig die Bleigruben von Primör ausbeutet, als wenn Sigismund auch davon Kuxe für neue Schulden herausgibt.«

»Und seit wann weißt du das alles?«, fragte Jakob vollkommen ruhig. Zink starrte ihn mit halb zusammengekniffenen Augen an.

»Seit gestern Nachmittag«, stieß er dann hervor. »Seit der Landtag von Tirol seine Beratung beendet hat. Ich habe dann noch mit verschiedenen Kaufleuten gesprochen.«

»Seit gestern Nachmittag also«, wiederholte Jakob Fugger und nickte. »Und ich war den ganzen Abend hier und habe auf dich gewartet. Mir hättest du wahrscheinlich erst irgendwann im Laufe des Tages berichtet, wenn du deinen Rausch ausgeschlafen hast und die Soldaten des Erzherzogs längst unterwegs sind …«

Zink hob beide Hände, um sich zu verteidigen. Doch Jakob ließ keinen Einwand mehr gelten.

Im selben Augenblick begann ein Scharren und Stühlerücken. Überall in der großen Gaststube nahmen die Unterführer der Landsknechte ihre Waffengehänge auf, knöpften ihre Wämser zu und schnürten die Ärmelbünde wieder zusammen. Lachend und mit lauten Rufen polterten sie durcheinander und drängten ins Freie. Jakob Fugger blickte ihnen nur kurz nach. Dann wandte er sich wieder Johannes Zink zu.

»Das war's dann zwischen uns«, sagte er kalt, während es in der Gaststube wieder still wurde. »Wenn ich mich allein auf dich verlassen hätte, könnten wir Fugger von der Lilie mit dem heutigen Tag sämtliche Handelskontakte mit Venedig in den Wind schreiben. Und was das bedeuten würde, muss ich einem gelehrten Magister wohl nicht erklären.«

Fast eine Woche verging, ohne dass irgendwelche Neuigkeiten über die Alpen kamen.

»Es ist schon zu kalt in den Bergen!«, sagte Jakob nach der vierten Nacht zu Hans Kohler. In den folgenden Tagen ließ sich Jakob bei Sonnenaufgang wecken. Er blieb nur für einen schnellen Morgenbrei in der Fuggerschen Faktorei und ritt anschließend zum Tassis-Posten am Ortsausgang von Innsbruck an der Straße zum Brenner. Es war, als wolle er auf diese Weise einige Minuten Vorsprung vor allen anderen in der Stadt gewinnen, sobald die erlösende Nachricht eintraf.

Doch es kamen keine Nachricht und kein Gerücht über die Berge aus Südtirol zurück, sondern der komplette Landsknechtshaufen. Die meisten der bunt gekleideten, vor Kälte, Erschöpfung und wohl auch von Wein und Bier schwankenden Männer trugen nicht einmal ihre Waffen. Erst als Innsbruck direkt vor ihnen lag, ordneten sie ihre Reihen und begannen zu singen. Kurz vor Sonnenuntergang zogen sie grölend in die Stadt ein und wankten bis zur Residenz des Erzherzogs.

»Einverstanden!«, riefen einige der Unterführer immer wieder, noch ehe ihre Anführer dem Landesherrn berichtet hatten. »Die feigen Welschen waren einverstanden zu verlieren.«

»Nicht einer von ihnen hat seine Waffe gehoben!«

»Aber stramm saufen können sie auch …«

Jakob musste nicht lange nachdenken, als er das hörte. Ihm war sofort klar, was geschehen sein musste: Wie so oft bei den Gefechten zwischen den Haufen der Condottiere in Oberitalien mussten sich auch bei Bozen die Anführer zusammengesetzt haben, um bei Wein und Bier darüber zu verhandeln, welches der beiden Heere sich ohne Waffengang zurückzog.

»Das wird teuer!«, sagte Jakob zu Kohler und Suiter. »Denn jetzt sind nicht nur fünftausend Gulden verloren, sondern auch noch die Entschädigung, die Venedig bereits für Primör gefordert hat.«

»Fünftausend und hunderttausend?«, fragte Suiter entsetzt. »Das ist Sigismunds Untergang!«

Jakob schob die Lippen nach vorn und nickte. »Vielleicht auch meiner!«, sagte er rau.

Jakob konnte nichts mehr tun. Anstatt in Innsbruck die weiteren Ereignisse abzuwarten, verließ er ziemlich auffällig und mit lautem Gefolge die Stadt. Sie waren rund dreißig Männer unterschiedlichen Alters und dazu noch einige Weiber, junge Mädchen und Kinder. Aus dem Kontor der Innsbrucker Faktorei folgten ihm vier Männer, die ihn zu Pferd begleiteten. Sie sollten einige Wochen in Augsburg lernen, was sich in der Firma inzwischen verändert hatte und welche Regeln für die neue Buchführung in diesem Jahr galten.

Jeder andere im Zug hatte seine genau festgelegten Aufgaben.

Während die Stärksten sich um die Pferde und um die Wagen kümmerten, sorgten die anderen für das Verteilen der Verpflegung, denn Jakob hatte alle Pausen untersagt. Die Jüngsten strichen mit langen Holzlöffeln immer wieder Teerschmiere aus den hölzernen Eimern unter den Wagenboden auf die Naben der Wagenräder. Diese Arbeit gehörte zu den wichtigsten Verrichtungen. Denn wurde einmal vergessen, die Räder zu schmieren, liefen die Achsen heiß und wurden brüchig. Was dann geschah, war täglich an allen Wegen und Handelsstraßen zu sehen. Und nichts war für Diebe und Räuber eine leichtere Beute als ein mit Handelswaren voll beladener Wagen, der mit einem gebrochenen Rad unbeweglich und schutzlos am Wegesrand lag.

In München waren einige Waren zur Beschau bei befreundeten Händlern ausgeladen und als Muster gezeigt worden. Für eine Weile hatte Jakob befürchtet, dass irgendeiner der Beteiligten an der gelungenen Hochzeit zwischen Herzog Albrecht von Bayern und Erzherzogin Kunigunde von Österreich gegen alle Vereinbarungen geredet haben könnte. Wenn er jetzt in München eine Einladung an den Hof des Wittelsbachers erhielt, dann war das der Beweis dafür, dass etwas durchgesickert war. Doch nichts geschah, obwohl Jakob sein Erscheinen in München laut und deutlich verbreiten ließ. Nur selten war ein Kaufmann so zufrieden darüber, dass ihm der Hof eines Landes keinerlei Aufmerksamkeit entgegenbrachte.

All das nahm sehr viel Zeit in Anspruch. Auch nachdem sie endlich Augsburg erreicht hatten, zeigte sich Jakob ohne Eile. Während die Wagen lärmend über alte Straßen rumpelten, grüßte er mit ungewohnter Freundlichkeit nach allen Seiten. Er machte überall den Eindruck eines jungen, in voller Blüte stehenden Mannes, der mit sich und der Welt zufrieden war …

In den folgenden Wochen ging er jeden Morgen zur Messe und ließ sich in verschiedenen Augsburger Gasthäusern und Schenken sehen, die er noch nie zuvor besucht hatte. Überall hörte er von den kriegerischen Handlungen, die inzwischen im Süden Tirols ausgebrochen waren und die Gemüter bis ins Schwabenland bewegten.

»Das müssen die Tiroler und die Welschen untereinander ausmachen«, betonte er immer wieder. »Wir handeln gut mit beiden. Deshalb wollen wir, dass keine der streitenden Parteien allzu sehr Schaden nimmt. Man wird sich irgendwie einigen, denn das war immer so.«

Mit keinem Wort und keiner Geste ließ er erkennen, dass er von Anfang an genau auf diese Verhandlungen gewartet hatte, sich selbst aber auf keinen Fall einmischen wollte. Sein Schachzug, den er von Anfang an geplant hatte, musste noch warten.

Solange das Wetter im Spätsommer und im frühen Herbst noch gut war, ging er nach der Morgenmesse in Sankt Ulrich und Afra auf immer wieder anderen Wegen durch die Straßen und Gassen zum Haus am Rohr zurück. Es war, als würde er erst jetzt, im Alter von neunundzwanzig Jahren, seine Heimatstadt gründlich erkunden.

So fand niemand etwas dabei, dass er sich die Straßen um die Barfüßerkirche ebenso interessiert ansah wie Sankt Martin und das kleine Kirchlein von Sankt Anna im Westen der südlichen Stadt. Hier standen einige Häuser, die er im Lauf der Zeit mindestens ein Dutzend Mal umschritt. Nach und nach merkte er sich alle Türen, alle Fenster, alle Dachgauben und sämtliche Verzierungen der Gebäude. Er hätte sie mit geschlossenen Augen nachzeichnen können, so scharf und deutlich waren seine Beobachtungen.

Obwohl er längst zu den reichsten Bürgern von Augsburg zählte, gewöhnte er sich in diesen Wochen an, auch auf die Märkte zu gehen und sich anzusehen, was die Bauern aus der Umgebung an Geerntetem feilboten und wie kleine Krämer ihre Waren auslegten, deren Wert geringer war als das, was er oder Ulrich Tag für Tag in den Opferstock warfen.

Zum Erstaunen seiner Familie und der Verwandten, der Fugger vom Reh, ließ er sich sogar bei den sogenannten Geschlechtertänzen sehen. Bisher hatte er niemals Interesse für das Tanzvergnügen im großen Saal gezeigt, bei dem die Patrizier von Augsburg, die Zunftmeister und nahezu alle Kaufleute regelmäßig zusammenkamen, um sich selbst darzustellen und ihren Reichtum, den sie in Form von prächtigen Gewandungen und dem kostbaren Schmuck ihrer Frauen und Töchter zur Schau trugen.

Während die Jüngeren ihr Vergnügen an Musik, Tanz und koketten Scherzen fanden, beobachteten die Älteren, wer mit wem sprach, welche Aufforderungen zum Tanz ergingen und wo sich möglicherweise neue Geschäftsverbindungen ergaben. Und jedermann glaubte, dass Jakob Fugger nicht tanzte, weil er es bei den Klerikern nicht gelernt hatte.

Räuber und Wegelagerer

Es war, als sei durch die Innsbrucker Heirat eine neue Eiszeit in den Beziehungen zwischen den Wittelsbachern und den Habsburgern ausgebrochen, deren größte Gletscher sich über das Inntal und die Residenz des Erzherzogs in Innsbruck gelegt hatten. Bereits wenige Wochen nach der heimlich vollzogenen Trauung stand fest, dass weder der Papst in Rom noch der Kaiser damit einverstanden waren.

»Wir sollten vorsichtig sein«, sagte Ulrich, nachdem er wortlos mehrere Schreiben auf seinem Tisch gesichtet hatte. »Wer jetzt nicht aufpasst, kann sehr leicht zwischen den ganz großen Mühlsteinen zermahlen werden.«

»Keine Sorge«, beruhigte ihn Jakob. »Ich habe gute Männer, die mir berichten, was in Salzburg oder Wien, Venedig und auch Bozen gedacht und vorbereitet wird.«

»Trotzdem kannst du nicht verhindern, dass sich Sigismund immer weiter isoliert. Wer soll ihm helfen, wenn er jetzt wieder einmal den Venezianern den Südtiroler Handel aus der Hand reißen will. Sein eigener Landtag wird ihm bestenfalls die Steuern kürzen, wenn er erneut davon anfängt.«

Jakob lächelte nur vielsagend, und Ulrich schüttelte verstimmt den Kopf. »Ich verstehe dich nicht. Weißt du eigentlich, wie viel Kredit wir Sigismund bisher gegeben haben.«

Jakob stand auf, ging wortlos zu dem zugeklappten großen Buch, in dem auf Doppelseiten sämtliche Gewinne und Verluste eingeschrieben waren. Er blätterte einige Seiten hin und her, bewegte mit flinken Fingern mehrere Kugeln auf dem Abakus neben dem Buch.

»Hundertfünfundzwanzigtausend Gulden und sechsundachtzig Kreuzer, einschließlich der Summen, die du allein für Geschäfte mit ihm ausgegeben hast. Hierfür ist leider nicht alles so gesichert, wie wir es vereinbart hatten. Nur für meinen Teil gibt es statt Schuldscheinen Anteile an Tiroler Bergwerken. Das ist ein gravierender Unterschied, Ulrich.«

»Ich bin noch immer der Prinzipal in unserer Firma, und ich muss wissen, was du als Jüngster planst!«, erklärte Ulrich verstimmt.

»Nun gut«, lenkte Jakob ein. »Bisher habe ich nur aus meinem und der Mutter Anteil investiert. Aber vielleicht kommt noch in diesem Jahr der Zeitpunkt, an dem wir alle entscheiden müssen, ob wir ganz Tirol für uns bekommen wollen oder nicht.«

»Ganz Tirol?«, fragte Ulrich erstaunt. »Du kannst doch nicht den Landesherrn kaufen! Außerdem gibt es immer noch andere Kaufleute, bei denen er verschuldet ist. Allein die Baumgartner aus Kufstein bekommen gegenwärtig mehr als du und ich zusammen.«

»Deswegen können sie auch nichts mehr nachschießen, wenn Sigismund erneut eine große Summe braucht.«

»Und du weißt bereits, dass er sie brauchen wird.«

»Ja, Ulrich«, sagte Jakob trocken. »Was glaubst du denn, womit ich mich die ganze Zeit in Innsbruck befasst habe?«

Es kam genauso, wie er es vorausgeplant hatte. Nein, er hatte nicht dafür gebetet und nach den Messen nicht mehr als üblich in die Opferstöcke gelegt. Trotzdem konnte er vor Erregung kaum noch ruhig bleiben, als er schnellen Hufschlag durch die ersten Rufe der Gemüseweiber auf dem Markt hörte. Es war der Tassis-Reiter, der bereits in aller Frühe durch die Straßen von Augsburg ritt und an der Poststation am Jakobertor vom Pferd sprang.

Jakob beeilte sich. Als er noch zwanzig, dreißig Schritte von der Station entfernt war, stürzte bereits der Postmeister aus dem Haus. Er schwenkte ein gefaltetes und an drei Stellen versiegeltes Stück Papier.

»So ein Zufall, Herr!«, rief er Jakob entgegen. »Ich wollte mich gerade aufmachen und diesen Brief so schnell wie möglich zum Haus am Rohr bringen.«

Jakob gab dem Postmeister zwei Münzen.

»Eine für dich und eine für den zuverlässigen, guten Mann dort«, sagte er. Dann drehte er sich so um, dass die beiden anderen ihn nicht sehen konnten, und zerbrach die Siegel. Das Schreiben von Hans Suiter, dem ehemaligen Bürgermeister von Innsbruck, war nur kurz. Mit großer, ans schöne Unterschreiben gewöhnter Schrift teilte er Jakob nach kurzer Anrede das mit, worauf der bereits drei Jahre lang gewartet hatte:

»Das Wappentier des Evangelisten Markus fletscht nicht nur die Zähne, sondern schwingt jetzt auch die Flügel. Wenn es mit seinen Tatzen zuschlägt, verliert der Adler seine schönste Beute. Wenn du ihn retten willst, dann komm so schnell wie möglich selbst zu seinem Horst.«

In dem Augenblick erkannte Jakob, dass es diesmal nicht um Wochen oder Monate, sondern bestenfalls um Tage oder Stunden ging. Er hatte sofort verstanden, was ihm Hans Suiter in seiner blumigen Sprache mitgeteilt hatte. Der geflügelte Löwe von San Marco hatte die Geduld verloren. Er ließ nicht länger zu, dass sich Erzherzog Sigismund von Tirol willkürlich über Vereinbarungen und Handelsbräuche hinwegsetzte. Der Schlag gegen die Bleigruben von Primör war die letzte Drohung des Dogen von Venedig gewesen. Durch den Überfall auf den Markt von Bozen hatte der Tiroler Landesherr sein Konto überzogen.

»Jetzt hast du keinen Ausweg mehr, Erzherzog«, murmelte Jakob Fugger. »Denn jetzt musst du bezahlen, was Venedig von dir fordert. Und genau das kannst du nicht, wenn ich dich nicht rette!«

Der Postreiter war nicht über München gekommen, sondern hatte die kürzere, aber anstrengendere Strecke über Seefeld und Mittenwald genommen. Jakob Fugger wählte denselben Weg. Eigentlich hätte es ihn gereizt, von Lechfeld aus einen Abstecher zum Dorf Graben zu reiten – dem Ort, in dem seine Vorfahren als Bauern gelebt hatten und von dem sie als Weber nach Augsburg aufgebrochen waren. Doch dafür hatte er jetzt keine Zeit.

Jakob hatte sich das beste Pferd des Postmeisters in Augsburg geholt, aber es fehlte ihm an Übung. Dennoch glaubte er, dass er die hundert Meilen von Augsburg nach Innsbruck fast so gut wie ein Postreiter schaffen konnte und noch vor Mitternacht in der Hauptstadt Tirols eintreffen würde. Bis Landsberg kam er sehr gut voran. Kurz vor Ramsau gab es einen Aufenthalt. Hier herrschte ein großes Durcheinander auf der Straße und in den Büschen rechts und links.

»Was ist passiert?«, rief Jakob Fugger, als er näher kam.

»Ein Überfall!«

»Mindestens zehn Mann. Und mit verdammt guten Waffen, diese Teufel!«, fluchte einer der Fuhrknechte und drückte sich eine Handvoll Werg gegen die blutenden Wunden an seinem Kopf. Jakob entdeckte zwei Erschlagene am Straßenrand.

»Das waren die Gefährten und Waffenknechte von irgendeinem

Raubritter«, jammerte ein junges Mädchen auf der anderen Seite der Straße. Jakob bemerkte sie erst jetzt. Sie war kaum fünfzehn Jahre alt und hielt sich ihr zerrissenes Mieder vor der Brust zusammen. Für einen Augenblick fragte sich Jakob, warum die Räuber sie nicht mitgenommen hatten. Dann sah er, dass nur einer der beiden Wagen leer geräumt war. Die Ladung des zweiten war noch mit ledernen Planen und Seilen verspannt.

Jakob verstand nicht, warum die Räuber gerade an diesem Wagen die Pferde gestohlen hatten, während sie die Zugtiere des anderen Wagens, auf dem nur ein paar Ballen und kleine Fässer zurückgeblieben waren, erschlagen hatten.

»Wer hat die anderen Pferde ausgespannt?«, fragte er den blutenden Pferdeknecht. »Hat jemand die Strauchdiebe gestört? Warum haben sie nur eine Wagenladung geraubt und vom anderen die Pferde?«

»Sie hatten leichtere Wagen mit«, antwortete er. »Zweirädrige Karren, die von einem Pferd gezogen werden können. Für unsere Wagen sind die Wege durch das Gebüsch und durch den Wald hier zu schmal.«

»Das sehe ich auch«, entgegnete Jakob. »Und warum haben sie die Ladung von eurem zweiten Wagen nicht angerührt?«

»Sie gehört einem anderen Kaufherrn. Der erste Wagen gehört Herrn Baumgartner«, sagte der Pferdeknecht, »der zweite den Fuggern vom Reh. Und die zahlen gut, damit ihr Eigen nicht angerührt wird.«

Jakob zog die Brauen zusammen. Was er da hörte, bestätigte einige Gerüchte, von denen Georg aus Nürnberg schon einmal berichtet hatte. Doch wenn es so war, wie der Pferdeknecht berichtete, dann musste Lukas vom Reh sehr gute Verbindungen zu ebenjenen Raubrittern haben, die seine eigene Handelsware unangetastet ließen. Er warf einen Gulden in die ausgestreckten Hände des zweiten Fuhrknechts.

»Sorgt dafür, dass die beiden armen Seelen anständig begraben werden!«, rief er ihm zu. »Und vom Rest lasst euch Bier für den erlittenen Schmerz einschenken.«

»Gott lohne es Euch, Herr!«

Sie rafften sich auf, knieten fast vor ihm nieder und neigten die Köpfe wie vor einem Fürsten. Jakob presste die Schenkel gegen den

Leib seines Pferdes und zwang es, an den beiden Toten und zwischen den beiden Wagen hindurch weiterzugehen. Schon nach wenigen Minuten erreichte er den Ortsrand von Ramsau. Er ritt direkt bis zum Rathaus und teilte noch aus dem Sattel heraus den herankommenden Männern mit, was er gesehen hatte.

»Schickt einen Boten zum jüngeren Lukas vom Reh nach Augsburg!«, rief er ihnen zu und warf erneut eine Münze, ehe er weiterritt. Auf den nächsten Meilen kam er gut voran. Weder in Oberammergau noch in Ettal oder Garmisch gab es einen Aufenthalt. Erst nach Mittenwald wurde der Weg beschwerlicher. Jakob spürte den langen Ritt bereits in allen Knochen. Aber er wollte nicht aufgeben, sondern noch vor Mitternacht Tirol erreichen. Bis nach Seefeld waren es kaum zwanzig Meilen. Aber sie kamen ihm länger vor, als er vermutet hatte.

Als die Dämmerung hereinbrach, wurde es noch gefährlicher auf der schmalen Bergstraße. Die Nacht war klar und sternenhell. Deshalb vertraute Jakob dem Spürsinn seines Pferdes und ließ es weitergehen. Kurz vor Mitternacht ritt er in Innsbruck ein. Er wandte sich direkt zum Haus der Fuggerschen Faktorei. An den Ställen brannte kein Licht mehr, und auch die Lagerhäuser waren dunkel. Nur im ersten Geschoss leuchtete noch das Licht einer Kerze. Jakob stieg von seinem Pferd, reckte sich und schlug die Zügel um einen Balken neben dem Tor der Faktorei. Er musste einige Schritte gehen, bis er sich wieder einigermaßen gerade bewegen konnte. Dann klopfte er gegen die Eingangstür und wartete, bis ihm Hans Suiter mit einem Leuchter entgegenkam. Der trug bereits ein langes Nachtgewand und eine bis auf die Schultern herabfallende spitze Schlafmütze.

»Gott sei's gedankt, dass du endlich da bist«, seufzte der ehemalige Bürgermeister von Innsbruck. »Hier rennen bereits die Kufsteiner und einige andere Kaufleute dem Fürsten die Türen ein. Jeder von ihnen will ihm Kredit geben und das Geld aufdrängen, das er braucht, um den Krieg mit Venedig noch einmal abzuwehren.«

»Krieg?«, fragte Jakob ohne jeden Sinn für die Ironie dieser Worte. »Ist es nur eine Drohung, oder macht Venedig jetzt tatsächlich Ernst?«

»Der versuchte Überfall auf den Markt von Bozen hat das Fass endgültig zum Überlaufen gebracht«, bestätigte Hans Suiter. »Die

Abgesandten des Dogen sind vorgestern Nachmittag hier eingetroffen. Sie fordern in einem Ultimatum mehr, als Erzherzog Sigismund zahlen kann. Und wenn er nicht zahlt, verliert er den gesamten Süden Tirols.«

Stunde um Stunde saßen sie bei Kerzenlicht zusammen und besprachen alle Einzelheiten, die Hans Suiter bis zu diesem Augenblick in Erfahrung gebracht hatte. Der ehemalige Bürgermeister von Innsbruck hatte sich für diese Besprechung nicht einmal angekleidet. Kein Bediensteter, keiner der Buchhalter aus der Faktorei und kein Küchenmädchen störte die beiden Männer. Als einziges Zugeständnis an den hohen Gast hatte Suiter einen großen Krug von seinem besten Tiroler Rotwein auf den Tisch gestellt. Jakob ärgerte sich darüber, dass er der ungewohnten Anstrengung Tribut zollen musste. Er fühlte sich wie zerschlagen. Doch je näher der Morgen rückte, umso mehr verflogen seine Müdigkeit und der dumpfe Schmerz in seinem Körper.

»Eigentlich kann der größte Verschwender der Alpen noch von Glück reden. Dass ihm die Venezianer nur hunderttausend Gulden abnehmen wollen, erscheint mir schon fast als eine großmütige Geste.«

»Trotzdem kann er nicht einmal die Hälfte dieser Summe in den Kassen seines Landes zusammenkratzen«, stellte Hans Suiter fest. »Von den Augsburger Kaufleuten, die sonst so gern Kredit für ein Schürfrecht, ein Privileg beim Zoll oder einen unverschämt hohen Zinssatz angeboten haben, will ihm keiner mehr Geld geben. Ich selbst habe dem Erzherzog zweihundert Gulden angeboten, aber selbst der Obristhauptmann hat inzwischen seine Kästen zugeschlagen und gesagt, dass er dem Land und dem Erzherzog in diesem Herbst bestenfalls mit einigen Hundert Gulden aushelfen könnte. Nicht einmal Albrecht von Bayern hat bisher auf Sigismunds Hilferufe geantwortet.«

»Und seine Wiener Verwandten?«, fragte Jakob Fugger. »Was sagen Friedrich und König Maximilian dazu?«

»Die haben es längst abgelehnt, Sigismunds Verschwendungssucht in irgendeiner Form zu unterstützen. Sie nehmen ihm außerdem immer noch übel, dass er die gefälschte Heiratserlaubnis für Kunigunde anerkannt hat.«

»Zweihundert Gulden von dir«, überlegte Jakob Fugger. »Dazu noch ein paar Hundert von seinem Finanzverwalter. Man müsste einmal zusammenzählen, was der Münzmeister von Hall, verschiedene Bergwerksbesitzer, einige Abteien und Klöster und die Erzbischöfe von Salzburg und Brixen drauflegen könnten.«

»Den Teufel werden sie alle tun!«, schnaubte Hans Suiter verächtlich. »Jeder Tiroler weiß ganz genau, dass er nicht einen Kreuzer zurückbekommt – ganz gleich, wie viele Gulden und Silberbarren er für die Rettung unseres Landesherrn eingezahlt hat. Nein, Jakob, Erzherzog Sigismund ist am Ende. Diesmal rettet ihn niemand mehr, wenn du es nicht kannst.«

»Wie viel wird bis morgen Mittag zusammenkommen?«

»Alles in allem höchstens fünfzigtausend.«

»Also in etwa die Hälfte«, sagte Jakob und nickte. »Und die Kufsteiner? Was weißt du vom Baumgartner?«

»Genau die sind es, die mir als Einzige Sorgen machen«, seufzte Hans Suiter. »Ich bin ganz sicher, dass ihnen nichts lieber wäre, als den Erzherzog ganz in ihre Hand zu bekommen. Trotzdem weiß ich nicht, ob sie vielleicht nur darauf warten, was ihr Fugger unternehmt …«

Jakob blickte lange in die leicht rauchende Flamme der Bienenwachskerze, die auf dem Tisch zwischen ihm und Suiter stand.

»Rund fünfzigtausend Gulden«, sagte er dann. »Zahlbar innerhalb weniger Tage, wenn ich mich nicht irre. Das ist weit mehr, als ich allein zu verantworten vermag.«

Er nahm einen letzten Schluck Wein. »Dennoch!«, sagte er dann. »Ich gebe Erzherzog Sigismund fünfzigtausend und noch ein paar Hundert mehr, falls es daran mangeln sollte. Doch dafür will ich sämtliche Bergschätze übereignet haben, die er noch zu bieten hat.«

Im Alten Schloss in Innsbruck liefen die Berater und Bediensteten des Erzherzogs laut schwatzend von einem Raum in den anderen. Sie beachteten ihn kaum noch, und auch er machte den Eindruck, als würde er keinen von ihnen sehen. Vor sich einen Teller mit halb abgenagten Geflügelknochen und die schon altersfleckige Hand an einem mächtigen Weinhumpen, hockte Sigismund seit Stunden in seinem gewaltigen Thronsessel. Zu beiden Seiten stützten bunte Kissen seinen schweren, aufgeschwemmten Körper.

Nur zehn Schritte entfernt hatten Jakob, vom Ross und Suiter weitere Stühle und Tische im Nebensaal aufstellen lassen. Eigentlich gehörten alle Zimmer im ersten Geschoss König Maximilian. Trotzdem hatte Jakob die Räume für den kurzen Aufenthalt von Erzherzogin Kunigunde auf seine Kosten renovieren lassen. Schon deshalb riskierte er, dass vom Ross einige ihm ergebenen Bewaffnete vor den Eingängen aufstellte. Sie sollten dafür sorgen, dass nur diejenigen eingelassen wurden, denen Jakob zustimmte.

Ganz so, als ob es den weinseligen Erzherzog überhaupt nicht mehr gäbe, verhandelten die drei Verschwörer mit anderen, die in den vergangenen Jahren zu Gläubigern des Tiroler Landesfürsten geworden waren. Stunde um Stunde verrann. Eine Verhandlung folgte der anderen. Erst als die Sonne gerade hinter den Berggipfeln im Westen unterging, war es geschafft.

»Einhunderttausend«, sagte Jakob. Er zog einen Strich unter die Zahlen in der Liste vor sich und schrieb in sauberen arabischen Ziffern die Eins mit den fünf Nullen darunter. Erst jetzt fiel ihm auf, dass er die riesige Anzahl der Gulden stets nur als ausgeschriebenes Wort und noch nie in arabischen Ziffern vor sich gesehen hatte. Es gab nun einmal keine Null in der römischen Rechenweise, keinen dieser faszinierenden Kreise, die eigentlich Nichts bedeuteten und nur dann einen Wert hatten, wenn vor ihnen eine andere Zahl stand.

»Eins, zehn, hundert, tausend, zehntausend, hunderttausend«, murmelte er wie vor einer magischen Beschwörungsformel. Dann legte er den Gänsekiel zur Seite und wartete, bis einer der Schreiber aus der Innsbrucker Faktorei seines Handelshauses ein wenig Streusand zum Abtrocknen der Tinte auf das Papier geschüttet hatte.

»Das schöne Geld!«, seufzte der Finanzverwalter des Erzherzogs. »Einhunderttausend Gulden für die Welschen …«

»Und nicht einmal einen kleinen Ballen Seide oder eine Handvoll Pfefferkörner dafür«, stimmte Jakob zu. »Das war das schlechteste Geschäft, das Sigismund jemals gemacht hat. Und ich fürchte, es war auch sein letztes. Doch er wird heute noch unterschreiben, auch wenn er nicht nüchtern ist.«

Vom Ross und Suiter saßen rechts und links von ihm, als wären sie längst Angestellte des Augsburger Handelshauses. Aber alle drei wussten, dass den Lohn für ihr gemeinsames Bemühen nur einer davontragen würde.

»Wenn es euch recht ist, werde ich mich für eure Hilfe auf eine neue Art erkenntlich zeigen«, sagte Jakob schließlich. Obwohl er sich hundemüde fühlte, genoss er das warme Gefühl des Sieges. »Von heute an werde ich es sein, der dafür sorgt, dass die Finanzverwaltung Tirols ihre Verpflichtungen einhält. Ich will, dass sämtliche Gehälter der Hofbeamten pünktlich ausgezahlt werden, selbst wenn ich das zunächst vorstecken muss. Ab sofort soll Schluss sein mit jeglicher Schlamperei. Ich will, dass der Wagen hier wieder ordentlich und auf vier Rädern läuft. Dass wir ihn dafür mit viel Wagenschmiere pflegen müssen, muss allen klar sein.«

»Hoffentlich lässt Wien zu, dass wir die ganze Angelegenheit mit Venedig auf diese Weise bereinigt haben«, seufzte vom Ross.

Jakob lächelte nur. Er wusste, dass Maximilian ihn verstehen würde.

»Ich muss zurück nach Augsburg«, sagte er dann.

Verschwörung der Räte

Ulrich Fugger war derart verstimmt über die Eigenmächtigkeiten seines jüngeren Bruders, dass er ihm die Kammer überließ, in der sie viele Jahre lang gemeinsam gesessen hatten. Und wenn sie einander über den Weg liefen, was nicht zu vermeiden war, sprach Ulrich nur das Allernötigste mit seinem jüngsten Bruder. Er war so verbittert, dass er für sich selbst zwei kleinere Kammern zu einem Arbeitsraum umbauen ließ.

Sankt Martin verbrachte Ulrich mit seiner eigenen Familie. Es war das erste Mal seit vielen Jahren, dass Jakob seinen Teil der Martinsgans allein essen musste. Es störte ihn nicht, obwohl er die Vorwürfe Ulrichs und Georgs in Nürnberg in keinem einzigen Punkt anerkannte. Natürlich wusste er, dass ihr Handelshaus inzwischen nicht nur hunderttausend, sondern insgesamt einhundertfünfzigtausend Gulden Kredit an den Tiroler vergeben hatte. Viele der früheren Gelder und ganz besonders die von Ulrich waren nur schlecht abgesichert.

Jeden Sonntag, wenn er von der Messe zurückkam, ging Jakob vor seinen Büchern noch einmal alle Zahlungen von Anfang an durch. Es wäre nicht nötig gewesen, da er sämtliche Kredite und ihre Besicherung durch Bergwerksanteile und Schuldscheine ohnehin im Kopf hatte.

Wie versprochen sorgte Jakob Fugger dafür, dass die Gehälter der Hofbeamten nicht nur einmal, sondern Monat für Monat pünktlich bezahlt wurden. Eine derartige Zuverlässigkeit kannten die Tiroler schon seit Jahren nicht mehr. Manch einer erhielt sogar besondere Zuwendungen als Dank für besonders korrekte Arbeit. Trotzdem verbot er dem Obristhauptmann ebenso wie Suiter, ihn mit der plötzlich in Tirol eingetretenen Ordnung in Verbindung zu bringen.

»Von mir aus sollen die Tiroler glauben, dass es das Ultimatum des Löwen von San Marco war, das ihren Erzherzog Sigismund endlich zur Vernunft gebracht hat«, sagte er zu seinen Vertrauten. »Es schadet auch nicht, wenn die Leute glauben, dass sich Sigismunds Verwandte in Wien jetzt etwas strenger um den Erzherzog kümmern.«

In den folgenden Wochen ahnte kaum einer der verwunderten Landesbediensteten, woher der plötzliche Geldsegen kam.

Kurz vor Weihnachten fiel derart viel Schnee, dass an weitere Reisen nicht mehr zu denken war. Nicht einmal die Reiter der Gesellschaft von Francesco Tassis waren in der Lage, ihre Wegposten zu besuchen. Dennoch haderten die Menschen nicht damit, dass sie kaum noch irgendetwas außerhalb der Häuser tun konnten. Sie beschäftigten sich mit den Verrichtungen, die beim Schein der Herdfeuer und beim brennenden Kienspan durchgeführt werden konnten.

Jakob verbrachte die kurzen Tage und langen Abende überwiegend vor seinen Büchern. Ihm war klar, dass Sigismund die Bleigruben von Primör endgültig an Venedig verloren hatte. Auch in Bozen behielten die Händler von San Marco die Oberhand. Und was die Darlehen anging, so hatte Sigismund jetzt gute Gründe, ihre Rückzahlung zu verzögern.

Von seiner Familie hatte sich Jakob zurückgezogen. Er lehnte sämtliche Einladungen zu den verschiedenen Zusammenkünften seiner Geschwister ab. Mehrmals wurde die alte Mutter abgeholt und ins Haus am Rohr zurückgebracht. Dann kehrte Ruhe bis zum Jahresende ein.

Irgendwann ließ Conrad Peutinger anfragen, ob er ihn am Namenstag des heiligen Papstes Silvester zu einem Essen in sein Haus einladen und einem Gast aus Portugal vorstellen dürfe. Jakob stimmte dankbar zu. Er schätzte die Gespräche mit seinem gelehrten Freund – auch wenn sie in einigen weltlichen und leiblichen Fragen gegensätzlicher Ansicht waren. Peutinger hatte eben keine neun Jahre in einem Stift verbracht …

Schon am Nachmittag verließ er das Haus am Rohr und ging zu Peutinger hinüber. Der Freund sah ihn, wie er die verschneite Straße entlangkam, empfing ihn bereits an der Tür und führte ihn hinein.

Peutingers schwarzer Talar und sein dunkelbrauner Vollbart waren inzwischen stadtbekannt. Doch dann stutzte Jakob: Der Besucher aus Portugal ähnelte ihm sehr, ja er glich ihm fast wie ein Zwilling.

»Martin Behaim arbeitet als Kartograph in Portugal«, erklärte Conrad. »Jetzt ist er für ein Jahr nach Nürnberg zurückgekehrt. Von mir will er wissen, wo einige römische Straßenkarten und die ersten Portulane zu finden sind – diese geheimnisvollen Seekarten mit den Rosetten und Linien nach allen Seiten.«

»Es ist erstaunlich, wie genau die Küstenlinien auf diesen Streckenkarten für Kapitäne eingezeichnet sind«, meinte Behaim.

Sie sprachen über alles, was in der letzten Zeit die Welt bewegt hatte. Nach dem schönen, ruhigen Abendessen erklärte der Gast seinen großen Traum: »Ich will die ganze Welt so darstellen, wie sie noch nie zuvor gezeigt worden ist: als einen kugelförmigen Himmelskörper, auf dessen Oberfläche alle Meere miteinander verbunden sind und die Kontinente wie große Inseln erscheinen.«

Sie saßen in Peutingers bis an die Holzdecke mit Büchern, Folianten und Landkartenrollen vollgestopftem Arbeitszimmer. Es gefiel Jakob, seit er es zum ersten Mal gesehen hatte. Obwohl sein eigener Arbeitsraum ganz ähnlich eingerichtet war, fehlten dort die vielen in Schweinsleder eingebundenen Bücher und Schriften.

Behaim nahm ein Pergament mit der gezeichneten Karte von Europa und legte es vor sich auf seinen Schreibtisch. Dann fasste er die Seiten und bog die Karte zu einer Röhre. Er steckte einen Arm in die Röhre und hielt sie fest. Mit dem Zeigefinger der anderen Hand fuhr er langsam über die eingefärbten Meere.

»Es könnte so sein«, sagte er mit leuchtendem Gesicht. Die beiden anderen strahlten ihn an. Peutinger und Behaim vergnügten sich ebenso wie Jakob an der Demonstration.

»Und nun stellt euch vor, ich würde mit einem Schiff statt mit meinem Finger überall dort fahren, wo Meere eingezeichnet sind. Wo würde ich zum Schluss wieder ankommen?«

»Mit sehr viel Glück vielleicht dort, wo du ausgelaufen bist«, antwortete Jakob sofort.

»Genau darum geht es«, sagte Martin Behaim und lachte. »Und deshalb haben diejenigen recht, die jetzt überall aufbrechen, um den westlichen Weg nach Indien zu finden. Nicht über Land bis nach Cathay wie dieser venezianische Lügner Marco Polo oder in Richtung Orient wie die Kreuzfahrer, sondern mit Segelschiffen in Richtung Westen. Die große Frage ist nur, ob dort nicht viel mehr Wasser ist, als wir heute ahnen.«

»Oder vielleicht sogar ein Land, von dessen Größe und Ausdehnung wir uns heute noch keine Vorstellung machen können«, warf

Peutinger ein. Er ging ein paar Schritte auf und ab. Dann sagte er: »Es wird euch vielleicht unglaublich vorkommen, aber ich bin fest davon überzeugt, dass der Vatikan bereits über neue Länder und Kontinente im Westen Bescheid weiß. Die Portugiesen sollen bereits vor mehr als zwanzig Jahren etwas entdeckt haben, das unter keinen Umständen bekannt werden darf.«

Jakob verstand sofort. »Neue Länder und neue Rohstoffe?«, sagte er und hob die Brauen.

»Das wäre die eine Sache«, sagte Martin Behaim und nickte. »Für dich als Kaufmann ist sie vielleicht die interessantere. Ich dagegen bin Kartograph, und ich habe schon manche Nacht darüber nachgedacht, wie viel Zeit und Geld erforderlich wären, um die Erde als eine große Holzkugel so in ein Gestell einzubauen, dass man sie drehen und von allen Seiten betrachten könnte.«

»Und wozu soll das gut sein?«, fragte Jakob interessiert.

»Die Erde, wie sie wirklich geformt ist, Jakob«, sagte Peutinger mit leuchtenden Augen. »Als einen Globus! Und so dargestellt mit allen Flüssen und Seen, ihren Bergen und Meeren, wie Gott der Allmächtige sie aus dem Himmel heraus erblicken würde.«

Behaim nickte heftig. »Ich würde gern sofort damit anfangen – auch wenn es schon bald neue Erkenntnisse geben wird. Bartolomeu Dias will es angeblich wagen, diese gefährliche Landspitze, die er Kap der Stürme nennt, zu umschiffen. Es gibt auch noch einen anderen, der mir ein bisschen zwielichtig vorkommt. Ich bin ihm einige Male in den Archiven von Madrid und Lissabon begegnet. Er heißt Cristofero Colombo, stammt aus Genua und kopiert überall Landkarten. Ich denke sogar, dass er im Auftrag des gegenwärtigen Heiligen Vaters in Rom herumschnüffelt, Männer besticht und alle Informationen über die Neue Welt kauft, die er für Gold bekommen kann.«

»Und warum sollte er das tun?«, fragte Jakob verwundert.

»Ich vermute, dass Innozenz der Vater von Colombo ist«, sagte Behaim zornig. »Seine anderen Kinder hat dieser Papst aus Genua bereits anerkannt. Innozenz hat Geld von den Türken genommen und trotzdem zum Kreuzzug gegen sie aufgerufen. Er hat die Hexenbulle der Inquisition verschärft und wie Gift in alle Priesterköpfe eingespritzt und zugleich seinen Sohn Lorenzo mit der Tochter von Lorenzo Medici, dem Mächtigen, verheiratet.«

»Ich sehe, du magst ihn nicht«, unterbrach ihn Jakob.

Behaim schwieg einen Augenblick, dann sagte er: »Es gibt bereits Unmengen von Fürsten und Königen, Bischöfen und Handelsherren, die wie vernarrt in diese Spekulationen über den Seeweg nach Indien und eine neue Welt sind. Ich kann nur sagen, wer sich rechtzeitig für diese unglaublich faszinierenden Aussichten entscheidet, der kann märchenhaft reich werden ...«

»Und Hunderte werden auf diesen Lug und Trug hereinfallen«, sagte Jakob, ganz plötzlich wieder ernst. »Du hast recht, dass es gut ist, zu den Ersten zu gehören. Aber von diesen verbrennen sich die Allerersten oftmals so böse die Finger, dass sie nie wieder einen Kreuzer festhalten können.«

»Vielleicht denkst du anders, wenn du erst einmal meinen Globus gesehen hast«, sagte Martin Behaim und lächelte.

»Ich will der Erste sein, vor dem du das dunkle Tuch anhebst, mit dem du die fertige Weltkugel vor allen anderen Blicken schützt. Dafür setze ich von heute an Monat für Monat zwanzig Gulden für dich ein, ohne weitere Verpflichtung und ohne zeitliche Begrenzung. Als ein Geschenk an die Wissenschaft.«

Conrad schlug sich vergnügt auf die Schenkel. »Dann sieh zu, Martin«, rief er, »dass du deine Erdkugel möglichst lange mit Orten und Plätzen vollschreibst und selbst die kleinsten Buchten und die Flussmündungen an den Küsten aller Meere nicht vergisst.«

»Hoffentlich muss ich nicht wieder alles völlig neu machen, wenn ich mein Werk gerade beendet habe und die Seefahrer zurückkehren«, sagte Martin Behaim mit einem tiefen Seufzer. In diesem Augenblick begannen die Glocken der Augsburger Kirchen zu läuten.

»Auf das neue Jahr«, sagte Conrad Peutinger. Er hob seinen Becher und lächelte. »Obwohl es eigentlich ja schon am ersten Weihnachtstag begonnen hat ...«

»Anno domini 1488«, bestätigte Martin Behaim.

»Auf die Kaufleute und Schiffe, die schon bald den Seeweg nach Indien finden und die Welt umsegeln werden«, meinte Jakob mit einem träumerischen Anflug und hob ebenfalls seinen Becher. »Ich hoffe nur, dass es nicht die Welser oder Kufsteiner sein werden, während ich mich hier mit Habsburgern und Tirolern herumärgern muss.«

Da in diesen Tagen nicht an Reisen zu denken war, verbrachte Jakob die beiden ersten Wochen des neuen Jahres in Augsburg. Doch dann schloss er sich mit einigen Knechten zu Pferd einem Tassis-Reiter an. Wider Erwarten war der Ritt nach Innsbruck nicht sonderlich beschwerlich. Die Sonne schien, und sie kamen gut voran. Auch in Innsbruck sah alles nach winterlicher Pracht und nicht nach kaltem Schrecken aus. In den folgenden Tagen verließ er die Faktorei mehrmals zu kurzen Ausritten zu Kapellen und Kirchen in der Nähe. Nur zweimal in dieser Zeit besuchte er ein Gasthaus, und einmal machte er dem Erzherzog in dessen Schloss seine Aufwartung. Sigismund empfing ihn in einem überhitzten Baderaum, in einem Holzzuber sitzend. Zwei seiner nackten Gespielinnen stiegen gerade noch kichernd in das dampfende Wasser und plantschten kichernd vor den Augen des an der Eingangstür verharrenden Fugger.

»Kommt her zu mir, Jakob Fugger, mein Freund und Retter!«, rief Erzherzog Sigismund und winkte ihn mit beiden Händen heran. Direkt vor ihm stand ein Weinkrug auf dem Brett, das quer über den Badezuber gelegt worden war. Rechts und links lagen getrocknetes Obst und bereits aufgeweichtes Backwerk in den Pfützen am Boden. Erzherzog Sigismund zog sich in seinem Zuber ein wenig höher und wischte sich die Nässe aus seinem roten, aufgedunsenen Gesicht. Er spuckte ein paar Obstreste, die in seinen gelb gewordenen Zähnen stecken geblieben waren, ins Badewasser.

»Was bringt Ihr mir diesmal, mein schwäbischer Ritter? Will irgendeiner von den falschen Habichten, die mich verfolgen, eine Grafschaft aus meinem geplagten Tirol herausbeißen?«

»Gibt es dafür einen Anlass, Hoheit?«, fragte Jakob sofort. Er hatte schon mehrfach von den Gerüchten gehört, dass der Bayer, dem er bei seiner Heirat geholfen hatte, Sigismund jetzt genau damit unter Druck setzen wollte.

»Es ist ein grober Undank von Herzog Albrecht und Kunigunde!«, jammerte er. »Habe ich nicht Gutes getan, als ich die falsche Heiratserlaubnis anerkannte?«

»Gewiss, das habt Ihr, mein Fürst«, gab Jakob zurück. Erst jetzt öffnete er seinen Pelzmantel ein wenig und trat einige Schritte auf den Badezuber zu. »Ich habe auch schon von dem Gerücht gehört, dass der Bayer heimliche Wünsche hat.«

»Gerücht nennt Ihr das?«, jammerte der Erzherzog. »Was nennt

Ihr heimlich daran, wenn der Wittelsbacher mit den Kufsteinern längst unter einer Decke steckt? Ich weiß doch, was sie beabsichtigen: Sie wollen mir bloß ihr verdammtes Geld aufdrängen, mich totkaufen und dann ganz Tirol an ihr Haus bringen. Durch Gottes Ratschluss habe ich nun einmal keine Kinder, die mich beerben könnten …«

»Darüber würde ich mir keine Gedanken machen«, gab Jakob Fugger zurück. »Vergesst nicht, Hoheit, dass Kaiser Friedrich und sein Sohn Maximilian einem derartigen Erbraub niemals zustimmen würden.«

»Ach, sie sind schwach«, klagte Sigismund weinerlich, »viel zu schwach gegen die Bayern. Außer einem Protest haben sie doch nichts gegen mich in der Hand gehabt, als ich vor vielen Jahren die Markgrafschaft Burgau an Georg den Reichen von Niederbayern verkauft habe.«

»Vergesst mich nicht, Euer Hochwohlgeboren«, sagte Jakob und lächelte. »Solange ich hier in Innsbruck bin, wird Herzog Albrecht von Bayern Euch nichts abnehmen, und auch die Baumgartner, seine direkten Helfer in Kufstein, kommen nicht mehr an Euch heran.«

»An mich vielleicht nicht«, jammerte Sigismund weiter. »Aber was ist mit dem Ross? Der verrät mich doch schon lange – an Euch ebenso wie an die Baumgartner.«

Für einen Augenblick lief Jakob Fugger ein heißer Schauder über den Rücken. Er wollte einfach nicht glauben, was der halb trunkene, nackte Erzherzog eher beiläufig ausgeplappert hatte. Wenn das stimmte – wenn der Obristhauptmann Anton vom Ross nicht nur für ihn, sondern vielleicht sogar noch mehr für die Baumgartner arbeitete, dann hatte er selbst den größten von allen denkbaren Fehlern gemacht.

Anton vom Ross kannte ihn seit seinem ersten Besuch in Tirol auf der Rückreise von Venedig nach Augsburg. Er war über die Übernahme der Salzburger Gruben ebenso informiert wie über die Vorgänge von Primör und Bozen. Er hatte nicht einmal widersprochen, wenn Erzherzog Sigismund wieder einmal neue Kredite bekam und dafür Bergrechte abgeben musste.

Jakob schüttelte kaum merklich den Kopf. Genau genommen war ihm der Obristhauptmann durch keinerlei Treueversprechen verpflichtet. Jakob begriff plötzlich, dass er aus dem ersten Ärger über den scheinbaren Verrat des anderen auch Gewinn ziehen konnte. Wenn Anton vom Ross auf der Seite des Bayernherzogs und der Kufsteiner Konkurrenten stand, dann gab es für ihn selbst zwei eindeutige Schlussfolgerungen: Zum einen musste er sich mehr um die Fuggerschen Verbindungen nach Venedig kümmern und zum anderen natürlich um die Habsburger …

»Warum sagt Ihr denn nichts?«, fragte der Tiroler Landesherr. »Ihr könnt doch nicht schweigen, wenn mich die ganze Welt nur noch nackt sehen will.«

Jakob hob unwillkürlich die Brauen. »Nackt«, sagte er dann. »Ja, Ihr seid nackt, Hoheit. Aber ich will nicht, dass andere Euch so sehen. Das Haus Fugger wird Euch kleiden, wie es vor Jahren bereits andere Bedürftige aus dem Hause Habsburg gekleidet hat.«

Als hätte er geahnt, dass sich die gegen seinen Willen angeheirateten bayerischen Verwandten bereits die Finger nach dem angeschlagenen, aber immer noch reichen Tirol leckten, ließ Maximilian für Anfang März seinen Besuch in Innsbruck ankündigen. Er war gut zwei Jahre nicht mehr in den Stammlanden gewesen, sondern hatte sich hauptsächlich im niederländischen Teil von Burgund aufgehalten. Auch nach seiner Krönung in Aachen schürte Frankreich weiter den Widerstand in den ehemals französischen Lehensgebieten. Dagegen waren die Schwierigkeiten Erzherzog Sigismunds in Tirol kaum der Rede wert. Die Nachricht, dass der gerade zwei Jahre zuvor auf dem Reichstag in Frankfurt zum Kaiser des Heiligen Römischen Reiches gewählte Maximilian in den Alpen erwartet wurde, bot Anlass für die wildesten Gerüchte.

»Er will ihn enterben«, behaupteten die einen.

»Vielleicht soll Tirol an Matthias Corvinus verpfändet werden, damit die Ungarn endlich wieder aus Niederösterreich abziehen«, meinten andere.

»Nein, er wird selbst Geld brauchen, weil ihm die Bürger seiner niederländischen Städte nichts zahlen wollen«, meinten die Dritten.

Seit dem Tod von Maria, der Erbtochter des verstorbenen Herzogs Karl, rebellierten Adel und Kaufleute in den burgundischen Provinzen bis zu den Küsten der Nordsee. Der Handel zwischen den Städten der Hanse lag ihnen mehr als Steuern und Abgaben für das Kaiserreich im fernen Wien.

Es war noch immer kalt im März 1488, doch auf den wichtigsten Straßen und Wegen konnten sich wieder Pferde und Wagen bewegen. Noch ehe der Kaiser eintraf, erhielt Jakob in Innsbruck Besuch von seinem Salzburger Vertrauensmann. Nachdem sich Hans Kohler gestärkt und wieder aufgewärmt hatte, setzten sie sich vor den Kachelofen in der Arbeitskammer des Leiters der Innsbrucker Faktorei.

Der Raum war nicht sonderlich gut geheizt, aber Jakob neigte dazu, gerade in diesen kleinen Dingen mehr als üblich zu sparen. Er verachtete keineswegs die gute und modische Kleidung, in der er arbeitete und in der er sich vor der Öffentlichkeit präsentierte. Als Repräsentant einer Familie, die bereits in der dritten und vierten Generation mit Stoffen zu tun hatte, konnte er es sich einfach nicht leisten, sich schlecht und billig zu kleiden. Dagegen machte es ihm nichts aus, so einfach zu speisen, wie er es neun Jahre lang aus seiner Zeit in Herrieden gewohnt war. Er musste Kohler nichts vormachen. Obwohl sein Vertrauensmann in Salzburg lange an der bischöflichen Tafel in Eichstätt gesessen hatte, fanden sich auch in seinem Charakter noch immer Spuren der Bescheidenheit eines jungen Chorherrn.

»Ich weiß nicht, ob du viel von deinen Brüdern in Augsburg und Nürnberg erfährst«, sagte Kohler schließlich. »Ich weiß nur von einigen unserer Reiter, dass sich die Schwaben zu einem bewaffneten Schutzbund gegen die Willkür der Raubritter und die Plage der marodierenden Landsknechte zusammenschließen wollen.«

»Ja, davon habe ich ebenfalls gehört«, sagte Jakob und nickte. »Sie wollen sich ›Schwäbischer Bund‹ nennen und zum Schutz des Landfriedens ein eigenes Heer aufstellen.«

»Man spricht von zwölftausend Fußknechten und zwölfhundert Reitern«, sagte Hans Kohler. »Das Ganze erfordert sehr viel Bekleidung und Waffen, dazu Pferdegeschirr, Decken, Kessel für Suppen und vielerlei anderes Gerät.«

»Nichts für mich«, entgegnete Jakob. »Ich will zunächst die Angelegenheiten hier in Tirol ins Lot bringen. Außerdem bin ich sicher, dass sich bereits Ulrich oder auch Georg in Nürnberg um diese Angelegenheit kümmern. Außerdem …«

Kohler wartete geduldig, dass Jakob weitersprach. Doch der blickte nur abwesend in die Kerzenflamme auf dem kleinen Tisch neben dem Kamin.

»Außerdem?«, fragte Kohler.

»Außerdem hat mir Francesco Tassis mitgeteilt, dass er gern Oberpostmeister von Tirol werden möchte.«

»Hat er dir oder dem Erzherzog etwas dafür geboten?«

»Ja, das hat er«, antwortete Jakob. »Eine Nachricht, die den halben Kontinent in seinen Grundfesten erschüttern könnte.« Er holte tief Luft. Dann schüttelte er langsam und nachdenklich sinnend den Kopf. »Einerseits könnte es mir von Nutzen sein, wenn eintrifft, was mir der Tassis gesagt hat. Dann nämlich würde sich Habsburg vielleicht sogar damit einverstanden erklären, dass Herzog Albrecht IV. von Bayern Tirol übernimmt. Andererseits kann ich es mir einfach nicht vorstellen. Ich weiß nur, dass Kaiser Friedrich III. nicht das Geld hat, um es zu verhindern oder ihn auszulösen.«

»Bei allen Heiligen! Sprich doch nicht länger in Rätseln!«, drängte Kohler. »Was hast du gehört? Und was wird geschehen?«

»Kaufleute«, stieß Jakob Fugger trocken lachend hervor. »Kaufleute und Aufständische in einer dreist rebellischen Stadt in den Niederlanden wollen tatsächlich ihren Herrn, den erwählten König Maximilian, gefangen nehmen und ihm die Zustimmung dafür abpressen, dass sich die Niederlande an Frankreich anschließen dürfen.«

»Das wird er niemals billigen!«, stieß Hans Kohler hervor.

»In diesem Fall, so haben sie geschworen, werden sie ihn nicht nur in Ketten legen, sondern ohne weiteren Prozess töten.«

Das Haus am Rindermarkt

Trotz aller Unwägbarkeiten entschloss sich Jakob, bereits am nächsten Tag wieder nach Augsburg zu reisen. Er schickte Hans Kohler mit der Order nach Salzburg zurück, von dort aus alles zu beobachten und ihm zu berichten, was er aus den Kernlanden Habsburgs und aus Wien erfuhr. Anschließend schickte er einen Tassis-Reiter zu Johannes Zink. Der Magister, den er mittlerweile doch wieder in seine Dienste genommen hatte, sollte in Venedig herausfinden, wie es dort um den Handel mit der Hanse und den Städten in den burgundischen Niederlanden stand. Nachdem das geregelt war, übergab er die Aufsicht über die Innsbrucker Faktorei an Hans Suiter.

»Halte dich vor allen anderen von diesem Obristhauptmann fern«, schärfte er ihm zum Abschied ein. »Der Mann ist nicht zuverlässig. Es könnte durchaus sein, dass er längst in Baumgartners Buch für nützliche Ausgaben geführt wird.«

Suiter starrte Jakob mit großen Augen an. Dann begann er plötzlich so hundsgemein zu fluchen, wie ihn Jakob noch nie zuvor gehört hatte.

»Herrgott und Sakra! Bei allen Teufeln! Ich hab's gewusst! Unser Münzmeister von Hall hat mir vor Jahren eine Andeutung gemacht, die ich einfach nicht hören wollte. Ich könnte mich fetzen vor Wut über meine Gutgläubigkeit. Der Mann war reich und ehrenhaft, als ihm das Amt übertragen wurde.«

»Wahrscheinlich hat er auch nur deshalb so lange durchgehalten, weil er sein eigenes Vermögen schonte und dafür die schmierenden Hände vieler anderer zu seinem eigenen Schutz arbeiten ließ.«

»Aber die Baumgartner aus Kufstein! Warum ausgerechnet die?«

»Sie sind nicht besser oder schlechter als ich«, sagte Jakob Fugger, und aus seinem Lächeln sprach eine gewisse Anerkennung. »Du weißt genauso gut wie ich, dass sie manchmal schneller waren, dann wieder etwas zu langsam. Ich jedenfalls nehme sie als Konkurrenten wesentlich ernster als unsere großen Namen in Augsburg.«

»Trotzdem«, knurrte Hans Suiter. »Ich habe Anton vom Ross stets für einen Ehrenmann gehalten.«

»Wenn er die ganzen Jahre nur das gewesen wäre, säße er längst selbst im Schuldturm.«

Sie verabschiedeten sich, und Suiter begleitete ihn noch bis zum Tor des Faktoreihofs. Auch diesmal ritt Jakob allein. Er wollte über Kufstein nach München. Es hieß, dass dort die Frauenkirche mit ihren beiden Türmen kurz vor der Vollendung stehe.

Jakob Fugger genoss den kalten und einsamen Ritt. Er musste alles bedenken – die unsichere Lage in Tirol ebenso wie die in Niederösterreich von Ungarn besetzten Habsburger Kernlande, dazu die Gelüste der Bayern, die Stärke des Schwäbischen Bundes, die aufsässigen Niederlande, die Macht der Hansestädte und die Verlockungen des Königs von Frankreich.

Gott sei Dank verhielten sich im Augenblick die Kaufleute von San Marco, der Vatikan und die oberitalienischen Signorien ruhig und waren mit sich selbst beschäftigt. Es schien, als würden die reichen Städte Oberitaliens nur darauf warten, dass Spanien und Portugal, Frankreich oder sogar die Türken die wehrlose Beute pflückten. An den südlichen Ufern des Mittelmeers hatte sich die Küste Nordafrikas in immer kleinere Emirate zersplittert. Die Schiffe dieser Piraten-Emire bedrohten inzwischen den gesamten Handel zwischen Spanien, Italien und dem Morgenland. Genauso wie nördlich der Alpen bewaffnete Haufen, eifernde Prediger und kriegslüsterne Fürsten marodierten, kreuzten in den Gewässern des Südens Schiffe jeder nur erdenklichen Bauart auf der Jagd nach Handelsfahrern. Aus unruhigen Zeiten wurden zusehends wildere, in denen kaum noch galt, was auf den Reichstagen an neuen Gesetzen und Verträgen beschlossen wurde.

Jakob dachte daran, dass er einer Familie entstammte, die nicht schnell emporgekommen war, sondern über Jahrzehnte und Jahrhunderte hinweg Kreuzer auf Kreuzer gelegt hatte. Niemand in seinem Familienzweig hatte mehr als für einen Kaufmann schicklich spekuliert. Keiner war auf den schnellen Gewinn oder Betrug des Geschäftspartners aus gewesen. Gewiss, es gab auch den Lukas Fugger vom Reh, der eine Art schillernde Kehrseite ihres Namens darstellte. Sie hatten nie besonders gut zueinander gestanden. Jakob war zutiefst davon überzeugt, dass auch tief fallen musste, wer so schnell und so hoch hinaufschoss. Während seiner gesamten Innsbrucker Jahre hatte sich Lukas Fugger vom Reh auf sämtlichen Verhandlungen immer wieder laut und prahlerisch gebärdet. Auch er hatte Sigismund Geld geliehen und anschließend damit geprahlt. Bereits beim Reichstag vor zwei Jahren in Frankfurt war er derjenige gewesen, der wie ein Krösus nach allen Seiten seine Schatullen und Geldkatzen geöffnet hatte. Jakob hielt das für willkürliche Vergeudung und nicht für das gezielte Einpflanzen von wertvollem Samen, der eines Tages Blüten und Früchte tragen sollte.

Die Turmstümpfe der neuen Münchner Frauenkirche leuchteten gülden im Licht der untergehenden Sonne. Sie standen vor einem klaren, langsam ins Violette und Purpur übergehenden Himmel. Jakob Fugger versuchte sich vorzustellen, wie die Kirche in fertigem Zustand mit den geplanten beiden Spitzhauben aussehen würde. Je näher er der Stadt des Wittelsbachers kam, umso mehr bewegte ihn die Frage, was eigentlich dagegen sprach, dass die Bayern Tirol übernahmen.

Wenn König Maximilian tatsächlich in der niederländischen Stadt Brügge ermordet werden würde, könnte sein Vater, der alternde und längst hinfällig gewordene Kaiser Friedrich III., nichts mehr für seinen verschwenderischen Verwandten Sigismund tun. Dann würde der Kaiser vor König Matthias Corvinus von Ungarn die Waffen strecken und zugleich Herzog Albrecht IV. von Bayern gewähren lassen müssen. Ohne Maximilian bliebe ihm nur noch seine Tochter Kunigunde und vielleicht noch sein Enkel Philipp der Schöne. Der jedoch war noch zu jung, um bei den politischen Auseinandersetzungen eine Rolle zu spielen.

»Herzog Albrecht von Bayern oder Erzherzog Maximilian von Österreich«, sagte Jakob mehrmals laut vor sich hin. Bei jedem Namen zuckte ein Ohr seines Pferdes vor ihm in die Höhe – einmal das linke, dann wieder das rechte. Belustigt machte sich Jakob ein Spiel daraus, die Namen in unregelmäßiger Reihenfolge zu wiederholen. Wenn er es nicht mit eigenen Augen gesehen hätte, würde er es nicht geglaubt haben, aber das Pferd, von dem er noch nicht einmal den Namen wusste, stellte jedes Mal, wenn er »Albrecht« sagte, das linke Ohr auf und bei »Maximilian« das rechte.

Jakob war viel zu sehr Kaufmann, um bei einem derartigen Zufall gleichgültig zu bleiben. Er sah über die Türme der neuen Frauenkirche hinweg und in den über ihm purpurrot und golden schimmernden Abendhimmel. Noch nie zuvor in seinem Leben hatte er einen Handel mit Gott versucht. Auch diesmal lag ihm nichts ferner als ein derartiger Gedanke. Trotzdem wiederholte er noch einmal die beiden Namen.

»Albrecht«, sagte er leise. Sein Pferd hob das linke Ohr. »Maximilian.«

Diesmal schien sich das rechte Ohr zu bewegen. Damit stand für Jakob Fugger die Entscheidung fest. Er sagte auch später niemals, dass er vielleicht einem Gottesurteil gefolgt war. Selbst wenn er bei alledem nur aus dem Gefühl eines wunderbaren und noch kalten Frühlingsabends heraus geurteilt hätte, wäre es ihm recht gewesen. Bei aller Akribie selbst für die kleinste Zahl in den Firmenbüchern war der Erfolg kaufmännischen Handelns immer noch von einer unwägbaren Komponente abhängig, mochte man sie nun als Glück, Fügung oder göttliche Gnade bezeichnen.

»Wir sind achtzehn Jahre auseinander«, sagte Ulrich Fugger am Abend des nächsten Tages zu Jakob, »und ich muss mich wohl damit abfinden, dass wir beide vollkommen unterschiedlichen Generationen angehören. Derartige Geschäfte, wie du sie im Namen meiner Firma machst, entsprechen nicht meinen Vorstellungen.«

»Im Namen deiner Firma?«, wiederholte Jakob mit unverhohlenem Spott. »Sind nicht Georg und ich gleichberechtigte Partner?«

»Mag sein«, gab Ulrich abweisend zurück. Sie saßen erneut in der Kammer, die jahrelang ihr gemeinsames Kontor gewesen war. Jetzt stand sie größtenteils leer, wenn Jakob sich in Innsbruck und auf Reisen befand. Denn Ulrich beharrte noch immer darauf, dass er nicht mehr gemeinsam mit seinem jüngsten Bruder arbeiten wollte.

»Die Firma ist nun mal auf meinen Namen eingetragen«, sagte er. »Und da es mir zu mühsam ist, mich auch in Zukunft Tag um Tag mit dir zu streiten, haben Georg und ich beschlossen, dass er aus Nürnberg zurückkehrt und wir gemeinsam ein neues Fuggerhaus einrichten.«

»Wie meinst du das?«

»Wir werden uns ein größeres Anwesen in der oberen Stadt kaufen. Mit der Mutter ist bereits vereinbart, dass du hier im Haus am Rohr bleiben kannst.«

»Ihr wollt mich weghaben?«

»Nein, Jakob. Aber für drei ist es hier zu eng.«

»Was bedeutet das? Und was verschweigt ihr mir?«

Ulrich blickte einer Fliege in der Kammer nach. Sie waren sich nie sehr nahe gekommen. Aber jetzt hatte Jakob plötzlich das Gefühl, als wäre bereits viel zu viel hinter seinem Rücken ausgehandelt worden.

»Leider müssen wir auf die Gulden schauen, die uns noch verblieben sind«, sagte Ulrich ohne Vorwurf. »Wir haben mittlerweile hundertfünfzigtausend nach Tirol gegeben.«

»Und nahezu alle Silberbergwerke Tirols damit gekauft«, sagte Jakob.

»Ja, aber den Gewinn, den wir damit erzielen, verteilst du jeden Monat in Dutzende von offenen Händen. Georg und ich verstehen dich einfach nicht. Bist du ein Herzog oder Bischof, dass du den halben Hofstaat Sigismunds bezahlst, als wären alle deine eigenen Paladine?«

Jakob antwortete nicht auf diesen Vorwurf. So ganz unrecht hatte Ulrich nicht. Andererseits gab es kaum einen guten Handel, bei dem nicht irgendwelche Hände mit Silber oder Gold geschmiert wurden. Auch feste, regelmäßige Zahlungen an Makler und Beobachter an den Handelsplätzen und auf Märkten waren so selbstverständlich wie das Amen in der Kirche. Der einzige und vielleicht wichtigste Unterschied von Jakobs nützlichen Ausgaben bestand darin, dass er nicht weitverstreut lebende Einzelpersonen unterstützte, sondern Garantien für die regelmäßige Zahlung von Gehältern in einem Fürstentum gegeben hatte.

»Wir werden umziehen«, nahm Ulrich das ursprüngliche Thema wieder auf. »Georg wird sich in den nächsten Tagen alle größeren Häuser in der Stadt ansehen, die für ihn und mich in Frage kommen.«

Jetzt riss die alte Wunde in Jakob wieder auf. Einerseits kränkte ihn maßlos, dass Georg und Ulrich ihren Auszug aus dem Haus am Rohr ohne jede Vorwarnung beschlossen hatten. Andererseits empfand er es als Sieg, dass er wie ein Erstgeborener im Stammsitz der Familie bei der Mutter bleiben konnte.

»Seht euch das Haus und Grundstück von der Gäßler Felicitas am Rindermarkt an«, empfahl Jakob scheinbar vollkommen ruhig seinem Bruder. »Ich kenne es. Und wenn du richtig handelst, müsste alles zusammen für etwa zweitausend Gulden zu erwerben sein. Aber versucht nicht, zu viel Nachlass herauszuholen. Sie hat nämlich auch noch den wunderschönen Garten vor dem Gögginger Tor, den ich mir später kaufen möchte.«

»Das Haus am Rindermarkt«, sagte Ulrich und fuhr sich mit der Zunge über die Lippen. »Es ist ein großes Haus, und es müsste viel daran getan werden.«

Jakob zuckte nur die Schultern.

»Ich weiß, dass du mit Georg geschnitzte Stühle und einen Altar für unser Münster von Sankt Ulrich und Afra gespendet hast. Trotzdem werdet ihr beiden nicht verarmen, wenn ihr auch noch das neue Haus erwerbt und umbaut.«

Ulrich schüttelte ungläubig den Kopf. Offensichtlich hatte er mit viel mehr Widerstand und Einspruch gerechnet. Jetzt aber machte Jakob ihm den Auszug und den Erwerb eines neuen Hauses fast schon schmackhaft wie ein guter Kaufmann dem Kunden seine Ware. Er überlegte eine Weile, dann räusperte er sich. »Da wäre dann nur noch eine Sache«, meinte er schließlich. »Falls es zu einem Abschluss kommt, könnten nur du und ich in der Kaufurkunde genannt werden.«

»Will Georg etwa nicht? Kannst du mir den Grund für diesen eigenartigen Handel nennen?«

Ulrich strich sich über sein weiß gewordenes Haar. Er seufzte tief auf, dann sagte er: »Es steht nicht gut um Georg. Wir müssen ihn aus Nürnberg zurückholen, denn leider hat er sich etwas zu weit aus dem Fenster gelehnt, als es um die Waffen und die Ausrüstung für das Heer ging, das der Schwäbische Bund aufstellen will.«

»Du meinst, er hat dieses Geschäft finanziert?«

»Nein, nein, nicht ganz allein«, wehrte Ulrich sofort ab. »Aber sein Name ist nun einmal genannt worden. Deshalb steht sein ganzes Vermögen zurzeit unter kaiserlichem Arrest. Er kann nichts kaufen, und sein Name darf in keiner Kaufurkunde auftauchen …«

Jakob begriff sofort, dass hier ein Schaden entstanden war, der nicht nur Georg, sondern die ganze Firma Ulrich Fugger und Gebrüder betraf.

»Und du tadelst mich, dass ich Geld ausgebe, um die gesamten Silberrechte für die Berge in Tirol an uns zu bringen. Ihr hättet mich darüber unterrichten müssen, dass ihr mit dem Schwäbischen Bund

Waffenhandel treibt. Ahnst du denn überhaupt, worauf ich hinauswill? Denkst du, es ginge mir einzig um Tirol? Nein, Ulrich, damit hat Georg mehr zerstört, als er jemals wiedergutmachen kann. Er hat uns Kaiser Friedrich und Maximilian zu Feinden gemacht – das hätte nie geschehen dürfen!«

»Diesmal muss ich dir leider zustimmen«, presste Ulrich hervor. »Aber es ist nun einmal geschehen, und wir dürfen unseren Bruder nicht mittellos in Nürnberg hängen lassen.«

»Das also ist der wahre Grund für deinen Auszug hier«, sagte Jakob und nickte. »Nun gut, ich bin einverstanden. Aber als Gegenleistung erwarte ich ab sofort die volle Unterstützung meiner Pläne mit den Habsburgern. Ich will sie haben, und ich werde sie mir kaufen – koste es, was es wolle.«

Die beiden jungen Männer hatten schon viel voneinander gehört, sich aber noch nie gesehen. Sie trafen sich außerhalb von Innsbruck am Waldrand unterhalb der Martinswand. Die hübsche Gegend gehörte zu den Revieren, in denen Erzherzog Maximilian gern jagte, wenn er sich in Innsbruck befand. Jakob war in einem Einspänner wie bei einem Sonntagsausflug gekommen, sein Gesprächspartner auf einem der Pferde, die ihn und seine Unternehmungen bereits berühmt gemacht hatten.

Jakob Fugger blieb in der Kutsche sitzen, und auch Francesco Tassis machte keine Anstalten, von seinem Pferd zu steigen. Sie musterten sich sehr genau. Der dunkelhaarige, südländisch und kühn erscheinende Tassis wirkte auf den ersten Blick wie einer der Condottiere, die überall in Oberitalien mit ihren Heerhaufen umherzogen und sich jedem verdingten, der sie bezahlen konnte. In stolzer Haltung blickte er ein wenig von oben herab in die Kutsche Jakob Fuggers. Er sah ein schmales, strenges Gesicht mit hoher Stirn und um die Mundwinkel herum bereits scharf gewordenen Konturen.

Keiner von beiden senkte den Blick. Dann lächelte Jakob Fugger und stieg vom Wagen. Der Mann gefiel ihm. Auch Francesco Tassis sprang nun von seinem Pferd. Sie reichten sich zugleich die Hände und begrüßten sich, als wären sie längst alte Freunde.

»Ihr habt sehr gute Pferde«, sagte Jakob, »und schnelle Reiter wie kein anderer.«

»Ich weiß«, gab der junge Tassis zurück. »Aber ich höre, dass Ihr mit Euren Leuten ebenso gnadenlos umgehen könnt wie ich mit meinen. Möglicherweise dienen ja auch einige von ihnen zugleich Euch und mir …«

»Ihr wisst es?«

»Ich sehe manches und höre sehr, sehr viel.«

»Dann spräche eigentlich doch nichts dagegen, dass wir uns gegenseitig nützen«, meinte Jakob Fugger.

»Solange Eure Wünsche mein Geschäft nicht stören, bin ich gern zur Zusammenarbeit bereit. Um zu beweisen, was ich meine, sage ich nur: Erzherzog Maximilian braucht Geld – sehr viel Geld sogar. Aber nicht öffentlich und ohne jeden Schuldschein.«

Jakob Fugger lachte leise. »Das ist nichts Neues«, sagte er. »Wann jemals hat dieser Habsburger kein Geld gebraucht? Manchmal denke ich, dass er es noch wilder verschwendet als Sigismund, den sie einst den Münzreichen genannt haben.«

»Nein, diesmal hat der Bedarf von Maximilian nichts mit Verschwendung zu tun, sondern mit einem politischen Kampf, bei dem es nicht nur für die Habsburger um Sein oder Nichtsein geht.«

»Ich kann mir schon denken, was Ihr meint«, antwortete Jakob. »Es sind die Niederlande und ihre Städte, die sich noch immer nicht dareinfügen wollen, dass sie als Teil des Herzogtums Burgund zu Habsburg und nicht zu Frankreich gehören.«

»Sie stellen Truppen auf. Die Städte Gent und Brügge haben bereits so viele Gewappnete in ihrem Sold, dass sie damit ohne Probleme auch einen Krieg führen könnten.«

»Habt Ihr gehört, was meinem Bruder Georg geschehen ist, als das Gerücht laut wurde, er habe die Bewaffnung des Schwäbischen Bundes finanziert?«, fragte Jakob. »Nur ein Gerücht – aber es reichte, um das gesamte Vermögen Georgs in Nürnberg unter kaiserlichen Arrest zu stellen.«

»Das lässt sich nicht miteinander vergleichen«, wandte der Herr der schnellen Postreiter ein. »Wer sollte Euch unter Arrest stellen oder dafür verdammen, wenn Ihr dem Hause Habsburg mit etwas Silber unter die Arme greift? Die Niederländer sind inzwischen so reich und mächtig geworden, dass sie nicht nur Erzherzog Maximilian, sondern auch Euch süddeutschen Kaufleuten schwerste Schäden zufügen können. Wenn es ihnen zusätzlich auch noch gelingt, sich mit Frankreich zu verbünden, verliert Maximilian große Teile seines Herrschaftsgebietes, und die Niederländer breiten sich nach allen Seiten aus wie Schimmelpilze auf feuchtem Käse.«

Gegen dieses Argument konnte Jakob nichts vorbringen. Sie saßen noch lange zusammen und besprachen die Einzelheiten einer Silberlieferung, die geheim bleiben sollte.

»Ich weiß eine Münze in Mainz, in der man einige Zentner Guldiner in deutsches Silber umschmelzen könnte. Ihr selbst werdet mit alledem nichts zu tun haben. Ich lasse die ganze Angelegenheit über einige Kanäle laufen, in denen ich mich besser auskenne als Ihr.«

Jakob schüttelte den Kopf. »Nein«, sagte er dann bestimmt. »Ich kann mich nur dann auf die Unterstützung des Habsburgers einlassen, wenn ich über jeden einzelnen Schritt bei dieser Transaktion informiert bin.«

»Nun gut«, gab Tassis nach. »Beginnen wir also bei den Empfängern: Euer Silber und das von möglichst vielen anderen Förderern wird von den habsburgischen Truppen benötigt, die sich bereits in den burgundischen Niederlanden befinden. Sie brauchen Ausrüstung, Waffen für das Fußvolk, Kanonen für die Belagerung der Städte, dazu Wagen, Pferde, Verpflegung und was sonst noch zu einem großen Heer gehört.«

»Was diesen Bedarf betrifft, ist mir alles klar«, sagte Jakob. »Viel wichtiger ist doch, wie die Männer gelöhnt werden sollen. Habt Ihr Rohsilber im Sinn oder Münzen?«

Tassis lachte. »Welcher Landsknecht kann irgendetwas mit Barren oder gar Hacksilber anfangen? Nein, Meister Jakob, die Söldner im Norden wollen nur deutsches Geld. Die akzeptieren weder Florentiner noch Dukaten oder die neuen Tiroler Guldiner ...«

Im selben Augenblick huschte ein schon fast spitzbübisches Lächeln über Jakobs Gesicht. »Wenn das stimmt, dann komme ich mit zwei Dritteln der Summe aus, die Ihr Euch vorstellt, und bin sofort einverstanden.«

»Wie meint Ihr das?«, fragte Francesco Tassis. Er ließ sich auf einem umgefallenen Baumstamm nieder und streckte seine Beine aus.

»Habt Ihr vergessen, dass unsere Tiroler Guldiner nahezu aus reinem Silber bestehen? Und warum sieht man in Bayern und Schwaben und noch weiter nördlich kaum einen dieser großen und wertvollen Silberlinge? Ich will es Euch sagen: weil jeder Münzmeister sich alle zehn Finger nach diesen Guldinern leckt. Sie sind so rein, dass sie sofort eingeschmolzen, mit anderen Metallen legiert und auf das Eineinhalbfache ihres ursprünglichen Gewichts verlängert werden. Genau aus diesem schlichten Metall schlagen sie dann die deutschen Münzen. Sie sind nicht viel wert.«

»Und doch werden sie landauf, landab lieber angenommen als die guten Guldiner des Tiroler Landesherrn«, entgegnete Tassis. »Und damit ist eigentlich auch schon Eure nächste Frage beantwortet. Es genügt, wenn Ihr in den nächsten Wochen verschiedene größere Zahlungen an Eure verschiedenen Handelspartner im Norden in kleinen Geldkatzen voller Guldiner leistet. Ich könnte dann dafür sorgen, dass diese Münzen in verschiedenen Klöstern und Abteien oder vielleicht sogar bei den Diözesanverwaltungen der Bischöfe in deutsches Geld oder die noch ziemlich unbekannten Stücke der neuen Kölner Münzen umgetauscht werden. Ich sorge also dafür, dass Eure Unterstützung für Kaiser Friedrich und Erzherzog Maximilian so gewaschen wird, dass sich keiner von Euch Fuggern die Hände schmutzig macht.«

Noch während Francesco Tassis seinen Vorschlag formulierte, schüttelte Jakob Fugger bereits heftig den Kopf.

»Auf keinen Fall!«, sagte er dann. »Ich würde, wenn wir es so machten, wie Ihr vorschlagt, Dutzende unserer eigenen Faktoreien, dazu Schreiber und Geschäftspartner einbeziehen müssen. Das alles ließe sich nicht lange verheimlichen. Ich bin nicht gutgläubig genug, um zu beschwören, dass nicht auch bei uns der eine oder andere für einen Gulden oder mehr den Mund aufmacht. Ich schlage Euch stattdessen vor, dass es bei diesem Unternehmen nur zwei Eingeweihte gibt, nämlich Euch und mich, und keinen weiteren.«

»Aber wie soll –«

»Lasst mich erklären«, unterbrach ihn Jakob. »Ihr wisst, dass es innerhalb der Kirche zwei Zahlungsarten gibt. Die eine umfasst alle Abgaben von Gläubigen, die überall abgeholt werden müssen. Die andere betrifft die Zahlungen aus Pfründen, wie sie die Äbte und die Kirchenfürsten nach Rom zu leisten haben. Das Handelshaus der Fugger von der Lilie organisiert bereits einen guten Teil von beiden Zahlungsarten an den Papst. Ich könnte mir daher gut vorstellen, dass die Postreiter eines Herrn Tassis auf ihren Wegen von einer Post zur anderen gelegentlich auch einen kleinen Umweg reiten bis zu den Klöstern, Diözesen und später einmal auch zu allen anderen, die mit den Kirchenzahlungen zu tun haben. Auf diese Weise bekommen wir Unmengen kleines Geld in jeder denkbaren Münze. Das wiederum ließe sich leicht in deutsches Geld aus den Guldinern eintauschen.«

»Das hieße, einen doppelten Umtausch«, sagte Tassis, der sofort verstanden hatte. »Ganz frisch geprägtes Geld für den Vatikan macht sicherlich dort einen besseren Eindruck als abgegriffenes Kleingeld. Und ebendiese Münzen, die alle Soldknechte kennen, kommen in großen Mengen für das Heer des Habsburgers in die Niederlande.«

»Genauso denke ich mir das«, sagte Jakob.

»Und alle sind zufrieden«, bestätigte Tassis. »Nur eine Kleinigkeit fehlt mir bei Eurer Rechnung noch.«

»Ich weiß«, antwortete Jakob. »Ihr wollt fragen, was Ihr von all dem habt. Und meine Antwort lautet: Ich sorge dafür, dass Ihr spätestens nächstes Jahr Oberpostmeister von Tirol werdet.«

Der gefangene Kaiser

Am 17. April anno 1488 kauften Ulrich und Jakob Fugger das Grundstück und den großen Häuserkomplex am Augsburger Rindermarkt von der Witwe Felicitas Gäßler. Bis zum Schluss hatte Ulrich versucht, den Kaufpreis immer weiter herunterzuhandeln. Erst als Jakob, der schon lange ein Auge auf den vor den Toren Augsburgs liegenden Garten der Witwe geworfen hatte, bei zweitausendzweiunddreißig Gulden zustimmte, ließ auch Ulrich von weiterem Handeln ab. Damit gehörte der ganze Häuserblock am Rindermarkt mit all seinen Flügeln und dem großen lang gestreckten Innenhof den Fuggern von der Lilie.

»Wolltest du Georg und mich etwa absichtlich bluten lassen, nur weil du selbst nicht mit in das neue Anwesen ziehen sollst?«, zischte Ulrich verärgert, als sie wieder vor dem Augsburger Rathaus auf der Straße standen.

»Es ist schon eigenartig, wenn ihr beiden mit euren Familien in das neue große Haus ziehen wollt und mich auf der anderen Seite des Marktes zurücklasst«, antwortete Jakob.

»Du wirst mehr Platz für dich haben als Georg und ich zusammen«, sagte Ulrich verstimmt. »Sobald wir das neue Haus eingerichtet haben, ziehen natürlich auch die Gehilfen der Faktorei um.«

»Dann sorgt doch gleich dafür, dass sie neue schwarze Kittel kriegen«, spottete Jakob. »Es macht kein gutes Bild bei Geschäftsfreunden, wenn die Ärmel der Gehilfen in der Zentrale des Handelshauses Fugger abgewetzt und speckig aussehen.«

Es kam in diesen Monaten immer häufiger vor, dass Jakob mit seinen Brüdern aneinandergeriet. Zuerst dachte er, sie würden ihm nachtragen, dass er bei seinem Besuch in Rom vor vielen Jahren das Erbe des verstorbenen Markus nicht besser aufgefangen und verwaltet hatte. Dann wieder überlegte er, ob sie vielleicht neidisch auf all das waren, was er bisher in Tirol erreicht hatte.

Nach langer Zeit saßen sie abends wieder einmal gemeinsam mit der Mutter zusammen in der größten Stube des Hauses am Rohr. Die alte Fuggerin hatte sich inzwischen völlig aus den Geschäften ihrer Söhne zurückgezogen. Es gab auch kaum noch etwas, das sie daran interessierte. Nur an seltenen Tagen wie diesem kam sie aus ihrer Kammer und wärmte sich in einem Lehnstuhl dicht am Kachelofen. Ohne jeden Übergang zog Ulrich plötzlich einen Brief aus seinem Ärmelaufschlag. Er faltete ihn auf und legte ihn mitten auf den Tisch, um den er und seine Brüder saßen. Das Licht der Öldochte in den Lampen aus schwerem geschliffenem Glas flackerte.

»Wir haben heute den Vertrag für unser neues großes Anwesen geschlossen«, begann Ulrich feierlich. »Damit geht zu Ende, was unser Vater Jakob und unser Großvater Hans und dessen Vater begonnen haben. Wir wissen alle, dass dieses Haus zu klein für uns geworden ist. Möglicherweise schlägt unser jüngster Bruder nicht so sehr nach den Vätern, die noch Weber waren, sondern nach unserem Großvater mütterlicherseits. Wir alle wissen, welches Unglück die Münze und das Erz der Berge über ihn und uns gebracht haben. Deshalb möchte ich den Kauf des neuen Hauses oben am Rindermarkt zum Anlass nehmen für eine grundsätzliche Entscheidung über die Zukunft der Gesellschaft von Ulrich Fugger und Gebrüder.«

Jakob konnte sich nicht erinnern, dass Ulrich jemals so lange und so feierlich gesprochen hatte. Aber er spürte, dass sich irgendetwas verändert hatte, dass ein Jahrzehnt zu Ende ging und dass er sich von jetzt an viel kämpferischer gegen die beiden anderen würde durchsetzen müssen als bisher.

»Und du, Jakob, solltest dich vielleicht etwas mehr als bisher um unsere anderen Faktoreien kümmern«, meinte Georg mit einem vorwurfsvollen Unterton in seiner Stimme. »Ich bin leider augenblicklich durch den kaiserlichen Arrest auf mein Vermögen nicht imstande, irgendetwas zu bewegen.«

»Ja, er hat recht«, sagte Ulrich. »Wir müssen uns von hier aus um Nürnberg, Frankfurt, Lyon und Venedig kümmern. Mit Leipzig, Breslau und unseren Aktiva in den Karpaten werde ich mich selbst befassen. Von dir, Jakob, erwarten wir, dass du weiterhin in Innsbruck nach dem Rechten siehst und Tirol so absicherst, dass wir hier keine Überraschungen erleben.«

Jakob spürte, wie ihm das Blut in den Kopf schoss. Er war mit einem Mal wütend und verstimmt. Was bildete sich Ulrich eigentlich ein? Wer hatte denn in den vergangenen Jahren das phantastisch reiche Herzogtum Tirol so bearbeitet, dass bei all dem Silber, das dort gefördert und zu Geld geschlagen wurde, zwanzig, dreißig oder mehr Prozent für sie abfielen?

»Wir kaufen Silber aus den Gruben nach wie vor für fünf Gulden und verkaufen es an des Herzogs eigene Münze ohne Zwischenhandel für acht«, stellte Jakob fest. »Außerdem verdienen wir am Transport des Silbers und der Münzen, am Heranschleppen von geschlagenen Bäumen, am Eisen und den Rädern für die Wasserkunst in den Schächten, mit denen sie Tag für Tag die Stollen trockenlegen müssen. Wir liefern Tuche und Werkzeuge für die Männer in den Gewerken. Wir profitieren vom Pfeffer, mit dem sich Erzherzog Sigismund die Speisen würzen lässt, wir bekommen etwas vom Weihrauch für die Kirchen und Klöster und setzen unser eigenes Vermögen so niedrig an, dass wir auch noch an den Steuern hier in Augsburg sparen.«

»Was soll das alles?«, wehrte Georg mit grämlicher Miene ab. »Ich brauche keine Zuträger, keine Pferde und nicht einmal Haufen von Gewappneten, die Silberladungen begleiten und bewachen. Ich zahle niemandem Gehalt außer unseren eigenen Leuten, und ich verschwende nichts, was eigentlich der Mutter gehört.«

Das war zu viel! Jakob Fugger sprang auf und stampfte zwei Schritte auf den Bruder zu.

»Ich warne dich, Georg! Sprich mir nie mehr von Verschwendung, wenn es um das Vermögen unserer Mutter geht. Erkläre uns lieber, wie viele Heller, Kreuzer, Pfennige und Gulden auf dem Weg verloren gehen, wenn du das Geld einsammelst, das wir nach Rom zu bringen haben.«

»Solange sich niemand findet, dem man vertrauen kann und der für Gottes Lohn die Pfennige aus den Kirchen und Gemeinden abholt und sicher bis nach Rom bringt, ist es mein Recht, dass ich Gebühren dafür nehme.«

»Und von den vielen kleinen Münzen, die sich die Gläubigen vom Munde absparen, kommt auf diese Weise nur sehr wenig in Rom beim Vatikan an.«

»Niemand kann hunderte und tausende von kleinen Münzen nach jeder Übergabe von einem auf den anderen Boten nachzählen«, behauptete Georg Fugger. Jakob neigte zustimmend den Kopf.

»Deswegen schlage ich euch vor, dass wir ab sofort das kleine

Geld so lassen, wie es ist … nur noch einmal zählen, und dann dem Papst als Ausgleich frisch geprägte Münzen schicken.«

»Bist du von Sinnen?«, protestierte Ulrich. »Was sollen wir mit all dem Kleingeld? Etwa noch einmal hundert Knechte einstellen, die diesen gottverlassenen Schrott in irgendeinem Waldlager von einer Lagerecke in die andere schaufeln?«

»Ich nehme es«, sagte Jakob Fugger. »Einmal gewogen, einmal gezählt und einmal mit deutschen Silbermünzen ordentlich abgekauft. Was ich dann damit mache, geht euch nichts an und bleibt meine Sache.«

Die beiden Brüder starrten Jakob fragend an. Sie verstanden nicht, was er vorhatte und warum er sich auf ein offensichtlich riesiges Verlustgeschäft einließ.

»Ich stelle euch mein gegenwärtiges Vermögen von fünfzehntausend Gulden als erste Sicherheit.«

»Willst du eine Bank aufziehen wie die Medici in Florenz oder die Patrizier in Venedig?«, fragte Georg. »Das ist nicht unsere Welt, Jakob. Wir sind ein Handelshaus. Wir leben nicht vom Geldwechsel, weiterverkauften Schuldscheinen oder irgendwelchen Zinsen.«

Jakob lächelte nur, dann blickte er zur alten Fuggerin.

»Ich bin dabei«, kicherte sie mit leiser, aber ungewohnt vergnügter Stimme. »Das Jaköble soll tun, was es für richtig hält.«

Die Nachricht aus den Niederlanden traf durch einen Postreiter ein, den Jakob noch aus Herrieden kannte.

Der Tassis-Bote hatte einst dabei zugesehen, wie ihm die allererste Tonsur geschnitten wurde. Nur zwei Wochen danach war er von seinem Bruder Ulrich aus dem Stift geholt und in das Handelshaus eingegliedert worden.

Der Bote kam nicht direkt zum Augsburger Posten, sondern nahm das Wertachbrucker Tor im Nordwesten. Er ritt zwischen dem Dom und der Kirche Sankt Anna hindurch und ließ sein Pferd zum Beschlagen bei einem Hufschmied in der Nähe der westlichen Stadtmauer. Zu Fuß, ohne Ledertasche und in seinen hohen abgewetzten Stiefeln stampfte er bis zum Haus am Rohr. Er verschwand durch die Toreinfahrt, in der sich gerade ein hoch bepackter Wagen mit Stoffen aus der Faktorei um eine enge Ecke quälte.

Ulrich und Georg befanden sich am Rindermarkt auf der Baustelle. Schnell und ohne großes Hin und Her wurde der Tassis-Reiter zu Jakob vorgelassen. Er marschierte nicht an den Stehpulten mit den schwarz gekleideten Gehilfen des Handelshauses vorbei, sondern wurde über einen schmalen Verbindungsgang in den großen oberen Raum geführt, der seit einiger Zeit Jakob allein zustand.

Sie sahen sich eine Weile abschätzend an.

»Von Hans Kohler«, sagte der ehemalige Kanoniker dann. Jakob nahm den Brief und erbrach die Siegel.

»Warum hast du Sankt Veit verlassen?«

»Ich hatte keinen großen Bruder, der mich dort herausholte, um mich in ein goldenes Nest zu setzen«, meinte der junge Mann furchtlos und ein wenig spöttisch.

»Es kann sehr hart sein, so ein goldenes Nest, wie du es nennst«, gab Jakob zurück. Er war weder beleidigt noch unfreundlich zu dem erhitzten Boten. Ehe er den Brief las, schob er ihm einen Krug mit verdünntem, gewürztem Wein und einen Zinnbecher zu.

»Nein, vielen Dank«, wehrte der Bote ab. »Man hört doch überall, dass der Meister Jakob Fugger nur Essigwasser trinkt, und manchmal sogar zu viel davon.«

»Wer sagt das?«

»Die Gossembrots«, antwortete der Bote. »Auch im Haus der Rehlingers hörte ich es und in Kufstein beim Baumgartner Hans.«

»Kennst du noch mehr Gerüchte über mich?«, fragte Jakob und lächelte noch immer.

»Nun ja, es fällt auf, dass man Euch gelegentlich bei den Geschlechtertänzen sieht. Aber Ihr kümmert Euch weder um dralle Mädchen noch um die feinen blassen Damen der Patrizier. So was fällt auf – trotz all der Arbeit.«

Jakob sah den jungen Postreiter nachdenklich an. »Bist du verheiratet?«, fragte er dann. »Hast du eine Liebste?«

»Mehr als ich zählen kann«, gab der ehemalige Kanoniker zurück. »Aber verheiratet bin ich nicht. Dazu haben sie mir in Herrieden zu sehr die Vorzüge des Zölibats eingetrichtert. Ich war nur fünf Jahre dort, und nicht neun wie Ihr. Doch schon der Gedanke an den heiligen Stand der Ehe bereitet mir Alpträume.«

Jakob Fugger schob kaum merklich die Unterlippe vor. Schnell überflog er die wenigen Zeilen des Briefes. Noch ehe er damit fertig war, erkannte er, dass dieses Schreiben keineswegs von Hans Kohler in Salzburg aufgesetzt worden war. Es stammte vielmehr von Francesco Tassis selbst.

»Woher kommst du gerade?«, fragte er den jungen Boten.

»Aus Salzburg, in einem Ritt durch.«

»Durch das Jakobertor?«

»Nein, durch das Wertachbrucker.«

»Also nicht von Osten, sondern aus Richtung Ulm?«

»Nun gut, wenn Ihr es ganz genau wissen wollt, soll es so sein. Francesco Tassis befindet sich augenblicklich in den Niederlanden. Er hat miterlebt, wie dort Maximilian der Streitmacht der Niederländer unterlag. Die Bürger von Brügge haben ihn gefangen genommen und fordern jetzt ein hohes Lösegeld von seinem Vater. Und hinter all dem steht Frankreich.«

»An diesem Lösegeld soll ich mich mit fünfzehntausend Gulden beteiligen?«, empörte sich Jakob Fugger, während sich eine steile Falte zwischen seinen Brauen bildete. »Es ist nicht gesagt, wie hoch die Forderung insgesamt ist. Kennst du sie denn?«

»Nein«, antwortete der Postbote. »Ich weiß nur, dass die Niederländer Maximilian vom Leben zum Tode foltern werden, wenn keine Rettung kommt.«

Jakob presste die Lippen zusammen. Genau das hatte Hans Kohler bereits vorausgesagt! Und plötzlich blitzten seine Augen. War es nur ein untrüglicher Instinkt oder eine göttliche Eingebung gewesen, als er sich bereit erklärt hatte, die vielen Ablasspfennige und kleinen Opfermünzen überall im Reich gegen Gulden einzutauschen? Jetzt brauchte er das Kleingeld aus aller Herren Länder, um Maximilians Leben zu retten …

Nachdem Kaiser Friedrich III. die Aufstände der Niederländer mit einem großen neuen Heer niedergeschlagen und seinen Sohn Maximilian aus der Gefangenschaft in Brügge befreit hatte, versammelten sich die Großen zum Reichstag in Frankfurt. Hier sollten, wie es hieß, diesmal auch neue Rechte für die Reichsstädte verhandelt werden.

Und wieder stand es nicht gut um die Habsburger. Friedrich III., der Erzherzog von Österreich und Kaiser des Heiligen Römischen Reiches, war immer noch ein armer Mann. Inzwischen hatte er auch noch Niederösterreich verloren und musste sich mit seinem ganzen Hofstaat von Pfalz zu Pfalz durchschlagen.

Keiner der Kurfürsten, die Friedrich vor mehr als drei Jahrzehnten gewählt hatten, beneidete den Habsburger in diesen Monaten und Jahren. Er war ein Flüchtling in seinem eigenen Reich, abhängig von der Gnade, den zögerlich gezahlten Steuern und den Spenden der anderen Fürsten, der Reichsstädte und Kaufleute überall im Land.

Obwohl er eigentlich in Innsbruck gebraucht wurde, hatte Jakob Fugger sich entschlossen, ebenfalls an den Main zu reisen. Er mochte diesen Ort, weil er einer der ältesten Messe- und Handelsplätze in ganz Europa war.

In den vierzehn Jahren, seit er Maximilian zum ersten Mal gesehen hatte, war nie der Wunsch von ihm gewichen, ihn eines Tages noch einmal auf ihre Begegnung als Halbwüchsige anzusprechen. Jakob lächelte, als er daran dachte, wie gut sie sich damals verstanden, lateinisch miteinander gesprochen und im Hof Ball gespielt hatten, während die Älteren verhandelten.

In voller Absicht hatte Jakob auf eine starke Bedeckung verzichtet. Er ließ sich nur von drei bewaffneten Knechten begleiten, wie dies für einen Tuchtransport üblich war. Sie waren mit zwei Lastwagen und insgesamt acht Fuhrleuten losgezogen. Dazu kam ein Wagen für Eisenschmied und Sattler. Diesmal hatte Jakob verboten, dass Weibsleute mitzogen. Dafür hatte er einen Koch und zwei Küchenjungen mitgenommen. Er wollte auch nicht, dass sie in Ulm mit seinen fast zweihundert Badestuben Rast machten. Stattdessen sollten die Wagen von Sonnenauf- bis Sonnenuntergang unterwegs sein.

Der kleine Kaufmannszug mit seinen beiden Wagen bewegte sich ohne besonderes Aufsehen unterhalb der Würzburger Bischofsburg an der Mainstraße flussabwärts. Es waren nicht die ersten und auch nicht die letzten Wagen, die in diesen Tagen in Richtung Frankfurt zogen.

Manchmal versuchten Kutschen, die Kaufmannswagen zu überholen, dann wieder bliesen die schnellen Reiter von Francesco Tassis ins Horn, um an allen vorbei in jagendem Galopp Meile um Meile hinter sich zu bringen. Während einige der Händler schon ab Würzburg versuchten, die anderen abzuhängen, um sich einen besonders guten Platz auf den Mainwiesen von Frankfurt zu sichern, blieb Jakob Fugger aus Augsburg völlig gelassen. Ohne die geringste Hast begleitete er zu Pferd seine beiden Wagen, die deutlich sichtbar die Konturen von Stoffballen unter den straff gespannten ledernen Planen zeigten.

Jakob aber dachte nicht daran, seine Augsburger Stoffe mit der Handelsmarke der Fugger von der Lilie in Frankfurt zu verkaufen. Er begleitete nur die Ware, die er wirklich in ihren eigenen Faktoreien nördlich der Donau verteilen wollte …

Während die Wagen gemächlich an jenen vorbeizogen, denen schon kurz nach Würzburg wieder ein Rad gebrochen oder ein Zuggeschirr gerissen war, dachte Jakob daran, dass jetzt der Zeitpunkt näher rückte, an dem er ernten würde, was er in all den Jahren zuvor mit sehr viel Mühe und in aller Stille gesät hatte. Noch herrschte Erzherzog Sigismund über Tirol. Aber es wurde Zeit, dass die Fugger von der Lilie ihr Geschäft eine Stufe höher ansiedelten. Er dachte an seine beiden älteren Brüder. Mit dem Schritt, den er in Frankfurt vorhatte, würde er sie beide überholen. Nie zuvor war die Gelegenheit günstiger für ihn gewesen.

Zunächst nahmen sie den geraden Weg nach Norden über die Donau hinweg bis Nürnberg. Erst als die Sonne untergegangen war und die Wagen sicher im Hof der Faktorei standen, wurden die ersten Säcke mit Silbermünzen unter den Stoffballen hervorgeholt und ins Haus getragen. Wie schon in der Nacht zuvor bewachten nur zwei Mann die ganze Nacht über die wertvolle Ladung. Auch bei den weiteren Übernachtungen ließ Jakob Fugger die Säcke mit den Silbermünzen so einfach bewacht, dass es anderen bereits leichtsinnig erschienen wäre. Er benutzte die vermeintliche Nachlässigkeit ganz bewusst als Tarnung, denn wo nichts zu bewachen war, war auch nichts zu holen …

Die Vorboten des Reichstags waren schon an der steinernen Brücke über den Main zu erkennen. Hier, wo angeblich eine Hirschkuh Kaiser Karl dem Großen den Weg durch eine Furt so wunderbar gezeigt hatte, dass er sich auf der Flucht vor den Sachsen eben noch hatte retten können, wimmelte es mittlerweile von Händlern, fahrendem Volk, Sängern, Dieben und Lautenschlägern. Sie alle erhielten keinen Zutritt zur Stadt. Trotzdem hoffte jeder von ihnen, dass er etwas vom Glanz und von den Brosamen der Fürsten abbekam.

Mehrere Wochen lang würde jetzt aus dem halben Reich zusammengeeiltes Gelichter die Freie Reichsstadt Frankfurt belagern. Dabei stand nicht einmal eine Königswahl an, die innerhalb von dreißig Tagen abgeschlossen sein musste. Diesmal ging es nur darum, dass der Kaiser anderen mehr Rechte zubilligen sollte. Die Reichsstände wollten ebenso mitbestimmen wie die Städte. Aus diesem Grund fand der Reichstag von Frankfurt zum ersten Mal in dreigeteilter Ordnung statt. Alle beteiligten Gruppen sollten für sich selbst verhandeln. Viele der Kaufleute sahen genau darin die Möglichkeit für dreifache Verträge und dreifachen Gewinn …

Die Oberen der Frankfurter Fuggerfaktorei kamen Jakob und dem kleinen Zug bereits an der alten steinernen Mainbrücke entgegen. Sie grüßten und reichten ihrem Prinzipal noch im Laufen einen Weinkrug in den Sattel hinauf.

Im Dom, im Haus zum Römer, das den Frankfurtern als Rathaus diente, in den prächtigen Bauten der Patrizier und großen Handelsherren war es zu Messezeiten und bei den Reichstagen schon immer eng zugegangen. In diesem Jahr aber war alles noch viel schlimmer. Wo früher nur die Kurfürsten, andere Adlige und der Klerus getagt, gegessen und getrunken hatten, versammelten sich in diesem Jahr auch noch die Abordnungen der Städte und der anderen gesellschaftlichen Gruppen, die inzwischen ebenfalls wichtig geworden waren.

Entgegen den Meldungen, auf die sich Jakob Fugger verlassen hatte, war Kaiser Friedrich III. nicht mit nach Frankfurt gekommen. Ihn plagte ein offenes Bein, von dem es hieß, dass es bereits zu faulen beginne. Sein Sohn Maximilian dagegen genoss das Aufgebot der Mächtigen aus seinem ganzen Reich. Wenn es nach ihm gegangen wäre, hätte jeder Tag mit feierlichen Messen anfangen, sich mit huldvollen Audienzen fortsetzen und am Nachmittag mit Ritterspiel und Turnieren bis zum Abend gehen können. Nicht einmal in Köln, wo er inkognito und mit geliehener Rüstung vom Pferd geworfen worden war, hatte er sich mehr vergnügt als in der Stadt am Main.

Maximilian zeigte sich freundlich, reckte seine Adlernase unablässig in den Himmel und lachte viel dabei. Der große starke Mann, der anstelle seines Vaters als Herrscher über das Heilige Römische Reich Deutscher Nation auftrat, ließ es sich zwei Wochen lang gut gehen, während andere über immer neuen Urkunden, Klausulierungen für ihre Rechte und gegenseitigen Verträgen brüteten.

Es war heiß in diesem Sommer in den Mauern Frankfurts. Von

den Städtern misstrauisch betrachtet, zogen gegen Abend immer wieder seltsame Gruppen aus dem Wiener Hofstaat des Kaisers durch die Gassen Frankfurts. Es waren Sterndeuter, Alchimisten und andere Scharlatane, die sonst den kranken Kaiser Friedrich III. umschwärmten. Einige der Wunderprediger scheuten nicht einmal davor zurück, sich im Schatten des Doms auszustellen, um von schrecklicher Verderbnis durch den Antichrist in Rom zu singen.

In der ganzen Zeit gelang es Jakob Fugger dreimal, in die Nähe von Maximilian zu kommen. Zweimal wurde er ihm sogar zusammen mit einigen anderen Kaufleuten aus Nürnberg und Augsburg vorgestellt. Beide Male sah ihn der Habsburger wohlwollend an, blickte ihm auch direkt in die Augen und schien etwas fragen zu wollen. Aber im Lärm und im ständigen Gedränge um den Herrscher kam es zu keinem Wiedererkennen und keinem Wort unter vier Augen. Und dann hörte Jakob Fugger genau das, worauf er schon so lange wartete. Er hatte überall bei den Versammlungssälen und in den Gesindeküchen für den Tross der Angereisten seine Gesellen aus der Schreibstube und der Faktorei sowie Männer aus dem Warenlager und ehemalige Kanoniker aus dem Stift Sankt Veit aus Herrieden aufgestellt. Sie hatten Anweisung, alle Informationen zu sammeln, die Rückschlüsse auf die Wünsche Maximilians zuließen.

Kaum einer der Fürsten und Adligen wagte sich während des Reichstags vor die Stadtmauern. Zu viel Volk, das keinem Herrn gehorchte, drängte sich auf den Mainauen, schlug sich betrunken die Köpfe ein oder bedrohte nicht nur bei Nacht die Wachen an den Toren. Besonders wüst gebärdeten sich einige Ritter aus der Umgebung, die längst nicht mehr zu den Reichstagen eingeladen wurden.

Doch dann hörte Jakob, dass Maximilian zu einer Jagd aufbrechen wollte. Es gab nur eine Richtung, in die er sich ohne großes Risiko bewegen konnte – hinauf nach Kronberg, wo noch immer ein kaisertreuer Ritter herrschte.

»Ich brauche einen meiner Beutel mit Guldinern«, befahl Jakob sofort. »Er soll noch heute Nacht in kleine Silbermünzen umgetauscht werden. Gebt Nachlass bis zum fünften Teil von hundert, wenn es sein muss.«

Wenn er nicht an den König herankam, dann musste Maximilian eben zu ihm kommen, und zwar genau dorthin, wo er ihn haben wollte, um mit ihm allein zu sprechen.

Ein Ritterfest

Zwei weitere Tage vergingen, bis Jakob Fugger alles so weit vorbereitet hatte, dass der Kaiser endlich aufbrechen konnte. Denn eine ganze Weile zierte sich der Kronberger und stellte Bedingungen für den Jagdausflug des Herrschers in seine Wälder. So bestand er darauf, dass keiner von den Frankfurter Patriziern an der Jagdgesellschaft teilnehmen dürfe – angeblich, weil er nicht mehr als dreißig Edle in seiner kleinen Burg bewirten könne.

Die Frankfurter knurrten verbittert, als sie davon hörten. Sie wussten sehr wohl, dass sie der Kronberger mit dieser Forderung nur erneut demütigen wollte. Seit genau hundert Jahren zahlten sie Jahr für Jahr das Lösegeld ab, das die Stadt nach dem Krieg gegen die Vorfahren des Raubritters für ihre gefangenen Bürger vereinbart hatte. Bis auf die Frankfurter selbst fanden alle, die davon gehört hatten, die unglaubliche Geschichte dieser Fehde höchst vergnüglich, denn damals hatte der Raubritter keine Patrizier oder Ratsherren eingefangen, sondern sämtliche Bäcker und Metzger der Stadt. Notgedrungen und schon halb verhungert, hatte der Frankfurter Rat die demütigenden Bedingungen unterschreiben müssen, als niemand mehr innerhalb der Stadtmauern Brot backen oder schlachten konnte …

»Du auch hier?«, fragte Jakob Fugger, als er unvermutet vor der Fassade des Römers mit Conrad Peutinger zusammenstieß. »Ich denke, du studierst die Schriften der alten Griechen irgendwo in einer Universität von Padua, Basel oder Bologna.«

»Das habe ich die ganzen Jahre auch getan«, gab Peutinger zurück. »Aber zuletzt war ich in Aachen.«

»Dann darf man dich inzwischen also Magister oder Doktor nennen?«

Conrad verzog sein Gesicht und hob wie zur Entschuldigung die Schultern. »Nein, leider nicht, ich bin ganz einfach bisher nicht dazu gekommen. Zu viele Aufgaben für den kaiserlichen Hof, zu viele Forschungen für Freunde, die mir wichtig waren, wenn du verstehst.«

Sie lachten beide, und Jakob Fugger legte einen Arm um Peutingers Schultern. Gemeinsam gingen sie in eines der überfüllten Gasthäuser gleich neben dem Frankfurter Rathaus. Jakob kannte den Besitzer von den Messezeiten her. Er erfreute ihn mit einem blitzenden Guldiner. Dennoch dauerte es einige Zeit, bis zwei andere Gäste ihre Plätze für sie frei machten.

Abwechselnd erzählten sie sich, wie es ihnen in den vergangenen Jahren ergangen war. Zum ersten Mal seit langer Zeit berichtete Jakob einem anderen über all das, was er in Tirol und Augsburg aufgebaut hatte. Sein Vertrauen zu Conrad Peutinger war so groß, dass er nicht einmal verschwieg, mit welchen Mitteln er die Schlinge um Sigismund den Münzreichen immer enger gezogen hatte.

»Dann gehört dir jetzt also praktisch das gesamte Silber aus Tirol«, stellte Peutinger bewundernd fest.

»Nein, Conrad. Ganz und gar nicht. Du vergisst, dass es immer noch einige andere einflussreiche Kaufleute gibt, die schon vor mir und auch während meiner Zeit Kuxe an den Bergwerken erworben haben. Andere beteiligen sich nach wie vor am Erztransport und an den Silberfuhren nach Venedig.«

»Dennoch hast du deine Pflöcke überall eingeschlagen, wo etwas genehmigt oder abgewickelt wird – in der Nähe Sigismunds, in Zollstationen, bei den Steuereinnehmern und wohl auch in Kirchen und Klöstern. Summa summarum besitzt du Mehrheiten, an denen niemand mehr vorbeikommt. Du hast ein Monopol, Jakob Fugger von der Lilie, und ein Monopol ist der Petrusschlüssel zum Himmel des Erfolgs …«

»So schön hat mir noch nie jemand bestätigt, was ich mir erkämpft und wirklich hart errungen habe«, sagte Jakob und lächelte. Zum ersten Mal seit langer Zeit fühlte er sich ausgesprochen glücklich.

»Und jetzt willst du also auch noch auf die Jagd gehen«, meinte Peutinger und schmunzelte. »Ich frage mich allerdings, ob du mit oder gegen Maximilian auf der Pirsch sein willst. So, wie ich dich kenne, könnte sogar er das Wild sein, das der vermaledeite Jakob Fugger diesmal erlegen will.«

»Eins nach dem anderen«, wehrte Jakob ab. »Nur wenn die Unternehmungen in Tirol vollkommen sicher sind, darf ich an weitere Geschäfte denken.«

»Klug bist du«, stimmte Conrad Peutinger zu. »Verdammt klug

sogar, fast schon ein Hexer. Du solltest aufpassen, dass dir der Neid nicht gerade dieses vorwirft.«

»Wie meinst du das?«, fragte Jakob verständnislos.

»Es wird bereits überall gegen die Hexen gepredigt. Succubus und Incubus, Teufel und Verführer. Da kann es leicht geschehen, dass auch ein Kaufmann, dem zu viel gelingt, unter den Hexenhammer kommt.«

Der letzte Ritter genoss es, wieder einmal all seine ernsthaften Berater, die Kleriker und Advokaten, den Reichskanzler und die Fürsten hinter sich zu lassen, die ihm von früh bis spät mit leidenden Gesichtern vortrugen, wie viel es doch im ganzen Reich zu beklagen gab. Sie hörten niemals auf damit. Und wenn doch irgendwann ein anderer dazwischensprach, der nicht zum Hofstaat oder zur Reichsregierung gehörte, dann kam auch dieser unvermeidlich auf die Ungerechtigkeit des Himmels und der Erde und die Machenschaften von Teufel und Dämonen, nachlässigen Heiligen und faul gewordenen Kirchenmännern zu sprechen.

Bei alledem hatte sich König Maximilian im Laufe der Jahre angewöhnt, das Kinn noch weiter vorzuschieben, als es den Habsburgern ohnehin gewachsen war. Er wusste, dass er dann stark und wild entschlossen aussah und nicht mehr auf das hören musste, was sie ihm erzählten.

Nur im Turnier, beim fröhlichen Gelage und auf der Jagd verwandelte sich Maximilian wieder in den jungen Erzherzog von Österreich, der schon einmal vom Pferd hinuntersprang, um aus schierem Übermut einem schwarz-weiß gefleckten Wildschwein nachzulaufen und es so lange an den Ohren festzuhalten, bis es einer seiner Männer mit einem Dolch von vorn erstach.

Auch diesmal tobte Maximilian mit nicht einmal zwei Dutzend seiner allerengsten Gefolgsleute unterhalb des Bergfrieds derer von Kronberg durch den Wald. Es störte ihn nicht, dass die Einladung zur Jagd von einem alten und ganz speziell bei den Frankfurtern verhassten Raubrittergeschlecht gekommen war. Allein die Aussicht, nach all den Tagen in der Stadt endlich wieder aufs Pferd zu kommen, hatte ihm genügt.

Jakob gehörte nicht zur Jagdgesellschaft. Sein Plan sah andere Vergnügen vor. Noch während draußen Jagdhörner und Pferdewiehern durch den Wald schallten, überprüfte er zusammen mit Ritter Kronberg die Festtafel im größten Saal der Burg. Überall an den Wänden waren neue Fackelhalter angebracht worden. Zwischen den Pfeilern hingen Wappenfahnen herab, und auf dem Podest an der Stirnseite des Saals stand ein langer Tisch, wie ihn die Burg Kronberg nie zuvor gesehen hatte. Zum ersten Mal in ihrer Geschichte bedeckte mit heißem Glas faltenlos gebügeltes schneeweißes Leinen die große Tischplatte. Auch an den Seiten hingen viele Ellen weißen Leinens bis zum Boden herab. Jakob Fugger erklärte dem Burgherrn, dass eben dieser Stoff dazu diente, sich beim Essen die Finger und den Mund abzuwischen.

»Ich habe nie zuvor etwas Ähnliches gesehen«, sagte der Burgherr kopfschüttelnd. »Wenn das bei Königen und Kaisern üblich ist, dann wundert mich nicht mehr, wenn Weber wie die Fugger durch solche Stoffe reich geworden sind.«

»Eine einzige Kanone aus gegossener Bronze kostet mehr als hundert Ellen weißen Leinens«, gab Jakob Fugger sofort zurück. Er überprüfte jeden einzelnen Platz mit seinen Tellern und Löffeln, die er selbst aus Frankfurt mitgebracht hatte. Zu allem Überfluss legte er auch noch einige jener zweizinkigen Gabeln, wie sie neuerdings in Venedig Mode waren, mitten auf die Tafel.

»Wird das Rindfleisch rechtzeitig gar?«, fragte er den Hausherrn. »Ich will nicht, dass der Tafelspitz zerkocht. Er muss auf der Zunge zergehen, aber er darf nicht zerfallen.«

»Die Köche, die du mitgebracht hast, lassen keinen anderen an meine Töpfe«, schnaubte der Schlossherr noch immer etwas unwillig. Ohne die schönen silbernen Kölner Münzen, die er für all das bekommen hatte, hätte er niemals zugelassen, dass der junge Fugger von der Lilie seine ehrwürdige Trutzburg in einen Platz für Mummenschanz verwandelte.

Zwei der Köche steckten ihre Köpfe durch einen runden Türbogen.

»Was machen unsere Schwäne?«

»Sie sind gebraten und schön zart. Wir können jederzeit ihr weißes Federkleid über die Braten ziehen.«

Jakob nickte. Dann ging er zusammen mit dem Burgherrn in den Innenhof. Hier lagen Holzbohlen bereits so gestapelt, dass sie schnell mit etwas Glut und Stroh zu einem großen Feuer angezündet werden konnten. Oben an den Dächern wehten Fahnen und lange Wimpel im goldenen Abendlicht. Und dann näherte sich auch schon der Lärm der Jagdgesellschaft. Jakob nickte dem Burgherrn zu. Der klatschte in die Hände, und an den Fenstern tauchten Musikanten mit Drehleiern, Flöten und Zinken, Schellen, kleinen Trommeln und Hörnern auf.

Weitere Fenster öffneten sich, und junge Mädchen ließen langes Haar nach unten wallen. Jakob gab ein Handzeichen, dann zogen sich die Schauspielerinnen wieder zurück und verschlossen ihre Fenster.

»Jetzt kann er kommen«, sagte Jakob Fugger. Er faltete die Hände und spielte mit den Daumen. Diesmal sollte der letzte Ritter merken, wer ihn zum Turnier gebeten hatte und mit ihm die Lanze brach.

Die kleine Burg des Raubritters hatte noch nie zuvor ein derart feierliches und zugleich fröhliches Gelage erlebt. Es war ein gelungenes kleines Fest – nicht zu vergleichen mit den steifen Banketten und Gelagen in den Städten bei den Reichstagen. Und doch schienen unter den geschickten Anweisungen des bürgerlichen Handelsherrn aus Augsburg all jene Werte und Erinnerungen wieder aufzuleben, die verloren schienen, seit die Erfindung des Schießpulvers den ritterlichen Kampf von Mann zu Mann, das Hohelied der Minne und die Tugenden des Adels hinweggeblasen hatte.

Jakob sorgte für üppige Speisen von allerfeinster Art. Er nahm von dem, was er in Rom oder Venedig gesehen und gekostet hatte, und ließ weg, was nicht zur ritterlichen Lebensart gehörte. Noch bis zum Schluss hatte ihn Conrad Peutinger unten in der Stadt am Main beraten.

Maximilian genoss in vollen Zügen, was ihm an diesem Abend auf Burg Kronberg angeboten wurde. Er kannte sie, die uralten Geschichten von der Tafelrunde am Hof von König Artus, vom Zauberer Merlin und den getreuen Paladinen am Hof Karls des Großen. Ausgewählte Musikanten spielten und sangen Lieder von Tristan und Isolde und von den Rittern auf der Suche nach dem Gral.

Der Platz an der erhöht aufgestellten Tafel des Königs reichte für ihn und zwölf weitere Gäste. Diese blickten über alle anderen hinweg zur Fläche in der Mitte, auf der die Musikanten auftraten, während entlang der Wände die Tische für die minderen Gäste standen.

Selbst wie auf einer Bühne sitzend, schauten die Vornehmen dem Dargebotenen fröhlich tafelnd zu.

Durch die geöffneten Seitenfenster zum Burghof flackerte der Lichtschein des großen Freudenfeuers in den Saal hinein, während das rote Licht der Abendsonne von der anderen Seite durch die Fenster in den meterdicken Mauern schien. Der kleine Burgsaal füllte sich wie mit dem warmen Widerschein einer längst vergangenen Zeit.

Jakob saß neben dem Ritter von Kronberg zur Rechten des Königs. In der ersten Stunde ließen sich alle die vorzüglichen Speisen und Getränke munden. Auch die Gesänge der Musikanten fanden große Zustimmung. Dann, als die Jagdgesellschaft und die Begleiter Maximilians sich zufrieden zurücklehnten und die inzwischen reichlich zum Abwischen von Mund und Händen benutzten Leinentücher von den Tischen genommen wurden, lösten neue Spielleute die ersten ab.

Wie der Zeremonienmeister am Hof hob Jakob Fugger die linke Hand. Im selben Augenblick öffnete sich die Doppeltür zum Hof, und aus den Vorräumen sprangen italienisch gekleidete junge Mädchen in die Mitte des Saals. Die ersten vier waren allegorisch wie die vier Jahreszeiten gekleidet. Die Frühlingsmaid trug bunte Bänder im Haar und dazu Stoffblumen, die wie Maiglöckchen aussahen. Die Sommergöttin schien eine nackte Venus darzustellen, obwohl sie züchtig mit Krongarben und rotem Klatschmohn bekleidet war. Die Herbstfee trug ein weites, wallendes Gewand in der Farbe gelben Laubes mit dunkelroten Rändern und aufgesteckten Ranken. Das Mädchen, das den Winter darstellte, kam wie eine Nymphe mit weißen Schleiern, in die Schneeflocken und bunte Sterne eingewebt waren.

Einen derartigen Auftritt holder Weiblichkeit hatte es im ganzen Reich noch nie zuvor gegeben. Maximilian war derart überrascht, dass er die jungen Mädchen mit offenem Mund und großen Augen anstarrte. Dann lachte er laut und zufrieden, beugte sich vor und nickte Jakob Fugger anerkennend zu.

»Ihr habt es also nicht vergessen«, rief er vergnügt. »Bunt gedruckte Kalenderblätter habt Ihr mir damals in Eurem Haus in Augsburg gezeigt. Ja, jetzt erinnere ich mich. Ist das hier alles Euer Werk?«

»Ich wollte Euch nur eine kleine Freude machen, Majestät.«

»Dieser Abend ist Euch bei Gott wunderbar gelungen, Meister Fugger. Ich nehme an, dass Ihr noch allein mit mir sprechen wollt, vielleicht sogar über Sigismund und sein Tirol. Doch damit will ich mir den Abend nicht verderben. Man spiele zum Tanz. Kommt, Meister Jakob, lasst uns tanzen. Die schönen Jungfrauen verzehren sich bereits nach uns.«

Doch diesmal schüttelte Jakob den Kopf. »Ich tanze nicht, Majestät«, sagte er und musste zugleich an das Fest im Vatikan denken, das der Kardinal della Rovere mit seinen Cortegiane vor vielen Jahren gegeben hatte.

Spät in der Nacht, als fröhliches Geschrei, Musik und Trunkenheit die ganze Burg erfüllten, legte Maximilian endlich die Pause ein, auf die Jakob Fugger schon lange gewartet hatte. Der König führte seine Tanzpartnerin leicht schwankend, aber in höfischer Haltung zu einer der Bänke am Rande des Saals. Plötzlich umschlang er sie heftig, als müsse er an ihr Halt suchen, und setzte sie taumelnd ab, nicht ohne ihr die Hand ins Mieder zu schieben. Er verabschiedete sich mit einer galanten höfischen Verbeugung, lachte laut, drehte sich um, legte seinen Arm um Jakob Fugger und schob ihn zu einer der Türen links neben dem Podest, am dem sie zuvor gesessen und getafelt hatten.

Der Gang hinter der Holztür war nur alle fünf Schritt von einem Kienspan dürftig erleuchtet. Mit sicherem Gefühl stampfte Maximilian die steinerne Wendeltreppe empor, die zur obersten Plattform des Bergfrieds führte. Schließlich sahen sie den sternenbedeckten Nachthimmel über sich. Von unten klang der Lärm des Festes bis zu den Zinnen herauf.

»Und nun zu dir, Jakob Fugger aus Augsburg«, sagte Maximilian viel zu laut. Jakob hob die Hände zu einer abwehrenden Handbewegung. Aber der Kaiser war kein Mann, der sich in irgendeiner Weise von einem anderen beschwichtigen ließ.

»Ich muss dir danken, Jakob«, sagte er wohlwollend. »Genau genommen muss ich dir schon mein halbes Leben lang danken. Für die Ausstattung auf dem Weg zu meiner geliebten Braut Maria hat sich mein Vater bereits erkenntlich gezeigt, indem er euch das Wappen von der Lilie schenkte. Aber danach, Jakob, danach warst du es, der mir einige Male sehr geholfen hat. Deine Silbergeschenke für das kaiserliche Heer sind unvergessen, und ganz besonders danke ich dir für deinen Anteil am Lösegeld für meine Befreiung in den Niederlanden.«

Er lehnte sich etwas zurück, stützte sich mit beiden Händen an den Zinnen des Turmes ab und betrachtete versonnen den Mond, der silbern über den schwarzen Wäldern des Taunus stand. In der Ferne leuchteten die Lagerfeuer in den Mainauen.

»Manchmal erkennt man die Dinge erst, wenn man nicht mehr mitten in den Ereignissen steht«, sagte Maximilian. »Ich weiß natürlich, dass raffgierige Kaufleute wie du nicht einen einzigen Heller fortgeben, wenn sie ihn nicht zuvor anspucken, damit er wiederkommt und weitere mit sich bringt …«

»Ich werfe Tag für Tag mehr als einen Heller in Opferstöcke und erwarte dafür keinen Gewinn«, sagte Jakob leise.

»Oh doch! Das tust du«, widersprach Maximilian. »Niemand verschenkt irgendetwas ohne Absicht. Auch du willst dir mit deinen Opfern die Gnade Gottes und seinen Segen für deine Werke erkaufen. Und wenn es mehr ist, was du aus deinen Fingern gleiten lässt, dann wird daraus vielleicht ein Sitz im Chor einer Kirche oder ein Platz bei den himmlischen Heerscharen.«

Jakob Fugger holte tief Luft. Er wollte zu einer Entgegnung ansetzen, aber dann entschloss er sich von einem Augenblick auf den anderen, mit diesem Fürsten genauso direkt und unbefangen zu sprechen, wie er es bereits als Junge getan hatte – auch wenn er es nicht wagte, gleich Maximilian ins vertrauliche Du zu wechseln.

»Vielleicht habt Ihr recht, Majestät«, sagte er. »Aber ist denn nicht alles, was wir in diesem Leben tun, ein ständiges Geben und Nehmen? Und wenn wir uns schon darauf verständigen können – wäre es dann nicht von Nutzen, wenn wir gemeinsame Absichten und Interessen wie zwei starke Pferde vor einen Karren schirren?«

Für einen kurzen Augenblick schien es so, als wolle der König diese Frechheit sofort gebührend sühnen. Seine Rechte fuhr an den Knauf des Dolches, mit dem er noch kurz zuvor den Braten bei Tisch zerteilt hatte.

»Was maßt du dir an, Pfeffersack?«, schnaubte er. »Kein Graf und kein Herzog darf es wagen, sich mit mir auf eine Stufe zu stellen. Und selbst die Edelsten unter den Fürsten kann ich zerquetschen, wenn sie versuchen, sich zu meiner Würde zu erheben, die mir von Gott verliehen wurde …«

»Ich bitte untertänigst um Vergebung«, sagte Jakob Fugger sofort.

»Meister Jakob«, fuhr der Habsburger fort. »Ich weiß nicht, was du in all den Jahren gelernt hast, wo du herumgekommen bist und wer es versäumt hat, dich die von Gott gegebenen Unterschiede zwischen den Menschen zu lehren. Du bist kein Scharlatan und kein Quacksalber, wie sie um meinen kranken Vater herumtanzen. Du bist auch kein lügnerischer Notarius, keiner der einfältigen Mönchsschreiber. Ich weiß, dass du mehr Silber in deinen Kästen und den Gewerken von Tirol besitzt, als ich jemals hatte. Aber das gibt dir noch lange nicht das Recht, deine und meine Ziele zu vergleichen. Wir können uns gegenseitig behilflich sein. Aber du darfst nie vergessen, dass wir beim Spiel um die Macht auf zwei verschiedenen Hochzeiten zu tanzen haben …«

Jakob erkannte zu seiner Erleichterung, dass Maximilian ihm trotz seiner Verärgerung noch immer wohlgesinnt war. Er hatte sich längst in seinem finanzpolitischen Kalkül für den leichtsinnigen, aber auch starken Habsburger entschieden – nicht für Erzherzog Sigismund und erst recht nicht für Herzog Albrecht von Bayern. Jetzt kam es nur noch darauf an, in Maximilians Denken alle anderen, die ihm ebenfalls Geld, Waffen und Ausrüstung beschafft hatten, nach und nach auszustechen. Aber das Ziel musste noch jetzt in dieser sternenklaren Nacht unter dem Mond über der Kronberger Raubritterburg zwischen ihm und dem König beschlossen werden.

»Lasst mich zwei Sätze sagen, Majestät.«

Der König blinzelte ein wenig im Mondlicht, dann schob er sein Kinn nach vorn und nickte.

»Ihr habt seit damals, also seit wir uns zum ersten Mal gesehen haben, ein Kreditkonto bei uns Fuggern von der Lilie. Sämtliche Schulden, die darauf verzeichnet sind, könnten unter gewissen Bedingungen gestrichen werden.«

»Waren das die zwei Sätze?«

»Nein«, fuhr Jakob fort. »Sie gehören zur selben Angelegenheit. Mein zweiter Satz betrifft das neue Angebot, das ich Euch heute Nacht unterbreite.«

»Und das wäre?«

»Ich kann Euch helfen, Tirol zu bekommen.«

Für eine Weile war nur das Lärmen der Musik, vermischt mit dem lauten, fröhlichen Gelächter der Jagdgesellschaft von unten, zu hören. Dann strich sich König Maximilian mit der Hand über sein vorgeschobenes Kinn.

»Welche Bedingungen?«, fragte er schließlich.

»Ich will Euer Bankier werden«, antwortete Jakob sofort. »Der einzige. Und alle anderen müssen verschwinden.«

Der Habsburger schüttelte sofort den Kopf. »Das ist unmöglich«, sagte er. »Zu viele in meiner Umgebung sind mit diesem und jenem Handelshaus verbunden.«

»Lasst mich auch das übernehmen«, sagte Jakob. »Wenn Ihr heute Nacht Ja sagt, müsst Ihr Euch um nichts mehr kümmern. Ich muss nur sicher sein, dass Ihr mir nicht in den Rücken fallt, wenn ich alles so einrichte, dass es Euch zum Gewinn gereicht.«

»Und dir, Krämer, zu noch größerem, wie ich annehme«, knurrte der König ungnädig.

Jakob zuckte nur die Schultern. Wieder vergingen einige Augenblicke, in denen keiner der beiden Männer ein Wort sprach. Dann lächelte Maximilian kurz und nickte. »Ich gebe Euch ein Jahr, Meister Fugger«, erklärte er, nun wieder ganz förmlich. »Dann wollen Wir das wertvollste der österreichischen Erblande in Unserem Besitz haben. Wir wollen den Thron und die Herrschaft von Tirol. Und das ohne Mord und Totschlag und ohne Krieg wie in Burgund und den Niederlanden und auch ohne das, was Ihr dem armen Sigismund mit Bozen und der Republik Venedig eingebrockt habt.«

Tiroler Intrige

Die Nacht auf Kronberg veränderte einiges für das Augsburger Handelshaus. Nach seiner Rückkehr nach Augsburg berichtete Jakob im Familienkreis von seinem Gespräch mit dem König. Je mehr er erzählte, desto säuerlicher wurden die Gesichter seiner älteren Brüder. Sie saßen im neuen, kunstvoll ausgemalten Kontor des großen Hauses am Rindermarkt. Es befand sich im ersten Stock wie bei den Kaufmanns-Palazzi in Venedig, und von seinem Platz aus konnte Georg die kleine Kirche von Sankt Anna sehen.

»Weißt du eigentlich, was deine leichtsinnigen Gespräche für uns bedeuten?«, fragte Georg griesgrämig. »Jeder Feldzug und jeder Streit, den der Habsburger – aus welchen Gründen auch immer anfängt –, belastet ab sofort auch unsere Kasse.«

»Georg hat recht«, stimmte Ulrich besorgt zu. »Es war schon riskant genug, wie du bisher überall Anteile gekauft und Geld verliehen hast. Vielleicht waren gewisse Darlehen an den Kaiser unvermeidlich. Aber jetzt bindest du uns auf Gedeih und Verderb an eine Politik, bei der wir selbst nicht mitbestimmen und immer nur reagieren können, wenn es bereits zu spät ist.«

»Wer sagt dir das?«, widersprach Jakob. »Habe ich nicht immer ein paar Stunden oder Tage vor allen anderen gewusst, wo wir eingreifen müssen? Hat uns auch nur ein einziger Baumgartner, Hochstetter oder ein Gossembrot oder Rehlinger etwas von dem abgenommen, was ich erhandelt habe? Gewiss, es gibt noch immer Dutzende im Dunstkreis des kaiserlichen Hofes, die mir und uns Konkurrenz machen. Aber ich werde sie ausstechen, und zwar einen nach dem anderen.«

»Wenn du das vorhast, verlagerst du den Handel und Wettbewerb von den Märkten und Messen in die Hinterzimmer der Gasthäuser und in die Gemächer der Fürsten und ihrer Beamten.«

»Was spricht dagegen?«, trumpfte Jakob auf. »Genau das ist doch der allein sinnvolle und vernünftige Fortgang unseres Geschäfts. Wir ziehen schon lange nicht mehr mit der Rückenkiepe von Markt zu Markt. Nur noch selten begleitet einer von uns dreien eine Warenladung. Wir handeln stattdessen, indem wir Lieferungen und Bezahlungen versprechen. Ich muss weder das Silbererz aus dem Berg noch die daraus geschmolzenen und geprägten Münzen zwischen den Fingern spüren, um durch zwei oder drei Gespräche oder schriftliche Verträge einen Gewinn zu erzielen. Genauso wird es bei den Geschäften mit und für Maximilian sein.«

Er blickte sie abwechselnd an. »Ihr müsst begreifen, dass wir keine Handwerker und Krämer mehr sind! Alles, was wir bisher vielleicht noch in unseren Lagerhäusern gesammelt, gezählt und irgendwann weiterverkauft haben, wird in Zukunft hauptsächlich auf dem Papier stehen – in Urkunden und Verträgen, die ihr hier in diesem großen Kontor Ort für Ort in einzelne Fächer legen könnt. Kontrakte und Vereinbarungen auf Papier statt Ballen und Säcke, Fässer und Körbe, versteht ihr?«

»Wir verstehen sehr wohl«, sagte Georg unwirsch. »Und eines Tages wirst du wahrscheinlich noch mit Gütern handeln, die du gar nicht besitzt und die auch nie jemand gesehen hat.«

»Das halte ich nicht für ausgeschlossen«, antwortete Jakob, ohne auf die Ironie und den Spott seines Bruders einzugehen. »Auch das Paradies hat noch niemand gesehen, und doch bringt es der Kirche Sonntag für Sonntag einen hübschen Gewinn.«

Nach einem arbeitsamen Herbst und einem schweren Winter, in dem kaum noch Fernhandel möglich war, kam ein Jahr, in dem Gott es gut mit den Menschen meinte. Die Felder und die Bäume blühten schön und reich wie nie zuvor, und die Sommersaat nahm keinen Schaden durch Ungeziefer oder Vögel. Es gab kaum Krankheiten, das Vieh gedieh, und auf den Märkten wurden Händler und Krämer die Waren schnell zu einem guten Preis an zufriedene Käufer los.

Dennoch lag eine dumpfe Angst über dem Land. Zur Furcht vor Räubern und Dieben, marodierenden Landsknechten und der Willkür der Fürsten kam die Furcht vor neuen, unerklärbaren Mächten des Bösen. Es war, als würden sich Teufel und Dämonen mit der Schönheit der Schöpfung verkleiden, als würden in Lüsternheit gefallene Hexen sich hinter Masken unschuldigster Mädchengesichter verstecken. Geflüsterten Vermutungen folgten leise Warnungen in vielen Beichtstühlen, dann erste öffentliche Verdächtigungen und schließlich Anklagen und lodernde Feuer, in denen angebliche Hexen verbrannten.

Jakob Fugger war entsetzt über das, was mit ausdrücklicher Billigung von Papst Innozenz überall hervorbrach. Obwohl die Verfolgungen südlich der Alpen nicht so kalt und grausam erschienen, nutzte auch die Republik von San Marco die unsicheren Zeiten. Mitte Juni brachte ein Tassis-Reiter die Nachricht nach Augsburg, dass der Doge die Königin von Zypern mit der goldenen Staatsgaleere in die Lagunenstadt gebracht hatte.

»Es war eine großartige, ergreifende Zeremonie«, berichtete der Bote. »Der Doge holte die Adoptivtochter der Republik mit dem Bucintoro von ihrem zyprischen Schiff in der Lagune ab. Sie warteten, bis es Abend wurde, dann legten sie unter einem farbenprächtig den Nachthimmel erhellenden Feuerwerk an der Mole vor dem Dogenpalast an. Oh ja, der Doge selbst geleitete sie über blütenbestreute Teppiche am Campanile vorbei bis in den Palast, und Tausende jubelten ihr zu.«

»Aber Caterina Cornaro ist doch immer noch die Königin der Zuckerinsel, oder ahne ich eine Intrige?«

»Das ist sehr schwer zu sagen, aber der Rat der Zehn hat beschlossen, dass sie im Palazzo ihres Vaters am Canal Grande sicherer ist als in den königlichen Palastanlagen von Nikosia. Es sind die Türken, gegen die Zypern jetzt von Venedig verteidigt werden muss ...«

»Es sind fast immer die Türken, die herhalten müssen, wenn irgendein teuflischer Plan begründet werden soll«, sagte Jakob finster. Für einen kurzen, sehnsüchtigen Augenblick dachte er daran, alles liegen und stehen zu lassen, um noch in derselben Stunde mit den schnellsten Pferden der Tassis über die Alpenpässe nach Venedig zu jagen. Sie war da ... im Haus ihres Vaters ... unter dem Gemälde, das ihn seit Jahren wie ein sündig gewordenes Muttergottesbild begleitete.

Jakob verachtete die doppelzüngige Republik von San Marco und die unfähige Politik der Habsburger. Er hasste den Papst für seine zwielichtigen Geschäfte und bedauerte die Kirche für den Wahnwitz der allenthalben aufkommenden Hexenverfolgungen.

Gleichzeitig beneidete er seine Brüder Ulrich und Georg mit ihrem einfältigen, gottgefälligen Familienleben. Tat er das wirklich? Er schüttelte den Kopf und entließ den Tassis-Reiter mit einem frisch geprägten Guldiner. Das Bild Erzherzog Sigismunds auf der Vorderseite mit der spitzen Krone und dem erhobenen Zepter sah eher mitleiderweckend als herrschaftlich aus. Nein, er beneidete weder den Herrn von Tirol noch König Maximilian und erst recht nicht die Krämerseelen in seiner eigenen Familie.

»Caterina«, flüsterte er zärtlich, als er wieder allein war. Dann lächelte er wehmütig. Er würde nicht nach Venedig reiten. Jedenfalls jetzt noch nicht, denn zuvor wollte er andere Pläne umsetzen …

Erst im folgenden Jahr kam Jakob Fugger wieder nach Innsbruck. Am liebsten wäre er gleich weiter in den Süden geritten – dorthin, wo Venedig der ehemaligen Königin von Zypern ein Refugium zugewiesen hatte. Jakob kannte inzwischen viele Einzelheiten über Caterinas Aufenthaltsort. Sie herrschte über die Zweiburgenstadt Asolo und eine Handvoll kleiner Ortschaften in den Hügeln zwischen den Flüssen Brenta und Piave südöstlich des Gardasees. Auf diese Weise störte sie in Venedig nicht und stand dennoch unter der Kontrolle der Lagunenrepublik.

Während des ganzen Weges nach Innsbruck überlegte Jakob, wie er es anstellen könnte, sie kennenzulernen. Doch dann nahmen ihn andere Probleme wieder gefangen. Bereits bei seiner Ankunft teilte ihm der Geschäftsführer der Faktorei seine Sorgen mit.

»Nicht nur von Frankreich und den Niederlanden droht Maximilian ständig Gefahr, sondern auch von den Nachbarn in Bayern. Herzog Albrecht kümmert sich nicht darum, dass er der Schwager des Habsburgers ist. Er steht im Streit mit dem Schwäbischen Bund und hat nichts dagegen, dass Kaiser Friedrich III. und Maximilian im Osten auch noch von den Ungarn eingekesselt werden. Das alles müsste uns nicht sorgen, aber jetzt blicken die Wittelsbacher auch nach Süden.«

»Hierher? Nach Tirol?«

»Sie wollen verhindern, dass immer mehr Angehörige des Wiener Hofstaats nach Innsbruck kommen. Neben der Residenz von Erzherzog Sigismund gibt es ja auch noch die kaiserliche Burg in der Stadt. Ihr kennt sie ja von den Hochzeitsvorbereitungen her.«

Nach und nach lernte Jakob die Männer kennen, die für Friedrich III. und Maximilian mit ihrem Vermögen und ihrer Arbeitskraft das unübersichtliche Heilige Römische Reich regierten. Aber nicht alle hohen Herren der Reichskanzlei waren so gesprächsbereit wie die Beamten in der Verwaltung von Erzherzog Sigismund. Einige von ihnen besaßen Vermögen, die jene der Nürnberger und Augsburger Kaufleute noch übertrafen. Andere kamen aus dem geistlichen Stand oder waren gerade erst in den Adel erhoben worden.

Jakob legte ein Buch an, von dem niemand außer Hans Suiter etwas wusste. Er notierte, in welche Innsbrucker Kirchen die hohen Würdenträger zur Weihnachtszeit gingen, wo sich der Hofstaat Maximilians einfand und zu welcher der beiden Gruppen die Patrizier und die Landstände stießen. Zum Jahreswechsel war ihm klar, dass Sigismund keine zwölf Monate mehr überstehen würde.

»Dann geht alles verloren, was wir ihm bisher geliehen haben«, stöhnte Suiter.

»Nichts geht verloren«, antwortete Jakob entschlossen. »Ich werde alle Anteile behalten, die ich an den Gewerken in Tirol besitze. Zur rechten Zeit wird sich sogar das Volk gegen den Ausverkauf sämtlicher Reichtümer des Landes an lauter gierige Kaufleute und Fürsten empören … gegen die Blutsauger, die dieses Land schamlos und mit Hilfe des eigenen Fürsten ausgebeutet haben. Sie werden sehen, dass wir Fugger für Ordnung sorgen!«

»Du willst einen Aufstand anfachen? Eine Revolte wie in Schwaben oder Bayern, oder gar in den Niederlanden?«

Jakob erkannte plötzlich, dass er selbst es war, der darüber entscheiden konnte, ob Sigismund der Münzreiche weiterhin Landesherr von Tirol bleiben oder ob seine gesamte Herrschaft, wie in der Raubritterburg bei Frankfurt vereinbart, Maximilian zufallen würde.

Überall in Innsbruck kamen in diesen unfreundlichen Vorfrühlingstagen neue, dramatische Gerüchte auf. Sie drangen aus der Residenz des Königs ebenso wie aus den Gemächern des Tiroler Erzherzogs.

Jakob Fugger konnte kaum noch alles notieren, was er in diesen Tagen an abenteuerlich klingenden Behauptungen und verschrobenen Plänen zur Entmachtung Sigismunds hörte. In gewisser Weise verstand ihn Jakob sogar. Der Erzherzog war kinderlos und gönnte all den anderen Habichten nicht die Freude über ein großes Erbe. Nachdem er sich entschlossen hatte, so wenig wie irgend möglich in den irdischen Gefilden zurückzulassen, hatte er mit großem Elan überall kostspielige Lustschlösser und lauschige Liebesnester bauen lassen. Er hatte Feste gegeben und zu Jagden eingeladen, und bei den Ausfahrten mit seinen Kutschen hatte er nicht selten frisch geprägte Münzen unter das Volk geworfen. Obwohl er längst nicht mehr im Saft der Jugend stand, war kein Weiberrock vor ihm sicher. Auf jedem Landtag kam die Sprache auf die Kosten für seine ungezählten Bastarde, die durch die erzherzögliche Rentkammer versorgt werden mussten. Dabei war kaum nachzuprüfen, ob die vielen Sprösslinge tatsächlich von ihm waren. Sigismund erkannte sie oft schon deshalb an, um nachzuweisen, dass er immer noch im Vollbesitz seiner Manneskraft war.

Er wollte angesehen und als Landesherr geachtet und geliebt werden. Schon deshalb gab er ständig mehr aus, als er hatte. Jakob warnte ihn nicht mehr vor denen, die nur die Hand aufhielten, aber nichts zurückgaben. Er selbst hatte sich so viel überschreiben lassen, dass die Schulden Sigismunds bei den Fuggern von der Lilie mehr als ausgeglichen waren.

Die Herzöge von Bayern trieben die Intrige schließlich auf die Spitze. Sie ließen dem Tiroler Landesherrn zutragen, dass der Kaiser ihm nach dem Leben trachte und ihn vergiften wolle, um ihn zu beerben. Dabei rechneten sie Erzherzog Sigismund sehr deutlich vor, wie viel Geld sie ihm in den letzten Jahren immer wieder geliehen hatten. Mit keinem Wort erwähnten sie, dass er ihnen dafür als Sicherheit Herrschaften, Ländereien und Bergwerke als Pfänder überschrieben hatte.

Als der Schnee schmolz, wurde die Lage für den alten Erzherzog immer aussichtloser. Seine Ärzte rieten ihm, die Gemächer nicht mehr zu verlassen. Sie wurden dabei von Bediensteten unterstützt, die bisher sehr gut am Hof des Erzherzogs gelebt hatten. Die Türschließer gingen einfach fort, wenn Sigismund kam. Kammerherren fanden seine Stiefel oder auch sein Wams nicht, und den Köchen fiel außer pappigen Altbrotknödeln mit dicker brauner Mehlschwitze auch nichts mehr für ihn ein.

Als in den ersten Märztagen der Landtag zusammentreten sollte, traf auch König Maximilian in der Stadt am Inn ein. Jakob Fugger erfuhr bereits am selben Tag, welche Vollmachten Maximilian von seinem Vater übertragen worden waren. Kaiser Friedrich III. verzichtete zugunsten seines Sohnes auf seine eigenen Erbansprüche auf Tirol und die Vorlande. Damit konnte Maximilian so in Innsbruck einziehen, als wäre er bereits Sigismunds offizieller Nachfolger.

Siebentausend Bergknappen in schwarzer Kleidung empfingen den König bereits an den Gewerken von Schwaz. Sie überreichten ihm als Zeichen ihrer Verehrung eine große goldene Schale, gefüllt mit frisch geprägten silbernen Guldinern.

Drei Tage später erlebte Jakob Fugger als Gast des Tiroler Landtags den Untergang seines langjährigen und wichtigsten Geschäftspartners persönlich mit.

»Wer etwas gegen Erzherzog Sigismund vorzubringen hat, der möge es hier und heute tun«, forderte der Tiroler Kanzler die Angehörigen des Landtags auf. Sofort sprang der Domdechant von Brixen auf und trat nach vorn. Noch im Laufen begrüßte er den König und die anwesenden Würdenträger, um gleich darauf wie ein Unwetter über den verdutzten Erzherzog Sigismund herzufallen.

»Das Geld in diesem reichen Land verschwindet wie die Spreu im Wind. Wir haben einen Landesfürsten, der sich in keinem Augenblick an Regeln und Gesetze hält, der unseren Reichtum mit vollen Händen fortwirft und durch sein leichtsinniges und lasterhaftes Leben Streit und Hader zwischen die Stände und die eigenen Berater sät.«

Erzherzog Sigismund verzog bei jedem Vorwurf schmerzhaft das Gesicht. Zuerst wirkte er verdutzt, dann grinste er plötzlich wie ein eingeschüchtertes Kind, das nichts verstand.

»Misswirtschaft!«, rief der Kanzler laut und deutlich.

»Abdanken!«, empörten sich andere. »Sofort abdanken!«

»Schulden bezahlen!«

Vorwurf um Vorwurf schlug ihm entgegen.

Sigismund hob seine Hand und winkte den Anwesenden, als würde er sie erst jetzt sehen. Keiner der auf diese lächerliche Weise Angesprochenen schenkte ihm auch nur einen einzigen Blick. Die Versammelten sahen entweder auf den jeweiligen Ankläger – oder auf König Maximilian.

Jakob erkannte, dass Sigismund diesmal keinen Ausweg finden würde. Tatsächlich wurde alles, was er vorbrachte, erneut gegen ihn verwendet. Und dann begann er, gegen seine eigenen Räte zu wettern, die ihn immer nur falsch beraten und ausgenutzt hätten.

»Gebt mir noch einen Tag Zeit!«, rief er der aufgebrachten Versammlung zu. »Nur einen Tag, damit ich alles beschaffen kann, was ihr von mir fordert.«

Maximilian sah in die Runde der Tiroler Abgesandten und dann zu den Kaufleuten und ihren Vertretern der süddeutschen Städte, die sehr genau verfolgten, was in Innsbruck geschah. Erzherzog Sigismund fiel mit hochrotem, schwitzendem Gesicht zurück. Im selben Augenblick entdeckte er Jakob Fugger.

»Du!«, rief er mit erstickter Stimme in die plötzlich eintretende Stille hinein. »Du hättest mir helfen können, denn du bist reich.«

Der nächste Tag verlief noch unerfreulicher für den Tiroler Erzherzog. Gleich nach Eröffnung der Versammlung in der späten Morgenstunde erklärte König Maximilian, was er noch am Abend zuvor mit seinen eigenen Beratern, den Tiroler Räten und verschiedenen Kaufleuten besprochen hatte.

»Ich bin bereit, sämtliche Schulden des Landesherrn von Tirol zu übernehmen«, rief er über die Köpfe der Anwesenden hinweg. »Und zwar ohne Abstriche und ohne neue Vereinbarungen.«

»Dir helfen sie«, jammerte Sigismund. »Das ist nicht recht! Und mir bleiben jetzt nur noch Armut und Plagen. Wer zahlt für meine hungernden Kinder, für all das Weibsvolk, dem ich die Fürsorge versprochen habe? Und wer sorgt für meine getreuen Landeskinder?«

»Letztere werden ebenso gut bei mir aufgehoben sein wie die Edlen Tirols und die Kaufleute, denen du immer mehr verpfändet hast«, entgegnete Maximilian ungerührt.

Es dauerte noch bis zum 16. März, dann erschien Maximilian mit seinen Räten erneut in der Ständeversammlung und ließ dem Kanzler mitteilen, dass die Angelegenheit und mit ihr sämtliche vorangegangenen Vorwürfe erledigt seien.

»Erzherzog Sigismund tritt aus Gründen des Alters und seiner Gebrechen aus freien Stücken zurück. Er hat mich, den deutsch-römischen König Maximilian, gebeten, all seine Länder ohne Ausnahme zu übernehmen. Gleichzeitig bittet er Euch alle, mir als neuem Herrn von Tirol zu huldigen.«

Wie in den vielen abendlichen Gesprächen der vergangenen Woche vereinbart, stimmte der Landtag ohne weitere Verhandlungen zu. Nur die Vertreter der an Bayern und Schwaben grenzenden Vorlande zögerten noch.

Der König stand auf und verließ als Erster den Saal. Kurz bevor er die große Tür erreichte, wandte er den Kopf zur Seite und suchte den Blick Jakob Fuggers. Sie sahen sich nur einen kurzen Augenblick lang an. Doch beiden spielte ein kaum wahrnehmbares Lächeln um die Mundwinkel. Sie konnten sehr zufrieden sein mit ihrem ersten großen gemeinsamen Triumph.

Abschied der Großen

Jakob Fugger hatte gewonnen, aber er wurde darüber keineswegs leichtsinnig. Noch am selben Tag liefen ihm in der Residenz des Königs auch die beiden Lukas Fugger vom Reh über den Weg. Der viel beschäftigte, sich überall in den Vordergrund drängelnde Vetter und sein Sohn gehörten nicht zu den Menschen, die Jakob besonders gern sah. Er hielt beide für unseriöse Kaufleute, die den schnellen Gewinn über Zuverlässigkeit, Qualität und Vertrauen stellten.

»Sieh an, das Jaköble macht große Politik und Kumpanei mit allerhöchstem Adel«, rief Lukas Fugger vom Reh mit schwerer, rauchiger Stimme. Seine vom vielen Wein rot und knollig gewordene Nase erinnerte Jakob unwillkürlich an den viel älteren Erzherzog Sigismund. Lukas der Jüngere trug das Wappen des Geschlechts, ein goldenes Reh auf blauem Grund, auf dem Wams und sah damit aus wie einer der großen adeligen Räte am Königshof.

»Hoffentlich raubt dir das Abenteuer, auf das du dich eingelassen hast, nicht den Schlaf«, sagte Lukas mit einer Mischung aus Spott und Besorgnis. »Mit dem senilen Lustfürsten Sigismund konntet ihr Fugger von der Lilie wie mit einem Bauerntölpel umspringen. Aber ich warne dich. Maximilian ist kein derartiger Bauerntölpel. Wer mit dem Kaiser oder dem König die Suppe essen will, der muss einen sehr großen Löffel haben.«

»Den gleichen Satz kenne ich über den Teufel«, gab Jakob zurück. »Und ich denke nicht, dass du Maximilian für den Satan hältst.«

»Wer weiß, wer weiß«, erwiderte Lukas Fugger lachend. »Warten wir ab, wer wen in den Sack steckt. Ich jedenfalls würde mich nicht mehr mit Bergrechten und Kuxen an Tiroler Silber zufriedengeben. Ein Federstrich reicht, und sämtliches Erz in den Bergen Österreichs hat keinen Wert mehr als Pfand oder Sicherheit.«

»Ach«, sagte Jakob so harmlos und unwissend wie möglich. Er wollte auf keinen Fall verraten, dass ihm bei der Bemerkung des Vetters ein Licht aufging. Auch er hatte immer wieder an die Gefahren gedacht, die ihm drohen konnten, wenn er sich in Geschäfte mit dem römischen König und seinem Vater, dem Kaiser, einließ. Derartige Vereinbarungen und Verträge waren etwas ganz anderes als Schuldscheine und abgetretene Eigentumsrechte von Sigismund.

»Vergiss die Reichsinteressen nicht«, riet Lukas Fugger mit einer Geste, die besonders familiär und großherzig wirken sollte. Es war, als würde er seinen Arm bereits schützend und väterlich um Jakob legen wollen. Der aber lächelte und trat zugleich einen halben Schritt zurück.

»Ich danke dir für deinen guten Rat«, sagte er und neigte ein wenig den Kopf. Lukas warf den Kopf in den Nacken und blickte ihn prüfend an.

»Das solltest du wirklich ernst nehmen, Jaköble. Das Erz in den Bergen gehört zwar dem König, aber es gehört auch dem Reich, wenn es in Not gerät. Und wenn Maximilian Silber und erst recht Kupfer und Messing für Kanonen benötigt, wird er dir keinen Heller mehr für dein Eigentum zahlen, sondern behaupten, dass das Wohl des Reiches den Vorrang vor allen Verträgen hat ...«

»Und du?«, fragte Jakob nach einer Pause, mit der er seine Bewunderung für diese Auskunft ausdrücken wollte. »Welche Sicherheiten lässt du dir geben, wenn du mit den Habsburgern handelst und ihnen Kredit gewährst?«

»Kein Erz, Jaköble, ganz bestimmt kein Erz. Wenn einer klug ist wie ich, dann lässt er nicht einen in die Bürgschaft eintreten, sondern ein Dutzend oder auch Hunderte, ja Tausende zugleich.«

»Das klingt in der Tat sehr weise«, gab Jakob zu. »Hast du bereits einen derartigen Handel abgeschlossen?«

»Du sagst es«, antwortete Lukas und lachte breit. »Kredit für den König in schöner Höhe. Und als Sicherheit hat er mir eine ganze Stadt zugedacht. Die Bürger von Leuven in den burgundischen Niederlanden stehen für die Summe ein, die ich Maximilian geliehen habe.«

Jakob hatte bei diesen Worten das Gefühl, als warne ihn eine innere Stimme. Waren es nicht gerade die Städte in den Niederlanden gewesen, die sich gegen die Habsburger Vorherrschaft empört hatten? Er dachte plötzlich an das Lösegeld für Maximilian, an dem er und seine Brüder sich beteiligt hatten. Würde Kaiser Friedrich III. oder Maximilian etwa ein Heer anwerben, um Städte in den Niederlanden zu zwingen, einem Lukas Fugger die Schulden zurückzuzahlen?

Lukas lachte behäbig und selbstgefällig, doch Jakob bedauerte in diesem Augenblick den älteren Verwandten, und ihm schien, als würde er ihn auf dem Scheiterhaufen und im Schuldturm Augsburgs zugleich sehen.

In den ersten Tagen nach dem Tiroler Staatsstreich jubelten die Menschen auf den Straßen und ließen den neuen Landesherrn hochleben. Auch die Honoratioren der Stadt und die Kaufleute machten deutlich, dass sie sehr einverstanden mit dem Wechsel waren. In den folgenden Wochen flaute jedoch die anfängliche Begeisterung spürbar ab. Der Sommer verging, und im Herbst sprachen viele Würdenträger aus dem ehemaligen Hofstaat Erzherzog Sigismunds bei Jakob Fugger vor und baten mit den abenteuerlichsten Begründungen darum, sie weiterhin durch monatliche Zahlungen zu unterstützen.

»Ihr dürft uns hier in Tirol nicht allein lassen, denn von Maximilian kommt inzwischen noch weniger als von Sigismund.«

Die Leute klagten, dass alles teurer geworden sei und durch die neuen Guldiner zu wenig Münzen in Hall geprägt würden. Jakob Fugger schwieg, wenn er auf das Problem angesprochen wurde, was immer mehr Mienen verdüsterte. So unauffällig wie möglich sorgte er dafür, dass alles verfügbare Silber über die Brennerstraße und andere Pässe nach Venedig geschafft wurde. Dafür nahm er gelassen in Kauf, dass durch das Überangebot der Metallpreis im Fondaco dei Tedeschi deutlich sank.

Nach und nach kam heraus, dass der angeblich Münzreiche noch viel mehr Schulden aufgehäuft hatte, als bei seiner Ablösung bekannt gewesen war. Auch König Maximilian zeigte sich zunehmend verstimmt. Zu allem Ärger verschlechterte sich der Gesundheitszustand seines Vaters Kaiser Friedrichs III. zunehmend. Die Ungarn ärgerten ihn an der Ostgrenze des Reiches. Die Türken drangen bereits bis nach Kärnten vor, und die Niederländer in den burgundischen Reichsteilen blieben nach wie vor aufsässig.

Jakob ließ sich genau berichten, welche der Kaufleute aus Kufstein, Augsburg, Nürnberg und Ravensburg im alten Palast Sigismunds und in der Residenz Maximilians ein und aus gingen. Obwohl er selbst den letzten Anstoß für den Sturz des Erzherzogs gegeben hatte, drängte er sich dem neuen Landesherrn nicht auf. Er wusste, dass Maximilian über kurz oder lang zu ihm kommen würde. Dennoch dauerte es mehrere Monate, und der Winter verging, ehe sie schon fast wie zufällig in Maximilians Residenz zusammentrafen.

Die beiden Gleichaltrigen sahen einander prüfend an. Während Jakob vor dem König auf die Knie sank, trat Maximilian sofort auf ihn zu und winkte ihm, sich zu erheben.

»Ihr habt Euch rar gemacht, mein alter Freund«, sagte er und lächelte spöttisch. »Aber glaubt bloß nicht, dass ich nicht hinter Eure Stirn sehen könnte. Ich weiß ganz genau, dass Ihr mich ebenso ausnehmen wollt wie den bedauernswerten Sigismund. Monat für Monat erkenne ich mit größerem Schrecken, wie hoch seine Schulden tatsächlich sind. Neben all dem Geld, das er nicht hatte und trotzdem mit vollen Händen ausgab, musste er wohl auch seine Gattin Katharina ruhigstellen und ihr freie Hand für ihre eigenen Verschwendungen geben. Und ich Narr habe zugesagt, dass ich sämtliche Schulden der beiden anerkenne und übernehme …«

»All Eure Finanziers und großen Räte haben doch wochenlang gezählt und sortiert. Sämtliche Kaufleute haben die Hände hochgerissen, als gefragt wurde, wie viel Sigismund ihnen schuldet.«

»Darum geht es nicht«, antwortete Maximilian. Er verschränkte die Hände auf dem Rücken und ging vor Jakob Fugger mit nach vorn gebeugten Schultern auf und ab. »Es sind die verdeckten Schulden und Versprechen, die Sigismund einigen Kirchenfürsten gab. Diese Herren dürfen sich ihre Hände nicht mit Zinsen und Wechseln und anderen unschicklichen Geldgeschäften beschmutzen, wie sie den Juden erlaubt sind. Aber ich weiß natürlich, dass einige Bischöfe auch in Eurer Gesellschaft große Summen eingelegt haben, mit denen Ihr dann arbeitet. Mir aber gibt keiner dieser frommen Herren auch nur einen Gulden. Und wisst Ihr auch, warum nicht?«

Jakob Fugger legte ebenfalls die Hände auf den Rücken und lächelte. »Weil sie ebenso gut wie ich bis auf den Boden Eurer Reichskasse sehen können. Ihr habt nichts, womit Ihr handeln könntet, Majestät.«

»Ja, zum Teufel, genau das ist es doch!«, fluchte der König. »Die Ungarn marodieren in Wien, die Türken erobern meine Burgen, die Fürsten verweigern mir jegliche Unterstützung, und von den Städten in den burgundischen Niederlanden bläst mir der eisige Wind ins Gesicht. Selbst meine Braut in der Bretagne kann ich nicht schützen, falls der König von Frankreich seinen Anspruch auf Anna mit Nachdruck geltend macht.«

»Aber ich weiß, dass Euch sehr viele Kredite anbieten, zumindest die Gossembrots, Baumgartners und alle anderen, die auf der Liste der Gläubiger Sigismunds stehen.«

»Das ist es ja«, stöhnte Maximilian. »Sie wollen ihr Geld zurück und kein neues hergeben. Doch wie soll ich dann Sigismunds Schulden bezahlen, die Burgen des Reiches von den Türken auslösen und neue Landsknechte in Böhmen anwerben? Für all das fehlen mir glatt hunderttausend Gulden.«

»Ihr könnt sie bekommen.«

Maximilian starrte Jakob Fugger ungläubig und dann beinahe belustigt an. »Ihr meint, das Haus Fugger von der Lilie gibt mir hunderttausend auf die leeren Kassen des Reiches?«

»Genauso ist es – auf die Kassen des Reiches. Ich will keine Kuxe von Euch, keine Bürgschaften von irgendwelchen Bergwerken oder das goldene und silberne Tafelgeschirr der Habsburger – jedenfalls jetzt noch nicht. Mir reicht als Sicherheit die leere Kasse Eures Reiches.«

Maximilian pfiff leise durch die Zähne. »Ihr seid ein verdammter Fuchs, Jakob Fugger. Ihr wisst genau, dass die Kassen, die heute leer sind, Jahr für Jahr neu gefüllt werden. Nicht sehr reichlich zwar, sondern schändlich gering – aber sie kommen, die Abgaben.«

»So sicher wie das Amen nach der Predigt«, sagte Jakob und nickte. »Und wenn ein Jahr nicht ausreicht, dann bin ich bereit, auch über mehrere Jahre zu reden.«

»Ich soll Euch also die Einnahmen des Deutschen Reiches bereits im Voraus verpfänden und dafür wahrscheinlich auch noch Zinsgelder zahlen.«

»Braucht Ihr die hunderttausend oder nicht?«, fragte Jakob trocken.

»Ich brauche deine verdammten Kredite, Jakob!«, drängte der König nun wieder im vertraulichen Tonfall. »Beschaff mir das Geld so schnell wie möglich, und nicht weniger als hunderttausend – zunächst …«

Ulrich und Georg Fugger wehrten sich mit aller Kraft gegen das, was ihnen der jüngere Bruder mit klarer, ruhiger Stimme soeben erläutert hatte. Die drei hatten gemeinsam im neuen Haus am Rindermarkt gespeist. Jakob bestand darauf, dass sie zusammen zu Tisch gingen, während er ihnen nach und nach klarmachte, was er wirklich wollte.

»Wahrscheinlich habt ihr beobachtet, wie das Haus Tassis sein Postrecht inzwischen zu einem Monopol im gesamten Reich ausbauen konnte. Genau das Gleiche habe ich auch mit uns vor. Ihr habt mich seinerzeit zu unseren Faktoreien geschickt, damit ich lerne, wie es in der Welt aussieht. Aber diese Welt wird immer größer und wächst zugleich zusammen ...«

Er dachte an den Globus von Martin Behaim. Kaum vier Jahre waren vergangen, seit sie zum ersten Mal darüber gesprochen hatten, und jetzt waren bereits Karavellen mit Männern in Richtung Westen unterwegs, die tatsächlich den Seeweg nach Indien finden sollten.

»Andere Handelshäuser finanzieren Expeditionen um die Südspitze von Afrika herum oder so weit nach Osten, dass sie sogar Indien hinter sich lassen«, fuhr er fort. »Möglicherweise sind wir nicht für solche Abenteuer geeignet und müssen diese Unternehmen Konkurrenten wie den Welsern überlassen.«

Er stockte und schien in große Ferne zu sehen. »Angeblich haben sie zusammen mit den Portugiesen einen Kontinent weit im Südwesten entdeckt«, sagte er. »Und wenn all das zutrifft, was inzwischen an wilden Gerüchten über die Neue Welt und die phantastischen Entdeckungen in allen Himmelsrichtungen erzählt wird, dann brauchen die Heimkehrer in Europa unser Handelsnetz der Fugger von der Lilie.«

»Wie meinst du das?«, fragte Georg.

»Wir bleiben hier«, erklärte Jakob. »Wir investieren unser Vermögen nicht in die Abenteuer wie andere, sondern stärken König Maximilian, der bald auch Kaiser sein wird, sobald Friedrich III. stirbt. Ich will, dass wir Fugger von der Lilie die Finanziers des deutschen Kaisers werden. Seine Bank, versteht ihr, seine Kreditgeber, seine Lieferanten für Silber und Kupfer und, wenn es sein muss, auch für Salpeter für das Schießpulver seiner Kanonen.«

»Nein, Jakob«, protestierte Ulrich. »Wir haben dir jahrelang nachgesehen, was du in Tirol und Venedig riskiert hast. Du magst es vielleicht Können nennen, aber dein Erfolg war auch zu einem Gutteil Glück und die Schwäche des versoffenen Sigismund. Mit Maximilian kannst du nicht so umgehen wie mit dem abgehalfterten Tiroler Landesherrn.«

Jakob sah die beiden Älteren mit unbewegtem Gesicht an. Er schob seine Zinnplatte etwas zurück und faltete wie beiläufig die Hände.

»Ich behaupte nicht, dass ihr beide im Konkurrenzkampf mit den Gossembrots, den Baumgartnern, Herwarths oder Rehlingern unterliegen würdet. Aber wir brauchen mehr als ordentlich geführte Bücher und die Geschäfte des alten Europa, auf die ihr euch versteht. Die Zeiten ändern sich viel schneller, als ihr ahnt. Die ganze Welt brodelt bereits, und niemand weiß, wohin das alles führen wird.«

»Genau das sage ich doch«, warf Georg Fugger ein.

»Nein, Georg!«, widersprach Jakob. »Du sagst nur, dass nichts geändert werden darf, was sich über zwei oder drei Generationen bewährt hat. Ich aber sage, dass sogar unser reicher Verwandter Lukas Fugger vom Reh untergehen wird, weil er die neuen, größeren Geschäfte nicht beherrscht. Er glaubt, dass er den rechten Weg zu Maximilian gefunden hat. Aber er denkt in viel zu kleinen Bahnen, und er wird furchtbar enden …«

»Und ich weiß, dass Maximilian sich als der letzte Ritter gefällt und doch ärmer ist als einer unserer Faktoren.«

»Das bestreite ich nicht«, antwortete Jakob. »Ich weiß auch, dass sich Maximilian niemals darum scheren wird, ob er nur von einem oder von allen Geld leiht. Ich werde alles daransetzen, damit er von uns mehr bekommt als von allen anderen. Denn damit kaufen wir uns nicht nur das gesamte Reich als Schatzkammer, sondern auch den König, der schon bald ein Kaiser ist.«

Jakob neigte den Kopf, als würde er tatsächlich beten. Für eine lange Zeit waren nur das Rumpeln von Wagen und der Hufschlag von Pferden von der Straße her zu hören.

»Bei der Gelegenheit fordere ich euch auf, auch den Namen der Gesellschaft so zu ändern, dass es nicht mehr ›Ulrich Fugger und seine Gesellschaft‹ heißt, sondern ›Ulrich Fugger und Gebrüder von Augsburg‹.«

»Willst du die alten Regeln einreißen?«, warf Ulrich sofort ein. »Ich bin der Älteste und auch der Prinzipal.«

»Das wirst du auch in Zukunft bleiben«, sagte Jakob leise. »Aber nur als Erster unter Gleichen.«

Irgendwann sägten die kaiserlichen Wundärzte Friedrich III. sein fauliges Bein, das nicht mehr heilen wollte, ganz einfach ab. Für eine Weile behalf er sich mit einem Dreifuß, den er selbst entworfen hatte, unter dem Stumpf. Er starb im selben Jahr, in dem der gerade erst als Alexander VI. zum Papst gewählte spanische Borgia die neu entdeckte Welt jenseits des Atlantiks in eine spanische und eine portugiesische Hälfte teilte – die größere und weitaus interessantere natürlich für das Königreich, aus dem er selbst stammte.

Georg Fugger war längst nach Nürnberg zurückgekehrt, und Ulrich leitete in ernster Strenge das Stammhaus der Fugger von der Lilie am Rindermarkt.

Jakob wohnte noch immer allein im alten Haus am Rohr. Er ließ für alle Handelsplätze, an denen die Gesellschaft eigene Faktoreien unterhielt, Sammelfächer in Regalen an den Wänden einrichten. Nur wenige Gehilfen verstanden die eigenartige Ordnung, nach der Jakob Fugger alles ablegen ließ, was ihm wichtig oder für eine spätere Zeit interessant erschien. Die ersten Nachrichten über einen Bauernaufstand unter den Flaggen des Bundschuhs im Elsass gehörten ebenso dazu wie die Berichte, die er über den Tod von Lorenzo Medici in Florenz erhielt.

An manchen Abenden, wenn er die großen Bücher mit der vierfachen Buchführung vorsichtig zugeschlagen hatte, ließ er sich die Briefe und Berichte bringen, die er als »Zeitungen« bezeichnete. Besonders in den kalten Monaten saß er bei warmem und gewürztem Wein, manchmal auch mit gepfeffertem Gebäck beim Schein einer Kerze in seiner Arbeitskammer und machte sich Notizen über neu aufgetauchte Volksbelustigungen oder Veränderungen in der Mode. Er las von abgedeckten Glückstöpfen, in die man für einen Heller oder einen Kreuzer greifen konnte, um dann irgendwelchen Schnickschnack herauszuholen oder einen kaum wertvolleren Überraschungsgewinn. Jakob ließ sich auch Muster jener neuen Schuhe bringen, die mehr und mehr die alten Schnabelschuhe ablösten.

»Klobig und grob«, sagte er abfällig, als er die breiten Schuhe betrachtete, die sich »Kuhmäuler« und »vorn geschlitzte Bärenfüße« nannten. Er brauchte nicht lange zu überlegen: Mit dieser Mode wollte er nicht handeln.

Als seinem Bruder Georg ein Sohn geboren und auf den Namen Anton getauft wurde, ertappte Jakob sich zum ersten Mal bei ernsthaften Gedanken an eigene Nachkommen und eine eigene Familie. Dann aber lenkte ein Tassis-Reiter ihn von weiteren Gedanken in dieser Sache ab. Der Bote brachte Nachricht vom Tode Kaiser Friedrichs. Jakob sprang sofort auf, warf sich einen Mantel über und lief zum Haus am Rindermarkt. Ohne Voranmeldung eilte er zu Ulrich.

»Es ist so weit!«, rief er ihm zu. »Die Kurfürsten werden König Maximilian zum deutschen Kaiser wählen. Aber die Krone kann er nur durch den Papst bekommen. Und das auch nur dann, wenn wir ihm dabei helfen.«

»Nein!«, sagte Ulrich, ohne lange nachzudenken. »Wir werden uns nicht mehr in die gefährlichen Geschäfte mit Herrschern und Königen verwickeln lassen! Seit gestern weiß ich, dass unser unglücklicher Vetter Lukas vom Reh gestürzt ist.«

»Du meinst, weil sich die Bürger von Leuven in den Niederlanden weigern, für die Schulden Maximilians einzustehen?«, meinte Jakob kühl. »Das ist mir bereits seit drei Tagen bekannt. Ich habe deshalb alles vorbereitet, um aufzukaufen, was wir von Lukas' Geschäften übernehmen können.«

»Du hast gewusst, dass Maximilians Sicherheiten nichts mehr wert sind?«

»Von Anfang an«, gab Jakob zu.

»Dann stimmst du meiner Meinung zu, dass er nichts mehr von uns verlangen darf?«

»Im Gegenteil«, sagte Jakob und lachte. »Von mir aus kann er hunderttausend oder auch das Doppelte oder Dreifache bekommen – selbst wenn wir uns all das erst beschaffen müssten. Aber ich will, dass Maximilian meine Zügel spürt. Er soll von mir aus zu allen anderen gehen, nachdem wir ihm sein nächstes Darlehen verweigert haben. Doch dann beweisen wir ihm, dass er ohne uns verloren ist. Ich werde so viel Silber aus den Bergen holen und außer Landes bringen lassen, dass er es diesmal spürt. Und du, Ulrich, du musst dich um das Kupfer kümmern, denn Kupfer soll die nächste

Daumenschraube sein, mit der wir uns den Habsburger endgültig handzahm machen.«

»Das heißt, du setzt auf Krieg.«

»Nicht nur auf einen, Ulrich. Solange noch die Türken gegen das Reich anrennen und Karl VIII. das niederländische Burgund und Italien gleichzeitig bedroht, wird Kupfer für Kanonen schon sehr bald wichtiger werden als Silber oder Gold.«

Verlorene Bräute

Genau genommen waren der deutsche und der französische König mit derselben Frau verheiratet. Obwohl Maximilian Anna von der Bretagne nie selbst gesehen und niemals in Person bei ihr gelegen hatte, galt er nach allgemeinem Recht dadurch mit ihr vermählt, dass sein Gesandter Wolfgang von Pollheim die schlafende Anna mit seinem nackten Bein im Bett berührt und damit eine Stellvertreter-Ehe per procuratorem geschlossen hatte. Dennoch hatte Maximilian Anna nicht vor dem Zugriff Karls VIII. bewahren können. Wien war weit, deshalb hatte der König der Franzosen sie ohne große Umstände zu sich geholt und geheiratet.

Als Jakob wieder einmal mit Maximilian über Geld sprach, stellte er fest, dass der König den Verlust der bretonischen Fürstin nicht besonders tragisch nahm.

»Es gibt Reichere und Bessere für mich«, stellte Maximilian nüchtern fest.

»Und an wen denkt Ihr dabei, mein König?«

Maximilian sah Jakob an und verzog sein Gesicht zu einem spitzbübischen Schmunzeln. »Es gibt da einen Herrscher in Mailand, der den Franzosen die Türen nach Italien weit geöffnet hat. Bei Licht besehen, hat dieser Herzog Gian Galeazzo Sforza König Karl VIII. regelrecht eingeladen, Italien zu erobern. Andererseits hat dieser skrupellose Herzog eine Schwester, die mühelos vierhunderttausend Dukaten Mitgift auf die Waage bringen könnte. Vierhunderttausend, Jakob! Das ist mehr, als ihr Fugger mir bisher geliehen habt.«

»Nicht sehr viel mehr«, sagte Jakob unbeeindruckt. Trotzdem erkannte er sofort, dass es sinnlos war, Maximilian eine Heirat mit Maria Sforza auszureden. Die Frage war nur, wie der Habsburger die Zustimmung des Mailänders erhalten wollte.

»Meint Ihr wirklich, dass eine Bianca Maria Sforza eine angemessene Kaiserin des Heiligen Römischen Reichs wäre?«, fragte Jakob furchtlos. »Mancher deutsche Fürst von edlem Blut könnte sie dafür verachten, dass sie eine Nichte des schrecklichen Ludovico il Moro und Enkelin eines dieser Condottiere ist, die sich in Italien wie die Huren jedem anbieten, der sie bezahlt.«

»Und was soll ich mit einem zweiten Eheweib, das zwar einen großen Namen, aber sonst nichts auf den Rippen hat?«, fragte Maximilian sofort. »Nein, Meister Jakob, eine Verbindung mit den Welschen ist im Augenblick wie ein Geschenk des Himmels.«

»Dennoch ist der Mailänder nicht sehr beliebt in den anderen Signorien. Auch der Doge von San Marco dürfte nicht sehr gut auf ihn zu sprechen sein. Ich fürchte daher, dass wir alle Schaden leiden, wenn Ihr Euch auf Geld aus Mailand stützt.«

»Dann werden sich die Pfeffersäcke aus Augsburg, Kufstein oder Nürnberg eben etwas einfallen lassen müssen«, sagte Maximilian unwirsch.

Jakob holte tief Luft. »Nun gut«, sagte er dann. »Ich werde zusehen, dass zumindest die Wogen am Rialto nicht zu hoch schwappen. Außerdem unterhalten wir Fugger von der Lilie in Mailand eine Faktorei, die bei Herzog Gian Galeazzo Sforza einen guten Ruf besitzt. Wir können also dafür sorgen, dass die Mitgift und das Heiratsgut Eurer Auserwählten ordentlich hierhergebracht wird.«

Maximilian strahlte über das ganze Gesicht. »Ich sehe, dass Ihr mich immer noch ein Jota besser versteht als all die anderen, die mir mit der einen Hand den Guldiner leihen und mit der anderen zwei wieder stehlen.«

»Wenn Ihr erlaubt, Majestät, kümmere ich mich um alles Notwendige für die Hochzeit mit der Italienerin«, bot Jakob Fugger an. Er dachte in diesem Zusammenhang spontan an Caterina Cornaro in ihrer Burg von Asolo. Vielleicht empfahl es sich sogar, selbst nach Venedig und Mailand zu reisen.

Der König blickte den Handelsherrn aus Augsburg einen Augenblick lang prüfend an, dann streckte er die Hände aus und umfasste Jakobs Arme. Sie lachten beide und verstanden sich in diesem Augenblick so gut wie damals, als sie zum ersten Mal in Augsburg zusammengetroffen waren.

Jakob hielt sich weder in Innsbruck noch in Bozen länger als nötig auf. Längst lag auch Trient hinter ihm. Er achtete nicht auf die Obstbäume und die Weinberge am Monte Grappa, als er die hölzerne, überdachte Brenta-Brücke mit klappernden Hufen überquerte.

Er kehrte im mehrstöckigen Haus Belvedere ein, von dem ihm schon in Bozen und Trient berichtet worden war. Das Gasthaus existierte erst seit hundert Jahren, aber es hieß, dass an derselben Stelle bereits vor der Geburt des Herrn eine römische Herberge gestanden habe.

Jakob aß an einem großen Tisch mit einigen anderen Reisenden und ehrbaren Bürgern der Stadt.

Zwei von ihnen hatten Häuser in Venedig und kannten das Handelshaus der Fugger. Ein ebenfalls durchreisender Sänger gab am Feuer des Kamins Proben seines Könnens, und irgendwann kam das Gespräch auf die unglückliche Königin von Zypern, die nicht nur ihr reiches Inselkönigreich, sondern dazu auch Mann und Kind an die Habgier und die Intrigen des Löwen von San Marco verloren hatte.

»Sie geht nun auch schon auf die vierzig zu«, sagte einer der Venezianer. »Doch wie viel Hass gegen den Dogen und den Rat der Zehn muss in dieser Tochter Venedigs brennen!«

»Sie wird erst neununddreißig Jahre alt«, korrigierte der Wirt des Belvedere, der ebenfalls herangekommen war. »Aber sie wird wohl nie wieder in den Armen eines Mannes liegen ...«

»Dabei ist sie noch immer eine wunderschöne, königliche Blume«, sagte ein anderer Gast in Jakobs Alter. »Ich würde all mein Land und meine Weinberge hingeben für einen einzigen Abend allein mit ihr.«

Jakob zuckte unwillkürlich zusammen.

»Nein, nein, Signori!«, rief der Sänger. »Es lohnt sich nicht, wenn ihr jetzt aufbrecht und sehen wollt, wer von Euch am schnellsten zu ihr reiten kann.« Er lachte und schlug in die Saiten seiner Mandoline. »Die Königin von Zypern, Tochter Venedigs und Herrin von Asolo ist nämlich nicht auf ihrer Burg, sondern im Palazzo ihrer Familie am Rialto ...«

Jakob ließ sich zurückfallen. Er hatte sich, wie auch einige der anderen, ein wenig aus dem alten geschnitzten Stuhl erhoben. Sie beendeten ungewohnt schnell die Tafelgespräche und begaben sich zur Ruhe.

Jakob lag noch lange wach. Am nächsten Morgen entschloss er sich, doch nach Asolo zu reiten. Es war kein Umweg von Bedeutung, und der Sänger konnte irren. Nach einem kurzen, schnellen Morgenritt mit Oktobernebeln in den Tälern unter den bunten, wie gemalt wirkenden Weinbergen erreichte er die Mauern der kleinen, verschlafenen Stadt. Die beiden Wächter am Stadttor ließen ihn schon für ein paar Tirolinos ein.

Aber wo er sie auch suchte – er fand sie weder bei der Morgenmesse in der bescheidenen Bischofskathedrale noch auf den leeren Straßen oder an den steilen Hügeln der zwei Burgen auf den Bergkuppen. Erst als ein barfüßiger Junge seine Schweine an ihm vorbeitrieb, hörte er, dass er umsonst gekommen war.

»Sie ist nicht da!«, rief der Junge. »La regina triste ist in ihrer Kutsche nach Venedig gefahren.«

Die Nebel über der Lagunenstadt hatten etwas Unheimliches und Geheimnisvolles. Dennoch freute sich Jakob Fugger, wieder einmal mit einer Gondel zum Fondaco dei Tedeschi zu gleiten. Während die Palazzi rechts und links am Canal Grande wie flüchtige, geheime Bilder aus einer jenseitigen Welt auftauchten und vorbeihuschten, leuchtete der Nebel über ihnen im diffusen Licht der Sonne.

Jakob Fugger war in einer Kutsche mit einigen Bewaffneten zu Pferd, aber ohne Packesel und Maultiere über die Alpen gekommen. Am Brenner hatten sie zwei zusätzliche Pferde vor die Kutsche spannen und schwere Pelzmäntel gegen die Kälte und den Schnee anlegen müssen. Obwohl es erst Oktober war, begleitete die Kälte sie bis nach Bozen hinab. Erst ab Trient wurde es mediterran und warm.

Überall an den Zwischenstationen hatte Jakob die Gelegenheit genutzt und sich über den Zustand des Handels und die Bewegungen der Märkte berichten lassen. Auch bei den einzelnen Posten der Tassis-Reiter war er ausgestiegen, um sich mit den Herbergsvätern und den Stallmeistern zu unterhalten. Jeder von ihnen war mit gezogener Kappe und dankbaren Verbeugungen zurückgeblieben, nachdem Jakob mit reichlich Silber für die gute Zusammenarbeit gedankt und auch für die anderen Bediensteten etwas Geld zurückgelassen hatte. So wie Achsen und Räder der Wagen in den Kaufmannszügen sorgfältig mit Teer und Leinöl geschmiert werden mussten, konnte das Wohlwollen in den Poststationen manchmal einen Tag oder sogar mehr an Zeitgewinn für bestimmte Sendungen bewirken. Ein gutes Pferd, das nicht an Boten des Kaisers oder einen anderen Handelsherrn, sondern an Männer im Fuggerauftrag ausgegeben wurde, war zumeist mehr wert als die zusätzlichen Kosten für den reibungslosen Wechsel.

Die Gondel legte vor dem Bogen der hölzernen Rialto-Brücke an. Jakob ließ sich Zeit beim Aussteigen. Noch hatte ihn keiner der Verwalter und Kaufherren im Inneren des burgartigen Gebäudes entdeckt. Wer hier unten an ihm vorbeieilte, achtete kaum darauf, welcher der hohen Herren kam oder ging. An einigen Stellen mitten im Hof wurden Lasten übereinandergestapelt, an anderen brannten kleine Holzkohlenfeuer mit dünn nach oben steigenden Rauchfäden. Der Duft von gerösteten Maronen mit Schweinekrusten zog zum Hafenportal herüber. Jakob lächelte, als er sich daran erinnerte, wie er zum ersten Mal die eigenartigen, zugleich vertraut und fremdartig riechenden Aromen gerochen hatte. Die Gehilfen in den Lagerhäusern aßen die einfache, würzige Leckerei besonders in den frühen Morgenstunden und an kalten Tagen, wenn die Feuchtigkeit in Schwaden über die Kanäle zog.

Schneller als erwartet siegte auch die Sonne über Rauch und Dunst im Innenhof des Fondaco. Es war, als würden die Arkaden und die Galerien in den oberen Etagen ihre Säulendurchlässe wie große Augen öffnen. Sofort kamen auch weitere Gehilfen der verschiedenen Händler auf die Balkone. Rufe und Lärm verstärkten sich, als hätte gerade erst die Sonne die vielen Menschen in den Dutzenden von Kammern im großen Handelshaus der Deutschen wach geküsst.

»Welch eine Freude!«, rief in diesem Augenblick eine kräftige Stimme von einem der durchlaufenden Balkone im ersten Stockwerk. »Jacopo ist zurück! Il Fuccero!«

Es war, als würde eine warme Feder Jakobs Seele streicheln. Schon die Erwähnung seines Namens in der Sprache der Dogen und der Medici, der Sforzas und Estes war wie ein kostbares Geschenk für ihn.

Er reiste erst am Abend zum Palazzo der Cornaros weiter. Das Gesicht des alten Cornaro war noch lederartiger geworden. Er stieß zweimal mit seinem Ebenholzstock auf den Boden und klammerte sich dann an dessen silbernem Löwengriff fest. Sofort huschten Diener herbei und trugen Jakobs Gepäck nach oben. Der Alte ließ sich auf einen kostbaren Stuhl fallen und bot Jakob ebenfalls einen Platz bei den Fenstern an, von dem aus er die Gemälde an der gegenüberliegenden Wand sehen konnte. Andrea Cornaro kümmerte sich schon längst nicht mehr um die Geschäfte seiner Gesellschaft. Damit war jetzt sein Sohn Marco befasst.

»Du wirst ihn auch in diesen Wochen nicht sehen können«, sagte Andrea Cornaro ziemlich laut. »Er ist nach Lissabon unterwegs und dann weiter zu den Inseln der Canaren.«

»Heimlich mit Schösslingen des Zuckerrohrs aus Zypern, wenn ich richtig vermute.«

»Unsere Häuser werden Feinde, wenn du ein Sterbenswort davon verrätst. Natürlich hat die Republik mein Monopol gestohlen! Aber Zucker von den Plantagen gehört mir. Und die Insel Zypern immer noch meiner Tochter Caterina!«

»Ich hoffe, dass es ihr gut geht«, sagte Jakob höflich. »Und dass sie sich in ihrem Vaterhaus ebenso wohlfühlt wie in den Jahren auf ihrer fernen Insel.«

»Es geht ihr ganz und gar nicht gut«, knurrte der Alte. »Ich muss sie jeden Tag ermahnen, nicht ihr Franziskanerkleid anzulegen, diese abscheuliche Kutte. Sie ist die Königin von Zypern, maledetto, und keine kleine, braune Nonne!«

Er stand mühsam auf und stapfte auf den Stock gestützt davon. Noch einmal hob er seine Hand zum Gruß, dann verschwand er mit leisen Flüchen auf den Dogen. Im großen Saal wurde es still. Nur von draußen drang der Lärm vom Canal Grande herein. Jakob stand auf und ging so dicht zur Bilderwand, dass er Caterinas Gemälde deutlich erkennen konnte.

Ja, ohne Zweifel – es war das schönste Gesicht, das er jemals gesehen hatte. Völlig versunken und mit einem feinen Lächeln starrte er das Gemälde an. Er merkte nicht einmal, wie er tief seufzte.

»Gefällt es Euch, Fratello Jacopo?«

Diese Stimme! Ihre Stimme! Er hatte sie noch nie zuvor gehört. Doch jetzt fuhr sie ihm tief ins Herz, raste als heiße Welle durch den ganzen Körper, ließ seine Knie zittern und sträubte die Haare in seinem Nacken.

Unendlich langsam drehte er sich um. Und dann sah er sie. Sie stand nur drei Schritte von ihm entfernt … vollkommen anders als das Gemälde … fast fünfundzwanzig Jahre älter, ein wenig fülliger und nicht in Kleid und Schmuck einer Himmelskönigin im Rosenhag, sondern im langen braunen Herbstkleid, wie es die Franziskanerinnen trugen. Ihr langes Haar war nicht mehr durch Kräuteressig und Sonnenlicht gebleicht, wie es die Frauen in Venedig liebten, sondern fiel weich und dunkel um ihren schlanken Hals bis auf die Schultern.

»Ihr könnt Sorella Caterina zu mir sagen. Wir waren doch in unserer Jugend beide in den Klöstern des heiligen Franz von Assisi, oder nicht?«

Er nickte heftig wie ein Jüngling beim ersten geheimen Treffen mit der Liebsten. Sie standen eine Ewigkeit ohne weitere Worte voreinander. Dennoch erzählten sie sich mit den Augen, wie lange sie sich kannten.

»Wäre das Kloster unser Platz in dieser Welt gewesen?«, fragte er.

»Ich weiß es nicht, Bruder Jacopo«, antwortete sie, und ihre Stimme klang sehr beherrscht. »Aber war der heilige Franz nicht ebenso wie du und ich Kind eines reichen Tuchhändlers? Und zog er nicht die Armut dem falschen Glanz des Geldes vor? Ich jedenfalls werde mich bemühen, jenen zu vergeben, die mir alles genommen haben. Gott helfe mir, dass ich nicht eines Tages doch noch daran denke, an Venedig Rache zu nehmen.«

Vom Nebenraum her vernahmen sie das Geräusch des Stockes von Andrea Cornaro. Sie konnten nicht mehr weiterreden. Dennoch ahnte Jakob, dass er sich noch einmal an die verborgene Drohung der entmachteten Königin von Zypern erinnern würde.

Er hielt sich viel länger in Venedig auf, als er ursprünglich beabsichtigt hatte. Trotzdem sah er sie nicht wieder. Sie war bereits am Tag darauf nach Asolo zurückgekehrt. Jakob stürzte sich in die Arbeit. Wie ein Schwamm saugte er alles auf, was er von den Händlern und Kauffahrern hörte, die bis in die griechischen Häfen, nach Zypern, zur Levante, weiter nach Indien und sogar bis nach China vorgedrungen waren. Von der anderen Seite über das Mittelmeer und Portugal kamen ebenfalls Nachrichten, die viele der alten Händler und der reich, aber unbeweglich gewordenen Patrizier verschreckten. Immer häufiger war von Gold, neuen Gewürzen und fremden Völkern die Rede, von denen bisher noch nie jemand etwas gehört hatte.

In diesen Monaten dachte Jakob Fugger oft an die Gespräche zurück, die er mit Conrad Peutinger und Francesco Tassis geführt hatte. Er lächelte, wenn er an den Globus dachte, auf den Martin Behaim all die Namen und Küsten, Städte und Flüsse eingezeichnet hatte, die es auf dem Erdball geben sollte.

Trotz aller Verunsicherungen empfand Jakob Venedig erneut als einen Ort, an dem er mehr bewirken konnte als nördlich der Alpen. Er schickte auf drei verschiedenen Wegen Tassis-Boten nach Augsburg und teilte Ulrich mit, dass er noch eine Weile bleiben werde. Gleichzeitig sollte von Augsburg aus verkündet werden, dass sich der jüngste der Brüder auf Reisen nach Antwerpen, Frankfurt und Leipzig befand. Nichts davon stimmte, denn Jakob interessierte sich zunehmend für eine ganz andere Richtung.

Die Zeit des Silbers war für ihn vorbei. Jetzt kam es darauf an, mittels straff geführter Gedankenfäden mit Kett und Schuss einen Plan zu weben, der ihn zum Herrn über das Kupfer machen sollte. Er ließ sich Zeit. Lieber schon vor Beginn alles ganz genau überdenken, als später auch nur einen Knoten im Gewebe festzustellen, der das Ganze wertlos machte …

Schließlich war er so weit. Wie beim Beginn eines neuen Webstücks zog er einen einzigen Faden von einer Seite zur anderen. Sein Schiffchen war ein junger Kanoniker aus dem Stift Sankt Veit in Herrieden, der inzwischen ebenfalls bei den Tassis-Reitern untergekommen war. Er schickte ihn auf der Bernsteinstraße über Aquilea und das Königreich Ungarn bis nach Krakau. Dort lebte einer der besten Ingenieure für den Bau von Bergwerken, Pumpen für das immer wieder in die Gruben hereinstürzende Wasser und für die Verhüttung von Kupfer.

Für eine Weile hatte Jakob gezögert, nachdem er von Gerüchten gehört hatte, dass ein Maler namens Leonardo da Vinci ebenfalls geniale Maschinen bauen konnte. Doch dann erschien ihm eine Verbindung mit dem polnischen Saufkopf Johann Thurzo in Krakau aussichtsreicher – und einfacher geheim zu halten. Er wollte ihn sehen – und wenn er ihn in einem Fass voll Branntwein nach Italien holen musste …

Geschäftsbeziehungen

Sie trafen sich nicht in Venedig, sondern am nördlichen Rand des adriatischen Meeres. Jakob ritt Johann Thurzo auf einem Pferd entgegen, das einmal einem Condottiere aus Mantua gehört hatte. Der Hengst war feurig und schnell und vollkommen unempfindlich gegen den Lärm auf den Straßen. Selbst wenn ihm Reiter auf Stuten entgegenkamen, blies er nur kurz seine Nüstern auf und warf dann den Kopf gelangweilt nach rechts, als wolle er lieber aufs Meer und das Schilf in den Ufersümpfen schauen. Die alte Hafenstadt vor der Insel Grado hatte ihre Blüte vor tausend Jahren erlebt. Damals, als sie der wichtigste Hafen der Römer im adriatischen Meer gewesen war, hatten noch zweihunderttausend Menschen dort gelebt – so lange jedenfalls, bis sie von Attila und seinen Hunnen monatelang belagert worden waren. Der Sage nach hatten sich die letzten Überlebenden von Aquileia in die Lagune geflüchtet, in der sie ihre Wasserstadt Venedig errichteten.

Als Jakob Fugger über die einstige Prachtstraße von Aquileia an den Säulenresten vorbeiritt, erinnerten ihn die Ruinen an die Hügel von Rom. Er stieg in einer kleinen Herberge ab, die nicht einmal für die Postreiter der Tassis-Gesellschaft interessant genug war. Nur ein Dutzend Gäste zu Fuß, zu Pferd und mit kleinen zweirädrigen Karren bevölkerten den viel zu großen Platz, der einmal das Forum der zweitgrößten römischen Hafenstadt gewesen sein musste.

Zum ersten Mal in seinem Leben empfand Jakob die erzwungene Stille während der Wartezeit in den antiken Ruinen der vergessenen Stadt als eine angenehme Unterbrechung. Hier störte ihn kein Geschrei aus Gondeln und Kanälen, niemand kannte ihn, und er musste nicht darauf achten, wen er grüßen und wen er geflissentlich bei einem Gang über die Plätze übersehen sollte.

Er nutzte die Zeit für lange Spaziergänge an der alten Kirche vorbei, an deren Giebel noch immer Spuren von der hunnischen Brandschatzung zu sehen waren. Der längst verfallene antike Uferkai des Hafens von Aquileia erinnerte ihn an den ebenso gerade angelegten Hafen von Antwerpen an der Schelde. Hier wie dort schloss sich an den gemauerten Uferstreifen eine lange Reihe von Lagerhäusern an, die wie eine einzige Mauer mit Fenstern und Türen aussah.

Weder in Köln noch in anderen Städten des Nordens kehrte diese Einheitlichkeit wieder. Im Gegenteil – nach allem, was er bisher gesehen hatte, wollte dort jeder unterschiedliche Tore und Fenster, Erker und Türmchen, Dächer und Gauben zeigen. Nie zuvor war Jakob der Unterschied zwischen der alten, klar gestalteten Welt und der neuen, die Individualität betonenden Zeit so deutlich geworden wie in den Ruinen von Aquileia. Er war so versunken in seine Gedanken, dass er nicht einmal bemerkte, wie sich ein Mann zu Fuß über den weiten Platz an den Säulen des Forums entlang auf ihn zubewegte.

»Wovon träumt Ihr, Fugger?«, rief der Mann mit einer kräftigen, an lautes Brüllen und fässerweise Wein gewöhnten Stimme. Er sprach deutsch, aber sein harter Akzent ließ keinen Zweifel daran, woher er kam.

Die beiden Männer waren so unterschiedlich, wie Menschen nur sein können. Wie zwei Gladiatoren standen sie einander auf dem weiten Forum von Aquileia gegenüber. Es war, als müsse sich hier und jetzt entscheiden, ob sie sich erschlagen oder umarmen sollten. Der geniale Bergbauingenieur mit einer untrüglichen Nase für neue Erzadern und drohende Wassereinbrüche in den Gruben sah aus wie ein großer brauner Bär. Sein wildes Haar ging in einen dichten Bart über, der nur eine vom Alkohol gerötete, breite Nase und kleine, sanfte braune Augen über roten Backen frei ließ. Alles an Thurzo war braun wie die Erde seiner Heimat und doch von einem eigenartigen Glanz, der Jakob Fugger auf geheimnisvolle Weise wie der verborgene Schimmer von Kupfererz vorkam. Auch sein Mantel, seine Stiefel und seine Pluderhosen leuchteten rötlich braun in der Mittagssonne.

Zwischen Thurzo und dem schlanken, nach venezianischer Art mit erlesenen bunten Stoffen gekleideten Jakob Fugger konnte es keinen größeren Unterschied geben.

»Ihr in Augsburg habt wohl viel zu lange auf Euren König Maximilian gestarrt«, spottete Johann Thurzo. »Immer nur Silber und Guldiner in den Augen. Darüber kann man leicht blind werden und übersehen, was sonst noch in der Welt geschieht.«

»Dafür ersäufen andere ihre von Gott geschenkten Gaben gern leichtfertig in Wodkafässern.«

»Hohoho!«, rief Thurzo aus. »Wer bei uns arbeitet wie ein Pferd, der darf auch saufen wie ein Pferd! Und ich kenne nun einmal nichts anderes als meine Gruben und Maschinchen, mit denen ich sie ergiebig mache und vor den Wasserteufeln schütze.«

»Genau aus diesem Grund stehen wir hier …«

»… und verdursten, wenn es nicht bald etwas zu trinken gibt. Es ist ein lauwarmes, weich gewordenes Land, dieses Italien. Zu wenig Frost und nicht einmal richtige Kämpfe, wenn die bewaffneten Haufen aufeinandertreffen! Sie handeln viel lieber und lassen sich doppelt bezahlen, statt ihren Mann zu stehen! Und selbst der Wein hier schmeckt verwässert gegen den ungarischen.«

»Wenn Ihr darauf besteht, reiten wir heute noch dorthin, wo sich Euer Zorn ein wenig ertränken lässt.«

»Nichts wäre mir lieber, offen gesagt«, seufzte Johann Thurzo. »Und wenn sich die Kinderchen nicht gewünscht hätten, einmal im Leben ihre Alabasterkörper an den Gestaden des Mittelmeers zu sonnen, wäre ich niemals gekommen.«

»Das wiederum hätte Euch und mir einen Weg versperrt, den wir gemeinsam in die Zukunft gehen können.«

»Ich habe längst freie Auswahl unter Euch Kaufleuten aus Augsburg, Kufstein, Nürnberg oder Ravensburg«, meinte Johann Thurzo und spuckte auf den Boden. »Ihr glaubt doch alle, dass Ihr nur mit Eurer prall gefüllten Geldkatze winken müsst, um diesen Toren Thurzo wie mit dem Honigtopf zu locken. Nein, Meister Fugger, ein Johann Thurzo weiß, wie viel er wert ist …«

»Ich dachte mir schon, dass Ihr nicht leicht zu gewinnen seid«, meinte Jakob und lächelte. Er verschränkte die Arme vor der Brust und ging langsam auf und ab. Es war ein einfacher, aber noch immer wirksamer Weg, um einen anderen, der sich stark, ebenbürtig oder sogar überlegen fühlte, wie mit einer langen, unsichtbaren Leine an sich zu binden und seinen Kopf mit seiner ganzen Aufmerksamkeit hin und her zu lenken. Wer vor dem anderen auf und ab ging, bestimmte selbst das Tempo und die Richtung desjenigen, der stand.

Doch dann erkannte Jakob, dass Thurzo kein Tanzbär war, der sich so simpel einfangen und leiten ließ. Der Pole legte seine Hände auf den Rücken, streckte die Brust vor und schritt dann wie ein Imperator vergangener Zeiten ebenfalls auf den großen Steinplatten des Forums hin und her. Jakob kam es so vor, als würden sie wie zwei Schauspieler in einem leeren Theater ohne Sitzreihen ihre Rollen spielen. Er blieb stehen, blickte Thurzo an und lachte.

»Wisst Ihr, was mir soeben durch den Kopf ging?«, fragte er. Thurzo blieb ebenfalls stehen.

»Ich nehme an, das Gleiche wie mir. Dabei wissen wir doch beide, was wir voneinander wollen.«

»Genauso ist es«, sagte Jakob zustimmend. »Ihr kennt die Berge, die Kupferadern und die Technik, wie sie auszubeuten sind. Aber Ihr habt nicht genügend Mittel, um all die großen Gruben, Hebeanlagen und Hüttenwerke zu errichten, durch die der Reichtum ans Tageslicht gehoben werden kann.«

»Und Ihr, Meister Fugger aus Augsburg, habt das Geld. Doch Geld allein ist dumm. Ihr könnt ihm nicht befehlen, in den Berg zu gehen, um dort für Euch zu arbeiten.«

»Das könnte ich sehr wohl, wenn ich es wollte«, widersprach Jakob. »Ich habe in Tirol bewiesen, wie man schlecht geführte Silberbergwerke in wahre Goldgruben verwandelt.«

Hinter den Säulen und der alten Kirche von Aquileia wurden helle, fröhliche Stimmen laut. Jakob sah, wie ein kleines Segelboot über die Zufahrt zum Meer kam und in das lang gestreckte alte Hafenbecken einbog.

»Meine Söhne«, erklärte Johann Thurzo. »Sie sind zurück von ihrem Bad im Mittelmeer. Damit habe ich mein Versprechen an sie erfüllt und könnte heute noch zurückreisen.«

»Ich habe nichts dagegen«, sagte Jakob Fugger und blieb plötzlich stehen. »Allerdings sollten wir zuvor noch den Vertrag unterschreiben, den ich bis auf die einzusetzenden Zahlen, die Euch und mich betreffen, bereits vorbereitet habe.«

»Vergesst jede Vereinbarung, wie ich sie bereits bei anderen von Euch Kaufleuten abgelehnt habe«, sagte Johann Thurzo. »Ich arbeite für keinen von Euch, weder für zehn Prozent noch für ein Vielfaches.«

»Trotzdem seid Ihr gekommen, um mit mir zu reden.«

»Es gibt nur eine Antwort, auf die ich einen Humpen Wodka mit einem Zug austrinken würde«, schnaubte Johann Thurzo und leckte sich über die vollen Lippen. »Ich biete Euch mein gesamtes Wissen über die Bergwerke in den Karpaten, ebenso wie über die ungeheuer reichen Kupfervorkommen Ungarns.«

»Und die Bedingungen?«

»Ich werde niemals Diener irgendeines Herrn sein! Und ich neige meinen Kopf nicht vor Euch, selbst wenn Ihr einen Adelstitel hättet oder eine Krone auf Eurem schönen Kopf.«

Jakob verstand sofort, was der geniale Bergwerksingenieur aus Krakau damit ausdrücken wollte. Thurzo ließ sich nicht kaufen. Dann also gab es nur noch eine Möglichkeit.

»Wir könnten Partner werden«, sagte Jakob Fugger. »Teilhaber in einer neuen, streng geheim gehaltenen Gesellschaft, Ihr für Euer Wissen und Eure Fähigkeiten mit noblen dreißig Prozent …«

»… und Ihr nur dafür, dass Ihr Geld habt und Absatzwege für den Verkauf des Kupfers kennt, sicherlich mit siebzig«, sagte Thurzo. »Nein, Meister Fugger! Schon der Gedanke an eine derartige Aufteilung ist eine bösartige Beleidigung für mich. Vergessen wir, dass Ihr mir eine Weile gut gefallen habt und ich Euch sogar meinen Söhnen vorstellen wollte.«

»Vierzig Prozent«, sagte Jakob. Thurzo verzog die Lippen. Seine Augen wurden klein.

»Ihr seid ein schöner, kluger Mann, Meister Fugger. Aber wie so viele feine Herrchen versteht Ihr einfach nichts vom Bergbau.«

»Dann sagt mir, was Ihr wollt.«

»Was ich will?« Thurzo lachte. »Ich will ein freier Mann bleiben, Meister Fugger, und das kann ich nicht mit dreißig oder vierzig Prozent an einer gemeinsamen Gesellschaft. Auch nicht mit neunundvierzig, und das wisst Ihr ganz genau.«

»Heißt das, bei fünfzig kämen wir zusammen?«

»Vielleicht«, antwortete Johann Thurzo. »Aber da kommen meine Söhne. Ich will zu ihnen und ihre Körper mit Olivenöl einreiben, denn wie ich sehe, waren sie zu lange in der Sonne. Das tut diesen Knaben nicht sehr gut.«

»Fünfzig Prozent und sämtliche Entscheidungen über das Kupfererz, solange es im Berg oder noch nicht verhüttet ist.«

Johann Thurzo verzog sein bärtiges Gesicht zu einem breiten Grinsen. Dann drehte er sich um und stiefelte davon.

Thurzo besaß nicht nur mehr Wissen als alle anderen, die etwas mit Bergwerken zu tun hatten, sondern auch im Lauf der vielen Jahre erworbene königliche Privilegien aus der Magyarischen Kanzlei. Trotzdem waren Jakobs Brüder keineswegs begeistert, sondern eher verstimmt, als dieser ihnen in Augsburg erklärte, welche Vereinbarung er mit Johann Thurzo geschlossen hatte.

»Du kannst doch nicht einfach eine Gesellschaft gründen, in der wir nichts mehr zu sagen haben. Es ist unser gemeinsames Geld, das du in den ständig absaufenden ungarischen Bergwerken versenkst.«

»Und es sind das Wissen und die Verbindungen dieses Mannes, der uns zu Königen des Kupfers machen wird«, konterte Jakob. »Natürlich weiß ich, dass in der ganzen Sache auch ein Risiko steckt, aber wie wollt ihr gewinnen, wenn ihr nicht wagt? Ihr mögt ja recht haben mit euren guten Geschäften, die genauso ablaufen wie seit Jahrhunderten. Aber das reicht mir nicht!«

»Vergiss nicht, was wir beschlossen haben, als wir die Gesellschaft umbenannten«, sagte Ulrich. »Jeder Anteil und jeder Gewinn muss für die Dauer von sechs Jahren in der Gesellschaft belassen werden. Wenn du jetzt sagst, dass du deine neue Gesellschaft mit dem Namen ›Gemeiner Fuggerscher Handel‹ aus deinem eigenen Geld finanzieren willst, dann vergiss nicht, dass jeder von uns nur ein Viertel seines Anteils für eigene Geschäfte nutzen darf. Wir haben einfach nicht genügend Münzen für derartige Abenteuer, seit wir die fremden Teilhaber und unsere Schwestern ausbezahlt haben.«

»Dann müssen wir uns neue Einlagen beschaffen«, sagte Jakob. »Nicht von fremden Teilhabern, sondern von Männern, die schon jetzt ihr Geld bei uns anlegen und dafür Zinsen bekommen.«

»Nein, nicht noch mehr Ablass oder Opferpfennige!«, protestierte Georg. »Angst und Unsicherheit sind nun einmal Gift für Handel und einträgliche Geschäfte.«

»Oder die Quelle«, sagte Jakob und lächelte zweideutig. »Überall verwahrlosen die Sitten, dass es den Allmächtigen längst jammern müsste!«

»Nicht hier in Augsburg!«, warf Ulrich ein. »Denn hier soll übermorgen eine sündige Sechzehnjährige an den Pranger gestellt und dann mit Ruten aus der Stadt getrieben werden.«

»Ist sie der Hexerei verdächtigt?«

»Nein«, antworte Ulrich mit grämlichem Gesicht. »Die Anna

Laminit hat durchreisenden Kaufleuten immer wieder zuchtlose Nachtgespielinnen beschafft.«

»Was ist daran so ungewöhnlich?«, fragte Jakob verwundert. »In Venedig bekommt jeder Mann das, was er gern im Bett hätte.«

»Venedig, Venedig! Wir sind doch nicht in diesem sündigen Babylon«, schnaubte Ulrich. »Du bist zurück in Augsburg, Jakob, und diese Stadt hat einen Erzbischof und Männer im Rathaus, die sich nicht nur dort bis aufs Blut bekämpfen. Was sich die Anna Laminit erdreistet hat, hätte in anderen Städten sogar den Scheiterhaufen zur Folge gehabt. Sie kann von Glück reden, dass ihr nicht Hexerei, Teufelswerk und Buhlschaft mit den Dämonen vorgeworfen wird. Sieh dir doch an, wie gnadenlos in den vergangenen Monaten alles geworden ist: Jede Verdächtigung eines Handelshauses wird von den anderen sofort an die große Glocke gehängt. Die Vorwürfe reichen von Falschmünzerei über Betrug und vergiftete Waren bis zu Kuppelei und Gotteslästerung.«

»Ich kann das alles nur bestätigen«, warf Georg ein. »Schweigst du, dann machst du dich ebenso verdächtig wie durch Widerspruch. Spendest du zu viel für den Opferstock, bekennst du dich schuldig – gibst du zu wenig, gerätst du in Verdacht, ein Ketzer zu sein und die heilige römische Kirche zu verraten.«

»Schon deshalb ist das, was du mit diesem Johann Thurzo aus Krakau über das ungarische Kupfer vereinbart hast, eine große Gefahr für uns alle. Sollte das ruchbar werden, haben wir nicht nur das Habsburger Kaiserhaus, sondern auch noch die bayerischen und schwäbischen Kaufleute und die Ratsherren in den Städten gegen uns. Nichts ist verderblicher für einen gedeihlichen Handel als Gerüchte – mögen sie falsch oder wahr sein.«

Jakob blickte seine Brüder lange und schweigend an. Er wusste, dass sie recht hatten. Trotzdem sann er über Wege nach, wie er ihre Bedenken berücksichtigen und dennoch Herr über das ungarische Kupfer werden konnte.

Die beiden älteren Brüder der Fugger von der Lilie konzentrierten sich wieder auf den Handel mit Stoffen, Metall und exotischen Gewürzen. Gleichzeitig kümmerte sich Jakob so unauffällig wie möglich um sein ungarisches Kupfer, die Reste des Tiroler Silbers und um Zucker von der Insel Zypern. Er war es, der immer wieder an abgelegenen Orten Kirchen oder Klöster besuchte. Bei diesen Reisen betete und beichtete er, wie es sich gehörte. Zugleich beschaffte er auch neue Geldeinlagen von verschiedenen Bischöfen und Fürsten, aber auch von wohlhabenden Handelsherren, die öffentlich als ihre Gegner und Konkurrenten galten.

Ulrich und Georg wohnten und arbeiteten im großen Haus am Rindermarkt, zu dem sie ein weiteres Straßenstück hinzugekauft hatten. Noch immer besaß jeder der beiden Brüder mehr Vermögen als Jakob. Ihre Familien wuchsen, und Jakob begann einzusehen, dass er auch in seinem Leben etwas ändern musste. Einige der Hofräte in Innsbruck und die Patrizier im Augsburger Rathaus munkelten seit längerer Zeit darüber, wie gottgefällig der jüngste der drei Fuggerbrüder lebte. Jedermann wusste, dass er viele Jahre lang im Zölibat gelebt hatte, aber manch Elternpaar in Augsburg und Umgebung mit einer hübschen Tochter fand, dass er diese Bestimmung nun langsam aufgeben müsse.

»Wenn du dich gegen die Söhne deiner Brüder auch in einigen Jahren noch durchsetzen willst, musst du dich langsam sputen«, sagte sogar Conrad Peutinger, der zu einem der einflussreichsten Berater König Maximilians aufgestiegen war. Die Stadt Augsburg war stolz auf den belesenen und geachteten Mann, der so weit herumgekommen war. Die Stadtväter hatten ihm sogar die ehrenvolle Stelle eines Stadtschreibers auf Lebenszeit in Aussicht gestellt.

»Ich habe nicht umsonst durchgesetzt, dass aus unserer Firma sämtliche Erbansprüche und fremde Beteiligungen herausgenommen werden«, gab Jakob abwehrend zurück. »Auf diese Weise muss jeder von uns handeln, als wäre er allein für das Ganze verantwortlich – ohne Rücksicht auf weitere Anteile von einem Eheweib, Anverwandten oder Kindern.«

»Haben die anderen denn nicht bemerkt, dass du ihren Anhang damit vollständig entmachtet hast?«, fragte Conrad Peutinger.

»Natürlich haben alle gezetert und gegrollt, als ich mich mit meinem Vorschlag durchsetzte. Aber es gibt weiß Gott genügend böse Beispiele für Erbteilungen, die in vielen anderen Handelshäusern und adligen Familien zum jähen Untergang geführt haben. Das Geld muss in der Firma bleiben, wenn es Gewinn und Sicherheit erzeugen soll. Alles andere gleicht einer Ernte, ehe die Früchte reif sind.«

»Du warst bei dem Beschluss ohne Eheweib«, stellte Conrad fest.

»Und du bist immer noch derjenige, der auf niemanden Rücksicht nehmen muss – nicht einmal auf sein eigenes Fleisch und Blut.«

Nach einigen Wochen kam Jakob von selbst noch einmal auf diese Angelegenheit zu sprechen. »Es ist nicht so, dass mich Kindergeschrei stören würde«, meinte er eines Abends, als er mit Peutinger in dessen Haus beim Wein zusammensaß. »Ich mag zum Beispiel Georgs Sohn Anton gern. Er ist kein Hohlkopf wie manch ein anderer. Wenn ich einen wie ihn zum Erben hätte, wäre mir wohler.«

»Und warum heiratest du nicht und zeugst dir wohlgeratene Söhne?«, fragte Peutinger direkt. »Es gibt genügend Jungfrauen in der Stadt, für die sich kein Patrizier und kein großer Kaufmann wie du schämen müsste.«

»Ich mag sie einfach nicht«, gab Jakob offen zurück. »Ein Weibsbild, das mir gefallen könnte, dürfte mich nicht mit großen Augen ansehen und schweigend den Blick senken, sobald ich sie anspreche, sondern müsste lachen, wenn ich scherze, und traurig sein, wenn mir ein Missgeschick in geschäftlichen Dingen zustößt. Keine Dienerin also, keine, die nur gebären will ..., aber auch keine schamlose Person, wenn du verstehst, was ich meine.«

»Du willst also ein Weib, das Hexe und Nonne zugleich ist«, meinte Conrad lachend. »Die Einzige, auf die all diese Vorzüge zutreffen, habe ich mir gerade ausgesucht.«

»Du? Davon weiß ich gar nichts.«

»Es ist die siebzehnjährige Margaretha Welser – eine unglaublich intelligente und belesene Jungfrau.«

»Jungfrau ist meine nicht mehr, sondern Witwe«, antwortete Jakob mit einem tiefen Seufzer. Zum ersten Mal verriet er etwas von seinem innersten Geheimnis. »Sie ist die Tochter eines Kaufmanns, war bei den Nonnen so wie ich bei Mönchen, wurde gekrönte Königin eines süßen Landes und lebt jetzt unerreichbar für mich in einer fernen Burg und in meinen Träumen.«

Sie hoben ihre Gläser und lächelten sich zu. Peutinger fragte nicht nach. Es war, als wüsste er schon lange, wen Jakob Fugger meinte. Auch deshalb fühlte Jakob sich im Haus des Freundes wohl. In all den Jahren hatte er außer Caterina Cornaro keine andere in seinem Herzen geduldet. Nun aber, da er schon bald vier Jahrzehnte auf Erden weilte, gehörten zu der ordentlichen Buchführung des Lebens auch ein Weib und wohlgeratene Nachkommen.

Das Syndikat

Während sich Jakob in aller Heimlichkeit darum kümmerte, dass Melchior von Meckau, der Fürstbischof von Brixen, ihm weitere Gelder zur freien Verwendung innerhalb der Firma übergab, bahnten sich an mehreren anderen Schauplätzen Ereignisse an, die noch weitreichende Folgen haben sollten.

Seit Jakob nicht mehr in der Innsbrucker Faktorei den Gang der Dinge überwachte, hatten sich auch am Hof König Maximilians einige Dinge so entwickelt, dass er sich allmählich Sorgen machen musste. Immer wieder hörte Jakob, dass Maximilian inzwischen mehr als ein Dutzend Berater in den Ohren lag. Einige davon, die Maximilian noch von seinem unglücklichen Verwandten Sigismund übernommen hatte, standen noch immer in jenem Buch in Augsburg, in dem die Fugger von der Lilie ihre nützlichen Aufwendungen verzeichneten. Auch der König des Heiligen Römischen Reiches Deutscher Nation erhielt inzwischen monatlich zehntausend Gulden von Jakob Fugger. Er nahm sie ebenso selbstverständlich, als würden sie aus der Schatulle seines Ersten Kämmerers stammen.

Jakob empfand immer häufiger Zorn über den Leichtsinn des Habsburgers. Ohne Bedenken verfügte Maximilian über die fast unerschöpflich erscheinenden Finanzquellen der Fugger und anderer Kaufleute. Er plante Überfälle, zog gegen jeden guten Rat in Kriegsabenteuer bis nach Livorno in Italien, kehrte ohne einen Gulden zurück und veranstaltete gleich darauf rauschende Feste und aufwendige Turniere nach alter ritterlicher Art. Es kümmerte ihn nicht, was derartige Abenteuer und Lustbarkeiten kosteten. Im Gegenteil – wer sich gegen die gottgegebenen Ansprüche des Habsburgers zur Wehr setzte, fiel sofort in Ungnade.

Wie hart die Folgen von Protest, Widerstand und dem Ruf nach Gerechtigkeit sein konnten, hatte kein anderer bitterer erfahren als der alte Lukas Fugger vom Reh. Maximilian hatte nur gespottet, als er erfuhr, dass die Bürger der Stadt Leuven nicht einen Gulden von den Schulden zahlen wollten, die er selbst bei Lukas Fugger gemacht hatte.

»Ja, ja«, sagte er nur. »Es ist halt hart, das Leben, und oftmals unerwartet …«

Überdies übte sich Maximilian in einer Kunst, die vor ihm überwiegend nur Kirchenfürsten, kaiserliche Berater und geschickte Kaufleute beherrscht hatten. Er, der nach allen Seiten als offen, laut und selbstherrlich bekannt war, versuchte sich jetzt auch darin, heimliche Ränke gegen Männer zu schmieden, denen er eigentlich zu großem Dank verpflichtet war. Was zunächst kaum jemand besonders ernst nahm, entwickelte sich fast unmerklich zu einem Würgegriff gegen Familien, die zwar reich und treue Geldgeber des Königs, aber nicht einmal von Adel waren. Maximilian versuchte, den weit entfernt lebenden Thurzos und ihren Kupferbergwerken zu schaden, gleichzeitig den Baumgartners in Kufstein und den Fuggern von der Lilie, und dies in der Stadt, in der er bereits oft und gern gewohnt hatte.

Die Fugger merkten fast zu spät, was sich am königlichen Hof von Innsbruck gegen ihr Unternehmen anbahnte. Nur Jakob war von Anfang an immer auf der Hut. Er beobachtete, wie Maximilian andere Handelshäuser zusammenbrachte, um mit ihnen ein Syndikat für das Kupfer zu bilden. Für eine Weile überlegte er, ob er nicht ebenfalls dieser Kaufmannsvereinigung beitreten sollte. Ulrich und Georg waren dafür. Aber dann lehnte Jakob ab.

»Ihr kennt sie doch ebenso gut wie ich«, warnte er Ulrich und Georg. »Wie lange halten Konkurrenten denn zusammen? Und was geschieht, wenn Maximilian sich erneut in wilde Abenteuer einlässt? Ich höre doch schon, mit welchem Hochmut er die Schweizer bekämpfen und besiegen will. Wir haben nichts davon, wenn wir uns ebenfalls dem Syndikat anschließen. Ich bin gewiss kein Hasenfuß, aber in diesem Fall ist es besser zu warten, als mit den Wölfen zu heulen. Erst wenn sich alle ihre Zähne ausgebissen haben, dann will ich ihm noch einmal die Pforte öffnen – nur dafür, dass er in die Knie geht und bittet.«

Ulrich stöhnte auf. »Jakob, Jakob!«, sagte er besorgt. »Siehst du denn nicht, wie leicht den Henkern inzwischen Strick und Beil geworden sind? Hast du Lukas schon vergessen? Weißt du nicht mehr, wie gnadenlos ihn Maximilian fallen ließ?«

Auch Georg mischte sich jetzt ein: »Man muss schon einen großen Löffel haben –«

»Ich weiß, ich weiß«, unterbrach Jakob. »Wenn ich mit euren sämtlichen Bedenken handeln würde, könnte ich Doge von Venedig werden, so reich würde ich damit.«

Am selben Nachmittag schickte ihm Conrad Peutinger einen Boten ins Haus am Rohr.

»Ihr sollt, wenn es Euch möglich ist, zum Nachtmahl bei Herrn Doktor Peutinger erscheinen«, sagte der Junge.

Die ganze Angelegenheit war derart offenkundig, dass Jakob am liebsten gleich nach der Suppe aufgestanden und gegangen wäre. Sie waren insgesamt nur sechs Personen bei diesem Nachtmahl: Conrad und seine Verlobte, die sehr belesene Margaretha Welser, hatten als Gastgeber die beiden Plätze an den Schmalseiten der Tafel eingenommen. Zwischen ihnen saßen auf der einen Seite der angesehene Patrizier und Fuggernachbar Wilhelm Artzt und seine hübsche, junge Tochter Sibylle. Auf der anderen Seite war Jakob neben die eigentliche Herrin dieser Familie platziert worden. Sie trug denselben Vornamen wie ihre Tochter, ließ ihn aber mit »a« enden.

Vom ersten Augenblick an führte sie das Wort innerhalb der kleinen Abendgesellschaft, obwohl Peutinger als Anlass vorgeschoben hatte, dass er den Beschluss des Stadtrats von Augsburg feiern wollte, ihn zum Stadtschreiber auf Lebenszeit zu ernennen. Die offizielle Ernennung war bereits Anfang September erfolgt, und mittlerweile fielen bereits die Blätter von den Bäumen, und erste Nachtfröste kündigten den Winter an.

Conrad Peutinger hatte auch schon zuvor die Protokolle des Rats von Augsburg verfasst, wichtige Korrespondenzen geführt und die Schuldbriefe und Kaufakten der reich gewordenen Stadt in Ordnung gehalten. Er hatte sich sogar in der Kirche Sankt Ulrich und Afra für die Markttage eine Schreibstube zwischen den Säulen einrichten lassen. Hier konnten einfache Bürger ihm diktieren, welche Anliegen und Petitionen sie vorzubringen hatten.

Er hatte sich um die Armen ebenso wie um die schwierigen Rechtsfälle gekümmert und war im Auftrag der Stadt bei verschiedenen Gesandtschaften zu den Reichstagen, zum Schwäbischen Bund und bis zum Papst nach Rom gekommen. Gleichzeitig war er aber auch Freund und Berater von König Maximilian geworden. Jakob konnte sich auch beim besten Willen nicht vorstellen, was die

Familie Artzt mit den vielfältigen Tätigkeiten Conrads zu tun haben sollte. Sie war, soweit er wusste, auch noch nie zuvor in seinem Haus zu Gast gewesen.

»Weißt du, wo ich dich zum allerersten Mal gesehen habe, Jaköble?«, plauderte Sibylle Artzt. »Wir müssen beide damals etwa vierzehn Jahre alt gewesen sein, als du mich beim Besuch von Kaiser Friedrich III. mit seinem Sohn Maximilian und den tausend halb zerlumpten Österreichern fast auf der Straße umgerannt hast. Erinnerst du dich noch? Du hattest gerade die Tonsur bekommen, und bei meinem Vater wohnte ein junger Kaufmann aus Florenz – aus der Familie Medici, was ja in der welschen Sprache ebenfalls Arzt heißt.«

Jakob verzog kaum merklich sein Gesicht. Seit er denken konnte, waren ihm die Nachbarn vom Haus am Rohr wie aus einer anderen Welt vorgekommen. Die Familie war mit dem Zunftmeister Ulrich Artzt verwandt, der sich inzwischen auffällig für das Amt des Bürgermeisters und Verbindungen zum Schwäbischen Bund interessierte.

Wilhelm Artzt und seine Ehefrau, eine geborene Sulzer, waren keineswegs arm, aber weit weniger erfolgreich als ihre Nachbarn. Dennoch hatten sie sich immer um ein Vielfaches wichtiger gefühlt als die Fugger von der Lilie. Jakob hatte nicht einmal geahnt, dass die Tochter des Hauses inzwischen bereits über das in Augsburg übliche Heiratsalter von siebzehn Jahren hinaus war. Offiziell galt sie als achtzehnjährig, einigen Gerüchten zufolge konnten es aber durchaus auch zwei oder drei Jahre mehr sein …

Er sah sie an und musste zugeben, dass sie hübsch und gottgefällig, aber für sein Empfinden ein wenig zu herausgeputzt war. Unwillkürlich verglich er sie mit seinen Erinnerungen an Caterina Cornaro. Beide Frauen waren ohne jede Frage seiner Aufmerksamkeit wert, aber bei beiden glaubte er zu erkennen, dass sie seinem Ideal weiblicher Reinheit nicht in vollkommener Weise entsprachen – wie der Juwelier kaum wahrnehmbare Schatten in edlen und geschliffenen Steinen wahrnimmt. Bei Caterina wusste er, dass sie noch immer um ihren in venezianischem Auftrag vergifteten Gatten und den grausam von ihr gerissenen Sohn trauerte. Aber was störte ihn eigentlich an Sibylle Artzt? Er fand es nicht heraus.

Jakob wandte den Kopf und sah prüfend ihre ebenfalls übertrieben festlich gekleidete Mutter an. Er kam sich plötzlich vor wie ein Gewürzhändler, der den Verdacht hegt, dass ein Sack kostbaren Gewürzpfeffers unter einer dünnen Schicht Pfeffer etwas ganz anderes enthält.

»Lass das doch, Sibylle«, mahnte ihr Gemahl. »Wir wollen heute nur feiern, dass unser lieber Doktor Peutinger jetzt die ehrenvolle Stelle erhalten hat, die keinem anderen besser ansteht als ihm.«

Er neigte sich zu Peutingers Verlobter und radebrechte einige lateinische Vokabeln, die er aufgeschnappt hatte. Jedermann wusste, dass sich Margaretha fast ebenso gut in Conrad Peutingers lateinischen Schriften auskannte wie er selbst. Zudem galt sie als Kennerin römischer Münzen.

»Ich höre, dass ihr Fugger jetzt immer mehr Ablassgelder und Peterspfennige für Rom einsammelt«, sagte sie nach Fisch und Fleisch wie beiläufig zu Jakob. »Ihr wisst ja, dass ich mich für diese Dinge interessiere. Deshalb frage ich dich, ob es nicht möglich wäre, dass ihr mir diejenigen Münzen zur Ansicht aussondert, deren Wert ihr nicht bestimmen könnt, weil sie zu alt und keine gültigen Zahlungsmittel mehr sind.«

»Belästige unseren Freund Jakob heute Abend doch nicht mit derartigen Dingen«, bat Peutinger.

»Nicht jedes Weib ist hübsch und anmutig genug, dass allein ihr Liebreiz ausreicht, um versorgt zu werden«, meinte Margaretha Welser lächelnd.

Jakob lächelte ebenfalls. »Auch wenn es nicht um einen Beitrag zur Mehrung des Vermögens geht, sollte es einem Weib, wenn es in den Ehestand gelangt, doch möglich und erlaubt sein, den eigenen Neigungen zu folgen.«

»Das heißt, du würdest einer jungen Frau neben der Versorgung mit allem Notwendigen auch Raum für eigene Interessen geben?«, fragte Sibylle Artzt sofort.

»Ja, warum nicht?«, antwortete Jakob arglos. »Wenn man wie ich viel unterwegs ist und manchmal noch eine ganze Kerze über den Büchern aufbraucht, wäre es doch eine Strafe, wenn ein junges Eheweib immer wieder untätig auf den Angetrauten warten müsste.«

Zum ersten Mal hob Sibylle Artzt den Kopf. Ihr Blick traf sich mit dem von Jakob. Es war kein Glühen, kein Erröten in ihrem anmutigen Gesicht. Er hatte plötzlich das Gefühl, als würde sie in all der Strenge und Selbstbeherrschung seines Wesens nach einem Lächeln und einer ausgestreckten Hand suchen. Jakob war sich längst darüber klar, dass auch sie wusste, warum die Eltern sie ins Haus von Conrad Peutinger mitgenommen hatten.

Jakob akzeptierte den Vorschlag, den Conrad und seine anmutige Verlobte für ihn vorbereitet hatten. Das Einzige, was ihn an Sibylle Artzt störte, war die peinliche und viel zu offenkundige Sucht der Mutter, sich mit großen Namen wie den Medici zu schmücken. Derartige Einflüsse konnten sehr störend auf den Frieden einer Ehe wirken. Sibylle Artzt war keine Wahl, die sein Herz höherschlagen ließ. Aber er hatte auch keine Einwände gegen ihre Herkunft, ihren Ruf, ihr Erscheinungsbild und ihr gesamtes Wesen.

Sie blickten sich noch einmal – und diesmal lange – in die Augen. Er nickte leicht, dann blickte er zum Hausherrn. Conrad deutete an, dass er ihm noch etwas sagen wollte, sobald sie sich unter vier Augen sprechen konnten. Doch dazu kam es nicht mehr.

Zum Jahreswechsel auf das Jahr 1498 stand Jakob Fugger vor zwei Entscheidungen, die sowohl ihn ganz persönlich als auch den Fortbestand des gesamten Handelshauses betrafen. Er musste unbedingt nach Innsbruck und sich dort selbst um die Kupferangelegenheiten kümmern. Aber zuvor regelte er die Sache mit der Heirat. Zwei Nächte lang überschlief er die Angelegenheit. Eigentlich wollte er nicht, doch irgendwann musste er Abschied nehmen von seiner wehmütigen Schwärmerei, die ihn ein halbes Leben lang begleitet hatte.

Es gab für ihn und die Königin von Zypern keine Brücke, über die sie zueinander gehen konnten. Von der Fuggerkammer im Fondaco dei Tedeschi zum Palazzo Cornaro und in die Gemächer Caterinas gab es keinen gangbaren Weg. Was Königen und Herzögen gelingen konnte, war für ihn als Kaufmann völlig ausgeschlossen. Nachdem er all das Für und Wider abgewogen und in Herz und Kopf bewegt hatte, ging er kurz vor dem ersten Sonntag der Adventszeit zum Haus von Conrad Peutinger.

»Ich werde Sibylle Artzt bereits Anfang des nächsten Jahres zu meinem Weibe nehmen«, sagte er nur, nachdem sie in der großen Stube mit dem Kachelofen Platz genommen hatten. »Du kannst alles Erforderliche einleiten – aber mach's für einen kleinen Kreis.«

»Ich kenne dich«, meinte Conrad zufrieden lächelnd. »Und ich bin überzeugt, dass du gewiss nicht schlecht gewählt hast.«

»Auch wenn das zutrifft, was du mir noch sagen wolltest?«, fragte Jakob misstrauisch.

Peutinger blieb mitten in seinem mit Büchern vollgestopften Arbeitzimmer stehen.

»Sibylle Artzt ist keine Jungfrau mehr!«, stieß er nach einer Weile hervor.

Für einen Augenblick sahen sich die beiden Männer wortlos an. Jakob schluckte ein-, zweimal, dann presste er die Lippen zusammen, bis sie hart und blutleer wurden.

»Das hättest du mir eher sagen müssen!«, knurrte er wütend. »Aber es ist genauso gut mein Fehler! Wer einen Handel abschließt und sich dabei arglos auf fremde Urteile verlässt, der wird auf jedem Markt der Welt dafür bestraft!«

Er räusperte sich, und seine Hände krallten sich derart hart um die Rückenlehne des geschnitzten Stuhls, dass die Knochen weiß wurden.

»Ich dachte doch, du wüsstest, wem sich Sibylle Artzt vor Jahren schon versprochen hatte.«

Jakob schüttelte den Kopf. »Nein, Conrad«, presste er hervor. »Doch du wirst es mir sagen, wenn du verhindern willst, dass ich mich in deinem Haus vergesse.«

»Es ist der Rehlinger«, erklärte Conrad Peutinger. »Seine Familie wollte nichts mit Sibylle Artzt und ihrer Tochter zu tun haben. Zu laut, zu großmäulig und trotz fünftausend Gulden Mitgift einfach nicht nobel genug.«

»Ach!«, sagte Jakob wieder vollkommen beherrscht. »Und da dachtet ihr euch: Nehmen wir uns den ehrbaren und auch schon etwas trockenen Kaufmann Jakob Fugger als Versorger. Er war ja schon fast Priester, hat nie etwas gehabt mit anderen Weibern und verlangt wahrscheinlich bis auf einen schnellen Erben auch nicht viel von ihr, was sie und ihren Buhlen stören könnte …«

»Nein, Jakob!«, protestierte Conrad Peutinger sofort. »So darfst du das nicht sehen! Die Sache ist doch längst beendet. Nimm einfach an, du würdest eine Witwe heiraten.«

Und plötzlich lachte Jakob leise. »Vielleicht will ich das überhaupt nicht«, sagte er dann. »Vielleicht käme mir sogar entgegen, wenn sich ihr Wohlverhalten dadurch steigern lässt, dass ich den Buhlen dulde.«

»Du meinst … du meinst tatsächlich, dass du sie heiraten und dann nicht bei ihr schlafen willst? Du kannst doch noch immer Nein sagen, und niemand würde dir deswegen gram sein.«

»Zu spät!«, entschied Jakob Fugger. »Ich nehme sie. Und nun, Stadtschreiber, bereite alles vor, was nötig ist. Ich fahre morgen früh nach Innsbruck und komme erst Anfang nächsten Jahres zu meiner Hochzeit wieder.«

Jakob erreichte Innsbruck keinen Tag zu früh. Obwohl er ungern in den Wintermonaten in die Berge ritt, war ihm die kurze Anstrengung immer noch lieber als eine Kutschfahrt auf den glatten Wegen.

Sofort nach seiner Ankunft ließ er der Hofkanzlei die Bitte nach einer Audienz bei Maximilian überbringen. Erstaunt erfuhr er, dass der König noch nicht aus Wien eingetroffen war. Da Jakob nicht tagelang warten wollte, ritt er kurz entschlossen und gegen alle Absichten quer durch die Alpen nach Kärnten weiter.

Die Gegend zwischen Villach und dem Wurzenpass unweit des Wörther Sees war erst vor wenigen Jahren von Ali Pascha und seinen türkischen Reitern erobert worden. Inzwischen aber beherrschte Österreich wieder die Städte und Klöster. Am Schloss bei Arnoldstein an der Gailitz hatte sich für die Gebrüder Fugger in weniger als zwei Jahren ein erfreulich ertragreiches Zentrum für Bergbau, Erzmühlen und Schmelzöfen entwickelt. Das Gebiet, das sie Fuggerau genannt hatten, gehörte ebenso wie Klagenfurt und der Wörther See zum alten, immer noch sehr wichtigen Bischofssitz von Gurk.

Jakob kam an einem Samstagabend an, als sich die Bergleute und Tagelöhner bereits für den sonntäglichen Kirchgang gebadet hatten, um die weitere Nacht wie vorgeschrieben keusch zu verbringen. Er sah sich die Bücher an und merkte sich genau, wie viel Roherz durch die Mühlsteine gegangen war und wie viel ausgeschmolzenes Tiroler Kupfer den Weg nach Venedig genommen hatte. Bereits vor Mitternacht erkannte er, was hier geschah. Während Fuggerau nach wie vor gut und kostengünstig arbeitete, brachen in Venedig und auf den anderen Märkten die Kupferpreise derart dramatisch ein, dass sofort gehandelt werden musste.

Jakob wusste sehr genau, was gespielt wurde. Er konnte nicht mehr davon ausgehen, dass Maximilian nichts von seinen ungarischen Geschäften wusste, auch wenn er alle Kupferlieferungen aus den Karpaten und aus Thurzos Bergwerken über Slowenien und Kroatien und manchmal sogar in weiten Umwegen durch Polen und die Ostsee nach Antwerpen, London oder auch Venedig bringen ließ.

Als er dann am Sonntag nach der Messe aus der kleinen Kapelle von Schloss Fuggerau in den sanft vom Himmel fallenden Schnee hinaustrat, umfing ihn die Stille eines Tages, an dem kein Erz aus dem Berg geschlagen und gemahlen, kein Feuer in den Schmelzöfen ringsumher angefacht und keine Pferde vor die Wagen mit Metallbarren gespannt wurden. Obwohl es schneite, schien die Sonne fahl durch die dünnen Wolken.

Freundlich nach allen Seiten grüßend, ging Jakob durch die Gassen von Fuggerau. Aus einer Schänke drangen laute Stimmen und Gelächter bis auf die schneebedeckte Straße hinaus. Schatten huschten durch den Schneefall, während die Dachgiebel der Häuser im Sonnenlicht kristallen glitzerten.

»Gier«, sagte Jakob Fugger leise vor sich hin. »Maximilians Gier und Verlangen nach noch mehr ist es, was mich besser absichert als Burgen oder Waffen. Ich muss ihn so weit bringen, dass er die Hand, die ihn mit Krediten füttert, nicht länger beißt. Er muss sie lecken wollen und mir schmeicheln, mich bitten und mich anflehen …«

Zum ersten Mal nach langer Zeit fühlte Jakob Fugger sich beschwingt und glücklich.

Kein Ablass für Sibylle

Es war der erste Weihnachtstag, an dem Jakob Fugger die Zügel und das Zaumzeug erkannte, mit denen er den von den deutschen Kurfürsten gewählten, aber noch nicht vom Papst gesalbten Kaiser von jetzt an sicher im Griff behalten konnte. Es war, als würden ihm die Münzen, die er nach und nach in den Opferstock der Kirche an der Hofburg in Innsbruck warf, mit ihrem Klang ein wunderbares Weihnachtslied verkünden.

»Die Ablasspfennige!«, sagte er halblaut. Ihm fiel auf, dass er zum zweiten Mal innerhalb kurzer Zeit mit sich selbst redete. Es vergnügte ihn, und er gluckste so deutlich hörbar, dass sich auch die anderen Kirchenbesucher rechts und links von ihm von seiner Weihnachtsfröhlichkeit anstecken ließen.

Warum, bei allen Heiligen, hatte er nicht schon längst an diese Geldquelle gedacht? Die Ablasspfennige waren wie ein ungehobener Schatz für ihn, der einen ganz anderen Wert besaß als Verpfändungen oder sogar Anteile von Tiroler Bergwerken. Es waren Gelder, die ihm nicht gehörten, die er aber Maximilian wie einen wunderschönen Knochen vor die Nase halten konnte …

Jakob wurde an diesen Tagen dreimal vom König empfangen, und dreimal lehnte Maximilian ab, Silber für die Haller Münze zu kaufen, das, wie er sagte, aus seinen eigenen Bergen stammte.

»Es sind zwar Eure Berge, Majestät«, sagte Jakob daraufhin, »aber das Silber und das Kupfer in ihrem Inneren habt Ihr längst an mich und viele andere verpfändet. Es gehört Euch nicht mehr. Deshalb müsst Ihr, wie jeder andere auch, dafür bezahlen, wenn Ihr es haben wollt.«

Ein Wort des Herrschers, ein Fingerschnippen, ein Schnauben in die Richtung seiner Räte hätten genügt, um Wachen in den Saal zu holen, die den respektlosen Kaufmann in den eisigen Verliesen der Hofburg eingesperrt hätten.

Maximilian war wütend auf den jüngsten Fugger. Er spürte seine eigene Ohnmacht und hasste Jakob dafür, dass er derartig abhängig von ihm geworden war. Andererseits traute er den Baumgartnern, Rehlingern und Welsern noch weniger.

»Ich verlange, dass ihr alle dem Kupfersyndikat beitretet«, zürnte Maximilian. »Nur so bekommen wir in Venedig noch die Erlöse, die wir alle brauchen. Und sogar Ihr, störrischer Jakob Fugger, werdet Euch den Kupferpreisen des Syndikats unterwerfen und mir zugleich dreißigtausend vorstrecken, damit ich Unsere Macht im oberen Italien wieder festigen kann.«

»Dreißigtausend sind mehr, als ich zurzeit verleihen könnte«, antwortete Jakob. »Es sei denn, ich würde mich versündigen und an den Ablassgeldern vergreifen, die wir als Treuhänder für Rom gesammelt haben …«

»Aber zum Heiraten langt es noch«, antwortete Maximilian unfreundlich. Unter anderen Bedingungen und zu anderen Zeiten hätte Jakob Fugger nicht gezögert, auch den König zu seiner großen Hochzeit nach Augsburg einzuladen. So aber war es ihm recht, dass er nach der Ablehnung des neuen Darlehens an den König kein großes Fest zur Vermählung mit Sibylle Artzt zahlen musste.

Obwohl die Dinge noch immer äußerst heikel aussahen, lächelte er wieder, als er schließlich den Pass überwunden hatte und auf Ettal und Oberammergau zuritt. Selbst ein zerbrochener Wagen mit einer frierenden Familie am Wegesrand hielt ihn nicht lange auf. Vollkommen gegen seine Gewohnheiten schenkte er der jungen Frau mit dem Kleinkind in den Armen einen neuen silbernen Guldiner.

Es wurden schließlich doch noch einige Dutzend Gäste, die an der Hochzeit zwischen Jakob Fugger und Sibylle Artzt teilnahmen. Alles verlief mit angemessenem, aber nicht übertriebenem Gepränge. Jakob wusste, dass er sich nicht kleinlich zeigen durfte, aber andererseits wollte er auch alles vermeiden, was nach einer Zurschaustellung seines Reichtums aussah, wie sie die Mutter seiner Braut halsstarrig bis in die letzten Stunden hinein forderte.

»Lass dich nicht auf deinem Weg beirren«, mahnte auch Conrad Peutinger. Er wurde immer mehr zu einem Freund, dessen Rat Jakob schätzte und gern annahm. »Überall in Augsburg warten die Zuträger des Königs nur darauf, dass du irgendeinen Fehler machst.«

»Auch wenn sich manche wünschen, dass mir langsam der Atem ausgeht, bin ich mit neununddreißig Jahren noch keineswegs am Ende«, gab Jakob mit einem beinahe spitzbübischen Lächeln zurück. Wie kaum ein anderer durchschaute Conrad Peutinger die Maske, hinter der sich der empfindsame, verletzliche, der fröhliche und oft auch traurige Jakob Fugger von der Lilie zu verstecken wusste.

Die eigentliche Hochzeitsfeier fand nicht im Haus am Rohr und auch nicht im südlich davon angrenzenden Elternhaus Sibylles statt, sondern im großen Saal von Augsburg, in dem auch zu den Geschlechtertänzen aufgespielt wurde. Bereits beim Einzug des Hochzeitspaares und der Gäste ließen die üblichen Musikanten ihr lautes Lied erklingen. Zusätzlich waren Trommler, Tiroler Krummhornbläser und Männer aus den Bergen herbeigerufen worden, die trefflich mit der Sackgeige zu spielen wussten.

Am liebsten hätte Jakob auch noch Barden aus Italien und ein paar Gondoliere mit besonders schönen Stimmen eingeladen. Aber Conrad Peutinger hatte davon abgeraten. Noch während alle feierten, aßen, tranken und sich schließlich zum Tanz begaben, zeichnete ein Maler die ersten Skizzen für ein großes Hochzeitsbildnis. Jakob wollte, dass seine Vermählung so großartig dargestellt wurde, dass seine Kinder und Kindeskinder ihn und Sibylle als vornehmste der Ahnen würdigen konnten. Nur aus diesem Grund hatte er sich entschlossen, ein wenig von dem Reichtum zur Schau zu stellen, mit dem er sonst nie zu prahlen pflegte.

An diesem Festtag trug er ein pelzverbrämtes Wams mit weiten Ärmeln und statt des üblichen Baretts eine Goldbrokatkappe, wie er sie zuerst in Ferrara und dann bei den edelsten Kaufleuten von San Marco gesehen hatte. Seine Braut, deren Gesicht wie ein puppenhaftes Marmorbildnis wirkte, trug eine rostfarbene Samthaube mit einem breiten, mit Perlen und Edelsteinen besetzten Band um die Stirn. Das Band war wie ein Diadem gearbeitet und hatte seitlich Schleifen, an denen weiterer Schmuck befestigt war. Sibylles leicht gewellte, rötlich blonde Haare waren sorgsam auf die weiße Haut ihres Gesichts frisiert. Sie trug das lange Haar als Zeichen ihrer Eheschließung zu einem Knoten zusammengesteckt unter der Haube. Damit demonstrierte sie für alle sichtbar, dass sie in ihrem neuen Stand dem Willen ihres Mannes unterstand.

Jakob hatte ihr zur Feier dieses Tages ein kostbares, mit Edelsteinen besetztes Halsband und eine goldene, grobgliedrige Kette geschenkt. Sie selbst hatte sich ein Festkleid mit einem groß gemusterten Besatz aus Golddamast gewünscht. Die eng anliegenden Ärmel waren am Ellenbogen geschlitzt und mit plissierter Seide unterlegt. Auf dem rechten Ärmel trug sie ein üppig verschlungenes Monogramm aus gold- und perlenbestickten Ranken mit verschiedenen Blüten. Ihr Gürtel war mit Mustern aus einer Reihe kleiner Kannen verziert. Es war ein Gewand nach burgundischer Mode, wie sie die Augsburgerinnen bewunderten, seit Maximilian die Tochter Karls des Kühnen heimgeführt hatte.

Sei es, dass sie sich beide von Natur aus zurückhaltend und kühl benahmen, sei es, weil sie würdig genug für ein ernsthaftes Gemälde wirken wollten – fast allen fiel in diesen Stunden auf, dass weder er noch sie auch nur einmal lächelten.

Die Feier im großen Saal des Tanzhauses am Rindermarkt wurde nur von wenigen Patriziern besucht. Auch von den Patriarchen der anderen Handelshäuser war kaum jemand erschienen. Selbst die engste Familie mit Ulrich, Georg, ihren Frauen und den bereits größeren Kindern benahm sich trotz der lauten Musik und der reichlich aufgetragenen Speisen nicht wie auf einer Hochzeitsfeier, sondern eher wie bei einer Messe.

Bereits lange vor Mitternacht zogen sich Jakob und Sibylle zurück. Sie wurden nur von einigen jungen Mädchen aus der Nachbarschaft begleitet, die als Brautjungfern eingeladen worden waren.

Als Jakob in dieser Nacht zum ersten Mal ihre bloße Haut berührte, war keine Glut zwischen ihnen. Sie bewegte sich kaum, nur ihr Atem ging ein wenig schneller. Sie räusperte sich, dann schien es ihm, als würde sie ihn im Licht der kleinen Kerze zum ersten Mal nicht als den reichen Fugger, sondern als ihren Ehemann mit seinem Namen Jakob ansprechen.

»Ehe du beginnst, muss ich dir etwas sagen«, flüsterte sie. Aber es war weder Scheu noch Scham in ihrer Stimme. Sie klang so unbeteiligt wie eine Novizin, die beim Zählen von Wäscheknöpfen einfach laut sprach.

»Du meinst die Sache mit dem Rehlinger?«

»Ich weiß, dass du es weißt.«

»Dann müssen wir auch nicht mehr davon reden.«

»Aber da war doch noch etwas«, sagte sie. »Ich war, als es begann, ebenso alt wie die arme Anna Laminit, die hier am Pranger stand und dann mit Rutenschlägen aus der Stadt vertrieben wurde.«

»Was soll das heißen?«, fragte er. »Was hat denn diese schamlose Kupplerin und Metze mit Conrad Rehlinger, dir und mir zu tun?«

»Ich war mit Anna Laminit befreundet«, beichtete sie tonlos. »Und um genau zu sein – ich bin es immer noch. Sie ist wie eine Heilige, muss nicht essen und kann nur von Luft und von Gebeten leben.«

»Von Luft und Liebe wolltest du wohl sagen«, schnaubte Jakob abfällig.

»Ich wollte dir etwas ganz anderes sagen«, meinte Sibylle, und ihre Stimme bebte, als müsse sie plötzlich weinen. »Sie war es, die mir vor drei Jahren geholfen hat, als ich von Conrad schwanger ging.«

Jakob spürte, wie eine heiße Welle durch seinen ganzen Körper rann. Er wollte einfach nicht gehört haben, was sie ihm erzählte. Es konnte, durfte nicht sein! Er hatte sich damit abgefunden, dass Sibylle Artzt eine Liebschaft mit Rehlinger hatte. Mehr noch – er wäre sogar einverstanden damit gewesen, dass er sie weiterhin besuchte. Dennoch hätte er von Sibylle unbedingt einen Erben haben wollen. Unter günstigen Bedingungen, wenn sie sich beide für eine kurze Stunde Mühe gaben, hätte es gelingen können.

Hundert Gedanken rasten ihm gleichzeitig durch den Kopf. Was war, wenn Sibylle durch die Engelmacherin Schaden genommen hatte, wenn sie nicht mehr schwanger werden und gebären konnte? Er hatte nie die Absicht gehabt, auch als Laie dem Zölibat zu gehorchen, keine Erben zu bekommen oder keusch zu leben. Es hatte sich nur so ergeben …

Die drohende Kinderlosigkeit erschien ihm plötzlich so entsetzlich, dass ihm der Schweiß aus allen Poren brach. Kein Alptraum, kein Fegefeuer und keine Strafe Gottes konnten schlimmer sein als dieses nachträgliche ungeheure Eingeständnis, das dieses Weib neben ihm in ihrer Hochzeitsnacht beichtete. Für einen kurzen Augenblick schoss ihm der Gedanke durch den Kopf, dass er noch alles annullieren könnte. Die Ehe war noch nicht vollzogen.

Aber die Annullierung der nicht vollzogenen Ehe nützte ihm nichts, selbst wenn Conrad ihm bei der Anfechtung im Vatikan zur Seite stand. Jakob spürte, wie er in seiner Ohnmacht immer zorniger wurde. Gegen jede Finte, jeden schlechten Handel und gegen jede noch so fein gesponnene Intrige zwischen Venedig und Antwerpen, Frankfurt oder Innsbruck hätte er Maßnahmen erdenken können. Aber hier kochten in ihm nur Wut und Scham immer höher.

Sie hatten ihn um sein erstes Kind betrogen, die klug und rein, puppenhaft und unnahbar wirkende Sibylle Arzt und ihre alles heranraffende Mutter Sibylla. Und wie, zum Teufel, passte Rehlinger als Buhle von Sibylle in das ganze Spiel? Was wollten sie?

Jakobs Zorn erfüllte ihn so sehr, dass er alles vergaß, was er in seiner Jugend in Herrieden bei den Kanonikern und später in Venedig und bei seinen vielen Verhandlungen mit anderen Kaufleuten gelernt hatte. Er verlor die Selbstbeherrschung. Mit einem Aufschrei warf er sich über die junge Frau an seiner Seite, riss ihr das Nachtgewand von dem jungen und schon befleckten Körper, dann drang er in sie ein, als würde er den Vertrag der Ehe mit seinem Geschlecht zerstoßen und vernichten wollen.

Bereits am nächsten Tag reiste er wieder nach Innsbruck. Weder er noch sie verloren irgendein Wort über die vergangene Nacht. Als er bereits auf seinem Pferd saß, sah er noch einmal über die Schulter zurück und entdeckte sie an einem der oberen Fenster.

Es war sehr kalt auf der Straße nach Süden. Jakob wusste nicht, ob er sich über seine Gedanken ärgern oder belustigen sollte. Alles, was mit Sibylle, ihrer Familie und der Hochzeit zusammenhing, kam ihm im Nachhinein wie ein Geschäft vor, das er schließen musste, aber in dieser Form nie gewollt hatte. Aber er wollte auch nicht Tag und Nacht über all das nachdenken. Vielleicht, so dachte er, war es besser, wenn er mit sich selbst und Gott eine Art Vertrag schloss.

Wie damals, als er zum ersten Mal auf die Münchner Frauenkirche zugeritten war, beobachtete er wieder die Ohren seines Pferdes. Aber diesmal stellte er den Zufall nicht mehr auf die Probe. Er vereinbarte stattdessen mit sich selbst und Gott als Zeugen, dass er sein Eheweib nobel und ohne jeden Vorwurf behandeln würde. Sie sollte ihm nur das darstellen, was er nach außen hin von ihr verlangen konnte – möglicherweise später einmal auch das, was ihm Recht und Gesetz zusprachen. Als Gegenleistung wollte er für sie sorgen, sie ausstatten und ihr das Leben zulassen, das ihr selbst gefiel.

Zufrieden mit sich selbst und dieser Regelung, kam er in Mittenwald an. Hier wechselte er das Pferd und wartete, bis sich ein Schneegestöber wieder über den Berghängen verzogen hatte, sodass er weiterreiten konnte. An diesem Abend wurde es nichts mehr. Er übernachtete in einem Gasthof neben der Straße und schloss sich einer Gruppe weiterer Kaufleute an, die ebenfalls durch den Schnee aufgehalten worden war und am nächsten Tag weiter nach Innsbruck reiten wollte.

Jakob erörterte mit den beiden Kaufleuten bis nach Innsbruck hinein jedes Für und Wider des Kupfersyndikats. Er hatte nicht die Absicht, sich wie Lukas Fugger vom Reh von Maximilian abspeisen zu lassen. Auch wenn die Mitglieder vorgaben, im Syndikat gemeinsame Interessen zu vertreten, musste Jakob aufpassen, dass sie sich nicht gegen ihn und das Haus Fugger wendeten.

Auch in den nächsten Tagen hörte er in den Korridoren der Residenz, in der eigenen Faktorei und in den Gasthäusern der Stadt viele Andeutungen, die ihn warnten. Schließlich stand für ihn fest, dass Maximilian nur ihn mit dem Kupfersyndikat unter Druck setzen wollte.

An diesem Abend ging er zum Essen in den »Ochsen«. »Dann werde ich den Spieß eben umdrehen und dafür sorgen, dass das Syndikat sich selbst zerstört!«, murmelte er unterwegs. Schließlich gab es noch einen anderen Grund, der ihn zu einem harten, unnachgiebigen Handeln zwang: Selbst wenn sie wollten, konnten er und seine Brüder Maximilian keinen weiteren Kredit mehr geben. Sie brauchten unbedingt neue Einnahmen, sei es durch eingetriebene Außenstände oder dadurch, dass sich die Gewinne wieder steigerten. Ohne Verbesserungen bei den Geldeingängen konnte die Gesellschaft die nächsten Monate nicht überstehen.

In der letzten Märzwoche tauchte Conrad Peutinger in Innsbruck auf. Er war vom König wieder einmal an den Hof gerufen worden. Trotzdem ging er zuerst zu Jakob. Er trat direkt auf ihn zu, legte seine Hände auf die Schultern des Freundes.

»Ich muss leider eine traurige Pflicht erfüllen und dir berichten, dass eure Mutter am dreiundzwanzigsten still eingeschlafen ist, Gott sei ihrer armen Seele gnädig. Sie hat den Vater fast auf den Tag genau um dreißig Jahre überlebt und war eine wunderbare Frau.«

Die beiden Freunde sahen sich an. Dann nickte Jakob und lächelte fast schon verlegen.

»Ich danke dir«, sagte er. »Geh du zum König, und lass mich hier ein wenig zur Besinnung kommen.«

Sie trafen sich erneut, nachdem Maximilian mit Peutinger und anderen Räten höchst riskante Finanzierungspläne für die Eroberung der Schweiz, die Einkreisung des Frankenreiches und seine eigene Kaiserkrönung ausgearbeitet hatte.

»Erschlag mich nicht für meine Ansicht«, seufzte Conrad, als sie am Abend im angenehm warmen Kaminzimmer der Fuggerfaktorei beisammensaßen. »Maximilian drängt darauf, der größte Herrscher des Kontinents zu werden. Er glaubt tatsächlich, dass er den Franzosenkönig wieder aus Italien herauszwingen kann, wenn er sich mit Spanien einlässt.«

»Mich interessiert nur, wann und wie er seine Schulden bei uns zahlt«, murrte Jakob finster. »Du bist der Einzige, dem ich es sagen kann: Wir haben nicht einmal mehr eine Geldkatze mit Gulden für dieses Fass ohne Boden. Mir bleibt zum Überleben unserer Firma nur noch eine einzige Möglichkeit.«

Peutinger hob beschwichtigend die Hände. Aber Jakob starrte nur äußerst angespannt auf seine Fingerspitzen.

»Ich muss jeden Zentner Kupfer, den ich hier aus Tirol, aus Fuggerau und Villach drüben in Kärnten und aus den ungarischen Hüttenwerken ziehe, ab sofort mit riesigem Verlust verkaufen.«

»Bist du von Sinnen?«, protestierte Peutinger. »Die Erlöse sind doch bereits jetzt äußerst schlecht im Fondaco.«

Jakob schien plötzlich in eine sehr weite Ferne zu sehen. »Genau deswegen werde ich noch unter diesen Preis dort gehen. Ich werde alles Kupfer, das ich irgendwo bekommen kann, um ein Viertel … um ein Drittel … oder gar noch billiger verkaufen.«

»Willst du dich damit vollends ruinieren?«

»Nein, Conrad, ganz im Gegenteil. Ich muss derartige Mengen Kupfer auf den Markt schmeißen, dass es einen nie geahnten Überfluss von dem Metall gibt. Die Preise an den Warenbörsen von Antwerpen bis Venedig und auf den Märkten müssen derartig tief fallen, dass Maximilian und die anderen nur noch Alpträume aus rotem Kupfer haben! Sie müssen Angst vor ihm bekommen, den roten Glanz für Katzendreck und Teufelsschweiß gemeinsam halten. Das, Conrad, das allein könnte mich vor dem Bankrott noch retten. Aber zuvor will ich die Mutter noch beerdigen, die all dies Gott sei Dank nicht mehr erleben muss …«

Keiner der Verschwörer im Syndikat konnte alle Fäden besser sortieren und dann feiner weben als Jakob Fugger. Die Gossembrots und Herwarths, Baumgartners und Welsers triumphierten, weil sie glaubten, dass sie ihren ärgsten Konkurrenten bereits eingewickelt hatten.

Doch genau damit machten sie einen entscheidenden Fehler: Sie ließen zu, dass der harmlose ehemalige Kanoniker Hans Kohler ihre Interessen im Fondaco dei Tedeschi in der Lagunenstadt vertrat. Jeder von ihnen wusste, dass es Bessere für diese Aufgabe gegeben hätte – Männer, die skrupelloser, gewitzter und korrupter waren. Aber aus Angst, sich gegenseitig zu übertölpeln, verfielen sie auf den anständig und harmlos wirkenden Kandidaten. Sie merkten nicht, dass Jakob Fugger ihnen Hans Kohler unterschob und dass derselbe Mann, der die Interessen des Kupfersyndikats in Venedig vertreten sollte, insgeheim auch das ungarische Kupfer aus den Thurzo-Minen zu Spottpreisen verkaufte …

Jakob stimmte zu, dass Ulrich sämtliche Verhandlungen und Abstimmungen mit dem Syndikat übernahm. Nichts konnte eine bessere Garantie für alle Beteiligten sein. Jeder von ihnen wusste, dass Ulrich nicht ein Jota von den schriftlichen Vereinbarungen abweichen konnte.

Im Sommer beschloss Jakob, nach Krakau zu reisen. Vergeblich versuchte Ulrich, ihn zurückzuhalten.

»Du kannst hier jetzt nicht fort. Wir haben nicht mehr den geringsten Spielraum für irgendwelche neuen Verträge und Vereinbarungen. Tag für Tag verlieren wir allein dadurch, dass wir zum Syndikat gehören, Unsummen bei jedem Zentner Kupfer.«

»Eben deshalb muss ich so schnell wie möglich nach Krakau.«

Jakob ließ sich nicht aufhalten. Heimlich stimmte er mit Francesco Tassis einen Reiseplan ab, wie er normalerweise nur von jungen Postreitern durchgehalten werden konnte. Es störte Jakob nicht, dass er inzwischen doppelt so alt war wie die wilden Boten aus der Firma Tassis. Er ritt über München und Linz bis nach Wien. Dann folgte er ein Stück der Donau, bis er auf die alte Bernsteinstraße stieß, die bereits zur Römerzeit die Karpaten bis zum Oberlauf der Weichsel durchquerte.

Er schaffte die lange, schwere Strecke in genau sieben Tagen. In Krakau wurde er bereits vom alten Thurzo empfangen, dessen wilder Bart in all den Jahren vollständig weiß geworden war. Einige von seinen Söhnen waren in den vergangenen Jahren in den Dienst der Kirche getreten, und Thurzos größter Wunsch war, dass möglichst viele von ihnen eines Tages Priester und, wenn möglich, auch noch Bischof werden sollten.

Sie aßen deftig mit viel Mehlspeisen und Speck, tranken Branntwein, wie ihn Thurzo inzwischen selbst in großen Mengen destillieren ließ, und kamen schnell zur Sache.

»Was ist das, Partner? Warum verlangst du, dass wir unser gutes Kupfer für einen Fliegendreck in Venedig verschleudern? Die Preise, die der Kohler dort bekommt, decken nicht einmal die Kosten für den Transport, geschweige denn all unsere eigenen Ausgaben in den Bergwerken und dann beim Einschmelzen.«

»Wir müssen billiger verkaufen als das Kupfersyndikat«, erklärte Jakob offen. »Nur wenn sie alle schmerzhafte Verluste machen, stoßen die anderen ihre Anteile an den Gruben in Tirol endgültig ab.«

»Und du Himmelhund willst dann das Weggeworfene einsammeln, nehme ich doch an.«

»Ist das so schwer zu erraten?«, fragte Jakob und lachte. Thurzo verzog sein bärtiges Gesicht und zeigte die Zähne.

»Wenn ich kein Ingenieur wäre, würde ich gern noch einmal beim Fuccero in die Lehre gehen«, meinte er anerkennend.

»Dann will ich dir sogleich die nächste Lektion erteilen«, sagte Jakob noch vergnügter. »Da wir, wie du selbst erkannt hast, alle nichts mehr einnehmen und ich durch das Syndikat auch noch doppelt unter den schlechten Preisen für Kupfer leiden muss, bin ich direkt zu dir gekommen, um deinen Beitrag am Verlust persönlich bei dir einzufordern.«

»Was soll das, Jakob Fugger?«, protestierte Johann Thurzo. »Ich habe doch bereits den gleichen Ausfall beim ungarischen Kupfer wie du. Jeder die Hälfte, um genau zu sein.«

»Das ist wohl richtig«, sagte Jakob. »Doch du vergisst, dass wir, wenn alles gut geht, das Monopol für Kupfer haben werden und dann viel mehr verdienen als wir jetzt verlieren. Genau deswegen musst du dich auch zur Hälfte an dem Verlust beteiligen, den wir Fugger in Tirol durch das Syndikat zu tragen haben.«

»Was habe ich damit zu tun? Was geht mich euer Kupfer in Tirol an?«

»Thurzo«, mahnte Jakob nachsichtig. »Streng deinen Kopf an. Berechne die Gewichte wie bei deinen Wasserhebewerken, und schon wirst du erkennen, dass ich recht habe: Alles hängt miteinander zusammen. Und wenn der lange Hebelarm den kürzeren bewegen soll, muss er bei doppeltem Gewicht der Last auch einen anderen Weg zurücklegen. Und das verstehst du doch!«

Thurzo kaute unglücklich auf seiner Unterlippe. Bei dieser Rechnung kam unter dem Strich stets nur ein Verlust für ihn heraus.

»Du darfst bei großen Plänen für den Handel einfach nicht in kleinen Räumen oder kurzen Zeiten denken«, sagte Jakob versöhnlich. »Die Alten wussten das noch. Doch heutzutage verstehen viele Könige und Fürsten nicht mehr, dass sich durch Kriege weniger erzwingen lässt als durch ein gut geplantes Hebelwerk auf möglichst vielen Märkten. Märkte, mein lieber Johann, Märkte können sogar Verstand entwickeln und sich von selbst ohne jeden Eingriff regulieren.«

»Na dann prosit, Meister Fugger«, schnaubte Johann Thurzo und trank seinen Becher Branntwein bis zur Neige leer. »Und trotzdem sagst du mir auch diesmal wieder nicht die Wahrheit. Ich denke nämlich, dass du weder an meinem Geld noch am Kupfersyndikat wirklich interessiert bist. Was du in Wahrheit kaufen willst, trägt eine Krone und nennt sich König Maximilian.«

In den folgenden Tagen und Wochen bewies Jakob Fugger, wie weit er inzwischen alle seine Konkurrenten an Geschick und Einsicht in wirtschaftliche Zusammenhänge überragte. Jeder andere hätte sich vielleicht damit begnügt, den Dingen fortan ihren Lauf zu lassen. Aber Jakob dachte und handelte eher wie ein Schiffsherr. Er selbst war nie zur See gefahren. Alles, was er von Vasco da Gama, Kolumbus und den anderen wusste, ging auf die Abende zurück, die er mit Martin Behaim und Conrad Peutinger zugebracht hatte. Was er jetzt tat, widersprach allen kaufmännischen Grundsätzen. Er nutzte die geradlinige Zuverlässigkeit seines Bruders Ulrich und die alte Handelstradition der Märkte, um genau das herauszufordern, was jeder Kaufmann Tag und Nacht und mit aller Kraft vermeiden musste: Er steuerte das Unternehmen in den Bankrott, in die Insolvenz und in das größte Unglück, das einem geachteten und bisher höchst erfolgreichen Handelshaus widerfahren konnte.

Nur einen Tag nachdem er Krakau verlassen hatte und in die Karpaten eingeritten war, wich er von der alten Bernsteinstraße ab und wählte den direkten Weg mitten durch die Berge nach Süden. Es war eine gefährliche, anstrengende Straße bis zum Donauknick in Ungarn. Wenn er Glück hatte, konnte er auf diese Weise in zwei weiteren Tagen Budapest erreichen …

Noch von unterwegs schickte er Tassis-Reiter in alle Himmelsrichtungen. Sie trugen Anweisungen an die Leiter der verschiedenen Fuggerfaktoreien bei sich. Jeder von ihnen sollte alle verfügbare Ware zum schnellstmöglichen Zeitpunkt verkaufen, dafür Kupfer beschaffen und sofort in Warenzügen nach Venedig schicken. Es war, als wolle Jakob Fugger die Kanäle der Lagunenstadt mit einem pausenlosen Strom des roten Metalls zuschütten. Gleichzeitig nahm er in Kauf, dass ihre Reserven an anderen Waren, Gold und Silber geopfert wurden.

Als er die alte Römerstadt Aquincum am rechten Donauufer erreichte, ritt er sofort an den Ruinen des Amphitheaters vorbei bergauf bis zur Königsburg von Ofen. Die Fuggerfaktorei lag nur einen Steinwurf von der Residenz entfernt. Vom Kontor aus hatten die Beschäftigten, wenn sie nicht an ihren Pulten standen, einen wunderbaren Blick über die tief unter ihnen entlangströmende Donau mit ihren Inseln und über das weite, flache Land der Puszta dahinter. Es hieß, dass sie an klaren Tagen im Osten bis zu den hundert Meilen entfernten Karpaten blicken konnten.

Als Jakob eintraf, lagen die Schriftstücke, die er von Krakau aus zusammen mit Johann Thurzo angefordert hatte, schon für ihn bereit.

»Man wundert sich doch immer wieder, was man für Gold und Geld alles kaufen kann«, sagte der Leiter der Faktorei respektvoll und reichte Jakob eine Reihe von großen, eingerollten Urkunden mit bunten Bändern, Metallmedaillons und roten königlichen Siegeln.

Jakob rollte die größte der Urkunden auf dem Mitteltisch der Faktorei aus. Er überflog den kalligrafisch sauber geschriebenen, mit vielen Floskeln versehenen Text der Urkunde. Dann spielte ein zufriedenes Lächeln um seine von der Sommerhitze ausgedörrten Lippen. Er nahm den Becher, den ihm der Leiter der ungarischen Faktorei hinhielt, zuckte ein wenig, als der schwere rote Wein die Risse an den Lippen benetzte, dann trank er, als hätte ihm ein Himmelsbote Nektar und Ambrosia zugleich gereicht.

»Tokaier«, sagte sein Gastgeber und Angestellter. »Und mit diesen Urkunden können wir ab sofort in Ungarn handeln, wie es uns gefällt.«

»Ihr müsst korrekt bleiben«, sagte Jakob und lächelte. »Wir können gar nichts hier, denn auf den Urkunden taucht nirgendwo der Name Fugger auf. Es ist Johann Thurzo, für den ich das Amt des Kammergrafen zu Kremnitz vom König der Magyaren teuer genug gepachtet habe. Damit ist der alte Saufkopf der Einzige, der bestätigen und zugleich verschweigen kann, wie viel Silber und Kupfer wir in Ungarn fördern.«

»Und ich bin sicher, dass es nie genug sein wird, um die hohen Kosten des ungarischen Bergbaus auch nur annähernd zu decken«, meinte der Leiter der Fuggerfaktorei von Ofen mit ernster Miene. Jakob hob nur die Schultern und lächelte zufrieden.

»Es ist mir gleichgültig, was hier darüber gedacht wird. Für mich zählt nur, was König Maximilian und seine Hofräte in Innsbruck über die Kupfermengen denken, unter denen das Syndikat jetzt leidet. Sie müssen glauben, dass es besser wäre, alles, was sie an Kupferbergwerken in Tirol verwalten, so schnell wie möglich loszuschlagen – sei es umsonst, sei es sogar in drei Teufels Namen mit Verlust.«

Jakob kehrte auf direktem Weg nach Augsburg zurück. Er dachte nicht daran, den König zu schädigen. Solange er mit Maximilian Geschäfte machen konnte, war er für ihn wichtiger als sämtliche Verträge mit Angehörigen des Kupfersyndikats. Aber auch seine Gegner in Innsbruck ließen nicht locker. Immer deutlicher spürte Maximilian den Widerstand seiner eigenen Räte gegen seine freundschaftliche Verbindung zu Jakob Fugger. Er beklagte sich sogar bei ihm darüber, als er im Herbst wieder einmal nach Augsburg kam.

»Kaum ein Tag vergeht, an dem sie mir nicht einreden wollen, wie schädlich es für die Geldkisten des Reiches ist, wenn wir Verträge miteinander machen«, sagte er. »Sie ärgern mich, Jakob. Sie wollen mich bevormunden, und sie hindern mich daran, wenn ich dir aus einer guten Laune heraus kleine Gnadenerweise zukommen lassen will.«

»An welche Art von Milde denkt Ihr dabei, mein König?«

Seufzend griff Maximilian nach dem großen Humpen, den ihm Jakob eigenhändig mit süßem ungarischem Wein gefüllt hatte. »Ich dachte daran, dass es nicht schlecht für dich wäre, wenn deine Wagen mit Waren nach Venedig nicht so viel Zoll an unseren Grenzen und an den Pässen im Gebirge zahlen müssten.«

»Davon rede ich eigentlich schon seit Jahren«, meinte Jakob lächelnd. »Aber bisher war es eben so, dass Ihr mir über Eure Maut mit der einen Hand weggenommen habt, was ich Euch eigentlich in die andere legen wollte.«

»Es sind halt ziemlich dumme Buben oben in den Bergen«, meinte der König fröhlich. »Mit meinen Räten in der Hofburg lässt sich ja noch reden, aber die Zöllner verstehen einfach nicht, warum es Unterschiede zwischen Fuhren mit der gleichen Ladung gibt …«

»Vielleicht könnte ich auch dabei etwas behilflich sein«, schlug Jakob vor. »Ich denke, dass wir mit ein paar Gulden jeden Monat selbst bei Holzköpfen mehr Verständnis für die Dinge finden werden.«

»Und dann sind da noch die Pfaffen und Doktoren als die Übelsten von allen«, klagte Maximilian, nachdem er wieder einen tiefen Schluck vom Thurzo-Wein genommen hatte. »Sie vermehren sich wie Ungeziefer, haben auf den Universitäten in Leipzig, Padua und sonst wo diesen sogenannten Humanismus auswendig gelernt und rufen nicht mehr zu Ablasspfennigen, Kreuzzügen und Pilgerfahrten bis nach Rom auf, sondern verkehren alles Fromme in sein Gegenteil.«

»Ich weiß«, antwortete Jakob. »Ich kenne ebenfalls diese bösen, lästerlichen Gerüchte. In manchen Gasthäusern und bei meiner Konkurrenz heißt es bereits, dass wir mit den Pfennigen, die wir für den Ablass sammeln, Löcher in den königlichen Kassen stopfen.«

»Trifft das denn zu?«, fragte Maximilian und riss beinahe erschrocken seine Augen auf.

»Nun ja«, antwortete Jakob. Er spürte, dass Maximilian völlig unerwartet eine Art von Empfindlichkeit zum Ausdruck brachte, die er nie zuvor gezeigt hatte. Offensichtlich misshagten ihm die ständigen, neidisch gemunkelten Vorwürfe seiner Berater.

»Und was passiert mit dem ganzen Kupfer in Venedig?«, fragte er. »Was haben wir nun davon, wenn es keiner kaufen will, selbst wenn die Preise dafür bereits tief im Keller sind?«

»Man müsste den gesamten Kupferhandel und die Förderung des Erzes neu und völlig anders ordnen«, meinte Jakob sanft.

»Nun gut«, meinte Maximilian. »Vielleicht sollte ich mich auch an deinen Hüttenwerken in Kärnten beteiligen.«

»Ich glaube nicht, dass dies eine gute Idee ist«, antwortete Jakob, »denn wenn Ihr selbst Teilhaber in diesem Kupfergeschäft seid – würdet Ihr dann riskieren, an einen so unzuverlässigen und leichtsinnigen Partner wie den König und den Hof in Innsbruck Gelder zu verleihen?«

Maximilian starrte den Augsburger fassungslos an. Es war, als könne er sich nicht entscheiden, ob er die Unverschämtheit des jüngsten Fuggers strafen oder über die schlichte Wahrheit seiner mutigen Behauptung lachen sollte. Doch dann entschloss er sich, die ganze Sache von der fröhlichen Seite zu nehmen.

Er lachte laut, dann sagte er: »Du hast gewonnen. Ich billige neue Kaufverträge und Vereinbarungen mit den Schwazer Gewerken. Damit ist das Syndikat zwar tot, aber du bist Herr über das gesamte rötliche Metall in ganz Tirol. Nur eine kleine Frage bleibt noch offen.«

»Und die wäre?«

Maximilian hob die rechte Hand und rieb den Daumen mit dem Zeigefinger.

»Ihr meint, wie viel mir Eure Gunst und Zustimmung diesmal wert sind?«, fragte Jakob. Maximilian schob das Kinn vor, als wolle er nur verschmitzt lächeln. Aber seine Miene drückte schiere Habgier aus.

»Ich gebe Euch einen Vorschuss auf den Vertrag um fünfzigtausend Gulden.«

Maximilians kantiger Unterkiefer blieb noch immer vorgeschoben. Gleichzeitig schüttelte er den Kopf. »Hundert!«, forderte der König.

»Sechzig«, sagte Jakob.

»Nicht einen Gulden weniger als neunzigtausend!«

»Mein letztes Angebot ist siebzig«, konterte Jakob. Maximilian erkannte, dass er ausgereizt hatte. Er zog sein Kinn zurück, dann streckte er ruckartig beide Hände vor und ließ zu, dass Jakob Fugger einschlug.

»Gemacht!«, sagten beide gleichzeitig. Sie wussten, dass die Tiroler Landesherren, die Raitkammer und die Finanzberater ebenso aufheulen würden wie die Kaufherren des Syndikats, das in dieser Stunde wie eine Seifenblase zerplatzt war.

»Hast du gehört?«, fragte Conrad Peutinger beim Wein. »Jetzt hat die Tochter des Papstes auch noch einen Fürsten geheiratet.«

»Du meinst Lucrezia Borgia und Herzog Alfonso d'Este in Ferrara?«, fragte Jakob. Peutinger nickte, aber Jakob sah nichts Besonderes daran. Es gab bei ihnen keine größeren Handelsbeziehungen zu dem Herzogtum zwischen Bologna und Venedig.

»Wenn etwas dabei wichtig ist, werden sich Zink in Rom und Kohler in Venedig darum kümmern«, sagte Jakob. Seit dem unrühmlichen Ende des Syndikats waren sie beide noch enger befreundet. Jakob wusste nur zu gut, dass er ohne die Hilfe des rechtskundigen Stadtschreibers kaum vor Gericht bestanden hätte. Denn ganz so kaufmännisch korrekt, wie er und seine Brüder es gern gesehen hätten, war die Angelegenheit dann doch nicht verlaufen. Noch immer zürnten alle Konkurrenten, und die Patrizier in Augsburg verweigerten den reich gewordenen ehemaligen Webern noch immer die höchsten Weihen der Gesellschaft durch die Aufnahme in die Geschlechterstube. Ihr Wappen mit den Lilien tauchte in keinem der offiziell bestellten Gemälde für die Stadt auf.

»Eigentlich macht der Papst nichts anderes als unsere weltlichen Herrscher«, meinte Conrad Peutinger lächelnd. »Durch die Verheiratung seiner Tochter, die ja schon zweimal einen Ehemann verloren hat, schiebt er erneut einen Riegel zwischen den Apennin und die Republik von San Marco. Das Herzogtum Ferrara gehört auch so zum Kirchenstaat. Aber indem er Lucrezia in ihrer dritten Ehe mit Herzog Alfons I. d'Este verbindet, erspart sich der Heilige Vater einige Kosten für die Armee seines draufgängerischen Sohnes Cesare Borgia.«

»Wir können von Glück reden, dass wir hier nördlich der Alpen nicht mit den gleichen chaotischen Zuständen zu kämpfen haben«, seufzte Jakob. Ganz gegen seine sonstige Gewohnheit nahm er einen tiefen Schluck Tokaier.

»Ich würde mich an deiner Stelle nicht zu früh freuen«, warnte Peutinger. »So wie der König diesmal mit Ach und Krach aus dem Schweizer Abenteuer hervorgegangen ist, muss ihm das nicht immer gelingen. Er hat einfach zu wenig Geld, zu wenige Landsknechte, und auch die sind noch zu schlecht ausgerüstet, wenn es zu neuen Aufständen kommen sollte.«

»Du meinst den Bundschuh? Die Bauern, die von den Raubrittern gelernt haben und sich jetzt gegen ihre eigenen Herren erheben?«

»Ich meine den Bundschuh«, bestätigte Conrad Peutinger. »Niemand soll unterschätzen, was sich überall im Land anbahnt. Es sind nicht nur die Herren, die ihre Knechte bis aufs Blut ausquetschen. Auch aus den Städten kommen Ideen von Freiheit und Gerechtigkeit, die den Frieden selbst in den einfachsten Hütten vergiften.«

»Machen wir uns doch nichts vor, Conrad«, sagte Jakob. »Ich war immer der Meinung, dass nur derjenige gut arbeitet, der genug zu essen hat, anständig gekleidet ist und auch noch unter trockenem Dach wohnen kann. Am liebsten würde ich für alle, die bei mir arbeiten, ganze Städte bauen, damit sie derartige Sorgen nicht mehr haben und ihre ganze Kraft auf das richten können, was mir Gewinn bringt. Das gilt für unsere Kontore ebenso wie für die Gesellen in den Gruben und in den Metallhütten. Aber was hier überall in den Dörfern passiert, ist längst kein rechtmäßiges und gottgewolltes Verhältnis zwischen Herren und Knechten mehr, sondern brutale Sklaverei.«

»Sieh einer an!«, meinte Conrad Peutinger schmunzelnd. »Schlägt jetzt, nach so vielen Jahren, doch noch der Priester und Prediger bei dir durch? Ich dachte, das wäre inzwischen vorbei.«

Jakob knurrte nur. Mit einer abweisenden Handbewegung beendete er das Thema. »Ich bin eigentlich aus einem ganz anderen Grund heute Abend zu dir gekommen«, sagte er schließlich. »Es ist der Jubelablass aus dem vergangenen Jahr, der noch immer zu einem großen Teil in unseren Faktoreien liegt. Ich weiß, dass die Gelder dem Vatikan zustehen. Aber mir bleibt davon doch so viel an den Fingern hängen, dass ich mir überlegen muss, was ich damit anfangen kann.«

»Du hast zu viel Geld?«

»Nie zu viel, Conrad. Aber ich kann mit den Erträgen aus dem Jubelablass zum Jahr 1500 nach der Geburt des Herrn nicht einfach auf die Märkte gehen oder Land und Bergwerke einkaufen. Man würde sofort tuscheln, woher das Geld wohl stammen könnte. Und Gerüchte sind noch übler als eine fadenscheinige Erklärung.«

Peutinger rieb mit dem Zeigefinger an seiner Nase und dachte nach. Jakob ließ ihm viel Zeit. Abwechselnd nahmen die beiden Männer schweigend einen Schluck Wein, während der große Kachelofen in Peutingers Arbeitszimmer sanfte Wärme ausstrahlte. Draußen rieselte der Schnee, und auf den Straßen Augsburgs waren bereits die Nachtwächter mit ihren Laternen unterwegs.

»Ich sehe eigentlich nur zwei Möglichkeiten, wie du Gewinne aus dem Ablasshandel sinnvoll anlegen und zugleich gut verbergen kannst«, meinte Conrad Peutinger versonnen. »Zum Ersten wäre das der Handel mit Schwarzhäutigen, die man von Afrika zur Arbeit in die Neue Welt schaffen will. Sie kosten kaum mehr als den Schiffstransport und einfachste Verpflegung für ein paar Wochen. Und für jeden, der lebend auf der anderen Seite des Atlantiks ankommt, lässt sich ein schöner Gewinn erzielen.«

»Bist du von Sinnen?«, schnaubte Jakob Fugger. »Wir handeln mit Stoffen, Metall und Gewürzen. Aber ich bin kein Seelenverkäufer. Außerdem will ich mit dem Geld nicht handeln, sondern irgendetwas erwerben, das seinen Wert behält und über lange Zeit noch steigert.«

»Entschuldige«, meinte Conrad Peutinger und lächelte. »Ich vergaß, dass du einmal Kanoniker warst. Dann also kein Sklavenhandel für Jakob Fugger. Aber vielleicht könnten goldene Meßbeser, Geschmeide und andere Burgunderschätze dein Herz erfreuen.«

»Burgunderschätze?«, wiederholte Jakob erstaunt. »Meinst du etwa auch den legendären Hort, den Hagen von Tronje dem Helden Siegfried –«

»Nein, nein, nicht das Rheingold«, unterbrach Peutinger und lachte. »Ich meine viel mehr all den Schmuck und die Juwelen, die Karl dem Kühnen gehört haben. Kostbare Kleinodien, die vor einem Vierteljahrhundert nach seiner vernichtenden Niederlage bei Murten gegen die Eidgenossen und Lothringer auf geheimnisvolle Weise verschwunden sind.«

»Soll das heißen, du weißt, wo sich die Burgunderschätze befinden?«, fragte Jakob, und seine Stimme zitterte ein wenig vor Erregung. Peutinger lehnte sich zurück. Sein Gesicht wirkte plötzlich wie das eines Jungen, der von einem Fuchsbau oder einer Höhle wusste, in der etwas versteckt war, das alle anderen haben wollten.

»Zum Teil«, sagte er dann. »Ich weiß zum Teil über die burgundischen Juwelen Bescheid. Ihre Besitzer können sie nicht verkaufen, weil sie überall zu gut bekannt sind. Wer diese Schmuckstücke erwirbt, dürfte sie nur besitzen und sich daran erfreuen, aber nie darüber reden und sie erst recht nie zeigen.«

»Wie viel?«, stieß Jakob sofort hervor. »Mit wie viel kann ich einsteigen?«

»Es wird nicht wenig sein«, sagte Conrad Peutinger. »Doch wenn du willst, kann ich mich am oberen Rhein einmal umhören.«

Während Conrad Peutinger nirgendwo Verdacht erregte, wenn er sich bei seinen Reisen aus rein wissenschaftlichem Interesse auch für den Verbleib der Burgunderschätze interessierte, setzte Jakob deutliche Signale, die nur den Zweck hatten, bestimmte Leute auch auf sich aufmerksam zu machen. Er und Peutinger wussten inzwischen, dass sie sich bei ihren Nachforschungen auf die Stadt Basel konzentrieren mussten.

Bereits einige Jahre zuvor hatten die Baseler Ratsherren einen Diamanten angeboten, der so groß wie eine Nuss sein sollte. Damals waren nicht mehr als fünftausend Gulden für das prächtige Juwel gezahlt worden. Peutinger versuchte es über verschiedene Wege. Aber weder in Basel noch in den anderen Städten am Oberrhein war etwas über den Verbleib der Kostbarkeiten zu erfahren. Nicht einmal Jakobs eigene Zuträger, die unablässig über alles, was geschah, in die Fuggerzentrale nach Augsburg berichteten, konnten etwas herausfinden.

»Dann werde ich eben mit der Speckseite nach der Wurst werfen«, sagte Jakob nach dem Jahreswechsel zu Peutinger.

»Was hast du vor?«

»Ich werde Schmuck kaufen«, sagte Jakob. »Und zwar so laut und spektakulär, dass es auch diejenigen erfahren, hinter deren Kleinodien wir her sind.«

»Der Fuchs baut seine Fallen auf«, meinte Peutinger lächelnd. Bereits am nächsten Tag gab Jakob in der Schreibstube eine entsprechende Anweisung: »Ich brauche eine Liste sämtlicher Messen und Märkte, bei denen in der letzten Zeit gute Geschäfte mit Gold oder Edelsteinen oder auch Schmuck gemacht wurden. Außerdem soll die Anweisung an alle Faktoreien herausgehen, dass die Herren dort Augen und Ohren offen halten, wann ein Handel mit Geschmeide und Preziosen angekündigt wird. Dabei interessieren mich besonders die Nachrichten von unseren Niederlassungen in Paris, Straßburg und Lyon, aber auch im Süden von Padua, Mailand und Genua. Aus Nürnberg oder München wird nichts kommen, und um Frankfurt kümmere ich mich selbst.«

Burgunderschätze

Gleich zu Beginn des neuen Jahres baten Ulrich und Georg ihren Bruder zu sich. Der sah ihnen an, dass sie wieder einmal etwas vereinbart hatten, das sie ihm nur gemeinsam vortragen wollten. Ein kaum wahrnehmbares Lächeln spielte um seine Mundwinkel.

»Wir müssen mit dir reden«, meinte Georg.

»Aber nicht hier, vor den Schreibern«, fügte Ulrich hinzu. Die beiden lebten mit ihren inzwischen großen Familien im Haus am Rindermarkt, während Jakob noch immer im alten Stammsitz der Familie wohnte. Gemeinsam gingen sie die breite Treppe in die obere Etage hinauf. Es war bereits einige Wochen her, seit Jakob zum letzten Mal das Kontor betreten hatte, in dem Ulrich und Georg gemeinsam arbeiteten. Es kam ihm vor, als wären alle Farben ein wenig dunkler geworden und nicht mehr ganz so leuchtend, wie er sie in Erinnerung hatte.

Jakob dachte nicht daran, zuerst zu reden. Wenn sie etwas von ihm wollten, sollten sie den Anfang machen. Georg starrte auf den Boden, und Ulrich hüstelte einige Male, während er mehrere Bogen Papier von einer Seite seines Tisches auf die andere schob. Er war alt geworden mit seinen sechzig Jahren – alt und gebeugt unter der Last der Verantwortung für ein Handelsunternehmen, dessen Niederlassungen sich inzwischen über den ganzen Kontinent erstreckten.

»Wir haben dir bisher fast immer freie Hand gelassen«, sagte er schließlich. »Doch während du mit deinen waghalsigen Geschäften auch über unsere Köpfe hinweg in immer neue Risiken gegangen bist, hast du dich kaum je dafür interessiert, wie hart und stetig wir hier in diesem Raum unseren Fernhandel ausgeweitet haben, wie wir uns neue Märkte erschließen mussten, wie wir den Handel mit Kolonialwaren von Venedig nach Lissabon und Antwerpen verlagert haben und wie wir uns auch hier in Augsburg nach wie vor darum bemühen, von den Patriziern anerkannt zu werden.«

»Könnte es sein, dass sich in deiner langen Vorrede ein ganz anderer Vorwurf verbirgt?«, fragte Jakob ungerührt. »Ich habe nie bezweifelt, dass ihr beiden ebenso gut und hart arbeitet wie ich. Trotzdem begegnet ihr mir seit jeher immer nur wie einem, den ihr eigentlich lieber mit Tonsur und Soutane sehen würdet. Ich bin der jüngste von euch. Aber ich bin nicht der Bankert, als den ihr mich oft genug behandelt habt.«

»Das ist nicht wahr!«, protestierte Georg sofort. »Es geht nur darum, dass wir uns deine spontanen und unbedachten Entscheidungen nicht mehr länger leisten können.«

»Er meint die Gelder, die du immer wieder dem König in den Rachen schmeißt.«

»Ich bestreite nicht, dass Habsburg uns mehr als eine halbe Million Gulden schuldet. Aber zählt einmal zusammen, wie hoch der Gewinn ist, den wir durch diesen Geldeinsatz verdient haben. Er beträgt längst ein Vielfaches des Einsatzes. Jahr um Jahr holen wir uns ein Vermögen aus den Bergwerken Tirols, aus dem ungarischen Kupfer, aus den Mautvorteilen und aus vielen anderen Vergünstigungen, die ich Maximilian abgerungen habe. Ihr seht nur Darlehen und Kredite auf der Sollseite. Nach den Büchern werden wir wahrscheinlich mit diesen Summen stets im Minus bleiben.«

Sie nickten und wunderten sich, dass er ihnen so schnell recht gab. So sanft und nachgiebig waren sie ihn nicht gewohnt. Und dann sagte er auch schon, was er wirklich meinte: »Doppelte Buchführung, Georg, vierfache, wenn du willst – das ist es, was ihr braucht, um den Überblick zu bekommen. Alles vermehrt sich doch in unseren Händen, die Gulden, das Vermögen, die Ländereien, die Warenlager, die Angestellten und die Knechte, die in Dutzenden von Faktoreien und Agenturen für uns arbeiten. Wenn es dem König gut geht, werden auch unsere Konten fett. Wenn es ihm schlecht geht, noch viel mehr.«

»Ich sehe eher Schwindsucht auf dem Konto Maximilians«, knurrte Georg beleidigt. »Weißt du denn überhaupt, was uns sein Schweizer Abenteuer insgesamt gekostet hat? Du hast ihn finanziert, als er gegen jede Vernunft zusammen mit dem Bund der Schwäbischen die Reichsreform auch bei den Eidgenossen durchsetzen wollte.«

»Das, lieber Georg, ist und bleibt der Unsinn, den man auf den Straßen und in den Herbergen beim schlechten Bier hört. Nein, dieser Schwabenkrieg gegen die Schweizer ist nur deshalb für Maximilian verloren gegangen – und hätte ihn fast das Leben gekostet –, weil ich nicht mutig genug war, weil ich geglaubt habe, dass wir mit hunderttausend Gulden die Schweiz erobern könnten. Ja, so viel haben wir ihm für diesen schlecht gemachten, jämmerlichen Kriegszug geliehen. Ich gebe zu, es war ein Fehler. Wir hätten ihm das Fünffache zur Verfügung stellen sollen, denn damit hätte Habsburg sich die ganze Schweiz auf einen Streich einverleiben können.«

»Heißt das, du hast gewusst ...«

»Nein«, sagte Jakob, »ich habe nicht gewusst, wie schlecht der König seine Kriege plant, wie mangelhaft die Landsknechte ausgebildet sind und wie mutig die Schweizer auf ihrer Unabhängigkeit bestehen würden. Trotzdem bleibt Maximilian die beste Kuh in unserem Stall. Eines Tages wird auch Spanien unter der Herrschaft des Reiches stehen, und wenn wir Glück haben auch noch Ungarn und Polen, Oberitalien und vielleicht sogar ...«

Er brach ab und lachte leise. Es war, als hätte er gerade noch einen Gedanken gehabt, der ihm zu phantastisch vorkam, um ihn auszusprechen. Er blickte zwischen den Brüdern hindurch zu den halb geöffneten Fenstern. Weiße Wolken zogen über den hellen blauen Himmel. Er dachte daran, wie viele Bischöfe zugleich Fürsten waren.

»Warum«, so überlegte er, »warum sollte Maximilian als Kaiser nicht auch Heiliger Vater werden können?«

»Eigentlich wollten wir wissen, warum man sagt, dass du jetzt auch noch Geld für Schmuck und Edelsteine aus dem Fenster werfen willst«, sagte Georg.

»So? Sagt man das?« Jakob lachte zufrieden. »Die Antwort heißt: Weil ich sie kaufen will!« Er sah sie abwechselnd und weiter lächelnd an. »Für meine Ehefrau Sibylle«, fügte er dann hinzu.

Jakob Fugger reiste persönlich zur Frühjahrsmesse an den Main, um zu sehen, was der Frankfurter Faktor inzwischen in Sachen Gold und Juwelen erreicht hatte. Zu Jakobs Erstaunen war aber in Frankfurt nicht ein einziges Schmuckstück aus Burgund aufgetaucht.

»Wie ist das möglich?«, fragte Jakob enttäuscht. »Köln und Mainz wissen inzwischen ebenso gut, dass ich an Geschmeide interessiert bin, wie Worms und die anderen Städte rheinaufwärts. In Basel selbst kann ich nichts unternehmen, wenn ich die Welser nicht noch mehr aufmerken lassen will. Sie haben diese Stadt und den Rat der Dreizehn ohnehin fest in der Hand.«

»Wenn, dann wird der größte Teil der gestohlenen Preziosen in Basel versteckt sein«, meinte der Faktor.

»Ich werde dennoch von hier aus kaufen. Beschafft mir das teuerste Schmuckstück, das es zurzeit bei der Frankfurter Messe gibt.«

Bereits zwei Tage später tauchte der Faktor mit einem Ring auf, der einen riesigen, vollkommen geschliffenen Saphir trug. Jakob starrte den Ring an und wurde augenblicklich blass. Seine Ohren dröhnten, und für einen endlosen Moment hatte er das Gefühl, sein Herzschlag setze aus.

»Wo … wo habt Ihr diesen Ring her?«, fragte er tonlos.

»Von einem italienischen Gesandten in der Schweiz«, antwortete der Faktor. »Er heißt Niccolò Machiavelli und ist der Sekretär des Rates der Zehn von Florenz.«

»Und dieser Mann hat Euch den Ring verkauft, den der Sultan von Ägypten vor vielen Jahren an eine Königin verschenkt hat?«

»Ihr kennt den Ring und seine Geschichte?«, fragte der Faktor verwundert.

Jakob presste die Lippen zusammen. Sollte er erzählen, wo und wann er das Gemälde von Caterina und den Ring mit der eigenartigen Fassung an ihrer Hand gesehen hatte? Was gingen diese Dinge einen Firmenfaktor in Frankfurt an?

»Ihr übernehmt die Ausgaben für diesen Ring und müsst sie so in Euren Büchern unterbringen, dass der Gegenstand selbst mit keinem Wort erwähnt wird.«

»Fünftausend Gulden!«, stöhnte der Faktor.

Jakob kümmerte sich nicht um das leidende Gesicht seines Faktors. Die Geschäftsführer der einzelnen Niederlassungen erhielten neben ihrem regelmäßigen monatlichen Gehalt so viele Zuwendungen aus guten Geschäften, dass viele von ihnen inzwischen bessergestellt waren als die Minister und Räte beim König oder an den anderen Fürstenhöfen. Dennoch mussten sie nicht alles wissen! Auch nicht, warum Jakob Fugger den Ring in das samtausgeschlagene Kästchen zurücklegte, es zuklappte und einsteckte.

Noch für denselben Tag ließ er die Pferde für seine Rückkehr nach Augsburg vorbereiten.

»Lasst verbreiten, dass ich Schmuck und Geschmeide für mein

Eheweib Sibylle kaufe. Aber kein Wort über diesen Saphirring, wenn Euch Euer Posten bei uns Fuggern lieb ist! Auch nicht zu meinen Brüdern! Wenn Ihr den Mund haltet, werde ich Euch irgendwann Eure Ausgaben erstatten – mit einem hübschen Zins natürlich. Nehmt einfach an, Ihr seid mit den fünftausend von heute an bei uns beteiligt.«

»Wenn aber irgendeiner von den Schreibern –«

»Bindet sie an Euch, wie ich gerade Euch an mich gebunden habe. Auf diese Weise lernt Ihr, wie man auf lange Sicht gute Geschäfte macht.«

Zurück in Augsburg, bemerkte Jakob, dass sich immer mehr Innsbrucker, die auf irgendeine Weise mit dem Hof Maximilians in Verbindung standen, in der Stadt am Lech aufhielten. Einige blieben nicht in den Herbergen, sondern erwarben Anwesen, die bisher namhaften Patriziern gehört hatten. Andere kauften oder pachteten in der Umgebung oder bis zur Donau im Norden und bis zu den Alpen hin Gutshöfe und sogar verwaiste Burgen. Der Grund für all die Eilfertigkeit war das Gerücht, dass Maximilian sich auch in Augsburg ein Palais zulegen wollte.

Es war das Jahr, in dem der Raubritter Götz von Berlichingen seine Hand verlor. Im Palast des mächtigen Handelshauses der Fugger von der Lilie gingen Tag für Tag Kunden und Lieferanten, Abgesandte und Boten ein und aus. Es war ein ständiges Kommen und Gehen wie an einem Fürstenhof. Dutzende von Bediensteten und angestellten Schreibern wimmelten durch die Gänge und Räume.

Ausgehende Waren wurden in den Büchern mit einem Vermerk versehen, der nicht »erledigt«, sondern nur »abgesandt« bedeutete. Noch bei Jakob Fuggers Eintritt in die Firma war dieser Vermerk auf der rechten Seite der Kontobücher eingeschrieben worden. Jetzt blieb er so lange auf der Schuldseite stehen, bis eine der eigenen Faktoreien oder der betreffende Geschäftspartner den Eingang bestätigte.

Jakob hatte den Kreis der Eingeweihten hinsichtlich seiner Bemühungen, einen Teil der Burgunderschätze zu kaufen, auch auf Hans Kohler in Venedig ausgeweitet. Ulrich und Georg vermuteten, dass er Sibylle dadurch von Conrad Rehlinger zurückkaufen wollte, der selbst verheiratet war, mehrere Kinder hatte und schon vor der Verheiratung Sibylles ihr Buhle gewesen war …

An einem schönen, warmen Frühlingstag ließ Conrad Peutinger Jakob eine Einladung zum Essen überbringen. Wie zufällig befand sich auch Hans Kohler in diesen Tagen in Augsburg. Schon am frühen Nachmittag machten sich die beiden Männer zusammen mit Sibylle Fugger auf den Weg. Peutinger hatte noch drei weitere Gäste in sein Haus geladen, die er als Doktoren der Theologie aus Lyon, Zürich und Straßburg vorstellte.

»Sie wollen sich in meiner Bibliothek einige Schriften ansehen, die sich mit Fragen des Kirchenrechts befassen«, erklärte Conrad, doch Jakob merkte sofort, dass er log. Ohne weitere Nachfragen setzen sie sich und ließen auftragen. Wie so oft bei derartigen Anlässen versuchten die gelehrten Herren, ihr Wissen dadurch zu verbergen, dass sie sich besonders ausgelassen benahmen. Sie scherzten auf eine Art mit den Damen, die Jakob völlig unpassend vorkam.

»Die Anna Laminit ist inzwischen eine ganz große Hure vor dem Herrn«, behauptete der Zürcher grinsend. »Und zugleich eine Heilige, die nichts essen muss und dennoch unermüdlich Nacht für Nacht vornehmste Herren bei sich empfängt.«

Jakob vermied es, Conrad anzusehen. Stattdessen streifte sein Blick sein Eheweib.

»Ja, man hört auch in Lyon und in Paris, dass die Sitten in Augsburg recht locker geworden sind«, sagte der aus Lyon stammende Theologe und kicherte. »Selbst kirchliche Würdenträger aus Rom sollen sich hier schon Häuser kaufen.«

»Ich weiß nicht, wovon hier eigentlich gesprochen wird«, sagte Jakob unwillig. »Außerdem denke ich, dass sich die Damen vielleicht zurückziehen möchten.«

Sibylle und Margaretha Peutinger wollten protestieren, fügten sich aber.

»Am besten, wir kommen gleich zur Sache«, sagte Peutinger, nachdem sich die großen Türen hinter den beiden Frauen geschlossen hatten. Er lächelte kaum merklich und entrollte einige Bogen Pergament auf dem Speisetisch. Schweigend schob er die farbigen Zeichnungen zu Jakob und Kohler hinüber. Jakob verschlug es fast den Atem. Er starrte auf Zeichnungen von so atemberaubend kostbarem Schmuck, wie er ihn zuvor noch nie gesehen hatte. »Die drei

Brüder« stand unter dem ersten Geschmeide, das schon der Großvater Herzog Karls des Kühnen besessen haben sollte. Blutrote Rubine und wasserklare Diamanten verzierten das wertvolle Stück.

Auf dem zweiten Pergament war ein Stück dunkle Seide dargestellt, auf das mit Diamanten der Leitsatz des Hosenbandordens gestickt war. »Gürtelein« stand unter der Preziose, von der es hieß, dass sie einmal dem englischen König Edward IV. gehört haben sollte, dem Schwager des kühnen Burgunders.

Das dritte Blatt zeigte die Weiße Rose, das Wappenbild des Hauses York, aus feinen Goldplättchen mit weißer Emaille rund um einen klaren Spinell gearbeitet. Auf dem letzten Pergamentstück befand sich die Zeichnung eines mit Juwelen übersäten goldenen Köchers für Zierfedern, der als Kopfschmuck getragen werden konnte. »Das Federlein«, las Jakob unter der Zeichnung. Er lächelte versonnen und schien alles um sich herum zu vergessen. Es waren zweifellos die schönsten Geschmeide, die er jemals gesehen hatte.

»Wie viel?«, fragte er schließlich in die Stille.

»Die Herren vom Rat der Dreizehn der Stadt Basel denken an vierzigtausend Gulden«, sagte Conrad leise. »Für alles. Und es soll so lange in ihrem Gewahrsam bleiben, bis auch der letzte Gulden in mailändischer, Zürcher, Freiburger oder walisischer Währung in Basel eingegangen ist.«

Jakob hatte zum ersten Mal in seinem Leben nicht den geringsten Wunsch, zu handeln. Es war, als hätte ein Fisch das Schwimmen oder ein Vogel das Fliegen verlernt.

»Ich nehme es«, sagte er mit fester Stimme. »Und es bleibt bei Euch, bis ich gezahlt habe.«

»Es ist sehr günstig, wie Ihr sicherlich wisst«, sagte der Sprecher der Abordnung vom Rhein. »Deshalb haben wir noch eine kleine, aber sehr wesentliche Bedingung.«

Jakob nickte ihm zu.

»Der Schmuck darf niemals öffentlich gezeigt oder getragen werden. Und niemand darf erfahren, von wem Ihr ihn gekauft habt. Das müsst Ihr schwören, sonst wird dieses Geschäft nicht abgeschlossen.«

Geheimvertrag mit Basel

Als Stadtschreiber von Augsburg hatte Conrad Peutinger das Recht, den Kaufvertrag zu beurkunden. Allen Beteiligten war klar, dass diese Urkunde niemals im Rathaus auftauchen oder in anderen Büchern eingetragen werden durfte.

»Und wenn Ihr mir an irgendeiner Stelle des Geschmeides geschliffenes und gefärbtes Glas statt Edelsteinen unterschieben wollt, trete ich sofort von diesem Handel zurück«, sagte Jakob warnend.

Sofort protestierten die Basler empört. »Es stimmt, in einem dieser Stücke ist tatsächlich ein Stück Glas eingefügt«, sagte einer von ihnen geistesgegenwärtig. »Aber das haben wir natürlich vom Gesamtpreis abgezogen.«

»Ich will nur hoffen, dass Ihr gute Augen habt«, meinte Jakob noch einmal, »denn wie gesagt, ein einziger Betrugsversuch, und alles ist zunichte …«

Jakob und Hans Kohler kümmerten sich bis ins kleinste Detail um die Zahlungen an die Basler. Zu keinem Zeitpunkt durften größere Summen in der Stadt am Rhein eintreffen. Alles musste so klein gestückelt und in so unterschiedlicher Währung erfolgen, dass nicht einmal die Beschäftigten im Rathaus irgendeinen Verdacht schöpfen konnten.

»Und sorgt um Gottes willen und Barmherzigkeit dafür, dass Ihr meine Zahlungen nicht in alten römischen Ziffern zusammenzählt«, bat Jakob Fugger nachdrücklich. »Schon der geringste Fehler bei dieser Rechenweise kann dazu führen, dass der eine oder andere Gulden falsch gezählt wird und als X statt V für Verwirrung bei den Kämmerern der städtischen Finanzen in Basel sorgen könnte. Ich will nicht, dass zum Schluss die ganze Sache wegen eines Schreibfehlers bei Euch auffliegt.«

Es war, als ahnte er, dass Jahre später genau dieses Versehen doch noch bekannt machte, was an diesem Tag vereinbart wurde.

Für die erste diskrete Zahlung sollte die Prägeanstalt in Sankt Gallen Münzen aus Rohsilber schlagen, die das Fuggersche Handelshaus aus Tirol zu den Eidgenossen liefern würde.

Für ein, zwei Jahre schien es ganz so, als wäre Jakobs Vorsicht übertrieben, wenn nicht sogar gänzlich überflüssig. Weder Frankreich noch die Habsburger interessierten sich für die laufenden Geschäfte des Augsburger Handelshauses. Sogar Ulrich und Georg fiel auf, dass die Innsbrucker und Maximilian selbst längst nicht mehr so argwöhnisch hinter jedem Guldiner her waren, den sie als Steuer abzwacken oder als Darlehen ausleihen konnten.

Zum ersten Mal schien König Maximilian für einen kurzen Zeitraum genügend Münzen in seinen Geldkästen zu haben. Durch ein Siegelgeld von zweihunderttausend Dukaten hatte König Ludwig XII. von Frankreich das Herzogtum Mailand erhalten. Auch vom Heiligen Stuhl in Rom, von dem die Fugger in den vergangenen Jahren mit zumeist berechtigten Zahlungsaufforderungen bedrängt worden waren, kamen neuerdings weder Mahnungen noch diskrete Hinweise auf nützliche Schmiergeldzahlungen.

Ulrich und Georg Fugger, die in den ersten Wochen vor Entsetzen und Ärger über den Kauf der Burgunderjuwelen kein Wort mehr mit Jakob gewechselt hatten, beruhigten sich langsam wieder.

»Auch wenn wir diese Juwelen im Augenblick gegen nichts auf der Welt eintauschen können«, erklärte er ihnen, nachdem sie wieder miteinander sprachen, »so behalten sie doch ihren Wert, der von Jahr zu Jahr steigen wird. Es ist nicht wie bei den Kuxen, den Anteilsscheinen an irgendwelchen Gruben oder Gewerken. Derartige Beteiligungen lohnen sich nur, wenn sie Jahr für Jahr und über lange Zeit einen guten Anteil vom insgesamt Geförderten oder Hergestellten erbringen. Aber ein wohlfeiles Gemälde und ein guter Wein können ihren Wert am besten dadurch steigern, dass die Zeit vergeht, damit sie eines Tages kostbar und einmalig werden.«

Tatsache blieb aber, dass Jakob mit dem Kauf des Geschmeides Geld aus der Firma gezogen hatte, das unter anderen Umständen dem Tagesgeschäft und damit dem Verdienst genutzt hätte.

»Wenn wir nicht bald wieder Geld in den Kassen haben, wird die Lage in Tirol unerträglich«, klagte Hans Suiter bei einem Besuch in Augsburg. »Die Bergwerke und ihre technische Ausstattung sind nicht mehr auf dem neuesten Stand. Wir haben in den vergangenen Jahren sehr viel in Ungarn und in den Karpaten investiert. Dafür fehlt es uns überall an neuen Pumpen, besseren Gleisanlagen für die Hunte innerhalb der Stollen und an einer besseren Belüftung.«

»Solange der Absatz von Kupfer so schlecht ist wie im Augenblick, habe ich nicht die Absicht, in den Ausbau unserer Bergwerke zu investieren«, wehrte Jakob ab. »Portugal, Genua und selbst Venedig sind kaum noch an unserem Kupfer interessiert. Die einzige Strecke, die noch Gewinn bringt, führt über Krakau nach Danzig und von dort aus nach Antwerpen und London.«

»Du darfst die Gewerke und Hütten in Tirol aber nicht verkommen lassen«, mahnte Hans Suiter besorgt. »In Innsbruck wird bereits die Forderung laut, dass dich der königliche Hof zwingen soll, mehr zu fördern und dadurch höhere Abgaben zu leisten.«

»Ich lasse mich von keinem König, keinem Fürsten und keinen königlichen Räten mehr zu irgendetwas zwingen«, entgegnete Jakob stolz. »Wenn Innsbruck Geld braucht, dann sollen sich die Herrschaften das meinetwegen von den Welsern und Gossembrots beschaffen.«

Er wusste sehr wohl, dass dieser Vorschlag nur dahingeredet war. Das Geschäft der Gossembrots ging seit Jahren zurück. Auch die Hochstetter und Herwarths waren nicht mehr finanzkräftig genug, um die Forderungen des königlichen Hofs zu erfüllen, und die Welser hatten sich fast aussichtslos in portugiesische Gewürzspekulationen verstrickt.

»Maximilian ist kein Dummkopf«, sagte Suiter ernst. »Er und seine Räte haben inzwischen ebenfalls rechnen gelernt. Einer von ihnen hat mir gerade erst kürzlich erklärt, dass ihr Fugger von der Lilie allein aus den Bergwerken in Ungarn und Thüringen mindestens eine Million Gulden im Jahr herauszieht und sicherlich ein Drittel davon als Reingewinn verbucht.«

»Wo kommen diese Zahlen her?«, schnaubte Jakob.

»Möglicherweise von der Konkurrenz«, antwortete Suiter. »Aber ich denke, dass die Innsbrucker mit ihren Vermutungen gar nicht so falsch liegen. Denn sonst würden sie mir nicht aufgetragen haben, dass es gut für alle weiteren Verhandlungen und unsere Existenz in Tirol wäre, wenn ich mit einem neuen Kredit über hunderttausend Gulden aus Augsburg zurückkäme.«

»Hunderttausend Gulden?«, wiederholte Jakob fassungslos. »Und das sagst du erst jetzt?«

»Ich hätte es am liebsten überhaupt nicht gesagt«, gab der ehemalige Bürgermeister von Innsbruck zurück. »Außerdem hat Maximilian längst erfahren, dass du mit Papst Julius ebenfalls in einer einträglichen Geschäftsverbindung stehst.«

»Ich muss ihm mehr vom Ablassgeld überlassen, als ursprünglich vereinbart war«, brummte Jakob verdrießlich. »Was findet der König daran einträglich?«

»Er meint nicht den Jubelablass zur vergangenen Jahrhundertwende und nicht den Ablass, der inzwischen auch für Verstorbene gezahlt werden kann, sondern die neue Kuppel der Peterskirche in Rom. Jedermann weiß doch inzwischen, dass sie gut zwei Millionen Dukaten kosten soll und dass ihr Fugger von der Lilie als Bank daran beteiligt seid. Die Gerüchte sagen, dass die Gesellschaft von jedem Peterspfennig in Deutschland, England und Dänemark, dem Rest Skandinaviens und den östlichen Ländern die Hälfte als Entgelt für das Inkasso und alle Dienstleistungen einbehält.«

Jakob blickte Suiter geradezu mit Abscheu an.

»Und daran wollen die Blutsauger in Innsbruck jetzt auch noch teilhaben«, schnaubte er widerwillig.

»Unsere Leute haben nun einmal die Schlüssel zu allen Ablasskästen«, sagte Hans Suiter besorgt. »Sie allein zählen vom Norden bis zu den Alpen sämtliche Einnahmen, Spenden und Opfer, die in diesen Kästen klingeln. Und sie teilen gut christlich zwischen dem Papst, den Erzbischöfen und uns.«

Jakob schüttelte den Kopf. »Was wissen die Blutsauger in Innsbruck von all den Schwierigkeiten, die wir gerade mit diesen Ablassgeldern haben. Ja, Hans, in manchen Kirchen wird bereits gegen alles gewettert, was mit dieser frommen Abgabe für den Petersdom in Rom zu tun hat.« Er drehte sich etwas zur Seite. Dann sagte er ohne jeden Übergang: »Außerdem habe ich keine hunderttausend Gulden, die ich König Maximilian leihen könnte, auch dann nicht, wenn er uns sämtliche noch in seinem Besitz verbliebenen Bergwerke in Tirol und die Kupferhütten verpfänden würde.«

Suiter blickte lange zu Boden. Dann sagte er: »Es wäre besser, wenn sich das Geld beschaffen ließe. Es wäre wirklich besser – auch wenn du es dir selbst erst leihen müsstest ...«

Nachdem Hans Suiter wieder abgereist war, begann Jakob damit, seine Pläne für die kommenden Jahre zu ordnen. Er schickte Kohler mit einer letzten Rate direkt von Venedig nach Basel und ließ ihn ohne große Bewachung die Teile der Burgunderschätze abholen und nach Augsburg bringen.

Es war ein stürmischer Abend im Herbst des Jahres 1504, an dem Jakob seine Ehefrau Sibylle nach langer Zeit wieder einmal bat, mit ihm gemeinsam zu speisen. Sie wusste nicht, worum es ging, wurde aber neugierig, als er auch noch ausdrücklich wünschte, sie möge sich für diesen Abend festlich kleiden und frisieren lassen. Zum ersten Mal in ihrer Ehe wählte er auch jene Kleider aus, die zu tragen er sie bat. Sie verkehrten nach wie vor höflich miteinander, wenn ihre Konversation auch kühl blieb und sich auf das Notwendigste beschränkte. Sie kannte ihn inzwischen auch gut genug und ahnte, dass er ihr wieder einmal eines seiner vielen Geschenke machen wollte. Seit ihrer Hochzeit hatte es zahlreiche ähnliche Gelegenheiten gegeben – auch wenn er nie Dank oder irgendeine andere Gegenleistung dafür von ihr verlangt hatte.

An diesem Abend aßen sie ein wenig leicht gepfefferten, nur mit Kräutern und Knoblauch gedünsteten Donauwaller, brachen Brot nach welscher Art dazu und tranken einen leichten, kellergekühlten weißen Wein aus der Gegend des Lago Maggiore. Dabei sprachen sie über verschiedene Familienangelegenheiten, über Stiftungen, die Jakob und seine Brüder am Chorgestühl von Kirchen, bei der Ausgestaltung des Rathauses und für das Domkapitel gemacht hatten.

Schließlich, bei süßen Küchlein aus Mürbeteig und Mandeln, blickte Jakob auf und schickte die Bediensteten mit einer Handbewegung fort.

In diesem Augenblick hatte er das Gefühl, wieder vierzehn Jahre alt zu sein, auf einem kalten Kirchenboden zu knien, den Kopf zu senken und darauf zu warten, dass ihm durch eine stumpfe Klinge das Kopfhaar mehr ausgerissen als abrasiert wurde. Die Unterwerfung zu seiner allerersten Tonsur hatte ihn mit wütendem Protest und großer Einsamkeit erfüllt.

Auch damals war alles leer in ihm gewesen. Er hatte Gott geliebt, verehrt, gefürchtet und war bereit gewesen, sein junges Leben für ihn hinzugeben. Aber andere – Kanoniker, Stiftsherren, Priester und der Bischof – hatten nichts dergleichen von ihm haben wollen. Er, der sich aus eigenem Antrieb und auf Wunsch der Mutter einem höheren Ideal verschrieben hatte, war im Grunde doch nicht mehr gewesen als ein Opfer. Die Würdenträger der Kirche hatten niemals ihn, den jungen Jakob Fugger, sondern nur das Geld haben wollen, das der Erstgeborene der Familie für den Jüngsten zahlte, damit er in den geistlichen Stand aufgenommen wurde. Sie hatten ihn geopfert, ihn als lebenden Zehnt an die Kirche abgegeben, weil sie sich auch davon eines Tages noch Gewinn versprachen, und sei es in einer anderen Welt.

Er schloss für einen Atemzug die Augen. Dann löste sich die harte Strenge aus seinem hageren Gesicht, und ein Lächeln spielte um seine Mundwinkel.

»Ich habe etwas für dich, wie du dir wahrscheinlich schon gedacht hast«, sagte er.

Sie blickte ihn mit einer abweisenden Kühle an, die ihn bis tief ins Innerste schmerzte. Nichts um ihre Augen herum bewegte sich, kein Fältchen und kein Muskel. Es war, als würde nur ihr schmaler Mund leben, während sie ihm antwortete: »Du weißt, ich freue mich über jedes deiner wertvollen Geschenke.«

»Ja, das weiß ich, Sibylle; denn dein Dank klingt immer aufrichtig. Trotzdem bitte ich dich, ganz genau auf die Schmuckstücke zu schauen, die ich dir heute schenken möchte.«

Er stand auf und ging bis zu einem kleinen, in die Wand eingelassenen Holzschrank, der mit geprägten und gehämmerten, wie bei einer Ritterrüstung blank polierten und mit Gold verzierten Eisenbändern belegt war. Er schloss die Tür des kleinen Schranks auf und nahm eine ungewöhnlich große, lederbezogene Schatulle hervor. So, wie es war, trug er das Behältnis zum Tisch zurück. Dann legte er das Kästchen neben die Schale mit den Küchlein, ging um den Tisch herum und ließ sich wieder auf seinem hohen Lehnsessel nieder.

»Du kannst es selbst aufmachen«, sagte er dann. Seine Stimme zitterte kaum merklich. Auch sie spürte seine eigenartige Erregung. Zum ersten Mal sah er etwas wie Scheu in ihren Augen. Sie öffnete die Schatulle und verharrte mitten in der Bewegung.

Wie das Weib Lots, dachte Jakob unwillkürlich, zur Salzsäule erstarrt, als sie sah, was sie nicht sehen durfte …

»Es ist für dich«, sagte er leise. »Aus dem Schatz von Karl dem Kühnen, dem Burgunderherzog.«

»Mein Gott! Wie prächtig!«, stieß sie hervor. »Aber hätte das …

hätte das nicht alles seiner Erbtochter Maria zugestanden und ihrem Gatten Maximilian, nachdem sie tot war?«

»Es wurde Beute der Männer, die ihn vor fast dreißig Jahren besiegt und dann getötet haben.«

»Und nun soll ich das tragen?«

»Das leider nicht, Sibylle«, sagte er. »Du darfst es haben und besitzen, aber niemals tragen.«

Sie starrte ihn ungläubig an. Für eine Weile schienen beide nicht zu atmen. Dann zitterte ihr Kinn, ihre Augen wurden kleiner, und eine Falte erschien über ihrer Nase zwischen den Brauen. Mit einer heftigen Handbewegung stieß sie die Schmuckschatulle von sich. Die Schale mit den süßen Küchlein glitt vom Tisch und zersprang klirrend auf dem Boden.

»Ich will kein Diebesgut und nichts, das ich nicht tragen darf!«, stieß sie mit schriller Stimme hervor. Jakob wich wie vom Blitz getroffen zurück. Er hatte angenommen, dass ihre Habgier größer als ihr Stolz sein würde, und nicht bedacht, dass sie ein Weib war und zeigen wollte, was sie besaß.

Nach diesem Vorfall mieden sich die Eheleute Fugger noch sorgfältiger als schon zuvor. Sibylle lud ihre Freundinnen und Bekannten ins Haus am Rohr ein, dazu Angehörige der feinen Gesellschaft Augsburgs. Schließlich kamen sogar Patrizier, die noch immer dagegen waren, dass das Fuggerwappen mit den beiden Lilien in die offiziellen Darstellungen der angesehenen Geschlechter aufgenommen wurde.

Manchmal hatte Jakob sogar den Eindruck, dass Sibylle mehr unter diesem Mangel an Anerkennung litt als darunter, dass sie den Burgunderschmuck nicht öffentlich tragen durfte. Jakob verstand immer noch nicht ganz, warum sie an jenem Abend sein Geschenk zuerst empört zurückgewiesen und dann doch noch ganz schnell zugegriffen hatte, als er selbst die Schatulle wieder an sich nehmen wollte. Der Blick, mit dem sie ihn damals angefunkelt hatte, war ihm noch immer unvergesslich. Er ärgerte sich über seine Empfindungen ihr gegenüber. Er wusste nicht, was er ihr wirklich vorwerfen sollte – außer dem, was er von Anfang an gewusst hatte. Und genau das quälte ihn. Hinter ganz alltäglichen Ereignissen vermutete er plötzlich mehr als früher. Als Maximilian gegen die Empfehlung seiner Räte eine große Menge rotes Tuch bei den Fuggern von der Lilie bestellte, wollte Jakob diese Order ein, zwei Tage lang sogar ablehnen. Es kam zum Streit zwischen ihm und Georg.

»Er bekommt, was nötig ist, aber nichts für seine Launen!«, sagte Jakob bestimmt.

»Aber wir können uns nicht gegen den Willen Maximilians stellen!«, erwiderte Georg hartnäckig.

»Duckst du dich etwa vor unserem nimmersatten Ritter?«, fragte Jakob spöttisch. »Wirst du denn nie verstehen, dass man bei Maximilian und anderen Herren nur dann geachtet wird, wenn man den Mut hat, auch einmal Nein zu sagen?«

»Du treibst es noch so weit, dass wir alles verlieren«, sagte Georg. »Vergiss nicht, dass ich selbst schon einmal unter kaiserlichem Bann stand!«

Er rang immer heftiger nach Luft, dann ließ er seinen linken Arm fallen und schlug sich mit der rechten Hand gegen die Brust, dorthin, wo das Herz ihn schmerzte. Jakob sprang heran. Er konnte den Bruder gerade noch auffangen und auf einen Stuhl gleiten lassen.

Georg brauchte fast zwei Monate, bis er sich wieder erholt hatte und erneut durch die Schreibstuben im Palast am Rindermarkt schlurfen konnte.

Auch aus Italien brachten die Tassis-Reiter und die eigenen Boten keine guten Nachrichten: Sizilien und das Königreich Neapel standen inzwischen ganz unter spanischer Herrschaft. In Rom fassten die Medici wieder Fuß und gewannen an Einfluss. In den oberitalienischen Signorien gab es nur noch heimlichen Widerstand gegen die französischen Eroberer. Das Herzogtum Mailand war inzwischen voll und ganz französisch. Auch in der Republik von San Marco tummelten sich mehr Franzosen auf den Gondeln als Kaufleute aus dem Norden Europas.

»Es sieht nicht gut für uns in der Lagunenstadt aus«, meinte Jakob schließlich zu Ulrich. »Ich werde anordnen, dass wir für eine Übergangszeit unser Warenlager im Fondaco auf das Nötigste verringern und dafür mehr nach Westen, nach Lissabon und Antwerpen sehen.«

»Das sagst du?«, konterte Ulrich spöttisch. »Ausgerechnet du, Jakob, der du seinerzeit wie ein Venezianer aus Italien zurückgekehrt bist?«

»Ach«, sagte Jakob spöttisch, »daran erinnerst du dich also noch.« Er setzte sich auf den Stuhl, den Georg gerade verlassen hatte, um zu den Fenstern des großen Raumes zu gehen und sie zu öffnen. »Ihr habt mich immer so weit von euch ferngehalten, dass ich mir tatsächlich wie ein Welscher vorgekommen bin. Aber zwei Dinge sind für mich so sicher wie das Amen in der Kirche: Maximilian wird eines Tages über die Alpen zur Kaiserkrönung durch den Papst ziehen. Und ich werde der Prinzipal des Bank- und Handelshauses der Fugger von der Lilie.«

Es war, als hätte sich eine Wand aus Eis zwischen ihn und seine Brüder geschoben. Sie starrten ihn an wie einen Ketzer, der vor dem Kreuz und dem Altar Gott den Allmächtigen verleugnet hatte. Noch niemals seit dem Tod der Fuggerin war darüber gesprochen worden, wie es weitergehen sollte, wenn einer von ihnen nicht mehr konnte oder nicht mehr da war.

»Was nützt dir das, wenn du hier alles übernimmst?«, fragte Georg dann und hustete, als hätte er bereits die Schwindsucht. Ulrich nickte zustimmend.

»Ja, er hat recht, Jakob«, sagte er mit brüchiger Stimme. »Du kannst derjenige sein, der einmal alles übernimmt, was wir und unsere Vorväter geschaffen haben. Aber selbst wenn du deinem Eheweib Sibylle zu dem Geschmeide aus den Burgunderschätzen auch noch die Kronjuwelen Englands, die Reliquien Karls des Großen und das Holz vom Kreuz Christi aus der Kathedrale von Sens kaufen und ihr schenken solltest, würde das nicht reichen.«

»Denn Gott hat uns Söhne geschenkt«, vollendete Georg, »und dir nicht!«

Jakob trafen ihre Worte wie die Peitschenhiebe eines betrunkenen Pferdeknechts. Das Blut wich ihm aus dem Gesicht. Zugleich mit dem Schmerz fühlte er eine Art Befreiung. Jetzt endlich zeigten sie ihren Triumph, der sie trotz allem stärker machte als ihn. Sie hatten Nachkommen, Söhne und Erben, die das eigene Blut weitergeben und das Werk ihrer Väter fortführen konnten.

Aber noch war es nicht so weit. Jakob spürte, wie ein Schauder über seinen Rücken rann.

»Ende Januar reite ich nach Venedig«, teilte er nach der Weihnachtsmesse in der Kirche von Sankt Ulrich und Afra seinen Brüdern mit. »Dort werde ich mit dem Dogen Leonardo Loredan einen

Auflösungsvertrag für unsere Kammern im Fondaco abschließen. Ich will ihn überreden, dass die Republik von San Marco gemeinsam mit uns Fuggern ein neues Haus an der Schelde einrichtet – so lange jedenfalls, wie die Lagunenstadt von den kranken Kakerlaken der Franzosen durch und durch verseucht ist.«

Georg und Ulrich starrten ihn voller Entsetzen an.

»Das darfst du nicht!«, stöhnte Ulrich. »Du kannst dich doch nicht offiziell mit dem Dogen gegen die Eroberer verbünden! Das geht nicht gut, und die Einzigen, die daraus einen Nutzen ziehen werden, sind nicht wir Fugger, sondern die Habsburger hier in Deutschland und Burgund.«

»Und auch in Spanien«, fügte Jakob hinzu. »Und damit haben sie Frankreich in die Zange genommen.«

»Aber wir handeln nur und verleihen Geld. Wir dürfen uns nicht so offensichtlich in die Politik einmischen.«

»Machen wir irgendetwas anderes, Ulrich, seit du das erste Geld an den Hof von Innsbruck ausgeliehen hast?«

Georg und Ulrich blickten zu Boden. Es war, als hätte sie der Jüngste an einen Schwur mit gekreuzten Fingern erinnert, den sie längst vergessen hatten.

Der Doge Loredan

Obwohl er es vorgehabt hatte, stattete Jakob auf seiner Reise nicht einmal Melchior von Meckaus Palast in Brixen einen Besuch ab. Der Erzbischof lebte zwar die meiste Zeit über als Kardinal in Rom, hielt sich aber in diesen Tagen gerade wieder in den Alpen auf. Die letzte größere Einzahlung über hunderttausend Gulden lag erst ein Jahr zurück. Er hätte ihn eigentlich über den Stand seiner Zinsen für all seine Einlagen in die Fuggersche Bank unterrichten müssen.

Nach der erneuten Auseinandersetzung mit seinen älteren Brüdern wäre es klug gewesen, gerade mit Meckau zu sprechen. Er war es, der auch in Rom noch äußerst wichtig für ihn werden konnte. Trotzdem hatte sich Jakob anders entschieden.

Längst lag auch Trient hinter ihm. Es wurde Abend, ehe er in Bassano ankam und über die überdachte Holzbrücke ritt. Die Brenta führte in diesem Herbst kaum noch Wasser. Zum zweiten Mal übernachtete Jakob in der hundert Jahre alten Herberge Belvedere.

Obwohl er es eilig hatte, bog er am nächsten Morgen nach Asolo ab. Es war noch zu früh, um dort seine Aufwartung zu machen. Er ritt an der äußeren Mauer des Parks am Burgberg entlang. Bis auf ein paar Bauern mit Getreidekarren und Milchkannen war Asolo noch nicht erwacht. Es würde Stunden dauern, bis sich jemand vom engeren Gefolge der Königin im kühlen Park der Burg zeigte. Jakob Fugger spürte die Wärme der Morgensonne auf seinen Wangen und kam sich plötzlich kindisch vor.

»Was, bei allen Heiligen, willst du hier, stolzer Kaufherr Jacopo aus Augsburg?«, fragte er sich halblaut. Sein Pferd spitzte die Ohren. »Du bist fünfundvierzig Jahre alt, verheiratet und spähst wie ein sehnsüchtiger Jüngling in den Garten einer Fünfzigjährigen! Noch dazu in den einer Königin und Tochter der Republik von San Marco …«

Er wollte gerade weiterreiten, als er sie sah. Sie kam im einfachen braunen Gewand einer Franziskanernonne mit erdfarbenen Tüchern um den Kopf über die Stufen am Aufgang zur Burg. Ihre beiden Begleiterinnen waren viel bunter gekleidet. Für einen Augenblick wusste Jakob Fugger nicht, wie er sich verhalten sollte. Unzählige Gedanken schossen ihm durch den Kopf.

Warum kam sie? Wo wollte sie hin? Und wie war zu erklären, dass sie sich zu einer derart frühen, kühlen Stunde aus den Burgräumen hinausbewegte?

Sie blieb kaum fünf Schritt von ihm entfernt stehen, dicht hinter einem verblühten Rosenstock. Zwischen ihnen befand sich nur noch ein ungepflegtes Beet und ein halbhoher Ausläufer der Parkummauerung.

Für eine Ewigkeit sahen sie sich in die Augen.

»Es geht mir gut, Bruder Jacopo«, sagte sie dann. »Und ich denke immer noch nicht an Rache am Dogen Loredan und an der Serenissima, falls du mich das fragen wolltest!«

Sie lächelte, als sie sich wieder umdrehte und denselben Weg in die Burg von Asolo zurückging.

Er hatte keinen Blick mehr für die lieblichen Voralpenhügel oder die Landgüter der reichen Venezianer, die hier ihre Villen bauten.

»Caterina! Caterina!«, pochte es in ihm. Wieder und wieder wollte er die Zügel herumreißen, einfach umkehren. Aber er konnte es nicht.

Das letzte Stück ritt er am Ufer des Po auf einem Damm entlang. Er hatte keinen Blick für die fruchtbare Ebene zu beiden Seiten mit ihren Getreidefeldern und den verstreut stehenden Pappeln, Kiefern und Zypressen.

Je weiter er sich der Lagunenstadt näherte, umso dichter wurde der Verkehr von Nachen und Barken auf dem Fluss und auf dem Kanal, der von hier aus direkt bis zum fünf Meilen entfernten Venedig führte. Anders als die übrigen Reisenden, die ebenfalls den Weg auf dem Damm benutzten, hielt Jakob nicht an, sondern ritt weiter in die einbrechende Dunkelheit. Er hielt genau auf den Lichtschein im Osten zu, der ihm wie ein hilfreicher Wegweiser erschien. Die Nacht war sternenklar, und der Himmel erschien nicht schwarz, sondern in einem in Augsburg noch nie beobachteten, sehr tiefen, samtigen Blau.

Jakob genoss den milden Abendwind von der See her. Er wusste, dass es in manchen Jahreszeiten auch in der Adria kräftig stürmen konnte, wenn der Yugo-Wind die Wasser nach Norden hin aufstaute, und dann sogar der Marcusplatz kniehoch überflutet wurde.

Das Leuchten über der Lagunenstadt wurde immer heller. Er kannte den gelblich roten Schein, der besonders zu Messezeiten wie eine Glocke über den abendlichen Städten lag. Doch dann kam ihm der Lichtschein über Venedig in der Mitte zu leuchtend und an den Seiten allzu rötlich und rauchig vor. Ohne lange zu überlegen, trieb er sein Pferd zu einer schnelleren Gangart an. Und dann begriff er plötzlich, dass die Lichtglocke über der Lagunenstadt nicht von vielen kleinen Feuern, von Fackeln auf den Gondeln oder vielleicht sogar von brennenden Segeln auf irgendeinem Frachtschiff im Hafen stammen konnte. Es musste mitten in der Stadt brennen. Jetzt schlugen bereits Flammen in den Nachthimmel. Schwarze Rauchwolken stiegen zu den Sternen hoch, Funkenfontänen prasselten wie flammende Springbrunnen nach allen Seiten. Dann hörte er die Glocken von einem Dutzend Kirchen.

Er ritt schneller und schneller auf die höllische Feuerlohe zu. Jetzt roch er bereits den Rauch und den Moder der Sümpfe rund um Venedig. Er schmeckte die salzige Luft der See und den scharfen Geruch verbrannter Gewürze. Im selben Augenblick wurde ihm klar, was dort am Canal Grande in Flammen aufging.

Noch nie zuvor war Jakob Fugger schneller geritten. So dicht wie möglich vor dem großen Feuer nahm er den erstbesten Gondoliere und fünf schnell am Ufer des inneren Hafens angeheuerte junge Männer. Sie schossen durch die kleineren Kanäle – bis auch hier andere Gondeln und Löschkähne die Zufahrten verstopften.

Jetzt kam ihm erneut zugute, dass er nie aufgehört hatte, neben Latein auch die Sprache der Welschen zu lernen. Er und die Männer im Boot sprangen einfach von Boot zu Boot, wie viele andere vor und nach ihnen, die einander Krüge mit Wasser zureichten, um es sich gegen die Hitze über die Köpfe zu gießen. Mädchen und Frauen warfen ihnen aus den oberen Fenstern nasse Tücher zu und klatschten Beifall für ihren Mut.

Während der Lärm und das Gedröhn der Glocken sowie die Schreie der Menschen und auch der Tiere in den Häusern nahezu unerträglich wurden, überlegte Jakob bereits, ob er dem Dogen zum Wiederaufbau nach dem Ende der Löscharbeiten oder zu einer Beteiligung der Stadt an einem neuen Handelshaus in Antwerpen raten sollte.

Der östliche Uferkai am Canal Grande neben der verkohlten hölzernen Rialto-Brücke wurde schnell zur Sammelstelle und zum Marktplatz der Neuigkeiten. Ohne dass irgendjemand dafür gesorgt hätte, bildete sich eine Art Brückenkopf zum Austausch von Nachrichten und Befehlen, Meldungen und Informationen zwischen dem brennenden Stadtteil und dem Dogenpalast an der Piazza San Marco.

Noch in der Nacht entdeckte Jakob Fugger aus seiner Gondel heraus Hans Kohler. Der Faktor der Fuggerschen Niederlassung in der Lagunenstadt trug seinen linken Arm bandagiert in einer Schlinge.

»Gebrochen«, rief er seinem Prinzipal zu, »beim Sturz von der Treppe im Fondaco.«

»Was ist mit den Büchern?«, rief Jakob ihm durch das Getöse des Feuers auf der anderen Kanalseite zu. »Und mit unseren Leuten?«

»Gerettet!«, schrie Kohler ebenso laut. »Keines verbrannt. Und bei den Männern nur ein paar Rippenbrüche, verschmorte Haare und Brandwunden.«

»Ist noch jemand dort drin?«

»Nein«, antwortete Kohler. »Die meisten waren bereits zu Hause, als es begann. Und nur eine Handvoll Schreiber befand sich bis eben noch am Hafen, um ein Schiff mit einer Ladung Stoffe und Pfeffer aus Alexandria zu überprüfen.«

Jakob gab den jungen Männern in seiner Gondel ein Zeichen. Gemeinsam fingen sie Hans Kohler auf und ließen ihn nicht gerade sanft auf die gewölbten Planken der Gondel gleiten.

»Was ist mit den Waren in unserer Kammer?«, wollte Jakob wissen. Kohler verzog sein Gesicht zu einer schmerzverzerrten Grimasse. Aber auch das war für Jakob Antwort genug.

»Ich will von jedem einzelnen unserer Leute wissen, wo er wohnt und wie es ihm geht. Jeder, der gehen, in eine Gondel steigen oder getragen werden kann, soll in den nächsten Tagen in den Palazzo Cornaro kommen. Wir müssen feststellen, was wir verloren oder gewonnen, noch nicht geliefert oder noch nicht bekommen haben. Vergesst alles, was dort drüben verbrennt. Jetzt kommt die Zeit der Aasgeier, der Diebe und Betrüger, die selbst aus dem kleinsten Schaden noch einen riesigen Verlust für sich selbst beschwören.«

Jakob stand noch immer aufrecht neben dem abwartenden Gondoliere. Die Hitze der Flammen aus dem Inneren des Fondaco dei Tedeschi brannte auch aus großer Entfernung auf der Haut. Er hatte plötzlich den unbändigen Wunsch nach einem Bad, sauberen Tüchern und einem Becher mit heißem gewürztem Wein.

Fünf Tage lang brannten die fünf Dutzend großen Kammern und die mit Waren aller Art vollgestopften Lagerräume im Fondaco dei Tedeschi. Dichter Rauch hüllte bei Tag und Nacht den gewaltigen Palazzo des deutschen Handels in Venedig ein, obwohl das Löschwasser aus dem Canal Grande bis an seine Grundmauern an der Rialto-Brücke reichte. Selbst mit Wasser übergossen, schwelten die Glutnester in Tausenden von Baumwollballen weiter. Sie mussten einzeln mit langen Enterhaken auseinandergerissen und gelöscht werden. In anderen Lagerräumen glühten unzählige Säcke mit Nüssen und Kastanien, Zuckerkegel von den Plantagen der Insel Zypern schmolzen und karamellisierten zu einer stechend stinkenden braunen Masse mit schwarzer Kruste.

Das Feuer vernichtete ohne Unterschied riesige Werte und ganze Existenzen. Es war unmöglich, all die Waren aus den Klauen des Feuers zu reißen. Das deutsche Haus verkam zu einer Niederlassung der Hölle.

Es dauerte sechs Tage, bis der Doge der Lagunenstadt und Jakob Fugger endlich ungestört im Palast am Marcusplatz miteinander reden konnten. Noch immer glühten große Feuernester in der bröckelnden Ruine des Fondaco dei Tedeschi. Weißer und schwarzer, gelber und sogar blauer Rauch stieg unablässig in den Himmel über Venedig. Es war, als hätte sich ein neuer Ätna gebildet.

Leonardo Loredan und der Kaufmann aus Augsburg sahen einander so ähnlich, dass Künstler wie Bellini sie als Zwillinge porträtiert haben könnten. Beide hatten im Lauf der Jahre straffe, schon fast hagere Gesichter entwickelt, einen klaren Blick und eher schmale Lippen. Jakob war barhäuptig, und der Doge trug den Cornu, eine weiche, goldbestickte Kappe mit einer fingerlangen Spitze im hinteren Teil. Seit ihrer ersten Begegnung im Palazzo der Cornaros vor einem Vierteljahrhundert vermutete Jakob Fugger, dass Loredan zum Geheimdienst der Serenissima oder sogar zum Rat der Zehn gehörte. Niemand in der Lagunenstadt sprach darüber, aber er hatte sich nicht in Venedig aufgehalten, als Caterinas Mann und Sohn in Zypern heimtückisch vergiftet worden waren. Jahre später war er in Nikosia gesehen worden, nachdem der Anschlag auf die Königin fehlgeschlagen war. Und doch schien es jetzt für einige Augenblicke, als sei Jakob der Doge und Leonardo Loredan ein Gast und Bittsteller in der Stadt.

»Lasst uns sofort zur Sache kommen«, begann der Doge, nachdem er sich mit Jakob Fugger aus dem Audienzsaal in einen kleinen, nur mit wenigen vergoldeten Möbeln ausgestatteten Raum seiner privaten Gemächer zurückgezogen hatte. »Wir sind nicht blind und taub in dieser Stadt, und Ihr seid ein kluger, erfolgreicher und stets willkommener Freund, Jakob Fugger. Ich möchte, dass Ihr mit einer großen und wichtigen Niederlassung am Canal Grande bleibt. Und ich biete Euch an, dass die Republik sämtliche Kosten für den Wiederaufbau des Fondaco übernimmt.«

»Das klingt, mit Verlaub, sehr ungewöhnlich für die stolze Serenissima«, gab Jakob vorsichtig zurück. Sie nahmen auf den vergoldeten Stühlen Platz, streckten fast gleichzeitig die Beine aus und blickten sich prüfend an.

»Es waren nicht die Franzosen«, sagte Leonardo Loredan. »Auch nicht die Türken, denen wir unsere Häfen in Griechenland übergeben mussten. Und keine Zyprioten, wie ich selbst zuerst dachte – keiner von den Männern, die uns nie verziehen haben, dass wir ihnen ihren König umbringen und ihre Königin gefangen nehmen mussten, um die Insel als vorgeschobenes Bollwerk gegen die Türken in die Hand zu bekommen.«

»Was bleibt dann noch?«, fragte Jakob verwundert. »Mailand? Ferrara und der Papst? Die Medici in Florenz?«

»Die Brandstiftung erfolgte mit Billigung Eures Königs Maximilian. Begangen wurde sie von Männern aus Tirol und Augsburgern, denen Ihr zu mächtig wurdet und deren Namen ich Euch wohl nicht nennen muss.«

Jakob schob die Unterlippe vor. Er dachte an die Welser, Gossembrots und Herwarths, dann an seine Brüder und den Buhlen seines Eheweibs. Dann schüttelte er langsam den Kopf.

»Warum?«, fragte er. »Ich war nur einer im großen Fondaco, aber verloren haben alle!«

»Wir ebenfalls«, sagte der Doge. »Denn vieles, was bei Euch gelagert wurde, war noch nicht überschrieben und bezahlt.«

»Das bringt uns zu der Frage, wie meine und auch Eure Zukunft aussieht«, sagte Jakob freimütig. »Ihr sagt, Venedig wolle das Handelshaus für uns Deutsche wieder aufbauen. Ich aber glaube, die große Zeit der Serenissima ist längst vorbei. Es werden weiter Schiffe in die Häfen einlaufen, und es wird vielerlei Geschäfte und Handel geben. Aber ein Hafen, der von den Franzosen überwacht und zugleich von türkischen Galeeren bedroht wird, kann kein guter Platz für den Handel sein. Außerdem haben die königlichen Räte in Innsbruck wohl nichts dagegen, wenn die Republik San Marco etwas von ihrer Macht verliert. Ich kann mir daher gut vorstellen, dass der Brandanschlag nicht in Augsburg, sondern in Innsbruck oder Wien ausgeheckt wurde.«

Der Doge und oberste Fürst der Republik Venedig sah Jakob Fugger mit einem leisen Lächeln, doch keineswegs herablassend an. Seine klugen Augen funkelten, dann nickte er zustimmend.

»Ich sehe, Ihr seid nicht nur ein großer Kaufherr, sondern auch ein Mann mit Weitblick«, sagte er. »Deshalb noch einmal und ohne irgendwelche Fallstricke: Ich biete Euch und den anderen oberdeutschen Kaufleuten den Bau eines neuen prächtigen Handelshauses am selben Platz an. Die besten Künstler Venedigs, Giorgione und Tizian, sollen die Fresken malen …«

Er wartete, ob diese Namen bei dem Fugger Wirkung zeigten.

»Wir Fugger können uns von Bellini, Holbein oder Dürer porträtieren lassen«, sagte Jakob und lächelte.

»Ich sehe, Ihr habt Sinn für die feine Lebensart«, sagte der Doge und lächelte nun ebenfalls. Doch dann wurde er wieder ernst. »Ihr wisst, wie sehr die Welser bereits mit dem portugiesischen Königshaus verschworen sind«, sagte er. »Aber die Pyrenäenhalbinsel ist sehr weit entfernt, und der Austausch von Waren und Personal in Lissabon bleibt ein aufwendiges Wagnis. Wenn die Fugger von der Lilie hierbleiben und nicht nach Westen abwandern, wird man das überall in Europa als gutes Zeichen für die bedrohte Republik Venedig deuten. Außerdem ist es für Euch sicherlich auch in Rom von Vorteil, wenn Ihr Italien nicht den Rücken kehrt …«

»Höre ich aus Euren Worten eine kleine, freundliche Erpressung?«, fragte Jakob.

»Ihr hört ein zusätzliches Angebot neben der Übernahme der Kosten für das neue Fondaco. Auch wenn es nicht so aussieht, sind die Verbindungen zwischen uns und dem Vatikan nicht so schlecht, wie man oft hört. Und ich bin sicher, dass Euer Faktor Johannes Zink in Rom über den einen oder anderen beizeiten ergangenen Hinweis nicht böse wäre – besonders dann nicht, wenn er ihn vor den anderen Augsburgern in der Ewigen Stadt erhält.«

»Wie weit könnten wir gehen, wenn es um Streitigkeiten zwischen unseren konkurrierenden Häusern am Tiber geht?«

»Von mir aus bis zum offenen Skandal«, antwortete der Doge sofort. »Ich bin bereit, immer dann einzugreifen, wenn Ihr in Rom nicht nur Vermittlung, sondern auch nützliche Gerüchte gegen die anderen benötigt.«

»De facto heißt das also, dass die Fugger von der Lilie in Rom unter Euren besonderen Schutz gestellt werden?«

»Nein«, widersprach Leonardo Loredan sofort. »Nicht unter meinen Schutz. Das wäre viel zu unsicher. Vergesst nicht, dass der Doge von Venedig strenger überwacht wird als irgendein anderer geistlicher oder weltlicher Fürst. Ich kann meine Berater nicht selbst auswählen, darf Venedig nicht ohne Genehmigung verlassen und nicht einmal Briefe allein öffnen, wenn sie von Ausländern an mich geschickt werden. In dieser Stadt regiert weder das Volk noch der Doge, sondern der Rat der Zehn, deren Namen geheim bleiben. Doch genau dieser Rat sieht mehr, hört mehr und erfährt mehr als all Eure Faktoren und die Tassis-Reiter zusammen.«

»Ich weiß«, sagte Jakob nur. »Und ich nehme Euren Vorschlag an.« Die beiden Männer lächelten kaum merklich. Es war nicht nötig, aber sie erhoben sich und reichten einander in gegenseitigem Respekt die Hand.

Stoffe und Zaumzeug

»Sie werden sich noch die Köpfe einschlagen, diese beiden jungen Löwen«, schnaubte Johannes Zink. Der inzwischen wohlbeleibte Magister hatte sich in den letzten Jahren in Rom ebenso bewährt wie Hans Kohler in Venedig. Während die drei Fuggerbrüder von der Lilie inzwischen allesamt graue Haare bekommen hatten, tobte sich in Rom bereits die nächste Generation im immerwährenden Krieg der Handelshäuser aus. Besonders Marx, Georgs inzwischen siebzehn Jahre alter Sohn, schien eine Privatfehde mit Christoph Welser und seinen Verbündeten auszufechten.

»Diese jungen Rebellen beschimpfen sich öffentlich in den Tavernen und auf den Plätzen Roms«, berichtete Zink, als er wieder einmal zur Berichterstattung in Augsburg weilte. »Sie zahlen für finsteres Gelichter, das sich mit den Knechten und Schreibern des Widersachers schlagen soll, und zu allem Überfluss bieten sie auch noch Huren auf und schicken sie, wie feine Damen gekleidet, an Sonntagen dort in die Kirche, wo die Konkurrenten gerade die Messe hören, beten oder opfern.«

»Ich werde ihn zurückholen«, keuchte Georg mit schwacher Stimme.

Er kam nur noch einmal in der Woche in das große Kontor, in dem er jahrelang mit seinem Bruder Ulrich gearbeitet hatte. Zumeist ließ er sich von Anton, seinem dreizehnjährigen dritten Sohn, die Treppen hinauf bis zu seinem Sessel führen. Anton war es auch, der aufschrieb, was der Vater ihm mit leidendem Gesicht und immer wieder hustend in die Gänsefeder diktierte.

»Schaden sie uns wirklich?«, fragte Jakob nachsichtig. Johannes Zink schürzte die Lippen, hob etwas die Schultern, dann bewegte er seinen halslosen Kopf bedächtig hin und her.

»Eigentlich ist es auch nicht viel anders als früher«, sagte er. »Nur ist das Volk in Rom mit den Jahren wieder frecher geworden. Nach der Prasserei und den sündigen Festen des Borgia-Papstes Alexander macht Julius, dieser nicht weniger skrupellose Rovere-Papst, seine Sache eigentlich ganz gut. Allerdings braucht er noch mehr Geld für seine Bauten und seine wahnsinnigen Pläne als der sittenlose Spanier. Inzwischen fordert Julius sogar einen Haufen eigener Landsknechte, die ihn bewachen und vor dem Pöbel schützen sollen.«

»Was soll daran so ungewöhnlich sein?«, fragte Jakob. »Auch Alexander VI. hat Heere ausgerüstet und sogar seinen Sohn Cesare als Condottiere in Schlachten und auf Raubzüge geschickt.«

»Aber Julius II. hat keine kämpferische Familie«, erklärte Johannes Zink. »Deswegen denkt er auch an Landsknechte, an Söldner, wie sie König Maximilian zur Verfügung hat, wenn er sie braucht –«

»... und wenn ein anderer sie bezahlt«, unterbrach ihn Jakob spöttisch.

Zink riss die Augen auf und starrte seinen Herrn ungläubig an. »Du weißt es bereits?«

»Was soll ich wissen?«

»Dass sich Papst Julius hundert Bewaffnete oder auch zweihundert von dir erbittet. Es soll sich dabei weder um Italiener noch um Franzosen oder gar Polen oder Ungarn handeln.«

»Bist du von Sinnen?«, warf Ulrich ein. Er hatte dem Gespräch die ganze Zeit missmutig zugehört. »Das würde doch die allergrößten Verwicklungen zwischen sämtlichen gläubigen Königreichen und Herzogtümern geben. Welcher Bischof, welcher Fürst würde noch bereit sein, Ablassgelder für den Vatikan zu sammeln, wenn der Papst damit ein eigenes Heer aufstellt?«

»So weit ist es noch nicht«, beschwichtigte Zink. »Julius will kein großes Heer, und er will auch keine Peterspfennige für seine Garde ausgeben. Deswegen hat er auch direkt bei mir nachgefragt, ob das Haus Fugger nicht eventuell zu einem kleinen Gegengeschäft bereit wäre.«

»Ein Gegengeschäft?«, fragte Jakob sofort. »Davon hast du bisher noch nichts gesagt.«

»Papst Julius bietet an, dass unsere Bank, ich meine, die Fugger von der Lilie, in Rom eine Prägeanstalt für Münzen einrichten könne – Gold- und Silbermünzen für den Heiligen Stuhl, eigenes Geld für den Vatikan.«

Ulrich, Georg und Jakob maßen den Faktor ihrer Niederlassung und der Bank in Rom mit sehr unterschiedlichen Blicken. Georg wirkte plötzlich klein und weinerlich. Ulrich richtete sich steif in seinem Sessel auf und umklammerte mit beiden Händen die Löwenköpfe an den Armlehnen, während eine steile Falte zwischen seine

Brauen trat. Nur Jakob strahlte plötzlich, als hätte sich durch die Gnade Gottes eine schwarze Wolke über seinem Kopf aufgelöst. »Das ist ein Augenblick, wie ich ihn mir schöner überhaupt nicht denken kann. Wir sammeln nicht nur Peterspfennige und viele, viele Ablassgulden, sondern prägen jetzt auch noch die Münzen für den Vatikan direkt in Rom. Das ist genial, Magister Zink! Ein wirkliches Geschenk des Himmels! Allein für die Idee soll er seine Leibwächter bekommen … von mir aus hundertfünfzig kämpferische Eidgenossen.«

»Eine Schweizer Garde«, sagte Zink und lachte nun ebenfalls.

»Ich hätte nie gedacht, dass es so schwer sein könnte, hundertfünfzig Fußknechte für den Vatikan zu kaufen«, seufzte Jakob Fugger einige Wochen später. Er saß bei Conrad Peutinger und betrachtete den neuen hüfthohen Globus, den Martin Behaim gebaut und beschriftet hatte. Er roch noch immer nach Knochenleim und enthielt bereits den neu entdeckten Doppelkontinent im Westen.

»Macht dir dieses kleine Problem etwa mehr Sorgen als die Neue Welt, die bereits die Gedanken der meisten Handelshäuser bewegt?«

»Das ist in der Tat so«, entgegnete Jakob. »Das Meer ist groß und die Neue Welt sehr weit. Was uns betrifft, so müssen wir zuerst einmal die Probleme lösen, die vor unserer Haustür über Krieg und Frieden entscheiden.«

Sie wussten beide, dass Jakob recht hatte. Das Problem bestand nicht darin, Männer anzuwerben, die sich im Ernstfall mit Leib und Leben vor den Heiligen Vater stellen sollten, sondern einen Anführer zu finden, der fromm genug und nicht so gnadenlos wie ein Cesare Borgia war.

»Der Zink in Rom drängt immer heftiger«, sagte Jakob, »aber nicht einmal die Kardinäle Meckau, Lang und Caravajan, die große Summen bei uns angelegt haben, wissen in dieser Angelegenheit Rat.«

»Die Sache ist vertrackt«, stimmte Peutinger zu. »Man darf ja weder in Süddeutschland noch in Österreich oder Frankreich werben, weil dies eine der großen Mächte bevorzugen würde.«

»Selbst die Schweizer zeigen keine große Lust, in der heißen, schmutzigen Stadt an der Baustelle des Petersdoms zu stehen.«

»Dann musst du eben etwas tiefer in die Tasche greifen, um die Waffenknechte für den Vatikan zu bezahlen.«

»Ich habe schon einmal höchst ungern Soldaten bezahlt«, sagte

Jakob mit einem tiefen Seufzer. »Damals in Bozen für Sigismund – und zugleich den Heerhaufen Venedigs gegen sie.«

»Ist es ein schlechtes Geschäft geworden?«

Jakob lächelte, dann schüttelte er den Kopf. Damit war die Angelegenheit für ihn entschieden.

Anfang des Jahres 1506 zogen hundertfünfzig Schweizer mit ihrem Anführer Kaspar von Silenen aus Urten durch die Lombardei. Sie führten Wagen mit, auf denen, eingefettet und in Ledersäcke verpackt, Hellebarden, Schwerter und andere Waffen lagen.

Am 21. Januar zogen sie durch die Porta del Populo in der Ewigen Stadt ein. Johannes Zink stieß am Stadttor zu ihnen. Er hatte ihnen einheitliche schwarz-gelbe Gewandungen mit geschlitzten Pluderhosen und großen bunten Baretten mitgebracht.

»Sold bekommt nur, wer sich an die Kleiderordnung hält«, lautete die Anordnung Jakob Fuggers. Drei Tage später versammelten sie sich auf dem Campo dei Fiori, um sich von Papst Julius II. segnen zu lassen – demselben Kirchenfürsten, der ein Jahrzehnt zuvor als Kardinal Rovere den Franzosenkönig Karl VIII. dazu überredet hatte, mit einem Heer in Italien einzufallen und bis nach Neapel vorzudringen.

Niemand außer einer Handvoll Eingeweihter wusste, wer die Schweizer Garde aufgestellt und finanziert hatte. Doch für den Kaufmann im fernen Augsburg waren die hundertfünfzig Waffenknechte wie hundertfünfzig Petrusschlüssel für die Geldkisten des Vatikans …

Die Welt verharrte nicht mehr auf den alten Säulen. Sie war nicht mehr der Erdball in der Mitte des Universums, um die in sieben Himmelssphären Sonne, Mond und Sterne kreisten. Gott und die Engel in diesen Sphären wurden ebenso durch die Veränderungen erschüttert.

Konnte es wirklich sein, dass nicht die Sonne um die Erde kreiste, sondern umgekehrt? Durfte es sein, dass Maximilian zum Kaiser gewählt und dennoch nicht vom Papst gesalbt und gekrönt wurde? Und dass es innerhalb der Kirche zu Protest und Widerstand gegen den Heiligen Vater kam?

»Alles ist unsicher geworden«, sagte Jakob nach dem österlichen Kirchgang zu Peutinger. Die ganze Stadt duftete bereits nach ersten

Blumen. »Ich habe niemals den Ätna oder den Vesuv gesehen. Aber mir scheint, als ob sich irgendetwas ankündigen würde, das wie ein Erdbeben oder der Ausbruch eines Vulkans die alte Ordnung von ihren Sockeln stürzen wird. Nichts ist mehr so, wie ich es neun Jahre lang in Herrieden gebetet und geglaubt habe.«

»Vielleicht wirst du in deinen besten Mannesjahren noch zum Philosophen«, meinte Peutinger spöttisch. »Ich habe viel gelernt und noch mehr gelesen, seit ich in Padua endlich meinen Doktorhut erworben habe. Aber ich schwöre dir, dass sich noch nie etwas unter den Menschen oder ihren Sünden geändert hat.«

»Was meinst du damit?«

»Was ändert sich hier unten, wenn wir wissen, wie die Erde und die Sonne umeinander kreisen? Schiffe mit Conquistadores segeln inzwischen in die Neue Welt und schlagen dort alles kurz und klein. Sie holen so viel Gold für Portugal und Spanien über den Ozean, dass jedes Handelshaus hier in Süddeutschland und selbst die Hanse vor Neid erblassen müsste. Aber du wolltest ja nicht mittun, willst immer noch den alten Handel und die alten Beziehungen pflegen.«

Jakob lächelte leise. »Du solltest mich nicht unterschätzen, Conrad!«, sagte er. »Ich weiß viel besser als viele andere, was in der Welt geschieht. Und ich lasse zu, dass all meine Konkurrenten ihr Pulver bei ihren Abenteuern verschießen. Dadurch achten sie weniger darauf, wie fest das Tuch wird, mit dem ich meine Schlingen webe.«

»Du meinst deine Pläne mit Maximilian?«

»Ich will, dass er Kaiser wird – nicht nur gewählt, sondern in Rom vom Papst gesalbt, wie es seit Karl dem Großen üblich ist.«

»Und bis es so weit ist, solltest du auch einmal an dich selbst denken, Jakob. Seit Jahr und Tag beschenkst du Sibylle. Doch sie behandelt dich, wie es ihr gefällt. Warum kommst du nicht einmal mit zur Laminit? Trink doch gelegentlich dort, wo dich kein einfacher Augsburger sieht, mit den Gossembrots oder Welsern einen Schoppen. Nimm ein paar Mädchen in den Arm und lass dich so verwöhnen, wie sie es überall in den Badehäusern tun.«

»Derartige Vergnügungen sind nicht nach meinem Geschmack«, antwortete Jakob pikiert. »Ich möchte, dass Maximilian Kaiser wird, wie es sich gehört. Und ich ganz allein sein Bankier. Eine derartige Zufriedenheit kann mir kein Gold, kein Keller voller Weine und kein Haus mit Dirnen im Schatten eines Doms verschaffen.«

»Dann wäre ich dir sehr verbunden, wenn du wenigstens einige Dutzend Ellen guten Tuchs und bunter Seide für die Gespielinnen der Laminit ausbuchen könntest. Sie bedrängen mich schon länger, weil sie denken, dass ein Stadtschreiber eine volle Kasse hat.«

Jakob schüttelte den Kopf, doch dann kam er zu einem anderen Entschluss.

»Du sollst die besten Stoffe für dieses Weibsvolk bekommen, die wir im Lager haben. Aber nicht bunt oder aus Seide, Herr Doktor Peutinger, sondern schicklich aus Wolle, schwarz und züchtig, wie es einem Weib ansteht, das täglich in die Messe geht.«

»Bist du von Sinnen? Du kannst die jungen Weiber von Anna Laminit doch nicht in schwarze Wolle stecken!«

»Schwarz oder gar nichts«, beschied ihn Jakob. Er presste die Lippen zusammen und dachte an die widerliche Belustigung, die er vor vielen Jahren im Vatikan miterlebt hatte. »Und was dich betrifft, will ich nicht wissen, was du bei diesem Hurenvolk machst. Als Gegenleistung für die Stoffe sagst du mir in Zukunft, wann einer der Welser und andere Herren im Haus der Kupplerin verkehren.«

Jakob hatte sich nie viel um die Augsburger Patrizier und um die anderen alteingesessenen Familien gekümmert.

»Sie mögen uns nicht«, sagte er nach dem Pfingstgottesdienst zu Ulrich und Georg. »Vielleicht sollten wir nach anderen Wegen suchen, um etwas für unsere Seligkeit und den Nachruhm zu tun.«

»Dann lasst am besten gleich eine Grabkapelle für mich bei Sankt Anna ausgestalten«, klagte Georg, der sich nur noch unter großen Schmerzen in die Schreibstube quälte.

»Eine ausgezeichnete Idee«, stimmte Ulrich sofort zu.

»Ich dachte eigentlich an etwas anderes«, meinte Jakob. »Es gibt da einige Maler, die unsere Familie einzeln oder auch gemeinsam porträtieren könnten.«

»Mich hat damals in Venedig Bellini gemalt«, stöhnte Georg. »Aber das vertreibt auch nicht die Schmerzen, die mich schon bald umbringen.«

»Also, was meint ihr?«, überging Jakob den Einwand seines Bruders. »Ich weiß, dass Albrecht Dürer und Hans Holbein in der Stadt sind. Wir könnten sie für uns verpflichten.«

Die Brüder waren einverstanden. In den folgenden Wochen ging es so kunstsinnig wie selten im Palast der Fugger zu. Ulrich und Georg ließen sich von Dürer und von Holbein malen. Danach kamen Ulrichs Söhne Ulrich der Jüngere und Hieronymus an die Reihe. Den Abschluss bildeten Georgs Söhne Raimund und Anton. Auch Sibylle kam Tag für Tag in die extra eingerichteten Räume, um dem Meister Modell zu stehen. Während im ganzen Haus nur noch über Kunst, Malerei, Kirchengestühl und schließlich sogar über die Ausmalung der Sixtinischen Kapelle in Rom durch einen gewissen Michelangelo gesprochen wurde, sammelte Jakob in seiner Schreibstube im Haus am Rohr vollkommen andere Nachrichten.

Zwischen dem Haus Habsburg und den Ungarn bahnte sich eine Hochzeit an. Allein die Möglichkeit einer Verbindung zwischen der ungarischen Prinzessin Anna und einem Enkel Maximilians öffnete in Innsbruck und in Wien Dutzende von Händen. Jeder, der nur halbwegs glaubhaft machen konnte, dass er irgendetwas in dieser Angelegenheit bewirken konnte, streckte seine Krallen aus. Schon auf Vermutungen hin wurden Gold- und Silbermünzen an die kaiserlichen Räte und selbst an kleine, unwichtige Kammerdiener und sonstige Bedienstete ausgegeben.

Jakob beobachtete missmutig, dass sein Handelshaus offensichtlich abgedrängt werden sollte. Auch in Tirol regte sich Widerstand bei den Einheimischen. Manch einer hielt die Gelegenheit für günstig, um die übermächtig gewordenen Fugger von der Lilie bei Hof anzuschwärzen. Noch ehe Georg oder Ulrich irgendetwas davon mitbekamen, ging Jakob zum Gegenangriff über.

»Verbreitet im Palast, dass der Papst bei uns um Darlehen nachgefragt hat«, ordnete er bei einer Zusammenkunft seiner wichtigsten Mitarbeiter an. »Ich will, dass es Maximilian über verschiedene Quellen in jeder Ebene erfährt.«

»Aber es stimmt doch«, meinte Suiter verwundert. »Warum sagst du es ihm nicht direkt?«

»Weil ich Maximilian besser kenne als ihr. Er soll glauben, dass ich ihm nichts sage, weil ich bereits heimlich mit dem Heiligen Vater in Verhandlungen stehe. Als Grund dafür könnt ihr auch sagen, dass Papst Julius II. eigenes Geld prägen will und dass wir Fugger für den Wert des neuen Giulio bürgen sollen.«

»Willst du ihn dadurch zwingen, sich selbst vorzudrängen, wenn es um einen neuen Kredit geht?«, fragte Suiter erstaunt.

»Siehst du ein besseres Druckmittel als die Wahrheit?«, fragte Jakob zurück.

Das Ultimatum und die unverschämte Drohung hätten jeden anderen an den Galgen oder unter das Schwert des Scharfrichters bringen können. Nicht so Jakob. Er hielt Maximilian in einem Netzwerk gefangen, aus dem sich dieser aus eigener Kraft nicht mehr befreien konnte. Wo sich die römische Majestät auch Rat holte – überall erhielt sie ähnliche Antworten. Maximilian wusste seit Jahren, dass seine wichtigsten Berater ebenso wie er selbst auf den Gehaltslisten der Fugger von der Lilie standen. Wie sehr sie aber wirklich miteinander verstrickt waren, konnte auch ein sonst so kluger Kopf wie Maximilian nicht ahnen. Eines Tages bestellte er Jakob Fugger in seine Residenz nach Innsbruck. Ohne auf die Querelen und Unsicherheiten der vergangenen Monate einzugehen, sagte er ihm unverblümt, was er von ihm wollte.

»Wir müssen endlich Schluss machen mit diesen unverschämt gewordenen Franzosen. Man munkelt, dass es dem Papst gesundheitlich nicht gut geht und dass der König der Franzosen sein Nachfolger werden will.«

»Davon habe ich bereits gehört«, meinte Jakob lächelnd. »Aber bei aller Ehrerbietung – ein Valois auf dem Petrusthron wäre eine noch größere Schmähung Gottes als damals der Borgia-Papst.«

Maximilian sprang von seinem Stuhl auf und ging aufgeregt auf dem knarrenden Parkett hin und her.

»Er würde mich nie zum Kaiser krönen, wenn er Papst wäre«, sagte er dann. »Nicht dieser allerchristlichste Ludwig XII., der schon jetzt so tut, als stünde er höher als mein Sohn Philipp, höher als ich und als die Könige von Portugal und England.«

»Wie dem auch sei«, entgegnete Jakob. »Auf jeden Fall wird er nicht einmal eine Kupfermünze hinzutun, wenn Ihr nach Rom ziehen wollt, um dort die Kaiserkrone zu empfangen.«

»Ich muss es tun«, stöhnte Maximilian. »Ich muss so schnell wie möglich über die Alpen! Für meinen Zug nach Rom benötige ich ein Heer, dazu Kanonen, Pferde und Geschirr. Wenn wir Pech haben, müssen wir bei Mailand gegen den Franzosen oder sogar gegen Venedig kämpfen, wenn uns die anderen den Ritt durch ihr Gebiet verweigern.«

»Genau das werden sie tun«, stellte Jakob mitleidlos fest. »Ihr braucht mindestens dreißigtausend Mann, wenn Ihr in Venedig Eindruck machen wollt. Eine derartige Streitmacht in ihrer Terra ferma verstößt aber gegen das Selbstverständnis eines Dogen und des Rats der Zehn, sodass sie Eurem Ersuchen auf freien Durchzug auf keinen Fall zustimmen werden.«

Jeder andere hätte die Hand, die ihn füttert, immer wieder gestreichelt – nicht so der letzte Ritter. Während er auf der einen Seite neues Geld von Jakob verlangte, drängte er seine Räte wenige Stunden später zu einer Reform des gesamten Tiroler Bergwesens.

»Macht mir die letzten kleinen Schmelzhütten stärker und baut unser eigenes Werk in Rattenberg immer weiter aus. Der Fugger hat mich völlig in der Hand. Ich muss ihm die Krallen ausreißen, sonst verlangt er wirklich, dass ich seine Darlehen zurückzahle.«

»Wir haben kaum noch etwas, das ihn interessieren könnte«, meinte der kaiserliche Rat Paul von Lichtenstein, »höchstens noch Ländereien oder irgendeine Grafschaft.«

»So weit kommt es noch!«, schnaubte Maximilian. »Dann rede ich lieber mit meinem Sohn. Erzherzog Philipp kann auf sein Erbe aus den burgundischen Schätzen zurückgreifen. Außerdem ist seine Gemahlin Johanna in Spanien nicht unvermögend.«

Maximilian ahnte nicht, dass Lichtenstein nicht nur Marschall von Tirol war, sondern ein Gehalt von zweitausend Gulden jährlich durch die Fugger bezog. Jakob wusste durch ihn längst, dass Philipp der Schöne seinen Vater auf keinen Fall bei einem Zug nach Rom unterstützen würde. Selbst über die Absichten seiner beiden Enkel Karl und Ferdinand war Maximilian schlechter unterrichtet als der Augsburger Kaufherr.

»Um die Fugger von der Lilie jetzt noch auszuschalten, ist es zu spät«, erklärte Lichtenstein bedauernd. »Ohne ihre ausgezeichneten Verbindungen kämen selbst gut gerüstete Berittene zwischen Mailand und den Sümpfen von Venedig nicht sehr weit.«

»Und mit den Fuggern ebenso wenig«, schnaubte Maximilian. »So wie ich Jakob kenne, wird er schon für das Zaumzeug der ersten tausend Pferde die halben Alpen als Unterpfand verlangen!«

Lichtenstein lachte. Dann sagte er: »Ich werde meine Ohren offen halten. Vielleicht ergibt sich ja die eine oder andere schwache Stelle bei diesem Jacopo.«

Familienangelegenheiten

Georgs Tod kam nicht überraschend. Er wurde in Sankt Anna beigesetzt. Bereits beim anschließenden Leichenschmaus sprachen die versammelten Abgesandten aus Innsbruck und Honoratioren überall aus Süddeutschland darüber, dass Maximilian mit einem Heer nach Ungarn aufbrechen würde.

»Nach außen hin wird es wie ein Feldzug aussehen, um die habsburgischen Erbansprüche gegen nationalen Widerstand an der mittleren Donau durchzusetzen«, meinte einer der Innsbrucker hinter vorgehaltener Hand, aber doch laut genug, dass viele es verstanden.

»Aber in Wahrheit geht es doch um die Vereinbarung einer Doppelhochzeit zwischen den Habsburgern und den polnischen Jagiellonen in Ungarn«, bestätigte Anton vom Ross. Der frühere Obristhauptmann wirkte inzwischen recht gebrechlich.

Nur wenige Wochen später wurde Jakob in Innsbruck von Maximilian empfangen. Selten zuvor war ihm der deutsch-römische König so gut gelaunt begegnet.

»Es ist so weit!« Er streckte seine Arme aus, packte Jakob an den Schultern und schüttelte ihn wie seinen Bruder. »Jetzt brauchen wir nur noch genügend gut geprägte Guldiner von dir, damit ich in diesem Jahr noch mit meinem Sohn Philipp nach Rom zu meiner Kaiserkrönung reiten kann.«

Jakob wusste sehr wohl, warum sich Maximilian jetzt beeilen wollte. Philipp der Schöne hatte gleich nach dem Tod seiner Mutter Maria von Burgund im Alter von drei Jahren deren Erbe in den burgundischen Niederlanden angetreten. Jahrelang hatten sich die Niederländer dagegen gewehrt, von einem Kind regiert zu werden. Erst als Philipp im Alter von fünfzehn Jahren für volljährig erklärt worden war, hatte er auch die Regierungsgeschäfte in Brüssel übernehmen können. Doch erst die Heirat mit Johanna von Kastilien, der Erbtochter des Königspaares Ferdinand und Isabella, brachte ihm mehr Zustimmung. Nach dem Tod Isabellas zwei Jahre zuvor war deren Krone an Johanna und damit auch an Maximilians Sohn Philipp übergegangen. Doch erst vor wenigen Tagen, im Juli 1506, hatten die Edlen von Kastilien Philipp als ihren König anerkannt.

Und nun war das mühsam erreichte Gleichgewicht zwischen den Mächtigen erneut in Gefahr.

»Ich habe manchmal regelrechte Alpträume«, sagte Maximilian eines Morgens zu Jakob Fugger. »Ich weiß auch nicht mehr, ob meine Hochzeitsvereinbarungen mit den Jagiellonen in Ungarn wirklich ein kluger Schachzug waren.«

»Und warum besteht Ihr weiterhin darauf, Majestät?«

»Ich brauche die Rückendeckung an den Ostgrenzen des Heiligen Römischen Reiches. Meine Wahl zum Kaiser durch die deutschen Kurfürsten war nur ein ehrenwerter und zugleich sündhaft teurer Verwaltungsakt. Erst das Salböl und die Krone aus der Hand des Papstes machen mich zum Imperator ... zum echten, über allen anderen Fürsten stehenden Herrscher.«

Jakob war noch immer nicht bereit, Maximilians Wunschträume zu finanzieren. »Ihr mögt in allem recht haben«, sagte er geduldig. »Aber was Ihr vorhabt, Majestät, ist kein Ritt nach Rom zu einer Kaiserkrönung, sondern ein Feldzug bis zum Papst, um Eure Macht und die des Reiches zu demonstrieren.«

»Bin ich römischer König? Bin ich erwählter deutscher Kaiser? Soll ich vielleicht wie der Raubritter Götz von Berlichingen oder der Condottiere Cesare Borgia mit einem Haufen von Trunkenbolden von einer Stadt zur anderen ziehen?«

Er sprang auf und lief wütend hin und her. Dann blieb er schnaubend vor Jakob stehen. »Ich will kein Arsenal von Waffen, die von irgendwelchen Bauernaufständen, dem Bundschuh oder dem armen Konrad in den Gräben an den Straßen zurückgeblieben sind. Ich will auch keine morschen Leiterwagen für die Waffen, sondern Kästen auf guten Speichenrädern, wie sie in Italien üblich sind. Ich hasse nichts so sehr wie Rost an Hellebarden und Schwertern, in der Feuchtigkeit krumm gewordene Lanzen und Grünspan an der Bronze der Kanonen.«

Er trat noch dichter an Jakob heran. »Was ich fordere, ist ein kaiserliches Heer mit allem, was dazugehört – mit Pferden, Rüstungen, edel geschmiedetem und aus feinstem Leder gearbeitetem Zaumzeug, mit neuen Sätteln, neuen Schwertern, meisterlich ausgewogenen Bogen und Tausenden von geraden Pfeilen.«

»Dann muss ich Euch an dieser Stelle enttäuschen«, gab Jakob Fugger abweisend zurück. »Was Ihr verlangt, Majestät, sind Ausrüstungen und Waffen, wie sie nicht einmal himmlischen Heerscharen zu eigen sind. Ich gebe zu, dass man für Euch vielleicht tausend oder zweitausend gut gerüstete Berittene als eindruckvolle, stolze Begleitung aufstellen könnte. Aber ein Heer, das im Fall der Fälle auch noch gegen die Franzosen in der Poebene und gegen das waffenstarrende Venedig kämpfen könnte, findet Ihr nirgendwo zwischen Wien und Amsterdam.«

»Dann kauf es mir!«, stieß Maximilian hervor. »Ich muss nach Rom, versteht ihr Pfeffersäcke das denn nicht? Ohne den Segen und die Salbung bricht mir alles auseinander. Ich brauche dich, Jacopo! Beschaff mir ein Heer! Nimm dir dafür, was du willst. Und wenn es sein muss, will ich dich dafür auch adeln!«

»Zum Fugger! Ich muss sofort zum Fugger!«, schallte eine heisere Stimme aus dem Innenhof des Hauses am Rindermarkt. Jakob saß in der oberen Etage und schrieb ohne Hast die letzten Buchstaben seines Namens unter einen Kaufvertrag über Zaumzeug für tausend Reitpferde. Vollkommen ruhig legte er den Gänsekiel in eine Schale, streute etwas Adriasand über die frische Tinte, ließ ihn einwirken und blies ihn ganz leise weg.

Er stand auf, ging zu den Fenstern und öffnete sie. Diese Stimmen, die sich laut und fordernd ankündigten, als wollten sie vom Untergang der Welt berichten, kannte er. Und dann sah er ihn. Es war einer der Tassis-Boten, der ihm schon mehrfach wichtige Zeitungen überbracht hatte.

»Was?«, rief Jakob hart in den Hof hinab. Für einen Moment blieb alles still. Der Bote blickte mißtrauisch an sämtlichen Mauern hoch und runter. Dann sah er erneut zu Jakob Fugger auf.

»Nur ohne Zeugen und von meinen Lippen an Eure Ohren!«

Jakob winkte den Mann nach oben. Dann ging er zum Tisch zurück, rollte den Kaufvertrag zusammen und legte ihn in das Fach mit der Aufschrift »Venedig«. Zwei Dutzend weitere Fächer enthielten ähnliche Rollen, und nur wenige mit Beschriftungen wie »Lissabon«, »Genua« und »Danzig« waren an diesem Oktobertag des Jahres 1506 noch leer.

Jakob verließ seine Schreibstube, zu der kein Bote Zutritt hatte. kam.

»Was gibt es?«, fragte er im zweiten Vorraum.

»Eine Katastrophe für Habsburg, Österreich und die deutschen Lande – ja, für den ganzen Kontinent!«

»Spannt mich nicht auf die Folter, Kerl!«

»König Maximilians Sohn Philipp der Schöne ist tot«, berichtete der Bote. »Er fiel überraschend in ein schweres Fieber und verstarb.«

»Philipp der Schöne – tot?«

»Ich schwöre es bei Gott und allen Heiligen. Aber die Katastrophe geht noch weiter: Johanna, die Ehefrau des Erzherzogs, ist über seinen Tod wahnsinnig geworden!«

Diesmal vergaß Jakob Fugger jede Sparsamkeit. Er ging in seine Schreibstube zurück, nahm aus der Truhe einen Kasten, öffnete ihn und überreichte dem Tassis-Reiter zwei silberne Guldiner.

»Ihr bekommt noch einmal zwei, wenn Ihr so lange schweigt, bis sich die Nachricht auch auf anderen Wegen hier eingefunden hat.«

Der Tassis-Reiter kannte Jakob Fugger und neigte nur den Kopf. Er wusste, dass er sich auf das Wort dieses Mannes voll und ganz verlassen konnte. Jakob wartete, bis der Bote wieder gegangen war. Dann holte er die Kopie einer ellenlangen Landkarte hervor, die ihm Conrad Peutinger kürzlich erst geschenkt hatte. »Meine Peutingeriana!«, hatte er dazu gesagt. »Als Dank für deine Unterstützung Martin Behaims.«

Vorsichtig rollte er sie nach beiden Seiten aus. Anders als beim großen Globus von Martin Behaim waren auf der insgesamt sieben Schritt langen und eine Elle breiten Karte nicht die wahren Entfernungen der einzelnen Posten und Herbergen, der Städte und Flüsse zueinander eingezeichnet, sondern nach Art der alten Römer die Zahl der nötigen Übernachtungen. Jede Zacke in der Linie zwischen Orten bedeutete eine Übernachtung – gleichgültig, wie groß der Abstand zwischen zwei Orten auf den ersten Blick erschien. Nicht die Meilen waren für die Berechnung eines Ritts oder Warenzuges entscheidend, sondern die Zeit, die dafür benötigt wurde.

Jakob betrachtete die schönen, klaren Küstenlinien, die hübsch gemalten Hügelketten und vielen vereinfacht eingezeichneten Flussläufe. Sie stimmten ebenso wenig wie bei anderen Karten, bei denen Gegenden nach frommen Vorstellungen erfunden wurden. Für Eingeweihte war die Peutingeriana eine Art Abakus für Wegstrecken. Jakob kannte alle Einzelheiten von der Ostsee bis zur Adria und von den Karpaten bis zum Rhein. Nur jene Lande, die weiter westlich lagen, waren ihm bisher fremd geblieben.

Diesmal suchte er die Stelle, an der Brüssel eingezeichnet war, dann die Strecke über Paris und Aquitanien bis zu den Pyrenäen. Er schob die Unterlippe vor, als er sich Kastilien und Aragon ansah. Um von Augsburg bis nach Spanien und weiter bis nach Lissabon zu kommen, waren Dutzende von Übernachtungen erforderlich. Allein daran erkannte er, wie schwierig es für Kaiser Maximilian werden musste, ohne seinen Sohn Philipp als Stützpunkt in den Niederlanden und mit einer wahnsinnig gewordenen Schwiegertochter in Kastilien seinen Anspruch durchzusetzen.

Jakob ließ sich in seinen Sessel fallen, legte beide Hände flach auf die ausgerollte Landkarte und dachte nach. Was würde geschehen, wenn die Spanier Maximilians Vormundschaft über die Infanten Karl und Ferdinand nicht länger akzeptierten? Wie würde das Türkisch-Osmanische Reich im Südosten reagieren, wenn der Sultan vernahm, dass die Niederlande und Burgund nicht mehr voll zu Maximilian standen? Wer konnte König Ludwig XII. aufhalten, wenn er von Mailand aus bis nach Genua vordrang und von dort aus so schnell nach Rom weitermarschierte, wie es bereits Karl VIII. getan hatte?

Und dann lachte Jakob still und vergnügt in sich hinein. Auch Maximilian musste schon vor dem Tod seines Sohnes erkannt haben, dass er nur eine einzige wirksame Waffe im Kampf um die Macht in Europa mit Spaniern und Niederländern, Ungarn und Franzosen hatte: Er musste sich zum Kaiser krönen und salben lassen. Und er, Jakob Fugger, entschied, ob er den Zug nach Rom und die Krone für den Habsburger bezahlen wollte oder nicht.

Während der letzten Monate des Jahres und zu Beginn des nächsten sprach Jakob mehrmals mit Peutinger. Er ließ seine Faktoren aus Frankfurt und aus Innsbruck, Venedig und aus Ungarn nach Augsburg kommen, um ihre Meinung zu erfahren. Zum Schluss, nachdem er nächtelang immer wieder alles durchgerechnet hatte, redete er auch noch mit Ulrich. Die beiden Fuggerbrüder trafen nur noch selten zusammen. Ehe er auf sein eigentliches Anliegen zu sprechen kam, regelte Jakob mit dem Älteren noch einige Familienangelegenheiten. Obwohl die Witwe Georgs keinen Anspruch auf eine Auslösung oder irgendwelche Gelder aus der Gesellschaft hatte, beschlossen sie eine Zahlung von tausend Gulden, damit sie und ihre Kinder nicht in Armut fielen.

»Von mir aus können sie mit allem Hausrat und dem silbernen Geschirr in ihrer ehrbaren Behausung in der Annastraße wohnen bleiben«, sagte Jakob. »Aber vom Vermögen Georgs in der Firma möchte ich im Augenblick noch nichts für eine Abfindung auszahlen. Später einmal, in fünf Jahren vielleicht, kann die Regina Imhof um die siebentausend Gulden bekommen. Mit ihrem ältesten Sohn Markus haben wir ohnehin wieder einen Priester in Rom. Haupterben sollten nach meiner Ansicht die beiden jüngsten Söhne Raimund und Anton sein. Aber noch nicht in diesem Jahr.«

Ulrich war mit Jakobs Vorschlägen einverstanden. Sie legten fest, dass nach Georgs Sohn Markus auch der vierzehnjährige Anton bei Magister Johannes Zink in Rom in die Lehre gehen sollte. Georgs mittlerer Sohn Raimund wurde nach Ungarn geschickt.

Im Frühjahr brach alles, was Rang und Namen besaß, zum Reichstag in Konstanz auf. Maximilian hatte sich nicht wieder gemeldet. Nur Hans Suiter berichtete in einem Brief aus Innsbruck, dass die römische Majestät immer noch von dreißigtausend Mann zu Fuß und zu Ross für seinen Krönungszug nach Rom redete.

»Er beabsichtigt«, schrieb Suiter, »die Einnahmen aus den italienischen Provinzen als Gegengeschäft für die Steuern anzubieten, die ihm auf dem Reichstag von allen Anwesenden genehmigt werden sollen.«

»Er macht schon wieder Luftgeschäfte«, stöhnte Jakob, nachdem er den Bericht zu Ende gelesen hatte. Doch plötzlich stutzte er. Hatte er Maximilians großen Plan überhaupt verstanden oder immer nur aus der Warte des Kaufmanns gesehen? Galten für den erwählten Kaiser des Reiches nicht ganz andere Maße und Gewichte als für einen Fugger? Was sprach dagegen, wenn ein Fürstbischof, ein Kardinal, ein Stellvertreter des Pontifex die Krönungszeremonie vornahm? – Wurden nicht sogar Hochzeiten zwischen Angehörigen fürstlicher Häuser oft genug per Stellvertreter geschlossen? Und warum musste der Krönungsakt unbedingt in Rom stattfinden? Könnte man nicht ebenso gut den Papst nach Innsbruck oder Wien bitten?

Jakob lachte leise über seine schon fast ketzerischen Gedanken.

Dann fiel ihm ein, dass bereits früher in der babylonischen Verbannung der Päpste nach Avignon Krönungen nicht mehr in Rom, sondern an der Rhone stattgefunden hatten. War nicht alles beim Handel und in der großen Politik nur eine Frage der Vereinbarungen?

Allen gemeinsam etwas verkaufen! Genau das waren der Schlüssel und die Antwort!

»Maximilian wird noch in diesem Jahr gesalbt«, sagte er am selben Abend zu Conrad Peutinger. Und dann erzählte er ihm, was er vorhatte. Der Stadtschreiber von Augsburg und Berater des Kaisers wollte bereits am nächsten Morgen zum Reichstag nach Konstanz aufbrechen.

»Ich kann nur hoffen, dass deine Pläne gelingen«, sagte er besorgt. »Denn wenn du Maximilian nicht zu Hilfe kommst, dann steht es schlecht um ihn, um das Haus Habsburg und das Kaisertum. Dann nämlich müssen wir alle den Blick nach Westen auf den französischen König richten …«

Den ganzen Frühling über und auch noch in den ersten Sommerwochen traf jede Nacht ein Reiter vom Bodensee mit einem Bericht von Conrad Peutinger bei Jakob Fugger in Augsburg ein. Da die Tore um diese Zeit für normale Reisende geschlossen waren, benutzten diese Boten mit Genehmigung des Tiroler Marschalls Paul von Lichtenstein den sogenannten alten Einlass. Das kleine Stadttor war ausschließlich für Maximilian gebaut worden, nachdem Peutinger für Maximilian in der Kreuzgasse ein Haus gekauft hatte. Auf diese Weise konnte der König von seinen Jagdausflügen über die Wertach oder den Lech hinweg ganz nach Belieben auch noch nachts in die Stadt zurückkehren.

Jakob hatte für diesen Vorgang in seiner Schreibstube ein eigenes Fach wie für eine Faktorei eingerichtet, in dem er alle Briefe Peutingers chronologisch ablegte. Kein anderer wäre besser geeignet gewesen für die Beurteilung der Verhandlungen und Reden, der Streitversammlungen und der ständig wechselnden Gerüchte. Selbst beim Vatikan lobte der päpstliche Legat Bernardino Caravajal den Doktor Peutinger als den klügsten Mann nördlich der Alpen neben Ulrich von Hutten und einem ehemaligen Mönch namens Martin Luther irgendwo im Thüringischen.

Einige Mitteilungen Peutingers wunderten ihn dennoch. Wie auch zu anderen Reichstagen hatten viele ausländische Mächte Beobachter nach Konstanz entsandt. Jakob erfuhr, dass sowohl Kaufleute aus Venedig als auch ihre Konkurrenten aus Genua nicht in Konstanz, sondern bei den abspenstigen Schweizern Quartier genommen hatten. Unter den Beobachtern aus Frankreich und von den Signorien Oberitaliens erwies sich ein gewisser Niccolò Machiavelli als besonders neugierig.

An einem Tag Anfang Juni klopfte es wie üblich mitten in der Nacht an der großen Eingangstür des Hauses am Rohr. Jakob selbst öffnete, wie es sich in den vergangenen Wochen eingespielt hatte. Auch diesmal waren die Straßen vollkommen dunkel, und in kaum einem Haus schimmerte noch Licht. Der Bote mit den neuesten Nachrichten vom Reichstag in Konstanz schlüpfte wie ein Mönch mit seiner Kapuze an Jakob vorbei ins Haus.

»Gab es Gewitter unterwegs, Sturm oder Regen, weil Ihr so spät kommt?«, fragte Jakob, während er die Treppenstufen hinauf zu seinem Empfangszimmer vorausging.

»Nicht, dass ich wüsste«, antwortete der andere. »Aber es ist nicht leicht, bei Nacht zu reiten.«

Jakob blieb unwillkürlich auf der obersten Stufe stehen. Ruckartig drehte er sich um. Diese Stimme gehörte keinem Knecht und keinem Tassis-Boten! Der andere stand nun drei Stufen unter ihm. Jetzt blickte er zu ihm hoch und ließ dabei die Kapuze vom Barett gleiten, das er auf dem Kopf trug. Eine weiße Reiherfeder legte sich über seine Schulter.

Jakob brauchte nur einen Atemzug, um sich von der ersten Überraschung zu erholen. »Der Marschall von Tirol und königliche Rat Paul von Lichtenstein höchstselbst!«

Er streckte die Hände aus und begrüßte den ungewohnten nächtlichen Besucher.

»Es ging nicht anders«, seufzte Lichtenstein. »Selbst unser Freund Peutinger wusste keinen besseren Rat, als mich zu diesem elend langen Ritt von Konstanz bis hierher zu drängen.«

»Dann wollen wir zunächst für Wein und Braten sorgen«, meinte Jakob augenblicklich und wollte bereits nach seinen Dienern klingeln.

»Nein, heute Nacht vertrüge mein Gedärm kein Fleisch. Doch

wenn Ihr irgendwo noch Tokaier von Euren ungarischen und polnischen Geschäftspartnern versteckt habt, sähe ich mich an dem Ziel, von dem ich auf den letzten Meilen geträumt habe.«

Nachdem er den dargebotenen Becher mit einem Zug geleert hatte, nahm Paul von Lichtenstein das Barett ab und kam sofort zur Sache.

»Maximilian glaubt noch immer, dass er in Konstanz das Geld für dreißigtausend Landsknechte und Berittene für seinen Zug nach Rom zusammenbekommt. Er will einfach nicht einsehen, dass weder unsere Fürsten noch die Reichsstände bereit sind, ihm für dieses zweifelhafte Abenteuer hundertzwanzigtausend Gulden vorzuschießen.«

»Hundertzwanzigtausend Gulden!«, wiederholte Jakob respektvoll. »Das ist weit mehr, als ich ihm geben könnte.«

»Ich kann es auch nicht«, sagte Paul von Lichtenstein resignierend. »Dabei hat er mir bereits gedroht, dass ich das Marschallsamt verliere, wenn ich mich nicht dankbarer erweise. Aber ich habe vor zehn Jahren die Burg Scheuna bei Meran von ihm gekauft und mein gesamtes freies Geld in den Ausbau der alten Bergfestung gesteckt.«

»Ich erinnere mich«, sagte Jakob verständnisvoll. »Wenn man zusammenrechnet, was Habsburg allein im letzten Jahrzehnt an Pfändern und für Darlehen, an misslungenen Kriegen und für andere Abenteuer ausgegeben hat, käme fast ein Königreich zusammen.«

»Ihr habt gut reden!«, protestierte Paul von Lichtenstein. »Eure Bergwerkspfänder und Metallhütten werfen immerhin noch etwas ab, wenn Ihr in sie investiert.«

»Ist denn Eurer Burg kein Dorf oder auch Land zugehörig?«

»Doch, doch«, antwortete Lichtenstein und seufzte erneut. »Aber Ihr ahnt nicht, wie schwierig es geworden ist, über aufsässige Bauern, Knechte und kleine Landadelige zu herrschen. Viele von ihnen sind durch die Kriege in den letzten Jahren herumgekommen, haben andere Länder gesehen und dabei Dinge aufgeschnappt, die ihnen den Verstand vergiften. Das ist in den Tiroler Bergen auch nicht viel anders als hier bei euch in Schwaben oder Bayern. Wer einmal in fremden Jagdgefilden wildern durfte und dafür auch noch Sold empfing, der kehrt nie wieder heim ins Gehege der alten Tradition und Ordnung.«

»Ich soll Euch also geben, was der Reichstag und jegliche Vernunft verweigern«, sagte Jakob schließlich. »Ihr als der Hofmarschall reitet in finsterer Nacht durch ein Nebentor in der Stadtmauer von Augsburg, um bei einem Pfeffersack ein paar Gulden zu erbetteln, damit der arme letzte Ritter prunkvoll in Rom einziehen und sich vom Papst zum Kaiser krönen lassen kann.« Er lachte leise und schüttelte den Kopf. »Wenn Ihr, Herr Hofmarschall, nicht realiter hier vor mir sitzen würdet, müsste ich aufspringen und schreien vor so viel unglaublicher Narretei.«

»Ihr springt nicht auf. Und ich sitze immer noch vor Euch«, antwortete Paul von Lichtenstein vollkommen ruhig.

»Dann meint Ihr tatsächlich, dass ich Euch Geld für diese Hirngespinste leihen würde? Mit welchen Sicherheiten? Und für welchen Zins?«

»Dem König stehen immer noch die Subsidiengelder aus England aus dem Krieg der Engländer gegen Frankreich zu.«

»Nichts da!«, konterte Jakob Fugger sofort. »Die Engländer denken überhaupt nicht daran, irgendetwas zu zahlen.«

»Woher wollt Ihr das wissen?«

»Ich weiß es eben«, sagte Jakob sanft. »Und meine Zeitungen sind meist schneller und zuverlässiger als die Nachrichten von allen anderen Boten. Das Einzige, was Ihr noch habt und was ich vielleicht als Pfand annehmen würde, sind Eure Silbergruben bei Rattenberg. Darüber könnten wir vielleicht noch reden.«

»Niemals!«, stieß Lichtenstein hervor. »Die letzte größere Silberquelle im Besitz des Staates kann nicht an einen Kaufmann gehen. Ihr dürft den Bogen auch nicht überspannen, Meister Jakob.«

»Drei Jahre Pacht von Rattenberg, und ich leihe Euch die Hälfte jener Summe, die Ihr für die Romfahrt braucht. Uneingeschränkte Ausbeute beim Erz für mich und bei Euch Tilgung von vorhandenen Schulden.«

»Das wird er niemals akzeptieren!«, sagte von Lichtenstein und stöhnte. »Ihr quetscht ihn aus wie eine Zitrone, Fugger. Und es kann sein, dass Euch Eure Härte noch sauer wird.«

»Entweder Rattenberg als Pfand – oder kein neues Geld für seine Majestät!«

Drei Wagen voll Gold

Nur wenige Tage später brachte ein Bote zwei Briefe – einen von Peutinger und einen vom königlichen Hof. Letzterer kam bei Tageslicht und enthielt nur einen Satz: »Hiermit wird der Kaufherr Jakob Fugger aus Augsburg vor den König auf den Reichstag zu Konstanz geladen.«

»Nun gut«, dachte Jakob, »wenn er es unbedingt so will, dann soll er es so haben!«

Bereits am nächsten Tag suchte er am Rindermarkt und im Haus am Rohr nach drei geeigneten, besonders stabilen Kastenwagen. Zusätzlich ließ er Leiterwagen bereitstellen und eine Kutsche für sich selbst, die nicht übermäßig reich verziert, aber mehrspännig zu fahren war. Für den Nachmittag bestellte er zwei der besten Schmiede ins Haus am Rohr, dazu den Hauptmann der Stadtwache von Augsburg, den Anführer der Tassis-Reiter, ein paar Fuhrknechte und junge Fischerburschen von den Ufern der Wertach und des Lechs, die bereits als Landsknechte in den Kriegszügen Maximilians Waffen getragen hatten. Alles in allem drängten sich noch vor Beginn des Abends fast hundert Mann im Innenhof des Hauses am Rohr zusammen. Als Jakob auf der Balkonbrüstung der inneren Galerie erschien, dauerte es einige Minuten, ehe Ruhe einkehrte. Erst nach und nach verstummten die lauten Stimmen.

»Hört zu!«, rief Jakob in den Hof hinunter. »Ich will einen Schatz aus Sankt Gallen in der Schweiz abholen. Wir wollen dort auf Kaufleute aus Marseille treffen, die über Lyon und Genf die kostbarsten von allen Gewürzen von den fernen Molukken heranschaffen. Und da ganz in der Nähe viel bewaffnetes Volk vom Reichstag in Konstanz herumstreift, brauche ich einen starken Geleitschutz.«

Er hatte lange überlegt, wie er seinen Geldtransport von Augsburg bis nach Konstanz tarnen könnte. Wenn der König ihn schon selbst zum Reichstag zitierte, dann wollte er dort auch so auftreten, wie es kein anderer außer ihm vermochte. Maximilian brauchte Geld. Er sollte es bekommen – aber nicht gesiegelt und verbrieft, sondern so glänzend und aus schieren Goldmünzen, dass die Kunde davon bis zu den äußersten Zipfeln Europas getragen werden würde. Gold für den deutschen Kaiser von Jakob Fugger dem Reichen und nicht von gottlosen Wilden jenseits der Ozeane!

Jakob wandte sich wieder an die Versammelten: »Ihr alle bekommt einen vollen Monatssold für jede Woche, die ihr mit mir unterwegs seid. Während der ganzen Fahrt hin und zurück wird kein Wein und kein Bier ausgeschenkt. Aber jedermann, der seinen Dienst zu meiner Zufriedenheit versieht, wird bei unserer Rückkehr hier in Augsburg ein Fass Wein als Dank erhalten.«

Jakob machte eine Pause und wartete, bis alle sein Angebot und seine Bedingungen verstanden hatten.

»Wir ziehen ohne Weibsvolk in Richtung Bodensee und biegen erst dann nach Sankt Gallen ab. Um euch und die Tiere an eine schwere Last zu gewöhnen, werden wir auf der Hinfahrt einige Skulpturen aus Stein aus dem Dom in Kisten verpacken und auf den Wagen mitnehmen. Die Standbilder sind ein Geschenk von mir an die aufrechten Eidgenossen.«

Unten im Hof kam erste verhaltene Zustimmung auf. Ein paar der Männer drängten sich vor.

»Keine Fragen, Leute«, rief Jakob Fugger. »Keine Raufereien oder Händel, aber Gehorsam ohne Widerspruch während des ganzen Zuges. Das sind meine Bedingungen. Wer dabei ist, muss mir darauf schwören, wer nicht, möge den Hof verlassen.«

Ein paar der jungen Männer ließen Jakob Fugger hochleben, andere steckten die Köpfe zusammen, um das Für und Wider des ungewöhnlichen Angebots zu bereden. Dann lösten sich aus der Menge einige der Älteren und schlichen mit gesenkten Köpfen aus dem Hof. Andere zogen einen jungen Burschen, der sich schreiend an einem Pfeiler festhielt, weil er doch dabei sein wollte, ebenfalls zur Seite. Zehn, zwanzig der Versammelten wollten oder konnten aus unterschiedlichen Gründen nicht mitziehen. Zum Schluss blieben genau fünfundsiebzig Mann im Hof.

Jakob entließ jeden, der ihm für diese Fahrt Treue geschworen hatte, mit einem halben Gulden Handgeld. Die Schreibarbeiten und die Organisation des Trecks übernahmen Männer, die bereits in Fuggerau und in den Thurzo-Bergwerken in den Karpaten Organisationstalent bewiesen hatten.

»Wir ziehen übermorgen bei Sonnenaufgang los«, sagte Jakob zu einem jungen Österreicher, der ebenfalls schon einmal eine Tonsur erhalten hatte und dann doch nicht Priester geworden war. »Sorgt dafür, dass die drei Wagen für die Lasten eiserne Bänder um die Seitenwände herum erhalten. Ich möchte nicht, dass uns auf halbem Weg irgendetwas auseinanderbricht.«

Der 3. Juli nach dem Kalender von Julius Cäsar war ein Donnerstag. Er begann schon in der Früh so gleißend hell, als wolle er zum heißesten Tag im Jahr des Herrn 1507 werden. Bereits bei der ersten Messe im großen Münster von Konstanz mussten die Ministranten den Priestern den Schweiß von Hals und Wangen abwischen. Schon in der nächsten Stunde wurde klar, dass an diesem Tag keine Versammlungen im Rathaus und in den verschiedenen Zunfthäusern abgehalten werden konnten. Ihre Mauern boten nicht genügend Schutz gegen die steigende Hitze.

Für das einfache Volk in der Stadt des Reichstags bedeutete die Hitze zusätzliche Arbeit und Mühe. Dennoch suchte nicht jeder den Schatten der Häuser. Adlige und Patrizier, die sich in den vorangegangenen Wochen mit schweren Festkleidern geschmückt hatten, drängten nun hinaus zu den Ufern des Bodensees und des Rheins.

Die festlichen Gelage sollten nicht mehr in den großen Sälen stattfinden, sondern draußen im Freien unter den Obstbäumen und auf den Uferwiesen. Tischplatten, Bänke und schwere Sessel mussten durch die Stadt gekarrt und dann ohne Wagen weitergeschleppt werden. Überall wurden Kessel mit Speisen und große Platten mit Gebratenem für die Versorgung der vielen fürstlichen Teilnehmer am Reichstag und ihres gefräßigen Hofstaats hin und her getragen. Dennoch verspürte kaum jemand große Lust auf Gesottenes und Geselchtes, Gebratenes oder vor Fett triefendes Gebäck. Die meisten lagerten lieber auf großen Tüchern und Teppichen im Schatten der Bäume. Selbst die Damen in der Gefolgschaft der Edlen sehnten sich mehr nach einem kühlenden Bad als nach der üblichen Völlerei.

Nach und nach erlosch jedes Treiben in der Hitze des Sommertages. Es war, als würde die Schifanoia, jene schreckliche, aus Italien bekannte und durch Hitze und lähmende Langeweile verursachte Trägheit, die gesamte Stadt erfassen. Nahezu alle Geräusche verstummten. Nur in weiter Ferne bellte ein Hündchen, und irgendwo bimmelte ein Glöckchen. Dann verstummten auch diese Geräusche und nur ein paar Wasserspritzer zeigten an, wo die Fische des Sees nach Mücken schnappten.

Zur Mittagsstunde blies von Osten her ein Tassis-Reiter in sein Horn. Andere Hörner fielen ein. Mehrere bewaffnete Reiter mit Hellebarden wurden sichtbar. Dann kamen schwere Wagen mit mindestens zwei Kutschern auf dem Bock, und direkt vor ihnen ritt ein stolzer, wie ein Venezianer gekleideter Signore.

Alle, die bisher träge in der Hitze gedöst hatten, rappelten sich auf und blinzelten dem Zug entgegen. Zögernd nahmen einige der Stadtwächter ihre Harnische und Wehrgürtel wieder auf, wischten sich den Schweiß von der Stirn und gingen mit schleppenden Schritten dem Wagenzug entgegen. Wenn es nach ihnen gegangen wäre, hätten die Reiter und Wagen unbehelligt in die Stadt einfahren können. Und genau das taten sie auch.

»Herr Jakob Fugger aus Augsburg mit wertvoller Ladung für unseren König!«, rief der Anführer der Bewaffneten den Stadtwachen zu. Jakob zügelte wortlos sein Pferd und blieb vor der Staubwolke stehen, die von einem plötzlich aufkommenden warmen Wind bis zum See geweht wurde. Erst jetzt wurde der ganze Wagenzug mit seinem bewaffneten Geleit sichtbar.

Noch bis Bregenz an der Ostspitze des Bodensees hatte das gesamte Gefolge Jakob Fuggers geglaubt, dass sie tatsächlich nach Sankt Gallen fahren würden. Seltsamerweise hatten sie am vergangenen Nachmittag die letzten Meilen bis nach Sankt Gallen nicht mehr bewältigt, sondern in Wienacht Rast gemacht.

Bereits bei Sonnenaufgang waren jeweils zwei Pferde vor die Wagen gespannt worden. Doch dann ging es nicht weiter nach Sankt Gallen mit seinem berühmten Kloster, sondern auf der Uferstraße bis zum Hafen von Romanshorn. Hier wurden die schweißnassen Pferde gegen neue Zugtiere ausgetauscht, dann bewegten sich die schweren Wagen mit ihren Begleitern so zügig voran, dass sie zum höchsten Sonnenstand die alte Reichsstadt am Bodensee erreichten.

Jakob sah, dass seine Faktoren in dieser Gegend gut vorgearbeitet hatten. In Sichtweite der Stadtmauern standen bereits Knechte mit frischen Pferden bereit. Wagen und Reiter passierten die Schlagbäume, sofort wurde umgespannt und neu gesattelt.

»Nur die Pferde!«, rief einer der Begleiter. »Wagen und Reiter sollen so staubig bleiben, wie sie sind.«

Wie auf einen geheimen Befehl hin kamen Konstanzer Bürger aus den Häusern, als sich der Zug durch die Straßen der Stadt bewegte. Kinder machten den Anfang, dann Mägde und Bedienstete aus den Küchen, die nichts mehr zu tun hatten, weil an diesem Tag kaum jemand etwas aß. Obwohl es noch immer unerträglich heiß war, versammelten sich in Windeseile Hunderte von Menschen vor der großen Kirche inmitten der alten Stadt.

Jetzt bogen auch die Reiter und Fuhrwerke auf den Platz vor dem Münster ein. Jakob dirigierte die drei schweren Transportwagen so, dass sie sich nebeneinander direkt vor den Stufen der Westfassade aufstellten. Dann ließ er seine Knechte und Reiter einen weiten Kreis bilden. Mit einem zweiten Kreis sicherten die Gewappneten die Wagen ab. Und dann warteten sie.

Wieder legte sich eine heiße, schwere Stille über die Stadt. Es war, als würde mit der Hitze auch die Zeit in den engen Gassen stehen bleiben. Dennoch dauerte es nicht lange, bis sich vom Rhein her mit neuem Getöse ein anderer Zug ankündigte. Wie bei einem festlichen Mummenschanz quollen farbenprächtig gekleidete Männer und Frauen aus mehreren Seitengassen zugleich auf den Platz vor dem Münster. Sofort machten die gaffenden Zuschauer Platz.

Alles schrie förmlich nach einem ganz besonderen Ereignis, nach einem Zeichen des Himmels, einem Wunder. Und dann erschien König Maximilian selbst mit seinem halben Hofstaat und mehr als einem Dutzend höchster Fürsten aus dem ganzen Reich vor den drei Wagen. Der Augsburger Handelsherr verließ das Podest vor dem Westeingang der Kirche und stieg auffällig langsam die Stufen herab, um dem König entgegenzugehen. Erst als er direkt vor ihm stand, nahm er sein Barett vom Kopf und sank in die Knie. Schon lange hatte Jakob nicht mehr vor Maximilian gekniet. Doch hier in Konstanz kam es nicht darauf an, was er für den Habsburger empfand, sondern was das Volk und die Fürsten sehen sollten.

Maximilian begrüßte ihn freundlich und ging die Stufen hinauf. Paul von Lichtenstein warf ihm einen fragenden Blick zu, ebenso Conrad Peutinger. Jakob würdigte sie keines Blickes, sondern folgte mit einem leichten Lächeln um die Mundwinkel dem König. Als Maximilian die letzte Stufe erreicht hatte, drehte er sich um und benutzte die Gelegenheit zu einem Gruß an das Volk, das ihm eher aus Gewohnheit als aus besonderer Begeisterung mit Rufen und in die Luft geworfenen Mützen huldigte.

»Und nun zu dir, Jakob Fugger«, begann Maximilian und wischte sich mit einem halb aufgeschnürten Hemdsärmel über sein von der Hitze gerötetes Gesicht. »Was bringst du, das mich erfreuen könnte?«

»Öffnet die Kästen!«, rief Jakob mit lauter Stimme. Sofort eilten aus dem Halbkreis um die versammelten Edlen die Augsburger Fuhrleute und Wagenknechte herbei. Einige der Adligen wichen erschreckt zurück, wohl weil sie glaubten, dass sie von den entschlossen dreinblickenden Wachen angegriffen werden könnten. Die Männer aus Augsburg kümmerten sich nicht darum. Wie zuvor einstudiert, lösten sie die ledernen Planen an den Wagen und kletterten auf die Ladefläche. Auf ein Kommando ihres Hauptmanns klappten sie die Deckel der schweren hölzernen Kisten auf, und eine dreifache Sonne erstrahlte in der Mittagsstunde des Sommertages. Gold! Lauteres Gold!

Auf jedem der drei Wagen befand sich ein hölzerner Kasten mit Goldmünzen. Das war der Augenblick, in dem Jakob von einem schönen Teil seines Reichtums Abschied nehmen musste. Das Volk und die Edlen direkt vor den Wagen reckten die Hälse. Diejenigen, die etwas höher standen oder aus den Fenstern der Häuser zuschauten, stießen erstaunte Rufe aus.

»Achtzigtausend Gulden!«, rief Jakob so laut und deutlich, dass es alle hören konnten. »Sechsundzwanzigtausendsechshundertsechsundsechzig Gulden in jeder der drei Kisten. Nur in der dritten noch zwei Gulden mehr, damit die Summe, die ich Euch, mein König, für die Krönung zum Kaiser geben kann, auch rund ist.«

In diesem Augenblick bekreuzigten sich Hunderte von Menschen auf dem Münsterplatz von Konstanz und in den Fenstern der umliegenden Häuser. Es war, als hätten sie geahnt, dass mit der Hitze des außergewöhnlichen Tages ein goldenes Wunder über die Stadt und den Reichstag hereinbrechen würde.

Die Kunde vom unerwartet reichen Goldsegen für König Maximilian verbreitete sich in Windeseile in alle Richtungen. Nicht nur im Heiligen Römischen Reich Deutscher Nation, sondern auch an den anderen europäischen Königshöfen, in Rom und in den Signorien Italiens wurde darüber gerätselt, warum der sonst so sparsame Fugger auf einmal derart großzügig mit seinem Reichtum war.

Aufgeregt berichteten die italienischen Abgesandten bis nach Venedig, dass sie mit eigenen Augen gesehen hätten, wie das viele Gold in der Sonne blinkte. Dabei wusste jeder, dass es überhaupt nicht nötig gewesen wäre, die Münzen bis zum Reichstag nach Konstanz zu bringen. Es hätte vollkommen gereicht, dem König nur eine unterschriebene, bestätigte Darlehensurkunde zu übergeben.

Erst in den Wochen nach dem theatralischen Ereignis begriffen die Fürsten und Abgesandten der deutschen Städte, wie genial Jakob Fugger sein Eingreifen geplant und inszeniert hatte. Wer drei Wagenladungen mit Gold ohne große Vorbereitungen und nur mit einer verhältnismäßig kleinen Bedeckung durch Süddeutschland und die Schweiz transportieren und wer dann vor aller Augen den Goldschatz seinem König übergeben konnte, der musste nicht nur voll und ganz auf dessen Seite stehen, sondern auch über geheime Geldquellen verfügen.

»Wer weiß, vielleicht hat sogar Papst Julius selbst das Gold gestiftet«, tuschelten einige, »damit der römische König endlich seinen Zug zur Krönung beginnen kann.«

Jakob äußerte sich nicht zu derartigen Vermutungen. Er verschwieg auch, dass allein Fürstbischof Melchior von Meckau fünfundzwanzigtausend Gulden zu der gesamten Summe beigetragen hatte. Während der letzte Ritter plötzlich im Gold schwelgte, sorgte Jakob dafür, dass auch Bianca Maria Sforza als Königin nicht länger mit ihren mageren zweihundert Gulden Monatsgeld auskommen musste. Auch Paul von Lichtenstein und einige wichtige Würdenträger des königlichen Hofes erhielten neue Zusagen für monatliche Zahlungen.

Vollkommen unbemerkt von der Öffentlichkeit wurden in diesen Tagen Verträge über den Verkauf bestimmter Ländereien aus dem Besitz des Hauses Habsburg ausgehandelt. Am 27. Juli überschrieb der römische König Maximilian die Grafschaft und das Schloss Kirchberg an der Iller an Jakob Fugger und Erben. Zu diesem stattlichen Besitz gehörten die Stadt Weißenhorn und die Herrschaften Wullenstetten, Pfaffenhofen, Illerberg und weitere Kirchspiele und Dörfer.

»So, Jacopo, jetzt musst du nur noch fressen, was ich dir als Gegenleistung für deine achtzigtausend in den Schlund werfe«, sagte Maximilian ohne Gram nach seiner Unterschrift. »Du bekommst sämtliche Hoheitsrechte, die Lehen, die Gerichtsbarkeit und meinetwegen auch noch die hohe Jagd, die ich normalerweise als mein eigenes Recht behalte.«

»Mir wäre eine Grafschaft in der Nähe Augsburgs eigentlich lieber gewesen, Majestät«, entgegnete Jakob sachlich. »Diese Ortschaften bei Ulm sind doch recht weit von unserem Handelshaus entfernt.«

»Wirst du jetzt auch noch wählerisch?«, fragte Maximilian drohend. »Du solltest weder meine Großmut noch die Freundschaft eines Kaisers mit seinem Bankier überspannen, Meister Jakob Fugger! Ich gebe zu, dass in den Dörfern, um die es hier geht, manches verwahrlost ist, aber dann musst du eben gute Leute einsetzen. Und noch etwas muss dir bei unserem Handel klar sein: Du hast zwar einen Kaufvertrag, aber wir beide wissen, dass du mir deine Kisten voller Gold nur geliehen hast. Sobald ich dieses Darlehen abgetragen habe, existiert der Kaufvertrag nicht mehr.«

»Das würde heißen, dass ich auf einen Streich alles verliere, was ich in der nächsten Zeit auf den Besitztümern neu ordne und investiere. Das ist mir nicht sicher genug. Ich schlage vor, dass für Kirchberg nur fünfundzwanzigtausend Gulden angerechnet werden. Das entspricht etwa auch dem wahren Wert. Und der Vertrag soll eine Laufzeit von zwanzig Jahren haben. Zuvor soll nichts zurückgekauft werden.«

»Der Kerl ist unverschämt und beißt die Hand, die er doch küssen sollte!«, schnaubte Maximilian erneut ärgerlich. Trotzdem setzte er sich hin und unterzeichnete mit einem wilden Federstrich den Zusatz, den Conrad Peutinger behände in den Vertrag eingefügt hatte.

»Und nun?«, fragte Maximilian, als er wieder aufstand. »Wo bleiben Euer Dank, die Freude, Luftsprünge und ein riesiges Gelage mit allen Freunden dafür, dass Ihr Euch jetzt nicht mehr Meister Fugger, sondern Graf durch allerhöchste Order nennen dürft?«

Jakob blieb schweigend neben der großen Urkunde auf dem Tisch stehen.

Er sah die Wappenfahnen der Konstanzer Weber an den Wänden

des kleinen Saals. Sie wirkten viel bescheidener als alles, was er aus Augsburg und aus Schwaben kannte.

»Ich habe mir mit meinem Gold Land und Besitz von Euch erworben, Hoheit«, sagte er beherrscht. »Ich bin von nun an kein Weber mehr, kein Kaufmann, sondern Adliger und für die Menschen meiner Ländereien als Graf sogar Euer Stellvertreter. Aber ich bin nicht stolz darauf, denn der Vertrag ändert nichts an meinem Blut. Deshalb bitte ich auch darum, dass wir darüber schweigen, bis ich mir alles angesehen habe.«

»Klug, wie er ist, will er als Kaufmann zuerst den Markt erkunden«, erklärte Conrad Peutinger mit einem Blick zu Maximilian. »Er will vermeiden, dass es bei den Bauern, den Handwerkern und in den Städten sofort zu einem Aufstand gegen ihn als neuen, harten Herrn kommt.«

Jakob lächelte kaum merklich, und seine Augen blitzten. Peutinger zwinkerte ihm zu, aber so, dass Maximilian es nicht sehen konnte. Er blies den letzten Streusand von der unterzeichneten Kaufurkunde für die Grafschaft Kirchberg und rollte das Dokument zusammen.

Mit dem Fuggergold, das inzwischen alle maßgeblichen Würdenträger in Konstanz gesehen hatten, konnte König Maximilian vom Reichstag einhundertzwanzigtausend rheinische Gulden für den Zug nach Rom verlangen. Maximilian ließ verkünden, dass er sich nicht einseitig auf das Gold eines einzigen Handelshauses stütze, sondern auch anderen die Gelegenheit geben wolle, sich an der großen Sache zu beteiligen. Zur Tarnung erhielt auch Ulrich Fugger in Augsburg ein Schreiben, mit dem er aufgefordert wurde, zu den Reichsgeschäften beizutragen.

»Da siehst du, was wir als Dank für unsere ständigen Darlehen von diesem Habsburger bekommen«, sagte Ulrich vorwurfsvoll. Jakob war längst nach Augsburg zurückgekehrt, hatte seinem Bruder aber nichts von dem Vertrag über die Grafschaft Kirchberg erzählt.

Dieser Handel war ein zweischneidiges Schwert. Darüber machte er sich nichts vor: Für die Bauern war der Wechsel der Grundherrschaft in den unruhigen Zeiten nach der Jahrhundertwende nichts Besonderes. Den meisten war es ziemlich gleichgültig, ob sie vom König an die bayerischen Wittelsbacher oder an irgendeinen anderen Lehnsherrn verkauft wurden.

Den größten Widerstand erwartete Jakob bei den Handwerkern in den übernommenen Ortschaften, besonders bei den Webern. Sie wussten besser als alle anderen, welch hohe Anforderungen die Fugger an die Qualität von Barchentgewebe stellten.

»Du sagst, dass du Maximilian treu bist, weil wir durch ihn mehr als durch jeden anderen hohen Herrn verdienen«, sagte Ulrich, als sie wieder einmal im Haus am Rindermarkt zusammensaßen. »Aber du würfelst dennoch immer wieder und spielst den Dogen von Venedig gegen Julius II. in Rom und die Tiroler Bergwerke gegen die der Thurzos aus. Im neuen Fondaco dei Tedeschi kommen inzwischen viel weniger Silber und Kupfer an als in den Hafenstädten an der Ostsee, zu denen du insgeheim immer bessere Verbindungen eingerichtet hast.«

»Man braucht nun einmal viele Türen, wenn man vermeiden will, dass man eingeschlossen wird«, meinte Jakob lächelnd. »Aber es spricht für die Diskretion meiner Männer, dass du erst jetzt darauf aufmerksam geworden bist.«

»Ich wusste immer, was du tust«, sagte Ulrich nur, »auch wenn ich manches gar nicht wissen wollte.«

»Dann solltest du auch auf deine Söhne achten«, meinte Jakob. »Du magst die Thurzos nicht besonders, aber es heißt, dass der alte Saufkopf über einen ganz besonderen Familiensinn verfügt. Seine Söhne möchte er am liebsten allesamt zu Bischöfen ernennen lassen, und für seine Töchter wäre ihm ein Erbe aus dem Haus der Fugger, Welser oder Gossembrots wohl gerade recht.«

»Sei unbesorgt. Ich passe schon auf meine Söhne auf«, sagte Ulrich mit leidendem Gesicht. Er stand inzwischen hoch in den Sechzigern, trug auch im Sommer wollene Strümpfe statt Lederschuhe und hatte häufig Mühe, nicht schon nach zwei, drei Sätzen einzuschlafen. Auch diesmal schlossen sich seine Augen ohne jeden Übergang, während sein Mund sich öffnete.

Jakob blickte den Älteren schweigend an. Er empfand kaum noch Achtung für ihn, sondern bestenfalls ein wenig Trauer über seinen Zustand.

»Nimm nichts von dem, was Gott gehört«, murmelte Ulrich mit geschlossenen Augen. »Nein, Jakob, keine Ablassgelder für den König … nicht einmal als geheime Anleihe. Aber von dir als Herrn der Grafschaft Kirchberg fordert er hundert voll ausgerüstete Landsknechte, dazu Verpflegung für drei Monate und einen Anteil für die Heerführer bei seinem Zug nach Rom.«

Diesmal war Jakob sprachlos. Mit derartigen Folgen einer Erhebung in den Adelsstand hatte er nicht gerechnet. Er vergaß sogar, dass Ulrich davon eigentlich noch gar nichts wissen konnte …

Das Kardinalsgelage

In den folgenden Monaten ließ König Maximilian überall im Reich Kriegsknechte für seinen Triumphzug in die Ewige Stadt anwerben. Seine Werber gelangten bis nach Mecklenburg. Hier holten sie sich die besten Kaltblüterpferde und stämmige Männer, die er als Reiterei gegen die Venezianer einzusetzen gedachte.

Bis in den Herbst hinein konzentrierte sich Jakob darauf, keinen Fehler zu machen. Er schloss keine wichtigen Kaufverträge ab, billigte sämtliche Handlungen der Faktoren in den verschiedenen Niederlassungen und sorgte dafür, dass jeder Mittelsmann genau die Zuwendungen erhielt, die ihm versprochen worden waren.

Nur er wusste, dass seine Außenstände zu hoch geworden waren. Wieder und wieder musste er an den unglücklichen Großvater Bäsinger und an Lukas Fugger vom Reh denken. Dem Onkel hatte als Sicherheit nicht einmal eine blühende Stadt in den Niederlanden genutzt. Und für die Fugger von der Lilie war ebenfalls alles vorbei, wenn Maximilian tatsächlich nach Italien zog und gegen Venedig den Durchmarsch erzwingen wollte. Das für den Feldzug geliehene Geld würde kaum für den Sold der Männer bis Bozen oder Trient ausreichen. Noch mehr aber konnte Jakob nicht geben.

Es war, als würde alles bisher Erreichte, alles Geld, aller Erfolg, aller Einfluss wie feinster Sand in einer Sanduhr mit einem viel zu großen Durchlass verrinnen. Jakob regulierte einen schier unablässigen Strom kleinerer Schulden und Gefälligkeiten für Maximilian.

In manchen Nächten, in denen er nicht schlafen konnte, rollte er die Peutingeriana immer wieder von einer Seite zur anderen hin auf. Er betrachtete das Zeichen für die Stadt Lissabon und die weit gestreckten Zackenlinien rund um Paris, sah sich Lyon und Genua an, London, Antwerpen und Frankfurt. Dann wieder studierte er die eingezeichneten Straßenverbindungen zwischen Rom, Mailand, Venedig und der ungarischen Hauptstadt. Obwohl die Stadt Augsburg nur einen kleinen Fleck auf der ungewöhnlichen Landkarte ausmachte, schien sie ihm plötzlich zu einer Art Mittelpunkt der Welt zu werden. Es war ihm, als würde in diesen Zeiten des Umbruchs niemand mehr am ummauerten Hügel zwischen der Wertach und dem Lech vorbeikommen.

Wie zur Bestätigung erschien einige Tage später der venezianische Gesandte Vincenzo Querini im Hause Fugger. Die beiden Männer brauchten nicht lange, um zur Sache zu kommen.

»Ihr müsst Euch den ganzen Plan aus dem Kopf schlagen«, sagte der Venezianer mit freundlichem Lächeln. »Der Doge Loredan und Papst Julius II. sind im Augenblick nicht sehr gut aufeinander zu sprechen. Es geht wie üblich auch ein wenig um das Herzogtum Ferrara, das auf der einen Seite vom Kirchenstaat und auf der anderen von uns beansprucht wird. Natürlich haben wir ebenfalls das Gerücht gehört, dass der Papst hunderttausend Dukaten über Eure Faktoreien an Maximilian für die geplante Romreise überstellen lässt. Wir fragen uns daher, ob Ihr auf das Kupfergeschäft an der Metallbörse von San Marco verzichten wollt oder ob Ihr mit Euch handeln lasst.«

Jakob Fugger lächelte, obwohl er die Drohung durchaus ernst nahm.

»Das Gerücht von den hunderttausend Dukaten des Papstes über mich an Maximilian entbehrt jeder Grundlage«, sagte er. »Nur ein Gerücht – obwohl so gut, dass es von mir sein könnte. Andererseits droht Ihr mir, den Metallhandel am Rialto vollständig zu unterbinden, sobald König Maximilian durch Euer Hoheitsgebiet zieht. Habe ich das richtig verstanden?«

»So ist es.«

»Und weil ich sowohl dem Vatikan als auch dem Habsburger geschäftlich verbunden bin, zähle ich jetzt auch zu den Feinden Venedigs. Ist das der Kern Eurer Botschaft?«

»Es könnte die Folge sein«, meinte der venezianische Gesandte mit einem freundlichen Lächeln.

»Dann nehmt als meine Antwort folgende Botschaft mit in den Dogenpalast«, sagte Jakob Fugger ebenso lächelnd. »Berichtet dem Dogen und dem Rat der Zehn, dass ich sowohl Papst Julius II. als auch König Maximilian weiterhin mit aller Kraft unterstützen werde. Ich halte meine Verträge ein und bin bereit, dafür unser gesamtes Metallgeschäft mit Venedig auf die Verlustliste zu setzen.«

Vincenzo Querini schüttelte ungläubig den Kopf. »Das kann nicht Euer Ernst sein, Meister Jacopo! Ihr verliert damit Euer größtes und ertragreichstes Geschäft! Ihr erstickt in Kupfer, Silber und Zinn und habt keinen Markt mehr für die Förderung aus Euren Gruben in Tirol und den Karpaten.«

»Sobald Ihr Augsburg verlassen habt, wird an sämtliche unserer Münzen und Gewerke sowie an alle Faktoreien des Hauses Fugger ein Schreiben versandt, in dem nur eine einzige Anweisung stehen wird.«

»Und die lautet?«, fragte Vincenzo Querini.

»Sämtliche Warentransporte für Venedig sind ab sofort in die Häfen der Hanse an der Ostsee umzuleiten!«

Die beiden Männer sahen sich lange in die Augen. Dann nickte der venezianische Gesandte. Er hatte verstanden. »Ihr spielt ein höchst riskantes Spiel, Meister Jacopo«, sagte er nur noch, nachdem er sich in aller Form verabschiedet hatte. An der Tür wandte er sich noch einmal um.

»Ich soll Euch von einer Königin grüßen«, sagte er dann beiläufig. »Sie hofft, dass ihr kleines Refugium Asolo nicht in die Mühlsteine der großen Politik gerät.«

Jakob Fugger spürte, wie sich eine eisige Hand um sein Herz schloss. Nein, gegen die Spione Venedigs war auch er machtlos. Sie wussten einfach zu viel.

Auch die anderen Mitspieler schickten Abgesandte oder fanden sich selbst in Augsburg ein. Schließlich erschien sogar der päpstliche Legat Bernardino Caravajal bei Jakob Fugger. Er hatte sich bereits als Vermittler zwischen Ludwig XII. von Frankreich und Maximilian große Verdienste erworben. Jetzt aber, da er sich darum bemühte, den Heereszug des Habsburgers nach Italien möglichst hinauszuzögern, biss er auf Granit.

»Es ist unglaublich, wie unbelehrbar dieser letzte Ritter ist!«, beschwerte er sich bei Jakob und schob seine vollen Lippen vor. »Ich müsste eigentlich längst in die Niederlande weitergereist sein, um dort zu vermitteln. Aber der Starrkopf in Innsbruck besteht darauf, dass er nach Rom ziehen will oder der Heilige Vater ihm auf halbem Weg entgegenkommt.«

»Würde Julius II. das tun?«, fragte Jakob sofort.

»Auf keinen Fall!«, sagte der Kardinal von Santa Croce empört. »Doch weil es unklug wäre, den römisch-deutschen König mit einer klaren Absage zu verärgern, war ich zu einer Notlüge gezwungen.

Ich habe Maximilian erzählt, dass Papst Julius II. kränklich und bereits zu schwach für lange Reisen sei.«

»Eine Notlüge?«

»Eine lässliche«, bestätigte Caravajal. »Dem Rovere-Papst geht es gesundheitlich so gut wie selten zuvor. Wenn er nicht die Tiara tragen müsste, würde er sich ohne Weiteres einen Helm aufsetzen und die vereinten Truppen des Kirchenstaates zusammen mit Herzog Alfons d'Este von Ferrara gegen Venedig führen und zugleich die Franzosen in der Poebene vernichten.«

Jakob sah den päpstlichen Legaten belustigt an.

»Offiziell seid Ihr nach Innsbruck gereist, um Maximilian zu seiner Fahrt nach Rom zu ermutigen«, sagte Jakob. »Inoffiziell seid Ihr hier, weil Ihr Ablassgelder und Opferpfennige für den Petersdom abholen wollt. Was aber ist der wirkliche Wunsch Roms? Hat Maximilian überhaupt eine Aussicht auf die Krönung durch den Papst?«

Der Kardinal von Santa Croce schürzte seine vollen Lippen. Bei den letzten Konklaven war er selbst spanischer und deutscher Kandidat für die Wahl zum Heiligen Vater gewesen.

»Er schafft es nicht!«, erklärte Caravajal schon fast mitleidig. »Er wird es zeit seines Lebens nicht schaffen! Alle Dublonen, Scudi, Guldiner und Dukaten von Euch und anderen versickern in den Händen Maximilians und seines Hofstaates. Was, glaubt Ihr, ist denn noch übrig von all dem Gold, das Ihr nach Konstanz brachtet? Wo liegt das Zaumzeug für tausend Pferde, das er schon vor Jahresfrist bestellt hat? Wo sind denn die Unsummen aus den Ablassgeldern, die ich heute noch von Euch fordern könnte?«

Der Kardinal stand auf, trat zum Tisch Jakob Fuggers, stützte sich mit beiden Händen auf die Platte und sah ihn von oben her an. »Ihr seid tot, Meister Jacopo«, sagte er leise. »Tot und verloren, wenn Ihr es wagen solltet, das Netz zu zerreißen, das nur so lange hält, wie jeder von uns eine der Schlingen festhält. Übertreibt Maximilian, schadet es Euch und der Kirche. Übertreibt Ihr selbst, vernichtet Ihr den Habsburger und zerstört das göttliche Werk eines neuen Petersdoms!«

»Und wenn er nicht gesalbt wird? Sollen Italien und Europa etwa französisch werden?«

Kardinal Caravajal schüttelte den Kopf und lachte. »Weder französisch noch venezianisch, weder das Eigentum der Medici noch der

Sforza oder Valois. Gottes Gnade scheint für alle Seelen, ganz gleich, welchem König sie dienen. Ihr wisst genauso gut wie ich, wie gefährlich die Ketzer und Häretiker sind, wie verderblich Proteste von Pfaffen und Theologen sein können, die landauf, landab gegen den gütigen Ablasshandel geifern. Hier liegen für uns alle die eigentlichen Gefahren …«

Er richtete sich auf und ging auf Jakob Fugger zu. Dann legte er ihm beide Hände auf die Schultern und sagte wie ein guter Freund: »Was ich jetzt sage, ist endgültig, Conte Fuccero: Weder der Heilige Vater noch ich oder ein anderer Kardinal werden Maximilian krönen und salben. Kein Einziger, habt Ihr verstanden?«

Jakob presste die Lippen zusammen und nickte. Vorbei – alles vorbei! Mit einem nur von den Kurfürsten gewählten, aber nicht gesalbten Kaiser musste das Heilige Römische Reich Deutscher Nation zusammenbrechen. Es war nicht einig und stark genug gegen Türken und Ungarn, Franzosen und Spanier, die Niederländer, die Kirche und die Signorien. Und wenn mit Maximilian das Haus Habsburg unterging, dann war das auch das Ende der Fugger!

In diesem Augenblick schoss ihm ein verwegener Gedanke durch den Kopf. »Wenn er … wenn er nun aufbrechen würde und sich dann irgendwo unterwegs, in einem Gotteshaus des Kirchenstaates oder noch besser an der Grenze seines Reiches, ehe er mit den Venezianern zusammenstößt … wenn er sich selbst die Krone aufsetzen würde … mit Kardinälen und Bischöfen an seiner Seite, die ja nichts tun und sich deshalb für nichts beim Papst verantworten müssten …«

Kardinal Caravajal schürzte erneut seine Lippen, als wollte er pfeifen, dann verzog er sein Gesicht und nickte überrascht. »Das wäre eine äußerst sinnvolle Lösung!«

»Natürlich würde das Maximilian nicht reichen«, sagte Jakob.

»Ihr dürft bei diesen Vorgängen nicht wie ein Kaufmann denken oder die Wahrheit nach Maß und Gewicht bestimmen!«, sagte der Kardinal. »Es geht bei diesen Zeremonien ausschließlich um die Liturgie und Rituale. Und nicht die Wahrheit an sich ist entscheidend, sondern allein das, was die Menschen glauben.«

Obwohl er wusste, dass der Mann aus Rom recht hatte, sah ihn Jakob fragend an.

»Wie viele Männer sind bei seinen Ritterspielen nur zum Schein unter dem Stoß seiner Lanze aus dem Sattel gefallen?«, fuhr der Kardinal deshalb fort. »Was ist denn wahr an der Ehe per procuratorem? Und was hat mehr Symbolik als Wein und Hostien bei der Wandlung in Blut und Fleisch des Herrn?«

Er legte seine Hände flach vor der Brust zusammen. »Maximilian darf sich ›Erwählter Kaiser‹ nennen, so viel steht fest. Also lassen wir ihn selbst diesen Titel feierlich zelebrieren … und wie Ihr sagt … vor Venetien.«

Er trat vor Jakob und legte ihm die Hände auf die Schultern. »Gebt ein Fest für mich, Jacopo, und lasst alle sehen, wie wir gemeinsam feiern. Seid in den nächsten Wochen freundlich zu einigen Fürsten der Kirche wie Kardinal Melchior von Meckau und Kardinal Matthäus Lang, dem Fürstbischof von Gurk. Sie wären vielleicht bereit, dem Kaiser entgegenzuziehen und ihn bis zur Kathedrale von Trient zu begleiten. Dort könnte die Zeremonie stattfinden.«

Jakob spürte, wie seine Nasenflügel bebten. Mit Meckau arbeitete er schon länger zusammen, und mit Lang war er sogar mütterlicherseits verwandt. Im Grunde überraschte ihn nichts von dem, was Bernardino Carajaval ihm vorschlug. Eigentlich war er seit seinen Jahren in Herrieden davon überzeugt, dass die heilige römische Kirche immer ein wenig mehr wusste und länger vorausplante als alle anderen Mächte auf Erden. Doch jetzt war er es, der die Zügel in der Hand hielt, denn der päpstliche Legat Carajaval tat genau das, was Jakob Fugger wollte.

»Der Allmächtige wird uns einen Weg weisen, der uns alle zufriedenstellt«, versprach Carajaval. »Doch heute Abend möchte ich meinen Kardinalspurpur gegen eine bescheidenere Kleidung austauschen. Wir haben beide etwa die gleiche Statur, deshalb nehme ich an, dass mir etwas aus Eurem Fundus passen wird.«

»Was habt Ihr vor?«, fragte Jakob vorsichtig.

»Ich sagte doch, Ihr dürft mir zu Ehren ein großes Essen ausrichten, mit allen, die in dieser Stadt Rang und Namen haben. In drei Tagen wäre es mir angenehm. Bis dahin möchte ich mich gern ein wenig aus der Öffentlichkeit zurückziehen. Mir ist nach einem angenehmen Platz in jenem Haus, in dem auch Anton Welser und Euer Freund Conrad Peutinger gern verkehren. Was seht Ihr mich so ungläubig an? Ihr könnt selbstverständlich auch mitkommen …«

Der Gesang zum Lob Gottes erfüllte das hohe Kirchenschiff des Augsburger Doms. Dicht an dicht standen die angesehensten Bürger der Stadt mit ihren Familien im prächtigen Gotteshaus. Der Erzbischof selbst las die Messe, damit sich Kardinal Caravajal für den anschließenden Ablass schonte. Genau darum ging es den meisten der Anwesenden. Eine Vergebung der Sünden durch den Abgesandten des Heiligen Vaters erschien ihnen weit wirkungsvoller und auch – nach Münzen gerechnet – kostbarer als der bisherige Handel.

Auch diesmal überwachten Schreiber der Fugger von der Lilie die mit eisernen Bändern und schweren Schlössern versehenen Ablasskästen. Schon als die ersten hundert Augsburger ihr Geld für das Himmelreich abgeliefert hatten, mussten die beiden Sammelkassetten durch neue ausgetauscht werden. Kardinal Caravajal war kein stiller Gottesmann. Flammender noch als die anderen Ablassprediger hielt er der Menge in seiner lateinischen Predigt ihre Sündhaftigkeit vor und forderte sie auf, die Pein der zeitlichen Höllenstrafen durch einen tiefen Griff in den Beutel abzukürzen. Die Augsburger duckten sich und vergaßen den stillen Protest, mit dem einige von ihnen in den Dom gekommen waren.

Aber Caravajal ließ es nicht bei einer Ablasspredigt bewenden. Nachdem der erste Ablass gesammelt war, begleiteten ihn sämtliche Chorherren und der Erzbischof zusammen mit seinem eigenen Gefolge quer durch die ganze Stadt über den Hügel zwischen der Wertach und dem Lech. Sie schritten über die alte römische Via Claudia an den Palästen der Fugger vorbei bis zu den himmelwärts strebenden Hallen von Sankt Ulrich und Afra. Hier wiederholte sich die gesamte Zeremonie. Es hatte den Anschein, als wären dadurch den reicheren Augsburgern die Sünden zum zweiten Mal erlassen worden.

Dem anstrengenden Vormittag folgten zwei Stunden Ruhe. Danach versammelten sich Caravajal, sein Gefolge und ausgewählte Gäste zur Mittagstafel im großen Haus der Fugger von der Lilie. Conrad Peutinger mit seiner Ehefrau war ebenso eingeladen wie die Eltern von Sibylle Artzt, einige der Patrizier und befreundete Augsburger Kaufherren.

Die spätherbstliche Sonne stand bereits glutrot über dem diesigen Westhorizont, als eines der feinsten Gelage begann, das die Stadt jemals gesehen hatte. Wie üblich begann die Mittagstafel nicht genau zur Mittagsstunde, sondern am Nachmittag. Noch nie zuvor hatten sich Ulrich und Jakob Fugger derartig darum bemüht, all ihren Konkurrenten und den Würdenträgern der Stadt zu zeigen, zu welch rauschenden Festen sie fähig waren. Die vielen, schnell aufeinanderfolgenden Gänge des unglaublich opulenten Festmahls ließen vergessen, wie teuer der Safran nach drei Jahren mit Missernten geworden war, wie steil die Preise für andere rar gewordene Spezereien aus Malakka und Portugal in die Höhe geschossen waren und wie minderwertig der Pfeffer in den vergangenen Jahren geworden war.

Bei den Fuggern gab es an diesem Tag Fleisch und Gewürze, Fisch und exotische Kuchen nur von der feinsten Art. Nach dem Mahl ließ Jakob Fugger zum Tanz aufspielen. Er, der sonst nicht viel von derartigen Vergnügungen hielt, führte mit seiner wunderschönen, kostbar geschmückten Ehefrau Sibylle den Reigen an wie bei den großen Geschlechtertänzen in Augsburg. Sofort standen die anderen Gäste auf und drängten sich zum Tanz.

Innerhalb weniger Minuten verwandelte sich das sonst so ernsthafte Haus am Rindermarkt in einen fröhlich klingenden Lustgarten. Kardinal Caravajal ließ sich mitreißen und tanzte plötzlich mit einer vornehm, aber bescheiden gekleideten jungen Frau, die von keinem der Fugger eingeladen worden war, durch den Saal. Als man Anna Laminit erkannte, wurden Anton Welser und Conrad Peutinger bleich. Die feinen Damen drehten sich abrupt um und rauschten erbost zu den Ausgängen.

Schneller als Jakob reagieren konnte, übernahm der päpstliche Legat das Regiment. Er hob die Hand und ließ die Bläser und Trommler am Rand des großen Saals verstummen. Noch ehe irgendjemand eine Schmähung, einen Protest oder gar einen Schrei des Widerwillens hervorbringen konnte, rief er in deutscher Sprache: »Kniet nieder, meine Kinder! Kniet alle nieder vor Gott, damit ich euch Gnade und Ablass für Schuld und Pein gewähren kann!«

Für einen Augenblick herrschte atemlose Verwirrung. Dann fielen die ersten Mönche aus dem Gefolge des Kardinals auf die Knie. Andere folgten, und auch die Weiblichkeit zögerte nicht länger. Es war, als würden alle von Gott, dem Allmächtigen, im Hause Fugger zu Boden gezwungen.

Die Liga von Cambrai

Nur selten zuvor hatte sich ein Heer so langsam und zögernd in Bewegung gesetzt. Noch bis zur Weihnachtszeit lagerten Tausende von Männern in kalten Zelten und Scheunen in und um Innsbruck. Viele von ihnen schätzten sich bereits glücklich, wenn sie etwas vom warmen Stalldunst bei Schweinen und Kühen abbekamen.

Maximilians Scharen brachen mitten im Winter auf, um über den Brennerpass nach Süden zu ziehen. Das Glück war ihnen hold, denn der Föhn erleichterte den Übergang ins Etschtal. Bereits Mitte Januar erreichte die Nachhut Bozen und danach Trient. Hier stand die Kathedrale, die Kardinal Caravajal für das Schauspiel der Krönung vorgeschlagen hatte. Hier kamen auch die Waffen an, die auf Vorrat in Fuggerau gelagert worden waren. Und hier gab es auch ein angemessenes Schloss für den kaiserlichen Hofstaat mit dem hoffnungsvollen Namen Buonconsiglio – »guter Rat«.

Zur selben Zeit bezahlten die Abgesandten Jakob Fuggers sämtliche Schulden, die noch auf der Grafschaft Kirchberg lasteten, an die Stadt Ulm. Damit konnten sie unbelastet zur Burg Kirchberg weiterreiten, um diese mit allen Waffen und Vorräten zu übernehmen. Anschließend unterstellten sich die Bewohner der Grafschaft den Beauftragten ihres neuen Herrn. Einige fügten sich sofort, andere protestierten und wollten keinen Kaufmann als neuen Herrn anerkennen.

Jakob hatte sich entschlossen, weder in Italien noch in Kirchberg dabei zu sein. Er wollte die Fäden von Augsburg aus in der Hand behalten.

Bereits vier Tage nach dem Ereignis erfuhr Jakob in Augsburg von Hans Kohler, wie die Zeremonie in Trient abgelaufen war. Der Faktor der Fuggerschen Handelskammer in Venedig war auch nicht mehr der Jüngste. Dennoch hatte er sich bereits in der Stunde nach der erfolgten Kaiserproklamation im Dom von Trient auf das erste der an der ganzen Strecke bereitstehenden Tassis-Pferde geschwungen.

Am ersten Abend hatte er trotz Schnee und Eis Bozen passiert, war am zweiten über Brixen bis nach Sterzing, am dritten nach Innsbruck gekommen und hatte am vierten dann die Stadt am Lech erreicht.

»Legt mich in heiße Tücher!«, ächzte er. »Salbt mir den Arsch mit Hirschtalg! Gießt mir den trockenen Schlund mit heißem Bier voll und lagert mich drei Tage lang bei nackten Schwäbinnen!«

»Du sollst haben, was dein Herz begehrt«, antwortete Jakob erfreut und schnippte mit den Fingern. Nach und nach wurde alles herbeigeschafft, was Hans Kohler gefordert hatte. Nur mit den Schwäbinnen wurde es an diesem Tag nichts mehr.

Schon kurz darauf glich der vornehme und sonst so strenge Raum einem Jahrmarkt. Überall dampfte und brodelte es.

»Es hat an diesem Freitag, dem fünften Februar, bis zum Nachmittag gedauert«, berichtete Hans Kohler, während er nackt und halb in feuchte, heiße Tücher gehüllt auf einem umständlich hereingetragenen Bett lag und sich von mehreren rotwangigen, aber züchtig bekleideten Mädchen mit Ringelblumensalbe einreiben ließ.

»Die Kardinäle hatten für sehr schöne Heiligtümer, Reliquien und Monstranzen gesorgt, die vor Maximilian und den Würdenträgern in festlichem Ornat in einem langen Zug vom Schloss Buonconsiglio bis zur Kathedrale von Trient mitgeführt wurden …«

Er stockte und wälzte sich jammernd zur Seite, damit auch die anderen schmerzenden Stellen seines Körpers behandelt werden konnten.

»Und weiter?«

»Es war ein grausames Schauspiel«, stöhnte Hans Kohler. »Nicht zu vergleichen mit einer üblichen Prozession, mit dem Karneval in Venedig oder gar einer Fürstenhochzeit. Das ganze Volk wartete in der eisigen Kälte auf eine Art Wunder, auf einen Lichtstrahl vom düsteren Himmel oder zumindest auf eine leuchtende Krönung. Stattdessen stand Maximilian nach einigen Gesängen auf und schritt in seinem kostbaren Krönungsmantel an den Kardinälen vorbei bis zum Altar. Ein paar Ministranten standen dabei, aber keiner der Fürsten des Reiches. Nach einer langen Pause, in der so gut wie nichts geschah, reichte ihm ein einfacher Priester ein Kissen mit einer Krone …«

»Weiter! Weiter!«, drängte Jakob.

»Er setzte sie auf«, sagte Hans Kohler. »Gleichzeitig erhob sich der

Fürstbischof von Gurk, drehte sich zu den Zuschauern um und verkündete, dass König Maximilian beschlossen habe, von diesem Tag an den Titel ›Erwählter Römischer Kaiser‹ zu tragen.«

Jakob schüttelte ungläubig den Kopf. »Und das war alles?«

»Nicht ganz«, sagte Kohler. »Danach folgten noch ein paar Zeremonien und Beförderungen im Hofstaat. Das alles sollte wohl an frühere Kaiserkrönungen in Aachen erinnern. Dann wurden Posaunen geblasen. Ein Tedeum, die Glocken aller Kirchen von Trient und Fanfaren beschlossen die Feier. Die Kardinäle wollten noch am selben Tag wieder abreisen. Kardinal von Meckau muss in Rom berichten, dass nichts die Tradition beschädigt habe und der Papst noch immer die echte Krönung vornehmen könne, sofern …«

Er stockte und blickte liegend mit einem Krug voll Warmbier in der Hand zu Jakob hinauf.

»Sofern?«

»Sofern Ihr wieder genügend Mittel habt, um den großen Zug nach Rom zu finanzieren.«

»Erwählter Römischer Kaiser!«, stieß Jakob Fugger empört hervor. »So heißt er nun und damit Schluss! Ich kann und will ihm nicht mehr kaufen!«

Maximilian dachte nicht im Traum an eine Umkehr. Erst mehrere Tage nach Hans Kohlers Bericht trafen neue Meldungen aus Trient ein. Der Winter hatte die Berge und den Brennerpass zu einem fast unüberwindlichen Hindernis gemacht. Ein mutiger Tassis-Bote brachte dennoch einen Brief des Tiroler Marschalls Paul von Lichtenstein.

»Maximilian muss größenwahnsinnig geworden sein!«, stöhnte Jakob, als er den Brief gelesen hatte und mit Kohler zusammensaß, der sich inzwischen wieder gut erholt hatte.

»Was schreibt sein Marschall?«

»Bereits am Tag, nachdem er seinen neuen Titel verkündet hat, ließ Maximilian seine Landsknechte aufbrechen. Mehrere tausend ziehen gegen San Marco. Er hat keine zusätzlichen Waffen beschafft, sondern beschenkt seine Getreuen und deren Frauen mit Stoffen und Pelzen, die er überall auf Rechnung des Hauses Fugger kauft …«

Jakob konnte sich noch nicht einmal mehr ärgern. Zu groß und unverschämt war die Gegenleistung, die der Habsburger inzwischen für den Grafentitel forderte.

»Auf meine Rechnung!«, wiederholte er fassungslos.

»Ich wünschte, ich wäre in Venedig«, sagte Kohler. »Ich fühle mich sehr unwohl bei dem Gedanken daran, dass marodierende Landsknechte auf Venedig marschieren.«

»Sie sollten vermutlich nicht nach Osten zur Adriaküste abbiegen, sondern über Verona, Bologna und den Apennin nach Rom ziehen«, sagte Jakob nachdenklich. »Aber du hast recht. Lichtenstein schreibt, dass sie dem Löwen von San Marco bereits eine Tatze abgeschlagen haben, nachdem Truppen aus Venedig unser Fuggerau überfallen und die frisch gegossenen Geschützrohre mitgenommen haben. Das heißt auch, dass unsere Kaiserlichen jetzt in den Weinbergen südlich der Alpen kämpfen, brandschatzen und rauben, weil sie mit leeren Geldkisten nicht überleben können.«

»Mit leeren Geldkisten?«, fragte Kohler. Jakob Fugger spürte plötzlich, wie sein Mund trocken wurde. Es war, als würde er erst jetzt begreifen, was er gerade gesagt hatte.

Asolo! Wenn die hungrigen deutschen Landsknechtshaufen von Trient aus in Richtung Venedig über die Dörfer zogen, dann kamen sie raubend und mordend auch nach Asolo …

»Mit leeren Geldkisten?«, wiederholte Hans Kohler. Jakob fühlte sich so elend wie schon lange nicht mehr. Er reichte dem Faktor von Venedig das Schreiben des Tiroler Marschalls.

»Sieh dir die Zeile zehn an. Dort schreibt der Lichtenstein, dass er nur noch hundert Dukaten für den Sold der Mecklenburger Panzerreiter hat. Hundert Dukaten, Hans! Für Panzerreiter und ein ganzes Heer! Wenn Maximilians Landsknechte in Venetien auf die Franzosen treffen, reicht eine Handvoll Silber, und sie wechseln in Scharen auf die andere Seite!«

»Also doch Fuggergeld für einen sinnlosen Feldzug?«

»Zahlen wir nicht, dann verliert Maximilian einen Krieg – aber wir im selben Atemzug alles, was wir in Jahrzehnten mühsam aufgebaut haben.«

»Und wenn die Gesellschaft ihm heimlich Geld zukommen lässt?«, fragte Kohler. »So heimlich, dass die anderen unruhig werden?

Und plötzlich lachte Jakob wieder. »Dann müssen sie nachziehen, die Gossembrots ebenso wie die Voehlins und Herwarths, Rehlinger, Welser und Baumgartner. Keines unserer Handelshäuser kann sich dann aus der Allianz für den Kaiser heraushalten – selbst wenn die Kriegsanleihe das letzte Darlehen für diesen Herrn sein sollte!«

»Hast du genügend Guldiner?«

»Nein!«, sagte Jakob wahrheitsgemäß. »Deshalb muss die Münze in Hall jetzt Tag und Nacht prägen. Wir brauchen jede Menge Silber, frische Truppen für den Kaiser, neue Kanonen und Zaumzeug für die Pferde. Ich möchte, dass du Hans Suiter in Innsbruck über alles unterrichtest und dann selbst so schnell wie möglich nach Venedig zurückkehrst. Nimm unsere stärksten Knechte, Männer aus den Schmieden, Zimmerleute und Fischer von Lech und Wertach und alles Geld mit, das wir noch haben. Am besten ist, wenn du es direkt den Anführern der kleinen Haufen gibst. Ich sorge hier für Nachschub von Reichsständen und vom Schwäbischen Bund und reise ebenfalls dorthin, sobald ich hier abkömmlich sein werde.«

Der Kaiser schätzte keinen Feldzug, bei dem die Männer hauptsächlich Jagd auf Hühner, Schweine oder ein paar Säcke Mehl machen mussten. Bereits nach der Prozession von Trient hatten viele deutsche Adlige ihre Knechte wieder zurückgeholt, und als der Frühling kam, konnte Maximilian nur noch über Reste seines weit im Land verstreuten Heeres befehligen.

Nach und nach trafen kleine Münzkisten und Geldkatzen aus Hall bei den versprengten Haufen des deutschen Heeres in Italien ein. Trotzdem zog sich Maximilian mit seinem engsten Hofstaat durch das Etschtal nach Norden zurück. Da seine Kassen leer waren, musste er an manchen Orten sogar Pferde, eigenen Schmuck oder Waffen als Pfand zurücklassen. Gleichzeitig forderten verschiedene Kaufleute neue Sicherheiten vom Kaiser. Sie verlangten Landbesitz und sogar Grafschaften. Während noch immer kaiserliche Söldner führungslos in Italien herumzogen, brach die Innsbrucker Verwaltung im Durcheinander der Schuldbriefe und Darlehensverträge fast zusammen.

»Gott helfe Deutschland!«, schrieb Lichtenstein an Jakob. »Ich weiß wahrlich nicht mehr weiter!«

Schließlich kam es doch noch zu einem Ende des von vornherein unglücklichen Feldzuges. Kohler war längst wieder in Venedig. Er hatte Briefe von Jakob Fugger an den Dogen Loredan und an den Rat der Zehn mitgenommen. Am 6. Juli 1508 schlossen Abgesandte des »Erwählten Römischen Kaisers« und der Serenissima im kleinen Ort Santa Maria di Grazia einen Waffenstillstandsvertrag.

Als Jakob davon hörte, saß er gerade im Haus Conrad Peutingers. Einer der Welser war inzwischen Peutingers Schwiegersohn geworden. Jakob interessierte sich für ihn, da er sich gegen den Handel mit afrikanischen Sklaven für Amerika ausgesprochen hatte, aus dem seine Familie sündhafte Gewinne erzielte.

»Was er auch macht, dieser erwählte Kaiser – er macht es falsch!«, stieß Jakob schon fast zornig hervor. »Wie konnte er derartig überhastet Frieden mit Venedig schließen, das Seine Majestät nach wie vor nicht anerkennt und sogar verspottet?«

»Es ist nur ein Waffenstillstand auf drei Jahre«, warf der junge Welser ein. »Ein sehr windiger Vertrag wie viele andere in diesen wirren Zeiten südlich der Alpen.«

»Ich sehe eine ganz andere Entwicklung voraus«, sagte Jakob besorgt. »Der Franzosenkönig wird sich durch die Einigung mit Maximilian von Venedig hintergangen fühlen. Und so, wie ich die streitenden Parteien einschätze, werden sich Frankreich und das Reich in ihrem Groll gegen die Republik von San Marco annähern …«

»… was auch den Absichten des Papstes entsprechen dürfte«, vollendete Peutinger. »Er hat nie die Auseinandersetzung vergessen, in der er dem Gesandten der Serenissima zurief: ›Ich werde das großspurige Venedig wieder zu einem Fischerdorf machen‹ – worauf ihn dieser mit der Drohung beleidigte: ›Und wir, Heiliger Vater, werden Euch wieder zu einem kleinen Priester machen, wenn Ihr unsere Ansprüche auf dem italienischen Festland nicht anerkennt.‹«

»Eines würde mich aber doch interessieren«, sagte der junge Welser und blickte Jakob direkt an. »Habt Ihr etwas mit dem Vertrag zu tun? Venedig hätte doch noch genügend Gold für Söldner und Condottieri und Unmengen Kanonenmetall für einen langen Krieg gehabt. Oder habt Ihr absichtlich den Kaiser so kurzgehalten, dass ihm die Landsknechte wegliefen?«

»So etwas fragt man nicht«, mahnte Peutinger. »Jakob ist viel zu loyal gegenüber allen Geschäftspartnern ...«

Nur wenige Monate später trafen Gesandte von Kaiser Maximilian, Frankreich und Spanien im nordfranzösischen Cambrai zusammen. Neben Kardinal Matthäus Lang und einem päpstlichen Legaten nahm auch Maximilians Tochter Margarethe an der Zusammenkunft teil. Sie trat dabei für den noch unmündigen Erzherzog Karl als Regentin der Niederlande auf. Schon kurz darauf, am 10. Dezember 1508, schlossen die drei Mächte Frieden und ein neues Bündnis gegen Venedig.

Obwohl in diesen Tagen Schneematsch und eisige Stürme die Straßen nahezu unpassierbar machten, erfuhr Jakob Fugger noch vor Weihnachten, dass Papst Julius II. sich keineswegs zum Freund des Franzosenkönigs gewandelt hatte. Die richtige Einschätzung kam von Johannes Zink. Wenige Tage vor dem Fest tauchte dieser mit zwanzig Mann Gefolge und seinem halben Haushalt im Haus am Rindermarkt auf.

Jakob wusste schon seit Tagen, dass ihr römischer Faktor mit einer kleinen portugiesischen Karavelle bei gutem Wetter bis nach Marseille gesegelt war und von dort aus die Rhone aufwärts und durch die Schweiz auf Augsburg zustrebte.

Er hielt es nicht einmal für unklug, dass Zink den Umweg über Frankreich gewählt hatte.

»Was macht Kardinal von Meckau?«, fragte Jakob, nachdem sie sich begrüßt hatten und im Kontor zusammensaßen. »Ist er bei Laune für Geschäfte, oder hat er sich inzwischen die Lustkrankheit der Franzosen gefangen?«

»Der noch nicht«, schnaufte Zink, der wegen seiner Leibesfülle sehr kurzatmig geworden war. »Er ist zwar ebenso alt wie Euer Bruder Ulrich, erfreut sich aber trotz der Hitze am Tiber allerbester Gesundheit. Dagegen quälen unseren Heiligen Vater die Schmerzen fast noch mehr als sein unbändiges Verlangen, den Kirchenstaat größer zu machen als je zuvor.«

»Will er etwa Venedig schlucken?«, fragte Jakob verwundert.

»Es mag so aussehen, aber in Wahrheit will er nur das Herzogtum Ferrara fester an sich binden und sich die fruchtbare Romagna einverleiben. Er will Faenza, Rimini und die Salinen für das Salzgeschäft. Wenn er das alles bekommt, wird er der Liga von Cambrai nicht beitreten.«

»Man hört inzwischen, dass sich Herzog Alfonso von Ferrara und sein jüngerer Bruder, Kardinal Hippolyt, von ihrem Hofdichter bereits ein Ritterepos für den Kampf gegen Venedig schreiben lassen?«

»Ja, das ist richtig«, sagte Zink und nickte. »Ich kenne sogar schon die ersten tausend Verse des ›Orlando furioso‹ von diesem Ludovico Ariosto. Er war schon einige Male als Gesandter Ferraras in Rom. Das Herzogtum ist schon länger mit Venedig verfeindet, aber die Herzöge der d'Estes haben in den letzten Jahren viel Kupfer gekauft und gewaltige Geschütze gießen lassen.«

»Kaiser Maximilian ebenfalls«, sagte Jakob nachdenklich. »Und ihm hat noch nie jemand ein Ritterepos gedichtet.«

Ihm gefiel die Entwicklung nicht. »Ich bin kein Feind Venedigs«, sagte er dann. »Die Franzosen sind mir gleichgültig, aber Maximilian kann ich nicht so einfach aufgeben. Ich habe mitgeholfen, dass er Kaiser wurde. Doch wenn sich unsere Gesellschaft ebenfalls gegen Venedig stellt, graben wir uns selbst das Wasser ab …«

»Heißt das, du willst ein Doppelspiel wagen?«, fragte Zink entsetzt.

»Noch haben Papst und Kaiser den Löwen von San Marco nicht gefesselt«, sagte Jakob. »Die Republik verfügt nach meinen Informationen inzwischen über ein schlagkräftiges Heer aus Venezianern und Söldnern. Sie haben zwanzigtausend Krieger zu Fuß, zweitausend Geharnischte, dreitausend leichte Reiter und mindestens sechzig Geschütze. Ein großer Teil der Männer ist mit Arkebusen ausgerüstet. Das ist besser als alles, was der Kaiser einsetzen kann. Deshalb muss ich wohl selbst über die Alpen reisen und erkunden, welche geheimen Absprachen wir treffen können …«

Er lächelte versonnen. Zink ahnte nicht, dass Jakob dabei nicht an den Dogen Loredan, sondern an die Königin von Zypern dachte.

Der Schuldschein

Der harte Winter erlaubte keine Reise über den Brenner oder einen anderen Alpenpass. Johannes Zink reiste nach einem Monat wieder in Richtung Rhone und Marseille ab. Jakob Fugger hätte ebenfalls Umwege im Westen oder über Ungarn nehmen können, aber das hätte eine wochenlange Abwesenheit vom Kontor in Augsburg bedeutet. Auf einen solchen Leichtsinn wollte er sich trotz aller anderen Gefahren nicht einlassen. Denn Ulrich erschien bereits seit einiger Zeit nicht mehr im Kontor. Der Achtundsechzigjährige war bettlägerig geworden.

Als jüngster unter den Brüdern hatte Jakob nie sonderlich über sein eigenes Alter nachgedacht. Beinahe unmerklich waren die Jahre in steter Wiederkehr der Jahreszeiten und der kirchlichen Feste, der Morgen- und Abendmessen und mit Geburt und Tod in der Familie an ihm vorbeigezogen. Und doch wunderte er sich ein wenig, als er am 6. März 1509 seinen fünfzigsten Geburtstag beging.

Vier Wochen später erfuhr er in Peutingers Haus, dass Melchior von Meckau während Zinks Abwesenheit das Zeitliche gesegnet hatte.

»Bist du ganz sicher?«, fragte er den fahrenden Studenten, der dort für ein paar Tage und einige kostenlose Mahlzeiten untergekommen war. Erst an diesem Abend war beim Nachtmahl die Sprache auf die römischen Kardinäle gekommen. Conrad Peutinger hatte sofort begriffen, was das bedeutete, und nach Jakob geschickt.

»Ja, ich weiß zuverlässig, dass Kardinal Melchior von Meckau am dritten März nach einem kurzen Unwohlsein verstorben ist«, wiederholte der junge Student der Rechte. »Er hat nur noch ein kleines Testament vor einem Notar aufsetzen können, in dem er all sein Vermögen dem deutschen Hospiz in Rom vererbt hat …«

»Unmöglich!«, unterbrach Conrad Peutinger. Er blickte Jakob an und verstand plötzlich die ganze Tragweite des Vorfalls. »Was geistliche Herren hinterlassen, gehört nach dem Kirchenrecht der Kurie … und bei Kardinälen sinnvollerweise dem Vatikan!«

Jakob spürte, wie das Blut in seinen Ohren hämmerte, während er weiter dem Studenten zuhörte. Es war ein Zettelchen, ein kleiner, kaum einen Finger langer Streifen Büttenpapier mit seiner Unterschrift, der ihn jetzt umbringen und dem Bankrott ausliefern konnte: ein Schuldschein.

Jakob musste nicht lange rechnen. Was dieser Schuldschein bedeutete, hatte er im Kopf: Das Guthaben des toten Kardinals in der Fuggerschen Bank betrug hundertdreiunddreißigtausend Gulden, die Zinsen noch nicht eingerechnet. Das waren drei Viertel des gesamten Gesellschaftskapitals. Und der Heilige Vater würde ihnen nicht einen einzigen Guldiner oder Tirolino dieser Einlage erlassen!

»Wer weiß noch davon?«, fragte Jakob den Studenten. Der hob nur langsam die Schultern. Er konnte nicht verstehen, warum der reiche Handelsherr plötzlich so verstört aussah. »Alle wissen es, selbst die Gesandten der Republik Venedig. Auch diese Sache mit dem Schuldschein über zweihunderttausend Gulden im Ärmel des toten Kardinals.«

Jakobs Mundwinkel zuckten. »Zweihunderttausend?«, wiederholte er empört und wollte aufspringen.

»Die Gerüchte werden schon bald dreihunderttausend daraus machen«, sagte Peutinger mit einem tiefen Seufzer. Jakob presste die Lippen zusammen und nickte.

»Jetzt kann ich nur noch hoffen, dass Zink nicht betrunken, sondern bei klarem Verstande war, als es passierte!«, stieß er dann aus tiefstem Herzen hervor. »Alles muss annulliert werden – das Testament im Sterbebett ebenso wie dieser Schuldschein! Selbst wenn er drohen muss, keine Münzen mehr für den Papst zu schlagen …«

»Meinst du nicht, dass du selbst in Rom mehr erreichen könntest?«, fragte Peutinger. Jakob schürzte die Lippen, dachte scharf nach und schüttelte schließlich den Kopf.

»Ich kenne diesen Rovere-Papst jetzt seit dreißig Jahren. Er würde mich mit allen Ehren empfangen und dann in Rom so lange hinhalten, bis ihm persönlich das ganze Handelshaus und die Fuggerbank gehört.«

»Dann bleibt dir außer dem Dogen Loredan nur noch der Kaiser«, stellte Peutinger scharfsinnig fest. »Der eine sitzt auf seinen Inseln in der Lagune in der Falle, und der andere hat kein Geld, wenn du es ihm nicht leihst.«

Jakob presste die Lippen so fest aufeinander, dass sie weiß wurden. Er wusste viel zu gut, dass Conrad recht hatte. Aber viel schlimmer als die unvermittelt wie ein Ungeheuer aus den Tiefen der Ozeane auftauchende Meckau-Schuld war ihre alles vergiftende Ausdünstung. Jakob war klar, dass der Papst seine Forderung gegen die Fugger nur ein einziges Mal öffentlich äußern musste, um ihn zu vernichten. Bei Licht besehen, hatte er nur noch zwei Möglichkeiten: Er musste sich irgendwoher und in aller Heimlichkeit diese Riesensumme Geld beschaffen oder alles bestreiten.

Bisher wusste niemand, dass er Meckaus Einlagen und ihre Zinsen nicht bezahlen konnte. Sein Verstand arbeitete fieberhaft: Die Grafschaft Kirchberg und andere Länderein beleihen oder verkaufen – vielleicht vierzig-, fünfzigtausend Gulden. Sybilles Burgunderschmuck zu einem Spottpreis an den Sultan von Kairo oder gar direkt an den Heiligen Vater in Rom übergeben – zu viel Zeitaufwand. Anleihen bei den Vertrauten von Innsbruck bis zum Fondaco aufnehmen, Bergrechte am Kupfer, Blei und Silber meistbietend verschleudern?

Letzteres wäre sofort möglich. Doch dann erinnerte er sich daran, dass Lukas Fugger vom Reh an einem einzigen Darlehen an die Habsburger zugrunde gegangen war – an einer rechtmäßigen und zum Schluss wertlosen königlichen Unterschrift über die Verpfändung einer reichen niederländischen Stadt. Das war der eigentliche Fluch. Solange die Geschäfte gut gingen, konnte jeder leihen und beleihen, ohne dass irgendjemand seine Geschäfte in Frage stellte. Sie gingen gut, weil jeder glaubte, dass sie bei ihm gut gingen.

Ein einziges Gerücht aber, dass der Herr Fugger nicht mehr bei Gelde sei, würde eine Lawine auslösen, die alles unter sich begraben konnte.

Als Jakob an diesem Abend in sein Haus zurückkehrte, traf er an der Tür auf seine Frau Sibylle. Draußen nieselte es, aber sie hatte nur ein Tuch übergeworfen.

»Du gehst ohne Begleiter mit Laterne durch den Abend?«, fragte er verwundert. »Hätte der Rehlinger dich nicht geleiten können?«

»Sein Weib bekommt gerade wieder ein Kind«, sagte sie.

Jakob knurrte unwillig. »Ist es das siebente oder bereits das achte?«, fragte er und hob gleichzeitig die Hand. »Nein, schweig! Ich will es überhaupt nicht wissen. Und auch nicht, was dich zu ihm oder der Mutter treibt.«

Für einen Augenblick dachte er daran, dass auch er selbst allmählich ein Testament machen musste. Er wollte nicht, dass es ihm so erging wie dem unglücklichen Kardinal Meckau. Und er wollte vor allem nicht, dass Sibylle mehr erbte als unbedingt erforderlich. Sie nicht und nicht der Rehlinger. Während sie nebeneinander die Treppe hinaufgingen, beschloss Jakob Fugger, seinen Neffen Anton, Georgs Sohn, zu seinem Erben zu bestimmen.

Doch um ihm überhaupt etwas hinterlassen zu können, durfte er jetzt keinen Fehler machen. Er war bankrott, aber er hatte noch immer seinen guten Ruf als bestes Kapital. Solange dieser Ruf hielt, konnte ihm nichts passieren!

Die Eheleute verabschiedeten sich nur kurz, als sie oben ankamen. Sie ging zu ihren eigenen Gemächern, die er nie wieder betreten hatte, und er ließ sich das Barett und den kurzen Mantel von einem Diener abnehmen, während er schon ins Kontor ging.

Und dann begann er, ein Feldherr im Reich des großen Geldes, seine bisher schwerste Schlacht.

Jakob Fugger traf Kaiser Maximilian Mitte April nach seiner Rückkehr vom Reichstag in Worms. Der Habsburger lud ihn noch am Abend seiner Ankunft in Augsburg in sein Quartier ein. Jakob Fugger hatte nicht um eine Audienz gebeten, dennoch wusste er, wie entscheidend die Gespräche in den nächsten Stunden für ihn, für Maximilian, für Venedig und für das Heilige Römische Reich Deutscher Nation sein würden. Die beiden Männer begrüßten sich mit aufrichtiger Zuneigung.

»Mein Graf«, sagte Maximilian aufrichtig erfreut.

»Mein Kaiser«, gab Jakob Fugger zurück und verneigte sich. Maximilian verwies mit einer kurzen Handbewegung alle Berater und Dienstboten aus dem großen Raum. Jakob fand, dass der Kaiser unpassend gekleidet war. Mit seinem glänzenden Brustharnisch sah er aus, als gehe es zu einem Turnier. Aber auch Jakob trug nicht die Kleidung, wie sie in den Städten Süddeutschlands üblich war, sondern Feingeschneidertes mit sehr viel Seide aus Venedig.

Sie nahmen Platz, und Maximilian schob seinem Bankier eigenhändig eine Silberschale mit Gebäck über den Tisch, der zwischen ihnen stand. Jakob hatte eine verschnürte Pergamentrolle mitgebracht, legte sie aber zunächst ungeöffnet auf den Tisch.

»Du kannst entscheiden, worüber wir ein wenig schwatzen wollen«, sagte Maximilian angriffslustig. »Aber vergiss nicht, dass ich noch immer gegen die Republik von San Marco im Krieg stehe. Der Doge hat inzwischen alle Forderungen des Papstes abgelehnt. Deshalb hat Julius II. inzwischen ebenfalls den Vertrag der Liga von Cambrai unterschrieben. Das heißt, auch Ferrara, Mantua und die Florentiner werden gegen Venedig aufstehen.«

»Ich weiß«, sagte Jakob geduldig. »Aber der Rovere-Papst verschenkt damit einen der besten Teile Italiens an eine fremde Macht. Er macht sich schuldig, ebenso wie es der schreckliche Borgia-Papst Alexander VI. zur Zeit Karls VIII. geworden ist.«

Maximilian schob die Unterlippe vor. »Was willst du damit andeuten?«

»Dass halb Europa gegen Venedig sein und es doch nicht bezwingen kann!«

»Solange du ihm hilfst?«

»Solange Ihr auf meinen Rat hört, Majestät.«

»Und welcher wäre das diesmal?«

»Ich kenne den Rovere-Papst. Julius II. wird nicht nur mit Schwertern und Kanonen gegen die Lagunenrepublik kämpfen, sondern Waffen einsetzen, gegen die es keinen Schutz gibt. Ich schwöre Euch bei allen Heiligen, dass er noch vor dem Pfingstfest den Kirchenbann gegen Venedig schleudern wird!«

»Das kann ich ebenso«, stieß der Kaiser hervor. »Ich kann Venedig mit der Reichsacht belegen …«

»Ich weiß noch nicht einmal, was ärger ist, Acht oder Bann«, sagte Jakob und seufzte. »Sie sollen meinetwegen für alle anderen gelten. Ich aber brauche freien Zugang zur Börse von Venedig und zum Fondaco.«

»Du willst, dass ich dich über alle anderen setze? Nein, Jakob, das würde viel zu teuer für mich werden.«

»Und wenn ich Euch dafür nicht nur weiterhin sichere Lieferungen von Metallen und allem anderen biete, was Euer Heer benötigt?«

»Aus dem Fondaco dei Tedeschi?«, fragte Maximilian verwirrt. »Damit ich dann mit diesen Waffen die Venezianer bekämpfe?«

»Ihr sollt sie nur bedrohen und belagern«, erklärte Jakob ungerührt, »aber nicht bekämpfen! Aber ich fordere noch etwas anderes für meine Unterstützung: Zum einen müsst Ihr in Brixen dafür sorgen, dass niemand dort die Erbschaft des Kardinals von Meckau antreten will. Zugleich müsst Ihr dem Heiligen Vater klarmachen, dass er klagen muss, wenn er auf der Auslösung dieses Schuldscheins besteht …«

»Den Prozess würde der Heilige Stuhl jederzeit gewinnen!«

»Nicht, wenn Ihr die Schuld von mir übernehmt. Dann nämlich prozessieren der Vatikan und das Heilige Römische Reich gegeneinander – und das kann viele Jahre dauern.«

Maximilians Augen blitzten wie vor einem Lanzengang im ritterlichen Turnier. Er wurde plötzlich hellwach. »Du willst nicht zahlen?«, fragte er. »Oder kannst du etwa nicht?«

Jakob sah ihm mit einem freundlichen, schon fast spöttischen Lächeln in den Augen an.

»Soll ich Euch den Beweis liefern, dass ich noch immer der beste Bankier bin, den Ihr in Eurem Reich finden könnt?«, fragte er betont vergnügt. »Nun gut, dann bezahle ich Euren Aufenthalt beim Wormser Reichstag und kaufe Euch eine weitere Grafschaft ab. Wenn Ihr noch mehr Beweise wollt – hier sind sie!«

Er löste die Bänder von der Pergamentrolle auf dem Tisch und rollte einen Plan aus. »Ich werde eine Grablege für meine Familie in der Kirche von Sankt Anna stiften«, sagte er. »Sie soll so großzügig und prächtig werden, wie Ihr es hier auf diesem Plan erkennen könnt. Ein gutes, gottgefälliges Werk, das ich mir selbstverständlich leisten und das ich bezahlen kann …«

Maximilian betrachtete schweigend die Ansicht der Grablege. Dann schüttelte er kaum merklich den Kopf. »Das hast du doch nicht nötig bei mir, Jakob!«, sagte er vorwurfsvoll. »Wie lange kennen wir beide uns schon? Weißt du nicht mehr, wie du und ich vor sechsunddreißig Jahren miteinander im Hof eures Hauses am Rohr gespielt haben?« Er lachte beinahe spitzbübisch. »Und gleichzeitig hat mein Vater deinen Brüdern Stoffe und Ausrüstung für tausend Mann aus unserer Begleitung abgehandelt. Ein teurer Spaß für euch, damit ich und unsere Begleitung beim Reichstag in Worms prächtig auftreten konnten.«

»Immerhin solltet Ihr bei diesem Reichstag mit der Erbtochter Burgunds verlobt werden, Majestät«, sagte Jakob. »Und wir haben für unsere Schenkung immerhin das Wappen mit den Lilien erhalten … kein allzu schlechtes Geschäft, wie sich gezeigt hat.«

Maximilian antwortete nicht. Er wirkte plötzlich abwesend, fast schon weich und traurig.

»Hast du das nötig, Jakob?«, sagte er dann. »Du kaufst und prahlst und stiftest, damit ich nicht bemerken soll, dass du keinen Groschen mehr für meinen Kriegszug hast.«

»Woher wollt Ihr das wissen?«, protestierte Jakob eine Spur zu heftig. »Ich habe immer wieder Möglichkeiten gefunden, um an Geld zu kommen.«

»Gewiss, gewiss«, bestätigte der Kaiser. »Wohl niemand weiß das besser als ich selbst. Doch diesmal musst du jeden Kreuzer, jeden Pfennig zusammenraffen, um ihn an deinen Faktor Zink in Rom zu schicken. Er ist es doch, der den Papst ruhigstellen muss, damit dir aus Meckaus Schuldschein kein Strick gedreht wird!«

Jakob rollte den Plan der teuren Grablege wieder zusammen und schwieg betreten.

»Ich helfe dir und verkaufe dir die Hofmark Schmiechen«, sagte der Kaiser plötzlich. »Der schöne Rittersitz liegt so nah bei Augsburg, dass man sich gebührend über deinen neuesten Erwerb das Maul zerfetzen kann. Mach es wie ich und lass dich zwölfspännig mit einem Führungspferd voran in der teuersten Kutsche überall sehen.«

»Ich hatte ohnehin vor, ein wenig Gold und Silber an die Verwalter, die Frauen und die Mägde und an die Knechte zum Vertrinken auszuteilen.«

»Siehst du, mein kluger Graf, du lernst doch noch, wie es der Adel macht«, sagte der Kaiser schmunzelnd.

»Und Eure Gegenforderung?«, fragte Jakob.

»Lass mich nicht mittellos stehen, wenn die Franzosen gegen Venedig ziehen. Ich halte mich und meine Landsknechte so lange wie möglich zwischen Trient und Padua zurück. Wenn aber König Ludwig XII. zusammen mit den Schweizern losschlägt, muss ich zu ihnen stoßen können – nein, ich muss noch vor ihnen am Rialto sein!«

»Ihr fürchtet also um Euren Anteil am Erfolg der Liga von Cambrai.«

»Ich fürchte, dass mir Ludwig zusammen mit dem Papst doch noch die Kaiserkrone aus den Händen reißt. Und alles nur, weil mein Bankier Fugger momentan etwas schwach ist …«

»Dann wäre es doch angebracht, dass Ihr mir die Rechte für die Postreiter im Welschland überlasst.«

»Willst du auch noch dem Tassis Konkurrenz machen?«

»Ich will nur sicher sein, dass Ihr und ich nicht von Gerüchten leben müssen, sondern rechtzeitig erfahren, was jenseits unserer schönen Alpen geschieht.«

»Du sollst die Rechte haben«, sagte der Kaiser. »Doch was geschieht mit meinen Landsknechten und den Panzerreitern? Wie sie bezahlen und woher neues Geld nehmen?«

»Meckau ist tot«, sagte Jakob. »Aber ich denke, dass ich schon weiß, wen ich als neuen und solventen Anleger für uns gewinnen kann. Doch dazu muss ich so bald wie möglich nach Italien reisen.«

Doch Jakob Fugger kam nicht mehr dazu. Noch ehe er seine Angelegenheiten in Augsburg so geregelt hatte, dass er hätte reisen können, überbrachten ihm die noch nicht in seinen Diensten stehenden Tassis-Reiter kurz hintereinander mehrere Hiobsbotschaften.

»Die Heere Frankreichs haben bereits den Fluss Adda überschritten«, meldete der erste.

»Der Papst hat seinen Bann gegen Venedig geschleudert«, teilte der nächste nur wenige Tage später mit.

»Das wilde Kriegsvolk unseres Heiligen Vaters dringt nach Norden in die Romagna ein!«, berichtete der dritte. »Cremona, Bergamo und Brescia sind bereits gefallen.«

»Gemach, gemach!«, protestierte Jakob. »Wie kommt der Papst dazu, bis in Gebiete vorzudringen, die – wie es in Cambrai beschlossen wurde – Kaiser Maximilian zufallen sollen?«

»Ich weiß es nicht«, antwortete der Bote. »Ich habe nur gehört, dass König Ludwig mit zweiunddreißigtausend Mann durch die Poebene marschiert. Er hat kampfeslustige Schweizer bei sich und mehr als hundert Kanonen. Dagegen haben die Verteidiger Venetiens nach ihrer Niederlage bei Agnadello östlich von Mailand kaum noch eine Möglichkeit zu siegen. Es heißt, sie werden sich zumindest bis nach Verona zurückziehen.«

In den folgenden Tagen trafen weitere Bestätigungen für die Niederlage der Venetianer ein. Dann hieß es, der Franzosenkönig habe, wie in Cambrai vereinbart, die Schlüssel der von ihm eroberten Städte Verona, Vicenza und Padua bereits an Kaiser Maximilian ausgeliefert.

»Das war ein Fehler von mir!«, stellte Jakob Fugger fest, als er mit Conrad Peutinger zusammentraf. »Ich dachte, ich könnte Maximilian an die kurze Leine legen und ihn so vom Kampf gegen die Republik abhalten.«

»Das hast du auch«, bestätigte Peutinger. »Maximilian war noch nie so untätig wie in diesem Krieg. Wahrscheinlich hat er selbst nicht damit gerechnet, dass sich Ludwig an die Verträge hält, denn jetzt muss er ihm wohl oder übel auch Mailand als Lehen übertragen.«

»Conrad, das missfällt mir alles!«, sagte Jakob besorgt.

»Was willst du tun? Du bist auf einmal ein Opfer unerwarteter Vertragstreue. Ist es das, was deine Pläne durcheinanderbringt?«

Die beiden Männer blickten sich in die Augen. Sie kannten sich lange genug, und Peutinger ahnte längst, dass noch eine ganz andere Last den großen Kaufherrn bedrückte.

»Wenn der Franzosenkönig und der deutsche Kaiser mit ihren großen Heeren in der Gegend von Verona und Trient herumziehen und wenn dann auch noch die Päpstlichen hinzustoßen, dann wird aus Weinbergen und Obstgärten, aus Bauernhöfen und all den kleinen Städten eine verbrannte, ausgeraubte Hölle.«

»Was willst du dagegen tun?«

»Ich muss hinein«, sagte Jakob Fugger entschlossen. »Mitten hinein in diesen Aufmarsch des Bösen und des Mordens.«

»Um wen zu retten? Den Kaiser? Die Päpstlichen? Venedig? Oder dich selbst?«

»Nein«, sagte Jakob Fugger. »Vielleicht kann ich für alle etwas tun, ebenso wie für mich selbst. Aber in erster Linie geht es mir um ihr Leben und ihre Sicherheit …«

»Caterina Cornaro!«

Es war, als hätte unvermittelt ein heller Blitz göttlicher Erkenntnis den Doktor Peutinger getroffen. »Du willst sie doch nicht etwa fragen … die so reich von der Republik abgefundene Königin der Zuckerinsel …«

Er zögerte einen Augenblick und rieb wie zufällig Daumen und Zeigefinger aneinander, dann sagte er: »Da will ich mit! Ich kenne Bassano und die beiden Burgen von Asolo noch aus meiner Studienzeit.«

Die Burg von Asolo

Jakob wusste, dass er Augsburg eigentlich nicht verlassen durfte. Seit Ulrich nicht mehr im Kontor erschien und im Süden des Kontinents feindliche Heere herumzogen, seit Bauernaufstände das deutsche Land in Unruhe versetzten und überall Hexen gejagt, Raubritter gefürchtet wurden und ständig neue Gräuelmärchen von Ungeheuern in den wilden Meeren und Menschenfressern in der Neuen Welt umhergeisterten, war auch der Handel unsicherer geworden.

Jakob beschloss, diesmal nur mit kleiner Begleitung zu reisen. Er suchte sich seine Leibwache unter den Männern aus, die in den Lagerhäusern der Gesellschaft und als Schmiede, Zimmerleute oder Pferdeknechte arbeiteten. Die meisten von ihnen waren treue, waffengeübte Burschen, die bereits bei seinen Ausflügen in die Grafschaften und zu den Messen dabei gewesen waren.

»Wir nehmen diesmal keine Geldkisten und kein großes Gepäck mit!«, erklärte er ihnen. »Jeder von euch bekommt eine halb gefüllte Geldkatze mit Goldmünzen, die er unter der Kleidung flach um den Leib schnürt. Wir nehmen fünf Arkebusen mit, aber sonst nur das, was ein Mann am Sattel tragen kann. Wenn wir versprengt werden, treffen wir in Bassano am Monte Grappa zusammen. Das Gebiet gehört bereits zur Terraferma von Venetien, deswegen wird sich jeder von uns mit Kleidungsstücken ausrüsten, wie sie dort üblich sind. Aufbruch ist morgen früh bei Sonnenaufgang – aber nicht hier von Augsburg aus, sondern am Herrensitz in Schmiechen.«

Jakob wartete, bis sich alle wieder verlaufen hatten, dann regelte er noch einige Dinge im Kontor und verließ am Nachmittag des 2. Juni 1509 mit drei Begleitern die Stadt durch das Rote Tor in Richtung Landsberg.

Schon bald erwies sich, dass Conrad Peutinger als Reisebegleiter ein Gewinn war. Immer dann, wenn es die Straße erlaubte, ließ Jakob sich mehr aus der Zeit erzählen, die Peutinger in Italien zugebracht hatte. Ihm war, als hätte er, ohne es zu ahnen, jahrzehntelang ein Fass mit feinstem Honig in seiner Nähe gehabt, das nur darauf wartete, genossen zu werden.

»Da sind wir nun mehr als hundert Mal bei dir oder mir zusammengekommen, und ich habe nie von diesem Schatz deines Wissens gekostet«, sagte Jakob, als sie Mittenwald hinter sich hatten.

»Ich habe dir nie etwas verheimlicht«, gab Conrad zurück, »aber zumeist wolltest du nur über Metall und Handel, Einfuhr und Zölle in Tirol, Ungarn oder den Niederlanden reden und nicht über den Landstrich, der mehr durchziehende Krieger, Handel und Völker gesehen hat als irgendein anderer.«

Sie übernachteten in Innsbruck, kamen am nächsten Tag gut über den Brenner und erreichten bei Einbruch der Dunkelheit Sterzing. Am dritten Tag ging es an der Eisackschlucht abwärts in Richtung Brixen. Obwohl er eigentlich keine Zeit verlieren wollte, entschied sich Jakob, im Bischofssitz von Brixen zu erkunden, ob hier bereits Forderungen an ihn vorbereitet wurden.

Sie trafen bereits nachmittags in der Hofburg ein. Der viereckige Bau mit dem großen Innenhof lag auf einer kleinen Anhöhe südöstlich des Domplatzes von Brixen. Bisher war noch kein Nachfolger für Melchior von Meckau ernannt worden. Dennoch tummelte sich eine Menge bunt gekleidetes Volk im Burghof und in den Korridoren.

»Der Schroffenstein kann es noch nicht sein«, meinte Peutinger. »Der soll wohl Nachfolger werden, aber er hat noch kein Gefolge und muss in Trient erst einmal zum Priester und dann zum Bischof geweiht werden, ehe er die Diözese übernehmen kann.«

»Jetzt erkenne ich die Fahnen und die Farben des Gefolges«, sagte Jakob, während sie von Bediensteten zu den Gästeräumen im ersten Stock der Hofburg geleitet wurden. »Ich sehe überall Sattelknechte, Musiker, Bereiter, Gardisten, Harnischschläger und Büchsenmeister. Sie gehören zum Gefolge des Fürstbischofs Matthäus Lang!«

»Lang hier?«, fragte Peutinger verwundert. »Dann ist auch Kaiser Maximilian nicht weit!«

Im selben Augenblick hörten sie Trompeten aus dem Tal und sahen, wie sich in einer Staubwolke mehrere Haufen Landsknechte unter den kaiserlichen Bannern talabwärts bewegten. Einige waren beritten, andere marschierten zu Fuß. Wieder andere hingen an den Bremsen der Trosswagen und Räderlafetten mit blinkenden Kanonenrohren, aus denen eiserne Kugeln anstelle der bis dahin üblichen Steinkugeln verschossen werden konnten. Jakob legte die Hand über die Augen. Er sah fahrbare Pulvermühlen, Kastenwagen mit gestapelten Hellebarden und Spießen, Kisten mit Pfeilen, Sturmhauben und Schwertern.

Obwohl es warm war, trugen die Kriegsknechte des Bischofs neue, glänzende Eisenhelme. Die meisten hatten getriebene Brust- und Rückenpanzer aus Eisen angelegt. Die neuen, durch Kerbungen verstärkten Harnische aus den Werkstätten von Fuggerau und anderen Waffenschmieden in Tirol konnten nicht einmal von Kugeln oder Armbrustbolzen durchschlagen werden.

»Wollen wir ihnen nachreiten?«, fragte Peutinger, doch Jakob schüttelte den Kopf.

»Sie kommen heute bestenfalls bis Bozen. Wir holen sie leicht ein, ehe sie aus den Alpen heraus sind. Für mich ist es heute wichtiger, mit dem Kardinal zu sprechen, der mit darüber zu entscheiden hat, was aus dem Geld der Diözese Brixen in unserer Gesellschaft wird.«

»Wolltest du nicht –?«

»Nach Asolo?«, unterbrach Jakob den Freund. Dann nickte er. »Die kaiserlichen Wagen und Kanonen brauchen einige Tage, bis sie an Bozen und Trient vorbei sind und dann nach Osten abbiegen können.«

»Für gute Reiter geht es schneller«, entgegnete Peutinger besorgt.

»Willst du mir Angst einjagen?«, fragte Jakob. »Wir übernachten heute hier, sprechen mit Lang über die Forderungen der Diözese und reiten morgen in aller Frühe weiter.«

Das Gespräch beim Nachtmahl mit dem Fürstbischof von Gurk verlief angenehm und in voller Übereinstimmung. Jakob Fugger musste dem Mann, der einer verarmten Augsburger Patrizierfamilie entstammte, nicht viel erklären.

»Wenn Brixen also keine Ansprüche auf das eigene und bei euch angelegte Vermögen erhebt, willst du uns Zinsen zahlen«, fasste der Fürstbischof zusammen.

»Das ist mein Angebot.«

»Weiß der Heilige Vater, wie viel die Gesellschaft der Fugger von der Lilie insgesamt von unserem verstorbenen Bruder Melchior erhalten hat?«

»Nein«, sagte Jakob. »Die eigentliche Schuld macht mir auch keine Sorgen. Johannes Zink und ich werden mit Julius II. sicherlich handelseinig. Am besten wäre es, wenn der Vatikan mit dem Kaiser in einen Rechtsstreit ginge, um herauszufinden, wem Meckaus Erbe tatsächlich gehört.«

»Ich würde dann natürlich Maximilian beraten«, warf Conrad Peutinger ein.

»Wir wollen gar nicht lange wie die Kater um den heißen Brei herumstreichen«, meinte Matthäus Lang und schmunzelte. »Ich sorge dafür, dass von hier aus keine Forderung nach sofortiger Rückzahlung kommt. Und da Zinsen nun einmal verboten und des Teufels sind, will ich diese Diözese nicht in die Sünde treiben.« Er sah Jakob mit vom Wein geröteten Wangen an. »Die Zinsen aus dem Meckau-Darlehen gehen ab sofort an mich!«

»Sind sie dann keine Sünden mehr?«, fragte Conrad Peutinger scheinheilig.

»Gewiss«, meinte der Kardinal schmunzelnd, »deswegen werde ich diesen verbotenen Zins auch nur für sehr sündige Vergnügen ausgeben.«

Am nächsten Tag kamen sie schnell bis nach Bozen. Dann aber verstopfte der Heerwurm des Kaisers die Straße bis Trient. Es gab kaum Ausweichmöglichkeiten, und manch ein Handelswagen stürzte abgedrängt in die Schlucht des Eisack.

Kaiser Maximilian und sein Hofstaat waren nirgendwo zu sehen. Sie hörten, dass er bereits in Richtung Padua vorausgeritten sein sollte. Jakob wurde immer unruhiger. Sie kamen auch am nächsten Tag nicht weit über Trient hinaus und mussten an den Thermen von Levico übernachten. Hier floss bereits die Brenta, der sie bis Bassano folgen konnten.

Es ging einfach – viel zu einfach vielleicht. Sie hatten erwartet, auch hier auf Bewaffnete zu stoßen, doch zwischen Trient und dem Monte Grappa begegneten ihnen nur einige versprengte Söldnerhaufen, die gegen ein paar Gulden berichteten, dass sich in der Terraferma eine Stadt nach der anderen den Heerscharen des Papstes ergab.

Endlich, am späten Nachmittag, erreichte die kleine Gruppe um Jakob Fugger die alte Stadt Bassano an der Brenta.

»Ihr bleibt hier!«, befahl er. »Ich reite allein die wenigen Meilen bis nach Asolo!«

Conrad Peutinger sah, dass er keinen Widerspruch duldete. Da er selbst rechtschaffen erschöpft von den anstrengenden Ritten der letzten Tage war, stimmte er zu. Jakob erfrischte sich nur kurz in der Herberge, dann ließ er sich venezianische Kleidung bringen. Er achtete nicht darauf, ob das neue Pferd gut war. Für den kurzen Weg musste es ausreichen. Er saß auf, wendete, tauchte unter den Balken des Hoftores hindurch und gab dem Ross die Sporen. Noch nie zuvor war er mit so viel Kraft und jugendlichem Schwung geritten. Er vergaß, dass er zu einem der reichsten Männer des Kontinents geworden war, dass er Kaiser und sogar Päpste erfreuen oder in Verlegenheit bringen konnte und dass er irgendwo nördlich der Alpen ein Eheweib hatte, das ihn nachhaltig betrog. Und er vergaß, dass er trotz alledem im Augenblick der ärmste Kaufmann Augsburgs war …

Die Weinberge flogen an ihm vorbei, dann die Obstgärten. Obwohl es bereits der siebente Tag des Sommermonats Juno war, hatten die Blätter noch keinen grauen Staub aufgelegt, sondern leuchteten in sattem Grün. Schon bald sah er in seinem wilden Ritt die alte Burgruine der ehemaligen Herren von Asolo.

Seine Burgherrin wohnte auf dem zweiten Schlossberg. Er sang aus voller Kehle die frechen Lieder, die ihn sonst oft bei den jungen Weibern am Flussufer gestört hatten, wenn sie die Wäsche wuschen.

Die Fahne auf dem Söller von Caterinas Burg wehte nicht. Dafür war es zu heiß und zu windstill. Aber noch weitere Fahnen hingen von den Zinnen. Jakob Fugger trieb sein Pferd schneller an Büschen und Bäumen vorbei. Nirgendwo auch nur ein Bauernjunge, der Gänse oder Schweine über die staubige Straße trieb.

In jeder anderen Situation hätte Jakob bemerkt, dass etwas nicht stimmte. So aber ritt er heißblütig und verschwitzt in den Burghof ein und sah erwartungsvoll in den türkis- und rosafarbenen Abendhimmel über Asolo hinauf. Er wusste nicht, was er erwartete – ob er gehofft hatte, dass auch hier langes blondes Haar aus einem der Fenster fiel wie seinerzeit bei dem von ihm inszenierten Mummenschanz in der Burg Kronberg.

Doch dann erkannte er, dass hier ein Stück gespielt wurde, mit dem er nicht gerechnet hatte. Er war zu spät gekommen! In Caterinas Burg hingen bereits die gleichen Fahnen wie vor vielen Jahren bei Frankfurt – die Fahnen mit den kaiserlichen schwarzen Adlern …

Jakob kehrte sehr still nach Bassano zurück.

»Wir kehren um!«, sagte er zu Peutinger. »Caterina Cornaro und ihr Gefolge sind bereits an dem Tag nach Venedig gezogen, an dem wir in Augsburg aufgebrochen sind.«

»Ich habe es ebenfalls von den Leuten hier erfahren«, sagte Conrad. »Hast du etwas dagegen, wenn wir noch etwas zusammensitzen? Oder willst du allein sein?«

Jakob schüttelte den Kopf. »Ich frage mich nur, ob ich weiter nach Venedig reiten oder umkehren soll.«

»Meinst du, sie würde dir so viel leihen, dass du dich und die Gesellschaft beim Papst freikaufen kannst und auch noch etwas für den Kaiser übrig hast?«

»Genau das will ich eigentlich nicht mehr«, gab Jakob zurück. »Es war vielleicht nur eine verzweifelte oder auch geniale Idee. Ich weiß nicht, wer Caterina Cornaro gewarnt hat, aber ich nehme ihre Abreise als Fingerzeig des Himmels. Ich will kein neues Geld beschaffen, damit Franzosen, Deutsche und Päpstliche sich weiterhin die Köpfe einschlagen, brandschatzen und morden können!«

»Dann darfst du Maximilian immer nur so viel geben, dass seine Männer nicht hungern oder rauben müssen – aber nicht genug für einen großen Angriff auf Venedig. In einem Jahr kann alles schon ganz anders aussehen. Dann hast du immer noch die Möglichkeit, in die Lagunenstadt zu reisen und ihr offen in die Augen zu sehen.«

»Wie sehr hätte ich mir das jetzt gewünscht«, sagte Jakob, dann lachte er ein wenig und hob den Weinbecher.

Venedig trat die Städte Ravenna, Rimini und Faenza an den Papst ab. Als die Republik auch den anderen Kriegsparteien Frieden anbot, stellten sich Maximilian und Ludwig XII. gleichermaßen taub. Für eine Weile sah es so aus, als würde der Rat der Zehn in der Lagunenstadt sogar die Türken um Hilfe bitten. Aber auch ohne diese Unterstützung gelang es den Venezianern, den Deutschen Padua wieder abzunehmen. Von Jakob Fugger kam kein Geld mehr. Daraufhin verlor Kaiser Maximilian die Lust und verließ den Kriegsschauplatz.

»Es hat etwas mit dem Papst zu tun«, meldete wenig später Johannes Zink aus Rom. Mehr konnte er zu diesem Zeitpunkt noch nicht sagen.

Monatelang bemühte sich Jakob mehr schlecht als recht darum, den kaiserlichen Hof in Innsbruck mit neuen Finanzmitteln zu versorgen. Doch dann war plötzlich wieder reichlich Gold und Silber bei den Fuggern von der Lilie vorhanden.

Einige munkelten, Jakob der Reiche hätte es über Hans Kohler von Geschäftsfreunden am Rialto erhalten. Es gab sogar Stimmen, die von Türken und der Zuckerinsel Zypern sprachen. Auch Caterina Cornaro wurde erwähnt samt der mehrfach bezeugten Tatsache, dass er wohl in Asolo gewesen, sie aber nicht angetroffen hatte.

Anfang August traf der alles rettende Brief von Johannes Zink aus Rom im Augsburger Kontor ein.

»Er hat verzichtet«, murmelte Jakob, nachdem er mit bebenden Händen das Siegel des zusammengesteckten Papierbogens erbrochen und den Bericht seines Faktors gelesen hatte. »Papst Julius II. hat alle Ansprüche aus den Einlagen Meckaus bei uns dem Kaiser überlassen.«

Erst jetzt ahnte Jakob, warum Maximilian ohne großen Protest Oberitalien verlassen hatte. Aber er wusste, dass die Auseinandersetzung zwischen Frankreich, Rom und dem Kaiserreich auf der einen und Venedig auf der anderen Seite damit noch lange nicht beendet war.

Zur selben Zeit schenkte der greise Ulrich Fugger den Augsburger Dominikanern eine komplette Bibliothek. Auch Jakob dachte daran, für die Gnaden Gottes zu danken, die er gerade in letzter Zeit überreich empfangen hatte. Er spielte mit der Idee, für unverschuldet in Not geratene Familien einige Häuser zu bauen, in denen sie für einen Gulden Jahreszins ehrenhaft wohnen konnten.

»Eine derartige Fuggerei müsste mehr als hundert Häuser haben«, wandte Conrad Peutinger ein, als er ihm davon erzählte. »So viele ordentliche Familien sind bereits in dieser Stadt in Not.«

»Und was spricht sonst dagegen?«

»Nichts, wenn du wieder so viel beisammenhast, dass du die Häuser bauen lassen kannst.«

»Ich denke, dass ich damit noch ein paar Jahre warte«, sagte Jakob. Und er tat gut daran, denn in den ersten Monaten des neuen Jahres veränderten die großen Stürme wie schon so oft die Richtung.

Zur letzten Reise

Bereits zum Jahreswechsel berichteten Hans Kohler aus Venedig und Johannes Zink aus Rom, dass die Lagunenrepublik und der Vatikanstaat wieder enger zusammenrückten. Jakob war mit der Entwicklung einverstanden. Offensichtlich hatte Julius II. eingesehen, dass die Vernichtung Venedigs das stärkste Bollwerk gegen die Türken zerstören, ganz Italien den fremden Mächten öffnen und den Kirchenstaat von fremder Gnade abhängig machen würde. Monatelang wurde in Rom verhandelt, dann beugte sich die bedrängte Republik. Als das Wetter besser wurde, kamen mehrmals in der Woche Fuggerreiter aus Italien in Augsburg an. Und jeder brachte Neuigkeiten aus Venedig und Mailand, Rom oder Bologna mit.

Auf diese Weise erfuhren Jakob und Peutinger, unter welch demütigenden Bedingungen sich die Lagunenrepublik dem Vatikan hatte unterwerfen müssen. Zwölf in Scharlach gekleidete Edle Venedigs mussten nach Rom reisen und zu Füßen des Heiligen Vaters vor der Pforte von Sankt Peter niederknien. Papst Julius II. saß dabei auf einem Thron, eine goldene Rute in der Hand. Zwölf Kardinäle hielten das gleiche Symbol der Züchtigung in den Händen.

Bei jedem Vers des »Misereor – Ich erbarme mich« schlug der Papst den auf Knien vorbeirutschenden Venezianern mit seiner Rute leicht auf Kopf oder Schultern. Dann legte er ihnen als Buße die Wallfahrt zu den sieben Kirchen der Stadt auf. Das Volk von Rom jubelte und begleitete die geschlagenen Vertreter der einst so stolzen Serenissima bis zu ihrer Unterkunft.

»Damit ist auch der Waffenstillstand zwischen unserem Kaiser und der Republik von San Marco hinfällig«, sagte Jakob besorgt.

»Und die Liga von Cambrai ist aufgelöst«, stimmte Peutinger zu. »Also weiter Krieg – nur mit neu verteilten Kräften.«

»Rom und Venedig werden jetzt die Deutschen und Franzosen wie die Barbaren aus Italien vertreiben wollen.«

»Oder wie Teufel«, sagte Jakob. »Darauf versteht sich der Klerus. Jetzt bricht die halbe Welt zusammen, und ich stecke inmitten aller Mühlsteine. Der Papst wird sicherlich auch England gegen Frankreich hetzen, sich mit den Spaniern gegen Maximilian verbinden und dadurch hier in Deutschland wie mit der Lunte am Pulverfass zündeln.«

»Die notwendige Reformation der Kirche liegt doch längst in der Luft«, stellte Peutinger mit einem trockenen Lachen fest. »Zum Ärger über das Welschland, Venedig und den Papst werden auch bei uns bald Hass und Widerstand gegen die Kirche aufflammen …«

»Ich muss sofort nach Venedig reisen!«, sagte Jakob. »Der Kaiser wird mich zwingen wollen, ihm einen Krieg gegen den Dogen zu finanzieren. Aber ich kann ihm ohnehin nur das geben, was mir Kardinal Lang bisher zur Verfügung gestellt hat.«

»Also doch die Rachsucht eines Weibes nutzen!«, sagte Conrad Peutinger mit leiser Ironie.

»Sie hat noch eine große Rechnung offen mit der Serenissima, dem Rat der Zehn und ganz besonders dem Dogen Loredan.«

»Und du kaufst dir damit wieder einmal einen Kaiser.«

»Und schenke ihr den Frieden für ihre Seele. Sie war mit ihrem Herzen mehr bei Franz von Assisi als ich, das darfst du nie vergessen, Conrad!«

»Wann reist du ab?«

»So bald wie möglich. Am besten noch während des Reichstags, den Maximilian ja unbedingt hier in Augsburg abhalten will.«

Es wurde ein sehr wilder Reichstag. Neben den deutschen Fürsten reisten auch Kirchenobere und französische Gesandtschaften an. Für Maximilian stand fest, dass der Krieg im Süden weitergehen musste. Dennoch ließ er es sich nicht nehmen, zwischen den Verhandlungen ein Turnier abzuhalten.

In seinem Palais unweit des Fuggerhauses legte Maximilian trotz seines fortgeschrittenen Alters noch einmal die Rüstung an. Dann stieg er auf sein Ross, das mit einer weißen, mit schwarzen Adlern bestickten Schabracke bedeckt war, die bis zu den Hufen reichte.

Junge Adlige mit Baretten führten den Kaiser bis zum Platz unweit des Fuggerhauses, der zum Turnier mit hellem Sand, Rindenmulch und frischen Blumen bestreut worden war. Sämtliche Häuser waren seit Tagen mit bunten Tüchern und Wappenbannern geschmückt.

Nun aber jubelten Tausende von Zuschauern hinter der Absperrung dem Kaiser zu. Als Gegner für den Zweikampf zu Pferd war der Kurfürst von Sachsen ausgelost worden. Friedrich der Weise war vor fast zwei Jahrzehnten während einer Pilgerfahrt ins Heilige Land zum Ritter geschlagen worden. Aber die Augsburger lachten, als sie des inzwischen bullig gewordenen Kurfürsten ansichtig wurden, der in sich zusammengesunken auf seinem Pferd saß.

Anders als bei früheren Wettkämpfen sollten die beiden alten Kämpen nicht mit schweren, unter dem rechten Arm eingelegten Turnierlanzen aus Eichenholz gegeneinander reiten, sondern mit neuen, eher zierlichen und kostbar verzierten Schwertern sowie leichten, in bunten Farben frisch lackierten Schilden kämpfen.

Jakob beobachtete den Auftrieb vom Kontor aus. Er hatte alle Fenster öffnen lassen. Peutinger war zu ihm gekommen und einige andere Geschäftsfreunde, deren Häuser nicht so günstig lagen. Auch die Schwestern, Georgs Witwe und sein siebzehnjähriger Sohn Anton waren gekommen. Jakob bemerkte, dass er nicht nach draußen sah, sondern die ganze Zeit den Kopf gesenkt hielt. Für einen Moment wunderte sich Jakob, dass seine anderen Neffen ebenso fehlten wie Ulrich und dessen Gemahlin Veronika Lauginger.

Die beiden fürstlichen Kontrahenten zwischen den Absperrungen auf dem Turnierplatz ließen sich viel Zeit. Sowohl der Kaiser als auch der Kurfürst wurden auf gegenüberliegenden Seiten von Waffenmeistern, ihren besten Pferdeknechten und eilfertigen Augsburger Patriziern umsorgt.

»Wenn sie nicht bald anfangen, werden sie heute Abend zu spät zum Tanz kommen«, meinte Peutinger spöttisch.

»Ich habe ohnehin keinerlei Vergnügen bei derartigen Turnieren«, meinte Jakob. »Jedermann weiß doch, dass der Kaiser gewinnen und der Sachse eine bedauernswerte Figur machen wird.«

»Das war nicht immer so«, sagte Peutinger mit einem leichten Seufzer. »In Köln ist Maximilian schon einmal aus dem Sattel gehoben worden.«

»Ja, aber nur, weil er dort inkognito ins Turnier geritten ist. Außerdem war er damals noch nicht Kaiser.«

Die Paukenschläger an den Seiten des Turnierplatzes kündigten den Beginn des Kampfes an. Dann fielen Kirchenglocken ein. Als sie verstummten, übernahmen Trommler und Trompeter die Vorbereitung des Waffengangs. An diesem Tag gab es keine vergnüglichen Spiele und keine Vorkämpfe durch andere Waffenträger. Dennoch dauerte es lange, bis die beiden Ritter endlich kampfbereit auf ihren Pferden saßen. Obwohl die Zuschauer nicht viel von den Tieren erkennen konnten, wussten sie, dass der Sachse auf einem schwarzen Araber saß und der Kaiser einen türkischen Fuchs ritt, den er Kardinal Lang, dem Fürstbischof von Gurk, abgehandelt hatte.

Im selben Augenblick, als das entscheidende Trompetensignal über die breite Straße schmetterte, schob sich Georgs Sohn Anton neben Jakob und zupfte ihn leicht am Ärmel. Unten vor den Fenstern klappten die beiden Ritter ihre Helmvisiere herunter, nahmen Schild und Schwert hoch, und dann preschten der Kaiser und der Kurfürst aufeinander zu. Ihre Klingen trafen sich – einmal, zweimal, dreimal. Atemlos wie bei einem echten Kampf starrten die Zuschauer auf das altertümliche Spektakel.

»Es ist wegen Oheim Ulrich«, sagte Anton drängend zu Jakob. Friedrich der Weise setzte den vierten Schlag nach einer kurzen Finte, die er nur bei den Heiden vor Jerusalem gelernt haben konnte, so geschickt an den Rand von Maximilians Schild, dass ihm dieser in hohem Bogen aus der Hand flog.

Ein tausendfaches Aufstöhnen begleitete den Treffer. Maximilian sah sich verwundert um, doch niemand kam, um ihm einen neuen Schild zu bringen. Entschlossen wendete er sein Schlachtross. Ohne erneut anzukündigen, schlug er auf den Sachsen ein und traf ihn so, dass dessen Helm davonflog. Der dicke Kopf des Kurfürsten mit wirrem Haar und Bart schien ohne Hals auf seinen Schultern zu sitzen. Benommen ließ Friedrich der Weise auch noch seinen Schild fallen.

»Oheim Ulrich«, stieß Anton Fugger nochmals hervor. Dann fügte er aufschluchzend hinzu: »Gott der Allmächtige hat ihn vor einer Stunde zu sich genommen.«

Jetzt nahm auch Kaiser Maximilian seinen Helm ab. Mit blankgezogenen Schwertern saßen die beiden Fürsten im Sattel. Es war, als würden sie sich jetzt erst wieder daran erinnern, dass sie sich nicht im Krieg, sondern in den Schranken eines Turniers befanden. Jakob drehte sich zu seinem Neffen Anton um und legte ihm den Arm um die Schultern.

»Warst du dabei?«

Anton, der zu einem schönen, ernsthaften jungen Mann herangewachsen war, schüttelte nur den Kopf. »Eine Dienerin der Muhme Lauginger hat die Nachricht gebracht.«

»Veronika Lauginger«, sagte Jakob. Ja, damals in Rom hatte es Ulrich sehr eilig gehabt, zu ihr nach Augsburg zurückzukommen, um sie zu heiraten. Konnte das alles bereits vierzig Jahre her sein?

Er hatte plötzlich das Gefühl, dass er nach all der Zeit endlich durchatmen konnte. Zum ersten Mal, seit er die klösterliche Stille von Herrieden verlassen hatte, empfand Jakob Fugger keinen Groll mehr gegen den Älteren, der niemals auch nur ein gutes Wort für ihn übrig gehabt hatte.

Er lauschte dem Lärmen und den lauten Worten vom Treppenhaus und aus dem Innenhof her. Jetzt musste er nur noch entscheiden, wie er die Gesellschaft als alleiniger Inhaber ordnen wollte – und wie er Caterina Cornaros Hass gegen Venedig und nun auch gegen den deutschen Kaiser für seine Zwecke nutzen konnte. Die einen hatten ihr ihren Mann und ihren Sohn ermordet und ihr Inselkönigreich gestohlen – der andere hatte sie ohne jede Not aus Asolo, der Festung ihrer Traurigkeit, vertrieben.

»Ich brauche Geld«, sagte Maximilian, nachdem seine beim Turnier verletzte Hand verbunden war. »Viel Geld für eine neue Liga gegen Venedig und diesen hinterhältigen Papst, der mich nicht salben wollte.«

Diener aus seinem Hofstaat hatten ihm neue Kleidung gebracht. Er war gewaschen, frisch frisiert und bereits für das große Essen am Nachmittag und den Tanz am Abend ausstaffiert worden. Peutinger, Anton und die anderen hatten das Haus wieder verlassen. Sie würden sich erst am Abend zum großen Tanz wieder einfinden. Auch Ulrichs Tod änderte nichts daran. Jakob beschloss, Maximilian nichts davon zu sagen – nicht an diesem Tag.

Auch in den Straßen hatte sich das Volk wieder verlaufen. Der Kaiser und sein Graf saßen allein im Kontor.

»Hat der Papst nicht gerade erst zu Euren Gunsten auf seine Ansprüche aus der Meckau-Einlage verzichtet?«

»Er hat auf Geld verzichtet, das ich noch nie gesehen habe«, murrte der Kaiser. »Und wie ich dich und die Fuggerbank inzwischen kenne, werde ich keinen einzigen Tirolino davon sehen.«

»Ich denke, dass ich Euch neues Geld beschaffen kann«, sagte Jakob. »Vielleicht sogar in solcher Menge, dass Venedig aufgibt und der Papst kein Interesse mehr an einem Krieg gegen Frankreich und uns Deutsche hat.«

»Du meinst, dass es für mindestens dreißigtausend Berittene und Landsknechte reicht, wie ich sie schon lange für einen Zug zur Kaiserkrönung in Rom verlange?«

»Nein, Majestät!«, sagte Jakob entschlossen. »Für keinen einzigen Ritter, Landsknecht oder Söldner. Ich will Euch vielmehr Euren Krieg abkaufen, so wie ich Euch schon lange finanziere. Ich habe gut verdient in all den Jahren, bin reicher und mächtiger als viele andere geworden. Aber man hat mir auch sehr oft Schild, Schwert und die Geldwaage aus der Hand geschlagen, und mehr als einmal hätte ich den Kampf um ein Haar verloren.«

»Was hast du vor?«, fragte Maximilian. »Und woher willst du die großen Summen bekommen, die du mir heute andeutest?«

»Nehmt einmal an, sie kämen aus Venedig«, sagte Jakob und lächelte.

»Bist du von Sinnen, Jacopo?«, rief Maximilian empört. »Du kannst dem Dogen doch kein Geld abpressen, das ich dann gegen ihn und den Papst einsetze!«

»Ich spreche nicht vom Wohlwollen des Dogen oder vom Rat der Zehn«, sagte Jakob sanft, »sondern von einer Rechnung, die schon lange offen ist.«

»Wann willst du reisen?«, fragte der Kaiser, und seine wachen Augen glitzerten in Erwartung eines märchenhaften Schatzes.

Die Feierlichkeiten anlässlich der Beisetzung Ulrichs in der neuen Grablege der Familie zogen sich länger hin, als Jakob gedacht hatte. Conrad Peutinger waltete seines Amtes und schrieb das Handelshaus und die Fuggerbank auf den Namen Jakobs um.

Der April und auch der Mai vergingen. Ende Juni schrieb Jakob an Hans Kohler in Venedig und bereitete ihn auf seine Ankunft vor. Er bat ihn, bei den Cornaros vorzusprechen, ob sie Jakob in dem kleinen Zimmer oben in ihrem Palazzo am Canal Grande beherbergen würden.

Als die Tinte getrocknet war und er den Brief gefaltet hatte, um ihn zu siegeln, spürte Jakob eine wohlige Erregung in sich. Sein Herzschlag ging ein wenig schneller, und in seinen Ohren pochte es.

Er wollte nicht allein nach Venedig reisen. Deshalb wartete er, bis sich Anfang Juli eine kleine Gruppe von jungen Kaufleuten für einen gemeinsamen Zug zusammengefunden hatte. Einige hatten Augsburger Barchent auf ihren Wagen, andere Reliquienknöchelchen aus den Jungfrauengräbern rund um Köln in den begehrten Tongefäßen. Zwei Brüder aus Breslau führten eine in der Hitze etwas streng riechende Ladung Zobelpelze mit sich, und ein geschwätziger Sachse aus Wittenberg wollte in Venedig Traktate mit gedruckten Holzschnitten über Teufel, Hexen, Juden und ihre abartigen Buhlschaften verkaufen.

Sie alle begegneten Jakob mit Respekt und redeten ihn mit »Junker Jakob« oder »Herr Graf« und nach Trient sogar mit »Conte Fuccero« an. Sie wussten, dass er gerade den letzten seiner Brüder verloren hatte, und hielten so viel Abstand von ihm, dass er Zeit für seine Trauer und Gebete hatte. Weder in Innsbruck noch am Brennerpass gab es einen Aufenthalt. Brixen hatte noch keinen Nachfolger für den Fürstbischof Melchior von Meckau. Der Markt in Bozen kam Jakob wie ein Friedhof vor, doch auch dort und später in Trient ließ Jakob seinen Handelszug nicht halten.

Erst in der Poebene sahen sie auf den Straßen und in den kleinen, wie ausgestorben wirkenden Ortschaften wieder mehr Franzosen, Schweizer und Päpstliche. Für Jakob war längst klar, dass der große Krieg mit einer neuen Liga gegen Venedig nur noch durch ihn oder ein Wunder aufgehalten werden konnte.

Als sie morgens in Padua zum letzten Stück der langen Reise aufbrachen, läuteten die Glocken. Wenige Stunden später waren sie bereits so dicht vor der Lagune, dass sie sehen konnten, wie der Dunst vom Adriatischen Meer her über die Felder zog. Venedig war noch nicht zu sehen, aber Jakob spürte, dass ihn die Nähe der Lagunenstadt erneut mit einem Rausch einfing, gegen den er sich kaum wehren konnte. Der Dunst über der Stadt im Meer sah dicht und dabei so zart aus, als würde er sich mit jedem Schritt seines Pferdes einem Ort aus Träumen und Legenden nähern. Und dann tauchten die ersten Häuser aus den rötlichen Nebelschleiern auf. Sie kamen ihm vor wie Zuckerwerk von der fernen Insel Zypern.

Zusammen mit einigen weiteren deutschen Kaufleuten und ihrem Gefolge erreichte er den Hafen am Ende des Dammes und den Beginn des Canal Grande. Obwohl es hieß, dass kein getaufter

Mann ohne Bart ins Himmelreich eingehen könne, war Jakob Fugger als Einziger glatt rasiert. Auch seine Kleidung war nicht in den schwäbischen Farben Schwarz und Gelb gehalten. Stattdessen trug er Reitstiefel, geschlitzte Pluderhosen, das weite Wams der Venezianer und ein leichtes sandfarbenes Barett aus fein gewebtem Barchent.

»Zum Fondaco dei Tedeschi, Conte Fuccero?«, rief einer der Gondoliere und riss den Hut vom Kopf.

Jakob Fugger sah sich nach den anderen um, dann nickte er und stieg vom Pferd. Ohne zu zögern, betrat er eine der wartenden Gondeln mit Verdeck, während sich einige Mitarbeiter um sein Pferd und das Gepäck kümmerten.

Der Pulk der bunten Gondeln mit den neu eingetroffenen Kaufleuten bewegte sich auf dem noch engen Canal Grande um die erste große Biegung. Schon tauchte auf der gegenüberliegenden Kanalseite das mächtige Geviert des neuen deutschen Handelshauses an der ebenfalls neuen Rialto-Brücke auf. Doch dann ging es nicht weiter. Dutzende, wenn nicht gar Hunderte von feierlich geschmückten Gondeln versperrten dicht an dicht die Weiterfahrt.

»E' morta … la regina della tristezza«, jammerte der Gondoliere mit klagendem Singsang. »O dio! La bellezza, die Königin der Traurigkeit ist tot.«

Im selben Augenblick sah Jakob Fugger durch den Bogen der neuen Rialto-Brücke hindurch, wie langsam vom anderen Bogen des Canal Grande her die riesige Staatsgaleere auftauchte. Trotz seiner Größe drängte sich der Bucintoro, bis an die Mastspitzen geschmückt mit prächtigen Girlanden, drei Dutzend Ruderern und dem Dogen auf dem Oberdeck, durch den Pulk aus Gondeln und mit Menschen überladenen Frachtkähnen.

Das Prunkschiff führte keine Segel. Nur ein hundert Fuß langes blutrotes Seidenbanner am Großmast blähte sich wie ein aufgeblasener Drachenschwanz mit bauschigen Bewegungen bis zu den Balkonen der Palazzi an den Seiten des Kanals.

Jakob wollte näher heran, aber ebenso wie viele andere steckte auch sein Boot fest. Kurz entschlossen gab er seinem Gondoliere ein Zeichen und stieg über die nächsten Bordwände der Gondeln hinweg. Viele der Venezianer und der Fremden in dieser Gegend am Canal Grande kannten ihn. Bis zur Hauswand des Fondaco machten sie ihm schweigend und respektvoll Platz. Erst unterhalb der Rialto-Brücke kam er nicht weiter. Er erklomm die Spitze einer Gondel, und dann sah er sie.

Für einen Augenblick beneidete er sie. Er war sich sicher, dass sie nicht den Weg in die Verdammnis, sondern ins himmlische Jerusalem eingegangen war – dem einzigen Ziel, für das der Weg durch das irdische, von Leid und Schmerz, Hass und Betrug erfüllte Jammertal sich lohnt.

Jemand erzählte neben ihm, dass die Königin der Traurigkeit, gekleidet in dem braunen Kleid der Franziskanerinnen, einen Tag lang im offenen Sarg durch Venedig getragen und dann auf einem Prunkboot ohne die übliche Überdachung durch die vielen kleineren Kanäle gefahren worden sei.

Heute, am dritten Tag nach dem Tod Caterina Cornaros, sollte ihr Leichnam in der Kirche San Apostoli beigesetzt werden. Es gab nicht eine einzige Brücke an dieser Stelle. Und nun verstand auch Jakob. In stillem Einverständnis hatten sich immer mehr Boote im Canal Grande nebeneinandergelegt und bildeten einen schwimmenden Steg. Menschen hielten sich aneinander fest, und dann schritten die Musikanten, die Sargträger und der Patriarch mit der gesamten Geistlichkeit über diese ungewöhnliche, im Gleichtakt schwankende Schiffsbrücke.

Auf dem goldenen Bucintoro erhob sich der Doge Leonardo Loredan in seiner prächtigen Gewandung und nahm seine hornartige Mütze ab. Zum ersten Mal in der Geschichte der goldenen Staatsgaleere stand ein Staatsoberhaupt der Republik von San Marco barhäuptig an Bord des Bucintoro, statt sich auf dem Thron sitzend huldigen zu lassen.

Auch Jakob Fugger nahm das Barett ab. Mehr noch als viele andere, die an diesem Tag um eine Kaufmannstochter der Lagune und spätere Königin der Zuckerinsel Zypern trauerten, empfand er, dass etwas zu Ende war. An diesem Tag, dem 12. Juli anno 1510, wurde mit der Dahingegangenen auch ein Traum zu Grabe getragen. Er war von Anfang an unerfüllbar gewesen, so fern und unerreichbar für ihn wie die Weihe zum Priesteramt, das er viele Jahre lang vergeblich angestrebt hatte.

Auf dem goldenen Bucintoro nahm der Doge wieder auf dem prächtigen Thronsessel Platz und ließ sich seinen Cornu ducale aufsetzen. Die langen Riemen der goldenen Galeere trieben den Bucintoro mit dem Dogen langsam zurück zur Mole am Marcusplatz. Das lange rote Banner wehte noch einmal über die Palazzi. Es streifte auch die Fenster, hinter denen Jakob vierzig Jahre zuvor zum ersten Mal gewohnt hatte.

Es war vorbei. Keine Rache mehr für Caterina Cornaro, die unglückliche Königin der Zuckerinsel Zypern. Keine Genugtuung für die Ermordung ihres Mannes und ihres Sohnes und für den Raub ihres Königreiches durch die hartherzigen Herrscher der Serenissima. Und kein Vermögen Caterinas als Darlehen für das Handelshaus der Fugger von der Lilie und damit auch für den Kaiser des Heiligen Römischen Reiches Deutscher Nation.

Ihr Tod hieß Krieg, und Jakob Fugger konnte ihn nicht mehr verhindern. Und plötzlich liefen ihm Tränen über das Gesicht. Er wusste jetzt, dass er nicht nur gekommen war, um neue Gelder für die Firma und für den Kaiser zu beschaffen. Es interessierte ihn nicht mehr, und seine Trauer galt allein einer unerfüllten Liebe.

Epilog

Als Papst Julius II. im Jahr darauf erkrankte, bat der »Erwählte Kaiser« Maximilian Jakob Fugger um einen Kredit von dreihunderttausend Dukaten, um sich als Papstnachfolger ins Gespräch zu bringen. In diesem Jahr umfasste die Bilanz des Handelshauses und der Bank circa eine Million Gulden Aktiva und dreihundertdreiunddreißigtausend Gulden Reingewinn.

Gleichzeitig begann überall im alten Europa ein offener Widerstand gegen die Globalisierung der Handelsmonopole. Er scheiterte, weil das hoch verschuldete Kaiserhaus Jakob Fugger und seine Bank dringend brauchte.

Am liebsten hatte Jakob jetzt seinen Neffen Anton um sich. Behutsam bereitete er ihn auf seine Nachfolge vor. Zur gleichen Zeit wurde Maximilians Enkel Karl an der Universität Leuven von den besten Lehrern seiner Zeit unterrichtet. Er sprach und las Lateinisch, Spanisch und Französisch – doch von der deutschen Sprache kannte er nur ein paar Worte.

Schon bald wurde auch das Augsburger Haus am Rindermarkt zu klein, um all die fürstlichen Gäste standesgemäß zu beherbergen. Jakob ließ deshalb am Weinmarkt mitten in Augsburg einen Palast bauen, wie ihn die Stadt noch nicht gesehen hatte. Hier weilte auch Kaiser Maximilian mit seinem Gefolge oft zu festlichem Gelage mit Tanz, Musik und frohem Umtrunk.

Draußen im Land aber wurden die Zeiten immer unsicherer. Auch ein Kaufmannszug von Sibylle Fuggers Geliebtem Rehlinger wurde auf dem Weg zur Frankfurter Messe vom Raubritter Götz von Berlichingen überfallen.

Zugleich mit dem Neubau in der Innenstadt gab Jakob Fugger den lange geplanten Bau seiner Armensiedlung in der Jakobervorstadt in Auftrag. So entstanden hundertsechs Dreizimmerwohnungen in dreiundfünfzig Reihenhäusern für arme Augsburger, Tagelöhner und Handwerker.

In Wittenberg kam es zum entscheidenden Streit mit einem Fuggerschen Ablasshändler.

Martin Luther schlug seine fünfundneunzig Thesen gegen die

Missstände in der Kirche an. Damit begann die Reformation in Deutschland.

Anfang Oktober 1518 verhandelten Jakob Fugger, Conrad Peutinger und Kaiser Maximilian zum letzten Mal in der jetzt goldenen Schreibstube über Darlehen und Zinsen.

Kurz nach Maximilians Abreise nahm der Augustinermönch Luther Wohnung bei den Karmelitern von Sankt Anna. Er war in Augsburg wegen Ketzerei angeklagt und sollte vor einem Prozess dem päpstlichen Bevollmächtigten Cajetan sein Tun und Handeln erklären und seine revolutionären Thesen widerrufen.

Luther, Kardinal Cajetan und Conrad Peutinger trafen im Fuggerschen Haus zusammen, doch Luther verweigerte den Widerruf und floh nachts durch dasselbe kleine Stadttor, das die Augsburger Ratsherren für Kaiser Maximilian genehmigt hatten, damit er nachts nach der Jagd nicht vor den verschlossenen Haupttoren warten musste. Jakob selbst wollte den abtrünnigen Mönch nicht sehen – ebenso wenig wie den jungen spanischen König Karl, dem er dann doch wenig später die deutsche Kaiserkrone kaufte.

Drei Monate später verkündeten die Glocken im ganzen Reich den Tod Kaiser Maximilians. Jetzt drohte die Gefahr, dass der englische oder der französische König zum Kaiser gewählt und gesalbt würde. Die Bestechung der Kurfürsten für die Kaiserwahl von Maximilians Enkel im Jahr 1519 kostete Jakob Fugger 852.589 Gulden und 56 Kreuzer. Karl V. wurde diese Schulden sein Lebtag nicht mehr los.

Im selben Jahr standen die ersten vierzig Häuser der Fuggerei. Jedes Haus enthielt zwei Wohnungen mit getrenntem Eingang, einer kleinen Küche, deren gemauerter Herd mit einem Rauchfang überwölbt war. Auch die Einrichtung sämtlicher Wohnungen wurde von Jakob Fugger bezahlt.

Im Frühling des Jahres 1521 fand der erste große Reichstag mit Maximilians Nachfolger statt. Auch Jakob Fugger reiste unter dem bewaffneten Schutz des Schwäbischen Bundes nach Worms. Beim prächtigen Einzug des reichen Fuggers verstummte der Jubel des Volkes, und manch einer tuschelte, was jetzt immer häufiger in Deutschland zu hören war: »Fuggerei ist Wucherei …«

Der junge Kaiser verhielt sich seinem Bankier gegenüber ziemlich abweisend. Er ahnte noch nicht, wie sehr auch er die Fugger noch brauchen würde, und vertröstete Jakob mit der Aussicht auf den Goldschatz des Aztekenkönigs Montezuma, den ihm Fernando Cortez angekündigt hatte.

Auch das war ein erneuter Anlass für den Ritter Ulrich von Hutten, gegen das Großbürger- und Kapitalistentum zu wettern. Die Bauern rebellierten, die Lutherischen gewannen immer mehr Anhänger – es brodelte im Volk, im Reich, in der Welt. Und schließlich wurde Jakob Fugger sogar als Monopolist vor dem Reichskammergericht angeklagt. Es war Doktor Conrad Peutinger, der ihn auch dabei nicht nur beriet, sondern zudem freibekam. Mit seiner Hilfe verfasste Jakob sein Testament, in dem er jeder Familie mit Kindern in seiner Fuggerei einen Rheinischen Goldgulden vermachte und jeder kinderlosen Familie einen halben. Sein übriges Vermögen sollte sein Neffe Anton Fugger erben.

Am vorletzten Tag des Jahres 1525 starb Jakob Fugger der Reiche. Wie er es gewünscht hatte, wurde er in einem Holzsarg aus rohen, ungehobelten Brettern in der Grabkapelle von Sankt Anna neben seinen Brüdern Ulrich und Georg beigesetzt. Schon wenige Wochen nach seinem Tod vermählte sich Sibylle Fugger mit dem achtfachen Vater und inzwischen verwitweten Conrad Rehlinger. Sie ließen sich evangelisch trauen.

Im Jahr darauf eroberten und plünderten die Landsknechtshaufen Kaiser Karls V. die Ewige Stadt Rom. Das war das Ende der Renaissance. Genau drei Jahre später und siebenhundertdreißig Jahre nachdem der Frankenkönig Karl, der auch »der Große« genannt wird, mit seiner Krönung in Rom das mittelalterliche Kaisertum begründet hatte, setzte der Medici-Papst Clemens VII. Maximilians spanischem Enkel Karl V. in Bologna die Kaiserkrone aufs Haupt. Danach wurde nie wieder ein Kaiser des Heiligen Römischen Reiches von einem Papst gekrönt.

Das Handelshaus der Fugger zerbrach später im Chaos des Dreißigjährigen Krieges und durch drei spanische Staatsbankrotte, aus denen die Habsburger – ohne Zinsen – noch immer acht Millionen Gulden in damaliger Währung schuldig sind.